북한의 문화와 예술

•
•
•

박 태 상

◆ 책 머리에

남북간에는 묘한 분위기가 감돌고 있다. 2004년 2월 북경에서 열린 북한 핵문제에 대한 6자 회담이 교착상태에 빠짐에 따라 남북한의 대화에 이상 전선이 형성된 것이다. 따라서 약간의 긴장감마저 감돌고 있다. 그것은 미국의 대선 일정과도 연관성이 있으며 한국의 탄핵정국과 총선과도 일정부분 관련이 있다. 즉 6자 회담의 중요한 당사자인 미국이나 북한이 미국 대선이나 한국의 탄핵정국의 결과가 나올 때까지 결론을 미루고 관망하는 태도를 보이고 있는 것이다. 외신보도에 따르면, 북한은 미국 대선에서 부시가 낙마하고 민주당의 켈리 후보가 당선되기를 희망한다는 보도가 잇따르고 있다. 그 이유는 부시는 6자 회담을 고수하면서 북한과의 직접 대화를 회피하는 태도로 일관하는 데 비해, 켈리 후보는 북한과의 직접 협상에 의해 북한의 핵 프로그램 폐기를 유도하려는 전략을 선택하고 있기 때문이다.

또 하나 북한당국은 남한의 탄핵정국의 긴장상태를 최대한 이용하려고 하고 있다. 그래서 조평통 대변인의 조선중앙통신 기자회견에서 "탄핵안 통과는 세계 정치사에 있어 보지 못한 의회 쿠데타로 정치의 후진성을 그대로 드러낸 것"이라면서 "남조선 각계각층 인민들은 미국과 한나라당을 비롯한 보수 야당들의 불법·비법행위를 배격하고 투쟁으로 새 정치·제도·생활의 길을 개혁하기 위한 올바른 선택과 단호한 결단을 내려야 할 것"이라고 선동하면서 한국의 내정에 간섭하는 행태를 보였다. 이에 앞서 북한은 평양방송으로 보도된 경협추진위원회 최영건 북측 위원장 명의의 통지문을 통해 "남조선 언론들이 정국이 불안하다니 파주(문산)에서 열기로 한 청산결제 실무협의회 3차 회의 장소를 변경하지 않을 수 없게 됐다"면서 회의를 개성에서 열자고 제의했다.

동시에 북한은 이중적인 태도를 보이고 있다. 남북한 적십자사는 3월 18일 오전 판문점 연락관 접촉을 갖고 제9차 이산가족 상봉행사(3. 29~4. 3)에 참가할 각각 100명 명단을 교환했다. 또 북한당국은 고액의 개성공단 토지 임차료와 지상장애물 철거비용을 갑자기 요구하고 있다. 이에 대해 통일부의 정세현 장관은 "북한은 막판 협상을 위해 그런 식의 행동을 하고 많이 진전해 오다가 갑자기 뒤로 물러났다가 합의를 하는 경우가 많다"고 논평을 덧붙였다. 즉 북한은 자신들의 실리를 위해 남북관계에 있어서 긴장과 화해국면을 유도하고 있다고 판단된다.

지난 2~3년 간을 둘러보면, 남북간의 교류협력관계는 북한의 핵 프로그램 개발 등 한반도의 핵 위기 속에서도 지속적으로 발전되었다. 6자 회담 등 정치분야에서는 크게 진전된 것이 없지만, 개성공단 조성사업과 동해선과 경의선 철도 및 도로연결공사 등 경제분야에서는 상당한 진전을 이루었다. 그 외 18명으로 구성된 북한경제시찰단(장성택 노동당 조직지도부 제1부 부장과 박남기 국가계획위원장 등)이 9일 동안 방한하여 삼성전자와 현대자동차 그리고 포스코 등을 방문한 것도 획기적이었다. 특히 최근에는 남측의 장성급 회담 제의에 대해 북측이 준비를 하고 있다는 구두화답이 있었다고 전해지고 있다.

그 외에 2002년과 2003년에 걸쳐 남북 문화예술교류는 큰 진전을 거두었다. 우선 2002년 추석에 즈음하여 MBC TV는 북한의 조선중앙 TV와 함께 이미자 · 윤도현 밴드의 평양 공연을 기획하여 상당한 성공을 거두었다. 특히 북한당국이 그토록 비판하던 자본주의의 락밴드의 공연을 허가한 것은 획기적인 현상이었다. 브릿지 머리를 한 윤도현 밴드의 공연은 북한 젊은이들에게 상당한 문화적 쇼크를 가져다주었다. 2002년 9월말 부산 아시안게임에는 시드니올림픽 이후 다시 남한선수단이 북한선수단과 함께 공동입장을 하였고 북한미녀응원단이 참가하여 세계적인 이목을 집중시켰다. 이러한 스포츠분야의 교류는 2003년 8월에도 이어져서 대구 유니버시아드 대회에 북한선수단 197명과 300여 명의 미녀응원단이 참가하였다. 이에 화답하듯 KBS TV 전국노래자랑팀이 8·15 광복절을 맞아 평양 모란봉에서 '평양노래자랑'(송해, 주현미 등)을 개최하여 조선중앙 TV가 북한 전역에 생중계하였다. 그리고 2003년 10월에 북한의 평양에서는 류경 정주영 체육관 개관식과 남북농구대회 및 예술단공연(조영남 등)이 있었고, 남한의 제주도에서는 민족평화축전에 북측의 김영대 단장과 계순희·정성옥·함봉실 등이 참가하였다. 이러한 남북 문화예술분야와 스포츠분야의 교류확대는 한반도의 평화정착과 남북간의 화해협력에 커다란 기여를 한 것이 분명하다.

『북한의 문화와 예술』은 이러한 남북한의 사회문화교류의 확대와 경제교류 진전의 현상에 힘입어 특히 남북문화예술 분야의 교류협력의 현상을 분석한 논문들로 구성하였다. 지금까지의 『북한문학의 현상』(1999)과 『북한문학의 동향』(2002)의 두 권의 북한문학 연구서에 이어 북한 음악과 미술 그리고 영화 등 북한문화예술 전반으로 연구대상을 넓혔다는 것이 『북한의 문화와 예술』의 특징이다. 그만큼 21세기 신지식인의 시대에는 문화콘텐츠의 개발이 시급한 '문화의 시대'라는 점을 감안하였다. '윤도현·이미자 평양공연의 의미와 가치', '북한의 스포츠 정책과 남북 스포츠 교류의 성과', '북한 복식문화의 특성과 주체적 미감' 등은 남북문화예술교류의 현상을 분석한 논문이고, '북한영화 「심장에 남는 사람」과 「도라지꽃」

을 분석한 논문'과 '북한미술의 특성과 원리', '주체음악론' 등은 북한영화와 예술의 이론과 창작의 핵심원리와 현상을 해부한 논문들로 짜여져 있다. 특히 '남북한 문화예술교류 활성화 방안 연구'는 참여정부가 제안하고 있는 남북한 사회문화교류 활성화 방안에 대한 정책적 대안을 제시한 논문으로 서울평양학회의 2003년 하계세미나에서 발표한 논문이다.

아울러 최근 필자가 새로 발견하거나 최초로 입수 소개한 자료를 중심으로 심층적으로 분석한 북한작가 홍석중의 「황진이」(2003) 연구나, 김순석의 기행시집 「찌플리쓰의 등잔불」 연구, 그리고 한국전쟁 직후에 간행된 북한시집 『당의 기치 높이』(1956) 연구 등도 전문독자들의 흥미를 돋구어주는 작업일 것이다. 특히 옥천과 연변 정지용 문학제 학술세미나에서 좋은 발표를 할 수 있도록 북한 신문에 실린 자료의 입수에 도움을 준 사에구사 교수님과 지용 시인의 장남 정구관 선생님께도 감사를 드린다. 또 「황진이」 관련 송도 교방의 고문서를 복사해준 한국 사진 역사박물관의 김영현 선생님과 원본 자료 소장자인 이열 정형외과원장님께 거듭 사의를 표한다. 특히 이열 원장님의 양해하에 송도 교방의 편제에 관한 원본자료를 부록으로 소개할 수 있게 되었다.

끝으로 출판계의 불황에도 불구하고 좋은 책을 세상에 전할 수 있도록 물심양면 도움을 준 깊은샘의 박현숙 사장님과 『북한의 문화와 예술』을 펴내는 데에 많은 도움을 준 대학로 연구실의 이지순 조교선생과 엄정희 강사 그리고 김란 보조연구원의 노고에 감사를 드린다. 그리고 『북한의 문화와 예술』 탄생의 사실상 산파역은 북한학 연구의 메카인 '서울평양학회'와 5년째 줄곧 강의를 맡고 있는 '고려대학교 북한학과'의 학생들임을 밝혀둔다.

2004년 3월 30일

차　례

제3부 새로 발견 · 소개된 작품연구

제4부 정책 대안 제시와 기타

제1부 북한 문학의 흐름

주체사상 이후의 최근의 북한문학의 동향
최근 몇 개월 동안의 북한문학 동향
북한문학의 창작원리와 창작지침
북한소설 『생명수』에 나타난 북한 농촌의 수리화 사업
북한소설 『서해전역』과 '서해갑문' 건설
정지용 문학에 대한 북한문학사에서의 평가
북한문학사에서의 「춘향전」의 평가

주체사상 이후의 최근의 북한문학의 동향*

I. '전형'의 창조에서 주체적 인간학의 정립으로

애초에 '전형'이라는 용어는 엥겔스가 사용한 학술용어이다. 다음으로 엥겔스 이론에 심취하였던 루카치가 '전형' 이론을 발전시켰다. 그 이후 사회주의 리얼리즘 이론의 정립 시기를 1932년 무렵으로 보는 구 소련과학아카데미는 사회주의적 리얼리즘의 특수성에 대해 첫째, 새로운 것 즉 생활 속에서 일어나고 있는 것, 형성되고 있는 것, 미래에 속하는 것 등에 대한 그 독특한 예민함으로 파악하고, 둘째, 철저한 진실성과 현실의 본질을 깊게 전면적으로 해명하려고 하는 지향을 다루며, 셋째, 개별적인 것과 전체적인 것과의, 그리고 직접 표면에 드러나는 개개의 사실과 깊은 본질과의 유기적인 통일인 '예술의 전형화'와 '심도 있는 개괄'을 전제로 해야 한다[1]고 강조하였다.

---

* 『동서문학』과 근·현대문학관 초청, 「북한문학 세미나」, 2003년 5월 24일. '주제강연'

1) 소련과학아카데미 편, 『마르크스 레닌주의 미학의 기초이론 II』, 신승엽 외 옮김, 일월서각, 1988, 353-355쪽.

이러한 '전형'의 개념은 북한의 주체의 창작이론에 와서는 '성격 창조'이론에서 성격의 전형과 자주적인 인간의 전형창조로 전이된다. 북한의 주체문예이론서들을 살펴보면, 주체사상에 의하여 자주성 · 창조성 · 의식성이 사람의 본질적 특성으로 된다는 것이 새롭게 밝혀졌고, 문학예술작품에서 인간성격을 사실주의적으로 전형화하는 데서 의거해야 할 가장 정확한 지침이 마련되었다[2]고 강조한다. 아울러 김정일은 "주체의 인간학 · 공산주의 인간학은 주체사상에 기초하여 인간문제를 내세우고 주체형의 참다운 인간전형을 창조하여 인민대중을 가장 힘있고 존엄 있는 사회적 존재로 키우는 데 이바지하는 문학이다"[3]라는 교시를 내렸다고 한다. 북한에서 강조하는 주체형의 참다운 인간전형이라는 것은 결국 혁명적 수령관을 가진 인물을 의미한다. 북한에서 혁명적 수령관은 수령에 대한 끝없는 충성심을 혁명적 신념과 의리로 간직할 것을 요구한다. 따라서 '전형'이론은 1970년대 이후의 북한에 와서는 '수령형상 창조' 이론으로 변형된다. 노동계급의 수령은 참다운 공산주의자의 최고 전형이므로 수령의 형상을 공산주의자의 형상과 동일시하는 것은 이론적으로 부당하며 실천적으로 유해롭다고 주장하고 있다. 수령이 위대한 것은 그가 내놓은 사상과 이론이 위대하고 과학적이며 혁명적이기 때문이라고 역설한다. 따라서 창작가, 예술인들은 무엇보다도 수령의 위대성을 깊이 있게 형상한 혁명적 문학예술작품을 더 많이 창작하여야 한다[4]고 강조한다.

김정일 시대에는 김일성 집권 시기와 달리 예술장르 중에서 '영화'와 '장 · 중편소설'을 매우 중요한 양식으로 파악하고 있다. 파급효과가 높은 영화의 대중성과 영향력에 대해서는 더 이상 설명이 필요 없을 것이다.

---

2) 김정웅, 『주체적 문예리론의 기본』, 평양, 문예출판사, 1992, 60쪽.
3) 김정웅, 위의 책, 70쪽.
4) 김정웅, 위의 책, 110쪽.

소설에 대해서는 논란이 있을 수 있지만, 북한 문예이론서는 장편소설의 장르적 가치에 대해 "특히 장편소설은 생활을 시적으로도, 극적으로도 보여주며 소설적으로도 묘사함으로써 성격을 전면적으로 보여줄 수 있는 형상적 가능성을 다 가지고 있다. …… 개별적 문학형태들에서의 형상방식을 하나의 형식에 통일시켜 그 모든 가능성과 우월성을 하나로 집대성하여 놓음으로써 성격을 창조함에 있어서 가장 우월한 형상형식이라고 볼 수 있다"[5]고 주장한다. 그리고 김정일은 1978년 1월 7일 창작전망계획을 제시하고 1차로 1982년 김일성의 70회 생일까지 장·중편소설 창작전투를 펼쳐나갈 것을 주문하였다. 그리고 그 주제로는 혁명활동과 혁명적 가정을 내용으로 한 작품, 혁명전통을 주제로 한 작품, 조국해방전쟁 주제 작품, 사회주의 건설 주제 작품, 계급교양 주제 작품, 조국통일 주제 작품[6]의 여섯 가지 주제의 작품들을 많이 창작하라고 요구하였다. 이러한 당의 방침에 따라 창작된 작품 중에서 숭고한 뜻의 빛나는 구현과 긍정적 주인공이 창조된 우수한 작품들로 『평양시간』, 『생명수』, 『새봄』, 『여당원』, 『빈터위에서』, 『철의 신념』, 『뜨거운 심장』 등을 제시하고 있다.

또 이 시기에는 주체적인 시가문학도 개화했는데, 1970년대에 『수령님의 높은 뜻 붉게 피였네』, 『수령님의 만수무강 축원합니다』 등의 송가문학,[7] 생활적이며 철학적인 시가작품인 『전호속의 나의 노래』, 『아무도 몰라』, 『샘물터에서』, 『나는 조선로동당원이다』 등이 50년대부터 70년대까지 쏟아져 나왔다. 김정일은 시인들에게 "지금 우리에게는 인민의 생활감정을 구체적으로 선명하게 반영한 생활적인 대중가요가 필요합니다. 그런데 시인들과 작곡가들이 현실 속에 깊이 들어가 인민들과 호흡을 같이 하

5) 최길상, 『주체문학의 새 경지』, 평양, 문예출판사, 1991, 78쪽.
6) 최길상, 위의 책, 112-113쪽.
7) 김정일을 예찬하는 송가집 『향도의 해발을 우러러』가 1975년 1권이 나온 후 1976년에 2권, 1978년에 3권 등 1991년까지 총 14권이 간행되었다.

며 그들을 위한 가사와 음악을 창작하겠다는 자세와 입장을 바로 가지지 못하다 보니 진실로 생활적이며 통속적인 대중가요를 많이 창작하지 못하고 있습니다"[8]라고 비판하였다. 그 외에 이 시기에 「묘향산에서」, 「어머니의 편지」, 「축복」, 「그대 곁에 우리곁에」 등의 풍경시들과 애정윤리 시들이 창작되었다고 강조하고 있다. 아울러 김정일은 1975년 3월에 전국의 시인협의체를 구성하고 명가사 창작에 몰두하라고 채찍질하였다. 그리하여 1980년대에만 무려 920여 편의 가사작품이 쏟아져 나왔다[9]고 밝히고 있다.

II. 속도전과 '조선민족 제일주의'

북한에서 1980년대는 1970년대의 연장선상에 있었다. 그것은 80년대 후반까지 정치적으로나 사회적으로 커다란 변화양상이 없었기 때문이다. 이러한 현상은 1960년대 말부터 70년대 초에 이르러 확고하게 자리잡은 주체사상이나 김정일의 후계자 수업이 어느 정도 정착되어 가고 있었음을 시사하는 것이다.

하지만 80년대 후반에 가면 국제정세의 변화에 따른 심각한 위기에 봉착하게 된다. 대외적으로는 구소련연방의 해체와 동구권의 자유화 바람 그리고 중국정부의 시장경제를 발판으로 한 개혁·개방정책의 도입 등이 체제 자체를 뒤흔들 수 있는 도화선으로 작용하고 있었고, 대내적으로는 50년대 말에 기획하여 70년대에 거의 완성이 된 평양의 신도시 건설사업의 성과와 문제점이 드러나기 시작하여 도·농간의 갈등이 시작되었다는

8) 최길상, 위의 책, 193쪽.
9) 최길상, 위의 책, 213쪽.

점, 남북한의 무한경쟁에 따른 과학기술의 혁신문제와 인텔리의 사회적 위치와 역할문제, 중국과 러시아 유학생들의 귀국과 일본 북송 교포자녀들의 활동 등에 따른 젊은 세대의 등장으로 인한 세대간의 갈등문제, 여성들의 사회적 활동의 증대에 따른 여성의식의 고양(가정과 사회 내에서의 여성들의 위상과 역할 문제) 등이 부각되어 사회의 균열현상이 심각한 지경에 이르게 되었다.

특히 북한은 80년대 들어와서 러시아와 중국의 에너지 등 경제적인 지원이 사실상 끊어지게 되자 '자력갱생'의 방침을 정할 수밖에 없는 처지에 놓였다. 따라서 70년대부터 줄기차게 군중노선으로 내세웠던 '속도전'을 '80년대 속도전'이란 슬로건으로 서랍 속에서 다시 끄집어내게 되었다. '속도전'의 개념에 대해 "속도전은 모든 사업을 전격적으로 밀고 나가는 사회주의 건설의 기본 전투형식"[10]이라고 김정일은 정의를 내렸다. 김정일은 1974년 사회주의 대건설의 강령을 실현하기 위해 속도전의 혁명적 방침을 제시했는데, 속도전은 최단기간 내에 양적으로나 질적으로 최상의 성과를 이룩하는 것이라고 강조하였다. 2000년에 김정일 국방위원장의 회갑을 맞이하여 펴낸 『조선대백과사전』(제14권)은 "속도전을 벌려 사회주의 건설을 최대한으로 다그치기 위하여서는 사상혁명 · 기술혁명을 힘있게 밀고 나가며 조직지도사업을 안받침하여야 한다"[11]고 역설하였다. 북한에서 '속도전'의 가장 대표적인 사업이 바로 '평양속도'이다. '평양속도'는 1958년에 평양에 새 살림집(아파트 건설)을 건설하면서 건축에 조립식 방법을 널리 받아들임으로써 살림집 한 세대를 14분 만에 세우는 기적을 이룬 생산성 증대운동을 의미한다.

북한에서는 '평양속도' 외에도 60년대에 '비날론속도'(61. 4. 1~5. 6. 홍

10) 강경구 외 편, 『조선대백과사전』, 평양, 백과사전출판사, 2000, 355쪽.
11) 『조선대백과사전』, 같은 쪽.

남비날론공장 건설과정) 및 '강선속도'(69년 강선제강소) 등 '속도'라는 용어가 사용되었다. 이러한 '속도'란 용어는 1974년 2월 당중앙위원회 제5기 8차 전원회의(2. 11-13)에서는 '속도전'이란 사회주의 노력경쟁을 위한 공식구호로 바뀌게 되었다. 이 회의에서 "달리는 천리마에 더욱 박차를 가하여 새로운 천리마속도, 새로운 평양속도로 질풍같이 내달아 6개년 계획(71~76년)을 당창건 30주년(1975. 10. 10)까지 조기 완수할 것"을 촉구하였다.

북한은 속도전에 대해 "집단의 전 성원들이 혁명적 열정을 높이고 일을 짜고 들어 자기의 모든 예비와 가능성을 집중적으로 동원하며 일단 시작한 일은 전격전·섬멸전으로 전개, 속도를 높이는 가장 우월한 혁명적 전투원칙"(1974. 2. 18, 노동신문 사설)이라고 설명[12]하고 있다.

이 운동은 1)김일성에 대한 충성심 고취, 2)주체사상과 배치되는 낡은 사상 배격, 3)속도와 질의 동시 향상, 4)전격전·섬멸전 적용, 5)기술혁신운동과 결부, 6)예비의 총동원 등을 내용으로 하며 구체적으로는 '충성의 속도', '70일 속도', '1백일 전투', '2백일 전투', '80년대 속도창조운동', '90년대 속도 창조운동' 등의 형태로 전개[13]되어 왔다.

'속도전'을 강화하기 위해 북한이 새롭게 제시한 정책이 바로 '숨은 영웅 찾기 운동'이다. 숨은 영웅(노력영웅)을 찾아내기 운동은 이들에게 영웅칭호를 부여함을 통해 집단적 경쟁의식을 제고하여 느슨하고 안일한 사회분위기를 일신하고 생산력 저하를 막아보려는 사회통제 방안의 하나로 보여진다. 숨은 영웅의 대표적인 사례로는 정춘실이 있는데, 그녀는 전천군 상업봉사 일꾼으로 전천군의 상업봉사를 엄청난 노력을 들여 모범단위로 꾸림으로써 김일성으로부터 직접 영웅칭호를 받았다. 이러한

---

12) 연합뉴스 민족뉴스 취재본부, 『북한용어 400선집』, 연합뉴스, 1999, 142쪽.
13) 연합뉴스 민족뉴스 취재본부, 위의 책, 143쪽.

숨은 영웅 찾기의 사회운동은 소설에서는 '숨은 영웅 형상화'로 이어지는데, 80년대의 대표적인 작품으로는 장편소설 『청춘송가』가 있다.

북한의 80년대 소설들인 『양심과 운명』(이동구), 『후대의 길』(이호인), 『여당원』(김보행), 『뜨거운 심장』, 『철의 신념』(김리돈), 『영마루』(염단웅), 『생활의 언덕』(김교섭), 『청춘송가』(남대현) 등에서는 인텔리형상 창조, 노동계급의 전형 창조, 과학기술의 혁신문제와 청년전위의 주체적 등장, 여성의 자주성 문제 등이 집중적으로 다루어진다.

1980년 후반에 들어서서 국제정세의 급변은 북한 체제를 뒤흔들게 되고 국가 존립의 문제로까지 그 심각성이 확대된다. 특히 김정일의 후계구도의 확립과 더불어 문제의 해결책을 찾아야 하는 대안모색이 요구되었다. 그래서 제기된 것이 '조선민족 제일주의'의 기치이다. 북한의 사회주의는 우월한 민족적 전통성을 바탕으로 하고 있어 여타 사회주의 국가와는 다르다는 점을 강조하기 시작하였다. 그리고 이를 선전홍보하기 위해 각 예술분야에서 민족적인 요소를 도입한 민족예술을 강화하였다. 아울러 김일성에서 김정일로 이어지는 권력 승계를 민족적 차원의 문제로 확대함으로써 전통적 왕도정치 구현의 방편으로 활용하게 되었다. 우선 전통문화 발굴과 보존정책을 도입하였다. 1985년 7월 11일 조선민주주의 인민공화국 주석명령 제35호로 「문화유적 보존관리사업을 더욱 강화할 데 대하여」를 공포하게 되었다. 이 명령에 의해 민족문화유산 복원사업이 추진되어 왕건릉의 복원, 동명왕릉의 개건, 단군 유적의 발굴과 복원 사업이 강력하게 추진되었다. 1992년에 들어와서는 발해유적에 대한 대대적인 발굴조사 사업까지 전개된다. 그리고 1980년대 중반부터 폐지되었던 민속명절이 부활하기 시작하여 추석이 1988년부터 휴무일로 지정되었고, 음력설과 한식, 단오가 1989년부터 휴무일로 공포되었다. 그 외에 미술분야에서의 조선화의 개척, 무용분야에서의 민속무용의 개발, 가극에서 평양교예단에 의한 새로운 형식의 민족가극 「춘향전」·「박씨부인전」의 창작공연 등이 이어지게 되었고, 평양교예단의 레파토리에 민속놀이인 널뛰기, 밧줄타기, 말타기 등이 교예종목[14]으로 변형되어 삽입되었다. 영화분야에서도 그러한 현상은 두드러지는데, 1991년 첫 작품을 내놓은 『민족과 운명』은 현재 61부까지 상영되고 있다. 문학분야에서 한설야·박팔양 등이 복권되었으며 한설야의 경우 애국열사릉에 안장된 모습이 확인된 것 등 작가와 문학작품에 대한 과감한 해금은 1980년대 후반부터 새로운 이념체계로 등장하기 시작한 '조선민족제일주의'의 한 갈래로 볼 수 있는 측면이 있다는 해석[15]이 내려지고 있다. 또 계몽기 대중가요(민족 수난기의 가요)의 연구와 보급, 일상복 입기 그리고 전통음식의 강조 등은 민족 전통문화의 되살리기 현상에 해당되는데, 북한 당국이 언론매체를 동원하여 이러한 민족문화의 생활화를 도모하는 것은 북한 체제로 볼 때 상당히 이채로운 일이라고 할 수 있다.

III. 강성대국 건설의 실상과 허상

1. '태양민족문학' 건설의 주창

북한의 『조선문학』 2000년 1월호는 머리글에서 「2천년대가 왔다 모두 다 태양민족문학건설에로!」라는 테마의 글을 발표하였다. 여기에서 태양이란 말은 태양절이라는 북한 특유의 우상화정책에서 나온 것임을 알 수

---

14) 전영선, 『북한의 문학예술 운영체계와 문예이론』, 역락, 245-247쪽.
15) 안찬일, "북한의 민족공조의 본질과 전망", 『참여정부 — 평화와 번영의 실천과제와 전망』(2003년 북한연구학회 춘계학술세미나 발표논문집), 북한연구학회, 2003. 3, 11쪽.

있다. 즉 이미 고인이 된 불멸의 영웅 김일성을 태양으로 떠받들고 새로운 문화를 창달하자는 기치를 든 것이라고 할 수 있다. 그런데 재미있는 것은 태양의 원조로 단군을 들고 나오고 있다는 점이다. 단군 조선의 후손들인 우리 민족도 얼마나 태양을 그리며 반만년을 이어왔고 민족문학의 연륜에 이러한 염원을 새기어 왔던가라고 강조한다. 멀리는 그만두고라도 20세기 말을 돌이켜 보자고 제안한다. 조선이 20세기 초에 일제침략자에게 짓밟히고 유린당하게 되어 「시일야방성대곡」이 강토를 적시고 오욕의 「국치일가」를 불러야 했던 민족문학, 울밑에 선 봉선화에 자기 운명을 비껴보며 「빼앗긴 들에도 봄은 오는가」고 울분을 터뜨리며 비가를 엮어야 했던 조선이었다고 강조한다. 그러면서도 봄의 선구자 「진달래」에 넋을 담아보고 창공을 날아다니는 「산제비」에 낭만을 실어보기도 하면서 사랑과 운명의 빛을 주는 태양을 그려보았으니, 장편소설 『고향』의 희준이나 『황혼』의 준식이 들이 사람들을 계몽하고 자각시키려고 고군분투한 그 모든 생활의 연원은 오직 참다운 민족의 앞길을 밝혀주는 삶의 빛에 대한 바람이었다[16]고 문제 제기를 한다.

그리고 드디어 김일성을 시원으로 제시한다. 시대와 인류가 지향하고 민족과 겨레가 염원하던 그 모든 것이 차려지는 최대의 특전을 우리 문학이 누리게 되었으니 김일성 동지를 모시어 드디어 태양문학의 시원을 맞아 주체사실주의의 새 역사가 펼쳐지게 되었다. 이리하여 우리 문학의 혁명전통이 마련되고 자주시대문학의 휘황한 진로인 주체의 인간학이 태동하여 시대를 반영하게 되었다는 것이다. 불후의 고전적 명작들을 뿌리로 하여 불멸의 첫 혁명송가 『조선의 별』에서 주체적 사실주의 문학, 태양문학의 가장 성스러운 창조의 길을 탐구 개척한 우리 민족은 조국 광

16) 북조선작가동맹, 『조선문학』 2000년 1월호, 평양, 문예출판사, 2000, 4쪽.

복의 해돋이를 맞이하여 활력을 가지고 승승장구하게 되었고 참다운 인류문학의 가치로 되어 세기의 창공 높이 나래치게 되었다고 강조한다.

동시에 머리글의 필자는 강성대국문학을 새롭게 들고 나온다. 그것은 21세기의 태양인 김정일이 밝혀주는 문학이라는 것이다. 수령형상을 창조하는 것은 새 세기에도 태양민족 문학건설의 기본의 기본이라는 것이다. 문학은 수령을 형상하는 것을 기본으로 틀어쥐고 나가야 강성대국 건설 위업에 적극 이바지할 수 있다. 우리 모두 백두산 3대 장군의 위인상을 최상의 사상예술적 경지에서 형상하는 것을 최대의 성스러운 임무로 자각하고 수령형상 문학창작에서 일대 전변을 일으키자[17]고 선동하고 있다.

필자는 다시, 우리는 2000년대에 우리 문학의 모든 형태를 다채롭게 발전시켜야 한다고 강조한다. 소설·시·아동문학·극문학·평론 등 문학의 모든 형태가 전반적으로 비약하여야 하며 그 형상수준을 결정적으로 높여야 한다고 주장한다. 그리고 우리 작가들은 새 세기의 시대적 요구와 지향을 안고 태양민족문학의 높이에서 명작을 창작하기 위하여서는 시대의 한복판에 뛰어들어야 한다고 끝맺고 있다.

2. 강성대국 건설의 3대 기둥－사상과 총대, 과학기술

『조선문학』 2000년 3월호의 머리글은 문학창작에서 보여야 할 몇 가지 지침을 내려주고 있다. 즉 강성대국 문학을 지향하자고 외치고 있는 것이다. 『로동신문』, 『조선인민군』, 『청년전위』 공동사설에서는 당 창건 55돌을 맞는 2000년을 천리마대고조의 불길 속에 자랑 찬 승리의 해로 빛내

17) 위의 책, 5쪽.

일 데 대하여 호소하였다고 강조한다. 공동사설은 현 시기 북한의 노동당이 내세우고 있는 중요한 정책적 문제들을 전면적으로 반영하고 있다는 것이다. 여기에는 사상 중시, 총대 중시, 과학기술 중시 노선을 튼튼히 틀어쥐고 강성대국 건설에서 결정적인 전환을 이룩할 데 대한 문제가 명백하게 제시되어 있다[18]는 것이다. 또한 사회주의 경제건설의 당면한 과업으로부터 조국통일을 위한 투쟁을 힘있게 벌이며 인류의 자주 위업과 사회주의 위업 앞에 지닌 국제적 임무를 다할 데 대한 문제에 이르기까지 현 시기 당과 인민이 수행하여야 할 전투적 과업들이 뚜렷이 명시되어 있다고 강조하고 있다. 따라서 작가들은 죽으나 사나 사상을 틀어쥐고 나가는 철저한 사상론자로 준비하여 모든 작품에 사상중시에 대한 노동당의 노선이 빛나게 구현되게 하여야 한다[19]고 주장한다.

또 작가들은 원대한 포부와 피타는 탐구정신, 깨끗한 양심을 가지고 내 조국의 과학기술 발전에 발 벗고 나선 과학자, 기술자들을 잘 형상화함으로써 그들 모두가 주체적인 과학기술을 최단 기간 내에 세계적 수준에 올려 세우며 강성대국 건설에서 절실한 과학기술 문제를 풀어내기 위하여 힘차게 떨쳐나서도록 하는 데 적극 이바지하여야 한다고 외치고 있다. 이와 함께 누구나 과학기술 발전에 깊은 관심을 돌리도록 하며 과학자, 기술자들을 사회적으로 내세워주도록 과학자, 기술자들의 생활을 특색 있게, 깊이 있게, 아름답게 그려내야 한다[20]고 지적하고 있다.

그리고 우리 작가들이 큰 힘을 기울여야 할 중요한 주제 영역은 사회주의 경제건설과 관련한 사회주의 현실물 작품 창작이라고 지침을 다시 제시한다. 현실체험을 실속 있게 하는 것, 이것은 북한 작가들의 창작에

---

18) 북조선작가동맹, 『조선문학』 2000년 3월호, 평양, 문예출판사, 2000, 4쪽.
19) 위의 책, 같은 쪽.
20) 위의 책, 5쪽.

서 새로운 전환을 가져 올 시대의 명작, 성과작을 창작하기 위한 선결조건이라는 것이다. 그것은 들끓는 현실 속에서만이 성강의 봉화 따라 강계정신으로 당의 구상을 빛나는 현실로 전변시켜 나가는 시대의 전형을 미화분식함이 없이 진실하게 그려낼 수 있게 하기 때문[21]이라는 것이다.

끝으로 작가들은 모두가 긴장되고 동원된 태세에서 한 손에는 총을, 다른 한 손에는 펜을 들고 공동 사설을 관철하기 위한 창작전투에 힘차게 떨쳐나 오늘의 투쟁은 간고하지만, 온 사회의 노래도 있고 웃음도 있는 전투적이며 혁명적인 낭만이 차 넘치게 하는 혁명적 작품들을 왕성하게 써내야 한다[22]고 총대 중시지침을 강조하면서 마무리짓고 있다.

최근 북한에서는 김정일 국방위원장의 탁월한 영도력과 빛나는 예지를 부각시키는 장편소설들이 『불멸의 향도총서』라는 이름으로 90년대에 이어 지속적으로 발간되고 있다. 이러한 소설들은 모두 강성대국이라는 국가적 캐치프레이즈에 맞게 창작되었다는 특징이 있다. 『불멸의 향도』 총서로는 1999년에 나온 권정웅의 『전환』과 안동춘의 『평양의 봉화』, 2000년에 나온 박태수의 『서해전역』과 리종렬의 『평양은 선언한다』, 2002년에 나온 송상원의 『총검을 들고』가 유명하다. 권정웅의 『전환』은 1960년대의 북한의 시대상황을 반영하여 사회주의적 사실주의를 원칙으로 하여 창작된 장편소설이다.

안동춘의 『평양의 봉화』는 1989년 제13차 세계청년학생축전을 김정일 위원장이 성공적으로 개최한 것을 영웅적으로 형상화한 장편소설이다. 역사적으로 이 시기는 북한으로서는 대단히 어려운 시련기였다. 공산주의의 종주국이었던 구소련 연방이 해체되면서 공산주의의 종언을 고하고 동구권에 자유화바람이 불어 대변혁이 몰아치던 시기였다. 하지만 작가

21) 위의 책, 같은 쪽.
22) 위의 책, 같은 쪽.

안동춘은 김정일이 노동당과 전체 인민들에게 '200일 전투'를 다그쳐 방대한 축전준비를 짧은 시일 안에 이룰 수 있도록 이끌어줌으로써 21세기의 위대한 태양으로 솟구쳐 올랐다고 칭송을 아끼지 않고 있다. 이 작품은 김정일이 무비의 담력, 비상한 조직력 및 전개력을 보여준 영도자로서의 면모를 확실하게 보여주었다고 강조하고 있다.

박태수의 『서해전역』(2000)은 김정일이 20년 공사기간이 걸릴 것으로 전문가들이 추정하는 대공사를 5년 안에 조기 완성한 서해갑문의 대역사의 추진과정을 사실적으로 다룬 역사전기적 소설이다. 서해갑문은 김정일이 주도한 '80년대 속도전'의 대표적인 사업이며 대동강 하류에 대인공호수가 생겨나고 그곳의 풍부한 물로 간석지문제를 비롯하여 대동강 하류 유역의 관개용수문제와 공업용수문제 및 음료수문제를 완전히 해결한 대규모의 수리사업이었다. 『서해전역』은 남포갑문 건설국장으로 인민군의 송철만 소장이 임명되면서 이야기가 전개되기 시작한다. 송철만은 윤상설 정무원 건설위원회 부위원장과 함께 비단섬과 평양-원산 도로건설을 해본 경험이 있는 현역군 장령이다. 서해갑문건설에 그가 차출된 것은 전문가들 사이에서 20년이 걸린다는 사업을 5년의 공기로 조기완공하기 위한 김정일 국방위원장의 요청 때문이다. 초기 2년 동안은 많은 난관으로 인해 공기가 지연되면서 송철만이 사퇴하는 것을 고려하는 등 어려움에 봉착하지만 김정일의 현지지도 후 '당 지도소조'에 윤상설 건설위원회 부위원장과 리영선 당 중앙위원회 부부장 등이 투입되면서 활기를 되찾아 5년 만에 공기를 지켜 서해의 물길을 끌어와 농업용수와 공업용수 및 식음료수로 활용하려고 한 대역사가 완공된다[23]는 이야기이다.

『서해전역』에서 작가 박태수는 김정일의 수령 형상을 창조하는 데에

23) 박태수, 『서해전역』, 평양, 문예출판사, 2000, 454-461쪽.

주력을 하고 있다. 우선 김위원장의 추진력과 대담성을 작품에서 강조하고 있다. 즉 '예지와 열정의 통큰 정치가'임과 '선견지명을 가진 미래를 앞당기는 정치가'임을 동시에 부각시키고 있다. 그는 모두가 20년 걸린다는 수리사업을 5년 안에 완공할 수 있다는 확고한 신념을 가지고 밀어붙이기 위해 인민군대를 10여 만 명 투입하여 속도전의 군인정신을 역설한다.

리종렬의 『평양은 선언한다』(2000)는 1989년 무렵 구소련연방이 해체되고 동구권에 변혁의 물결이 밀어닥친 것을 배경으로 모든 사회주의 국가가 변절하더라도 북한만은 주체사상으로 무장된 우리식 사회주의를 고수하여 사회주의 혁명을 완수하겠다는 결의를 다지는 것을 컨셉으로 삼는 작품이다. 이 작품은 1992년 4월 20일 평양에서 70여 개국의 정당대표가 모여 사회주의가 세계적 판도에서 좌절된 역사적 환경 속에서 사회주의를 지향하는 세계 모든 정당들은 단합해야 한다고 선언한 것[24]을 배경으로 삼은 소설로, 소련유학생 출신의 사회과학원 국제사상연구소 부소장인 유수진 박사가 애초에는 소련의 개편(개혁, 개방)돌풍에 방향을 잡지 못하고 흔들렸다가 모스크바에서 열린 대학동창회에 참석하여 사상혼란의 현장체험을 하고 돌아와서는 비과학적인 환상에서 벗어나 주체의 신념이 투철한 학자로 거듭나게 되었다는 내용의 장편소설이다. 이 작품에서 작가는 김정일을 줏대가 있는 신념의 정치가이자 역사의 자주적 주체세계를 연 인간해방론의 사상이론가라고 묘사하는 데 주력하고 있다.

가장 최근인 2002년에 나온 송상원의 『총검을 들고』는 김일성 주석의 서거 후 고난의 행군 시기를 사실적으로 묘사한 장편소설이다. 이 작품은 원래 김일성 고급당학교에서 교편을 잡고 있다가 뒤늦게 작가로 데뷔하

24) 리종렬, 『평양은 선언한다』, 평양, 문예출판사, 2000, 524-529쪽.

여 장편소설 『영생』을 썼던 송상원이 쓴 『불멸의 향도』 중 한 작품으로 김정일이 국방위원장으로서 선군정치를 앞세워 강성대국을 역설한 것을 형상화한 소설이다. 이 작품의 전반적 분위기는 매우 침울하다. 그 이유는 김일성 주석과 오진우 인민무력부장이 1994년과 1995년 잇달아 사망함으로써 국가적 위기에 빠진 때문이다. 하지만 이러한 위기 속에서도 인민경비대 리길남 장령과 인민군 심철범 장령을 임명하여 김주석의 유훈인 평양—향산 관광도로공사와 금강산발전소 건설을 독려하는 김정일 국방위원장의 신념과 믿음의 정치가로서의 면모를 형상한 작품이라는 데에 이 소설의 창작 의의가 있다.

최근 몇 개월 동안의 북한문학 동향

I. 소설 분야

최근 북한 문학계의 동향에 대하여 고찰하고자 한다. 『조선문학』 2001년 10월호부터 2002년 2월호까지를 대상으로 하여 실려 있는 작품을 모두 정독하였다. 이번 선정과정에서 주목할 것은 최근 북한 정권이 무엇에 가장 중점을 두고 있는가를 엿볼 수 있게 된 점이다. 소재나 주제로 볼 때 가장 빈번하게 등장하는 작품은 '사회주의 건설'에 매진하자는 테마의 작품들이다. 라광철의 「토양」(2001년 11월호), 최련의 「따뜻한 꿈」(2002년 1월호), 윤경찬의 「넓어지는 땅」(2001년 10월호)이 여기에 해당한다. 「토양」과 「따뜻한 꿈」은 공업분야에서 새로운 기술을 창안하는 과정을 다룬 작품이라면, 「넓어지는 땅」은 농촌에서 토지정리 사업에 주력하여 식량난을 해소하는 과정을 묘사한 작품이다. 이에 비해 강귀미의 「돈지갑」(2001년 12월호)은 과거의 역사를 주제로 삼는 작품인데, 재일 조총련 동포의 북송선 문제를 미화시킨 단편소설이라는 점에서 이색적인 주제를 다루었다고 할 수 있다.

최련의 「따뜻한 꿈」은 굴착기 생산과정에서 새로운 기술 창안방안을 탐구하는 연구소 연구사의 열정적인 분투과정을 묘사한 단편소설이다. 즉 전자유압 조종식 굴착기를 생산하기 위해 새로운 공법인 ㅍ방식 채택을 두고 최윤경 연구사와 리남진 연구사가 갈등을 빚는 이야기이다. 이 작품은 북한의 소설이론에 의하면, 소위 '비적대적 갈등'을 다룬 작품이라고 할 수 있다. 북한의 주체 문예이론서에서는 비적대적 갈등에 대해 "착취계급과 피착취계급 사이의 적대적 모순과 대립을 반영하는 적대적 갈등은 긍정인물과 부정인물의 대립과 충돌이 첨예하게 극단적으로 조성되며 결렬하는 방식으로 해결되지만 사회주의 사회에서의 근로자들의 호상관계를 반영하는 갈등은 극단적으로 조성되여서는 안되며 긍·부정 인물들이 서로 결렬하는 것으로 해결되여도 안된다"고 못을 박고 있다. 따라서 「따뜻한 꿈」에서 사실상의 주인공인 최윤경은 리남진과의 갈등을 어중간하게 봉합해버린다. 즉 비적대적 갈등의 원칙에 철저하게 의거하여 우직한 모험성을 탈피하고 적당한 선에서 타협하는 절충방안을 택하고 있는 것이다.

윤경찬의 「넓어지는 땅」은 「따뜻한 꿈」에서의 '과학기술' 문제와는 달리 농촌의 식량증산 문제를 심도 있게 다룬 소설이라는 점이 특징이다. 「넓어지는 땅」의 서사적인 기본선은 농장의 토지정리사업에 동원된 제대군인이며 불도젤(불도저) 책임운전수인 강철호와 처녀인 작업반장 사이의 갈등과 협조에 의한 '막대골 토지정리 사업의 완성'에 대한 이야기가 축을 이룬다. 이 작품은 최근의 식량난에 의한 북한인민들의 굶주림 현상을 사실적으로 반영하고 있다는 점에서 가치가 높다. 특히 '고난의 행군'이라는 표현을 사용하면서 북한이 처한 처지가 얼마나 어려운가를 솔직하게 묘사하고 있다는 점에서 의미를 부여할 수 있다.

「따뜻한 꿈」과 「넓어지는 땅」의 공통점은 남녀주인공 사이의 로맨스를 다루고 있는 점과 여성 화자의 시각에서 갈등과 모순의 현상을 섬세하게 관찰하고 있다는 특징을 지니고 있다. 또 새로운 과학기술을 발명하기 위해 헌신하는 인물을 다루거나 식량 증산의 획기적인 방안을 마련하기 위해 골몰하고 행동하는 농촌인물을 묘사하는 점에서 '창발성'을 앞세우는 작품이라는 공통점도 지니고 있다. 하지만 두 작품의 공통적인 한계는 로맨스문제를 다루면서도 개인적인 행복이나 복지 증진에 대해서는 전혀 언급이 없이 국가나 당의 집단적 개발목표를 향해 무조건적인 충성과 희생을 강요하는 주제로 귀결되고 있다는 점이다. 이러한 양상은 결국 「토양」에서 잠시 언급되듯이 "제대로 먹지도 입지도 못하면서 강성대국 건설에만 앞장서서" 소중한 넋을 희생해야만 하는가 하는 근본적인 질문에 봉착하게 될 것이다

강귀미의 「돈지갑」은 1인칭 관찰자 시점의 소설로 재일 조총련 문제의 독특한 소재를 취하고 있는 것이 주목되는 점이다. 이 단편소설은 조총련의 현본부 위원장인 주인공의 시아버지가 부친으로부터 물려받은 '돈지갑'을 소재로 하여 일제시대의 간또 대지진 때 조선인 폭행 학살사건의 역사를 회고하면서 총련간부로서 자녀들을 북송선에 태워 귀국시킨 이야기로 기본 줄거리를 삼고 있다. 이 작품 또한 며느리가 시아버지를 관찰하고 있는 여성화자에 의해 스토리를 진행시키는 것이 특색이다. 작가 강귀미가 독자들에게 말하고자 하는 의도는 민족 수난사에 대한 역사적 의미를 제시하면서 항일투쟁의 참 가치를 역설하려는 숨은 의도가 자리잡고 있다. 아울러 조총련조직의 활동성과 그 존재가치의 역사적 의의를 강조하려는 뜻과 조총련 간부 자녀들의 북송선을 통한 소위 '조국의 품에 안기기' 운동을 전개한 가치를 미화시키려는 의도가 자리잡고 있다고 하겠다. 하지만 이 작품에서도 작품의 마지막 부분에서 언급되고 있는 "지금 이 시각 '고난의 행군'을 이겨내고 21세기 부흥 강국 건설에 떨쳐나선

때에 (그 돈지갑을 보느라니 …)" 과연 조총련 간부가 자신의 집을 팔아서 넘긴 막대한 헌금과 아들 삼 형제를 귀국시킨 공로를 통해서 얻은 보람을 현재 어디에서 찾을 수 있을 것인가 반문해 보고 싶다.

II. 시 분야

21세기에 접어든 요즈음의 북한의 시문학은 1990년대의 시문학의 주제에서 크게 벗어나지 않고 있다. 북한에서 시형태는 크게 서정시와 서사시로 구분한다. 세부 형태구분에서는 서정시 형태에 송시, 서정시, 풍자시 , 정론시, 벽시, 가사 등을 포함시키고 있으며 서사시 형태에서는 서사시와 서정서사시, 담시 등으로 세분하고 있다. 대개 주제별로는 '혁명 전통 주제', '사회주의 건설 주제', '조국 해방 전쟁 주제', '조국 통일 주제', 민족애와 향토애 등을 강조한 '조국애 주제'의 다섯 가지 주제의식이 주로 등장하고 있다. 그것은 21세기 들어와서도 크게 변화하지 않는 것으로 보여진다.

최근 발간된 4개월분 『조선문학』에서 총 17편의 시를 선정하여 고찰하여 보았다. 주로 순수 서정시계열의 작품만을 엄선하였다. 작가로는 신홍국·고호길 등 10명의 시인이 쓴 시작품을 선택했다. 크게 주제별로 구분해보면, 넓은 의미에서 조국애와 향토애를 강조한 시가 가장 많았다. 김상조의 「내 고향의 저녁 풍경」은 시골 농촌 사람들의 단란하고 행복한 삶을 통해 나라 사랑을 강조한 서정시이고, 고호길의 「시조 4수」도 시조의 절제미를 통해 농촌의 풍요로움과 평화스런 정경을 사계절의 변화에 따라 적절하게 소묘한 서정시라고 할 수 있다. 장원준의 「버들은 무엇을 속삭이는가」는 「나의 동요」, 「어머니」와 더불어 3편으로 구성된 연시인데, 살진 흙과 대지를 어머니의 따뜻한 손길로 상징화하면서 조국에 대한 사랑을 강조한 연작시(한편만 수록)이다.

둘째, 소설에서와 마찬가지로 '사회주의 건설' 주제의 작품이 상당수 있는데, 대표적인 작품으로는 최광조의 「전설의 땅우에 달이 내렸네」를 들 수 있다. 이 작품은 달 상징을 통해 간석지 개척에 의한 자연개조 사업을 미화시킨 서정시이다. 셋째, 요즈음 부쩍 '조국통일' 주제가 많이 발표되고 있는데, 아무래도 남북 정상회담의 여파라고 볼 수 있다. 리영삼의 「기다리는 땅」과 「누가 말하랴」, 「분계선」의 연작시는 분단의 현실이 가져다 준 아픔을 표현하면서 통일의 염원과 동경을 절실하게 묘사하고 있다. 신흥국의 「6월의 금강속사」 연작시의 경우도 남북 정상회담에서 공동선언을 발표한 지 한 돌을 기념한 민족통일 대토론회장에서 민족 통일에 대한 염원과 민족의 위대성에 대한 감격을 노래하고 있다.

최근 시작품에서 특이한 것은 20세기 말에 줄곧 발표되던 '혁명 전통 주제'가 많이 줄어드는 추세를 보이는 대신에 '선군 정치를 미화'시키기 위해 전우애를 강조하거나 강성대국 건설을 군이 선도해야 한다는 내용을 강하게 표출하는 시작품이 간혹 눈에 띈다는 점이다. 그리고 특이하게 '개인의 일상성'의 주제를 다루는 작품도 꾸준하게 창작되고 있어 남북 시단의 거리를 좁히는 계기가 되고 있다. 김성욱의 「나의 멋」과 「유치원 마당가에서」는 마치 남한의 어느 문학지에 실린 시로 착각이 들 정도로 개인적 삶의 여유와 일상적 안식의 가치를 묘사하고 있어 이채롭다고 할 수 있다. 「나의 멋」은 농촌에서의 노동의 기쁨과 휴식의 즐거움을 묘사한 작품이고, 후자는 자라나는 유아기 아이들과의 유쾌한 놀이시간의 즐김을 묘사함으로써 일상적 삶의 여유로움과 존재의 기쁨을 노래한 서정시라고 할 수 있다.

소설 장르보다는 시 장르에서 새로운 주제의 작품이 엿보이는 것은 당연한 추세라고 할 수 있다. 아무래도 시는 사회현실을 즉각적으로 반영하기 쉬운 반면, 소설은 그것을 관찰하는 시간과 그것을 형상화하는 데 따르는 작가의 상당한 호흡 조절이 필요하기 때문이다. 마치 봄이 되어 빙벽이 내부로부터 조금씩 녹아 내리듯이 경직된 북한의 문단풍조가 약간이나마 변화의 조짐을 보이는 것은 고무적인 현상이라고 할 수 있다

북한문학의 창작원리와 창작지침

I. 주체적 문예관의 확립

1992년에 나온 김정일의 『주체문학론』은 서두에서 "새 시대는 주체의 문예관을 요구한다"고 하면서 당의 영도 밑에 1970년대에 대전성기를 맞이한 북한의 문학예술은 80년대를 거쳐 90년대에도 사람의 심금을 울리는 사상예술성이 높은 작품을 수많이 내놓음으로써 사회주의 완전 승리와 조국의 자주적 평화 통일을 위한 우리 인민의 혁명위업 수행에 적극 이바지하고 있다고 강조하고 있다. 그러면서 우리 시대가 요구하는 문예관은 주체의 문예관이라고 주장하면서 그것은 한마디로 말하여 사람을 중심에 놓고 문학예술을 대하는 관점과 입장이라고 역설한다.

즉 북한문예이론의 핵심 중 하나는 '주체적 인간학'을 내세우는 데 있다. 주체적 인간학은 주체사상을 밑바탕에 깔고 있다. 북한에서는 주체사상을 "우리 시대의 가장 과학적이고 혁명적인 세계관이며 혁명과 건설의 유일하게 정확한 지도적 지침"[1]으로 간주하고 있다.

주체의 문예관은 문학예술에 대한 관점과 입장에서 로동계급적 성격을 체현하고 있다고 말한다. 로동계급에게는 자기의 역사적 사명을 수행하는 데 복무하는 혁명적인 문예관이 있으며, 노동계급의 문예관은 근로인민대중의 자주성을 위한 투쟁에 적극 이바지하는 데 문학예술의 참다운 본성과 가치가 있다고 본다는 것이다. 주체의 문예관은 문학예술에서 민족적 특성을 구현할 것을 요구하는 문예관이라는 것이다. 우리 인민에게는 자기의 고유한 민족적 특성이 있다. 아무리 종자가 좋고 사회적 문제성이 있는 작품이라 하여도 그것이 인민의 구미에 맞게 형상되지 못한 것이라면 쓸모가 없다는 논리를 편다. 종국에는 주체의 문예관에서는 우리 시대의 참다운 문학을 주체의 인간학으로 본다고 결론짓는다. 주체의 인간학은 자주성에 대한 문제, 자주적인 인간에 대한 문제를 내세우고 주체형의 인간전형을 창조하여 인민대중의 자주위업 수행에 이바지하는 새형의 문학이라는 것이다.

사실 문학이 인간학이라는 김정일의 교시는 자신의 독창적인 견해라고 할 수 없다. 그 말의 원조는 러시아의 고리키이다. 고리키는 문학을 '인간학'이라고 불렀는데, 그것으로써 인간의 실천적 정신적 활동의 가장 복잡하고 가장 섬세한 제현상을 전면적으로 파악한다[2]는 것을 암시한다. 고리키의 이론을 기초로 하여 김정일은 주체적 인간학을 내세우고 있다.

아울러 주체적 인간학을 강조하는 것은 맑스-레닌주의보다 주체사상이 우월함을 내세우려는 의도도 잠재되어 있다고 하겠다. 북한의 문예이론서는 맑스-레닌주의에서 자신들의 주체사상이 나왔음을 확인하고, 맑스-레닌주의의 공적 또한 인정하고 있다. 인간의 본질은 맑스-레닌주의에 의하여 사회관계 속에서 밝혀졌으며 사회주의 문학은 맑스-레닌주

1) 한중모, 『주체적 문예이론의 기본』, 문예출판사, 1992, 7쪽.
2) 소련과학아카데미 편, 신승엽 외 옮김, 『마르크스 레닌주의 미학의 기초이론 II』, 일월서각, 1988, 62쪽.

의를 사상이론적 기초로 삼음으로써 전형적 환경에서의 전형적 성격의 창조를 통하여 사람을 사회관계의 총체로 그리며 자본주의 제도를 뒤집어엎고 사회주의 사회를 일으켜 세우기 위하여 투쟁하는 인간의 형상을 전면에 내세우게 되었다고 언급하면서 이것은 인간학으로서의 문학의 본성의 구현과 인류 문학예술 발전에서의 커다란 진전이었다[3]고 높이 평가하고 있다. 하지만 맑스-레닌주의는 역사발전에서 사람, 인민대중이 차지하는 지위와 역할을 전면적으로 밝혀내지 못하였으며 자주적 인간의 운명문제에 똑똑한 해답을 주지 못하였다고 비판하고 있기도 하다.

II. 당성 · 노동계급성 · 인민성의 구현

북한의 문예이론서들은 주체적 인간학의 본질은 인민대중을 가장 힘있고 아름다우며 고상한 존재로 형상화하려는 작업이라고 말하면서 그것을 당성, 노동계급성, 인민성의 구현이라는 과제로 자연스럽게 이어간다. 당성 · 노동계급성 · 인민성은 원래 구소련 문예이론의 바탕이었다. 즉 맑스-레닌주의적 이론에서 중심적 창작원리이었던 이것들을 북한에서는 주체사상에서 그대로 원용하여 사용하고 있는 것이다. 하지만 소련과 북한의 문예이론 사이에는 상당한 차이가 있다. 즉 주체사상의 원류인 맑스-레닌주의에서는 인민성을 셋 중에서 가장 앞세우는 데 비해, 북한의 주체사상에서는 당성을 제일 앞세우고 인민성을 가장 뒤에 가져다 놓고 있다는 것이 확연한 차이점이다.

북한에서는 당성 · 노동계급성 · 인민성의 순서로 그 원칙의 관철을 사

---

3) 한중모, 위의 책, 35쪽.

상미학적 원칙으로 삼고 있다. 당성은 결국 수령에 대한 충실성을 강조하는 데 지나지 않는다. 이것은 북한소설에서 등장인물의 대화를 통해 가장 빈번하게 나오는 말 중의 하나이다. 즉 그것은 공산주의 사회에서 유일지배사상을 내세워 권력집중화를 도모하는 독재화과정의 이데올로기인 셈이다. 둘째, 계급성을 내세워 맑스-레닌주의 미학과 주체사상의 미학과의 차별성을 강조하려고 시도하고 있다는 점이다. 맑스-레닌주의 문예이론은 계급사회에서 문학예술이 계급성을 띤다는 것을 강조하는 데 그치고 노동계급의 문학예술의 계급성, 사회주의 문학예술의 노동계급성에 대한 문제는 제기하고 해명하지 못한 데 비해, 주체적 문예이론은 사회주의 문학예술의 노동계급성의 본질과 그 구현에서 나서는 문제를 새롭게 독창적으로 밝힘으로써 사회주의 문학예술을 그 계급적 본성에 맞게 발전시켜나갈 길을 열어놓았다[4]고 극찬하고 있는 데서 확인이 되고 있다. 셋째, 인민성의 문제에 있어서도 맑스 레닌주의 미학은 유물사관에 기초하여 해명한 데 비해 주체적 문예이론은 인민성의 문제를 혁명과 건설의 주인인 인민대중의 자주적 요구를 실현하는 문제와 결부시켜 규명하였다고 찬양하고 있다. 그것은 결국 주체사상이 '사람 중심의 세계관'임을 자랑하려는 데 있다. 그리고 끝으로 북한문예이론에서 당성·노동계급성·인민성의 원칙을 철저하게 지키자고 하는 것은 결국 그들이 말하는 미국과 남한의 반동적인 부르주아 문학예술의 침투 전파를 막기 위함[5]이라고 서슴지 않고 말하고 있다.

---

4) 한중모, 『주체적 문예리론의 기본 I』, 122쪽.
5) 한중모, 위의 책, 142-143쪽.

Ⅲ. 종자론과 수령형상 창조

애초에 '종자론'은 김정일이 『영화예술론』에서 제시한 이론이다. 김정일의 『주체문학론』에서 "종자에 대한 리론은 그동안 창작실천을 통하여 진리성과 생활력이 충분히 확증되었다. 종자에 대한 리론은 문학예술분야에서 혁명을 일으키고 역사적인 전성기를 이룩하는 데서 중요한 역할을 하였다"고 언급하고 있다. 종자란 문학예술작품의 핵을 말한다. 좀더 구체적으로 설명하면, 문학예술에서 작가가 말하려는 기본문제가 담겨 있고 형상의 요소들이 뿌리내릴 바탕이 있는 생활의 사상적 알맹이를 의미한다. 하지만 종자는 생활의 사상적 알맹이지만 일반적으로 말하는 사상과 구별된다고 강조한다. 일반적으로 사상은 주관적인 것으로 추상적인 형태로 나타나지만, 생활에 체현되어 있는 사상적인 것은 객관적인 것으로서 구체적인 대상 속에 생동한 형태로 나타난다는 것이다. 종자는 생활의 사상적 알맹이인 것만큼 구체적인 대상 속에 생동하게 체현되어 있다는 것이다. 종자가 생활의 사상적 알맹이라고 하여 작품의 사상과 같은 것으로 보아서는 안된다는 것이다. 한마디로 말하여 작품의 사상은 종자의 구현과정을 통하여 밝히려는 작가의 주장이고 화폭으로 펼쳐지는 생활에 대한 그의 평가이며 인물의 운명에 대한 결론이라는 것이다.

북한사회에서 궁극적인 목표는 역시 주체사상을 창시한 김일성의 혁명위업을 강조하는 것일 것이다. 그것이 문예이론으로 나타난 것이 '수령형상창조'라고 할 수 있다. 수령형상을 창조하는 것은 사회주의, 공산주의 문학예술건설에서 기본의 기본이라고 북한에서는 평가하고 있다. 따라서 종자론은 수령형상 창조론으로 이어진다. 북한문예이론서에서는 수령형상창조의 본질과 그 합법칙성으로 첫째, 노동계급의 수령은 참다운 공산주의자의 최고전형으로 간주한다. 둘째, 하지만 수령형상은 단순한 공산주의자의 전형과는 차이가 나는데 그것은 공산주의자의 형상은 개인의 형상이지만 수령의 형상은 인민대중의 최고뇌수, 인민대중의 이익의 최고체현자의 형상이기 때문이다. 셋째, 그 합법칙성은 수령의 형상이 사람들을 혁명적으로 교양하며 인민대중의 자주위업, 사회주의·공산주의 위업 실현에로 불러일으키는 데서 거대한 역할을 수행한다는 사정과 관련되어 있다. 넷째, 사람들을 혁명적으로 교양하는 사업에서 기본은 '수령에 대한 충실성'을 지니도록 하는 것이다[6] 등을 강조하고 있다.

그리고 수령형상창조의 원칙으로 다섯 가지를 제시하고 있다. 첫째, 충성심을 다하여 최상의 높이에서 형상할 것, 둘째, 밝고 정중하게 형상할 것, 셋째, 인민들 속에 있는 수령을 형상할 것, 넷째, 위대한 인간의 형상을 창조할 것, 다섯째, 역사적 사실에 철저히 기초하여 형상을 창조할 것[7]을 제시하고 있다.

6) 김정웅, 『주체적문예리론의 기본』 2, 문예출판사, 1992, 103-105쪽.
7) 윤기덕, 『수령형상창조』, 문예출판사, 1991, 178-237쪽.

북한소설 『생명수』에 나타난 북한 농촌의 수리화 사업

I. 머리말

북한의 장편소설 『생명수』는 1989년 김일성상을 수상한 계관작가(계관인) 변희근이 지은 작품으로 6·25 한국전쟁의 정전 후 인민경제의 전후복구를 배경으로 한 사회주의적 사실주의 작품이다. 북한당국은 1954년 3개년 경제계획을 수립한 후 1957년부터 다시 5개년 계획을 추진하여 전쟁으로 인해 폐허가 된 국토의 재건사업과 경제체제의 구축에 몰두하게 된다. 이러한 인민경제의 복구정책을 강력하게 추진하기 위해서는 인민들의 동참이 절실한 처지였다. 따라서 생산현장에 노동력을 투입하기 위해 북한당국은 군중노선의 일환으로 천리마운동을 열정적으로 시행하게 된다.

『생명수』는 이러한 시대적인 배경을 반영하면서 평안도 사리원 근처 봉산벌의 강안마을의 리위원장 김태섭의 가족을 등장시키면서 이야기를 시작한다.

> 연풍호공사가 끝나자 위대한 수령님의 교시를 받들고 내각에서는 어지돈 관개공사를 진행하기 위한 새로운 조치들을 취했었다. 그에 따라 어지돈 관개건설종합기업소가 새로 무어졌는데 종합기업소본부는 벌써 년초에 사리원으로 옮겨갔었다. 그뒤를 따라 대성이가 속한 언제건설사업소에서도 새로 부임한 부기사장 황종구가 설비조립직장장 안병삼을 비롯한 부서책임자들과 400여 명의 로동자들을 데리고 넉달 전부터 억새골에 가있었다. 거기서는 지금 사무실, 식당, 살림집들과 압축기장, 혼합장, 창고들을 짓고 동력선을 끌고 철길인입선을 늘리기 위한 철다리공사가 벌어지고 있었다.[1)]

작품에서 연풍호 공사가 끝났다는 표현을 쓴 것으로 보아 어지돈 관개공사는 1957년에 시작된 5개년 경제계획 시기에 추진된 사업으로 보인다. 연풍호 공사는 바로 평남 관개공사를 의미하는 것으로 1954년에 시작하여 1년 10개월 만인 1956년 5월에 공사가 완료된 사업이다.

『생명수』의 작가 변희근(1924～1989)은 함경남도 함주군의 빈농가정에서 태어나 함흥공립중학교를 졸업하고 저금소에서 사무원으로 일하면서 문학수업을 받은 독특한 경력의 소유자이다. 그는 해방 후 함흥지구군청위원회와 조선로동당 함경남도 위원회 선전부에서 일하면서 첫 단편소설 「거룩」(1946)과 서정시 「이 밤이 새기 전에」(1946)를 발표하였다. 그는 흥남비료공장에서 현지파견작가로 있으면서 본격적인 창작활동을 시작하였다. 변희근은 1952년 말부터 조선작가동맹 함경남도 위원회 지부장으로 활동하면서 단편소설 「첫눈」(1952)과 「빛나는 전망」(1954), 영화문학 「빨간댕기」(1957) 등을 내놓았다. 특히 그는 70년대에 장편소설을 쓰면서 두각을 나타내었는데, 천리마대진군 시기에 광석생산에서 빛나는 업적을

---

1) 변희근, 『생명수』, 평양, 문예출판사, 1978, 18쪽.

남긴 지하초병들의 활약상을 형상화한 장편소설 『지하의 별들』(1970), 어지돈 관개공사를 통해 노동당의 수리화정책의 정당성과 인민들의 생산성 증대에 분투하는 삶을 예술적으로 그린 『생명수』(1978), 한 제철소 노동자의 형상을 통해 인간에 대한 믿음과 사랑으로 불타는 뜨거운 심장을 지닌 사람만이 북한식 주체형의 참다운 당일군이 될 수 있다는 내용을 담은 『뜨거운 심장』(1984) 등을 창작하여 김일성으로부터 치하를 듣게 되면서 최고의 작가로 부상하게 된다.

그러면 『생명수』의 구체적인 작품분석을 통해 천리마시기의 북한사회 현실과 작품 속에 내재된 서사구조의 의미를 살펴보고 『생명수』의 북한 문학사상의 위상에 대해 살펴보기로 한다.

II. 농촌의 수리화 사업과 천리마운동

변희근의 『생명수』와 『뜨거운 심장』은 김일성으로부터 최대의 찬사를 받은 작품으로 북한문학사나 문예이론서에서 주체사상을 형상화한 바람직한 작품의 예로 자주 등장하는 작품이다. 『생명수』가 높은 평가를 받은 이유는 6·25 한국전쟁이 끝난 후 폐허상태의 북한을 새롭게 재건하기 위해서는 사회주의 건설을 촉진시키기 위한 혁명적 군중동원이 필요하였는데, 군중노선에 의한 사회주의 건설의 성공적 사례를 사실적으로 묘사하고 있기 때문이다. 특히 천리마운동 시기에 천리마기수를 전형적인 인물로 내세워 김일성이 강력하게 추진하였던 자연개조사업을 성공적으로 완성시킨 실제의 역사적 사건을 배경으로 하여, 리수복 같은 전쟁영웅만이 북한사회에서 필요한 것이 아니라 사회주의 건설에 묵묵히 헌신하는 노력영웅이 사실상 숨어 있는 영웅으로서, 앞으로의 사회주의 건설에서 더욱 필요한 존재라는 컨셉을 담고 있어 북한의 최고 지도층으로부터 극찬을 받게 된 것으로 보여진다.

북한의 각종 문예이론서에서는 『생명수』를 1950년대 후반부터의 사회주의 건설시기를 혁명적 수령관에 바탕하여 가장 잘 묘사한 '시대의 걸작'으로 다음과 같이 평가하고 있다.

> 위대한 수령 김일성동지께서 높이 평가하여 주신 장편소설들인 ≪평양시간≫, ≪새봄≫, ≪생명수≫, ≪녀당원≫, ≪빈터우에서≫, ≪철의 신념≫, ≪뜨거운 심장≫, ≪붉은 기≫, ≪첫 기슭에서≫를 비롯하여 많은 장편소설들이 바로 친애하는 지도자 동지께서 지니신 수령님에 대한 끝없는 충성과 지극한 효성에 의하여 시대의 걸작으로 창작되였다.[2]

따라서 북한의 문학사나 문예사전에서 『생명수』는 대단히 높은 평가가 매겨지게 된다. 북한의 문예사전에서도 『생명수』라는 이름으로 이 작품의 가치가 장황하게 기술되어 있다. 특히 김일성이 어지돈 관개공사 등 북한당국이 심혈을 기울여 추진한 자연개조운동을 소재로 한 소설창작을 주문하였는데, 그러한 요구에 가장 잘 부합한 작품이기 때문에 다음과 같이 높은 평가를 받은 것이다.

> 장편소설 ≪생명수≫는 봉산벌 사람들의 생활에 근본적 전환을 가져다준 어지돈 관개공사를 소재로 하여 창작되었다. 소설은 김일성의 크나큰 배려속에 어지돈 관개공사가 성과적으로 진행된 역사적 사실과 그 과정에 북한 근로자들이 어떻게 혁명화, 노동계급화되고 계급적 원쑤들의 책동을 짓부셨

2) 최길상, 『주체문학의 새 경지』, 평양, 문예출판사, 1991, 88쪽.

> 는가를 생동한 예술적 형상으로 보여주고 있다. ………(중략)……… 또한 소설에서는 주인공 박대성을 비롯한 곽동수, 한상도, 남성우, 봉숙이 등 새세대들과 문석빈, 송병무 등의 개성적인 형상을 통하여 김일성의 원대한 구상을 꽃 피우는 보람찬 노력투쟁 속에서 삶을 빛내어 나가는 우리 시대 인간들의 참다운 모습을 보여주었다.[3)]

그러면 김일성은 변희근의 『생명수』를 왜 그렇게 높이 평가하였을까? 그것은 아무래도 전후 재건복구사업에서는 혁명적 군중동원이 가장 긴요했는데, 이 작품이 그러한 운동을 앙양하고 있기 때문일 것이다.

북한은 전후 인민경제의 복구를 위한 3개년 계획을 성공적으로 추진한 뒤에 다시 1957년부터 1961년까지 제1차 5개년 계획을 추진하게 되었다. 북한경제의 기술적 개조를 위해서는 무엇보다도 금속공업과 기계공업을 빨리 발전시켜야 했으며 농촌경리의 기술적 개조에서는 우선 수리화를 실현하는 것이 절박한 요구로 나섰다. 그리하여 김일성은 1958년 9월 조선노동당 중앙위원회 전원회의에서, 금속공업과 기계공업의 발전을 결정적으로 추진시키기 위한 과업과, 가까운 연간에 수리화를 기본적으로 끝내는 데 대한 과업을 내세웠으며 "철과 기계는 공업의 왕이다!", "모든 힘을 100만 정보의 관개 면적 확장으로!"라는 구호를 제시[4)]하였다. 그리고 전원회의에서는 온갖 보수주의와 소극성을 극복하고 천리마대진군을 다그쳐 사회주의 건설에서 일대 혁명적 고조를 일으킬 것을 호소하는 내용의 편지를 전 당원에서 보내기로 결정하였다.

당시까지만 해도 간단한 축력농기계나 만들던 기양의 노동계급과 자동

---

3) 사회과학원 주체문학연구소 편, 『문학예술사전』(중), 평양, 과학백과사전출판사, 1991, 371-372쪽.
4) 사회과학원 역사연구소 편, 『현대조선역사』, 서울, 일송정, 1988, 370쪽.

차의 몇 가지 부속품밖에 생산하지 못하던 덕천의 기계전사들은 트랙터와 자동차를 생산하는 것에 대담하게 달라붙었다. 그들은 설계도면도 전문설비도 가지고 있지 못했던 조건에서 자동차, 트랙터를 해체하여 부속품들을 하나씩 하나씩 그리며 그것을 두들겨 만들면서 설계부터 조립에 이르기까지 모든 것을 자체로 해결[5]해 나갔던 것이다.

북한의 역사서를 보면, 당시 북한의 근로자들은 강력한 중공업기지와 현대적 경공업기지를 튼튼히 축성하는 것과 함께, 농촌경리의 기술적 개조도 대대적으로 추진시켰다. 김일성은 농촌경리의 기술적 개조를 실현함에 있어서 수리화, 기계화, 전기화, 화학화를 그 기본내용으로 규정하고, 그 가운데서도 자연기후적 조건과 농업생산의 특성을 고려하여 수리화를 선차적 과업으로 내세웠다. 1958년 9월 당중앙위원회 전원회의가 있은 다음 농촌경리의 수리화를 위한 전군중적 운동이 힘차게 펼쳐졌다. 그리하여 전국 각지에서 1만여 개 대상의 관개시설공사들이 시작되어 불과 6개월 동안에 9,908개의 저수지, 양수장 그 밖의 관개시설들이 완공되어 37만 7,000정보의 논밭에 물을 댈 수 있게 되었다.[6]

수리화와 함께 기계화도 적극 추진되어 트랙터, 자동차를 비롯한 여러 가지 현대적 농기계들이 농업생산에 대대적으로 도입되었다. 농촌경리의 전기화·화학화도 급속히 추진되어 산간지대에 이르기까지 거의 모든 농촌에 전기가 들어가게 되었고 화학비료 정보당 시비량이 급속히 늘어나게 되었다.[7]

한편 김일성은 1960년 11월 27일 작가·작곡가·영화부문 일군들과 한 담화에서 "천리마시대에 맞는 문학예술을 창조하자"라고 역설하였다. 특

---

5) 사회과학원 역사연구소 편, 「현대조선역사」, 서울, 일송정, 1988, 371쪽.
6) 위의 책, 372쪽.
7) 위의 책, 372쪽.

히 소설과 영화예술 등에서 근로자들 속에서 나온 영웅들, 천리마기수들의 보람 있는 생활과 투쟁모습을 잘 그리는 것이 필요하며, 그런 영화를 하나라도 잘 만들어내면, 그것은 근로자들을 크게 고무할 것이며 수천 수만의 새로운 인간들을 교양해 내는 힘있는 무기가 될 것이라고 강조하였다.

> 우리의 문학과 예술은 응당 천리마의 기세로 내달리고 있는 우리 인민의 이 위대한 창조적 생활을 힘있게 형상화하여야 할 것입니다. 우리의 문학과 예술은 천리마시대 사람들의 보람찬 생활과 영웅적 투쟁모습을 그려야 하며 그들의 희망과 념원을 뚜렷이 나타내야 할 것입니다.(『김일성저작집』 14권, 445쪽에서)[8]

『생명수』는 김일성이 앞에서 언급한 담화내용에 최학수의 『평양시간』과 더불어 가장 잘 부합하는 작품이다.

그러면 천리마운동이란 어떠한 개념의 운동이며 그것의 본질적 의미는 무엇인가? 천리마란 하루에 천리씩 달리는 말이라는 뜻이다. 이것은 우리의 오랜 조상 때부터 빨리 달린다는 상징적 술어로 쓰여왔다. 천리마운동이란 이런 천리마를 탄 기세로 빨리 달려나가려는 북한 인민들의 전진운동을 표현한 것[9]이다. 즉 천리마운동이란 북한의 김일성과 조선노동당의 주위에 굳게 뭉친 민중계층들이 높은 열의와 창조적 지혜를 발휘하여 사회주의 건설을 최대한도로 앞당겨 나가는 혁명적 운동을 의미하는 북한식 군중노선을 뜻하는 말이다.

---

8) 사회과학원 주체문학연구소 편, 『문학예술사전』 하권, 평양, 과학백과사전출판사, 1993, 46-47쪽.

9) 사회과학원 역사연구소, 앞의 책, 369쪽.

북한에서 천리마운동이 시작된 발단은 1956년 4월에 있은 조선노동당 제3차 대회에서 5개년 계획의 기본과업을 제시한 것과 연관된다. 1957년부터 시작되는 5개년 계획기간에는 농업협동화와 개인상공업의 사회주의적 개조를 완성하며 사회주의적 공업화의 기초를 닦고 인민들의 먹고 입고 쓰고 사는 문제를 기본적으로 풀 것에 대한 비전이 제시되어 있었다. 하지만 이러한 5개년 계획을 둘러싸고 노동당안에 권력투쟁이 벌어졌다. 그것이 유명한 최창익을 위시한 반당반혁명종파분자들에 의한 반당반혁명적 음모책동이라고 북한현대사는 규정하고 있다. 이러한 음모는 1956년 8월에 열린 조선노동당 중앙위원회 전원회의에서 폭로 분쇄되었으나 그 잔당들이 남아서 준동하고 있었다[10]는 것이다. 그래서 이들과 투쟁을 하면서 5개년 계획의 방대한 과업을 수행해 나가야 하는 힘든 당면과제가 주어졌던 것이다.

또한 전쟁의 피해가 가장 심했던 전력·화학 공업과 같은 기간적인 중공업부문에는 전쟁의 상처가 많이 남아 있었다. 3개년 계획기간에 방대한 규모의 공업건설이 진행되었으나 알곡생산과 작물생산분야에서 아직 인민경제적 수요를 충족시키지는 못하고 있었다. 소비품의 생산이 크게 모자랐고 주택의 보급도 수요를 따라갈 수 없었다.

그리하여 김일성은 이 시기에 조성된 난국을 뚫고 사회주의 혁명과 건설을 계속 빠른 속도로 밀고 나가기 위해 특단의 조치가 필요함을 절실하게 느끼게 되었다. 따라서 1956년 12월에 열린 조선노동당 중앙위원회 전원회의에서 5개년 계획의 첫해인 1957년도 인민경제계획 과제들과 사회주의 건설이 대고조를 불러일으키기 위한 구체적인 방도들을 토의하였다. 전원회의에서는 1957년 공업생산을 생산액을 기준으로 1956년에 비

10) 사회과학원 역사연구소(김한길), 위의 책, 365쪽.

해 21% 더 높일 것을 결의[11]하였다. 그리고 인민경제발전과 인민생활의 절박한 수요를 빨리 충족하기 위해서 더 많은 생산을 낼 것이 요구되었다. 그 결과 전원회의는 강재(강철)와 일용품들 그리고 알곡에 대한 계획 외의 증산과제를 내놓고 그 수행을 근로자들에게 호소하였다.

김일성은 5개년 계획의 첫 해 과업을 완수하기 위해서는 내부예비를 백방으로 동원하여 설비이용률을 높이는 것이 절실하게 필요함을 느끼고 "증산하고 절약하여 5개년 계획을 기한 전에 넘쳐 완수하자"라는 전투적 구호를 제시하였다. 전원회의가 있은 다음 김일성은 당과 정부의 지도간부들을 전국 각지의 중요 공장과 농촌에 파견하고 몸소 강선제강소에 나갔다. 강선제강소의 노동자계급 앞에서 김일성은 나라형편의 어려움을 토로하고 강재를 계획보다 1만톤 더 생산하여 주면 나라가 허리를 펴겠다고 하면서 증산운동에 힘차게 나가줄 것[12]을 호소하였다. 강선의 노동계급은 김일성의 교시에 따라 생산 혁신을 일으킬 불같은 결의를 다지고 최대한의 증산과 절약 투쟁에 천리마의 기세로 나갈 것을 다짐한다. 그리하여 강선제강소의 천리마의 봉화는 전국으로 퍼져나가게 된다.

북한의 현대사는 천리마운동을 전후시기에 이루어진 위대한 사회적 변혁과 물질적 및 정신적 역량에 기초하여 일어난 합법칙적 현상이라고 설명하고 있다. 즉 사회주의 건설과 자립적 민족 경제 토대의 축성이 천리마운동이 일어날 수 있는 사회경제적 및 물질적 조건으로 되었다[13]고 설명한다.

천리마운동은 경제·문화건설에서의 집단적 혁신과 근로자들을 교양개조하는 사업을 유기적으로 결합시킨 공산주의적 진군운동이라고 그 본

11) 사회과학원 역사연구소(김한길), 위의 책, 366쪽.
12) 사회과학원 역사연구소(김한길), 위의 책, 같은 쪽.
13) 사회과학원 역사연구소(김한길), 위의 책, 376쪽.

질을 설명하고 있는 것이다. 한마디로 천리마운동은 모든 사람들을 교양 개조하여 주체사상과 집단주의 정신, 자력갱생의 혁명적 원칙과 백전불굴의 투쟁정신으로 튼튼히 무장한 진정한 공산주의적 인간으로 키워나가는 것을 제1차적 가업으로 내세우고 근로자들을 대중적 영웅주의와 집단적 혁신으로 불러일으켜 경제와 문화건설을 힘있게 밀고 나가는 운동[14] 이라는 것이다.

천리마운동의 기본과업은 사상·기술·문화의 혁신운동으로 요약된다. 이것이 이른바 3대혁명이라는 것으로, 첫째는 사람과의 사업을 잘하는 것(사상), 둘째는 설비·자재와의 사업을 잘하는 것(기술), 셋째는 책과의 사업을 잘하는 것(문화)으로 묘사하고 있다. 이 운동은 긍정적인 측면도 많았지만, 부작용도 많았다. 그리하여 1970년대에 이르면 퇴색되기 시작[15]한다. 1970년 11월에는 제5차 당대회에서 사상·기술·문화의 3대혁명을 완수하기 위해 새롭게 3대혁명 붉은기 쟁취운동[16]을 마련한다. 김정일이 주도하는 세대교체의 혁명사업으로 사실상 이름만 바뀌게 된 것이다.

변희근의 『생명수』는 이러한 1950년대 말에 북한에서 일어난 천리마운동을 배경으로 전후 북한이 가장 절실하게 추진하고 있었던 농촌의 수리화 사업 등의 관개공사를 통한 자연개조운동의 정당성과 인민들의 적극적인 동원을 통한 생산성 증대운동의 합법칙성에 대해 예술작품으로 형상화한 최초의 작품이라는 데에 북한문학사에서 그 의의가 크다고 할 수 있다.

---

14) 사회과학원 역사연구소(김한길), 위의 책, 369쪽.
15) 고태우, 『북한사 100장면』, 가람기획, 1996, 160-161쪽.
16) 고태우, 위의 책, 161쪽.

당에서는 지금 어려운 경제적 난관을 타개하고 사회주의 건설을 힘있게 밀고나가기 위하여 최대한의 증산과 절약을 요구하고 있었다. 한줌의 세멘트, 함쪽박의 쇠붙이라도 천금같이 아끼고 또 아껴써야 할 절박한 때였다.

위대한 수령께서 강선제강소에 나가시여 강재 1만톤만 더 있으면 나라가 허리를 펴겠다고 말씀하셨다는 이야기를 들을 때마다 대성은 가슴이 저려나는 것을 어쩔 수 없었다.[17]

III. 70년대 소설창작 전투와 사회주의 건설 주제

최근 북한에서 장·중편소설과 영화 장르를 중시하는 태도를 보이는 것은 당 선전선동사업을 일찍부터 주관하던 김정일의 확고한 예술관에서 비롯된 현상이라고 할 수 있다. 김정일은 주체사상의 정립에 직접 관여하였을 뿐만 아니라 그것을 대중화하는 데 많은 관심을 가지고 있었다. 따라서 그는 소설과 영화장르가 대중을 선동하고 홍보하는 데 다른 어떤 매체보다도 가장 영향력 있는 매체라는 사실에 대해 분명한 인식을 하게 된다. 김정일이 4·15 문학창작단을 1968년 무렵 만들고, 그곳에 소속된 작가들의 작품창작에 수정을 가하고 작품의 종자를 잡아주는 행위까지 한 것은, 바로 그가 엥겔스의 반영론이나 문학의 계급성과 경향성을 강조한 주다노프주의에 충실하고 있는 교조주의자임을 입증해주는 것이다. 그가 소설의 역사성과 대중 선동성을 중시하여 처음 착수한 것이 『불멸의 역사총서』발간이고 그 이후의 70년대 말부터 80년대 말까지 총돌격전이라는 명칭으로 두 차례나 밀어붙였던 사업이 '장·중편소설 창작전투'

17) 변희근, 『생명수』, 50-51쪽.

였다. 이러한 소위 '창작전투' 결과 10여 년 사이에 무려 100여 편의 장·중편소설이 만들어졌고 그 이후까지 수백 편의 소설이 창작되는 기현상이 벌어졌다.

> 장·중편소설 창작의 이러한 실태를 료해하신 친애하는 지도자동지께서는 1978년 1월 7일 장·중편소설 창작전망계획을 밝혀주시면서 위대한 수령님 탄생 70돐이 되는 민족최대의 경사의 날인 1982년 4월 15일까지 장·중편소설 창작전투를 힘있게 벌릴 데 대하여 가르쳐주시였다.[18]

창작전투의 근거지인 남포에서 30리 떨어진 우산장까지 김정일이 작자들을 위해 직접 자동차까지 보내주는 배려까지 한 결과 쏟아져 나온 장·중편소설의 주제는 다섯 가지로 압축되고 있다. 이것을 통해 우리는 80년대 이후 최근의 북한의 사회현상과 예술계의 동향을 파악할 수 있게 된다. 그 주제는 혁명전통의 주제, 조국해방전쟁주제, 사회주의 건설주제, 조국통일주제, 역사 및 계급교양주제의 다섯 테마이다. 혁명전통주제의 작품으로는 『찔레꽃』(강효순, 유고 전기영), 『우등불』(김원종) 등이 제시되고, 조국해방전쟁주제의 작품으로는 『태백산줄기』(정기종), 『량심과 운명』(리동구)등이 거론되었다. 그리고 가장 창작작품이 많은 사회주의 건설주제로는 『야금기지』(허춘식), 『빈터우에서』(김보행), 『청춘송가』(남대현), 『철의 신념』(김리돈) 등의 장편소설이 나열되고 있으며, 조국통일주제로는 『세월을 넘어』(김덕철), 『후대의 길』(리호인), 『조국과 운명』(박혁) 등이, 그리고 역사 및 계급교양주제로는 『갑오농민전쟁 3』(박태원, 권영희), 『김정호』(강학태), 『리순신장군』(김현구)[19] 등이 제시되고 있다.

---

18) 최길상, 앞의 책, 112쪽.
19) 최길상, 『주체문학의 새 경지』, 평양, 문예출판사, 1991, 121-124쪽.

변희근의 『생명수』(1978)나 『뜨거운 심장』(1984)은 이러한 70년대 말부터 전개된 소설창작 전투의 일환으로 창작된 작품이며 김정일이 구체적으로 제시한 다섯 가지 주제 중 '사회주의 건설' 주제에 해당한다는 측면에서 북한문학사에서 그 위상이 분명하다고 하겠다.

Ⅳ. 장편 『생명수』의 서사구조와 내적 의미

김정일이 70년대 말부터 장·중편소설 창작전투를 펼치게 된 배경은 북한경제의 활성화방안과 밀접한 관련이 있다. 북한이론서들을 살펴보면, 1974년 2월 당중앙위원회 제5기 제8차 전원회의에서 제시된 사회주의 대건설 방침과 1977년 12월 최고인민회의 제6기 제1차 회의에서 밝혀준 제2차 7개년 계획의 웅대한 설계도를 빛나게 완수하기 위하여 사회주의 건설의 모든 초소들에서 혁신의 불길을 높이고 있는 근로자들의 앙양된 혁명적 열의를 소설문학이 반영하게 하는 동시에, 소설창작에 있어서 온갖 소극적이며 신비주의적인 태도와 입장을 극복하고 이러한 창작전투에 새로 자라난 신진작가들을 대담하게 투입하여 그들의 창조적 적극성과 지혜를 남김없이 과시할 수 있게 하려는[20] 배려에서 비롯되었다고 밝히고 있다.

이러한 배경을 지니고 있는 변희근의 『생명수』는 그의 대표작으로 손꼽히고 있는 『뜨거운 심장』과 더불어 북한의 주체문예이론서에 단골메뉴로 등장하면서 그 역사적 의미와 문학적 가치가 높이 평가되고 있다. 『생명수』는 1960년대부터 북한이 심혈을 기울이며 역점을 두었던 사업인

---

20) 오승련, 『주체소설문학 건설』, 평양, 문예출판사, 1994, 295쪽.

'자연개조계획'의 실천을 예술적으로 형상화한 작품이다. 홍수로 큰 피해를 보기만 했던 봉산벌 농민들의 빗물을 받아 농사를 짓는 전근대적 영농방법의 혁신을 위해 전개하게 된 어지돈 관개공사의 성공을 미화시킨 장편소설이다.

『생명수』는 『평양시간』과 함께 북한의 사회주의건설의 주제를 사실적으로 가장 잘 형상화한 작품이라는 데서 높은 평가를 받고 있다. 이 소설은 1)주체문예이론을 잘 활용한 작품이다 2)로동계급과 기술자들의 영웅적 위훈을 폭넓은 생활화폭 속에 담은 작품이다 3)우리 시대의 전진운동의 본질과 주체적 의미를 잘 살린 작품이다 4)인민들의 신념과 의지, 지향을 예술적으로 잘 일반화한 작품이다 5)자주적인 인간과 혁명적 수령관을 핵으로 하는 혁명적 인생관을 가진 새로운 시대전형을 잘 창조했다 등의 근거로 좋은 장편소설작품의 실제 예문으로 자주 인용되고 있다.

1. 숨은 영웅 찾기와 위훈에 대한 갈망

북한의 군중노선으로는 1950년대 후반부터 60년대까지는 천리마운동이었다. 하지만 70년대부터 80년대에 이르러서는 속도전으로 바뀌었다. 천리마운동의 배경에는 구소련의 스타하노프운동의 영향이 있다. 북한에서는 '평양속도' 외에도 60년대에 '비날론속도'(61. 4. 1~5. 6 홍남비날론공장 건설과정) 및 '강선속도'(69년 강선제강소), 등 '속도'라는 용어가 사용되었다. 이러한 '속도'란 용어는 1974년 2월 당중앙위원회 제5기 8차 전원회의(2. 11~13)에서는 '속도전'이란 사회주의 노력경쟁을 위한 공식 구호로 바뀌게 되었다. 이 회의에서 "달리는 천리마에 더욱 박차를 가하여 새로운 천리마속도, 새로운 평양속도로 질풍같이 내달아 6개년 계획(71~76년)을 당창건 30주년(1975. 10. 10)까지 조기 완수할 것"을 촉구하였다.

북한은 속도전에 대해 "집단의 전성원들이 혁명적 열정을 높이고 일을 짜고 들어 자기의 모든 예비와 가능성을 집중적으로 동원하며 일단 시작한 일은 전격전 · 섬멸전으로 전개, 속도를 높이는 가장 우월한 혁명적 전투원칙"(1974. 2. 18, 노동신문 사설)이라고 설명[21]하고 있다.

이 운동은 1)김일성에 대한 충성심 고취, 2)주체사상과 배치되는 낡은 사상 배격, 3)속도와 질의 동시 향상, 4)전격전 · 섬멸전 적용, 5)기술혁신운동과 결부, 6)예비의 총동원 등을 내용으로 하며 구체적으로는 '충성의 속도', '70일 속도', '1백일 전투', '2백일 전투', '80년대 속도창조운동', '90년대 속도 창조운동' 등의 형태로 전개[22]되어 왔다.

북한이 '속도'나 '속도전'을 펼친 이유는 경제적인 낙후성과 기술능력의 취약성을 단기에 극복하기 위한 목표와 연관성이 있으며 또 하나는 증산과 절약이라는 6 · 25 전쟁후의 끊임없는 생필품의 부족에서 기인한 것으로 판단된다. 그리고 그것보다도 더욱 큰 요인으로는 60년대 후반부터 70년대 중반까지 남한과의 치열한 경제성장과 군사력 증강의 경쟁에서 그 원인을 찾는 것이 타당할 것이다. 결론적으로는 박정희 대통령의 조국근대화정책과 계획경제에 의한 경제성장론이 김일성의 사회주의 혁명(건설)의 조기달성론을 압도한 것으로 끝이 났지만, 치열한 남북한의 경쟁은 김일성으로 하여금 북한사회에서 인민들을 끊임없이 채찍질하게 하는 요인으로 작용하였던 것이다.

소련식 모델인 계획경제를 도입하여 중공업 위주의 경제성장을 추진하던 김일성이 느슨한 사회분위기를 생산성 향상의 긴장된 상태로 조이기 위해 창안해낸 방법이 소위 '노력영웅' 즉 '숨은 영웅' 찾기라는 것이다.

---

21) 연합뉴스 민족뉴스 취재본부, 『북한용어 400선집』, 연합뉴스, 1999, 142쪽.
22) 연합뉴스 민족뉴스 취재본부, 위의 책, 143쪽.

사실상 '숨은 영웅' 찾기는 1970년대에 출발한 것으로 판단(『생명수』의 창작시기가 1978년인 것을 감안할 필요가 있음)되지만, 50년대 후반을 배경으로 하는 『생명수』에 이러한 용어가 이미 등장하고 있어서 흥미를 유발한다.

사실상 『생명수』에서는 주인공 박대성과 남성우가 새 세대의 리더로서 부각되고 있으며 여성으로는 숙련된 목공 송병무의 딸인 송선희와 김태섭 강안마을 리위원장의 딸인 김봉숙이 여성지도자로서의 자질을 보여주고 있다. 특히 북한 영화나 소설에서 자주 등장하는 결손가정의 자녀들이 고난을 이겨내고 사회주의 건설에 앞장서서 새 세대의 영웅으로 떠오르는 것으로 미화시키는 작품이 많은데, 『생명수』도 그러한 스테레오 타입에 부합하고 있다. 박대성의 아버지는 6·25 한국전쟁 당시에 김일성이 물 부족을 타개하기 위해 어려운 여건 하에서도 보내준 양수기를 지키기 위해 헌신하다가 미군의 폭격에 의해 폭사한 박덕만의 아들로 묘사된다. 원래 박대성은 고등중학교 시절에 공부를 잘하여 김일성 종합대학교 정치경제학부에 진학하기로 예정되어 있는 수재였다. 하지만 부친의 돌연한 사망은 그의 진로를 바꾸게 만들었다. 그는 부친의 위업을 이어 관개건설자로 나설 결심을 굳히는 것이다.

박덕삼은 해방전부터 백성보 양수장 관리공으로 일해온 로동자였다. 입에 풀칠을 하자니 할수없이 동척놈들의 양수일을 했지만 마음 무던하고 정의감이 강한 그는 강안마을 사람들과 한집안 식구처럼 다정하게 지냈다. 토지개혁이 있은 해 가을 강안마을 대표들이 분여받은 땅에서 거둔 첫 낟알을 선물로 가지고 위대한 수령님께 감사를 드리려 평양에 올라갔을 때 덕삼이도 김태섭이며 정순갑이들과 함께 갔었다 ……(중략)…… 그 후에 인차 어버이수령님께서는 강안마을 사람들의 물고생을 헤아리시며 백성보 양수장에 새 양수

> 기를 보내주시였다 ………(중략)……… 그런데 덕삼은 전쟁이 거의 끝나갈 무렵 최후 발악하는 미제 날강도들의 맹폭 속에서 어버이수령님께서 보내주신 양수기를 지키다가 그만에야 장렬한 최후를 마친 것이였다….
>
> (덕삼형님이 그렇게 된 줄 아시면 어버이 수령님께서 얼마나 가슴아파하시랴.)[23]

둘째아들인 박대성은 이러한 아버지의 영광스런 업적을 잊지 않고 누구나 들어가고 싶어하는 김일성 종합대학교로의 진학마저도 포기한다. 전쟁을 마치고 집으로 돌아오던 그에게는 대학 진학 후에 펼쳐질 미래에 대한 꿈과 희망으로 부풀어 있었다.

그것은 비단 전호 속의 어설픈 꿈결에도 못 잊어 찾아들던 그리운 고향집, 사랑하는 부모님들의 품으로 돌아간다는 기쁨에서만이 아니였다.

> 그의 주머니 속에는 언제나 동경해 마지 않던 김일성 종합대학 정치경제학부에 입학할 추천서가 간직되여 있었다.
>
> 자기를 기다리고 있는 희망찬 대학시절과 빛나는 앞날을 두고 그의 꿈은 참으로 황홀한 것이였다.
>
> 그러나 사립문밖에서부터 어머니를 부르며 달려들어간 집에서는 아버지를 잃은 뜻밖의 불행이 그를 기다리고 있었다. 대성은 하늘이 무너진 듯 눈앞이 캄캄하고 가슴 속에 끓어 오르는 복수심으로 미칠 것만 같았다 …………(중략)…………
>
> 사흘 후에 대성은 배낭을 지고 평남관개 건설장으로 다시 떠났었다.[24]

---

23) 변희근, 『생명수』, 9-10쪽.
24) 변희근, 『생명수』, 26-27쪽.

이러한 박대성은 북한당국이 그렇게도 찾으려고 애썼던 숨은 영웅이 될 자질을 갖추고 있었다. 따라서 그는 작품 속에서 어떠한 난관에 봉착해서도 어지돈 관개공사의 속도를 앞당기려고 고군분투하며 자신의 임무인 연공작업반장의 일에 몸을 던져 헌신한다. 그뿐만이 아니라 경험이 없으면서도 오직 공명심으로 인한 자존심으로 인해 조직을 무단으로 이탈하여 평양집으로 도망을 쳐버린 남성우를 평양까지 찾아가 설득하여 종국에는 새 세대의 노력영웅으로 키우는 러더쉽을 발휘한다. 동시에 그는 자신에게 흠모와 사랑의 눈길을 보내는 봉숙과 선희를 품어 안아 여성지도자로서 자질을 갖추게 이끄는 역할을 떠맡기도 한다.

남성우는 잠시 생각에 잠겼다가 다시 입을 열었다.

≪저는 어려서부터 리수복, 조군실과 같은 영웅들을 동경했습니다. 그들처럼 저의 가슴은 언제나 위훈에 대한 갈망으로 불탔습니다. 우리의 영웅적 시대에 어찌 위훈이 없는 삶을 생각할 수 있겠습니까. 저는 학교에 다니면서 음악을 좀 했습니다. 선생님들은 제가 음악대학에 갈 것을 바랐습니다. …(중략)… 어느날 저는 연풍호 건설자들의 투쟁실기를 쓴 글을 신문에서 읽었습니다. 참으로 감동적인 글이였습니다 …(중략)… 그런데 마침 당에서는 청년들을 여기 어지돈으로 불렀습니다. 저는 모든 유혹을 물리치고 결심을 내렸습니다. 내가 가야 할 곳은 바로 여기다! 여기에 바로 나의 위훈이 있다!≫[25]

≪동무가 위훈을 갈망하는 것은 물론 좋은 일이요. 하지만 우리 시대의 참다운 위훈이란 과연 무엇이겠소? 오늘 우리 사회에는 오직 어버이 수령님의 심려를 덜어들이기 위해서 누가 알아주거나 말거나 몇십 년을 하루같이 궂은

---

25) 변희근, 『생명수』, 68쪽.

일 마른 일 가리지 않고 자기의 혁명임무를 말없이 꾸준하고 성실하게 수행하고 있는 <숨은 영웅>들이 얼마나 많소. 그들의 위훈이 그토록 아름답고 참되고 숭고하고 사람들의 존경과 감동을 자아내는 것은 바로 위대한 수령님을 진심으로 받들어 모시는 티없이 맑고 깨끗하고 불보다도 뜨거운 충성심의 뿌리에서 피여난 붉은 꽃송이들이기 때문이요. 이 뿌리를 심장 깊이 심지 못한 사람은 어데 가서 무슨 일을 하나 결코 참다운 위훈을 세울 수 없다고 나는 생각하오. 나는 바로 이 말을 하고 싶어 동무를 찾아왔소. 성우동무, 이 문제에 대해서 한번 깊이 생각해보오.≫[26]

2. '낡은 것'과의 투쟁-적대적 갈등과 비적대적 갈등

북한 문예이론 중 소설론에서 특이한 것은 적대적 갈등과 비적대적 갈등이라는 이론이다. 서구문예이론에 바탕하고 있는 남한의 예술이론의 경우 어느 장르인가를 막론하고 갈등을 중심 축으로 삼지 않는 경우가 드물다고 할 수 있다. 특히 소설이나 희곡장르의 경우 갈등의 극대화가 클라이막스의 최정점을 결정하는 관건이 되기도 한다. 하지만 최근의 북한문예이론의 경우 무갈등론이 근간을 이루는 것으로 남한학계에서는 알려져 있었다.

그러나 그것은 잘못 알려져온 이론이다. 북한의 문예이론에서도 예술적 갈등을 중시하고 있다. 사회현실에는 모순과 대립이 있게 마련이고, 그것을 사실적으로 반영하는 사실적인 문학의 경우, 그러한 사회의 긍정적인 요소나 부정적인 요소의 모순을 반영할 수밖에 없다는 입장을 취하고 있다. 김정일 국방위원장은 유명한 『영화예술론』에서 "예술의 갈등은 생

26) 변희근, 『생명수』, 261쪽.

활에서 벌어지는 계급투쟁의 반영이다. 생활에서 보게 되는 서로 상반되는 계급적 립장과 사상의 대립과 투쟁이 예술적 갈등의 기초가 된다"[27]고 언급하였다. 문학예술에서 갈등은 어디까지나 인물들의 관계, 인물들 호상간의 대립과 충돌, 투쟁을 반영하는 미학적 개념으로 파악한다. 그래서 문학예술에서 갈등은 계급투쟁의 반영이므로 계급투쟁의 성격에 의하여 갈등의 성격과 특징이 규정되는 것이다. 문학예술 작품의 갈등은 그 성격과 내용에 있어서 그리고 그 형식과 전개방식에 있어서 매우 다양하다는 것이다. 즉 북한의 문예이론서는 사회적 모순의 성격, 혁명 발전단계에 따르는 모순의 변화, 투쟁형식과 방법의 차이는 예술적 갈등을 구체적으로 특징짓는다고 설명하고 있다.

아울러 북한의 문예이론서는 갈등의 종류를 크게 두 가지로 세분하고 있다. 그 하나는 적대적 갈등이다. 적대적 갈등은 착취계급이 존재할 경우에 발생하게 된다. 따라서 착취사회 현실을 반영한 작품들과 자주성을 실현하기 위한 인민들의 투쟁을 그린 문학예술 작품들은 착취계급과 피착취계급, 지배계급과 피지배계급 사이의 모순과 대립, 투쟁을 반영한 적대적 갈등을 기본으로 하여 구성되었으며 적대적 갈등이 형성창조의 중요한 수단이 되고 있다는 것이다. 해방 후 북한사회에서 과연 착취계급은 존재하고 있는가? 북한이론서들은 사회주의 사회는 착취계급을 계급으로서 완전히 청산한 사회로 보고 있다. 그러나 이 사회에도 전복된 착취계급의 잔여분자들이 남아 있고 사회주의 제도를 반대하는 내외의 원쑤들의 파괴암해책동이 계속되며 따라서 놈들을 반대하는 계급투쟁이 진행되지 않을 수 없다[28]고 역설하고 있다. 사회주의 사회에서도 외래 제국주의자들의 침략책동을 반대하는 투쟁이 계속되어야 한다는 입장이다.

---

27) 김정웅, 『주체적 문예리론의 기본』 2, 평양, 문예출판사, 1992, 230쪽.
28) 김정웅, 위의 책, 235쪽.

그러나 북한사회에서 적대적 갈등이 그렇게 흔한 것은 아니다. 북한같이 폐쇄적인 사회에서 소위 미제국주의자들의 침투와 파괴공작이 가능할 것인가? 따라서 대개의 경우 비적대적 갈등을 묘사하는 작품들이 많다. 그러면 '비적대적 갈등'이란 무엇인가? 적대적 갈등과 달리 사상적 지향의 공통성, 목적과 이해관계의 공통성을 가진 사람들 사이의 호상관계를 반영하는 예술적 갈등은 상용적 비적대적 성격을 띠지 않을 수 없다[29]고 개념정의를 내리고 있다. 착취사회가 남겨놓은 낡은 사상잔재와 낙후된 생활인습은 매우 집요하며 그것은 오직 장기적이고 꾸준한 투쟁을 통하여서만 완전히 극복될 수 있다는 것이다. 즉 사회주의 현실과 이 사회에서의 근로자들의 생활을 그리는 문학예술작품에서는 비적대적 갈등이 갈등의 기본형태로 되고 있다고 천명하고 있다.

사회주의 건설 주제를 표방하는 최학수의『평양시간』에서는 적대적 갈등과 비적대적 갈등의 유형으로 크게 세 가지를 들고 있다. 첫째, 반혁명분자들과 반동분자들의 작간이라고 단정짓고 있으며 그것을 분쇄하기 위해 정치투쟁과 계급투쟁을 병행해야 한다고 역설하고 있다. 작품에서 청년조립공들인 채만집과 선우호섭 등은 벽체조립이 수직상태를 보장하지 못하게 된 원인으로 "나쁜 놈의 작간이라고 봅니다"라는 다소 엉뚱한 이유를 댄다. 그 근거로 비 오는 날 세멘트 창고 뒤로 돌아가 본 한 청년조립공이 금방 파놓은 도랑의 물이 창고 안에 흘러들도록 터쳐놓은 것을 목격했다고 보고한다. 또 하나 언젠가 청년조립공의 한 사람이 전기줄이 합선된 것을 보고 떼놓았는데 자칫 잘못했더라면 기중기 운전공이 감전되어 생명을 잃었을 것이라고 증언했다는 것이다. 이러한 현상은 반혁명분자들과 반동분자들의 작간이며 낡은 것과의 투쟁에서 가장 먼저 척결

---

29) 김정웅, 위의 책, 242-243쪽.

해야 할 과제라고 다음과 같이 성토를 한다. 이러한 갈등은 '적대적 갈등'에 해당된다고 하겠다. 둘째, 보신주의와 관료주의의 폐단을 지적하고 있다. 우리는 오직 우리 혁명위업의 승리를 위하여 자기의 지식과 기술을 다 바쳐 복무할 줄 아는 그러한 혁명적인 인테리를 걸러내야 한다[30]고 강조하고 있다. 동요성은 착취사회의 인텔리에게 있는 고유한 성질이라고 말하면서 인테리들은 소심성, 보신주의, 공명심과 출세주의, 교만성, 자고자대하며 우쭐렁거리는 성질 등이 있다[31]고 비판하고 있다. 『평양시간』에서 문화린은 대표적인 주체의 인테리 즉 혁명적 인테리에 해당하며 림도식은 전형적인 착취사회의 인테리의 성질을 가지고 있는 부정적인 인물로 묘사되고 있다. 따라서 『평양시간』은 이러한 착취사회에서나 존재하는 인테리와 비적대적 갈등을 펼칠 것을 주문하고 있다. 셋째, '낡은 것과의 투쟁'의 또 다른 대상으로는 사대주의와 민족 허무주의의 근성을 지적하고 있다. 이러한 투쟁은 비적대적 갈등에 해당한다.

그러나 특이하게 변희근의 『생명수』에서는 '적대적 갈등'이 전면에 부상하고 있다는 점이다. 그 이유로는 아무래도 이 작품의 시간적 배경이 정전 후 얼마 지나지 않은 시기로 못박고 있기 때문일 것이다. 그러한 적대세력으로는 장억대가 등장한다. 장억대는 어지돈 종합관개사업소의 부기사장 황종수와 함께 일하는 작업 지도원으로 묘사된다. 하지만 작품에서 장억대는 계급상으로도 지주의 아들이므로 부르주아지로 묘사되며, 해방 후와 전쟁 중에는 미국의 첩보장교 제임스의 지령을 받는 스파이로 그려지는 인물이다. 장억대는 자신의 신분을 속이고 행방 전후의 혼돈기에 돈이 최고라는 체험을 바탕으로 부업에 몰두하는 노련한 목공 송명부에게 접근하여 탈법적인 행위를 방조하거나 지원하여 그를 자신의 우군

30) 신언갑, 『주체의 인테리리론』, 평양, 과학, 백과사전출판사, 1986, 51-52쪽.
31) 신언갑, 위의 책, 56쪽.

으로 삼는다. 그리고 결국 관개공사의 속도를 앞당기는 데 결정적인 7톤 기중기의 쇠와이어를 밤에 몰래 절단하여 기중기가 붕괴하도록 유도하거나 그것이 실패하자 기계실의 기계를 조립하는 데 중요한 부품인 암나사 꿰미를 훔쳐 산속에 묻어버리기까지 한다. 이도 저도 실패하자 마침내 시한폭탄을 들고 야간에 침입하여 기중기를 폭파하려고 시도하기도 한다.

이러한 장억대는 북한의 대표적인 문예이론서인 『주체적 문예리론의 기본』(2)에 나오는 "이 사회에도 전복된 착취계급의 잔여분자들이 남아 있고 사회주의 제도를 반대하는 내외의 원쑤들의 파괴암해책동이 계속되며 따라서 놈들을 반대하는 계급투쟁이 진행되지 않을 수 없다"[32]에 해당되는 인물인 것이다.

장억대의 본명은 한구일이였다. 리력서에 밝혀진대로 하면 그는 강원도 춘천부근 어느 마을에 산 한 자작농의 둘째 아들이였으나 사실은 함주벌에서 친일파로 소문난 대지주 한경술이란 놈의 둘째 아들이였다. 한구일은 중학교와 고등공업학교를 서울 삼촌네 집에 가서 다녔다. 그의 삼촌놈은 총독부 토목과의 관리였다. 그놈의 반연으로 한구일은 벌써 학생시절부터 ≪불온학생≫들을 색출해내는 일제경찰의 밀정이 되었다 ………(중략)………

일제가 패망하고 미제침략군이 남조선에 기여들자 일제경찰은 한구일이와 그의 삼촌놈을 미군첩보기관에 넘기였다 ………(중략)……… 반격으로 넘어온 인민군대에게 쫓기여 다리야 날 살려라 하고 남으로 줄행랑을 놓을 때 절망에 빠졌던 한구일은 인민군대의 전략적 후퇴가 시작되자 죽었다가 다시 살아난 놈처럼 살판을 만났다고 으시대였다. ………(중략)………

이런 때에 한구일은 작시의 직속상관인 첩보장교 제임스로부터 피난민으

32) 김정웅, 앞의 책, 235쪽.

로 가장하고 이북에 떨어져 특수임무를 수행하라는 뜻밖의 지령을 받았었다. 제임스의 지령을 요약하면 ≪<북진통일>은 시간문제다. 그때까지 아무데나 들어박혀 최대한의 가능성을 찾아서 파괴암해활동을 벌리라. <북진통일> 후 그 공적에 따라 너에 대한 평가가 내려질 것이다.≫ 이런것이였다. 그리하여 고등공업학교 토목과에서 배운 밑천이 좀 있어 연풍언제건설장에 들어박혔는데 관개건설부문의 기술일군들이 귀한 때라 지도원자리까지 간신히 게바라오른 것이였다. [33]

『생명수』에서 첫째, 비적대적 갈등으로는 박대성으로 대표되는 기술소조의 혁신주의자들과 부기사장 황종구의 보수주의 내지는 보신주의와의 갈등이 등장한다. 황종구는 기사장인 문석빈이 제시한 공사기간을 단축하기 위한 ㅍ언제공법이 시공상에서 많은 어려움을 가져다준다고 반대한다. 하지만 기술소조원(작업반장 박대성)들이 강력하게 밀고나오자 결국은 어쩔 수 없이 찬동한다. 또 공사속도를 앞당기기 위해 박대성이 7톤 삭도기중기를 도입하려고 하자 그것 또한 위험성을 내포하기 때문에 반대한다고 주장한다. 황종구가 사사건건 혁신주의자인 박대성일행과 충돌하게 되는데에는 사실상 장억대의 부추김이 커다란 요인으로 작용하고 있다.

≪삭도기중기 문제는 어떻게 됐습니까?≫

대성이가 문석빈에게 묻는 말이였다.

≪부기사장동무가 오늘 저녁 협의회를 가지겠다오. 그런데 좀 곡절이 있을 것 같소≫ ……(중략)……

---

33) 변희근, 『생명수』, 289-290쪽.

황종구가 버럭 성을 내며 메밀씨같은 세모눈으로 안병삼을 쏘아보았다.

≪내가 씌우기전에 부기사장 동무자신이 먼저 그 감토를 쓸 것 같소≫

황종구는 책상을 탕 쳤다.

≪여보 말이면 다 하는줄 아오?≫

≪책상은 왜 치오? 그래 부기사장동무가 한 일이 뭐요? 도와줄 생각은 안하구 신중성, 신중성 하면서 시비만 따져야 옳소?≫

≪내게는 작업의 안전을 검토할 책임이 있단 말이요.≫

≪검토할 책임만 있고 그것을 보장할 책임은 없소?≫

≪동무가 아무리 보수주의 감투를 씌워두 나는 안전공차가 기술적인 요구대로 보장되기 전에는 그 창안을 담보할수 없소.≫

≪좋소 마음대로 하오. 우리는 우리의 결심대로 할 것이요.≫

안병삼은 움쭉 자리에서 일어나더니 책상우에 벗어놓았던 캡을 구겨쥐고 바람소리가 나게 방에서 힁하니 나가버리였다. 그 바람에 모임은 흐지부지되고말았다.[34]

또 하나 중요한 비적대적 갈등으로는 <없다 영감> 송병무로 대표되는 개인적 이기주의자와의 투쟁이 등장한다. 혁신주의자인 딸 선희의 힐난을 지속적으로 받으면서도 송병무는 밤에 몰래 목공기술을 활용하여 부업을 한다. 그는 일제 전후와 전쟁을 겪으면서 고생을 한 결과 돈이 최고라는 사상에 젖어들게 된 인물이다. 그래서 그는 직장에서 퇴근한 후에는 몰래 자신의 헛간 목공소에서 이웃에서 부탁해온 책상이나 찬장 등을 밤새 짜고 있다. 하지만 그는 자신의 축적된 기술로 '블로크휘틀'방법을 창안하고 그것이 채택되어 기술소조원들에 의해 속보까지 길거리에 나붙

34) 변희근, 『생명수』, 403-404쪽.

게 되자 자신의 돈벌이 사상을 자아비판하고 마지막으로 자신의 딸인 선희에게 줄 책상을 짜고 목공소의 각종 목수도구를 기술소조 작업방에 모두 공짜로 기증할 생각을 한다.

중요한 것은 이러한 송병무의 사상적 변신에는 세상을 바르게 바라보는 그의 딸 선희의 권유와 그녀를 올바르게 인도하는 연공 작업반장 박대성의 고상한 성품과 솔선수범하는 성실한 생활자세가 직접적인 영향을 미쳤다고 볼 수 있다. 그런 측면에서 북한 문학사에서 『생명수』의 위상이 높은 이유는 이러한 박대성 · 송선희 · 김봉숙으로 이어지는 북한의 어려운 경제현실 속에서 증산과 절약에 앞장서서 낡은 것을 몰아내고 새로운 사회주의 혁명을 앞당기는 평범한 노력영웅 그룹의 긍정적인 인물상을 창조해낸 데에 있다고 하겠다. 이러한 인물상은 70~80년대를 거치면서 김정일이 그렇게도 강조한 '주체적인 인간학'에 부합하는 형상으로 승화되는 것이다.

3. '인민성' 구현과 자연개조사업

『생명수』에서 겨울로 접어들자 관개공사의 속도는 급격히 하강곡선을 그으면서 지지부진한 상태에 빠져든다. 그 이유는 강재 등 기초자재의 부족이 가장 큰 요인으로 작용하고 있었다. 때마침 김일성은 현지지도를 위해 어지돈 관개공사장을 찾아 기술소조원들의 노력을 치하하고 부족한 강재를 비롯한 자재를 지원할 뿐만 아니라 노동자들을 위해 동복과 동모 · 장갑 · 동화를 무상으로 지급하겠다고 약속한다. 이러한 김일성의 현지지도는 북한문예이론서에서 최우선으로 제시하는 '인민성'의 구현에 해당한다. 그리고 80년대 이후에는 김정일이 창안했다는 '수령형상 창조' 이론에서 인민들 속에 함께 있는 최고지도자의 모습을 형상화하라는 지침으로 계승된다.

최근의 북한문예이론서에서 가장 서두에서 서술되는 것이 주체적 인간학의 정립이고, 그것은 자연스럽게 당성·노동계급성·인민성의 구현이라는 과제로 이어지게 된다. 북한의 문예이론을 보면 그들이 왜 인민대중을 혁명의 주체로 만드는 주체의 인간학을 강조하는지를 알게 된다. 물론 그것은 종국에는 수령형상 창조로 이어지지만 중간 단계로써 당성·노동계급성·인민성의 구현을 통해 그들을 자주적인 주체로 형상화하려는 의도를 드러낸다. 인민대중은 역사의 주체이지만 지난날에는 자기 운명을 자주적으로 창조적으로 개척해나가는 역사의 자주적인 주체로 되지 못하였다는 것이다. 즉 지난날 착취계급사회에서 지배계급의 가혹한 착취와 압박을 받았고 많은 경우 지배계급의 의사에 따라 역사를 창조하는 무거운 부담을 걸머지지 않으면 안되었던 인민대중은 선진적 노동계급이 출현하고 당의 영도밑에 수령을 중심으로 하여 조직 사상적으로 결속된 하나의 사회 정치적 생명체를 이룸으로써 역사의 자주적인 주체, 혁명의 주체로 될 수 있었다는 것이다. 당성·노동계급성·인민성은 원래 구 소련 문예이론의 바탕이었다. 즉 맑스-레닌주의적 이론에서 중심적 창작원리이었던 이것들을 북한에서는 주체사상에서 그대로 원용하여 사용하고 있는 것이다. 하지만 소련과 북한의 문예이론 사이에는 상당한 차이가 있다. 즉 주체사상의 원류인 맑스-레닌주의에서는 인민성을 셋 중에서 가장 앞세우는 데 비해, 북한의 주체사상에서는 당성을 제일 앞세우고 인민성을 가장 뒤에 가져다 놓고 있다는 것이 확연한 차이점이다.

맑스-레닌주의에서 말하는 '인민성'에 대해 먼저 살펴보기로 하자. 인민성의 문제는 예술의 맑스-레닌주의적 이론에서 중심적 지위를 차지하는 문제이다. '인민적'이라고 부르는 예술작품은 주어진 시대에 달성된 사회적 의식의 최고계급을 특히 힘주어 표현하는 작품을 말한다. 이것은 그 시대의 사상・감정・정열・사회적 분위기가 예술적으로 응결된 것이며 사회의 사실적 상태를 반영한 것이고 가장 가치있는 생존조건을 실현하기 위한 투쟁에서 인류의 최고최선의 인도적 지향을 표현한 것이다. 레닌은 인민성의 문제의 핵심을 극히 명확하게 보편화하였다. 그는 "예술은 인민의 것이다. 예술은 광범한 노동대중의 심층부에 그 가장 깊은 뿌리를 내리지 않으면 안 된다. 예술은 이들 대중의 감정과 사상과 의지를 결합하고 그것들을 더욱 고양시키지 않으면 안 된다. 그리하여 그들 속에서 예술가를 배출하고 또한 그들을 발견시켜야 하는 것이다"[35]라고 하였다. 역사적으로 보면, 맑스와 엥겔스는 인민적 가요작품을 객관적으로 평가하면서 그것에 커다란 의의를 부여했거니와 이것은 그들이 노동자의 창조력과 노동자의 계급적 이익에 부응하는 예술을 창출하고자 노력했던 증거라는 점에서였다. 한편 V. I. 레닌은 대중적인 혁명가에 지대한 관심을 표명하였다. 레닌은 혁명가를 애송하였으며 그 자신 합창에 참가하기도 하였다. 레닌은 그의 논문 "독일에 있어서의 노동자 합창단의 발달"에서 노동가가 독일, 프랑스, 기타 몇몇 나라에서 사회주의의 선전수단으로 기능하고 있는 점에 관해 쓰고 있으며 또 다른 논문인 에브게니 포티에(1816~1887, 프랑스의 노동자 시인)를 기념하기 위해 쓴 "에브게니 포티에"에서는 혁명가의 강력한 힘에 관하여 말하면서 포티에를 '노래를 통한 최대의 선전가'[36]로 칭하고 있다.

이러한 예는 맑스-레닌주의 미학이 인민적 창작, 특히 인민의 성장하는 혁명적 의식이 표현된 인민적 창작에 커다란 의미를 부여하고 있음을 증명하고 있다.

---

35) 소련과학아카데미 편, 『마르크스 레닌주의 미학의 기초이론』 II, 신승엽 외 옮김, 일월서각, 1988, 20쪽.
36) 소련과학 아카데미 편, 위의 책, 25-26쪽.

> 예술을 인민적인 것으로 만든다는 것은 인민들의 생활을 진실하게 반영하고 인민들의 사상감정에 맞는 예술로 만든다는 것을 의미합니다.(『김일성저작집』 13권, 345쪽)

위의 인용문에서 북한 문예이론의 중요한 몇 가지 특성을 찾아볼 수 있게 되었다. 인민성의 문제에 있어서 맑스 레닌주의 미학은 유물사관에 기초하여 해명한 데 비해 주체적 문예이론은 인민성의 문제를 혁명과 건설의 주인인 인민대중의 자주적 요구를 실현하는 문제와 결부시켜 규명하였다고 찬양하고 있다. 그것은 결국 주체사상이 '사람중심의 세계관'임을 자랑하려는 데 있다. 그리고 끝으로 북한문예이론에서 당성·노동계급성·인민성의 원칙을 철저하게 지키자고 하는 것은 결국 그들이 말하는 미국과 남한의 반동적인 부르주아 문학예술의 침투전파를 막기 위함[37]이라고 서슴지 않고 말하고 있다.

북한문학에서 김일성의 현지지도는 철저하게 '인민성'의 구현에 초점을 맞추고 있다. 즉 인민의 어버이로서 인민들의 애로사항을 경청하고 그들의 난관과 고통을 도와주어야 할 책무가 있다고 파악하고 있는 것이다. 하지만 현지지도에는 이러한 보편적이고 상식적인 의미만 내재되어 있는 것이 아니고 결국에는 독재자로서 최고지도자가 전지전능한 시처럼 인민들의 모든 문제점들을 파악할 수 있고 그러한 사항을 해소시켜줄 능력을 갖추고 있음을 과시하게 함으로써 인민들로 하여금 충성심을 가지게 유도하려는 측면이 강한 것이다.

그러한 것은 개체적 생명체론의 한계를 뛰어넘어 사회적 생명체론으로 발전되어 수령형상 창조이론으로 접목되는 것이다. 북한사회에서 모든

---

37) 한중모, 『주체적 문예리론의 기본』 I, 평양, 문예출판사, 1992, 142-143쪽.

예술의 궁극적인 목표는 역시 주체사상을 창시한 김일성의 혁명위업을 강조하는 것일 것이다. 그것이 문예이론으로 나타난 것이 '수령형상창조'라고 할 수 있다. 수령형상을 창조하는 것은 사회주의, 공산주의 문학예술건설에서 기본의 기본이라고 북한에서는 평가하고 있다. 북한문예이론서에서는 수령형상창조의 본질과 그 합법칙성으로 첫째, 노동계급의 수령은 참다운 공산주의자의 최고전형으로 간주한다. 둘째, 하지만 수령형상은 단순한 공산주의자의 전형과는 차이가 나는데 그것은 공산주의자의 형상은 개인의 형상이지만 수령의 형상은 인민대중의 최고뇌수, 인민대중의 이익의 최고체현자의 형상이기 때문이다. 셋째, 그 합법칙성은 수령의 형상이 사람들을 혁명적으로 교양하며 인민대중의 자주위업, 사회주의·공산주의 위업 실현에로 불러일으키는데서 거대한 역할을 수행한다는 사정과 관련되어 있다. 넷째, 사람들을 혁명적으로 교양하는 사업에서 기본은 '수령에 대한 충실성'을 지니도록 하는 것이다[38] 등을 강조하고 있다.

그리고 수령형상창조의 원칙으로 다섯 가지를 제시하고 있다. 첫째, 충성심을 다하여 최상의 높이에서 형상할 것, 둘째, 밝고 정중하게 형상할 것, 셋째, 인민들 속에 있는 수령을 형상할 것, 넷째, 위대한 인간의 형상을 창조할 것, 다섯째, 역사적 사실에 철저히 기초하여 형상을 창조할 것[39]을 제시하고 있다.

이 중에서 현지지도는 셋째, '인민들 속에 있는 수령을 형상할 것'에 부합되는 묘사인 것이다.

어버이수령님께서는 하나하나 구체적으로 수자를 따져보시고나서 동행한

---

38) 김정웅, 『주체적문예리론의 기본』 2, 문예출판사, 1992, 103-105쪽.
39) 윤기덕, 『수령형상창조』, 문예출판사, 1991, 178-237쪽.

국가계획위원회 책임일군에게 말씀하시였다.

≪어떻소? 줄 수 있지?≫

≪해결하겠습니다.≫

그 일군이 대답을 올렸다.

≪줍시다. 다른 데는 못주더라도 여기는 줘야 합니다. 앞으로도 그렇습니다. 세멘트나 강재나 목재가 걸려서 여기 공사가 지금처럼 지장을 받는 일이 있어서는 절대로 안되겠습니다. 동무는 오늘 올라가는 즉시로 강재를 실어보내도록 하시오.≫

≪그렇게 하겠습니다.≫

≪당위원장동무, 또 걸리는 문제가 있으면 다 말하오. 무엇이 걸리오?≫

그이의 물으심에 ≪다른 것은 걸리는 것이 없습니다. 수령님.≫
하고 리윤철은 대답을 드렸다. 구러자 경애하는 수령님께서는

≪당위원장들이야 늘 그렇게 대답하지.≫ 하고 웃으시며 대성이와 안병삼에게 물으시였다.[40]

김일성은 어지돈 관개공사의 현지지도에서 짧은 시일안에 관개면적을 100만 정보로 늘일 데 대한 준비를 하고 있음을 밝히면서 "이것은 방대한 대자연개조사업입니다. 이 목표를 실현하자면 많은 관개건설자들을 양성해서 력량을 준비해야 합니다"[41]라고 역설하였다. 변희근이 작품에서 언급한 이러한 김일성의 교시는 사실은 1958년 9월 조선노동당 중앙위원회 전원회의에서 금속공업과 기계공업의 발전을 결정적으로 추진시키기 위한 과업과 가까운 연간에 수리화를 기본적으로 끝내는 데 대한 과업을 내세우면서 제시한 "철과 기계는 공업의 왕이다!", "모든 힘을 100만 정보

40) 변희근, 『생명수』, 328-329쪽.
41) 변희근, 『생명수』, 332쪽.

의 관개면적 화장으로!”라는 구호[42]와 일치한다.

이러한 자연대개조사업은 70년대 후반의 ‘자연개조 5대방침’으로 이어지게 되고, 80년대 와서는 자연개조 4대방침으로 지속적인 사업으로 추진된다. 김일성은 1976년 10월에 열린 당 중앙위원회 제5기 제12차 전원회의에서 밭관개의 완성, 다락밭 건설, 토지 정리와 개량, 치산치수와 간석지 개간을 기본내용으로 하는 자연개조 5대 방침[43]을 제시하고 그것의 관철을 위해 전인민을 동원한다.

이에 앞서 자연대개조운동은 1950년대 말의 농촌 수리화사업에서 출발했다. 그것의 시작은 평남관개공사 사업이었다. 김일성은 1956년 5월 평남관개 관리소를 설립하여 평남 안주시, 문덕군, 숙천군, 평원군을 비롯한 넓은 지역에 물을 대주는 대규모의 관개체계를 구축하였다. 공사는 총 2단계로 나뉘어 전개되었다. 1단계 공사가 시작된지 8개월 기간에 수만 립방메터의 콩크리트가 쳐졌으며 용수잠관을 비롯한 분수관, 분수문 등 1,300여 개의 각종 구조물과 수백리의 물길이 건설되였다. 2단계공사는 그 규모와 공사량에 있어서 1단계 공사에는 비길 바 없이 큰 공사였다. 당시 나라의 사정은 어려운 형편이였으며 반당반혁명분자들은 기계도 없이 방대한 공사를 제기간에 끝내겠는가고 하면서 온갖 책동을 다하였다고 한다. 김일성은 1955년 내각결정 제57호를 채택케 하여 막대한 자금을 추가적으로 하도록 했다. 그리하여 평남관개 2단계공사는 계획보다 반년이나 앞당겨 1년 만에 끝내는 기적을 창조하였다고 기록되어 있다. 1956년 5월 30일 완공된 평남관개 시설을 둘러보며 김일성은 “북한 관개의 맏아들이라고 할 수 있는 평남관개가 완공되였으니 열두삼천리벌에 해마다 풍년이 들라고 이 저수지를 ‘연풍호’라고 부르자”[44]고 제안하였다고 한

42) 사회과학원 역사연구소(김한길), 앞의 책, 370쪽.
43) 사회과학원 역사연구소(김한길), 위의 책, 429쪽.

다. 이러한 연풍호 관개 공사의 장비와 관개건설의 전문가들이 곧 뒤이어 투입된 것이 어지돈 관개공사였던 것이다. 변희근의 『생명수』는 좁은 범주에서 보면 어지돈 관개공사만을 소재로 한 것으로 판단되지만, 큰 시야에서 바라보면 당시 김일성에 의해 펼쳐지고 있었던 원대한 구상인 자연대개조사업 전체를 총체적 대상으로 창작한 장편소설이라고 할 수 있다.

물론 평남관개 시설을 둘러보면서 김일성은 "열두삼천리벌에 생명수를 주게 될 이 공사를 빨리 끝내야 하겠습니다. 우리 농민들이 이 물을 얼마나 애타게 기다리고 있는가를 잘 알아야 합니다…… 평남관개를 이룩한다는 것은 식량문제를 해결하는 데서도 중요하지만 우리 새 제도의 우월성을 시위하는 것으로도 됩니다. 그렇게 때문에 이 공사는 정치경제적으로 큰 의미를 가집니다"[45]라고 하여 이미 '생명수'라는 표현을 사용하였다.

4. '청춘'의 의미와 생산적 사랑

북한에서 한때 청춘이라는 말이 유행된 적이 있다. 그것은 물론 재일조총련 북송자녀 출신의 작가 남대현의 『청춘송가』가 1987년에 창작되고, 그것이 1990년대 초에 드라마로 만들어져 조선중앙 TV를 통해 방영되면서 선풍적인 인기를 모은 때문이다. 하지만 '청춘'이라는 용어는 70년대 말부터 이미 사용되고 있었다. 이화의 장편 『청춘은 빛나라』(1979)와 신용선의 장편 『봄은 아직 멀리에』(1988) 그리고 김용한의 장편 『청춘의 시작과 끝은 언제』(1990) 등이 창작되었는데 이러한 소설들은 혁명 3세대인 청년전위들을 내세워 주체형의 새세대들에게 사상 개조는 물론

44) 강건익 외 편, 『조선대백과사전』 권22, 평양, 백과사전출판사, 2001, 624쪽.
45) 강건익 외 편, 『조선대백과사전』 권22, 624쪽.

생산을 독려하고자 하는 데 목적을 둔 창작물들인 것이다. 이러한 소설에서 '청춘'의 의미는 공산주의 교양을 받은 '순결한 새세대의 인물'을 표상한다고 하겠다.

그러나 『청춘송가』에 오면, '청춘'의 의미는 좀더 낭만적으로 바뀌게 된다. 여기서 '청춘'은 여주인공인 적극적인 성격의 정아가 주는 이미지인 "사랑도 과학과 마찬가지로 창조이다"라는 내포적인 의미로 확산된다. 즉 '청춘'은 '창조적인 투쟁'의 뜻을 함축하고 있는 것이다. 즉 '청춘'은 주체적 인간 전형들이 펼쳐나가는 창조의 세계나 생산적 사랑을 상징하고 있는 것이다.

> 장편소설 『청춘송가』의 주인공들이 그 어려운 길을 꿋꿋이 걸어나간 것은 이 길에 또한 창조와 환희와 보람이 있었기 때문이였다. 이들에게 있어서 귀중한 것은 차례진 행복, 차례진 사랑이 아니였으며 그것을 쟁취하기 위한 창조적인 투쟁 그것이였다. 이들에게 있어서 세상의 모든 것의 주인으로 된다는 것은 창조의 주인으로 된다는 것을 의미하는 것이기도 하였다.
>
> ≪그래요. 사랑도 창조해야 하구말구요.≫
>
> 꽃들이 만발한 화원이나 열매들이 주렁진 과원에서 제마음에 드는 꽃을 꺾거나 입에 맞는 열매를 따는 그런 사랑을 멸시하는 정아를 비롯한 젊은 세대의 형상에는 그들의 생활에서 새롭게 움트고 자라는 새로운 애정의 륜리와 함께 그 이상으로 창조적인 투쟁 속에서 인간의 진정한 행복과 보람, 사랑의 기쁨까지도 찾는 우리 시대 인간들의 깊은 생활철학이 그대로 구현되여 있다.[46]

북한이 최근에 건설한 도로중에는 '청춘거리'라는 10차선이 넘는 고속

---

46) 오승련, 『주체 소설 문학건설』, 평양, 문예출판사, 1994, 226쪽.

도로 수준의 도로가 있다. 이 거리는 수도 평양과 수출과 무역도시 남포를 잇는 일종의 파이프라인이다. 그런데 '청춘'이라는 이름을 지은 것은 대단히 의미심장한 뜻을 지닌다. 여기에서 '청춘'은 순결한 사상적 개조라는 의미의 '창조'와 사회주의 혁명을 위한 '투쟁'이라는 젊음의 힘과 낭만으로 낡은 것을 새것으로 바꾸자는 역동적인 의미가 자리잡고 있다. 사실상 이 도로는 제대군인 10여 만 명이 동원하여 건설되었는데, 그들은 주로 혈기왕성한 노총각들로 구성되어 있었다. 따라서 이들의 생산성을 독려하고 노동의 고통을 덜어주기 위해 처녀 노동자들을 5만여 명을 함께 참여시켰다고 한다. 아스팔트 도로가 힘차게 뻗어나가는 동시에 청춘의 혁명적 열정과 생산적인 사랑의 결실도 가로등만큼이나 수없이 맺어질 수밖에 없었다. 북한당국도 그러한 생산적 사랑을 부화방탕이 아닌 범주에서 어느 정도 허용하였다고 한다.

변희근의 『생명수』에 등장하는 남녀주인공들은 모두가 개척적이고 진취적인 인물이라는 점이 특징이다. 남주인공인 박대성은 말할 것도 없고 보조적인 인물인 남성우 그리고 그들의 파트너들인 김봉숙이나 송선희도 매우 적극적인 성격의 인물들이다. 즉 북한 문예이론서들이 제시하는 온 우주를 자신의 것으로 창조해나가는 우주의 주인들인 주체적인 인간 전형들이다. 그들은 항상 자주적인 요구와 지향을 하는 아름다운 품성을 지닌 고상한 인물들로 형상된다. 송선희는 개인적인 이기주의에만 눈이 어두워 장억대가 몰래 가져다준 관개공사 종합기업소의 창고에 있던 전깃줄을 사용하는 목공 아버지 송병무를 냉소적으로 비판하면서 그의 부업 행위를 힐난한다. 그리고 그녀 자신은 사무실 안에서 일하는 것을 벗어나기 위해 부단없이 상급자에게 자주적인 요구를 하여 결국 가스자동차의 운전수로 변신을 시도하면서 관개 건설공사의 노동자로 동참한다.

또 김봉숙도 강안마을의 농부에서 벗어나서 농촌돌격대를 자원하여 어지돈관개 건설기업소의 현장노동자로 부임한다. 그녀와 동료 영순은 굴을 뚫는 위험한 추도건설에 투입이 되어 어지돈 관개 공사의 주변도로를 놓는 데 건설노동자로서 능동적으로 참여한다. 그럼으로써 그녀는 세상을 바꾸어나가는 자연대개조사업의 일군 역할을 자청하여 떠맡으면서 보람찬 생활을 투쟁적으로 개척하고 있는 것이다.

한편 김봉숙은 노력영웅 박대성이 연공작업반장으로서 성공적인 투쟁을 해나갈 수 있도록 정신적인 후원자가 된다. 한마디로 북한문예이론서에 표현된 대로 감정조직의 기법을 활용하여 산 인간으로 형상되고 있는 것이다. 특히 『생명수』의 강점은 다른 북한소설과 달리 여주인공의 성격을 상당히 진취적으로 형상하고 있는 점이다. 대성과 봉숙의 사랑도 봉숙이가 적극적으로 다가가는 것으로 묘사하고 있는 것이 특징이다. 물론 북한문학에 등장하는 사랑은 남한에서의 사랑과는 크게 다르다. 소위 자본주의에서는 사랑은 개인적인 문제이고 낭만적이고 열정적인 사랑이 묘사된다. 하지만 겉으로의 형식은 같지만 북한문학에서의 사랑은 혁명적 사랑이거나 생산적 사랑이어야 한다. 즉 개인적인 낭만적 사랑은 용납이 되지 않는 것이 북한문학의 현실이다. 따라서 개인적인 사랑도 조직과 집단의 긍정적인 인간관계를 도모하는 데 보탬이 되어야 한다는 입장을 취하고 있다. 그리고 남녀주인공의 사랑이야기는 북한의 문예이론에서는 구성조직의 기법 중에서 '감정조직'의 기법에 준해서 묘사되어야 한다.

≪그래요? 그 문제가 잘 풀리지 않나보군요?≫

≪완전히 새것을 만들어내는 일인데 그렇게 떡먹듯이야 되겠습니까 ? 하지만 너무 걱정할건 없습니다. 우리 작업반장동무는 꼭 해낼 겁니다. 우린 모두 그렇게 믿구 있습니다.≫

봉숙은 그의 말이 얼마나 고마운지 몰랐다.

≪물론 그럴테지요. 작업반장동무 만나면 좀 고무해주십시오.≫ ……(중략)……

봉숙은 가슴이 두근거리였다. 그 심장의 두근거림에서 그는 자기와 대성의 사이가 이제는 그 어떤 힘으로도 끊을 수 없는 튼튼한 사랑의 쇠고리로 련결되여 있다는 의식을 더욱 강하게 느끼게 되는 것이였다.[47]

≪봉숙동무…… 나는 동무에게 한가지 말할게 있소.≫

봉숙은 얼굴을 들고 대성이를 쳐다보았다. 그리고는 가슴을 두근거리며 그의 다음 말을 기다리였다. 그러나 아무리 기다려도 대성은 무슨 생각에 잠겨 개울물을 바라볼 뿐 말이 없었다.

≪무슨 말이예요? 어서 말해요.≫

봉숙이 이렇게 속삭이자 대성은 ≪아니≫하고 머리를 흔들더니 ≪그말은 이제 어지돈 생명수가 봉산벌에 흘러가는 그날에 하지.≫하고는 자리에서 일어나 개울물가로 걸어갔다. 그를 바라보는 봉숙이의 가슴은 금시 툭 터질 듯이 울렁거리였다. 어쩐지 울음이 북받쳐올랐다.

구름 속에 숨었던 달이 방싯 얼굴을 내밀었다. 침침하던 산골짜기가 환히 밝아지고 개울물은 또다시 눈부시게 반짝이기 시작했다.[48]

북한이론서에서 "감정은 인간에게 고유한 속성이다. 감정은 사상과 마찬가지로 인간의 내면세계를 이룬다. 내면세계를 잘 그리는 것은 문학예술작품에서 성격창조의 기본요구이다. 그런데 감정을 떠나서는 인물의 내면세계를 생동하게 보여줄 수 없으며 따라서 산 인간의 형상을 창조할 수 없다"[49]고 자본주의 사회에서의 이론과 별반 다르지 않게 장황하게

47) 변희근,『생명수』, 231쪽.
48) 변희근,『생명수』, 430쪽.

설명하고 있다. 하지만 결론 부분에서는 "감정조직의 목적은 단순히 사람들을 긴장시키고 흥미를 조성하는 데 있는 것이 아니라 종자와 주제사상을 형상적으로 깊이 있게 구현하는 데 있다"[50]고 강조하고 있다.

『생명수』의 남녀주인공들의 로맨스 장면에서 알 수 있듯이 북한의 소설문학에서는 포옹이나 키스 장면 같은 개인적이고 낭만적인 사랑의 장면은 묘사되지 않는다. 단지 증산과 절약이라는 대명제 즉 사회주의 혁명의 완수가 된 이후에야 사랑의 결실을 맺겠다는 암시만이 독자들에게 주어지는 것이다.

V. 맺음말

작가 변희근은 『뜨거운 가슴』(1984)으로 인해 최근의 북한 평단에서 세계관이 뚜렷한 작가, 창발성이 넘치는 작가, 다양하고 참신한 형상을 창조하는 작가라는 높은 평가를 받고 있다. 특히 그는 이 작품에서 제철소 노동계급의 생활과 제철소 연합기업소 당위원회 책임비서의 형상을 묘사하되 당일군의 참다운 전형에서 노동계급의 가장 아름답고 고상한 모습을 보고 있다고 극찬을 받았다.

하지만 작가 변희근이 이름을 날리게 된 것은 역시 1978년에 내놓은 『생명수』가 아닌가 생각된다. 『생명수』는 1950년대 말을 시대적 배경으로 하여 자연대개조사업인 평남관개건설사업을 이어 어지돈 관개사업, 구체적으로 서흥호 언제쌓기를 기본으로 하는 북한노동자계급의 창조적 노력투쟁을 미적으로 형상한 장편소설이다. 특히 연공작업반장 박대성을

49) 김정웅, 『주체문예리론의 기본』 2, 평양, 문예출판사, 1992, 280쪽.
50) 김정웅, 위의 책, 288쪽.

중심으로 노동자들이 ㅌ언제를 ㅍ언제로 설계 변경하여 국가 자재와 건설자금을 절약하면서 시공기일을 앞당길 뿐만 아니라 9톤 기중기만을 무작정 기다리는 것이 아니라 7톤 삭도기중기를 도입하여 시공속도도 획기적으로 높이는 창발적인 방법을 사용하는 등 관개건설 노동자로서의 새로운 노력 위훈을 세우는 과정을 사실적으로 묘사한 작품이라는 데에서 그 가치를 찾을 수 있다. 이 작품은 최학수의 『평양시간』과 더불어 사회주의 건설 주제의 작품 중에서 최고봉이라는 평가를 받았다. 그리고 천리마기수다운 인물전형을 창조한 것에 있어서는 이기영의 『땅』, 김규엽의 『새봄』, 천세봉의 『석개울의 새봄』의 전통을 이은 작품으로 그 가치를 인정받기도 했다.

그러면 『생명수』의 어떤 점이 북한문학사에서 높은 평가와 위상이 설정되는 요인이 되었는가? 첫째, 김일성의 농촌경리의 수리화라는 원대한 구상에 대한 교시를 충실하게 실현하는 노동계급의 창조적 투쟁을 현실감 있게 형상하였다는 점이 최고의 소설로 평가받는 계기가 되었다. 둘째, 이 작품은 어지돈 관개공사를 단순한 자연대개조과정이 아니라 중요한 인간개조나 계급투쟁 과정으로 형상화한 점도 그 가치를 높이는 요인으로 작용하였다. 즉 위훈에 대한 갈망에 불타는 젊은 청년건설자 남성우의 혁명화과정, 소소유자적 이기주의사상을 못벗어나는 목공 송병무의 인간개조, 부기사장 황종구의 보수주의자와의 갈등선에 대한 절묘한 묘사, 간첩암해분자 장억대와의 작대적 갈등의 설정 등을 통해 50년대 말 당시의 북한이 안고 있던 복잡한 계급투쟁을 폭넓고 깊이 있게 다룬 점이 돋보였던 것이다. 셋째, 『생명수』는 책임기사 문석빈의 혁명화 과정과 노동계급화 과정을 섬세하게 다룸으로써 북한 당국의 인텔리정책의 정당성을 확보한 것도 한 특징으로 평가받는 요인이 되었다. 80년대~90년대의 경제위기 속에서 자력갱생을 외칠 수밖에 없는 북한현실에서 과학기술의 발전과 인텔리의 상관관계는 필연성을 띠고 있었던 것이다. 넷째, 이 작품은 북한 노동당의 농촌수리화방침의 승리적 과정을 소설문학 분야에서 최초로 서사화한 성공작으로서의 의미도 빼놓을 수 없을 것이다. 다섯째 『생명수』는 북한의 군중노선에서 '기술소조'의 조직과 긍정적 활동의 묘사 그리고 '예술소조'의 조성 등 여타 작품에서는 볼 수 없었던 사회적 생명체로서의 자주적 인간의 집체적이고 조직적인 활동양상의 한 모범적 사례를 보여준 점이 개성적이라고 할 수 있다.

그러나 『생명수』에는 많은 허점과 한계도 드러나고 있다. 첫째 적대적 갈등을 보여주기 위해 등장시킨 장억대의 부정적인 인물상의 설정이 리얼리티를 잃고 있다는 점이다. 특히 그를 미첩보부대장 제임스의 부하로 묘사하면서 조직적 활동이 아닌 한 개인으로서 암약하는 것으로 묘사한 것은 단단한 조직력의 기술소조에 맞서는 대항세력으로서 설득력이 별로 없다고 하겠다. 둘째, 박대성과 곽동수로 이어지는 연공작업반의 활동은 기술소조로서의 의미는 지니지만, 최소한 어지돈관개공사 현장의 3000여 명의 현장노동자계급의 조직적 활약을 상징화하기에는 너무 소규모가 아닌가 판단된다. 즉 동적인 느낌의 서사구조를 형성하지 못하고 있는 것이 허점인 것이다. 셋째, 『생명수』에서 작가가 서홍호의 언제쌓기 과정은 장황하게 묘사하면서도 정작 생명수가 강안마을로 흘러들어가서 얻어지는 농민들의 농업생산과정에서 성과나 기쁨에 대한 묘사에는 너무 인색했다는 점이다. 넷째, 작품 전반에 너무 자주 김일성에 대한 언급이 나오는 치명적인 한계를 보이고 있는 점도 지적하지 않을 수 없다. 물론 그 이유로는 북한문예이론서들에서 상세하게 언급되고 있듯이, 김정일에 의한 대본 심의과정에서의 지적이 결정적인 요인으로 작용하였을 것으로 짐작해 볼 수 있다.

북한소설 『서해전역』과 '서해갑문' 건설

I. 머리말

최근 북한은 미국 부시행정부를 겨냥하면서 초강수 외교를 펼치고 있다. 2003년 1월 11일 최진수 주중 북대사를 통해서 '미사일 시험발사 중지 취소'를 시사하는 기자회견을 하면서 미국이 북·미 간의 모든 합의들을 파기했기 때문이라고 기자회견형식을 빌어서 주장했다. 그리고 "미사일의 개발, 시험, 수출은 전적으로 조선의 자주권에 속한다"고 강조했다. 아울러 미국이 중유를 제공하면 북한이 NPT에 복귀한다는 보도는 사실이 아니다라고 최대사는 말했다. 하루 전인 1월 10일에는 북한은 국제원자력기구(IAEA)에 서신을 보내 핵확산금지조약(NPT) 탈퇴조치는 11일부터 효력을 발생한다고 주장했다고 마크 그보즈데키 IAEA대변인이 말했다. 북한은 지난 93년 3월 NPT 탈퇴 선언을 한 뒤 89일 후에 유보조치를 내렸기 때문에 이번에는 선언 1일 후인 11일부터 효력이 발생한다고 설명했다. 즉 NPT를 탈퇴할 경우 3개월(90일) 후부터 효력이 발생하는데 북한은 이미 93년 당시 탈퇴후 89일을 모두 채웠기 때문에 이번에는 90일에서 모자란 1일만 지나면 효력이 발생한다는 것이다.

한편 미국 부시행정부는 1993년 핵위기를 타개하기 위한 클린턴 행정부의 전철을 밟지 않겠다고 천명하고 있다. 따라서 북한이 아무리 강경대응한다고 해도 협상은 하지 않겠다는 입장을 견지하고 있다. 즉 대화는 하지만 그것을 빌미로 북한을 지원하는 협상에는 응하지 않겠다는 입장이다.

따라서 미국과 북한간의 외교적 수단을 통한 힘겨루기는 당분간 계속될 전망이다. 한마디로 미국은 채찍과 당근을 동시에 사용하는 수단을 강구하고 있다. 북한의 영변원자로를 폭파해버릴 수도 있다고 하면서 한편으로는 선제공격을 할 생각은 전혀 없으며, 외교적 수단을 통하여 압박을 가하겠다는 입장을 밝히고 있다. 미국이 이러한 입장을 취할 수밖에 없는 이유는 이라크전쟁을 준비하고 있는 미국으로서는 동시에 '악의 축'의 두 국가를 상대하기가 버겁기 때문이다. 따라서 시간을 버는 것이 절대적으로 필요한 처지에 놓여있다.

이에 비해 미국에 맞선 북한의 외교적 전략을 '벼랑끝전술'이라고 흔히 말한다. 북한이 벼랑끝전술을 구사할 수 있는 이유는 두 가지인데 하나는 미국이 이라크와의 전쟁에 주력할 수밖에 없는 국제정세를 잘 알고 있기 때문이다. 다른 하나는 북한이 실제적으로 핵무기를 보유하고 있거나 근시일 내에 보유할 수 있는 핵무기제조능력을 갖추고 있을 가능성이 있기 때문이다. 이미 북한은 미국의 핵문제해결 미대사인 켈리대사에게 핵무기를 보유하고 있다고 공개적으로 밝힌 적이 있다.

후자를 염두에 두었을 때 북한은 상당히 오래 전부터 핵무기를 제조하기 위한 과학기술을 습득하기 위해 주력하였음을 확인해준다. 영변 핵발전소에 농축우라늄을 추출할 수 있는 시설을 몰래 갖추고 있으며 미사일 발사 기술을 향상시켜 핵탄두를 실어서 발사할 실험을 몰래 준비하고 있는 단계에 이르고 있다. 이러한 제조능력에 대한 준비를 위해 북한의 김정일 국방위원장은 70년대부터 3대혁명소조운동을 통해 사상혁명, 기술혁명, 문화혁명의 실천을 강조해왔다. 특히 자력갱생을 앞세우던 어려운 시기에도 인민군대와 과학자 등 인텔리들에게는 상당한 대우를 보장하며 과학기술 증진에 주력하였던 것이다.

80년대에 들어와서는 속도전을 강조하면서 사회주의 혁명을 완수할 것을 인민들에게 주문하였다. 북한 김정일 국방위원장이 세계에 자랑할 수 있는 시설이라고 자랑하고 있는 서해갑문도 이러한 성과물의 하나로 대대적으로 홍보하고 있다.

북한의 장편소설 『서해전역』은 불멸의 향도 총서 중 21세기에 처음 선보인 대표적인 작품이다. 80년대 김정일 국방위원장이 과학기술적으로 거의 불가능한 서해갑문을 속도전을 통해 조기에 완성한 것을 미화시킨 일종의 역사전기적 소설이라고 할 수 있다.

그러면 구체적으로 『서해전역』의 북한문학사에서의 위상과 가치와 작품을 통한 북한 사회 현실에 대해 살펴보기로 한다.

II. 『불멸의 향도 총서』의 북한문학사에서의 위상

김정일에 대한 수령형상문학은 김일성주석이 생존해 있던 시기부터 송가, 가사, 단편소설, 장편소설 등 다양한 장르를 통해 시도되었다. 송가를 묶은 종합시집만 보더라도 『향도의 해발 우러러』(1권-13권)가 출판되었고, 가사문학으로는 『친애하는 김정일동지의 노래』, 『친애하는 지도자동지의 만수무강을 축원합니다』, 『대를 이어 충성을 다하렵니다』, 『영원히 한길을 가리라』 등이 발간되었다. 단편소설집으로는 『조선의 행복』, 『백두산의 해돋이』, 『향도의 태양』, 『영광의 시대』, 『봄빛』, 『력사의 순간』 등이 발행되었는데, 여기에만도 55편의 단편소설이 수록[1]되어 있다. 또 최근에 나온 단편소설집 『소원』(문예출판사, 1992)에 나오는 11편의 단편소설도 모두 김정일에 대한 충성심이나 한없는 사랑을 다루고 있다.

수령형상 창조문학 중에서 김일성 주석에 대한 항일 빨치산 투쟁의 역사를 다룬 소설들은 『불멸의 역사 총서』라고 부른다. 이것은 김정일이 주도한 작업으로 알려져 있다. 1972년에 권정웅이 지은 『1932년』을 시작으로 1994년 김수경의 『승리』까지 총 20편이 제작되었다. 『불멸의 역사 총서』는 1925년 10대의 소년인 김일성이 '타도제국주의 동맹'이라는 단체를 조직하기까지의 과정을 묘사한 김정의 『닻은 올랐다』(1932년 간행)를 시작으로 천세봉의 『혁명의 려명』(1973), 『은하수』(1982), 석윤기의 『대지는 푸르다』(1981)로 이어진다. 이 총서는 북한문학에 내재하는 가장 중요한 창작원리인 '혁명적 수령관'을 바탕으로 삼고 있는 창작물이다. 혁명적 수령관을 세우는 데서 중요한 것은 수령의 위대성에 대한 인식과 체득인 것이다. 그런데 재미있는 사실은 북한의 여러 저작물에서 80년대부터 김정일에게 권력이 집중되면서 "수령을 계승한 문학은 본질에 있어서 수령형상문학이다"[2]라는 대담한 표현까지 등장하고 있다는 사실이다. 이렇게 하여 등장한 것이 『불멸의 향도 총서』인 것이다.

장편소설로는 1989년에 발표된 김일성종합대학 출신의 작가 현승걸(1937~)의 『아침해』를 필두로 90년대에는 이종렬의 『예지』(1990)와 박현의 『불구름』(1991)이 창작되었고, 김일성 사후인 1996년에 백남룡의 『동해천리』가 얼굴을 내민다. 1988년 현승걸이 창작한 『아침해』는 김정일이

1) 윤기덕, 『수령형상문학』, 문예출판사, 1994, 제4장 「친애하는 지도자 김정일동지를 형상한 문학의 발전」, 424쪽.
2) 윤기덕, 『수령형상문학』, 평양, 문예출판사, 1991, 425쪽.

통크고 담대하게 결단을 내려 은률의 장거리벨트콘베아 건설을 짧은 기간내에 완성하게 한 영도력과 공적을 찬양하는 장편소설로서 수령계승형상 창조의 최초작품이라는 데 그 의의가 있다. 이 작품은 금속공업부부총국장 지승하와 은률광산지배인 박영진, 간석지건설총국장 장필수 등의 당일군과 광산의 오랜 일군인 로장권, 새세대 청년들인 로동민, 지홍실 등의 개성적 성격을 생동감있게 창조한 점과 광산의 전망과 대자연개조를 위한 웅대한 구상을 펼쳐준 김정일의 수령형상창조의 탁월성 등으로 북한에서 높은 평가를 받고 있는 작품이다. 『예지』는 1990년 리종련에 의해 창작된 장편소설로 김정일의 영화예술에 대한 업적을 찬양하고 북한에서 불후의 고전명작으로 일컬어지고 있는 『꽃파는 처녀』 등을 영화로 옮기는 과정을 현지지도하면서 영화창조사업을 벌이는 그의 정력적인 활동상을 소개하는 장편소설이다. 특히 서구의 예술사조를 흉내내어 예술영화 『광풍』을 제작한 영화연출가 최승진의 과오를 둘러싼 모함과 비판을 다루면서 뜨거운 사랑과 자애로움 그리고 크나큰 믿음을 가지고 있는 김정일이 그에게 다시 한번 기회를 주어 작품을 수정, 『나의 길』을 개작완성케 함으로써 영화예술사업에서 혁명적 전환을 이룩하게 하였다고 그의 영도자로서의 예지를 강조하고 있는 것이 특징이다. 『불구름』은 박현이 1991년에 창작한 작품으로 6·25전쟁(북한식으로는 조국해방전쟁) 중에 온갖 난관과 시련을 이겨내면서 김일성에게 충직한 주체형의 공산주의혁명가로 성장해가는 김정일의 어린 시절을 다룬 작품이다. 총 3편을 혁명적 수령관을 매개로 하여 연결하였다고 평가받고 있는 『불구름』은 1편에서는 3년 간의 전쟁현장에서 목격한 인민군 용사들의 승리에 대한 집념과 후퇴과정에서의 남편을 잃은 부녀자들의 투쟁과정에 대한 서술을 통해 준엄한 시련을 체험하는 소년 김정일의 신념을 그리고 있고, 2편에서는 북쪽의 먼 후방인 농촌지방과 최고사령부에서의 어린 김정일의 체험을 다루면서 불철주야 헌신적으로 일하는 아버지 김일성을 보고 아들로서만이 아니라 전사로서 그를 받들어 모셔야 하겠다는 수령관을 형성해가는 과정을 묘사하였으며, 3편에서는 만경대혁명학원에서의 학습을 통해 주체적 혁명과업을 떠맡을 지도자로서의 자질과 풍격을 체득해가는 과정을 그리되 부친에 대한 충성과 효성을 두드러지게 형상함으로써 수령에 대한 남다른 '충실성'을 보여주고 있다는 일종의 성장소설로서의 성격을 지니는 작품이다. 『동해천리』는 1970년대의 <70일 전투>와 사상·기술·문화의 3대 혁명을 주도한 김정일이 사회주의 건설을 외치면서 서해 은률의 금산포 앞바다의 장거리 벨트콘베아 완공, 무산-청진 대규모 정광수송관 건설, 대유색 금속광물 생산기지인 검덕광산의 6만 톤의 연아연 증산정책, 흥남비료기업소의 화학비료 증산정책 등 현지지도에 열중하는 모습을 총체적으로 담은 장편소설이다.

종합하면, 『불구름』이 6·25전쟁의 준엄한 시련의 불구름 속에서 성장해가는 김정일의 어린 시절을 회고적으로 그리고, 『예지』가 혁명가극과 영화사업 등을 통해 주체적 예술관을 정립하고 항일혁명문화유산을 정리하며 민중선동에 앞장서는 김정일의 개성적 성격을 보여주고 있다면, 『동해천리』는 『아침해』의 전통을 계승하여 1970년대 이후 사회주의 건설에 몰두하여 자립적 민족경제의 토대를 마련하는 김정일의 통큰 사업수완과 북한사회의 미래를 열어가는 지도자적인 전망을 제시함으로써, 북한민중의 방향타로서의 신뢰성을 보여주려는 데 주력한 작품이란 점에 그 의미와 가치가 있다고 할 수 있다.

최근에도 1999년에 나온 권정웅의 『전환』과 안동춘의 『평양의 봉화』가 출판되었다. 『전환』은 1968년 중국에서 문화혁명이 일어나고 그 여파가 북한에도 밀려와 정치적으로 소용돌이 칠 때 김정일이 김일성유일체제 구축에 앞장선 성과를 크게 미화시킨 작품이고, 『평양의 봉화』는 1989년 동구권의 변혁으로 세계적으로 고립되어 있던 북한이 김정일의 ≪200일 전투≫에 힘입어 제13차 세계청년학생축전을 성공적으로 개최하여 위기를 벗어난 것을 영도자로서의 무비의 담력, 비상한 조직력과 전개력을 보여준 쾌거라고 예찬한 작품이다.

그 외에 2000년에는 박태수의 『서해전역』과 리종렬의 『평양은 선언한다』가 간행되었고, 2002년에는 송상원의 『총검을 들고』가 출판되었다. 『평양은 선언한다』는 1992년 4월 20일 평양에서 70여 개국의 정당대표들이 모여 사회주의가 세계적 판도에서 좌절된 역사적 환경 속에서 사회주의를 지향하는 세계 모든 정당들은 단합해야 한다고 선언한 것을 배경으로 삼은 소설로, 소련 유학생 출신의 사회과학원 국제사상연구소 부소장인 유수진 박사가 애초에는 소련의 개편돌풍에 방향을 잡지 못하고 흔들렸다가 모스크바에서 열린 대학동창회에 참석하여 사상혼란의 현장체험을 하고 돌아와서는 비과학적인 환상에서 벗어나 주체의 신념이 투철한 학자로 거듭난다는 내용의 소설이다. 『총검을 들고』는 김정일 국방위원장이 선군정치를 앞세워 강성대국 건설을 역설한 것을 형상화한 소설이다. 특히 김일성 주석과 오진우 인민무력부장이 연이어 사망한 위기상황 속에서 김주석의 유훈인 평양—향산 관광도로공사와 금강산 발전소 건설을 독려하는 김정일 국방위원장의 신념과 믿음의 정치가로서의 면모를 형상한 작품이다.

III. 서해갑문 건설과 80년대 속도전

서해갑문은 1981년 착공하여 1986년에 준공한 대동강 하류 끝살뿌리(피도)와 광량만 사이의 20리 바다를 가로막아 건설한 바다갑문을 말한다.

북한의 저작물들을 살펴보면, 김일성 주석이 현지지도를 통해 갑문의 지리적 위치를 선정하여 주었고 김정일 국방위원장이 갑문건설의 구체적 방향과 방도를 제시하여 세계적 규모의 수리사업을 완성하게 되었다고 공로를 두 사람에게 돌리고 있다. 김일성 주석은 1981년 5월 22일 파도세찬 뱃길에 올라 남포 앞바다를 둘러보면서 지도와 현지지형을 대조해보면서 수심과 감탕층의 깊이 그리고 조수상태 등을 자세히 분석하여 서해갑문의 위치를 끝살뿌리와 광량만 사이로 최종적으로 확정해 주었으며, 이날 오후에 관계부문일군협의회를 소집하여 갑문건설공사를 성과적으로 보장하기 위한 구체적인 과업을 제시하였다고 한다. 한편 1983년 4월 20일 김정일 국방위원장은 서해갑문 현지지도를 통해 가물막이공사와 물빼기, 갑실, 무넘이언제 공사가 공사의 가장 기본이 된다고 교시를 내리며 빠른 공사 진척을 독려[3]하였다고 한다.

서해갑문이 건설됨으로써 대동간 하류에는 인공호수가 새로 생겨나고 그곳의 풍부한 물로 인해 간석지 물문제를 비롯하여 대동간 하류지역의 관개용수 문제와 공업용수, 음료수 문제를 해결할 수 있게 되었으며 그 어떠한 한재와 큰물의 피해도 막을 수 있게 되었다고 한다. 특히 북한의 저작물들은 서해갑문의 건설로 인해 대동강과 재령강의 수심이 깊어지고 갑문언제 위로 철길과 자동차길이 생겨나 서해안 일대의 교통운수 발전에서 새로운 전망이 열리게 되었다고 그 성과를 높이 평가하고 있다.

서해갑문의 애초의 이름은 남포갑문이었으나 완공된 뒤인 1986년 9월 8일 공화국 중앙인민위원회 정령에 의해 이름을 바꾸었다. 서해갑문 건설은 북한 역사상 기록에 남을 대자연개조사업의 하나이다. 특히 이 사업에서 특기한 점을 들자면, 방대한 서해갑문사업이 김정일의 주도에 의해

3) 강건익 외, 『조선대백과사전』 제13권, 평양, 백과사전출판사, 2000, 636쪽.

인민군에 할당되었다는 점이다. 즉, 이 사업은 인민군인과 건설자를 합쳐 총 7,000여 명이 투입되어 공기를 단축, 만 5년 만에 완성을 하였다고 선전하고 있다. 특히 북한의 저작물들은 자체 기술과 설계, 자재로 완성하여 20세기 인류의 기적을 낳았다[4]고 선전하고 있는 것이다.

'속도전'은 북한의 유격대국가 내지 정규군국가에서만 사용되는 독특한 군대식용어이다. 북한의 『조선대백과사전』은 속도전의 개념에 대해 "속도전은 모든 사업을 전격적으로 밀고 나가는 사회주의 건설의 기본전투형식입니다"[5]라고 설명하고 있다. 속도전은 김정일이 창안한 방법이라고 북한저작물들은 묘사하고 있다. 노동당 제5기 제8차 전원회의에서 사회주의 대건설의 웅대한 강령을 실현하기 위하여 1974년에 속도전의 혁명적 방침을 내놓았다고 밝히고 있다. 그리고 속도전의 사상리론적 기초는 영생불멸의 주체사상과 계속혁명 사상이라고 주장한다.

또 속도전을 벌여 사회주의 건설을 최대한으로 다그치기 위해서는 사상혁명, 기술혁명을 힘있게 밀고 나가며 조직지도사업을 안받침하여야 한다고 주장하면서 속도전을 위한 사상, 기술, 지도의 세 가지 조건 가운데에서도 기본은 사상문제라고 파악하고 있다. 그런데 재미있는 것은 북한에서 속도전의 실천적인 사례로 문화예술분야의 성과를 들고 있다는 점이다. 그것은 김정일 국방위원장이 영화사업이나 장중편소설 창작 등 문화예술 분야에 관심이 많고 70년대 말부터 그 분야 전문가들을 독려한 것과 연관성이 있는 것으로 보인다. 대표적인 경우로 장중편소설 창작전투가 있다. 김정일은 4·15문학창작단 소속 작가들에게 1978년부터 1989년 4월 15일 김일성 주석 탄생 77돌까지 수백 편의 장중편소설을 창작할 것을 주문하였고 그 목표는 차질없이 성취된 것으로 북한의 문예이론서

4) 강건익 외, 『조선대백과사전』, 637쪽.
5) 강경구 외, 『조선대백과사전』 제14권, 355쪽.

들은 밝히고 있다. 북한저작물에서 속도전에 대한 구체적인 언급을 다시 한번 살펴보기로 한다. 즉 속도전은 사회주의 제도의 본성과 혁명발전의 절박한 요구, 모든 것을 비상히 빨리 발전시킬 수 있는 현실적 가능성과 이미 문화예술 분야에서 이룩된 실천적 경험에 기초하고 있는 가장 혁명적이며 과학적이고 우월한 전투형식이라고 주장한다. 이 대목에서 눈여겨 볼 것은 '문화예술 분야에서 이룩된 실천적 경험'이라는 언급이라고 할 수 있다.

북한의 김정일 국방위원장은 속도전의 빠른 추진을 위해 1975년 5월 10일 평양에서 속도전청년돌격대를 조직하였다. 속도전청년돌격대는 종전의 청년돌격대들과 달리 정연한 조직체계와 지휘체계, 입대체계를 갖춘 상설적인 정규화된 부대이며 자체의 튼튼한 기술적 역량과 현대적인 기술수단을 가진 사회주의 대건설의 위력한 돌격부대라고 개념정의를 내린다. 속도전 청년돌격대는 또한 한 대상의 건설이 끝나면 해산되는 것이 아니라 연이어 다른 대상을 맡아 해제끼면서 끊임없이 사회주의 건설의 돌파구를 열어나간다고 주장한다.

70년대 말부터 80년대에 속도전 청년돌격대가 실천한 주요사업을 보면 이들이 북한사회에서 어떻게 '80년대 속도전'을 펼쳐나갔는지를 가늠해 볼 수 있다. 이들은 왕재산과 삼지연, 어은동, 회령을 비롯한 여러 곳에 혁명전적지와 혁명사적지를 건설하였으며 묘향산에 있는 국제친선전람관, 만경대 학생소년궁전과 같은 대기념비적 창조물들을 많이 건설하였다고 자랑하고 있다. 또한 만포-혜산 청년선과 금강산청년선을 비롯한 수천키로에서의 새 철길과 철도전기화공사, 동평양 화력발전소와 같은 주요산업건설을 많이 했으며, 창광거리 · 문수거리 · 안상택거리 · 광복거리 · 통일거리 · 9 · 9절 거리 등의 수많은 살림집들을 건설하였다고 홍보하고 있다. 그 외에도 4 · 25예술영화촬영소, 평양-남포 고속도로 등 여러 중요 대상건설에도 참가하여 조국땅위에 영원할 노력적 위훈을 세웠다[6]고 속도전 청년돌격대의 업적을 찬양하고 있다.

IV. 『서해전역』에 나타난 북한 사회의 현실과 김정일의 역할

한때 북한의 국가체제를 유격대국가라고 불렀던 일본의 와다 하루끼 교수는 최근의 저서 『북조선』에서 북한을 '정규군 국가'라고 명칭을 바꾸어 불렀다. 그 근거로 북한의 노동신문의 사설 제목이 1996년 이후 줄곧 "혁명적 군인정신이 바로 오늘의 혁명정신이며, 고난의 행군 정신이다"라든가, 이 정신이 사회주의 건설의 원동력이라고 주장[7]하고 있는 사실을 적시하고 있다. 여기에서 두 개의 구호는 각 다른 의미를 지니고 있다. '고난의 행군' 구호는 유격대국가의 새로운 구호였다면, 혁명적 군인정신의 구호는 현재의 정규군과 관련되어 있다는 것이다. 1997년 5월 19일 노동신문 사설은 '혁명적 군인정신으로 우리식 사회주의 위업을 힘차게 전진시켜 나가자'라는 제목으로 발표되었는데, 이 논설에서 인민군대는 "우리식 사회주의의 기둥이며 혁명의 대학이다"라고 선언하면서 "인민군대의 당 정치사업은 곧 화선식(화선이란 전투가 벌어지고 있는 전선을 의미한다) 선전사업, 화선식 선동사업이다. 화선식 정치사업은 결사의 마당에서 진행하는 가장 전투적인 정치사업이며 총 쥔 병사들의 심장을 격동시켜 육박전에로 나아가게 하는 호소성과 전투적인 기백이 넘치는 위력한 정치사업이며 틀림과 빈말이 없고 정통을 찌르는 실효성이 강한 정치사업이다"라고 강조하고 있다는 것이다. 그해 10월 8일 김정일은 조선노동

6) 강경구 외, 『조선대백과사전』 제14권, 356쪽.
7) 와다 하루끼, 『북조선』, 서동만 외 옮김, 돌베개, 2002, 308쪽.

당 총비서라는 칭호를 얻었는데, 그후 그의 활동에는 어떠한 변화도 없었다. 여전히 인민군대인 제576부대나 제564부대를 방문하고 있었고 그러한 현상은 지금까지도 지속되고 있다. 그런 측면에서 김정일 국방위원장의 북한은 정규군 국가라고 불러야 타당하다는 논리이다.

『불멸의 향도 총서』의 한 작품인 장편소설 『서해전역』에 비춰진 김정일 국방위원장이 주도하는 북한체제의 모습도 '정규군 국가'라는 이미지에서 크게 벗어나지 않는다. 그 이유는 북한이 수리사업의 세계사적 역사에서 길이 남을 대역사라고 홍보하고 있는 서해갑문 건설현장에도 인민군이 대거 투입되었고 그 사업을 주도하는 주인공도 사실상 인민군 소장 송철만으로 나오기 때문이다. 간석지를 건설하고 갑문을 설치하여 자연대개조사업을 하는 것을 정무원의 국토건설이나 토목분야의 전문가가 맡지 않고 인민군대의 혁명정신에만 의존한다는 발상 자체가 자유주의 국가에서는 이해가 되지 않는 대목인 것이다.

북한의 조선중앙통신사가 발행한 『조선중앙년감』 주체 90년(2001년)편을 보면 사회문화 항에서 장편소설 『서해전역』의 문학사적 가치를 언급하면서 몇 차례나 혁명적 군인정신[8]을 강조하고 있는데서 앞의 내용은 확인이 된다.

1. 수령형상 창조

'수령형상 창조'란 한마디로 문학예술작품 속에서의 일종의 우상화작

---

8) 김동섭 외 편, 『조선중앙념감』 주체 90년(2001년), 평양, 조선중앙통신사, 2001, 198-199쪽.

"경애하는 장군님께서는 엄혹한 정세 속에서도 갑문건설을 더욱 통이 크게 지휘해 나가시며 일군들이 혁명적군인정신을 체질화한 강자로 성장하도록 이끌어주신다"

업을 말한다. 북한에서 작가가 '수령형상'을 창조하는 작업은 매우 중요하며 신중하여야 한다. 여기에서 '중요하다'고 하는 것은 다른 어떤 것보다도 최상위에 두어야 함을 의미하며, '신중해야 한다'는 것은 서술과 묘사에 있어서 언어 하나하나의 취사선택에 심혈을 기울여야 함을 뜻한다. 북한의 문예이론서에는 "수령을 형상한다는 것은 수령의 혁명력사와 숭고한 풍모를 진실하고 생동하게 예술적 화폭에 그려 수령의 위대성을 예술적으로 감득하게 하는 것이다"[9]라고 쓰여 있다. 우선 수령형상은 보통 혁명가의 형상이나 보통 지도자의 형상과 구별된다고 강조하고 있다. 왜냐 하면 수령은 위대한 혁명가, 위대한 공산주의자의 귀감이기 때문이다. 즉 수령이 위대한 혁명가임으로 하여 수령형상은 로동계급의 혁명문학이 창조하는 형상이라는 것[10]이다. 그들식의 표현대로 한다면, 실로 수령형상은 참된 인간, 위대한 혁명가의 형상인 동시에 그 누구도 비길 수도 대신할 수도 없는 인민의 최고수뇌, 혁명의 최고령도자, 단결의 유일중심의 형상이며 오직 한 분밖에 없는 로동계급의 정치적 수령의 형상[11]이라는 것이다. 그러므로 '수령에 대한 충실성'을 신념으로 간직하려면 '수령에 대한 위대성'을 깊이 체득하여야 한다는 것이다.

그리고 로동계급의 문학예술에서 수령의 형상을 창조하는 중요한 목적의 하나는 예술형상을 통하여 인민들에게 '혁명적 수령관'을 철저히 세워주려는 데 있다[12]는 것이다. 혁명적 수령관을 세우는 데서 중요한 것은 수령의 위대성에 대한 인식과 체득인 것이다.

김정일은 1967년 6월 20일 조선노동당 중앙위원회 선전선동부 책임일군들과 한 담화인 「4·15 문학창작단을 내올 데 대하여」에서 반당반혁명

9) 윤기덕, 『수령형상문학』, 문예출판사, 1991, 157쪽.
10) 윤기덕, 위의 책, 158쪽.
11) 윤기덕, 위의 책, 160쪽.
12) 윤기덕, 위의 책, 168쪽.

분자들과 그 추종분자들은 위대한 수령님께서 항일혁명투쟁시기에 이룩하신 영광스러운 혁명적 문학예술전통을 내세울 대신 일부 불건전한 자들을 내세워 '카프'의 전통을 계승하여야 한다는 잡소리까지 치게 하였으며 민족문화유산 계승에 있어서도 당의 로선과 원칙을 어기고 복고주의와 민족허무주의의 편향을 나타냈습니다고 반종파투쟁을 강조하면서 다시 한번 새로운 혁명문학을 건설하기 위하여 '수령형상 창조' 문제가 절대적으로 필요하다[13]고 주장한다. 그리고 수령형상 창조를 기본으로 하는 창작집단인 '4・15 문학창작단'을 따로 내오는 것은 수령형상 창조사업을 전망적이고 장기적인 사업으로 계속 힘있게 밀고 나가기 위한 것임을 내세운다.

김정일은 또 '수령형상 창조'의 '합법칙성'을 주장한다. 수령형상 창조가 공산주의 문학예술 건설의 합법칙적 요구로 되는 것은 높은 사상예술성을 요구하는 사회주의 문학예술의 본성과 관련된다고 파악한다. 문학예술의 중요한 요구의 하나는 사상성과 예술성의 높은 결합일진대, 수령형상을 창조하는 것은 문학예술작품의 숭고한 사상성을 보장하는 원천으로 될뿐 아니라 높은 예술성을 보장하는 원천으로도 된다[14]는 것이다. 참다운 예술성은 인민이 좋아하고 인민이 공감하며 인민의 심금을 울리는 높은 감동성, 감화력에 있다. 수령의 고매한 풍모와 수령의 불멸의 역사는 그 자체가 만사람의 마음을 격동시키는 가장 아름답고 고상한 풍모이며 가장 빛나는 역사라는 것이다. 따라서 수령형상 작품에는 혁명가로 참되게 산다는 것은 어떻게 사는 것이며 참된 인간으로 사는 것은 어떻게 사는 것인가를 보여주는 빛나는 귀감이 있다[15]는 것이다.

---

13) 조선노동당 중앙위원회, 『김정일선집』 권 1, 242-245쪽.
14) 윤기덕, 앞의 책, 174-175쪽.
15) 윤기덕, 위의 책, 176쪽.

김정일은 '수령형상 창조'의 원칙으로 다섯 가지를 든다. 첫째, 수령형상 작품을 최상의 수준에서 창작하기 위해서는 창작가들이 혁명적 수령관에 기초한 높은 충성심을 가져야 한다는 것이다. 둘째, 노동계급의 수령의 형상은 가장 경건한 감정을 가질 수 있게 정중하고 숭엄하게 창작되어야 하며 동시에 밝게 창작되어야 한다는 것이다. 셋째, 인민들 속에 있는 수령을 형상해야 우선 수령의 인민적 풍모와 탁월한 영도력을 옳게 형상할 수 있다는 것이다. 넷째, 위대한 인간의 형상을 창조해야 한다는 것이다. 구체적이며 현실적인 존재인 인간은 반드시 생활 속에 존재하므로, 구체적인 생활을 통하여 산 인간성격을 생동하고 실감있게 그리는 데 주력하여야 함을 강조한다. 수령형상 작품에서 격식화를 없애고 위대한 혁명가의 인간세계를 깊이 파고 들기 위해서는 혁명동지들과의 관계에서 격식화를 철저히 없애고 수령이 지닌 혁명적 동지애의 숭고한 세계를 깊이 그리는 것이 중요하다고 내세운다. 다섯째, 수령형상 작품은 무엇보다도 수령의 빛나는 혁명역사와 불멸의 업적을 그대로 생동하게 보여줌으로써 사람들이 수령의 위대성과 고매한 풍모를 깊이 인식하고 수령을 따라 배우도록 하려는 데 그 창작의 중요한 목적의 하나가 있으므로, 창작원칙에 있어서 역사적 사실에 철저히 기초하여 형상을 창조하여야 한다[16]고 주장한다.

박태수의 『서해전역』(2000)은 김정일이 20년 공사기간이 걸릴 것으로 전문가들이 추정하는 대공사를 5년 안에 조기 완성한 서해갑문의 대역사의 추진과정을 사실적으로 다룬 역사전기적 소설이다. 서해갑문은 대동강 하류 끝살뿌리−피도−광량만 사이의 20리 날바다를 가로막아 건설한

16) 윤기덕, 위의 책, 178-226쪽.

바다갑문을 말하는데 1981년에 착공하여 1986년에 준공한 북한 역사에 남을 자연개조의 대공사이다. 서해갑문은 김정일이 주도한 '80년대 속도전'의 대표적인 사업이며 대동강 하류에 대인공호수가 생겨나고 그의 풍부한 물로 간석지문제를 비롯하여 대동강 하류 유역의 관개용수문제와 공업용수문제 및 음료수문제를 완전히 해결한 대규모의 수리사업이었다. 『서해전역』은 남포갑문 건설국장으로 인민군의 송철만 소장이 임명되면서 이야기가 전개되기 시작한다. 송철만은 윤상설 정무원 건설위원회 부위원장과 함께 비단섬과 평양−원산 도로건설을 해본 경험이 있는 현역군 장령이다. 서해갑문건설에 그가 차출된 것은 전문가들 사이에서 20년이 걸린다는 사업을 5년의 공기로 조기완공하기 위한 김정일 국방위원장의 요청 때문이다. 초기 2년 동안은 많은 난관으로 인해 공기가 지연되면서 송철만이 사퇴하는 것을 고려하는 등 어려움에 봉착하지만 김정일의 현지지도 후 '당 지도소조'에 윤상설 건설위원회 부위원장과 리영선 당 중앙위원회 부부장 등이 투입되면서 활기를 되찾아 5년 만에 공기를 지켜 서해의 물길을 끌어와 농업용수와 공업용수 및 식음료수로 활용하려고 한 대역사가 완공된다는 이야기이다.

『서해전역』에서 작가 박태수는 김정일의 수령형상을 창조하는 데에 주력을 하고 있다. 우선 김위원장의 추진력과 대담성을 작품에서 강조하고 있다. 즉 '예지와 열정의 통큰 정치가'임과 '선견지명을 가진 미래를 앞당기는 정치가'임을 동시에 부각시키고 있다. 그는 모두가 20년 걸린다는 수리사업을 5년 안에 완공할 수 있다는 확고한 신념을 가지고 밀어붙이기 위해 인민군대를 10여 만 명 투입하여 속도전의 군인정신을 역설한다.

> 남포갑문건설에 참가한 인민군 군인들의 정신상태가 매우 좋습니다. 그들은 지금 조국보위도 사회주의 건설도 다 자기들이 맡아 하겠다는 구호를 내걸고

> 투쟁하는데 수령님께서도 무척 대견해 하십니다. 세상에 군대가 많지만 과연 어느 나라 군대가 우리 군인들처럼 그런 고상한 정신과 혁명적 기질을 가지고 있겠습니까. 정말이지 우리 군대가 제일이고 우리 군인들이 제일입니다.[17]

또 이 작품은 김정일의 인민성에 바탕한 '사랑과 믿음의 정치가'로서의 모습도 형상하고 있다. 건설현장인 남포시 령남리의 물사정이 좋지 못해 군인들이 소금물로 만든 소금밥을 먹는다는 애로사항을 현지지도를 통해 파악하고는 강선제강소 등에 지시하여 강관을 공급받아 수도관을 끌어들여 음료수문제를 해결하라고 지시한다. 또 갑문건설참관단에 김철제철소, 강선제강소, 황철제강소, 금성뜨락또르공장, 승리자동차, 6·4 차량제작소의 지배인들을 참여시켜 기중기·불도젤·수송차량 등의 우선 지원을 관철하게 한다.

그 외에도 인덕정치의 '포용력 있는 정치가'임을 강조하면서 과오를 범한 윤상설 건설위원회 부위원장과 화재를 유발한 박선봉 상사의 인간적 결함을 덮어주는 자상한 면모를 부각시키기도 한다. 『서해전역』에서 김정일 국방위원장은 국가건설위원회 부위원장으로서 건설전문가이기는 하지만 서해갑문의 공정을 5년 안에 하는 것은 도저히 불가능하다고 고집을 부리며 보신주의의 전형적인 양태를 보여주던 윤상설의 과거의 과오를 묻어두고 남포갑문 건설의 전권을 가진 대표로 다시 임명하기로 주변에 밝힌다. 작가 박태수의 이러한 묘사는 바로 김정일이 인덕정치의 포용력 있는 지도자임을 부각시켜려는 의도로 보인다.

> 그렇다면 이젠 윤상설동무를 갑문건설에 돌려 놓읍시다. 왜 놀랍니까? …

---

17) 박태수, 『서해전역』, 평양, 문예출판사, 2000, 110쪽.

물론 그는 5년 안에 자신심을 못 가졌던 사람이고 지금도 그러한 견해에서 다 탈피하지 못했을 수도 있습니다. 그러나 나는 그가 자기의 견해상 문제 때문에 할 일을 안할 사람이라고 보지 않습니다. 위원장동문 알다싶이 그는 자기가 주관하여 만들었던 남포갑문기본설계를 부정한 개작설계를 아주 높이 평가했고 황해남도의 논농사와 관련된 귀중한 의견도 내놓았습니다. 이건 그가 나라의 건설을 책임진 일군으로서의 본분을 잊지 않았고 당적 량심도 매우 깨끗하다는 생생한 증거가 아니겠습니까?

그이께서는 당지도소조의 필요성에 대하여 설명하시면서 이렇게 뒤를 이으시였다.

≪… 나는 윤상설동무를 그 지도소조의 성원으로 다시 말하여 전권을 가진 대표로 임명할 생각입니다 ………중략≫[18]

2. 선군정치의 토대와 실상

북한에서 최근에 가장 자주 사용되는 용어를 두 가지 들라고 한다면, 선군정치와 혁명적 군인정신에 대한 강조이다. 선군정치란 용어는 2000년 김정일 국방위원장의 60회 회갑일에 맞춰 평양에서 발행된『조선대백과사전』에 개념이 분명하게 명시되어 있다. 그리고 2001년에 발행된『주체혁명위업의 위대한 령도자 김정일동지』(1권 위대한 사상리론가, 2권 위대한정치가) 제2권에서 탁월한 정치활동편에서 '선군정치의 실현'이란 항목이 설정되어 있다. 위대한 정치가로서의 김정일 국방위원장의 면모를 다룬 이 책의 체제를 보면 정치철학과 이념 그리고 원리에서는 선군정치가 거론되지 않고 있다. 하지만 탁월한 정치활동이란 소항목에서 선군정

18) 박태수,『서해전역』, 평양, 문예출판사, 2000, 254-255쪽.

치의 실현이란 하부항목이 설정되어 있다. 정치철학과 이념에서는 주체의 정치철학을 내세우고 있으며 정치적 실천방법의 한 갈래로 자주정치, 인덕정치, 애국애족의 정치와 더불어 선군정치를 제시하고 있을 뿐이다.

그러면 북한의 『조선대백과사전』에서 구체적으로 '선군정치'가 어떤 개념으로 사용되는지 살펴보기로 한다.

> 군사선행의 원칙에서 혁명과 건설에서 나서는 모든 문제를 해결하고 군대를 혁명의 기둥으로 내세워 사회주의 위업 전반을 밀고나가는 정치[19]

이러한 개념정의에 이어 김정일의 교시가 나온다. 김정일은 "선군정치는 나의 기본정치방식이며 우리 혁명을 승리에로 이끌어나가기 위한 만능의 보검입니다"라고 강조하고 있다. 즉 선군정치는 정치와 군사를 유기적으로 결합시켜 나가는 새로운 형태의 정치방식이라고 요약하고 있다. 좀더 부연하여 선군정치의 본질적 내용의 하나는 군사선행의 원칙에서 혁명과 건설에서 나서는 모든 문제를 해결하는 것이라고 밝히고 있다. 선군정치에서는 군사를 나라와 민족, 혁명의 운명과 관련되는 가장 중요한 사업으로 여기고, 당・국가활동・사회생활의 모든 분야에서 군중시사상을 철저히 구현하여 전국가적, 전사회적으로 군대를 내세우고 나라의 방위력 강화에 최선을 다하게 된다고 강조하고 있다. 또한 선군정치의 본질적 내용의 다른 하나는 군대를 혁명의 기둥으로 내세워 사회주의 위업 전반을 밀고 나가는 것이라고 주장한다.

그러면 선군정치라는 용어가 언제부터 사용되었는지에 대해서는 남과 북에서의 견해에 약간 차이가 있다. '선군정치'란 용어가 공식적으로 등

---

19) 강경구 외, 『조선대백과사전』 제14권, 평양, 백과사전출판사, 2000, 62쪽.

장하는 것은 1998년 9월 최고인민회의 제10기 1차 회의를 전후한 시기로 남측 학자들은 파악하고 있다. 1997년 12월 최고사령관 추대 6돌 경축 중앙보고대회에서조차 '선군'이라는 용어는 사용되지 않았다고 한다. 오히려 1997년 내내 "군민일치 만세!"라는 구호와 "수령결사옹위정신" "총폭탄정신" "자폭정신" 등이 빈번히 사용되었으며, 다만 1997년 10월에 이르러 '선군후로(先軍後勞)'라는 용어 사용이 발견될 수 있었다는 것이다.

그러나 북한은 선군정치의 시원을 1995년 1월 1일 김정일 국방위원장이 '다박솔중대' 현지지도에서 기원하고 있음을 공표하고 있다. 『로동신문』에 의하면, "력사적인 다박솔초소에 대한 현지지도로 선군정치의 첫 자욱을 새기신……"(2001. 11. 3)[20]이라는 언급이 나오고 있는 것이다.

하지만 북측 이론가들은 선군정치란 용어의 사용시기를 1996년쯤으로 파악하고 있다. 우선 『주체혁명위업의 위대한 령도자 김정일동지』 권2에서는 경애하는 김정일 동지께서는 주체 85년(1996) 8월 어느 날 조선인민군 지휘성원들을 만나신 자리에서 선군정치의 필연성에 대하여 다시금 깨우쳐 주시면서 "오늘 우리나라는 사회주의와 제국주의, 혁명과 반혁명간의 가장 치렬한 대결장으로 되고 있다. 제국주의자들과 반동들은 우리 공화국을 고립말살하고 인민대중 중심의 우리식 사회주의를 허물어 버리려고 최후발악을 하고 있다. 우리가 인민군대를 강화하지 않고서는 사회주의를 지킬 수 없고 조국통일을 이룩할 수 없다. 내가 늘 말하는 것이지만 정권은 총대에서 나오고 총대에 의하여 유지된다"[21]고 역설하였다고 언급하고 있다.

---

20) 진희관, "북한 선군정치의 특징과 전사회적 확산 전망", 『서울평양학회 창립 1주년 기념 학술세미나 논문집』(2002. 12. 12. 목, 한국프레스센터 12층), 36쪽.

21) 조선로동당출판사 편, 『주체혁명위업의 위대한 령도자 김정일동지』 권2, 평양, 조선로동당출판사, 2001, 308쪽.

박태수의 『서해전역』은 역사적 전기소설에 해당하는 장편소설이다. 따라서 4·15창작단 소속 작가들이 우산장의 창작단 사무실에서 틀어앉아 글만 쓰는 것이 아니라 현장에 파견되어 체험을 강화하거나 당시 서해갑문 건설 책임자들을 취재하여 그들의 체험을 자신의 체험으로 용해시킨 후 글쓰기 작업에 들어가는 것으로 알려져 있다. 이 작품은 사실상 간석지사업 등과 같은 자연개조대사업에 해당하는 토목건설사업분야를 소재로 하는 작품이다. 하지만 소설의 서두에서부터 주인공의 성격묘사 그리고 소설의 지리적 배경 등이 모두 인민군대와 밀접한 관련이 있다. 김정일 국방위원장은 송철만 소장을 총참무부에 올라와 대기하라고 책임서기를 통해 지시를 내린다. 오진우 대장과 다음으로 송철만 소장의 손을 잡은 김정일은 15년 전 비단섬에서 만난 인연을 떠올린다. 그리고 구체적으로 본론으로 들어가 "당에서는 이번에 남포쪽에다 인민경제적 의의가 대단히 큰 갑문을 건설하기로 결정하고 그 과업을 인민군대에게 맡겼습니다"라고 말한다.

그리고 서해갑문의 중대한 건설사업을 인민군대에게 맡긴 이유를 다음과 같이 설명하고 있다.

> 우리가 남포갑문 건설을 인민군대에게 맡긴 것은 건설규모가 크고 공사조건이 어렵다는 사정도 있지만 중요하게도 건설을 빨리 다섯 해 동안에 결속하기 위해서였습니다.
>
> 조수차가 심한 20리 날바다를 막아 세계굴지의 대갑문을 그것도 단 5년동안에 건설한다는 것이 말처럼 쉬운 일은 아닙니다. 쉽지 않기 때문에 전문가들은 건설기한을 10년이나 15년, 지어 20년까지 보는 사람들도 있습니다. ………(중략)……… 내가 이쯤 말하면 철만동무도 이젠 짐작이 가고도 남으리라고 보는데….그렇습니다. 우리는 동무를 남포갑문 건설국장으로 임명하려

고 합니다. 어떻습니까?[22]

위에 설명한 것에서 알 수 있듯이 서해갑문 건설의 대공사를 인민군대에게 맡기려고 하는 것은 김정일 특유의 '80년대식 속도전'을 펼치기 위한 방도임을 분명하게 밝히고 있다. 국방공업이나 군사작전만을 군대에게 책임지게 하는 것이 아니라 사회주의 건설의 중추적인 대건설사업이나 도로나 철도건설 등 SOC까지도 인민군에게 맡기려고 하는 선도정치의 실상을 엿볼 수 있는 장면이다.

또 건설현장에 대대적으로 인민군대 조직을 끌어들이고 공사속도를 앞당기기 위해 혁명적 군인정신을 강조하는 장면에서도 북한의 국가체제가 얼마나 군대조직에 의존하고 있는가를 단적으로 보여준다. 송철만은 세 개의 기본공사를 동시에 펼친 관계로 공사진척 속도가 지지부진하고 일부 단위들에서는 불리한 정황을 과감히 이겨나갈 생각들은 하지 않고 조건타박만 하면서 시간을 잃어버리는 형국을 나타내자 총화회의를 소집하여 (혁명적) 군인정신을 강조하면서 다음과 같이 질타를 가하게 된다. 이러한 총화회의를 주재한 주인공 송철만 소장의 사상과 태도(물적 지원은 하지 않고 군대의 용맹성에만 의존하라는 질타)에서 북한의 선군정치의 관료성과 실적 위주의 돌격정신에만 의존하는 맹목성을 엿볼 수 있게 된다.

송철만은 랭소를 지었다. 오늘 회의를 소집한 진목적이 바로 부대장들의 이런 사고방식을 깨버리자는데 있었다.

≪물론 동무네가 레루를 다 깔지를 못한 원인은 수송차에도 있고 그걸 보

22) 박태수, 『서해전역』, 26쪽.

장 못한 국지휘부에도 있소. 그러나 부대장동무, 동무는 당에서 남포갑문건설을 우리 군인들에게 맡긴 의도가 어디 있다고 보오? 그건 공사조건이 매우 어려운 점을 고려하여 우리 군인들만이 자기 고유의 특성인 군인정신으로 그걸 이겨 낼 수 있다고 보아서가 아니겠소. 그런데 동무는 군인이 아니라 부자집 도련님처럼 말하고 있소. 뭐 수송차가 보장 안된 것이 원인이다? 수송조건으로 말하면 (오백 스물둘)도 동무네나 꼭 같소. 그런데 거기선 철길공사를 다 끝내고 벌써 기본공사에 진입했소.[23]

3. 북한사회의 발전지체 현상의 원인분석

북한은 1996년 이후부터 3년간 홍수와 왕가뭄 등의 자연재해를 입어 식령난의 위기에 처하였다. 그 이후 남한당국의 비료와 식량지원 및 일본정부의 식량지원 등에 힘입어 위기를 벗어났고, 국제식량기구와 한국의 적십자사 그리고 종교계의 북한기아돕기운동의 도움으로 2000년 이후에는 기아선상에서 벗어난 것으로 판단되고 있다.

그러면 북한 경제의 정체와 식량난의 위기는 어디에서 비롯된 것인가? 단순한 자연재해 때문인가? 아니면 또 다른 원인이 있는가? 북한의 경제위기는 자연재해적인 측면도 있지만 사실상 인재에 가깝다고 할 수 있다. 특히 노동당과 인민군대의 관료제의 문제점이 가장 큰 원인으로 생각된다. 다음으로는 60년대의 천리마운동 이후에 계속된 군중동원 노선이 가져온 피로도가 극에 달한 것도 한계상황이라고 할 수 있다. 평양을 제외한 농촌의 황폐화와 농민들의 삶의 피폐화도 심각한 지경에 이르고 있다. 그 외에도 경제를 돌볼 틈이 없는 인민군대와 군수산업에 대한 과도한

23) 박태수, 『서해전역』, 106쪽.

재정지출과 수십 년 간 교체가 없이 사용됨으로써 노후화된 기계설비와 시설들, 미정비된 도로망과 SOC 등등 그 원인은 여러 가지가 뒤엉켜 복합적인 양상을 띠고 있다고 하겠다.

박태수의 『서해전역』에도 이러한 양상은 그대로 드러나고 있다. 첫째, 전문가의 의견을 보신주의나 옛날의 소시민적 냄새가 난다고 배척하는 지도층의 적대적 태도는 북한체제의 경직성을 단적으로 보여주는 양태라고 할 수 있다. 『서해전역』에서 김정일 국방위원장은 전문가인 윤상설 정무원 건설위원회 부위원장의 견해를 배제하고 갑문건설에는 문외한인 인민군대의 송철만 소장을 남포갑문 건설국장으로 임명한다. 송철만을 책임자로 임명한 이유는 단 한가지 공기가 10년이나 15년 걸린다는 전문가들의 견해에 불만을 품고 혁명적 군인정신으로 5년으로 공기를 단축할 수 있다는 군인들의 돌격대정신에 점수를 주었기 때문이다. 이것은 얼마나 위험한 발상인가? 전문가들의 견해를 참조하지 않고 속도전에 의해 조기완공된 서해갑문의 성능이 얼마나 오랜 기간동안 지속될 것인가? 회의적이지 않을 수 없다.

> 국가건설위원회가 남포갑문건설기한을 비현실적으로 설정함으로써 당의 의도를 받들지 못한 문제가 이번 당총회의 기본론점으로 되리라는 것은 이미부터 예견한 바였다. 그 책임의 일부 몫을 자신이 짊어지고 비판도 받게 되리라는 것을 모르지 않은 터여서 성설은 품을 들여 미리 토론준비도 착실하게 했었다. ……(중략)……
>
> …당은 지금 그 어느때보다도 우리 중앙기관의 매 일군들이 군중속에 깊이 들어가 그들의 목소리에 귀 기울이며 말로써가 아니라 실력으로 당과 혁명에 이바지할 것을 요구하고 있다. 그러나 분기간 남포갑문 건설예산안 작성사업을 책임지고 한 당원 윤상설동무는 당의 요구와는 거리가 멀게 사고하고 행

동하였다. 동무는 우선 예산작성에서 주체적 립장과 객관성의 원칙을 무시함으로써 혹심한 경험주의자, 주관주의자로서의 자기를 드러내 보였다.[24]

둘째, 김정일 국방위원장에 의한 군대돌격전과도 같은 무모한 전략은 건설현장에서 많은 희생이 뒤따르게 된다. 특히 물적 지원에는 인색하면서 혁명적 군인정신만을 강조하는 것은 인명존중을 무시하는 처사라고 할 수 있다. 하지만 소설에서는 이러한 무리한 모험적 추진을 미화시키고 있다. 최근의 북한 외교의 벼랑끝전술도 결국 이러한 전략에서 크게 벗어나지 않는다. 최고 지도자의 아집과 자존심이 국가를 세계로부터 고립시키고 인민들을 헐벗게 하고 있다면 그것은 커다란 문제가 아닐 수 없다. 『서해전역』에서 계획에 비해 공사가 뒤처지는 원인에 대해 건설위원회 위원장은 김정일 국방위원장에게 "로력과 기술수단을 더 넣어주면 해결되지 않을가 생각됩니다"라고 답을 한다. 오진우 인민무력부장은 원인에 대해 "공사가 처지는 원인은 다른 게 없다고 봅니다. 여기 현장지휘자들의 지휘능력에도 문제가 있고 또 중요하게도 정무원에서 건설 자재와 기계수단을 제때에 보장해 주지 않기 때문입니다."라고 해결책을 제시한다.

하지만 김정일은 전문가들의 견해는 귀담아듣지도 않고 자신의 독단적인 입장만을 밝히고 그것을 밀어부치려고 한다. 김정일은 그동안의 성과에 대해 만 2년 만에 기본언제는 3,500미터 내밀고 가물막이를 지금 정도 추진했다는 것은 사실 대단한 성과라고 평가하고 공정을 계획에 따라 세우지 못하는 것은 전투조직과 지휘에 기본원인이 있는 것 같다고 판단을 한다. 그리고 "그건 한마디로 건설공사의 주공목표를 똑바로 정하지 못하고 평균주의를 한 것입니다"[25]라고 비판을 한다. 한 가지 대

24) 박태수, 『서해전역』, 62쪽.
25) 박태수, 『서해전역』, 245쪽.

상에 집중을 하지 못해 공사의 진척속도가 느리다는 독단적인 판정을 내리는 것이다.

> 군사학적으로 볼 때 남포갑문건설은 하나의 큰 전역이라고 할 수 있습니다. 5년간으로 선포한 이 전역에도 전략과 전술은 승리의 기본조건으로 되며 전투조직과 지휘를 변화하는 현실과 리치에 맞게 과학적으로 해야 합니다. 이제 더는 평균주의를 하지 말아야 하겠습니다. 남포갑문건설에서는 가물막이공사와 물빼기, 갑실, 무넘이언제공사를 기본으로 보아야 합니다. 그중에서도 가물막이공사가 특히 중요하며 그건 갑문건설의 돌파구라고 말할 수 있습니다. 우리는 변화하는 현실을 제때에 포착해야 합니다.[26)]

셋째 작가는 여성의 노동력을 동원하기 위한 선동책으로 적극적인 여성상을 형상화하면서도 작품의 말미에 가서는 모순되게 보수적인 여성관을 표현하고 있다. 작품 서두에서 수리공학연구소의 연구원인 유정은 대대장 윤건호와 우물을 파는 문제로 다툼을 한다. 이때만 해도 유정은 자신의 의견을 서슴없이 개진하는 능동적이고 개척적인 성격의 여성이었다. 하지만 작품의 후반에서는 소극적이고 보수적인 여성상으로 변모되고 만다. 이러한 태도는 북한사회 지도층의 여성관을 잘 반영해 주는 것이라고 할 수 있다. 북한에서 남성들은 여성들에 대해 이중적인 잣대를 가지고 있는 것이다. 이렇게 북한사회의 정체성의 한 요인으로는 여성들의 참여의식 부재와 소극적 자세와도 연관성이 있다고 할 수 있다.

> 그러나 능금이는 병을 보더니 대뜸 눈이 둥그래지며 놀랬다.

---

26) 박태수, 『서해전역』, 245-246쪽.

≪어머나, 맥주를 마실래요?≫

≪마시자꾸나, 오늘 같은 날 마시지 않음 언제 마셔 보겠니. 맥주는 청량음료에 속한다니까 별일 없을거야.≫

≪그러다 취하면 어떻게 해요?≫

능금이는 녀자가 맥주를 마신다는 것이 무슨 큰 사변처럼 생각되는 모양이다. 아버지가 술이나 맥주 같은걸 전혀 마시지 않다보니 유정이도 걱정스럽지 않은 것은 아니었다. 그러나 그는 호실의 맏언니답게 제법 호기를 부려 보았다. ……(중략)……

그 때 유정은 봉희의 고백을 솔직한 점은 있지만 사랑의 첫시절에 대한 총화로선 너무 빈약하고 지어 천박하다고까지 생각하였다. 그러나 그는 지금 자신이 봉희가 겪은 것과 같은 체험을 하고 있다는 데 대해 부인할 수 없었으며 그것을 ≪천박≫한 감정이라고는 더욱 말할 수 없음을 새삼스럽게 깨달았다.[27]

V. 맺음말

『서해전역』은 북한의 4·15 창작단 소속의 작가 박태수가 지은 장편소설이다. 우선 이 작품은 『불멸의 향도 총서』의 한 작품이라는 데에서 북한문학사에서의 독특한 위상을 차지하고 있다. 이 계열의 작품으로는 1980년대 말부터 1990년대 중반까지의 작품으로는 현승걸의 『아침해』(1988), 리종렬의 『예지』(1990), 박현의 『불구름』(1991), 백남룡의 『동해천리』(1996) 등이 있다.

---

27) 박태수, 『서해전역』, 462-463쪽.

그리고 최근인 1999년에 권환의 『전환』과 안동춘의 『평양의 봉화』가 출판되었고, 2000년에 박태수의 『서해전역』과 리종렬의 『평양은 선언한다』가 나온 후 2002년에 송상원의 『총검을 들고』가 평양에서 발행되었다. 『전환』은 1968년의 중국의 문화혁명의 여파를 이겨내고 김정일이 김일성 유일체제를 구축한 것을 형상화한 자품이다. 『평양의 봉화』는 1989년의 제13차 세계청년학생축전을 김정일 국방위원장이 성공적으로 개최한 것을 미화시킨 작품이다. 한편 『총검을 들고』는 김일성 서거후의 고난의 행군 시기에 체제 위기 속에서도 김정일 위원장이 유훈인 평양－향산 관광도로 공사와 금강산 발전소 건설을 독려한 것을 형상화한 작품이다.

『서해전역』은 전문가들이 모두 20년은 족히 걸릴 것이라는 갑문공사를 불과 5년 안에 인민군대를 동원하여 조기완성한 서해갑문 공사를 소재로 하여 80년대 속도전의 양상을 사실적으로 묘사한 작품이다. 서해갑문은 대동강 하류 끝살뿌리－피도－광량만 사이의 20리 날바다를 가로막아 건설한 바다갑문을 말하는데 1981년에 착공하여 1986년에 준공한 북한 역사에 남을 자연개조의 대공사를 말한다. 작가 박태수는 이 작품에서 서해갑문 건설에 몰두하는 김정일위원장을 1) 예지와 열정의 통큰 정치가, 2) 사랑과 믿음의 정치가, 3) 인덕정치의 포용력 있는 정치가로 형상화하여 수령형상 창조이론에 근거하여 위대한 인물로 묘사하고 있다.

또 이 작품은 선군정치의 토대와 실상이 잘드러나 있는 창편소설이다. 북한의 『조선대백과사전』에는 선군정치란 정치와 군사를 유기적으로 결합시켜 나가는 새로운 형태의 정치방식이라고 설명되어 있다. 선군정치란 1) 독창적인 정치, 2) 인민정치, 3) 자주정치, 4) 리상적 정치, 5) 혁명적 군인정신에 바탕한 강성대국 건설 등을 실천하는 정치라고 주장하고 있다. 이 작품의 제목인 '전역'이라는 용어 자체가 군사용어이고 주인공인 송철만장군이 인민군대의 장령인 점, 혁명적 군인정신이 작품에서 수십 번 반복되는 점 등에서 이 작품이 선군정치의 구현과 연관성을 맺고 있음을 알게 된다.

하지만 이러한 군사문화의 구축은 북한경제의 정체와 밀접한 관련이 있다. 경제가 파탄이 날 정도의 과도한 군비예산, 각 분야 전문가들보다는 군대가 선행하는 모순된 사회구조, 60년대의 천리마운동때부터 계속되고 있는 군중동원노선 등이 가져온 피로도 등은 한계상황에 도달한 것으로 보인다. 특히 최고 지도자 한 사람의 손끝에서 모든 행정이 결정되는 현상은 김정일 위원장이 전지전능한 신이 아니라는 점에서 퇴행적인 문제점을 양산할 가능성이 높다. 연출가만 있고 관객이 없는 사회에서의 노력영웅 만들기는 억지 웃음을 연출하는 삼류 뮤지컬이 될 수밖에 없다. 전문가의 견해로 15년 이상이 걸린다는 갑문을 인민군대를 동원해 5년만에 속도전으로 완성한 것을 미화시키고 홍보하는 시스템 속에서 창발성이 나올 수 있을지 걱정스럽다.

정지용 문학에 대한 북한문학사에서의 평가

I. 머리말

정지용 시인이라는 이름 앞에는 항상 수식어가 뒤따라붙는다. 그는 "한국 최고의 감각적 서정시인", "한국 서정시의 영역을 넓히고 깊이를 더해준 시인" 등으로 기억된다. 즉 정지용(1902~1950) 시인만큼 한국문학사에서 큰 족적을 남긴 시인도 많지 않다. 정지용은 김기림과 더불어 모더니즘을 이 땅에 도입한 최초의 시인으로 평가받고 있으며, 서구지향의 시를 쓰면서도 전통지향의 시를 배척하지 않고 둘의 공존을 모색한 시인이란 점에서도 이색적인 경향을 보여준 시인이라고 할 수 있다. 그뿐만이 아니라 그는 동시와 민요시를 창작하여 장르의 확대를 시도하였으며 카톨릭 신앙에 심취한 신자로서 종교시의 심오한 세계를 개척하기도 했다. 문단사적인 측면에서도 정지용은 청록파 시인들인 박목월·조지훈·박목월을 문단에 데뷔시켜 한국시문학의 영역을 확대한 공로도 평가받고 있다.

이러한 커다란 업적에도 불구하고 정지용은 한때 한국문학사에서 사라져버린 적이 있다. 그 이유는 정지용이 해방직후 자발적으로 월북한 시인이란 오해를 받아 냉전 이데올로기에 희생되었기 때문이다. 하지만 그의 장남(정구관)의 헌신적인 노력에 의해 1988년 해금이 되어 그의 시집이 출간되는 등 남한문학사에서 비로소 제대로 평가를 받게 되는 계기가 되었다. 또 정지용 시인을 추모하고 그의 문학적 업적을 기리는 정지용 문학제가 그의 탄신일인 매년 5월 15일경에 개최되어 우리나라에서 가장 중요한 문화행사로 자리잡고 있는 것도 문화강국을 자임하는 우리나라에서 커다란 성과라고 평가할 수 있다. 북한의 경우 해방 직후부터 구 소련의 푸쉬킨 탄생 150주년 기념 축전이나 고골리 서거 100주년 기념제전에 대표단을 파견할 정도로 열성을 보인 적이 있다. 우리나라 사람들이 셰익스피어 문학제나 괴테 문학제 등 외국 문학제에는 엄청난 여행경비를 쓰고 참여하면서 우리나라의 문학제를 세계적인 문학제로 키우지 못하다면 문화사대국으로서의 오명을 씻을 수 없을 것이다. 그런 측면에서 정지용 문학제의 성실한 개최는 21세기의 문화선진국을 부르짖는 미래의 한국사회에서 중요한 의미를 지닐 것이다.

그동안 북한문학사에서 정지용 시인은 부르주아 잔재의 반동작가라는 오명을 씻지 못하고 전혀 거론이 되지 않고 있었다. 하지만 1994년을 기점으로 북한문학사에서도 정지용 문학에 대한 조명이 새롭게 이루어져 그의 문학이 부활하는 양상을 보이고 있어 주목된다. 특히 관심을 끄는 것은 최근 김정일 국방위원장의 회갑을 맞이하여 북한에서 펴낸 30권으로 된 『조선대백과사전』에 정지용 시인의 이름이 당당하게 수록되었다는 점이다. 그래서 그 동안 북한문학사에서 정지용의 문학이 어떻게 평가받아왔는지 구체적으로 살펴볼까 한다.

아울러 통일 한국문학사에서의 정지용 문학의 객관적 평가를 위해 그동안 남한문학사에서 정지용의 문학세계가 어떻게 평가받아 왔는지도 함께 분석해봄으로써 상호 비교해 볼 수 있는 안목을 갖도록 한다. 그에 앞서 정지용 시인의 마지막 행적을 둘러싼 논란에 대해서도 나름대로 정리해 보기로 한다.

II. 정지용 시인의 마지막 행적을 둘러싼 논란

정지용 시인은 1902년 5월 15일 충북 옥천군 옥천면 하계리 40번지에서 한약상을 하던 부친 정태국씨와 모친 정미하씨 사이에서 장남으로 태어났다. 정지용 시인은 12세 되던 1913년 송재숙씨와 결혼하여 구관·구익·구인의 3남과 1녀 구원을 두었다. 고향에서 옥천공립보통학교(죽향국민학교)를 졸업한 정지용 시인은 휘문고보를 거쳐 일본 경도의 동지사대학교 영문학과를 졸업했다. 정지용 시인은 휘문고보를 다니던 18세 되던 1919년 12월『서광』지 창간호에 자신의 최초의 작품인 소설「삼인」을 발표하였으며, 다음 해인 1922년 마포하류 현석리에서 최초의 시「풍랑몽(風浪夢)」을 썼다. 휘문고보 5년제를 졸업하던 1923년에는 자신의 대표작인「향수」를 창작했다.

정지용 시인의 삶에서 남·북한간의 첨예한 대립을 보이는 것은 그의 마지막 행적에 대한 것이다(물론 북한의『조선대백과사전』은 정시인의 출생일을 1903년 5월 15일로 기입하고 있음). 남한에 살고 있는 장남 구관은 부친의 해금을 위해 여러 문인들을 만나고 자료를 수집하는 가운데 부친의 마지막 행적에 대해 추정할 수 있는 구체적인 증거를 소지하고 있다. 1985년 3월 12일에 육군본부에 제출한 민원 회신(1985. 4. 26)에 따르면, "거제도 포로수용소 수용사실 및 군인이나 노무자 또는 비군인 등으로 동원된 사실 없었음이 확인되었으나 부친과 같이 수용되었던 계광순씨 등의 저서내용으로 보아 귀하의 부친께서는 북괴군에 납치되어 서대문 형무소에 수감되었다가 평양감옥으로 납북되어 수감 중 폭격에 의해 사망한 것으로 추정되는 바입니다."라고 명기되어 있고 이 서류가 근거가 되어 1988년에 정지용문학은 해금이 되었던 것이다. 민원에 첨부하였던 근거서류들인 김팔봉씨(『현대문학』 1963년 9월호), 계광순씨(『빨치산과 동숙』), 이철주씨(『북의 예술인』) 그리고 최정희씨(『찬란한 대낮』) 등의 저서와 기록 등에는 정지용 시인이 분명하게 납북된 것으로 증언되고 있다. 우선 김팔봉씨는 『현대문학』 1963년 9월호에서 " 납치돼간 시인 정지용은 1926년 여름에 『조선지광』 지를 김말봉과 동행해서 찾아왔을 때 우연히 나도 지나다가 들렀기 때문에 만났었는데 ……… 지금 이 세 사람은 6·25 때 회월과 함께 서대문형무소에 갇히어 있었는데, 그 후로 나는 그들의 행적을 모르고 있다"[1]고 증언하였다.

계광순(전 국회위원)은 자신의 저서 「빨치산과 동숙」(『나는 이렇게 살었다』)에서 서대문형무소에서 기관차로 옮겨져 충청도를 거쳐 개성으로 가서 소년형무소에서 이틀 밤을 잤다고 증언하고 있다. 그리고 낮에는 유엔군의 공습을 피해 숨어 지내고 밤에는 전진하는 형태로 옮겨다니며 봉산 내무서 유치장을 거쳐 평양감옥에 1950년 7월 29쯤 수감되었다고 기록하고 있다. 평양감옥에서는 한 방에 33명이 수감되었는데, 그곳에 정지용 시인이 있었다고 증언하였다. 자신은 8월 중순까지 이곳에 수감되어 5~6 차례 취조를 받았다[2]고 말했다.

한편 소설가 최정희는 6·25 때 서울에서 피난을 가지 못하고 있다가 문학가동맹 측에서 문인들은 자수하라고 벽에 붙인 방을 보고 정지용 시인과 함께 자수하러 가는 20여 명의 문인들을 뒤따르다가 정지용 시인의

1) 김팔봉, "「백조」 동인과 종군작가단", 『현대문학』 1963년 9월호, 30쪽.
2) 계광순, 「빨치산과 동숙」, 『나는 이렇게 살었다』, 을유문화사, 90-91쪽.

만류를 받아 자신은 빠졌는데 그 이후 정지용 시인은 보지 못했다고 증언하고 있다. 특히 최정희는 정지용 시인이 20여 명의 동료들과 함께 정치보위부(국립도서관 앞쪽에 있는 빌딩) 마당으로 들어가는 것을 목격했다[3]고 기술하고 있다. 또 아동문학가 윤석중의 목격담에 의하면, 정지용 시인이 트럭에 실려 어디론가 끌려 가고 있는 것을 보았다고 말한 바 있다.

이러한 증언들을 종합하면, 정지용 시인은 여러 동료문인들과 함께 정치보위부원들에게 잡혀 6・25 당시 서대문형무소에서 평양감옥으로 이송되었다가 폭격에 의해 사망했거나 정치보위부 사람들에게 이끌려 나갔다가 실종된 것으로 추정된다.

하지만 북한측의 증언은 전혀 다르다. 우선 『조선대백과사전』은 정지용의 사망일을 1950년 9월 25일로 명기하고 있다. 그 근거로는 시인 박산운의 증언을 제시할 수 있다. 북한 박산운 시인의 『통일신문』 기고 회고록(1993년 4월 24일부터 총 3회)은 국내에서 최초로 소개된다. 박산운은 1992년 여름에 기자 휴양소에 휴양차 왔던 시인 정지용의 아들 정구인군이 자신을 도방송위원회에서 중견기자로 일하고 있는 사람이라고 소개하면서 편지를 보내왔다는 글로써 시인 정지용에 대한 회상을 시작한다. 이어서 박산운은 "젊은 시절의 나를 매혹시킨 지용 선생의 작품들과 인품 더구나 선생의 비참함 최후에 대한 생각이 한꺼번에 갈마들어 가슴이 찢어지는 듯하다. 6・25 전쟁시기에 행방불명이 되었다고 전해지던 시인 정지용의 행방에 대한 여러 가지 풍설들이 나돌고 있었다. 그것은 그가 널리 알려진 이름 있는 시인이였던만큼 사람들에게 매우 큰 충격을 주었다."[4]고 글을 쓴 배경을 상세하게 설명하고 있다. 또 박산운은 북쪽으로 간 월북문인들의 소식도 전해주고 있다. "후대들에게 있어 불명예스러운

3) 최정희, 『찬란한 대낮』, 문학과 지성사, 264쪽.
4) 박산운, "시인 정지용에 대한 생각", 『통일신보』 1993년 4월 24일자. 제1회.

아버지를 가진 불행보다 더 큰 불행은 없으니 말이다. 정지용 선생의 아들이 나를 찾아온 것은 내가 그런 고충을 안고 시달리고 있을 때였다. 이전에 그가 어느 한 지질탐사대의 조사부장을 지낼 때 소설가 박태원 선생과 시인 리용악 선생을 찾아본 다음 내 집에도 두 차례나 들렸었는데 공교롭게도 그때마다 내가 집을 비우고 있었던 때여서 만나보지 못하고 편지래왕으로 그치고 있던 차에 그를 만난 기쁨이란 한량없이 컸다."[5]고 남한의 장남 정구관과 더불어 북한의 아들 정구인도 아버지의 마지막 행적에 대해 수소문하고 다니고 있었음을 확인해주고 있다. 또 박산운은 북에서의 정지용 문학의 위상과 가치에 대해 "그러나 지용 선생은 일제시기에 남긴 ≪향수≫, ≪고향≫, ≪말≫ 그리고 ≪카페 프랑스≫, ≪압천≫ 기타 민족적 량심과 망국의 한이 서린 유명한 시편들과 함께 북의 동포들속에서 오늘도 같이 살고 있다. 북에서 발간된 현대조선문학선집의 1930년대 시인선집에는 선생이 남긴 작품들이 김소월과 함께 가장 많은 자리를 차지하고 있으며 북의 대학들에서는 선생의 시들과 문학적 업적이 강의되고 있다"[6]고 말하면서 1990년대에 들어서서부터 정지용 문학이 새롭게 부상하고 있는 현상을 생생하게 전하고 있다.

그러나 결국 박산운은 정지용 시인의 마지막 행적에 대해 "시인이 자기가 그렇듯 사랑하고 정들인 그 땅에 제대로 묻히지도 못한 채 반통일분자들에 의해 오늘까지도 반공, 반공화국 선전에 리용되고 있음을 생각하면 가슴에서 불이 인다. 미제는 우리 민족이 낳은 재능있는 시인의 한 사람이였던 정지용 선생의 생명을 무참히 앗아갔고 력대 이남 통치배들은 그의 명예를 악랄하게 먹칠해왔다"[7]라고 정치색 짙은 발언으로 결론

---

5) 박산운, 위의 글, 『통일신문』 1993년 5월 1일자. 제2회.
6) 박산운, 위의 글, 『통일신문』 1993년 5월 7일자. 제3회.
7) 박산운, 같은 글.

짓고 있다.

이러한 북측의 주장은 정지용 시인을 부활시키기 위한 고도의 전략에서 비롯된 것으로 판단된다. 북한의 중요한 문인 중 6·25 한국전쟁 중 종군기자로 활약하다가 죽은 조기천이나 김사량은 모두 미군의 폭격에 의해 사망한 것으로 처리되고 있다. 미군 폭격에 의해 조기천이나 김사량이 사망한 것은 분명한 역사적 사실이다. 하지만 정지용 시인의 경우는 사실과 다르게 왜곡되고 있는 것이 분명하다. 많은 사람들의 증언에 의하면 정지용 시인은 분명하게 평양감옥에 머물고 있었던 것이다. 그러나 그 다음의 마지막 행적에 대한 목격자가 없다. 단지 추정하건대 정치보위부원에 의해 취조차 끌려나갔다가 돌아오지 못했거나 평양감옥에서 폭사했을 가능성의 두 가지 상황 중 하나가 벌어졌을 것으로 추정할 수 있다. 그런데 난데없이 정지용 시인이 6·25 한국전쟁 때인 9월 25일경(박산운은 9월 21일 아침으로 추정) 자진해서 월북하던 중 동두천의 소요산에서 미군의 폭격에 의해 사망했다[8]고 시인 박산운은 석인해 교수의 목격담을 근거하여 사실인 것처럼 포장하여 서술하고 있는 것이다. 이것은 정지용 시인의 부활을 기정 사실화하면서 정지용 시인의 사망을 조기천식[9]으로

---

8) 박산운, "시인 정지용에 대한 생각", 『통일신문』 1993년 4월 24일~5월 7일자.

> "서울을 거쳐 북으로 후퇴해오던 석교수 일행은 아침 나절에 동두천에서 낯모를 서너 사람과 함께 북으로 후퇴해오던 정지용 일행을 만났다. 오랜만에 만난 두 사람은 이런저런 이야기를 나누며 동두천 뒤산을 넘게 되었는데 그 산 이름이 ≪소요산≫이라는 말을 들은 정지용은 그 이름이 ………(중략)……… 그날 9월 21일 아침에 동쪽으로 길을 잡고 함께 오고 있었는데 불시에 미국놈들의 비행기가 하늘을 썰며 날아왔다. 일행을 발견한 비행기는 곧바로 기수를 숙이더니 로케트포탄을 쏘고 기총소사를 가하였다."

9) 강경구 외 편, 『조선대백과사전』 제17권, 평양, 백과사전출판사, 2000, 524쪽.

> "조국해방전쟁시기에는 종군작가로 활동하였으며 주체 40년 3월 북조선 문학예술총동맹이 조직될 때 부위원장의 직책에서 사업하였다. 서사시 ≪비행기사냥군≫을

미화시키려는 북한 특유의 고도의 정치적 전략에서 비롯된 것으로 판단된다. 즉 이러한 현상은 북한 당국이 그동안 정지용 시인을 기교에만 치중하는 부르주아 반동작가라고 매도했다가 갑자기 애국시인으로 긍정적인 평가로 돌아서야 하는 부담감 때문인 것으로 생각된다.

III. 남한문학사에서의 정지용 문학의 평가

회월 박영희는 1958년 4월호 『사상계』 제57호에 「현대 한국문학의 성격」이란 글을 기고하면서 사실상 현대한국문학사를 서술하기 시작하였다. 그는 1959년 3월호인 제68호에 실린 제9회의 글에서 방향전환기의 문예운동을 다루면서 프로문학진영의 활동상을 기술하고 있다. 여기에서 1930년대의 프롤레타리아 시를 네 가지로 분류하면서 첫째, 권구현의 시집 『흑방의 선물』을 시조형을 빌어서 계급의식을 나타내려는 경향으로 파악하였다. 둘째, 임화의 「우리 오빠와 화로」로 대표되는 애상적 경향의 프롤레타리아의 로맨티시즘, 셋째, 권환의 「가랴거든 가거라」로 대표되는 프롤레타리아 리얼리즘경향으로 김창술 · 박아지 · 유완희 · 송준일 등을 포함시켰다. 넷째, 프롤레타리아의 생활을 회화적으로 묘사하려는 경향도 나타났다[10]고 언급하였다. 하지만 30년대 시를 거론하면서 회월은 정지용 문학에 대해 일언반구의 언급도 하지 않았다.

정지용 문학에 대해 본격적인 문학사적인 평가는 1973년 김현 · 김윤식

창작하던중 미제 원쑤들의 폭격으로 희생되였다 ………(중략)……… 시인은 우리나라의 혁명적인 시문학 특히 서사시문학발전에서 선구자적 역할을 하였다. 묘는 애국렬사릉에 있다."

10) 박영희, 「현대한국문학사(1)」, 영인본 『한국문학사연구총서』 제2권, 85-87쪽.

의 『한국문학사』에서 이루어진다. 김현은 정지용 시인을 '절제의 시인'이라고 명명하였다. 김현은 식민지 후기의 운문작업에서 기록할 만한 업적을 남긴 시인으로 시의 회화성에 집착하였다가 점차로 종교적인 무욕의 세계에 침잠하게 된 정지용과 자신의 내적 고뇌를 이상향에 대한 깨끗한 정열로 치환시킨 윤동주, 그리고 시조를 다시 예술적 차원으로 끌어올린 이병기의 세 사람을 거론하였다. 그리고 이 세 시인 이외에 시의 회화성에 끝내 집착한 김광균과 재래적인 미감을 버리려고 하지 않은 김영랑 그리고 백석 · 이용악을 추가할 수 있다[11]고 평가하였다. 김현에 의하면 정지용은 감정의 절제를 가능한 한도까지 본 한국 최초의 시인으로 평가하였다. 그 이전의 거의 모든 시들이 한탄, 슬픔 등의 감정적 표현으로 가득 차 있는 것에 대한 하나의 저항으로 그의 시는 시작하였다는 것이다.

김현은 감상주의에 대한 기피증을 보이는 정지용의 시 세계를 비극적 고전주의로 파악했다. 이러한 근거로 김현은 세 가지 이유를 제시했다. 첫째, 정지용은 흄과 마찬가지로 물질의 반죽상태를 무시하고 사물의 조소성에 굳게 매달렸다는데, 그것이 그가 이미지즘으로 기운 이유라는 것이다. 둘째, 일반적으로 정지용의 시는 현실과 아무런 관련을 맺고 있지 않은 유희의 시라고 말해지고 있지만, 고향에 대한 남다른 애착을 보여주고 있는 점이나 바다와 여행을 다루고 있는 것을 식민지 치하의 폐쇄성에 대한 한 저항으로 볼 수 있다면 그러한 것은 식민지 현실에 대한 그의 날카로운 인식 때문이라고 가정할 수 있다는 것이다. 셋째, 그것은 모더니즘의 영향 때문[12]이라는 것이다. 그와 더불어 모더니즘의 기수로 알려져 있는 김기림은 반봉건성과 감상주의의 배격을 그 누구보다도 열렬하게 주장하였고 그것은 정지용에게 상당한 영향을 미친 것으로 알려져 있

11) 김윤식 · 김현, 『한국문학사』, 민음사, 1973, 202쪽.
12) 김윤식 · 김현, 위의 책, 204-205쪽.

다는 것이다. 이러한 정지용의 초기 시 세계는 카톨릭에 귀의하면서 점차적으로 무욕의 철학으로 바뀌어진다. 또 하나의 정지용의 특색은 무한한 정열을 가지고 시 형식을 실험하였다는 사실이다. 그의 절제, 무욕과는 어울리지 않는 것처럼 보이는 그의 시 형식 실험은 자유시-산문시에서 내재율을 찾아내려는 고전주의적 시인의 시 실험이지, 시의 형태를 파괴하려는 낭만주의적 시인의 실험성이 아니라는 것이다. 종합하면, 단조, 자유시, 산문시의 각 부문에서 정지용은 실험 이상의 성과를 거두었다[13]고 평가하였다.

한편 김우창은 「한국 시와 형이상— 최남선에서 서정주까지」에서 주요한의 감정주의가 슬픔이 실현되지 아니한 가능성의 슬픔이라면 소월의 감정주의는 차단되어 버린 가능성을 깨닫는 데서 오는 슬픔이라고 20년대의 대표적인 시인들의 시 세계를 비교하였다. 김소월의 허무주의의 원인은 한국인의 지평에 장기(瘴氣)처럼 서려 있어 그 모든 활동을 힘없고 병든 것이게 한 일제 점령의 중압감이었을 것으로 결론지었다. 그리고 슬픔의 시가 한국시의 주조를 이루었지만 그것과는 다른 외면적 방법을 시도한 모더니스트 김기림과 정지용의 시 세계에 김우창은 주목하였다. 먼저 김기림은 안으로 꼬여 들고 감정에 매인 시에 대하여 외기(外氣)의 시를 내세운다. 그의 시는 비로소 현대생활의 여러 외부적 요소들-기차, 다점(茶店), 백화점, 서반아내전의 뉴스, 공원의 쓰레기통 등에 주목한다. 또 위트, 아니러니, 파라독스, 좀더 복잡한 현대인의 지적 생활의 관습이 등장한다. 내면만을 응시했던 시와는 달리 그는 생의 외면적 인상을 선명하게 포착하는 데 노력한다. 김우창은 김기림의 지적 시각적 명징성이 한국시의 발전을 위해서 고무적인 것이었지만 이 명징성은 깊이를 희생함

13) 김윤식 · 김현, 위의 책, 207쪽.

으로써 이루어진 것이기 때문에 한계가 있다고 지적하였다. 김기림의 결점은 부분적으로는 한국의 현실에 정면으로 대결할 도덕적 성실성을 갖지 못한 데서 온다. 그는 주어진 상황에 생활하고 고민하지 아니하였다[14]는 것이다. 김우창은 김기림의 시는 본질적으로 '여행의 시'라고 단정지었다.

또 하나의 이미지스트=모더니스트 계열의 시인으로서 정지용은 감각적 경험을 선명하게 고착시키는 일에 있어서 김기림보다 조금 더 능숙한 시인이라고 김우창은 평가하였다. 정지용이 감각적 경험의 포착에 보다 능하다고 한다면, 다른 한편으로 그는 김기림만큼 위티 하지 못하다는 것이다. 그의 마음은 현란한 정신의 곡예에 있어서 또 그 미치는 범위에 있어서 김기림에 뒤진다. 그러나 이것은 시인의 정신의 질적인 차이라기보다는 성향의 차이일 것[15]이라고 판단한다. 정지용은 훨씬 더 주어진 사실에 충실하다는 것이다. 이러한 충실성은 그의 세계를 좁히는 요인이면서 또 그의 강점이 되기도 한다. 정지용의 시적 가방에서 외국여행의 흔적을 발견하지 못한다는 것은 당연하다는 것이다. 그의 세계는 좁은 것이면서도 대부분의 경우 우리가 한국의 리얼리티에 대한 세계라고 알아 볼 수 있는 세계라는 것이다. 「백록담」은 주관이 해소되고 객관적인 세계에 대한 투명한 인식만 있는 세계를 암시한다는 것이다. 원래 이미지즘은 단순한 시적 기술만을 의미하는 것이 아니고 일종의 정신적인 훈련을 요구한다는 것이다. 김우창은 「백록담」에 이르러 정지용은 감각의 단련을 무욕의 철학으로 발전시켰다[16]고 결론지었다.

『한국문학통사』 제5권에서 조동일은 정지용을 '모더니즘 운동의 허실'

---

14) 김우창, 『궁핍한 시대의 시인』, 민음사, 1977, 47-48쪽.
15) 김우창, 위의 책, 51쪽.
16) 김우창, 위의 책, 51-53쪽.

에서 다루지 않고 '시문학파가 개척한 길'에서 주로 다루었다. '모더니즘 운동의 허실'에서는 김기림, 김광균 그리고 이상을 거론하면서 이 운동은 '신선한 감각으로써 문명이 던지는 인상을 붙잡은' 것으로 해서 시를 쇄신한 공적이 있으나, 김기림이 지적한 것처럼 1930년대 중반에 이르러 '언어가 말초화'하고 문명이 어두워져서 지난날의 경향을 지속시킬 수 없는 위기에 이르렀으므로 그것을 타개하기 위해 모더니즘과 사회시를 합쳐야 한다는 실천하기 어려운 방책을 제시해 결론으로 삼았다는 것이다.

조동일은 정지용에 대해 세련된 감각으로 시가 긴장되게 하는 수법을 개발하면서 음악이 아닌 회화에 근접하려 한 점이 김영랑과 달랐다[17]고 평가하였다. 관심이 다양하고 외향적인 성미라서 외래어 취향을 나타내고 서구시 번역도 하다가 창·바다·고향 같은 대상에 관심을 집중시켜 시상을 응결시켰다. 세 가지가 모두 형체가 모호해서 다루기 어려울 듯한데 색채감각을 뚜렷하게 묘사한 심상을 구현했다고 평가하였다. 하지만 고향을 노래할 때에는 어조가 무거워졌다고 하면서 '향수'라는 상투적인 제목을 붙인 작품을 길게 펼치면서 '그곳이 참하 꿈엔들 잊힐리야'라는 말을 다섯 번이나 되풀이했다고 꼬집었다. 시 「고향」에서의 고향은 현실이 아니고 관념이며 체험이 아니고 동경이어서 다루는 솜씨가 치졸해졌다고 비판하였다. 1941년에 다시 낸 시집 『백록담』에 실린 작품도 사실은 잡다하기만 하다라고 부정적인 평가를 내렸다. 누구나 익숙하게 알고 있는 서양말에 이상스러운 매력을 느끼는 설익은 태도를 분별 없이 내보이고 무슨 산뜻한 시를 쓴다고 한 것이 적지 않다. 그러면서도 서두에 실은 「장수산」·「백록담」 두 편이 우람하게 보여 그런 결함이 가리워지고 흔히 잊혀졌다[18]고 긍정적으로 평가했다. 하지만 조동일이 정지용 시인의

17) 조동일, 『한국문학통사』 제5권, 지식산업사, 1986, 393쪽.
18) 조동일, 위의 책, 394쪽.

시 세계의 중심을 모더니즘에 두지 않고 시문학파의 연장선상에서만 파악한 견해는 새로운 해석을 시도한 것이기는 하지만 타당하다고 보기 어렵다.

한편 유종호는 정지용 시인 탄생 100주년 기념 <문학포럼>에서 발표한 「정지용의 당대 수용과 비판」에서 20세기 전반기의 우리 현대시에서 가장 읽을 만한 작품을 남긴 주요 시인으로 김소월・한용운・정지용의 세 명을 들면서 정지용을 시가 언어예술이라는 사실을 열렬히 자각했던 20세기 최초의 직업적 시인[19]이라고 그 문학사적 위상을 평가했다. 특히 정지용은 처음부터 투박한 번역투를 전혀 보여주지 않았으며 그것은 우리시는 우리말로 이루어진다는 사실을 투철하게 의식하고 실천해온 결과라고 판단했다. 그리고 당대의 긍정적 수용과 반응으로 김기림・이양하・김환태를 들면서 첫째, 우리말의 발굴과 구사에 독보적인 재능을 보여주었다는 언어상의 기여에 대한 평가, 둘째, 시에 감각적 참신성을 도입하고 회화적 선명성을 추구함으로써 축축하고 몽롱한 감정주의나 어줍지 못한 음악성에서 벗어났다는 점에 대한 긍정적 평가, 셋째, 다채로운 소재를 능란하게 처리하여 동시에서나 종교시에서나 뛰어난 성취를 보여주었다[20]는 폭넓은 작품세계에 대한 평가의 세 가지를 제시하였다. 한편 당대의 부정적인 수용과 반응으로는 임화가 있는데, 평론가로서 임화는 카프의 이론가라는 공적 입장 때문인지 기교파 시인에 대한 혹독한 비판자로 일관하였다는 것이다. 특히 「유리창」에 대한 실제비평에서 "어린 자식의 죽엄을 만 사람의 동포의 불행보다 아프게 정감하는 감정에 금할 수 없는 적의를 느낀다"고 해석한 것은 공적 감정을 빙자하여 사사로운

19) 유종호, 「정지용의 당대 수용과 비판」, 『정지용 시인 탄생 100주년 기념 문학포럼 논문집』, 옥천군・지용회, 2002. 5, 13-14쪽.
20) 유종호, 위의 글, 29쪽.

슬픔이나 고민을 평가 절하하는 급진주의적 정치 발언에 근거하고 있다고 볼 수 있다고 유종호는 비판하였다. 즉 임화는 정지용 문학에 대해 유파적 파당적 동인의식에서 유래하는 부당한 폄하를 하였으며 시를 산문 대하듯 전언 위주로 접근한[21] 우를 범하였다는 것이다.

IV. 북한문학사에서의 정지용 문학의 평가

지금까지 북한에서 펴낸 북한문학사는 1956년부터 2000년까지 총 9종류가 간행되었다. 그 중에서 역사적으로 가치 있는 문학사로는 흔히 세 종류를 거론한다. 첫째는 1959년에 과학원 언어문학연구소에서 펴낸 『조선문학통사』가 있다. 이 책은 소위 마르크스－레닌주의 미학이론에 바탕하여 쓰여진 문학사라고 할 수 있다. 앞으로는 '통사'라고 약칭으로 쓰기로 한다. 둘째, 1977년부터 1981년까지 사회과학원 문학연구소에서 펴낸 전 5권으로 된 『조선문학사』가 있다. 이 책은 주체미학이론으로 쓰여진 최초의 문학사이다. 이 책은 '문학사 1'로 약칭하여 부르기로 한다. 셋째, 1991년부터 2000년까지 전 15권으로 사회과학원 주체문학연구소에서 간행된 『조선문학사』가 있다. 이 책은 김정일 시대의 북한문학사를 대표하는 책이다. 따라서 '문학사 2'로 약칭하여 쓰기로 한다.

우선 '통사'에서는 20년대 시문학에서 리상화・김창술・박세영・박팔양을 집중적으로 거론하고 있으며, 30년대 시문학에서는 김창술・류완희・박세영・안룡만・박팔양・권환・리원우(동요)・김우철(동요)・정철산(동요)을 중점적으로 다루고 있다. 특히 20년대 문학에서 김소월을 대

---

21) 유종호, 위의 글, 35-39쪽.

단히 큰 비중으로 부각시키고 있는 것이 특징이다. 김소월의 시문학은 그것이 가지는 인민성, 애국성과 아울러 형상의 행동성, 시적 언어의 음악적 풍부성 등으로 조선 인민의 해방투쟁에 긍정적으로 작용하였으며, 조선 시문학 발전에 귀중한 재산을 기여하였다[22]고 극찬하였다. 그리고 카프문학의 사회주의적 사실주의 문학의 가치를 높이 평가하면서 그에 맞서 부르주아 반동문학이 극성을 부렸다고 하면서 리광수·김동인·렴상섭·현진건·황석우·오상순 등의 자연주의 문학은 이 시기에 와서 리태준을 중심으로 한 '9인회', 김광섭·리헌구를 중심으로 한 '해외문학파', 박영희·림화·김남천·리원조·최재서·백철 등 단합된 반동문학가들에 의하여 자기의 유력한 후예들을 발견하였다[23]고 기술하고 있다. 하지만 '통사'에서는 정지용·김기림·백석·이용악·오장환 등의 모습이 발견되지 않는다. 여기에서 우리는 '통사'는 여타 문학사와는 달리 1960년대의 북한 문학계의 비판적 사실주의를 비롯한 사실주의 발생 발전에 관한 논쟁을 반영하고 있다는 점에 주목해볼 필요가 있다.

'문학사 1'에서는 특이하게 김일성 주석의 부친인 김형직의 혁명적 문학을 강조하고 있는 것이 특징이다. 그는 애국적 열정과 반일혁명사상을 내세우면서 「전진가」, 「정신가」, 「남산의 푸른 소나무」 등을 발표하였다고 상세하게 설명하고 있다. 20년대 전반기의 시문학에서는 리상화의 「빼앗긴 들에도 봄은 오는가」, 「통곡」 등과 류완희의 「녀직공」, 「희생자」[24] 등을 높이 평가하였다. 20년대 후반기부터 30년대의 시문학에서는 항일혁명투쟁을 다룬 리찬의 「국경의 밤」(1937)을 앙양된 시대적 분위기를 노래한 탁월한 시작품으로 평가하고, 그 외에 류완희의 「나의 행진곡」(1927),

22) 사회과학원 문학연구소, 『조선문학통사』, 서울, 인동, 1988, 101쪽.
23) 사회과학원 문학연구소, 『조선문학통사』, 170쪽.
24) 박종원·최탁호·류만, 『조선문학사』(19세기 말~1925), 평양, 과학, 백과사전출판사, 1980, 202쪽.

박아지의 「나의 노래」(1928), 김창술의 「전개」(1927), 송순일의 「무리의 행진」(1931), 권환의 「팔」(1933), 박세영의 「야습」(1930), 리찬의 「면회」(1934)[25) 등을 이 시기의 수작으로 제시하였다. 하지만 '문학사 1'에서는 김소월, 정지용, 김기림, 백석, 이용악, 윤동주 등의 모습뿐만이 아니라 박팔양의 그림자도 사라져 버렸음을 인지하게 된다.

그러나 1993년~1994년부터 북한의 문학사전과 문학사에서 커다란 변화의 물결을 느낄 수 있게 되었다. 이 무렵은 북한의 정치적 현실에서 매우 민감한 시기였다. 특히 김일성의 사망이 임박했으며 정치·경제·군사·문화예술 등 거의 전 분야에서 김정일이 사실상 북한을 통치하기 시작하였다는 것이 특징이다. 우선 1994년에 북한에서는 『문예상식』이라는 문예사전과 문학사의 통합적 성격을 지니는 책이 출판된 것이 특징이다. 이 책은 『수령형상 문학』의 저자인 윤기덕과 『우리나라 비판적 사실주의 문학연구』의 저자인 이동수, 그리고 『작가의 창작적 사색과 예술적 환상』의 저자인 방영찬 등 최근의 북한 평단에서 뚜렷한 활약을 하고 있는 중견급 평론가들이 편저자로 나섰다는 데 주목해 볼 필요가 있다. 『문예상식』의 '계몽기와 해방전 문학예술'의 항목에서 최남선·김소월·한용운·리상화·윤동주 등 60년대 이후 40년 동안 사라져 버렸던 시인들이 거론되고 있는 점이 특징이다. 하지만 정지용·김기림·백석 등의 모습은 등장하지 않고 있다. '해방 후 문학예술'에서는 박팔양·리찬·이용악 등이 언급되고 있는 것이 주목된다. 즉 박팔양이 부활한 것이다.

하지만 1995년 류만이 단독으로 서술한 『조선문학사 2』 권9와 가장 뒤늦게 간행된 류만·이동수가 공동으로 집필한 『조선문학사 2』(2000년) 권7에 오면 놀라운 변화의 양상이 드러나게 된다. 특히 '문학사 2' 권7에서

25) 김하명·류만·최탁호·김영필, 『조선문학사』, 평양, 과학, 백과사전출판사, 1981, 462-501쪽.

는 한용운을 9쪽에 걸쳐 장황하게 다루면서 우리 나라 시문학의 애국주의적 전통을 살리며 자유시의 영역을 다채롭게 하는데서 특색 있는 기여를 하였다[26]고 그 공적을 평가하였다. 또 김소월에 대해서도 자기의 시창작을 통하여 일제 통치하에서 짓밟히고 버림받은 인민들에 대한 동정, 향토와 조국, 자연에 대한 사랑의 감정을 깊은 비애의 정서로 노래하였으며 우리 인민의 민족적 감정과 생활정서를 노래하고 전통적인 율조를 살려씀으로써 1920년대 시단에서 민요풍의 시를 개척하고 발전시키는 데 이바지하였다[27]고 평가하였다. 또 이 책은 신채호의 시문학에 대해서도 높은 평가를 하고 있는 것이 특색이다.

한편 류만이 집필한 '문학사 2'의 권9에서는 1920년대 후반기~1930년대 중엽 문학에서 김창술・류완희・권환・박세영・리찬・안룡만・김우철・송순일・박아지・리흡 등의 작가를 거론하면서 김동환과 정지용 그리고 조운, 리은상 등을 경향적이며 현실 비판적인 독특한 시풍을 보여주었다거나, 민요적인 아름다운 시풍으로 하여 1920년대 민족 시가의 모습을 보여주었다 라고 높은 평가를 하고 있는 것이 주목된다.

특히 '문학사 2'의 권9에서는 그동안 부르주아 반동문학으로 취급하여 북한문학사에서 거론조차 되지 않았던 정지용 문학에 대한 대 부활을 시도하였다는 점에서 큰 충격을 주었다. 이 책에서 정지용 문학은 총 4쪽에 걸쳐서 비중 있게 다루어진다. 1920년대 중엽에 시단에 등장한 그는 1941년 시집 『백록담』을 낼 때까지 시를 썼으며 이 과정에서 그의 시창작은 대체로 1930년을 전후하여 일련의 변화를 보여주었다고 기술하고 있다. 시문학의 진보성과 민족성을 두고 말할 때 다분히 20년대에 창작된 그의 시들이 여기에 해당된다고 말할 수 있다고 하면서 그의 초기 시들은 질

26) 류만・리동수, 『조선문학사』 제9권, 평양, 과학백과사전종합출판사, 2000, 104쪽.
27) 류만・리동수, 『조선문학사』, 116-117쪽.

은 향토색 및 민족적 정서와 민요풍의 시풍을 보여주고 있다고 호평하였다. 그러면서 정지용의 「고향」, 「그리워」 등을 직접 인용하면서 "그의 시는 일제식민지 통치의 어두운 상황에서 씌어졌지만 마치도 가을날 산골짜기에 서리는 찡한 정기랄가, 봄날 산야를 엷게 물들이는 잔디의 움돋음이랄가 어딘가 모르게 생신한 감각, 청신한 호흡, 가락 맞는 박동이 뚜렷이 살아있어 민족정기를 강하게 느끼게 한다"[28]고 정지용 문학에 나타나는 민족성에 대해 좋은 평가를 내리고 있다.

그러나 정지용은 1930년대에 들어서면서 점차 형식주의적이며 기교주의적인 경향으로 기울어졌으며 순수문학을 표방해 나선 '구인회'의 동인으로서 그의 시는 사실주의적 경향으로부터 더욱 멀어져갔다[29] 라고 부정적인 측면도 꼬집고 있다. 1995년을 기점으로 한 정지용 문학에 대한 북한평단에서의 호의적인 평가는 급기야 대학용 문학교과서에 그의 시작품이 삽입되는 단계에까지 발전한다. 하지만 이러한 이야기는 북한을 다녀온 학자들의 입을 통해서 전해지고 있을 뿐 구체적으로 문학교과서가 외부로 흘러나온 것은 아니었다. 단지 1920년대 아동문학집(1)(『현대조선문학선집』 제18권)에서 박팔양편 다음에 정지용편이 나오는데, 그곳에 「굴뚝새」(1926년 12월 『신소년』에 발표된 동시)[30] 등 11편의 동시가 수록되

---

28) 류만, 『조선문학사』 권9, 평양, 과학・백과사전종합출판사, 80-81쪽.

29) 류만, 『조선문학사』 권9, 82쪽.

30) 정지용 외, 「1920년대 아동문학편」(1), 『현대조선문학선집』 권18, 평양, 문예출판사, 2000, 90쪽.

이 선집에는 「굴뚝새」, 「해바라기씨」, 「지는 해」, 「별똥」, 「종달새」, 「할아버지」, 「산너머 저쪽」, 「홍시」, 「삼월 삼짇날」, 「산에서 온 새」, 「바람」의 총 11편이 수록되어 있다.

「굴뚝새」는 "굴뚝새 굴뚝새 / 어머니 —/ 문 열어놓아주오, 들어오게 / 이불안에/ 식전 내 —재워주지 / 어머니 —/ 산에 가 얼어죽으면 어쩌우 / 박쪽에다 / 숯불 피워다

어 있는 것이 남한학계에 확인되었다. 그중 「굴뚝새」는 처음 발굴된 작품이다.

그러던 중 2000년 10월에 발행된 북한의 『조선대백과사전』 권17에 드디어 정지용이 수록되는 경사를 맞게 되었다. 물론 이러한 조짐은 1995년 무렵부터 조금씩 나타나고 있었다. 1994년 5월 15일 북한에 생존해 있는 정지용의 삼남 정구인은 김정일 국방위원장으로부터 선물 환갑상을 받게 되었다. 그러한 회고의 이야기는 정구인이 쓴 『통일신보』 1995년 6월 17일(1288호)자 기사인 「애국시인으로 내세워주시여」에서 구체적으로 묘사되어 있다. 그 기사에서 김정일 국방위원장은 환갑상을 보내면서 "정지용은 1920년대와 1930년대에 창작활동을 한 애국시인의 한 사람이었다고 분에 넘치는 평가도 해주시고 나라의 전반사업을 돌보시는 그 바쁘신 속에서도 1994년 6월 8일 이름 없는 평범한 방송기자가 올린 감사의 편지를 친히 보아주시는 크나큰 은정도 베풀어주시었다"[31]고 정구인은 회상하고 있다. 김정일 국방위원장에 의한 이러한 긍정적 평가는 북한문학사에서의 정지용 문학의 부활을 예고하는 증표였던 것이다.

그 이후 북한에서는 1995년부터 2001년까지 7년에 걸쳐 총 30권의 『조선대백과사전』을 간행하였다. 마지막 권인 제30권이 2001년 12월 20일에 발행된 것에서 알 수 있듯이 『조선대백과사전』은 2002년의 김정일 국방위원장의 회갑에 맞추어 경축의 의미로 기획이 된 것임이 확인된다. 북한에서는 『조선대백과사전』을 기획하면서도 식량난 등 경제난이 겹쳐 사전의 완간에 자신감이 부족했던 것으로 판단된다. 그래서 남쪽의 출판사 등 자본가들에게 지원을 요청했던 것[32]으로 알려지고 있다. 이 백과사전에

주지"라는 내용의 짧은 동시이다.

31) 『통일신보』 1995년 6월 17일자 3면, 「애국시인으로 내세워주시여」.

32) 현재 북한의 단행본 서적을 로얄티를 지불하고 공식적으로 수입하여 판매하고 있는 대훈서적의 김주팔 사장이 중국 출판공사 이사장(북한의 정무원 출판국 책임자와 교류가

정지용이 수록된 것은 커다란 의미를 지닌다. 그 이유는 북한의 최고지도자인 김정일 국방위원장의 회갑에 맞추어 출판된 백과사전에 정지용 시인이 들어가게 된 것은 북한문학에서 정지용 문학의 완전한 부활을 의미하기 때문이다. 그러한 근거는 이 사전에 식민지 시대의 중요한 시인들인 김기림 · 백석 · 이용악 · 오장환 등이 수록되지 않았다는 것에서도 확인이 될 수 있다.

> 8 · 15 후에는 남조선에서 진보적 문학운동에 적극 참가하였다. 8 · 15전에 그가 창작한 대표적인 시들은 시집 ≪정지용 시집≫(1935년), ≪백록담≫(1941년)에 실려 있다. 그는 초기 작품들에서 주로 향토와 자연을 대상으로 하면서 민요풍의 시인으로서의 개성적인 면모를 두드러지게 보여주었다. 그러한 작품으로 ≪향수≫, ≪압천≫, ≪고향≫, ≪할아버지≫, ≪산 넘어 저쪽≫ 등이 있다. 시에서 그는 일제 침략자들에게 빼앗긴 향토에 대한 사랑과 그리움을 짙은 민족적 정서 속에서 노래하였다. 일제의 탄압과 세계관적 제한성으로 하여 1920년대 말~1930년대 초에 오면서 그는 점차 형식주의적인 창작세계로 기울어졌다. 주체 22년에 예술지상주의를 들고 나온 ≪9인회≫의 성원이 된 그는 이 시기를 전후하여 쓴 ≪호수≫, ≪바다≫, ≪밤≫ 등과 같은 시에서 상징주의적이며 기교주의적인 경향을 보여주었다. 그러나 시인이 초기에 쓴 민요풍의 시작품들은 8. 15전 진보적 시문학발전에 기여하였다.[33]

그러면 『조선대백과사전』에서 다루어진 정지용 시인의 비중은 어느 정도인가? 『조선대백과사전』은 정지용 시인을 그 동안 북한문학사에서 크게 다루어지고 있었던 시인들인 조기천 · 박세영 · 김순석 등과 같은 수준

활발함)으로부터 간접적으로 전해들은 소식이다.

33) 강경구 외 편, 『조선대백과사전』 제17권, 평양, 백과사전출판사, 2000, 396쪽.

에서 기술하였고, 최근 다시 부활한 김소월・한용운・윤동주・박팔양 등과도 같은 비중으로 다루고 있다. 정지용 시인에 대한 북한문학사에서의 위상과 평가를 판단하기 위해 북한의 애국가를 작사한 박세영과 김소월 시인이 『조선대백과사전』에서 어떻게 기술되고 있는지 살펴보기로 한다.

> 주체 35년 6월 위대한 수령 김일성 동지의 은혜로운 사랑의 품에 안긴 그는 북조선문학예술총동맹 서기장으로 사업하면서 ≪애국가≫(1947년), ≪빛나는 조국≫(1947년), ≪승리의 5월≫(1947년) 등 가사작품을 창작하였으며 조국해방전쟁 시기에는 종군작가로 활동하면서 ≪숲속의 사수 임명식≫(1951년), ≪나팔수≫(1952년)를 비롯한 전투적인 시들을 내놓았다. 전후에 와서도 왕성한 창작적 열정을 가지고 위대한 수령 김일성동지께서 조직령도하신 항일무장투쟁의 영웅적 현실을 폭넓게 일반화한 사사시 ≪밀림의 력사≫(1962년)를 내놓았다. 위대한 령도자 김정일 동지의 크나큰 신임과 사랑 속에서 창작활동을 줄기차게 벌려온 그는 변모되는 조국의 현실을 참신한 서정으로 노래한 시초 ≪광복거리에서 부르는 노래≫(1988년) 등 많은 시작품들을 내놓았다. 해방전후를 통한 그의 시작품들은 예리한 사회적 문제의 제기와 높은 시적 격조, 랑만적 열정으로 특징적이다. 작품집으로는 시집 ≪승리의 나팔≫(1953년), ≪박세영시선집≫(1956년), ≪박세영동시선집≫(1962년) 등이 있다.[34)]

> 1920년대 전반기에 본격적인 창작의 길에 들어선 그는 ≪금잔디≫(1922년), ≪진달래꽃≫(1922년), ≪삭주구성≫(1923년), ≪밭고랑우에서≫(1924년)를 비롯한 많은 서정시작품들과 미학적 견해를 내놓은 시론 ≪시혼≫(1925년), 유일한 소설인 ≪함박눈≫(1925년)을 내놓았다. 1920년대 후반기에는 대표적인

34) 강경구 외 편, 『조선대백과사전』 제10권, 평양, 백과사전출판사, 1999, 337-338쪽.

> 시 ≪초혼≫(1929년)을 비롯한 일련의 시작품들을 창작하였다. 그의 시작품들에는 애국적인 감정과 민족적인 정서가 넘쳐흐른다. 그것은 구체적으로 향토와 조국애에 대한 절절한 그리움의 감정에서 표현되고 있다. 그의 시에는 많은 경우 ≪가신 님≫에 대한 애상적인 정서가 진하게 흐르고 있는데 여기에는 나라 잃은 우리 인민의 처지를 서러워하고 빼앗긴 조국을 그리워하는 감정이 반영되여 있다. 그러나 빼앗긴 조국을 찾을 데 대한 지향이나 그러한 앞날에 대한 믿음은 주지 못하였으며 초자연적인 신앙을 표현하는 것과 같은 약점도 나타내였다. 그러나 그는 민요풍의 아름다운 시형식을 창조하여 현대자유시발전에 이바지하였다. 그의 시집으로는 ≪진달래꽃≫, ≪소월시초≫, ≪김소월시선집≫ 등이 있다.[35]

그러면 정지용 시인이 북한문학사와 『조선대백과사전』에서 부활하게 된 배경은 무엇인가? 그것은 몇 가지 복합적인 이유가 작용한 것으로 판단된다. 첫째, 김정일 국방위원장의 '인덕정치의 실천'이라는 측면에서 파악할 수 있다. 최근 북한의 조선로동당출판사는 『주체혁명위업의 위대한 령도자 김정일동지』라는 총 2권으로 된 책을 펴내면서 제2권 『위대한 정치가』에서 '탁월한 정치활동'의 예로 당의 유일적 령도체계의 확립, 자주정치의 실현, 인덕정치의 구현, 선군정치의 실현, 애국애족의 정치실시[36]를 내세우고 있다. 김일성 주석이 생전에 "김정일 동지는 각계각층 군중을 한사람이라도 더 많이 당의 두리에 묶어 세우기 위하여 광폭정치를 실시하고 있으며 모든 사람들의 운명을 전적으로 책임지고 돌봐 주고 있습니다"[37]라고 강조한데서도 그것은 잘 드러난다. 김정일은 과거 소위

---

35) 강경구 외 편, 『조선대백과사전』 제4권, 평양, 백과사전출판사, 1996, 175쪽.
36) 조선로동당편, 『주체혁명위업의 위대한 령도자 김정일동지』 제2권 <위대한 정치가>, 평양, 조선로동당출판사, 2001, 230-375쪽.
37) 조선로동당편, 위의 책, 289쪽.

여러 가지 이유로 숙청되었던 인물들에게 재생의 기회를 주어 자신의 새로운 정치에 동참시키려는 노력을 기울인 적이 있다. 예술분야에서는 한설야와 함께 1960년대에 숙청되었던 박팔양의 90년대 부활이 대표적인 경우에 해당된다. 둘째, 1980년대 말 구소련 연방의 해체와 동구권의 변혁이 전개되면서 새롭게 펼쳐진 국제적인 질서의 변화가 북한으로 하여금 정치적으로는 자주정치, 경제적으로는 자력갱생, 문화적으로 민족제일주의[38]라는 기치를 높이 들게 만든 환경조성과도 밀접한 관련이 있다. 이러한 외부적인 환경은 문학사적으로 신채호・김소월・한용운・정지용・윤동주 등을 부활시키는 요인으로 작용하게 된 것이다. 셋째, 류만・최탁호・리동수・한중모 등 김정일 국방위원장의 측근 테크노크라트들의 부상과 밀접한 관련이 있다. 이들은 나름대로의 자율성을 보장받으면서 과학적이고 객관적인 학문적인 성과를 '실용성'이라는 관점에서 정리할 수 있게 된 것으로 보여진다. 넷째, '남한에서의 학문적 성과'를 반영한 측면도 있다. 그것은 90년대 이후 활발한 남북문화예술인들의 교류에서 힘입은 바가 크다. 구체적인 예로 문익환 목사의 평양방문 이후 북한문단에 윤동주 시인이 알려진 것[39]이 중요한 증거가 될 수 있다.

---

38) 안찬일, "북한의 민족공조의 본질과 전망", 『북한연구학회 2003년 춘계학술세미나 발표논문집: 참여정부 평화와 번영의 실천과제와 전망』, 북한연구학회, 2003, 11쪽.

> "북한이 민족문화에 대한 '주체적 입장'을 재정립하고 해금조치에 착수한 것은 지난 1993년 12월 김정일위원장이 <작가와 문학작품을 공정하게 평가하기 위해서는 작가의 출신성분이나 가정환경, 사회・정치생활 경위를 문제시하면서 편견을 가지고 대하는 일이 없어야 한다>는 지시를 내리면서부터다. 이에 따라 한설야와 이광수, 최남선 등이 복권되었으며 한설야의 경우 애국열사릉에 안장된 모습이 확인되기도 했다. 북한의 작가와 문학작품에 대한 과감한 해금은 1980년대 후반부터 새로운 이념체계로 등장하기 시작한 '조선민족제일주의'의 한 갈래이며, 이러한 점에서 북한의 민족문화유산에 대한 장려도 같은 맥락으로 볼 수 있다."

39) 윤기덕・은종섭・리동수 등 편, 『문예상식』, 평양, 문예출판사, 1994, 179-180쪽.

V. 맺음말

한국문학사에서 정지용 시인만큼 기복이 심한 경우를 찾아볼 수 없다. 그것은 그가 살았던 시기가 민족사적으로 비극적인 시기였기 때문이다. 한때 정지용 시인은 자진 월북한 사례로 인식되어 남한 문학사에서 완전히 사라져 버리는 운명에 처한다. 하지만 북한에서도 정지용 시인은 부르주아 반동작가로 간주되어 숙청되어 버리는 아이러니컬한 현상에 빠져들게 되었다. 남북한 문학사에서 동시에 누락된 예술가들의 삶과 예술활동을 복원하려는 진보적인 학자들의 노력은 1988년 결실을 맺어 이루어진 해금조치로 햇빛을 받게 되었다.

다행스럽게도 최근 북한에서 정지용 시인이 다시 부활하였다. 그러한 조짐은 1994년 무렵부터 감지되기 시작하더니 드디어 1995년 발행된 『조선문학사』 제9권(류만 단독 집필)에서 무려 4쪽에 걸쳐 정지용 문학의 가치에 대해 서술이 되는 양상으로까지 발전되었다. 그 이후 북한의 『통일신보』와의 인터뷰(1995. 6. 17)에서 북한에 남아 있던 정지용 시인의 3남(조선중앙통신 기자)이 김정일 국방위원장으로부터 선물 환갑상을 받았으며 그 과정에서 "정지용은 1920년대와 1930년대에 창작활동을 한 애국시인의 한 사람이었다"는 평가를 받았다는 소식이 일본학자를 통해 국내에 알려지게 되었다. 또 2000년 6월 15일 개최된 남북정상회담의 성과의 하나로 3차례에 걸쳐 이루어진 남・북 이산가족 상봉단의 일환으로 북한에 있던 정지용 시인의 3남 정구인이 2001년 서울에 와서 형님 정구관과 극적으로 상봉하는 쾌거를 이루기도 했다.

"1990년 3월 남조선의 재야인사 문익환 목사는 위대한 수령 김일성동지의 초청을 받고 평양에 도착하여 비행장에서 한 첫 연설에서 윤동주의 시 가운데서 ≪죽는날까지 하늘을 우러러 / 한점 부끄럼이 없기를≫이라는 구절을 인용하였다."

그리고 드디어 최근인 2002년 김정일 국방위원장의 회갑기념으로 2001년 12월 20일에 완간된 『조선대백과사전』(제17권)에 김소월 · 한용운 · 윤동주 등과 함께 정지용 시인이 수록됨으로써 화려한 부활의 모습을 드러내었다. 그러면 정지용 시인이 북한문학사와 『조선대백과사전』에서 부활하게 된 배경은 무엇인가 ? 본론에서 언급한 것을 요약하자면, 그것은 몇 가지 복합적인 요인이 작용한 것으로 판단된다. 첫째, 김정일 국방위원장의 '인덕정치의 실천'이라는 측면에서 파악할 수 있다. 둘째, 1980년대 말 구소련 연방의 해체와 동구권의 변혁이 전개되면서 새롭게 펼쳐진 국제적인 질서의 변화가 북한으로 하여금 정치적으로는 자주정치, 경제적으로는 자력갱생, 문화적으로 민족제일주의라는 기치를 높이 들게 만든 환경조성과도 밀접한 관련이 있다. 이러한 외부적인 환경은 문학사적으로 신채호 · 김소월 · 한용운 · 정지용 · 윤동주 등을 부활시키는 요인으로 작용하게 된 것이다. 셋째, 류만 · 최탁호 · 리동수 · 한중모 등 김정일 국방위원장의 측근 테크노크라트들의 부상과 밀접한 관련이 있다. 이들은 나름대로의 자율성을 보장받으면서 과학적이고 객관적인 학문적인 성과를 실용성이라는 관점에서 정리할 수 있게 된 것으로 보여진다. 넷째, 남한에서의 학문적 성과를 반영한 측면도 있다. 그것은 90년대 이후 활발한 남북문화예술인들의 교류에서 힘입은 바가 크다.

어찌되었든지 정지용 시인이 북한에서 부활한 것은 매우 중요한 의미를 지닌다. 우선 58년간 민족 분단의 후유증으로 민족문화사에서 사라졌던 예술가들의 삶과 예술적 업적이 복원될 수 있는 가능성이 열렸다는 점을 먼저 들 수 있다. 따라서 진정한 통일문학사를 서술할 수 있는 여건이 성숙된 점은 세계사적 측면에서도 큰 의미를 지닌다. 또 하나 남 · 북한 학계가 서로의 학문적 성과를 교류하고 인정할 수 있는 여지를 남긴 것도 중요한 의미를 지닌다고 하겠다. 이러한 점은 우리 민족의 숙원인

통일이 가시권에 들어왔다는 것으로도 해석될 수 있다. 따라서 보다 빈번한 남·북한 학자들간의 활발한 인적 교류가 있어야 하겠다. 특히 최근 북한이 외부 환경의 변화요인 때문이기는 하지만 '조선 민족 제일주의'를 내세우고 남한에 대해서도 '민족공조'를 강조하고 있는 것은 남북한간의 상호 신뢰를 형성해 나가고 대화의 기회를 늘릴 수 있는 호기라고 생각된다. 이러한 때에 통일을 앞당길 수 있는 남북 문화교류의 활성화를 도모하는 노력이 극대화되어야 할 것으로 판단된다.

북한문학사에서의 『춘향전』의 평가*

I. 머리말

해방 이후 남과 북이 분단된 지 어언 58년이란 세월이 흘러갔다. 그 동안 남과 북은 냉전 이데올로기에 집착하여 치열한 대결양상을 보였다. 하지만 1989년 구소련 연방의 해체와 동구권의 자유화의 물결로 인해 북한이 고립되는 양상을 보이면서 커다란 변화의 물결을 타게 되었다. 특히 러시아와 남한의 외교관계 수립에 이어 중국과도 국교를 맺게 되자 북한은 더욱 더 고립화의 길로 접어들게 된다. 하지만 1994년의 김일성 주석의 사망과 곧 이어 닥친 자연재해로 인해 북한은 심각한 식량난에 봉착하게 되었다. 그리하여 생존을 위하여 목숨을 걸고 북한 국경을 넘는 탈북자가 엄청나게 많이 생겨나게 되었다. 이러한 북한의 체제 붕괴의 위기는 오히려 남북한간의 대화의 물꼬를 트는 계기가 되었다.

드디어 2000년 6월 15일의 남북정상회담과 6・15선언은 전세계에 희망

---

* 설성경 교수님 화갑기념 논총.

을 안겨주는 동시에 민족의 숙원이었던 평화적인 민족통일의 주춧돌을 놓는 기회가 되었다. 하지만 분단 58년은 언어의 이질성과 역사적 배경의 차이로 인해 상호 배타적인 문화를 잉태하였다. 특히 정치적 경제적인 측면은 말할 것도 없이 민족문화 유산에 대해서도 상호간의 평가가 다른 양상을 나타내고 있어 심각하다고 할 수 있다. 특히 북한은 민족유산을 고전문화유산과 혁명전통유산으로 구분하면서 후자의 순결성을 강조하기 위해 전통의 계승문제에 대해 비판적인 태도를 견지하고 있다.

따라서 우리 민족의 고전이자 세계적인 문화유산인 판소리나 『춘향전』에 대해서도 남한의 학적인 평가와는 아주 다른 인식태도를 보이고 있다.

그러면 구체적으로 북한문학사에서 판소리와 우리 민족의 대표적인 고전작품인 『춘향전』이 어떻게 평가되고 있는지 살펴보기로 한다.

II. 민족문화유산으로서의 고전문화유산의 위상

북한은 김정일 국방위원장의 교시에 의해 민족문화유산에서 고전문화유산과 혁명적 문화유산을 구분하였다. 우선 '민족문화유산'에 대해 "민족의 선행세대들이 역사적으로 내려오면서 창조하여 후세에 물려주는 정신적 및 물질적 재부이다"[1]라고 개념정의를 내리고, 민족문화유산을 고전문화유산과 혁명적 문화유산으로 나누었다. 여기에서 혁명적 문화유산은 사회주의·공산주의를 위한 혁명투쟁 속에서 창조된 것으로 하여 그 이전시기에 선조들에 의하여 이룩된 고전문화유산과 본질적인 차이를 가진다고 강조한다. 그것은 노동계급의 혁명위업, 사회주의·공산주의 위업

1) 한중모, 『위대한 령도자 김정일동지의 사상리론』 문예학1, 평양, 사회과학출판사, 1996, 153쪽.

은 착취없고 압박없는 사회에서 자유롭고 행복한 생활을 누리려는 근로 인민대중의 이상을 실현하기 위한 거창한 역사적 위업으로써 인민대중의 자주성을 위한 투쟁의 가장 높은 단계로 된다고 주장하고 있다. 그에 반해 고전문화유산은 장구한 역사적 기간에 걸쳐 고대사회・봉건사회・자본주의 사회에서 형성되고 축적된 것으로서 세계관적 제한성과 계급적 및 시대적 제한성을 가지고 있으며 따라서 사회주의・공산주의 문화건설에서 그것을 그대로 이어받을 수 없으며 새로운 현실의 요구에 맞게 비판적으로 계승하여야 한다고 지적하고 있다.

또 김정일 국방위원장의 교시를 인용하면서 "민족문화유산을 고전문화유산으로만 보아도 안 되지만 혁명적 문학예술전통을 과거의 민족문화유산과 뒤섞어놓거나 민족문화유산에서 차지하는 그의 위치를 다른 유산과 평균주의적으로 대하여서도 안 된다"[2]고 민족문화유산 내에서의 서열을 정해주고 있다. 이러한 역사인식 속에서 북한역사는 ㅌ.ㄷ(타도제국주의동맹)를 현대사의 기점으로 삼게 된다. 따라서 김일성의 항일혁명의 역사를 가장 위대한 문화유산으로 미화시키게 된 것이다. 이러한 역사해석의 물줄기에서 유산과 전통 계승의 견지에서 볼 때 사회주의, 공산주의 문학예술의 발생발전의 역사는 혁명적 문학예술전통이 형성되고 그것이 줄기차게 계승발전되며 개화만발하는 과정이라고 파악하게 된다. 그리하여 혁명적 문학예술전통은 사회주의, 공산주의 문학예술의 명맥을 이어주는 핏줄기이며 그 발전을 영원히 떠밀어주는 생명선이라는 해석을 하게 된 것이다.

최근 북한이 민족 고전문학예술 유산의 계승을 강조하고 있는 이유는 '민족제일주의'라는 이데올로기를 내세워 80년대 말 구소련연방의 해체

2) 한중모, 위의 책, 157쪽.

와 동구권의 자유화물결 이후 나타나고 있는 체제동요를 내부적으로 막고 우리식 사회주의 체제를 공고히하려는 의도와 연관된다. 또 하나 북한 인민들에게 민족 고전문학예술 유산을 귀중히 여기라고 주문하는 속셈은 사회주의 애국주의 사상을 교양하는 데도 도움이 되기 때문이다. 즉 그것이 취약한 김일성·김정일로 이어지는 수령형상의 세습을 옹호해주는 중요한 이데올로기로 인식한 까닭이다. 김정일 국방위원장은 "민족문화유산에 대한 긍지와 자부심은 곧 민족적 자존심과 민족제일주의의 중요한 표현이다"[3]라고 『주체문학론』에서 이미 이러한 이데올로기의 추진을 강력하게 피력하였다. 그러면 북한은 언제부터 조선민족제일주의를 들고 나왔을까? 대체로 학계에서는 1986년 7월 15일에 발표된 김정일 위원장의 논문 "주체사상 교양에서 제기되는 몇 가지 문제에 대하여"를 기점으로 파악하고 있다.

> 세계혁명 앞에 우리 당과 인민이 지닌 첫째 가는 임무는 혁명의 민족적 임무인 조선혁명을 잘하는 것입니다. 자기 나라 혁명에 충실하자면 무엇보다도 자기 민족을 사랑하고 귀중히 여길 줄 알아야 합니다. 나는 이런 의미에서 우리 민족제일주의를 주장합니다. 우리 민족이 제일이라고 하는 것은 결코 다른 민족을 깔보고 자기 민족의 우월성만 내세우라는 것이 아닙니다. 내가 우리 민족제일주의를 주장하는 것은 자기 민족을 가장 귀중히 여기는 정신과 높은 민족적 자부심을 가지고 혁명과 건설을 자주적으로 해나가야 한다는 것입니다.[4]

3) 한중모, 앞의 책, 199쪽.
4) 김정일, "주체사상교양에서 제기되는 몇 가지 문제에 대하여", 『로동신문』 1986년 7월 15일, 안찬일, "북한의 민족공조의 본질과 전망", 『2003년 북한연구학회 춘계학술세미나 논문집: 참여정부 평화와 번영의 실천과제와 전망』, 2003. 3. 28, 고려대 인촌기념관, 북한연구학회, 3-4쪽, 재인용.

이러한 조선민족 제일주의의 기치 아래 북한은 고전문학예술유산에 대한 조사 발굴 및 연구사업을 활발하게 전개하여 수백 권의 책으로 출판하였다. 그리하여 그 성과물을 "백수십 편의 고전소설들과 고대, 중세 시문학의 발전면모를 보여주는 수천 편의 시가들 그리고 설화, 패설, 기행문 등 다양한 형식의 수많은 작품들이 발굴되여 100여 권에 달하는 고전문학작품집과 단행본들이 새로 출판되고 민족고전문학에 대한 새로운 연구성과들이 세상에 나왔다. 최근 년간 1만여 편의 다양한 내용과 형식의 민족음악 유산이 발굴 수집되고 2천여 편의 민요가 채보 정리되여 영구보존할 수 있게 된 것도 민족고전문학예술 유산을 조사발굴하고 계승발전시키는 사업에서 이룩된 귀중한 성과의 하나이다"[5]라고 선전하고 있는 실정이다.

그리고 민족고전문학예술 유산의 평가와 계승에서 몇 가지 원칙적 문제를 고려해야 한다고 하면서, 1)인민적이고 진보적인 유산의 비판적인 계승발전, 2)주체적인 입장의 견지, 3)역사주의 원칙과 현대성의 원칙의 구현, 4)복고주의와 민족허무주의의 배격의 네 가지 원칙을 내세우고 있다. 이러한 원칙에 근거하여 대표적인 민족고전유산들인 「춘향전」·「심청전」·「홍부전」 등은 당시로서 뛰어넘을 수 없었던 수많은 제한성을 가지고 있지만, 주인공들인 춘향, 심청, 홍부 등의 형상에는 근면하고 성실하며 부모에 대한 효성이 지극하고 권세와 불의 앞에 굽히지 않으며 항거해 나서는 우리 민족의 우수한 성격적 특성이 개성적으로 체현되어 있으며 작품들은 이들의 생활과 운명을 통하여 하층인민들에게 고통과 불행을 들씌우는 봉건제도의 모순과 불합리를 폭로 비판하였다[6]라고 고전문화유산의 가치를 긍정적으로 인정하는 추세를 보이고 있다.

---

5) 한중모, 앞의 책, 201쪽.
6) 한중모, 위의 책, 206쪽.

III. 판소리에 대한 북한의 인식태도

앞에서도 언급했듯이 북한에서의 고전문학예술유산은 형식적인 측면에서는 민족적이어야 하며 그 내용에 있어서는 무산 계급적이어야 한다는 스탈린이 제시한 원칙을 고수하여, 착취사회의 모순과 불합리에 대한 비판정신과 반침략 애국주의 사상을 고취시켜야 제대로 평가받을 수 있게 된다.

그러면 고전문화유산으로서의 판소리나 판소리문학에 대해서 북한의 문예이론서들은 어떠한 평가를 내리고 있을까? 결론을 요약하면, 판소리라는 음악장르는 양반들의 부화·방탕한 생활태도를 반영하기 때문에 주체시대의 청년들의 정서에 맞지 않으며, 그 가창형식에 있어서도 자연스러운 발성법과는 모순되게 탁성을 내므로 현대적 미감에 맞지 않는다고 비판하고 있다. 따라서 북한에서 판소리라는 음악장르는 전통적 민족음악 유산으로 보존하고 있을 뿐이라고 하면서도 사실상은 거의 연주되거나 보존되고 있지 않은 죽은 장르로 그 위상이 정립되고 있다.

북한에서는 판소리를 "지난 시기 한 사람의 가수－연기자가 북 장단에 맞추어 부르던 고유한 설화 창 형식, 민간설화 또는 이야기에 기초한 장편의 극적 서사시이다"[7]라고 개념정의를 내리고 있다. 아울러 판소리에서 기본은 창(노래)과 아니리(운률화된 말)이며, 기기에 너름새(연기동작), 발림(가벼운 춤동작), 화용(표정), 비용(흉내) 등 연기적인 요소들이 결합되어 있다고 구체적인 설명을 덧붙인다. 여기에서 창·아니리·너름새·발림 등은 남북한에서 같이 사용하는 학술용어이지만, '화용', '비용' 등은 남한에서는 별로 사용하지 않는 북한식의 독특한 표현으로 보인다. 또

---

7) 김하명 외, 『문학예술사전』(하), 평양, 과학백과사전종합출판사, 1993, 162쪽.

특이한 것은 판소리의 창법을 '쐑소리'라고 폄하하고 있는 점이다. 즉 판소리는 연기자가 일정한 극적 줄거리를 쐑소리로 부르는, 남도창에 바탕을 둔 노래라고 설명하고 있다. 이러한 쐑소리 논쟁은 바로 김일성의 판소리에 대한 부정적인 평가를 아직도 그대로 인용하고 있는 것으로 판단된다. 김일성 주석은 판소리는 자연스러운 창법이 아닌 쐑소리로 부르는 양반들의 유흥문화의 하나라고 판소리의 가치를 깎아 내렸다.

> 남도창은 옛날 량반들의 노래곡조인데다가 듣기 싫은 탁성을 냅니다. 이것은 자연스러운 발성법과는 완전히 모순되는 것입니다.(『김일성저작집』 18권, 448쪽)[8]

이러한 김일성의 교시는 북한의 고전문화유산 연구자들에게 판소리의 위상과 가치를 폄하하게 되는 주요한 근거로 작용하게 된다. 북한에서 판소리를 비판하는 이유로 첫째, 판소리의 탁성은 인위적인 발성법으로서 자연스러운 발성법에서 벗어난다는 것을 지적한다. 판소리는 원래부터 자연스러운 발성법과는 모순되는 탁성 즉 쐑소리를 본색으로 하여 가창하는 직업적인 성악양식이라고 설명한다. 둘째, 가창의 선율이 시조투의 음조투로 되어 있어서 현대적인 미감에 어긋난다는 해석을 내리고 있다. 즉 노래의 가사가 한문투로 되어 있고 선율은 말도 아니고 노래도 아닌 시조조의 음조투로 되어 있어 우리 시대의 현대적 미감에 잘 맞지 않는 본질적인 제한성을 가지고 있다고 비판하고 있다. 또 하나 내용에 있어서 봉건지배계급을 미화분식하고 하층인민을 우매하고 괴벽한 것으로 그리며 봉건사회의 계급적 대립과 모순을 예리하게 드러내 보이지 못한 것

8) 김하명 외, 위의 책, 163쪽.

등 많은 제한성을 나타내고 있다고 비판한다. 아울러 남도창은 양반들이 갓 쓰고 당나귀를 타고 다니던 시절에 술이나 마시면서 앉아서 흥얼거리던 음악장르로 주체시대에는 맞지 않는다는 지적을 하고 있다. 이러한 중세 봉건적인 장르의 가치를 높게 평가하는 것은 복고주의와 민족허무주의를 부추길 우려가 있다는 부정적인 해석을 가하고 있다.

이렇게 판소리 장르 자체에 대해서는 비판을 가하고 있지만, 북한의 문예사전들은 광대나 장단 그리고 5마당 등에 대해서는 문화사적인 측면에서 사실적으로 상세하게 설명하고 있다. 판소리에서 소리광대 또는 광대라고 불린 판소리가수는 해당 작품의 극적 내용과 인물형상의 직접적인 체현자, 담당자가 되며 종합적인 해설자가 된다고 파악한다. 이어서 판소리에서 많이 쓰이는 장단은 진양조 장단, 중모리 장단, 중중모리 장단, 휘모리 장단, 잦은 모리 장단 등이라는 해설을 덧붙인다. 단지 남한에서의 설명과 달리 판소리 5마당은 민중들 사이에서 널리 알려진 민간설화를 음악적으로 재현한 것이라는 '인민성'을 강조하고 있는 것이 특징이다. 그 해설을 보면, "판소리는 18세기부터 전라도를 중심으로 한 남도지방에서 형성 발전되었으며 적지 않은 작품들을 남기였다. 그 중 <춘향가>, <심청가>, <흥부가>(일명 <박타령>), <수궁가>(일명 <토끼타령>), <적벽가> 등은 널리 알려진 작품들이다. 판소리는 인민들 속에 많이 알려진 민간설화들을 음악적으로 재현한 작품이다"[9]라고 그 발생연원을 밝히고 있다.

판소리 장르 자체에 대해서는 비판을 가하고 있으면서도 판소리에 대한 항목을 1990년대 초에 북한에서 발행된 3권으로 된 『문학예술사전』에 포함시켰으며, 최근에 김정일 국방위원장 회갑기념으로 만들어진 2001년

9) 김하명 외, 위의 책, 162쪽.

12월에 펴낸 『조선대백과사전』에서도 '판소리'라고 항목을 정하고 있는 것은 이색적이다. 『조선대백과사전』에서는 김정일 국방위원장 시대를 반영하듯 김일성의 교시가 빠져 있는 것이 눈에 띈다. 우선 『조선대백과사전』은 판소리의 몇 가지 특성을 요약하고 있다. 첫째, 진양조 · 중모리 · 중중모리 · 휘모리 · 잦은모리 등의 판소리의 장단은 판소리에서 해당 장면음악의 정서적 표현 성격을 특징짓는 요인으로서 매우 중요한 역할을 한다. 둘째, 판소리는 한 작품을 연주하는 데 무려 4~6시간이나 걸리며 그 안에 수십 개의 크고 작은 노래가 들어 있을 뿐 아니라 말로 엮어 나가는 아니리가 또한 많은 자리를 차지한다. 셋째, 판소리는 17세기 말~18세기 초에 전라도를 중심으로 한 남도지방에서 발전하기 시작하여 남도창이란 이름으로 불리어졌는데, 19세기 말~20세기 초에 창극이 발생할 때까지 세 단계를 거쳐 발전하였다. 넷째, 판소리가 성행하던 18세기 후반기~19세기 전반기에 '8명창'을 비롯한 수많은 명창들이 배출되었으며 그들의 정력적인 창조활동에 의하여 판소리 '12마당'이 완성되고 장편의 극적 서사가로서의 판소리음악양식이 확립되었다. 다섯째, 그후 판소리 12마당 중에서 <춘향가>, <심청가>, <흥보가>, <수궁가>, <적벽가> 등만이 주로 연주되면서 그것은 판소리명창들이 일반적으로 정통해야 할 기본 연주종목으로 고착되었는데, 그 작품을 가리켜 판소리 다섯마당(일명 '5가')라고 하였다. 여섯째, 19세기 후반기에 와서 판소리는 남도지방의 범위를 벗어나 경기도, 서도 지방까지도 널리 전파되었는데, 판소리 음조가 점차 지역적 특색을 띠면서 발전함에 따라 '동편제', '서편제', '중고제' 등의 류파로 갈라지게 되었으며 그 과정에 해당 지방의 고유한 음악적 특징에 기초한 독특한 양식의 판소리작품들이 창조되었다. 대표적인 실례로 서도지방의 판소리 <배뱅이>를 들 수 있다. 일곱째, 판소리는 중세기 우리 나라의 유일한 극적 음악양식으로 오랜 기간 발전하여 오면서 독특한 민족 음악극작술을 개척하였으며 20세기 초에 창극이라는 민족음악극을 산생시킨 모체가 되었다[10]는 데서 일정한 음악사적 의의를 가진다. 그러나 이러한 긍정적인 평가에도 불구하고 대체적으로 『조선대백과사전』의 편찬자들은 다음과 같은 판소리의 제한성에 대해 비판을 가하고 있다. 그 제한성의 지적은 『문학예술사전』에서의 김하명의 평가와 일치하고 있다.

> 판소리는 낡은 봉건사회의 산물로서 창법과 선율음조를 비롯한 음악적 표현형식과 작품의 내용서술에서 우리 시대의 미감에 맞지 않는 본질적 제한성을 가진다. 판소리는 원래부터 유순하고 우아한 소리를 내는 우리의 민족 발성법과는 전혀 인연이 없으며 자연스러운 발성법과는 모순되는 탁성 즉 쐑소리를 본색으로 하여 가창하는 직업적인 성악형식으로서 노래의 가사는 한문투로 되어 있고 선율은 말도 아니고 노래도 아닌 시조조의 음조투로 되어 있으며 한가하고도 침침하고 무거운 선율정서가 지배적인 자리를 차지하는 등 우리 시대 인민들의 현대적인 미감에 맞지 않는 본질적인 제한성을 가지고 있다.[11]

판소리에 대해 이러한 비판을 하면서 주체적 음악예술을 추구하는 북한당국은 판소리를 전통적인 민족음악유산으로 보존하고 있기는 하지만 널리 장려보급하지는 않는다고 노골적인 배타적인 태도를 드러내고 있다.

---

10) 강건일 외, 『조선대백과사전』 22권 「판소리」, 평양, 백과사전출판사, 2001, 562쪽.
11) 강건일 외, 『조선대백과사전』 22권 「판소리」, 같은 쪽.

IV. 「춘향전」에 대한 북한문학사의 가치평가

어느 나라 문학이나 항상 당대의 정치적 상황이나 경제적 조건 등에 영향을 받게 마련이다. 공산주의 체제이므로 최고 권력자의 뜻에 따라 모든 것이 하루아침에 바뀔 개연성이 높은 북한의 경우 민족문화유산 중에서 고전문학유산의 위상이 어떻게 정립되느냐의 방향이 정해지기 전까지는 우여곡절을 겪었다. 북한의 역사적 자료들을 검토해 보면, 국제정세에 따라 민족주의의 이데올로기 자체가 무시되던 시기도 있고 그 반대로 민족주의가 득세하게 되었던 시기도 있었다. 특히 소련의 스탈린이 사망한 1953년을 전후하여 커다란 변화를 맞게 되기도 하였다.

북한은 김일성이 유일체제를 구축하였던 1967년 이전에는 중세문학 중에서도 근대적인 경향을 드러내었던 진보적인 문학인 실학파문학이나 「춘향전」 등 판소리문학에 대해 상당히 애매한 태도를 보였던 것이 사실이다. 그것은 이 시기까지도 반종파 투쟁의 여진이 남아 있었기 때문으로 보여진다. 그것은 북한에서 해방이후 출판된 최초의 문학사인 『조선문학통사』(1959)의 머리말에서 "우리는 이 책을 서술함에 있어서 역사주의 원칙에 입각하여 우리의 진보적 문학을 관류하고 있는 열렬한 애국주의, 풍부한 인민성, 높은 인도주의의 전통을 밝히며, 특히 해방 후에 조선노동당의 정확한 문예 정책에 의하여 찬란히 개화발전하고 있는 사회주의적 사실주의 문학의 새로운 성과와 그의 특성을 명확히 천명하려는 지향으로 일관하였다"[12)]라고 강조하면서도 "그러나 이 책에는 아직 여러 가지 이론적 및 사료적 문제들이 충분히 해명되지 못한 채 남아 있다. 가령 판소리 문제, 창작 방법으로서의 사실주의의 형성과 발전에 관한 문제 등은

---

12) 과학원 언어문학연구소 문학연구실, 『조선문학통사』 상권, 서울, 화다, 1989. 8쪽.

앞으로 우리 문예 학자 집단의 더욱 꾸준한 집체적 노력에 의하여 해결될 것인만큼 이 책에서 깊이 저촉하지 않았다"[13]라고 하여 판소리에 대한 입장이 정리되지 않았음을 분명하게 밝히고 있다.

김정일은 1967년에 발표한 문건에서 다음과 같이 실학파들의 사상이나 다산 정약용의 『목민심서』에 대해 허위와 기만으로 가득 찬 책인 양 비판하고 있다. 하지만 1970년의 「민족문화유산을 옳은 관점과 립장을 가지고 바로 평가 처리할 데 대하여」라는 문건에서는 혁명적 문학예술전통을 앞세우기는 하지만, 민족 고전문학예술전통의 올바른 평가와 계승발전을 강조하면서 앞 문건과는 다른 태도를 보이고 있다. 이러한 이중적인 태도는 당시의 정치적 상황과 무관하지 않다고 판단된다.

> 당사상사업부문 일군들이 로동계급적 선에 확고히 서있었더라면 반당반혁명분자들이 봉건시기 실학과학자가 쓴 ≪목민심서≫와 같은 책을 필독도서로 내리 먹일 때에 그것이 우리 당의 사상과 어긋나는 반당적 행위라는 것을 제때에 간파하였을 것입니다.
>
> 물론 실학파들의 사상이나 ≪목민심서≫와 같은 도서들이 우리 나라의 력사에서 일정한 의의를 가지는 민족문화유산인 것만은 사실이지만 그것이 오늘 우리 간부들의 사업에서 지침으로 될 수는 없습니다. ≪목민심서≫에 ≪애국≫이요 ≪애민≫이요 하는 문구도 있는데 그것은 우리 공산주의자들이 말하는 애국주의나 인민성과는 아무런 인연도 없습니다. 허위와 기만, 위선으로 가득 찬 아름다운 말마디는 다른 책에도 얼마든지 있습니다. 우리는 절대로 문구가 현란한 데 매혹되여서는 안되며 그 본질을 로동계급의 립장에서 똑똑히 파악하여야 합니다.[14]

---

13) 과학원 언어문학연구소 문학연구실, 위의 책, 9쪽.
14) 조선로동당 중앙위원회, 『김정일선집』 1권, 평양, 조선로동당출판사, 1992, 280쪽.

그러면 「춘향전」에 대해서 북한의 문예이론서들이나 문학사에서 어떠한 평가를 내리고 있는가? 우선 본격적으로 북한문학사에서의 가치와 평가를 살펴보기에 앞서서 『문예상식』(1994)이라는 사전류에서의 분석과 평가에 대해 언급하기로 한다. 이 책은 윤기덕·은종섭·방영찬·리동수 등 북한의 소장파 문학평론가들과 역사학자들이 엮은 문학예술과 상식의 두 분야에 대한 소사전이라고 할 수 있다. 차례를 보면, 우리 나라 문학예술, 외국문학예술, 문화와 유적유물, 상식의 네 분야로 편집되어 있다. 우리 나라 문학예술 중 고대중세문학예술에서는 「단군신화」부터 조선후기 화가 김홍도·장승업까지 망라되어 있다. 판소리문학에서는 「심청전」, 「춘향전」, 「흥부전」이 포함되어 있고, 실학파문학에서는 박지원·정약용이 들어있다. 이 책은 독자층을 문학을 전공하는 학자뿐만이 아니라, 일반 인민 대중들과 학생층 등 폭넓은 계층으로 삼고 있는 것으로 파악된다. 따라서 이 소사전에서의 「춘향전」의 평가는 최근의 북한의 대다수의 인민대중들에게 폭넓게 인식되고 퍼져나가고 있는 지침에 가까운 해석이라고 할 수 있다. 『문예상식』은 우선 「춘향전」에 대해 "조선사람의 정신, 도덕, 넋이 어린 민족고전소설이다. ≪춘향전≫은 사상·예술적으로도 중세에 가장 높은 경지에 오른 민족고전이며 조선중세문학의 자랑이며 세계적인 걸작이다"[15]라고 그 문학사적 위상을 높게 설정하고 있다. 다음으로 「춘향전」은 「심청전」, 「장끼전」 등과 마찬가지로 전래하는 구전설화를 토대로 하여 서사화·문학화된 작품이라고 해석하고 있다. 작품의 시대적 배경을 설명하기 위해 몇 가지 이본을 거론하고 있는데, 재미있게도 모두 북한에 소장되어 있는 판본을 예시하고 있다. 구체적으로 김일성 종합대학교에 보존된 필사본에는 숙종 때를 시대적 배경으로 하고 있고, 인

15) 윤기덕 외 편, 『문예상식』, 평양, 문예출판사, 1994, 110쪽.

민대학습당에 보존된 이본에도 "숙종대왕 즉위초에…"로 되어 있으며, 완판본 『춘향전』, 54장짜리 필사본 『춘향전』, 93장짜리 필사본 『춘향전』 등이 다 숙종대왕 때로 시대적 배경을 쓰고 있다고 설명한다. 이에 반해 사회과학원에 소장된 목판본 『춘향전』은 "화설 인조조 때에…"라고 하였고, 다른 이본도 "리조 인조조 때에…"라고 하였으며, (안성판본)경판본 『춘향전』도 "화설 인조조…"로 소설이 시작되고 있다고 밝히고 있다. 『문예상식』의 가치는 이러한 북한에 산재한 「춘향전」의 이본들을 제시하고 있음으로써 서지문헌학적 고찰을 가능하게 하고 있는 점이다. 위의 이본들을 검토하여 『문예상식』의 편찬자들은 「춘향전」의 이야기가 17세기의 이야기이므로 그 간행시기를 17세기말이나 18세기로 단정[16]하고 있다.

다음으로 기원설화로는 남원의 「박석티설화」, 남원의 「춘향설화」, 전라도의 「춘향설화」, 남원의 양진사 설화, 노진의 실제담 등 20여 건을 들면서 특히 고구려의 명주곡과 관련된 설화를 제시하고 있는 것이 특이점이다. 이어서 「춘향전」의 줄거리를 소개하고 「춘향전」의 특질과 제한성을 설명하고 있다. 「춘향전」의 특질에 대해서 다음의 네 가지로 압축하고 있다. 첫째, 재산과 신분의 차이에 관계없이 남녀청년들이 서로 사랑할 수 있다는 것을 보여주면서 봉건사회의 신분적 불평등을 비판하고 있다. 둘째, 춘향의 형상을 통해 권력과 재물을 멀리하고 도덕을 귀중히 여기는 조선민족의 민족적 특성과 조선 여성의 미덕을 잘 보여주었다. 셋째, 「춘향전」은 봉건사회의 양반들을 비판하고 그들의 죄행을 단죄하는 논고장이 되는데, 그 주제를 춘향을 당대 조선여성의 전형으로, 변학도를 봉건양반의 전형으로 형상함으로써 감명 깊게 드러내고 있다. 넷째, 봉건사회의 조건하에서 창조된 문학이면서도 놀랄 만큼 감동적인 긍정적 주인공

16) 윤기덕 외편, 위의 책, 110-111쪽.

을 내세운 것은 조선문학의 특성을 나타내는 명작으로서의 중요한 특징이다.

하지만 제한성도 또한 드러나고 있는데, 그것은 봉건유교의 영향으로 춘향을 봉건적인 열녀형의 여인으로 형상한 경향이 있는 것이며, 이몽룡을 왕의 어명을 받은 선량한 정치를 하는 양반인 것처럼 그려놓은 것이라고 지적하고 있다.

한편 최근에 나온 30권으로 된 『조선대백과사전』의 21권에서는 「춘향전」은 봉건적 신분제도를 비판하고 양반계급의 전횡과 부패성을 폭로한 우리 나라 고전소설의 대표작의 하나라고 평가하면서 「춘향전」은 중세기 소설에서 흔히 보게 되는 환상적 수법을 쓰지 않고 객관적이며 사실적인 묘사수법을 쓰고 있으며 사건들과 인간관계를 주제해명에 적극 복종시키면서 감동을 극적으로 잘 처리하고 있다고 극찬하고 있다. 또 아름다운 우리말의 우수성을 비교적 잘 살리고 여러 가지 묘사와 표현수법들도 능숙하게 활용하고 있다[17]고 높은 평가를 내리고 있다. 하지만 봉건국왕의 '선정'의 대변자인 암행어사를 인민의 원성을 대변하고 풀어주는 '공정한 심판관'인 듯이 형상한 것과 같은 일련의 제한성도 가지고 있다[18]고 비판하고 있다.

그러면 이제부터 구체적으로 북한문학사에서 「춘향전」이 어떻게 평가받고 있는가에 대해 분석해 보기로 한다. 북한의 조선문학사 중에서 시대적 흐름을 잘 반영하고 있는 『조선문학통사』(1959)와 3권으로 편찬된 『조선문학사 1』(1977~1981, 고대중세편) 그리고 15권으로 편찬된 『조선문학사 2』(1991~2000, 5권)의 세 가지를 텍스트로 삼기로 한다. 『조선문학통사』는 마르크스-레닌주의 미학이론에 근거하여 서술된 문학사이고, 후

17) 강건익 외, 『조선대백과사전』 21권, 평양, 백과사전출판사, 2001, 241쪽.
18) 강건익 외, 위의 책, 같은 쪽.

자의 두 가지는 주체사상에 바탕하여 서술된 문학사라는 데에서 차별성을 보인다. 하지만 후자도 세분한다면, 『조선문학사 1』(1977)은 김일성 시대에 편찬된 북한문학사라고 할 수 있으며, 『조선문학사 2』(1994)는 사실상 김정일 국방위원장 시대를 반영하는 북한문학사라는 데 그 특징이 있다고 단정할 수 있다.

우선 『조선문학통사』는 마르크스―레닌주의를 바탕으로 하여 기술이 되고 있음에 따라 주체사상 이후의 교조적 경향이 나타나지 않고 합리적이고 과학적인 판단에 따라 판소리문학에 대한 가치평가를 하고 있으며 균형감각을 지니고 있는 것이 특징이다. 하지만 문학지에서의 비판적 사실주의 문학에 대한 격렬한 논쟁과 달리, 연암에 대해서는 '비판적 사실주의 확립'에 큰 공로자(김하명이 서술한 것으로 보여짐)라고 언급하였음에도 불구하고 판소리문학에 대해서는 구체적으로 비판적 사실주의 문학이라는 용어를 사용하지 않고 있다. 이는 비판적 사실주의 문학에 대한 논쟁은 잡지 『문학연구』를 통해 1962~1963년에 집중적으로 이루어 진 데 비해, 이 책이 1959년에 쓰여진 관계로 아직까지 판소리에 대한 학술적인 정리는 되지 못한 데 따른 결과로 보여진다. 판소리문학 중 「토끼전」, 「장끼전」, 「심청전」, 「흥부전」, 「춘향전」을 다루고 있으며, 이 중에서 「춘향전」, 「심청전」, 「흥부전」의 세 작품에 대한 서술에 많은 지면을 할애하고 있는 것이 특징이다.

『조선문학통사』는 「춘향전」에 대해 봉건적인 신분적 구속을 반대하는 남녀간의 새로운 사랑의 윤리를 제시하고 이조 봉건 사회 양반 관료배들의 포학성, 봉건 통치 제도의 반인민성을 폭로하면서 아울러 양반 관료들을 반대하는 인민들의 기분과 동향도 전달하고 있다고 평가하고 있다. 춘향의 형상에는 사회적 문제에 대한 선진적 견해가 반영되어 있다고 파악하고 있다. 작자는 신관 사또의 무모한 요구에 대한 춘향의 결사적인 거부를 자연발생적이거나, 다만 이도령에 대한 봉건 윤리적 의무감에서가 아니라, 변학도의 포학한 행동에 대한 계급적 증오와 결부시키면서 그 행동에 목적의식적인 자각성을 부여하였다고 인식하고 있는 것이 특징이다. 「춘향전」이 사실주의적 성격을 강화하였고 우리 문학 발전에서의 그의 새로운 공적으로 되는 것은 농민들을 비롯한 한량들, 각층의 하급관리들, 보통 부인네 등 광범한 군중을 등장시켰으며 그들을 통하여 각계 각층의 기분과 동향을 생동하게 보여 준데 있다고 평가하였다.

한편 1977년 사회과학원 문학연구소에서 펴낸 『조선문학사 1』은 주체사상에 입각하여 역사서술을 하고 있다. 따라서 반드시 김일성의 교시에 의존하는 교조적이고 폐쇄적인 서술을 하고 있는 점이 한계이다. 『조선문학사 1』은 판소리문학 중 「흥보전」, 「토끼전」, 「배비장전」, 「춘향전」, 「심청전」에 대해 구체적으로 언급하고 있다. 특히 이들 소설들은 구전설화를 토대로 하여 창작된 관계로 인민들의 생활과 지향을 반영하고 있다고 그 특징을 서술하고 있으며, 그 한계성에 대해 직접적인 설명을 하고 있는 점도 특색이다.

또한 다른 문학사에서 언급되지 않던 「배비장전」을 다루고 있는 것이 특징이다. 이 작품은 「흥보전」이나 「토끼전」과는 달리 갈등을 지배계급과 피지배계급사이의 갈등으로 설정하지 않고 주로 윤리도덕적 측면에서 봉건통치배들 사이의 호상사이의 관계를 통하여 봉건말기의 부패한 현실을 폭로하고 있는 것이 특질이라고 서술하고 있다.

「춘향전」에 대해서는 중세소설에서 흔히 보게 되는 비과학적인 환상이 없으며 환상적 계기에 의하여 사건이 조성되거나 해결되는 것이 아니라 현실에서 보게 되는 그대로의 객관적이며 사실적인 묘사가 위주이다. 이리하여 작품의 형상은 사실주의적 생동성과 구체성을 띠고 독자들을 깊이 공감시킨다는 것이다. 하지만 "… 이런 옛날작품들에 그려진 봉건귀족들과 자본가들의 사치하고 부화·타락한 생활모습들은 청소년들이 봉건사상과 자본주의 사상, 부르주아 생활양식에 물들게 하는 해독적 작용을 할 수 있습니다"라는 김일성의 교시를 통해 우리 시대 인민들의 생활감정과는 너무나도 먼 거리에 있다고 그 제한성을 언급하고 있다. 그러나 소설 「춘향전」은 다양한 성격을 가진 인간들의 호상 관계를 통하여 썩어빠진 봉건사회의 현실을 여러모로 생동하게 반영한 것으로 하여 이 시기 소설발전에 크게 기여하였으며 고전소설의 대표적 작품으로서의 뚜렷한 위치를 차지하고 있다고 그 문학사적 위치를 높이 평가하고 있다.

또한 인물들의 개성을 생동감 있게 그려나간 것을 높이 평가한 것은 주체사상을 반영한 것이라고 할 수 있다. 용모와 품성이 아름다우며 의로운 것을 굽히지 않는 굳세고 깨끗하고 절개 높은 춘향, 우유부단하며 왕의 '선정'의 대변자로 등장하기는 하나 양반치고는 진보적 요소를 가지고 있는 이몽룡, 드살이 세고 수다스러운 월매, 의로운 것을 지향하고 남의 고통을 자기의 아픔으로 여기지만 고용자적 근성과 시정인적 취미를 가지고 있는 약삭빠른 방자와 향단, 봉건도덕에 포로된 완고한 이한림 부부, 부화방탕하고 포악한 변학도와 교활하고 아첨 많은 회계나리, 아무런 신념도 없이 시세를 보아 바람의 갈대와 같이 처신하는 운봉, 말투는 투박하나 소박하고 솔직하며 의로운 것을 지지하는 농부 등 실로 소설에 등장하는 모든 인민들이 뚜렷한 개성을 가지고 생동하게 그려졌으며 이들의 호상 관계는 당대의 시대상을 여러모로 보여주면서 작품의 예술적 품위를 잘 보장하고 있다는 서술태도는 바로 김정일의 교시에 충실하고 있음을 알 수 있다.

『조선문학사 1』이 준수하고 있는 주체사상의 두 번째 이념은 "예술의 목적은 사람들에게 세계를 인식시키며 건전한 사상을 주는 데만 있는 것이 아니라 그들을 정서적으로 교양하는 데도 있다"는 '영화예술론'에서의 김정일의 지적이다. 문학은 사람들에게 사회생활에 대한 풍부한 지식을 주고 력사 발전의 합법칙성에 대한 인식을 주는가 하면 선진적인 사상을 넣어주고 옳은 세계관을 세우는 데 도움을 주며 그들을 진리와 정의를 위한 투쟁에로 고무 추동하는 데 이바지한다는 것이다.

『조선문학사 1』이 따르고 있는 주체사상의 세 번째 이념은 인민의 형상문제라고 할 수 있다. 인민대중의 형상문제는 문학예술에서 원칙적 의의를 가지는 문제의 하나로 간주된다. 문학예술은 인민대중을 어떤 위치에 놓고 어떻게 형상하는가 하는 데 따라 그 계급적 성격과 사회적 기능이 달라진다는 것이다. 이는 '영화예술론'에서 지적한 김정일의 "우리의 문학은 인민대중을 가장 힘있고 아름다우며 고상한 존재로 내세우고 인민대중을 위하여 복무하는 공산주의적 인간학으로 되여야 한다."[19]에서 비롯된다.

그러나 이러한 주체사상에 입각한 서술태도는 종국에는 수령형상창조로 귀결된다는 점에서 공산독재의 한 모순을 반영하는 데에 머물고 있음을 알 수 있게 된다. 이는 김정일이 『연극예술에 대하여』(35-36쪽)에서 지적한 "작가는 자기의 작품에서 우리 인민이 력사적 체험을 통하여 자신의 삶의 신조로, 민족의 운명을 좌우하는 사활적인 요구로 받아들인 혁명적 수령관을 생활적으로 깊이 있게 그려냄으로써 수령님의 품속에서 정치적 생명을 빛내여 나가는 길에 진정한 삶의 보람과 기쁨이 있다는 것을 힘있게 강조하여야 합니다."[20]라는 말에서 함축적으로 잘 드러나고 있다.

끝으로 『조선문학사 2』는 『조선문학사 1』과 달리 「춘향전」에 대해 창작경위와 이본들, 주제, 주인공의 형상과 사상예술적 특징의 세 항목으로

---

19) 한중모, 위의 책, 36쪽.
20) 한중모, 위의 책, 51-52쪽.

나누어 구체적으로 다루고 있는 것이 특징이다. 물론 상당부분의 비평은 공통된 집필자로 인해 일치하는 양상을 보이기도 하지만, 전자는 후자와 달리 최근의 새로운 해석을 반영하고 있는 것이 다른 점이다. 특히 남한의 저서들을 참조로 하면서 남조선의 반동 부르주아 문예학에서는 조선문학의 전통을 '무저항주의'라는 황당한 이론으로 조작하고 있다고 엉뚱한 비판을 하고 있는 점이 이색적인 점이기도 하다.

> 그러나 오늘 남조선의 반동부르죠아문예학은 춘향에 대한 리몽룡의 사랑을 변학도와 다름없는 ≪색마적인 희롱≫으로, 반대로 리몽룡에 대한 춘향의 사랑을 ≪지배계급인 량반에 대한 맹종≫으로, 봉건사회에서 철칙으로 되어 있던 ≪량반과 서민간의 주종관계≫로 묘사하고 있다. 이자들은 이렇게 함으로써 조선문학의 전통은 ≪무저항주의≫라는 황당한 리론을 조작하고 있다. 그러나 이것은 작품의 형상자체에 의하여 여지없이 론박되고마는 전혀 무근거한 비방중상에 불과하다.[21]

『조선문학사 2』는 「춘향전」의 가치에 대해 첫째, 주제의 현실성, 광대한 사회생활의 진실한 묘사, 각계각층 인물의 생동한 성격창조를 보장함으로써 이 시기의 가장 우수한 사실주의 작품의 하나가 되었다. 둘째, 춘향의 형상을 창조하면서 여성으로서 정절을 깨끗이 지니려는 굳은 의지와 순결성, 사물현상에 대한 슬기로운 판단에서 표현되는 총명성과 그 어진 마음씨는 조선여성들의 전통적인 아름다운 도덕적 품성을 구현하였다는 점에서 민족적 성격을 선명하게 부각시켰다고 극찬하고 있다. 셋째, 작자는 춘향과 이몽룡과의 사랑, 그들의 개인적 운명을 묘사하면서 그것

---

21) 김하명, 『조선문학사』 제5권, 평양, 과학백과사전출판사, 1994, 173쪽.

을 광범한 계층과의 관계 속에서 보여줌으로써 그의 사회적 의의를 강조하고 있다고 해석하고 있다. 즉 소설에서 인근의 농부들과 남원부 한량들과 빨래하는 여인들, 심지어 집장사령까지 춘향에게 동정을 표시하며 일치하게 변학도의 만행을 증오하게 묘사하였는데 이들의 언행에는 당대 봉건 사회제도와 통치배들에 대한 인민들의 기분과 태도가 반영되어 있다는 해석을 하고 있다. 넷째, 「춘향전」에서는 인물들의 초상묘사에 있어서나 자연풍경을 묘사함에 있어서 대상의 성격에 따라 훨씬 구체적인 묘사를 주고 있는 세부묘사의 진실성이 가일층 강화되었다. 특히 「춘향전」의 세부묘사는 당시의 구두어를 풍부하게 사용함으로써 선행시기의 문학에 비하여 훨씬 더 생활적이라는 특징을 지닌다. 다섯째, 「춘향전」의 중요한 예술적 성과의 하나는 「흥부전」과 「심청전」 등에 비하여 등장인물이 훨씬 많으나 그들은 춘향과 이몽룡의 애정관계를 기본사건으로 하여 그 발전과정에 서로 유기적인 관계를 맺으며 복잡한 모순의 충돌과 연계 속에서 그들의 개인적 운명을 규정한 사회적 원인들을 설득력 있게 천명하는 정제된 구성을 갖춘[22] 점이라고 긍정적인 평가를 내리고 있다.

그러나 「춘향전」은 몇 가지 뚜렷한 제한성을 지니고 있다고 비판하고 있다. 첫째, 이몽룡의 성격 묘사에 있어서 봉건관료제도에 대한 구체적인 개혁안을 가진 선진적인 사상가로서는 보여주지 못하고 있다는 한계를 드러내었다. 둘째, 사실주의 소설로서의 흠이 드러나고 있는데, 이몽룡이 광한루에 소풍갈 때 "놀기 좋은 삼춘"이라고 하였다가 같은 춘향이 그네 뛰러 나가는 계절적 계기를 주기 위해서는 "오월단오일이였다"라고 하는 등 묘사에서 치밀성을 결여하고 있는 점을 지적하고 있다. 셋째, 판소리 작품의 문체상 특성에 따라 묘사대상의 본질적인 특성과는 관계없이 상

22) 김하명, 위의 책, 171-180쪽.

투적인 한문성구를 많이 쓰거나 초상묘사에서 어느 한 측면을 강조함으로써 구체적인 개성과 미묘한 심리적 음영의 전달에 일정한 제한을 가져온 점[23]은 비판받을 수 있는 측면이라고 지적하고 있다.

이러한 많은 허점에도 불구하고 「춘향전」은 「양반전」 기타 작품들과 함께 우리 나라 19세기 이전 고전문학이 달성한 사실주의의 이정표가 되었다[24]고 그 문학사적 의의를 언급하는 것으로 결론짓고 있다.

V. 맺음말

「춘향전」은 우리 민족의 정서를 가장 잘 반영하고 있는 대표적인 고전작품이다. 따라서 남・북한 모두 문학사에서나 사전류에서 다른 어떤 고전작품 보다 많은 지면을 할애하여 그 위상과 가치를 깊이 있게 소개하고 있다. 또 남한에서는 2001년도에 임권택 감독에 의해 「춘향전」이 다시 영화화되어 고전의 현대화가 끊임없이 시도되고 있다. 특히 임권택의 「춘향전」에서는 판소리 부문 인간문화재인 조상현의 남도소리가 장면묘사 곳곳에 삽입되어 극적 효과를 고조시키는 역할을 한 것이 특징이다. 북한에서도 「춘향전」은 가극이라는 현대적 장르로 변모되어 북한인민들의 사랑을 받은 것으로 알려져 있어 주목된다.

그러나 「춘향전」은 자본주의를 추종하는 남한사회에서는 춘향과 이도령과의 신분을 초월한 숭고한 사랑의 주제를 아직도 높이 평가하는 데 비해, 공산주의 체제인 북한사회에서는 중세봉건왕조의 계급적 모순을 비판한 점에 높은 점수를 두고 있는 점에서 커다란 차이를 보이고 있기

23) 김하명, 위의 책, 175-181쪽.
24) 김하명, 위의 책, 181쪽.

도 하다.

그러면 북한사회에서 판소리로서 또한 판소리문학으로서의 「춘향전」은 어떠한 대접을 받고 있는가? 본론에서 분석한 것을 요약해보면, 우선 북한에서 1970년경부터 민족문화유산에서 혁명적 문학예술전통과 민족고전문학예술유산을 포괄하면서 그것의 올바른 평가와 계승발전문제를 고려하기 시작하였다. 하지만 김정일 국방위원장의 교시를 인용하면서 "민족문화유산을 고전문화유산으로만 보아도 안되지만 혁명적 문학예술전통을 과거의 민족문화유산과 뒤섞어놓거나 민족문화유산에서 차지하는 그의 위치를 다른 유산과 평균주의적으로 대하여서도 안된다"[25]고 민족문화유산 내에서의 서열을 정해주었다. 그리고 민족고전문학예술 유산의 평가와 계승에서 몇 가지 원칙적 문제를 고려해야 한다고 하면서, 1) 인민적이고 진보적인 유산의 비판적인 계승발전, 2)주체적인 입장의 견지, 3)역사주의 원칙과 현대성의 원칙의 구현, 4)복고주의와 민족허무주의의 배격의 네 가지 원칙을 내세우고 있다. 1970년 이후에는 민족고전문학유산인 「춘향전」에 대한 평가도 이러한 원칙에 근거하여 북한문학사에서의 역사적 서술에 있어서 긍정적인 측면과 제한성에 대한 비판이 동시에 이루어지고 있다.

판소리 「춘향가」에 대해서는 판소리라는 음악장르는 양반들의 부화·방탕한 생활태도를 반영하기 때문에 주체시대의 청년들의 정서에 맞지 않으며, 그 가창형식에 있어서도 자연스러운 발성법과는 모순되게 탁성을 내므로 현대적 미감에 맞지 않는다고 비판하고 있다. 따라서 북한당국은 판소리를 전통적인 민족음악유산으로 보존하고 있기는 하지만 널리 장려보급하지는 않는다고 노골적으로 배타적인 태도를 드러내고 있다.

---

25) 한중모, 앞의 책, 157쪽.

다음으로 판소리계 소설인 「춘향전」에 대한 북한문학사의 평가는 각 시대마다 조금씩 다른 양상을 보이고 있다. 그것은 북한사회에서 해방이후 70년대까지 정치사의 급격한 변화와 왜곡이 있었기 때문이다. 「조선문학통사」는 마르크스－레닌주의 미학원리에 따라 과학적이고 객관적인 서술태도를 보여주는 것이 특징이다. 따라서 인물들의 개성화와 세부 묘사의 진실성 등 「춘향전」의 사실주의 문학으로서의 특성을 강조하고 있으며, 판소리의 연출자와 향수자들의 기분을 반영하면서 형상 창조에 있어서 해학적이며 풍자적인 묘사를 하고 있으며 등장인물들의 대사나 묘사에 있어서 현저하게 언문일치를 보이고 있을 뿐더러 노래로 불려진 관계로 그 음악적 요구로부터 율문적인 독특한 판소리문체를 형성하게 되었다고 강조하고 있다. 이러한 해석은 남한의 고전문학 전공 학자들의 평가와 대동소이할 정도이다.

하지만 주체사상이 형성된 이후인 1977년에 쓰여진 『조선문학사 1』에서는 작품해석에 있어서 상당히 교조적이고 경직된 서술태도를 보이고 있는 것이 특징이다. 특히 1)인민적이고 진보적인 유산의 비판적인 계승발전, 2)주체적인 입장의 견지, 3)역사주의 원칙과 현대성의 원칙의 구현, 4)복고주의와 민족허무주의의 배격의 네 가지 원칙이 강조되면서 「춘향전」에 나타난 작품의 진보적이고 인민성을 지니는 특성을 찾는 데 주력하고 있으며, 주체적인 입장에서 작품의 제한성에 대한 비판이 무차별적으로 가해지는 양상을 보이게 된다. 이를테면 김일성 교시인 "이 작품에서 양반계급의 신분적 차별을 반대하는 사람 자체가 다름 아닌 양반의 아들이며 이 작품에 그려진 인간들의 정신세계는 우리 시대 청년들의 정신세계와는 너무나도 거리가 먼 것입니다. …… 이런 옛날작품들에 그려진 봉건귀족들과 자본가들의 사치하고 부화타락한 생활모습들은 청소년들이 봉건사상과 자본주의 사상, 부르주아 생활양식에 물들게 하는 해독적 작용을 할 수 있습니다"라는 지적에 근거하여 주인공의 인물형상에 대한 평가가 교조적으로 이루어지는 계기가 되었던 것이다.

가장 최근에 나온 『조선문학사 2』(1994)에서는 1980년대 후반부터 다시 강조되기 시작한 '조선민족제일주의'의 이데올로기를 반영하여 춘향의 성격묘사에 있어서 "민족적 성격을 선명하게 부각시켰는데, 여성으로서의 정절을 깨끗이 지니려는 굳은 의지와 순결성, 사물현상에 대한 슬기로운 판단에서 표현되는 총명성 등 조선여성들의 전통적인 아름다운 도덕적 품성을 구현하고 있다"라는 해석을 가하고 있는 것이 특징이다. 특히 남한의 연구 업적물들을 참조하면서 "조선문학의 전통을 '무저항주의'라는 황당한 이론으로 조작하고 있다"고 비판한 것은 그 왜곡적 사실을 떠나 주목해 볼 필요가 있다. 결론적으로 『조선문학사 2』에서 서술한 「춘향전」의 위상과 가치평가는 『조선문학사 1』에서의 주체사상에 바탕한 경직성에서 벗어나 상당히 유연한 서술태도를 보이고 있다는 점에서 이채롭다고 하겠다.

제2부 북한 문화와 예술의 특성과 한계

생산성 증대를 위한 관료주의 타파와 도·농 갈등 해소

북한 미술의 특성과 원리

북한의 주체음악론

북한 복식문화의 특성과 주체적 미감

북한의 '우리식 아동문학'의 형상특성

윤도현·이미자 평양공연의 의미와 가치

북한의 스포츠정책과 남북 스포츠교류의 성과

생산성 증대를 위한 관료주의 타파와 도·농 갈등 해소
-북한 예술영화 「심장에 남는 사람」과 「도라지꽃」

I. 북한사회에서 예술영화의 위상

북한에서 영화는 매우 중요한 매체이다. 그 이유는 최고 권력자인 김정일 국방위원장이 각별한 관심을 가지고 있기 때문이다. 김정일 위원장은 1973년 4월 11일에 발행된 『영화예술론』을 통해 자신의 주체사상을 전 세계에 알렸을 정도로 영화에 대단한 애착을 가지고 있다. 『영화예술론』은 우리말로 된 판본보다 일본어나 프랑스어 등 외국어로 된 판본을 펴냈을 정도로 외국을 의식하고 만든 책이다. 『영화예술론』은 '생활과 문학'(영화문학론), '성격과 배우'(배우론), '영상과 촬영'(촬영론), '화면과 미술'(영화미술론), '장면과 음악'(영화음악론), '예술과 창작'(창작방법론), '창작과 지도'(창작지도론)의 체계로 구성되어 있다. 북한의 영화진흥정책은 크게 1)김일성 지도기(1926~1961년), 2)김일성·김정일 공동 지도기(1961~1992년), 3)김정일지도기(1992~2004년 현재)로 구분하여 살펴볼 수 있다. 공동 지도기는 다시 네 시기로 구분되는데, ①영화예술 화력집중기(1961년 10월~1967년 7월), ②제1차 영화혁명기(1967년 8월~1973년 4월), ③영화예술 발전기(1973년 4월~1982년 3월), ④영화예술총화기(1982년 3월~1992년 5월)로 세분한 것이 그것이다. 김정일 지도기는 두 시기로 구분할 수 있는데, 제2차 영화예술 혁명기(1992년 5월~1994년 7월)와 고난의 행군기(1994년 7월부터 현재까지)[1]로 세분할 수 있다. 김일성 주석이 생전에 「피바다」나 「꽃 파는 처녀」 등 혁명가극을 매우 좋아한 것처럼 김정일 국방위원장은 「민족과 운명」, 「생의 흔적」 등의 영화나 「청춘송가」나 「동해천리」 등의 장편소설에 특별한 애정을 표시하고 있다. 특히 북한은 1952년 영화산업을 발전시키기 위해 인민배우와 공훈배우를 둘 수 있는 규정을 만들었다. 즉 '인민배우, 공훈배우 및 공훈예술가 칭호에 관한 규정'을 제정하여 영화인들을 우대하였던 것이다. 북한에서 예술작품을 통해 대중들을 선동하는 것을 군중노선이라고 한다. 즉 최근의 북한은 영화나 장편소설을 군중노선의 가장 중요한 매체로 인정하고 있는 것이다. 최근 북한의 영화이론서들을 훑어보면, 영화혁명을 요구하고 있다. 시대의 요구에 맞는 주체의 문학예술을 건설하기 위해서는 반드시 문학예술혁명을 일으켜야 한다는 것이다. 북한의 김정일 국방위원장은 "영화예술은 노동당의 위력한 선전수단으로서 혁명투쟁과 건설사업에서 커다란 역할을 하고 있으며 전반적 문학예술발전에서 매우 중요한 자리를 차지하고 있습니다. 그렇기 때문에 당에서는 문학예술을 발전시키는데서 영화예술을 중심고리로 틀어쥐고 거기에 힘을 집중하고 있는 것입니다"[2] 라고 하여 영화예술의 중요성을 역설하였다. 아울러 영화혁명의 본질을

1) 이춘길 · 김혜준 · 양현미 · 김태철, "북한영화산업 현황과 영화진흥정책 연구", 민족통일연구원, 1997, 2-3쪽.
2) 리현순, 『사회주의영화예술건설』, 평양, 문예출판사, 1998, 15쪽.

낡은 창조체계와 창조방법을 뒤집어엎고 새로운 창조체계와 창조방법을 세우는 것이라고 강조하고 있다.

II. 사회주의 영화예술 건설의 근본원칙

북한에서 나온 영화이론서들은 사회주의 영화예술건설의 근본원칙으로 4가지를 제시하고 있다. 첫째, 주체성의 구현을 들고 있다. 영화예술에서 주체성을 구현하는 것은 무엇보다도 인간을 그리며 인간에게 복무하는 영화예술 자체의 인간학적인 본성으로부터 우러나오는 필수적인 요구라고 주장한다. 그 이유는 주체성은 민족영화예술의 얼굴이며 정신이기 때문이라고 강조한다. 자기 나라의 구체적 실정과 자기 나라 인민의 민족적 정서를 훌륭히 구현한 영화예술만이 혁명과 건설이 민족국가를 단위로 하여 벌어지고 있는 우리 시대의 요구와 근로인민대중의 지향과 정서에 맞는 혁명적이며 인민적인 영화예술로 될 수 있다는 것이다. 그리고 북한영화가 주체성의 구현을 강조하는 것은 제국주의자들과 그 앞잡이들의 반사회주의적 책동이 날로 강화되고 있는 조성된 정세와 관련이 있다고 주장하고 있어 주목이 된다. 오늘 미제를 비롯한 제국주의자들과 그 앞잡이들은 사회주의나라들을 압살하기 위한 반사회주의적 책동에 집요하게 매어달리면서 민족영화 예술발전을 억제하고 사상적으로 부패변질시켜 저들의 반사회주의적 책동에 이용하려고 악랄하게 책동하고 있다[3]고 역설한다. 즉 영화혁명에서 주체사상을 구현한다는 명분은 바로 자본주의적인 사상오염을 막고 사회주의 체제를 유지하기 위해 보호방벽을

3) 리현순, 위의 책, 41쪽.

구축하기 위한 것으로 판단된다.

둘째, 당성·노동계급성·인민성의 구현이 사회주의영화예술 건설의 근본원칙 중의 하나라고 강조한다. 당성·노동계급성·인민성의 구현은 구소련과학아카데미가 1930년대 이미 창안해낸 이론이다. 한마디로 구소련의 스탈린 시절의 공산독재체제를 유지하기 위해 만들어낸 문예정책이론인 것이다. 북한에서는 영화뿐만이 아니라 문학, 미술, 음악 등 예술이론 전반에 이것을 앞세우고 있다. 영화예술에서 당성은 인민대중의 자주성을 실현하기 위한 노동계급의 당의 사상과 의도를 구현하는데 있으며 노동계급성은 사회의 모든 성원들을 온갖 예속과 구속에서 해방하고 인민대중의 자주성을 완전히 실현하려는 노동계급의 근본입장과 혁명적 원칙을 구현하는 데 있으며 인민성은 인민대중의 자주적 지향과 이익을 구현하는데 있다[4]고 강조하고 있다. 결국 이러한 당성·노동계급성·인민성의 구현은 수령에 대한 충실성으로 이어진다.

북한이론서들은 사회주의 영화예술에서 수령에 대한 충실성을 당성·노동계급성·인민성과 별개의 문제로 보아서는 안된다고 강조하고 있다. 그 이유는 수령은 수령·당·대중의 통일로 이루어지는 사회정치적 생명체의 최고뇌수이며 그 생명활동을 통일적으로 지휘하는 중심인 것만큼 당에 대한 충실성과 인민에 대한 충실성은 수령에 대한 충실성에서 집중적으로 표현[5]되기 때문이라고 궤변을 늘어놓고 있다. 즉 영화예술을 창조하고 발전시키는 데서 수령의 혁명사상과 그 구현인 당의 노선과 정책에 철저히 의거하고 그것을 옳게 반영하는 것은 영화예술을 당적이며 노동계급적이며 인민적인 것으로 되게 하는 근본조건이라고 결론짓고 있다.

셋째, 사상성과 예술성의 결합은 문학예술작품 창작에서 매우 중요한

4) 리현순, 위의 책, 45쪽.
5) 리현순, 위의 책, 46쪽.

문제라고 말한다. 사상성과 예술성을 옳게 결합하는 원칙을 견지해야 하는 것은 사상성과 예술성을 높은 수준에서 결합시키는 것이 바로 영화예술에서 좌우경기회복주의를 배격하는 투쟁의 한 고리로 되며 주체적 영화예술의 품격을 높이기 위한 기본과제로 되기 때문이라고 주장한다. 그 이유로는 영화예술을 순수 사상을 선전하는 수단으로 만드는 좌경향적 편향이나 사상과 동떨어진 예술을 위한 예술로 만드는 우경향적 편향은 다 영화예술의 인식교양적 역할을 거세해 버리는 반동적인 경향이기 때문으로 파악하고 있는 것이다. 하지만 영화예술의 사상성은 정치성에서 집중적으로 드러나며 정치성은 사상성의 최고표현이라고 설명한다. 작품의 정치성을 높이려면 작가가 확고한 계급적 입장에 서서 생활을 예리하게 분석평가하고 작품에 정책적인 대를 튼튼히 세워야 한다고 주장한다. 이것은 상당히 모순이다. 북한영화이론서들이 사상성과 예술성의 결합을 주장하지만 실제로는 사상성을 보다 우위에 두고 있다는 속셈을 보다 솔직하게 드러낸 것이다. 사람들 속에서 정치는 추상적인 개념으로 존재하는 것이 아니라, 정치는 매 사람의 운명과 연결되어 있고 그들의 실지생활 속에 구체적으로 재현되어 있다는 것이다. 따라서 작가는 사람의 구체적인 성격과 생활에 파고 들어가야 하며 그 과정에 정치적 내용이 스스로 우러나오게 해야 한다는 입장을 견지하고 있다.

넷째, 조선민족제일주의 교양을 강화하는 데에 영화혁명이 적극 기여하여야 한다고 강조한다. 사실 조선민족제일주의는 1980년대 말에 제기된 것이다. 북한당국은 겉으로는 조선민족 제일주의정신은 우리 민족의 위대성을 깊이 있게 형상함으로써 우리 인민의 훌륭한 창조물과 자기 민족의 힘과 지혜에 대한 긍지와 믿음, 민족의 장래에 대한 굳은 확신을 가지고 혁명투쟁과 건설사업을 더 잘 해나가도록 하는 것이라고 말한다. 하지만 실제적으로는 1980년대 말의 구소련연방의 해체와 동구권의 자유화

바람이 북한의 사회주의 체제도 뒤흔들게 된 것에 대한 보호막으로서 민족주의를 들고 나온 것임을 구체적으로 밝히고 있다.

> 조선민족 제일주의 정신으로 교양하는 것은 오늘 제국주의자들이 사회주의 제도를 내부로부터 와해시키려고 더욱 악랄하게 책동하여 사회주의를 건설하던 일부 나라들에서 혁명에 대한 신심을 잃고 사회주의를 자본주의로 되돌려 세우고 있는 조건에서 더욱 절실하게 제기된다.[6]

하지만 조선민족제일주의는 20세기말과 21세기 들어와서 북한이 더욱 강조하고 있는 이데올로기이다. 그 이유는 아무래도 북한의 식량난을 비롯한 경제위기를 극복하는 데 도움을 줄 수 있는 나라가 같은 동포인 한국밖에 없다는 확신을 가지고 남한으로부터 자본과 기술적인 협력을 얻어내기 위해 '민족공조'라는 외교적인 용어를 창안해 내었기 때문이다. 즉 외부의 자본주의식 개방・개혁사상의 침투도 막고 내부적인 체제동요도 막기 위해 조선민족제일주의를 들고 나오게 된 것이다. 그런데 '민족공조'라는 말은 바로 '조선민족제일주의'라는 이데올로기에서 도출한 것이다. 또 자주성의 문제는 민족주의를 앞세우게 하였고 민족의 운명문제에 대한 구체적인 해답을 주게 되었다고 해석한다. 따라서 「민족과 운명」이라는 다부작 영화는 민족의 운명문제에 대한 형상화이자 주체영화예술 발전에서 하나의 이정표가 된다고 적극적으로 역설한다.

그리고 조선민족 제일주의 정신은 통일문제에 대한 해답[7]도 주게 된다고 주장한다. 우리나라의 통일문제는 민족적 화합을 이룩하는 문제이며 전국적 범위에서 민족의 자주성을 실현하는 문제이다. 다시 말하여 조

6) 리호윤, 『민족의 운명문제와 영화예술』, 평양, 문예출판사, 2000, 26쪽.
7) 리호윤, 위의 책, 25쪽.

국 통일문제는 우리 겨레의 운명에 관한 문제이며 우리 민족의 생명에 관한 문제이라는 것이다. 결국 겨레의 운명이며 민족의 생명인 조국통일의 근본과제는 민족대단결이라고 파악한다. 결론적으로 북한정책당국은 민족대단결의 기초는 조국애요 민족자주정신[8]이라고 파악하게 된 것이다. 김정일 국방위원장은 노래 「내 나라 제일로 좋아」를 매우 좋아하는 것으로 알려지고 있다. 그 이유는 이 가요가 조선민족제일주의를 진하게 노래한 작품이기 때문이라는 것이다. 이 노래는 우리 민족의 긍지와 자부심을 조국 땅을 이루는 구체적 대상으로부터 인민적 창조물, 위대한 수령을 모신 긍지와 자부심으로 승화시킴으로써 조선민족제일주의 사상을 철학적으로 깊이 있게 호소하고 있다고 주장한다. 이 노래는 「민족과 운명」의 서곡으로 북한인민대중들에게 상당한 인기를 끌었다.

다섯째, '주체사실주의 창작방법의 구현'을 강조하면서 북한예술영화에서 혁명과 건설의 '참된 주인공의 전형'을 창조할 것을 강력하게 주문하고 있다. 즉 혁명과 건설의 참된 주인공은 주체적 영화예술의 중심에 서있는 긍정적 주인공이라고 개념정의를 내린다. 그리고 이러한 주체적 인간전형은 당과 수령에 대한 끝없는 충실성, 조국과 인민에 대한 열렬한 사랑, 혁명과 건설에 대한 주인다운 태도와 헌신성, 숭고한 혁명적 의리와 동지애는 혁명과 건설의 참된 주인공의 고상한 사상 정신적 풍모를 규정하는 성격적 특징을 이루고 있다[9]고 강조한다.

8) 리호윤, 위의 책, 같은 쪽.
9) 리현순, 앞의 책, 55-60쪽.

Ⅲ. 영화 「심장에 남는 사람」에서 비판받는 '관료주의'의 병폐

「심장에 남는 사람」은 북한이 상당히 심혈을 기울여 제작한 예술영화이다. 북한은 영화예술의 종류를 예술영화 · 기록영화 · 과학영화 · 아동영화의 네 가지로 구분하고 있다. 북한에서의 예술영화는 남한이나 미국이나 유럽 등의 다른 자본주의 국가에서의 대중영화와 성격을 달리하고 있다. 북한에서 예술영화의 앞에는 '혁명적'이라는 용어가 접두어처럼 따라다닌다. 즉 북한에서 혁명적 예술영화는 생활과 투쟁의 참다운 교과서로서 당원들과 근로자들을 주체형의 인간으로 키우며 그들을 계급적으로 각성시키는데 적극 이바지하고 있으며 온 사회의 주체사상화에 힘있게 복무하고 있다고 대외적으로 선전된다. 한편의 예술영화를 만들자면 그의 사상예술적 기초로 되는 영화문학이 있어야 하며 또한 연출, 촬영, 배우연기, 음악과 미술형상 등이 안받침되지 않고서는 사상예술적으로 우수한 영화를 성과적으로 창조해낼 수 없다. 따라서 영화는 이 모든 예술형태들의 성과를 유기적으로 결합하고 있는 종합예술이라는 개념정의를 내리고 있다. 이러한 예술영화에 비해 기록영화는 조선기록영화촬영소에서 제작되는 것으로 주로 기본사명은 김일성 수령의 혁명역사와 노동당의 역사를 수록하는 것[10]이라고 설명되고 있다.

「심장에 남는 사람」은 북한에서 김일성 훈장을 받은 조선예술영화촬영소가 1989년에 만든 작품이다. 이 영화는 북한 영화인으로서 김일성 훈장을 탄 계관인인 리춘구가 영화문학을 썼고, 고학림이 연출한 작품이다. 리춘구는 유명한 「민족과 운명」의 시나리오의 상당 부분을 창작한 것으로 유명하다. 특히 「심장에 남는 사람」은 최삼숙이 부른 가요가 북한인민

10) 리현순, 위의 책, 164쪽.

들에게 크게 히트하였고, 여주인공 역을 맡은 배우가 인민배우인 홍영희라는 것도 화제이다. 홍영희는 오미란과 더불어 북한에서 가장 인기가 있는 영화배우인데, 1970년대에 예술영화 「꽃 파는 처녀」(1970)로 명성을 날렸다. 홍영희는 1955년 생으로 1976년 평양연극영화대학 배우과를 졸업하고 30여 년 간 25편의 영화에서 주인공 역을 맡아 열연을 해왔다. 그녀는 1974년에 공훈배우가 되었고 1980년에 인민배우 칭호 및 국기훈장 제1급을 수여받았다. 홍영희는 체코국제영화제인 제18차 까를로비바리 국제영화축전에서 특별상을 받은 경력이 있다. 그의 대표작으로는 「꽃 파는 처녀」에서의 꽃분이 역을 비롯하여 「열네 번째 겨울」, 「민족과 운명」 제19−24부가 있다. 한동안 뜸하던 홍영희는 21세기 들어와서 예술영화 「심장에 남는 사람」(1989)에서 노동신문 기자 역을 잘 소화해냄으로써 다시금 북한인민들의 사랑을 한 몸에 받았다.

「심장에 남는 사람」은 노동신문 기자인 남혜가 영동 다이야공장에서 날아온 편지 한 장을 받고, 다이야 공장 당비서를 취재하러 가는 이야기로부터 시작된다. 시대배경은 1970년대 중반으로 설정되어 있다. 특히 첫 장면은 남혜의 애인인 이철(무역회사 근무)이 기차역에서 취재차 떠나는 남혜를 전송하며 "만난지 3년이나 되었는데, 연애기간이 너무 길면 화가 된다"는 말도 있으니, 다녀와서 자신의 결혼에 대한 생각을 분명하게 밝혀달라고 호소하는 내용으로 이 영화의 주제가가 인기가수 최삼숙의 낭랑한 목소리에 실려 애절하게 자막사이를 흐른다. 정남혜기자는 다이야 공장 당비서를 만나러가지만 원학범 당비서는 그녀의 취재에 응하지 않는다. 자신은 아직 경험이 그리 많지 않고 대외적으로 내세울 만한 실적이 없다고 취재를 거부한다. 이러한 원학범의 태도를 오만한 당비서의 관료주의 잘못 해석한 남혜는 공장 주변인물과 당비서 주변인물들을 취재하면서 자신의 당비서를 보는 인물관에 문제가 있었음을 반성하게 된다.

그리고 점차적으로 가족까지도 돌보지 않고 당을 위해 헌신적인 원학범 당비서에 대해 애정어린 시선을 던지게 된다는 이야기이다.

북한 문학예술에서는 소설의 갈등을 '적대적 갈등'과 '비적대적 갈등'으로 구분한다. 북한의 문예이론서들은 착취사회현실을 반영한 작품들과 자주성을 실현하기 위한 인민들의 투쟁을 그린 문학예술작품들은 착취계급과 피착취계급, 지배계급과 피지배계급 사이의 모순과 대립, 투쟁을 반영한 '적대적 갈등'을 기본으로 하여 구성되었으며 적대적 갈등이 형상창조의 중요한 수단이 된다[11]는 것이다.

그러나 사회주의 사회에서는 근로자들 사이에 적대적 모순과 대립, 충돌과 투쟁이 있을 수 없다는 것이다. 이 사회에서는 근로자들 사이의 동지적 협조와 통일단결이 사회관계의 기본을 이루고 있으며 모든 사람들이 서로 돕고 이끄는 공산주의적 미풍이 지배하고 있다고 선전한다. 하지만 사회주의적 근로자들의 생활을 반영하는 문학예술작품에서도 갈등의 설정문제가 중요하게 제기된다. 그것은 이 사회에서 살며 일하는 근로자들 사이에도 새 것과 낡은 것, 진보적인 것과 보수적인 것, 혁명적인 것과 비혁명적인 것 사이의 대립과 투쟁이 진행되고 있기 때문[12]이라는 것이다. 이러한 갈등을 북한에서는 '비적대적 갈등'이라고 부른다. 그래서 사회주의적 근로자들 사이의 호상관계를 반영하는 갈등은 사상투쟁의 방법으로 부정이 극복되고 동지적 단결이 더욱 강화되는 것으로 해결되어야 한다[13]고 주장된다.

「심장에 남는 사람」에서 주인공은 원학범 당비서와 그가 생산성 증대라는 당의 결정을 실천하기 위해 힘껏 밀어주는 무에서 유를 창조하려는

11) 김정웅, 『주체적 문예리론의 기본』 2권, 평양, 문예출판사, 1992, 235쪽.
12) 김정웅, 위의 책, 243쪽.
13) 김정웅, 위의 책, 245쪽.

신념을 가진 기술자그룹인 임석준과 이영갑이다. 임석준은 몇 가지의 외국어를 구사하는 등 인테리계층이다. 그리고 이영갑도 상당한 기술을 가진 인재이지만, 대낮에 술을 마시고 추태를 부리는 등 술도깨비라는 별명을 가지고 있는 등 행정관료들인 지배인과 기사장 그리고 기술과장으로 왕따를 당하고 있는 실정이다. 상급 당간부인 구역당비서에서 자원하여 현장관리책임자인 당비서로 부임한 원학범은 이들 근로자 상호관계를 반영하는 갈등을 극복하기 위해 노동을 마다하지 않고 세포조직에 스스로 뛰어든다. 그리고 임석준과 이영갑과 진솔한 대화를 시도한다. 즉 당성과 노동계급성을 고취시키기 위해 인민성의 구현을 실천하는 것이다. 결국 그들 기술자그룹을 인간적으로 설득하여 조직을 장악한 원당비서는 당결정서에 합성고무(외국수입에 의존하는 생고무)보다는 재생고무만으로 다이야 생산을 증대할 방안을 모색하자는 실천방안을 집어넣고 당총회를 개최하여 추인 받는다.

그러한 과정에서 원학범의 실천적인 헌신을 방해하고 괴롭히는 것은 오히려 문제그룹으로 알려졌던 기술자그룹보다는 행정그룹과 당관료들인 것을 확인하게 된다. 특히 기술과장의 관료성은 커다란 문제점으로 밝혀진다. 그는 원학범 당비서가 여동생부부를 만나기 위해 황해도를 방문한 사이 이영갑을 대낮에 음주한 것으로 몰아 공장에서 축출시키는 결정을 유도한다. 원학범이 돌아오자 이미 상급기관에 보고하여 책벌위원회를 개최하여 축출시킬 만반의 준비를 한다. 하지만 기술과장은 원당비서로부터 추궁을 당한다. 우선 책상에서 조사한 것인가 이영갑의 집을 방문하는 등 현장을 찾아서 조사를 했는가 등에 대해 질문을 받는다. 결국 이영갑이 먹은 것은 보건소에서 병이 모자라 인삼주 병에 넣어준 기관지염을 치료하는 약으로 밝혀져 기술과장은 허위보고로 오히려 위기에 빠진다. 또 기술과장은 정상근무시간에 낚시대를 수리하고 근무시간에 미끼인 지렁이를 잡으러 가는 등 근무지이탈을 한 것이 드러난다. 북한당국이 낡은 것으로 지적하면서 혁명대상으로 삼고 있는 관료주의의 병폐인 주관주의, 형식주의, 관료주의, 요령주의의 병폐가 백일하에 드러나게 된 것이다. 또 기사장이나 지배인 등의 행정관료들의 보신주의, 무사안일주의와 탁상행정의 문제점도 폭로된다. 상급기관에서 생고무를 공급해주지 않으면, 창발성의 발휘 등 자체적인 대안을 마련하지 못하는 책임회피와 극도의 보신주의가 판을 치고 있다. 원당비서는 김정일 국방위원장이 직접 주재하는 회의에 참석하여 사회주의 건설의 책무를 다짐하고 돌아와 실제와 달리 장부나 공문서 상에서만 일치하는 숫자중심의 행정, 상급기관 보고중심의 행정의 틀을 깨려고 절치부심 한다.

결국 노동신문 정남혜 기자의 취재담 형식의 서사구조를 통해 북한사회 내부에 자립잡고 있는 관료주의의 병폐와 해독을 폭로한 작품이 바로 예술영화 「심장에 남는 사람」이다. 주인공 원당비서를 통해 세포조직인 노동자와 함께 하는 인민성의 구현, 생산성의 증대를 과학기술혁명을 통해 실현하려는 자주정신과 창발성 그리고 소위 '비적대적 갈등'을 해소하기 위해 사회주의적 근로자들 사이의 호상관계를 반영하는 갈등을 사상투쟁의 방법을 통해 부정이 극복되고 동지적 단결이 더욱 강화되는 것으로 해결하는 대안이 제시되고 있다.

특히 정남혜 기자가 자신의 애인과의 결혼을 포기하고 홀애비가 되어서도 아이들을 돌보는 등 가족과 함께 지내기 보다 당과 노동자들을 위해 헌신하는 당비서의 실천적 행동을 보고 감동을 받아 그에게 마음이 기우는 것을 형상함으로써 이 작품이 사회주의 생명체론의 핵심인 주체적 인간전형의 창조에 주력한 수작임을 보여주고 있다. 하지만 「심장에 남은 사람」은 이러한 관료주의의 병폐지적을 통해 최근의 북한사회의 경제난 등의 근원적이고 구조적인 문제점의 원인을 최고책임자인 김정일 국방위원장 등 당일꾼으로부터 하부조직의 행정관료주의의 문제점으로 돌리려는 고의적인 트릭을 쓴 것으로 판단되어 한계를 드러내고 있다.

Ⅳ. 영화 「도라지꽃」에 나타난 도·농 갈등의 해소문제

북한의 예술영화는 주로 조선예술영화촬영소(1947년 국립영화촬영소로 창립됨, 대흥단창작단, 왕재산창작단, 보천보창작단, 심지연창작단, 모스필름제2창작단, 총련영화제작소 등 10여 개 있음, 연간 25편 내외 장편예술영화 제작)와 4·25예술영화촬영소 산하 창작단(조선인민군에서 1959년에 '조선인민군 2·8영화촬영소로 창설했다가 1990년대에 명칭을 변경하였음, 주로 군사문제 관련 예술영화 제작)에서 창작된다. 따라서 북한의 예술영화는 전문 창작단그룹에서 창작되는 경우가 많다. 즉 집체창작이 많은 것이 북한영화의 특징이다. 남한의 경우 시나리오작가나 감독이 시나리오작업까지 하는 경우로 대별되지만, 북한의 경우 촬영소 소속 창작단에서 집체창작을 하는 경우가 많다.

북한영화의 주제의 경우도 장편소설과 마찬가지로 대개 다섯~여섯 가지로 나뉘어진다. 첫째는 역시 김일성의 항일혁명업적을 미화시키는 작업이다. 대표적인 작품으로 「민족과 운명」, 「조선의 별」(전 10부작), 「민족의 태양」(전 5부작) 등이 있다. 둘째, 사회주의 혁명과 건설의 과정을 사실적으로 형상화한 작품군이다. 작품수로는 이 경우가 가장 많다. 대표작으로 「도라지꽃」, 「심장에 남는 사람」 등이 있다. 셋째, 계급투쟁을 미화시킨 작품군이다. 대표작으로 「피바다」, 「꽃 파는 처녀」, 「한 자위단원의 운명」, 「성황당」 등이 있다. 넷째, 6·25조국해방전쟁을 다루면서 인민군의 위용을 과시하는 작품군이다. 다섯째, 주체식 사회주의 사회의 우수성과 행복한 인민생활을 형상화한 작품이다. 여섯째 공산주의 교양을 위한 역사물이 있다. 대표작으로는 「춘향전」, 「안중근 이등박문을 쏘다」 등이 있다.

북한의 김정일 국방위원장이 영화를 얼마나 사랑하고 있는가는 북한의 인민화폐에 영화장면이 삽입되고 있는 것에서도 확인이 된다. 북한의 1원권 지폐 뒷면에는 「꽃 파는 처녀」의 홍영희가 꽃바구니를 들고 서있는 모습이 나오고 그 오른쪽에 「피바다」의 주인공 양혜련이 빨치산에게 진입로를 터주는 장면이 나올 정도이다.

북한에서는 남한과 같이 개개인이 영화관을 찾는 것이 아니라 당의 지시에 따라 집단적으로 영화를 관람하고 '영화실효 투쟁'이라 하여 감상한 것을 서로 토론하고 보고하는 토론회가 열린다고 한다. 김정일은 영화실효투쟁에 대해 "영화보급사업에서 영화실효투쟁은 중요한 의의를 가집니다. 근로자들이 영화를 보고 배운 것을 자기 사업과 결부시켜 분석하면서 교훈을 찾고 새로운 투쟁의욕과 신심을 가지고 일에 달라붙게 하는 영화실효투쟁은 우리 당이 내놓은 독창적인 영화보급방침의 하나입니다. 실천적 경험은 영화실효투쟁이 당원들과 근로자들을 각성시키고 불러 일으키는 데서 커다란 작용을 한다는 것을 보여주고 있습니다"라고 강조했다. 따라서 일반대중들은 어떻게 하면 영화의 주인공과 같이 사회주의 혁명과 건설에 주체전형으로 될 수 있을까에 대해 의견을 나누는 것으로 탈북자들에 의해 알려지고 있다.

「도라지꽃」은 계관인인 이춘구가 영화문학을 쓰고 조경순이 영화감독을 맡은 예술영화이다. 이 작품은 1987년에 제작되었는데 인민배우인 오미란이 여주인공으로 나오며 제1차 비동맹국평양영화제 그랑프리를 받은 수상한 작품이다. 영화배우 오미란은 1954년 생으로 1979년부터 배우생활을 시작하였다. 그녀는 원래 평양예술단의 무용배우였으나 1980년 「축포가 오른다」로 영화배우로 데뷔하였다. 그 후 오미란은 「그들의 모습에서」, 「종군기자의 수기」, 「새 정권의 탄생」, 「민족과 운명」(제8－9부), 「도라지꽃」, 「요염한 악녀」, 「곡절 많은 운명」, 「생의 흔적」 등에서 뛰어난 연기를 보여주게 된다. 1990년 10월 뉴욕에서 열린 남북영화제에서 최우수 남북영화예술인으로 선정되기도 하였다. 오미란은 영화인 집안출신으로 그의 부친 오향문도 인민배우이며 여동생 오금란과 시누이 최영희도 영화배우로 활동중이다. 「도라지꽃」의 첫 장면은 고향을 등진 뒤 27년이나 되는 원봉이 자신의 아들 재령을 데리고 고향이 바라다 보이는 언덕을 넘고 있는 장면이 나온다. 아들이 도라지꽃을 따오자 아버지 원봉은 “꽃은 우리를 위해 핀다”고 말하면서 진성리에서의 첫사랑을 떠올린다. 원봉의 첫사랑은 진송림이고 그녀에게는 여동생 송화가 있다. 진송림 자매는 조국해방전쟁 시기에 아버지가 전사하고 어머니는 미군의 폭격으로 사망한 고아이다. 그래서 동생 송화는 언니보고 결혼하지 말고 평생동안 같이 살자고 말한다.

한편 한밤중에 뻐꾸기 소리를 듣고 나가는 언니 송림의 뒤를 밟은 동생 송화는 원봉이 언니 송림에게 도라지꽃을 꺾어주면서 프로포즈하는 장면을 목격하고 배신감을 느끼게 된다.

밤골 전망도가 만들어지고 고향마을의 청년들은 사회주의 혁명정신으로 고향농촌의 모습을 뒤바꾸겠다고 결의를 다지지만, 원봉은 가난한 고향을 떠나 평양으로 공부하러 떠날 생각을 굳힌다. 그리고 송림이 자신을 따라 같이 도시로 떠날 것을 권유하지만, 고향에 남아 혁명을 완수하려고 하는 송림의 반대에 부딪쳐서 혼자서 고향을 떠난다. 세월이 흘러 27년 만에 원봉이 아들 세룡을 데리고 돌아온 고향에는 송화가 농장관리원장이 되어 고향 벽계리를 완전히 변모시킨다. 그러나 원봉의 첫사랑 진송림은 어느 여름날 장마비와 태풍 속에서 우리 속에서 미처 빠져 나오지 못한 염소떼를 구하다가 그만 산사태를 맞아 죽게 된다.

언니의 한을 잊지 못하는 진송화는 언니의 뒤를 계승하여 벽계리의 지도자인 농장관리원장이 되어 농촌을 완전히 변모시켜 잘 사는 마을로 만들게 된다.

요약하면 「도라지꽃」은 87년 작이지만 사실은 북한의 50~60년대의 천리마운동 시기의 사회주의 혁명과정을 사실적으로 그린 사회주의 건설주제의 예술영화작품이다. 아울러 70년대 이후 북한사회의 문제점으로 부각되었던 도·농간의 갈등을 해소시키기 위해 농촌을 지키면서 잘사는 마을로 변모시키는 시골의 청년전위들의 계급투쟁과정을 형상화시킨 작품이기도 하다.

북한 미술의 특성과 원리

I. 주체의 미학관의 특성

북한의 미술이론서들은 주체사상에 근거하여 집필되고 있다. 따라서 인민대중이 세계의 주인으로 등장하여 자기 운명을 자주적으로 창조적으로 개척해 나가는 역사의 새시대, 주체시대의 요구를 반영하여 나온 위대한 주체사상은 사람이 모든 것의 주인이며 모든 것을 결정한다는 철학적 원리에 기초하고 있다. 주체사상은 사람의 본질적 특성과 세계에서 사람이 차지하는 지위와 역할을 새롭게 밝힘으로써 사람을 중심으로 하는 세계에 대한 견해와 관점으로 확립하였다. 주체사상은 또한 역사의 주체인 인민대중을 중심에 놓고 역사발전과 사회혁명의 합법칙성을 밝혔다.

<주체의 미학관은 력사상 처음으로 미의 본질과 법칙, 기준에 대한 전일적이고도 가장 완벽한 과학적 해명을 주고있다. 아름다운 것이란 사람의 자주적인 요구와 지향에 맞으며 사람에 의하여 정서적으로 파악되는 사물현상이다.>[1]

북한에서 미학의 기본은 아름다움에 대한 인식으로부터 출발한다. 하지만 자본주의 사회에서의 예술론에 나오는 미의식과는 상당한 차이를 보이고 있다. 아름다운 것이란 사람의 자주적인 요구와 지향에 맞으며 사람에 의하여 정서적으로 파악되는 사물현상이다. 아름다운 것은 자연에도 있고 인간과 그의 생활뿐 아니라 사회적 현상들에도 있는 조건에서 모든 아름다운 사물현상들에 일관하고 있는 공통적인 속성을 찾아낸다는 것은 쉬운 일이 아니다.

아름다운 사물현상들의 공통성은 그 대상들이 가지고 있는 속성들이 사람의 자주적인 요구와 지향에 맞을 뿐 아니라 미적 감정의 체험을 통하여 사람에게 인식되는 데 있다. 사람의 자주적인 요구와 지향에 부합되며 사람에 의하여 정서적으로 체험되는 이 공통성은 속성과 연관의 측면에서 밝혀진 아름다운 것의 본질이다.

<사물현상이 아름다운 것으로 되는 기본요인은 그것이 사람의 자주적인 요구와 지향에 맞는데 있다.>[2]

<사물현상은 사람의 능동적 활동에 의하여 정서적으로 파악될 때 아름다운 것으로 된다.>[3]

북한의 미술이론서는 감정과 정서를 기초로 하여 미의식을 정리해 나간다. 하지만 남한의 이론과 달리 주체사상의 자주성문제를 삽입시키는 것이 특징이다. 감정은 객관세계의 사물현상자체를 반영하는 인식과는

---

1) 김재홍, 『주체의 미론』, 평양, 문예출판사, 1993, 6쪽.
2) 김재홍, 위의 책, 7쪽.
3) 김재홍, 위의 책, 10쪽.

달리 사물현상에 대한 사람의 욕망과 대상과의 관계, 태도를 나타내는 심리현상이다. 자연과 사회의 사물현상에 대한 사람의 관계, 태도가 주관적으로 체험될 때 감정이 발생하며 그것은 다양한 정서로 발현된다. 정서는 구체적인 생활조건과 환경에서 현실적으로 체험되는 감정과정, 감정상태이다. 감정이 상대적으로 공고하고 일반화된 것이라면 정서는 보다 가변적이며 구체적 성격을 띤다.

감정, 정서의 기초는 사람의 자주적인 요구와 지향이다. 사람은 사물현상들 가운데서 자기의 요구에 맞는 것에 대해서는 기쁨과 만족감, 사랑과 같은 긍정적 감정을 느끼지만 그와 반대되는 것에 대해서는 불만과 증오, 불쾌감과 같은 부정적 감정을 가지게 된다.

세계의 주인인 사람은 자주적인 생활을 누리기 위하여 자연과 사회를 인식하며 그것을 자기의 의사와 요구에 맞게 개조하기 위한 목적의식적인 활동을 벌린다. 이 과정에서 사람은 자기의 요구와 지향에 직접적으로 또는 간접적으로 연관되는 대상만을 미적 감정으로 받아들이며 그것을 아끼고 사랑할 뿐 아니라 아름다운 것의 주인이 된 무한한 긍지와 자부심을 느낀다. 따라서 자주적인 인간 즉 주체 인간학에 기초하여 미의식을 전개하고 있는 것이 북한에서의 미학관의 특징이다.

북한의 김정일은 미의 본질을 사람의 자주성과의 관계에서 다음과 같이 밝혔다.

<아름다운 것의 본질에 관한 문제는 미학의 연구대상에서 중요한 자리를 차지한다. 미학분야에서는 이 문제를 놓고 오랫동안 유물론과 관념론, 변증법과 형이상학이 서로 대립되여 각이한 견해를 내놓고 끊임없는 논쟁과 투쟁을 벌려왔다.>[4]

유물론적 미학은 고대사회의 소박한 미적 견해로부터 시작하여 객관적 현실에 존재하는 사물현상을 아름다운 것으로 보고 그의 본질에 대한 정확한 규정을 탐구하는 데로 나아갔다. 그 가운데는 "아름다운 것은 자연" 또는 "아름다운 것은 인간"이라고 생각하면서 자연이나 인간을 미의 절대적 기준으로 내세우는 견해가 오랫동안 남아있었는데 그것은 미의 객관성을 인정하는 데 그치고 아름다운 것의 본질에 대하여 구체적인 해답을 주지 못하였다.

그 후 봉건제도를 반대한 혁명적 민주주의운동의 불길 속에서 "아름다운 것은 생활이다. 더 정확히 말하면 생활에 대한 우리의 개념에 부합되는 생활이다"라는 새로운 유물론적 견해가 출현하였다는 것이다.

선행한 노동계급의 미학관은 사회주의, 공산주의를 위한 근로인민대중의 투쟁 속에서 형성되었다 그것은 자본의 지배를 반대하는 노동계급의 이해관계를 반영하며 변증법적 유물론을 사상이론적, 방법론적 기초로 하는 혁명적이며 과학적인 미학관이었다는 것이다. 따라서 맑스주의 미학은 아름다운 것의 객관성을 인정하고 이 문제에서 객관성과 주관성, 절대성과 상대성의 호상관계를 변증법적으로 고찰함으로써 아름다운 것의 존재와 인식의 사회력사적, 계급적 성격을 논증하였다. 맑스주의 미학은 사회적 실천에서 '인간의 대상화', '대상의 인간화'과정을 밝히고 인간과 사회적 발전의 표현을 아름다운 것의 본질로 보았다는 것이다.

그러나 맑스주의 미학은 사람을 사회관계의 총체로 이해하였기 때문에 아름다운 것의 본질을 사람의 본질적 특성과의 관계에서 밝힐 역할을 과학적으로 해명할 수 없었다.

아름다운 것의 본질은 주체의 미학관에 의해서만 완전하게 해명될 수

---

4) 김재홍, 위의 책, 12쪽.

있었다. 주체의 미학관은 사람의 본질적 특성에 대한 새로운 철학적 해명과 사람중심의 세계관에 기초하여 아름다운 것의 본질을 사람의 자주적인 요구와의 관계에서 밝혔으며 그 본질로부터 출발하여 미의 법칙, 나아가서는 현실의 미적 특성과 그에 대한 사람의 미적 파악의 합법칙성을 과학적 토대 위에서 전면적으로 밝힐 수 있는 넓은 길을 열어놓았다는 것으로 맑스주의 미학관과 주체미학관의 근본적인 차이점을 구별하게 되었다.

<의식은 사람의 육체적 기관 가운데서도 가장 발전된 기관인 뇌수의 고급한 기능입니다. 뇌수는 사람의 생명활동에서 중추의 역할을 하며 뇌수의 기능인 의식은 사람의 모든 행동을 지휘합니다.>[5)]

사람은 세계를 미적으로 인식하고 개조하며 아름다운 것을 창조하는 미적 활동을 벌인다. 사람이 벌이는 미적 활동은 오직 사람만이 가지고 있는 미의식에 의하여 조절 통제된다. 미의식은 아름다운 것을 느끼고 인식하고 평가하는 사람의 사회적 의식형태의 하나이다. 사회적 의식을 강조하는 것을 제외하고는 자본주의 사회에서의 미학관과 별반 차이를 느낄 수 없다.

<계급사회에서 초계급적인 사상이란 있을 수 없으며 사람들의 사상의식에서 기본은 계급의식입니다.>[6)]

착취받고 압박받는 근로계급은 자기 계급의 자주적인 생활을 짓밟는

5) 김재홍, 위의 책, 15쪽.
6) 김재홍, 위의 책, 16쪽.

착취제도와 착취계급을 미워하며 그것을 때려부시고 새사회를 건설할 데 대한 사상감정을 가진다. 이와는 반대로 착취계급은 착취제도를 유지하고 피착취계급을 멸시하며 그에 대한 억압과 착취를 정당화하기 위한 사상감정을 가진다.

따라서 사상의식의 계급적 성격은 미적 의식에도 구현된다. 아름다운 것의 본질에 대한 이해는 객관세계에 존재하는 미적 현상들의 질적 특성을 일반화한 단순한 개념이 아니라 견해의 형태로 주어진 미적 사상의식의 발현으로 된다는 것이다.

<사람은 사회적 존재인 만큼 언제나 시대와 민족을 떠나서 살 수 없다. 사람은 누구나 일정한 시대와 민족의 테두리 안에서 살아가는 과정에 그 시대의 특징과 민족적 특성을 체현하게 되며 그것은 성격 속에 굳어져서 말과 행동을 통하여 나타나기도 하고 옷차림이나 물건을 쓰는데서 나타나기도 한다.>[7]

조선민족의 민족적 특성은 우리 인민의 유구한 역사와 수려한 자연, 슬기로운 문화적 전통에 기초하여 형성되었다. 우리 인민의 민족적 특성에서 가장 중요한 것은 고상한 사상적 정신적, 도덕적 풍모이다. 우리 인민은 민족적 긍지와 자부심이 높고 애국심과 단결력이 강하며 용감하고 지혜롭고 슬기로우며 진리에 대한 탐구심이 강한 성격적 특질을 가지고 있다.

사람들의 미적 견해, 미적 감정, 미적 평가는 사회력사적, 계급적 성격을 띤다. 미의식의 사회역사적, 계급적 성격을 정확히 인식하는 것은 아름다운 것의 본질에 대한 주체적 견해의 정당성을 이해하는 데서 중요한

7) 김재홍, 위의 책, 18쪽.

의의를 가진다.

<주체의 미학관은 인민대중의 지향과 요구를 미의 기준으로 새롭게 제기하였다.>[8)]

사람의 자주적인 요구와 지향은 사회적운동의 주체인 인민대중에 의하여 실현된다. 인민대중이 담당 수행하는 자연개조, 사회개조, 인간개조사업은 본질에 있어서 사람의 자주적인 요구와 지향을 실현하기 위한 사회적운동이다. 따라서 사람의 자주적인 요구와 지향에 맞는 아름다운 사물현상이란 바로 인민대중의 지향과 요구에 맞는 것이며 인민대중의 지향과 요구에 맞는 사물현상은 아름다운 것으로 된다.

<참다운 생활은 새롭고 진보적이며 아름다운 것을 창조하기 위한 인민들의 투쟁속에 있다. 투쟁 속에서 벌어지는 생활은 가장 고상하고 아름답다. 온갖 낡고 보수적이며 반동적인 것을 쓸어버리고 새롭고 진보적인 것을 창조하기 위한 투쟁 속에서 벌어지는 생활은 그 지향에 있어서 고상할 뿐 아니라 그 과정이 전투적이고 랑만적이며 아름다운 것이다.>[9)]

가장 고상하고 아름다운 생활, 자주적이며 창조적인 생활은 인민대중의 투쟁 속에 있다. 자연과 사회를 개조하고 변혁하는 창조자는 사회역사의 주체인 인민대중이다. 인민대중은 낡은 것을 없애고 새것을 창조할 것을 요구하며 자연과 사회를 개조할 수 있는 무진장한 창조적 능력을 가지고 있다. 인류 역사가 시작된 이래 인민대중은 창조적 노동으로 자연을

8) 김재홍, 위의 책, 20쪽.
9) 김재홍, 위의 책, 27쪽.

정복하고 자기의 생존과 발전에 필요한 물질적 재부를 만들어 왔으며 낡은 것을 변혁하는 창조적 활동으로 사회적 진보를 이룩하여 왔다. 인민대중의 창조적 활동은 투쟁을 동반한다. 특히 낡은 사회제도를 새로운 사회제도로 바꾸고 인민대중의 사회적 해방을 이룩하여 나가는 과정은 치열한 계급투쟁과정이다. 자주성을 바탕으로 한 주체적 인간은 계급투쟁을 필수적으로 수반하게 된다는 입장이다.

사회주의사회에서 인민들이 향유하게 되는 자주적이며 창조적인 생활은 노동계급의 당과 수령의 영도에 의하여 마련된다. 인민대중은 당과 수령의 올바른 영도를 받아야만 자연과 사회를 개조하는 혁명투쟁을 힘있게 벌려 사회주의, 공산주의 사회를 성과적으로 건설할 수 잇다. 인간의 아름다운 생활, 자주적이며 창조적인 생활은 수령의 영도를 받는 인민들의 생활이며 수령을 높이 모시고 혁명하는 인민들의 생활보다 더 아름다운 생활이란 있을 수 없다. 그리고 주체적 인간학은 수령형상 창조론과 연계되면서 수령에 대한 충실성을 다할 것을 강요하게 된다.

> <창조성은 목적의식적으로 세계를 개조하고 자기 운명을 개척해 나가는 사회적 인간의 속성입니다. 창조성으로 하여 사람은 낡은 것을 변혁하고 새로운 것을 만들어내면서 자연과 사회를 자기에게 더욱더 쓸모 있고 리로운 것으로 개변시켜 나갑시다.>[10]

주체사상은 인민대중이 역사의 주인으로 등장한 자주성의 시대, 주체시대의 요구를 반영하여 나온 노동계급의 혁명사상으로서 위대하고 숭고하고 아름답다. 오늘 세계혁명적 인민들은 수령의 불멸의 혁명업적과 더

10) 김재홍, 위의 책, 28쪽.

불어 주체사상의 위대성을 글과 노래, 미술에 담아 열렬히 칭송하고 있다.

> <우리 나라 사회주의는 위대한 주체사상을 구현하고 있는 인문대중중심의 우리식 사회주의입니다.>
>
> <백두산은 말한다.>, <밀림은 설레인다.>, <파도는 노호한다.> 라고 말하는 것은 바로 사람들이 자연현상들에 자기의 사상감정을 부여하여 비유적으로 표현한 것이다. 그리하여 이 자연현상들은 사람과의 관계에서 미적 의의를 가지고 그의 생활과 예술에서 의인화되게 되였다.
>
> <예술에서 아름다운 것은 현실에 있는 아름다운 것의 형상적 반영이다.>[11]

아름다운 것과 고운 것의 개념상 차이, 아름다운 것과 숭고한 것, 영웅적인 것의 호상관계를 옳게 이해하는 것은 중요한 의의를 가진다. 아름다운 것은 미학적 범주의 하나로서 자기의 다양한 형태의 색깔을 나타내고 있다. 고운 것, 우아한 것, 황홀한 것, 매력 있는 것, 사랑스러운 것, 귀여운 것 등이 그러한 표현들이다. 특히 고운 것은 아름다운 것과 개념상 매우 비슷하며 많은 경우에 같은 뜻으로 불리우고 있다. 사람의 얼굴이나 몸매, 자연의 사물에 대하여 곱다고 할 수도 있고 아름답다고 할 수도 있다.

그러나 미학적 견지에서 고운 것과 아름다운 것은 개념상 일정한 차이를 가지고 있다. 고운 것은 아름다운 것의 한 발현형태로서 아름다운 사물현상들의 전부를 포괄할 수 없다. 다시 말하여 고운 것은 그 의미에 있어서 아름다운 것보다 협소하며 아름다운 것에 속하는 미적 현상들에 부분적으로 해당된다.

---

11) 김재홍, 위의 책, 32-37쪽.

많은 경우에 고운 것은 사물현상들의 외적 형식과 관련되어 있다. 사람의 고운 외모를 비롯하여 무지개 비낀 하늘, 형태가 고운 도자기 등 고운 것은 대체로 미적 대상들의 내용적 측면이 아니라 그의 외적측면, 외적형식의 표현으로 된다. 이와는 달리 아름다운 것은 현실에 객관적으로 존재하고 있는 모든 아름다운 사물현상들의 일반적이며 본질적인 징표들을 반영하는 미학적 범주일 뿐만 아니라 무엇보다도 사람의 자주적인 요구와 지향에 맞는 사물현상의 내용과 관련되어 있다. 즉 북한의 미학관에서는 아름다운 것과 고운 것을 구별하고 있다.

미학적 범주들 가운데서 아름다운 것과 가장 가까운 것은 숭고한 것이다. 숭고한 것은 아름다운 것을 전제로 하고 있다. 숭고한 것과 아름다운 것은 다같이 인민대중의 자주적 요구와 지향을 구현하며 사람들에게서 기쁨과 만족, 감탄과 사랑의 감정을 불러일으킨다. 당과 수령에 대한 끝없는 충실성, 조국과 인민에 대한 헌신성, 혁명적 의리와 동지애 등은 아름다운 것이며 동시에 숭고한 것이다. 아름다운 것은 또한 영웅적인 것과 밀접히 연관되어 있다.

아름다운 것, 숭고한 것, 영웅적인 것은 다같이 현실의 긍정적인 미적 현상을 반영하고 있는 미학적 범주들로서 서로 구별되는 특성이 있으면서도 많은 공통성과 긴밀한 연계를 가지고 있다. 영웅적인 것은 언제나 아름답고 숭고하며 또 숭고한 것은 사람들의 영웅적인 투쟁 속에서 가장 뚜렷이 발현된다. 혁명영웅뿐만이 아니라 노력영웅도 미화시키는 군중노선을 위해 북한의 미술이론서들은 아름다운 것을 숭고한 것과 연결시키게 된 것이다.

II. 서구 자본주의 미술에 대한 비판

1. 미학관적 측면에서의 비판

역대의 관념론적 미학은 아름다운 것의 본질을 '미의 사상', '절대이념', '신' 등의 발현으로 또는 사람들의 주관적 의식의 산물로 보고 미의 원천을 물질세계에서가 아니라 사람의 의식이나 그 어떤 초자연적인 정신적 실체에서 찾으려고 하였다. 이와 같은 견해들은 모두 다 당대 사회의 지배계급의 이해관계를 반영한 주장들이었으며 역사적으로 유물론적 미학에 의하여 논박되었다.

봉건사상과 신학에 기초한 중세 구라파 사람들의 미학관은 미의 본질에 대한 관념론적인 견해를 내놓았다. 이 미적 견해에 의하면 "세계는 신이 창조하였기 때문에 아름답다", "형식의 빛으로서의 모든 미는 최고의 미 즉 신의 미의 반영이다"라는 것이다.

2. 조형미적 측면에서의 비판

특히 오늘 자본주의, 제국주의 나라들에서 널리 유포되고 있는 반동적 형식주의 미술이론은 인민대중의 건전한 미의식을 마비시키며 진보적인 사실주의 미술의 발전을 가로막는 해독적인 작용을 하고 있다는 것이다. 형식주의 미술가들은 예술의 사명이 사회와 인민을 위하여 복무하는 데 있다고 보는 것이 아니라 예술을 위한 예술로 되어야 한다고 하면서 미술에서 사상적 내용은 추방할 데 대하여 떠벌이고 있다고 비판하고 있다. 그들이 이처럼 사상적 내용을 반대하는 것은 결국 작품의 내용을 이루게 되는 현실을 외면함으로써 자본주의 사회의 모순이 미술에 반영되지 못하도록 하려는 데 목적이 있다는 것이다.

그러므로 형식주의 미술에는 인간과 그의 사회생활이 진실하게 그려질 수 없고 인민대중의 지향과 요구를 반영한 의의있는 사상적 내용이 담겨질 수 없는 것이다. 내용을 무시하고 형식만을 추구하는 반동적인 미술에서 내용의 아름다움을 구현할 수 없다는 것은 자명한 일이다. 아름다운 내용을 담을 수 없는 형식주의 미술에서는 참다운 조형미도 창조될 수 없다.

형식주의 미술가들은 형식만을 절대시하는 데로부터 형식유희에 굴러떨어지고 있다. 그들은 내용을 위한 형식이 아니라 이른바 '순수한 형식'을 극단적으로 추구하면서 형태와 색채를 생활과 미의 법칙에 맞지 않게 제멋대로 다루고 있다고 비판한다.

원래 형식주의 미술은 예술의 사회교양적 의의를 부인하고 '예술을 위한 예술'을 만들어낼 데 대한 반동적이며 반인민적인 미학적 관점이나 입장에 기초한 반사실주의적 미술이다. 이로부터 형식주의 미술가들은 조형적 형식에 대해서도 극히 불건전하고 변태적인 요구를 제기하고 그 실현을 위하여 별의별 추잡한 행동까지 서슴지 않고 있다. 그들은 형태와 색채 묘사에서 극단한 과장과 의곡, 기형화를 일삼고 있으며 마지막에는 깨진 유리조각이나 쇠붙이를 조립하여 '조각품'을 내놓는 데 이르렀다. 이러한 형편에서 추상주의를 비롯한 온갖 형식주의 미술을 놓고서는 예술의 본성과 형상과 진실성에 대하여 작품의 아름다운 내용과 형식에 대하여 말할 수 없게 되었다[12]고 극렬하게 형식주의 미술을 비판하고 있다.

12) 김재홍, 위의 책, 56-57쪽.

III. 조형미의 본질과 특징

<조형미란 넓은 의미에서는 미술작품에 참조된 예술적 형상의 아름다움이며 좁은 의미에서는 미술작품의 조형적 형식에 구현된 아름다움이다.>[13]

자기의 내용을 표현하는 예술작품의 형식은 무엇보다 먼저 내용의 요소들을 조직하고 결합시키는 구조에서 나타난다는 것이다.

예술작품을 이루고 있는 모든 요소들, 생활의 사상적 알맹이인 종자도, 주제와 사상도, 소재도 다 사람의 의식현상으로 존재하며 사람의 미의식의 표현이라는 데 예술적 형상의 본질적 특성이 있다. 그런데 사람의 의식현상으로 존재하는 이 형상은 예술작품에서 물질적 외피를 쓰고 나타나며 그 물질적 형태로 하여 사람들에게 인식된다. 사람들이 작품에 담겨진 예술적 형상을 보고 듣고 감상하게 되는 것은 그것이 물질적 형태로 표현되어 인식의 대상으로 되기 때문이라는 것이다.

따라서 형상수단과 수법은 총체적으로 예술적 형상, 작품의 내용을 표현하는 형식을 이룬다.

조형예술이며 직관예술인 미술의 형상수단은 선, 명암, 색채, 용적 등이다. 미술에서는 이 조형적 형상수단들에 의하여 작품의 내용이 물질적 형태로 표현되며 인간과 그의 생활을 비롯한 현실의 선명하고 생동한 예술적 형상이 창조된다.

사물현상을 아름다운 것으로 되게 하는 요인은 그것이 사람의 자주적인 요구와 지향에 맞는 데 있다. 따라서 아름다운 예술적 형상이란 인민대중의 지향과 요구에 맞는 예술적 형상을 말하며 그들의 미적 요구를

13) 김재홍, 위의 책, 48쪽.

구현한 작품을 의미한다. 미적 요구는 아름다운 것을 사랑하고 지향하는 사람의 고유한 속성이며 그의 자주적인 요구와 지향의 중요한 발현형태이다. 이러한 조형이론에도 주체사상이 연결되고 있음을 확인할 수 있다.

사람들은 미술작품을 대할 때 그의 내용과 형식이 다같이 아름다운 것을 요구한다. 미술작품은 그의 핵을 이루는 종자로부터 출발하여 주제와 사상, 소재 등 내용의 측면에서 사람들의 미적 요구를 충족시킨다.

사람들은 그림이나 조각을 한갖 심심풀이로 대하는 것이 아니라 그 속에서 자주적 인간의 참된 모습과 창조적인 생활을 보려고 하며 그의 염원과 지향을 이해하려고 한다는 것이다. 따라서 모든 예술작품은 내용이 아름다울 뿐 아니라 그것을 표현하는 형식이 또한 아름다워야 한다.

김정일은 미술작품의 형식미의 고유한 특성을 밝혔다. 미술작품의 형식미는 조형미라는 데 그 특성이 있다고 주장한 것이다. 미술에서는 선, 명암, 색채, 용적 등을 형상수단으로 하여 예술적 형식을 창조한다. 김정일은 조형미의 본질에 대한 과학적 해명에 기초하여 미술작품의 내용과 조형미의 호상 관계문제에 완벽한 해답으로 줬다고 칭송한다.

> <참다운 조형미는 작품의 아름다운 내용에 의하여 안받침된다. 미술작품은 아무리 조형적 형식이 아름다워도 내용이 아름답지 못하면 높은 사상예술성을 지닐 수 없으며 조형미가 빛을 잃게 된다.>[14]

작품의 내용과 형식의 긴밀한 호상관계로 하여 미술작품의 조형미는 그의 내용의 아름다움과 밀접히 연관되어 있다. 미술작품에 창조된 예술적 형상의 아름다움은 그 내용의 아름다움과 형식의 아름다움이 통일된

14) 김재홍, 위의 책, 52쪽.

것이며 내용의 아름다움을 떠난 순수한 형식의 아름다움, 조형미란 있을 수 없다.

미술작품의 조형적 형식은 본질에 있어서 자기의 내용을 표현하는 수단인 것만큼 조형적 형식이 아름답다는 것은 결국 그의 내용이 고상하고 아름답다는 것을 의미한다. 내용과 형식의 아름다움이 일치하는 것은 사실주의 미술의 중요한 사상 예술적 특징의 하나로 된다.

높은 사상 예술성을 지닌 인물주제작품, 풍경화와 정물화 등은 묘사대상의 형태와 조형적 형식의 호상관계, 내용의 아름다움과 조형미의 밀접한 연관을 뚜렷이 보여주고 있다는 것이다.

북한의 김정일 국방위원장은 다시 조형미의 보편적인 요소들에 대해 다음과 같이 언급하였다.

> <사물의 형태와 미술작품의 조형적 형식이 사람의 미적 정서를 불러 일으키게 하는 요인에는 조화, 균형, 대칭, 률동과 비례성, 운동성, 립체성, 공간성 같은 것이 있다.>[15)]

조형미의 가장 일반적이며 보편적인 요소들로서는 조화, 균형, 대칭, 율동, 비례성, 립체성, 공간성, 운동성 등을 들 수 있다. 조화는 조형미의 가장 중요한 요소의 하나이다. 조화란 서로 다른 사물현상들, 그의 개별적 부분들과 측면들이 잘 어울리는 현상을 말한다. 조화는 사람, 사회, 자연에서 구체적으로 나타나는 가장 일반적인 미적 현상이다.

균형은 조화와 밀접히 연관된 조형미의 요소이다. 균형이란 사물현상들이 어느 한쪽으로 치우치거나 기울지 않고 고르게 되어 있는 현상을

---

15) 김재홍, 위의 책, 58쪽.

말한다.

미술의 조형적 형식에서의 균형은 형태와 색채에 의하여 형상요소들을 공간 속에 균등하게 배열하는 데서 나타난다. 균형은 조형적 형식의 전반적 조화를 보장하는 데 이바지하며 사람들에게 안정감을 느끼게 한다. 균형이 잡힌 조형적 형식을 탐구하는 것은 미술작품창작에서 공통적이며 필수적인 요구로 제기된다.

대칭은 균형의 한 갈래이다. 미술의 조형적 형식의 대칭은 형태와 색채에 의하여 형상요소들을 중심의 좌우로 대등하게 배열하는 데서 나타난다.

율동은 조형미의 중요한 요소이다. 율동이란 사물현상들이 일정한 질서를 가지고 연속적으로 반복교체되는 현상을 말한다.

비례성은 미술의 조형미에서 큰 의의를 가진다. 비례성이란 사물현상의 개별적 부분들이 서로 알맞춤하고 어울려 있는 현상을 말한다.

미술의 조형적 형식에서의 비례성은 묘사대상의 형태와 그 공간적 배치에서 나타난다. 비례성은 형태의 완벽성과 형상의 진실성에 잇닿아있다는 것이다.

입체성은 미술의 조형미에서 특별히 중요한 의의를 가진다. 입체성이란 길이와 너비, 깊이를 가지고 존재하는 사물의 공간적 특성을 말한다.

미술의 조형적 형식에서의 입체성은 주로 선, 명암, 색채, 용적에 의하여 사물의 형태를 현실에서처럼 입체감이 나게 보여주는 데서 나타난다. 형태의 입체성은 형상의 생동성과 표현성을 보장함으로써 사람들의 미적 요구를 충족시킨다.

입체성과 함께 공간성은 미술의 조형미에서 특수한 자리를 차지한다. 입체성이 개별적 묘사대상의 형태와 연관되어 있다면 공간성은 작품의 여러 형상요소들에 대한 공간적 배치와 연관되어 있다. 미술작품의 조형적 형식은 인간생활과 자연을 그리는 데서 공간의 깊이와 폭을 잘 나타낼 때 시각예술의 풍부한 형상적 기능으로 하여 미적 의의를 가지게 된다. 입체성과 공간성은 다같이 조형예술, 공간예술인 미술의 특성에 기초한 미적 현상들이다.

한편 상응성과 통일성은 형식미의 중요한 요소를 이루고 있다. 미술의 조형적 형식에서 상응성이란 일반적으로 묘사대상의 형태나 작품의 형식이 그의 내용에 맞는 크기와 규모를 가지는 것을 의미하며 통일성은 형식의 모든 부분, 요소들이 내용의 표현을 위하여 하나의 형상체계 속에 통일되어 있다[16]는 것을 말한다.

요약하면, 주체의 미학관은 사람의 자주적인 요구와 지향, 미적요구와의 관계에서 미술의 조형미의 본질과 요소들을 규정하였으며 작품의 내용과의 통일 속에서 조형미의 의의를 밝혔다.

김정일은 조형미의 특성을 설명하기 위해 주체적 사실주의 이론을 다음과 같이 제시하였다.

> <우리의 예술작품들은 그 내용은 물론, 형식도 사실주의에 기초하여야 합니다.>[17]

예술작품은 그 내용과 형식이 다같이 사실주의에 기초하여야 현실을 진실하게 그려낼 수 있으며 높은 사상예술성을 구현할 수 있다. 미술의 조형미가 사실주의에 기초한다는 것은 미술작품의 아름다운 조형적 형식이 사실주의 창작방법에 의하여 담보된다는 것을 의미한다.

사실주의에 의하여 미술의 조형미가 담보되는 것은 사실주의가 현실을

16) 김재홍, 위의 책, 60쪽.
17) 김재홍, 위의 책, 61쪽.

진실하게 그려내는 창작방법이며 미술의 조형미가 사물현상의 형태미의 반영이라는 사정과 관련된다. 사실주의는 사람의 미인식과 창조활동의 본성에 맞는 합리적인 창작방법이며 예술에 대한 인민대중의 요구를 반영하는 진보적인 창작방법이다. 사실주의는 객관적 현실을 정당하게 인식하고 진실하게 반영하는 창작방법이다. 사실주의는 실재하는 사실에 기초하여 현실을 객관적으로 묘사하며 생활의 본질을 밝히는 것을 근본원칙으로 하고 있다. 사실주의는 묘사의 진실성으로 일관될 것을 요구한다.

이러한 요구로부터 사실주의 미술에서는 사물현상의 모습을 생동하고 진실하게 그려내는 조형적 형식이 탐구되며 그 속에 작품의 내용이 담겨져 있다. 조화와 균형 등으로 특징지어지는 사람의 아름다운 외모나 사물의 형태미는 미술에 의하여 집중적으로 반영된다.

미술작품에서 인물들의 아름다운 외모를 생동하게 묘사하며 자연의 형태미를 진실하게 보여주는 것을 작품의 내용과 밀접히 연관되어 있으면서 동시에 그의 조형미를 보장하는 직접적인 요인으로 된다는 것이다.

앞서 설명하였듯이 형태미의 법칙이란 다름 아닌 조화, 균형, 대칭, 비례, 율동 등에서 발현되는 미의 법칙을 말한다.

세계미술의 역사는 창작실천을 통하여 참다운 조형미가 사실주의에 기초한다는 것을 확증해준다. 시대의 특징과 인민대중의 지향을 진실하게 반영한 우수한 사실주의 미술작품들은 언제나 진보적인 내용과 아름다운 조형적 형식의 통일을 이루었다.

조형미가 상대적 성격을 띤다는 것은 미술작품의 조형적 형식에 대한 사람들의 미적 요구에 사회역사적, 계급적, 민족적, 개성적 특성 등이 반영된다는 것을 의미한다는 것이다.

<아름다운 것에 대한 사람의 인식은 주관적인 것인 만큼 조형미의 인식과

창조에서도 계급적, 민족적, 개성적 특성을 나타낸다.>[18]

다른 사회적 의식형태들과 마찬가지로 미술은 계급사회에서 계급적 성격을 가진다. 미술가는 자기의 계급적 입장과 사상적 지향으로부터 출발하여 절실하고 의의 있는 생활내용을 작품에 담고 사람들의 계급의식을 높여주며 사회적 진보를 이룩하는 데 이바지할 수 있는 예술적 형상을 창조한다.

이와 함께 그러한 사상적 내용을 표현하는 미술작품의 조형적 형식에도 이렇게나 저렇게 계급성이 나타나게 된다. 그러나 미술창작이 창작가의 세계관을 반영하는 것만큼 내용을 표현해 주는 조형적 형식을 탐구하는 과정에도 사람들의 계급적 입장과 사상적 지향이 반영되지 않을 수 없는 것이다.

감정, 정서의 기초는 사람의 자주적인 요구와 지향이다. 사람들은 계급적 처지, 세계관의 계급적 성격에 따라 하나의 사물현상에 대하여 서로 다른 미적 감정을 체험한다. 그러므로 미술의 조형미를 탐구하고 인식하는 데서 계급의 요구와 이해관계가 구체적으로 반영되는 것은 필연적인 현상이다.

내용과 형식의 견지에서 볼 때 세계미술의 발전 역사는 끊임없이 새로운 내용과 형식이 탐구되고 교체되는 과정이었다고 볼 수 있다. 그 과정에는 당대사회 인민대중의 지향과 이해 관계를 반영한 사실주의미술을 비롯한 진보적인 미술이 발생 발전하였는가 하면, 착취계급, 반동계급의 이익에 복무한 비사실주의적이며 반인민적인 미술들도 출현하였다.

따라서 동방과 서방의 중세종교미술, 봉건귀족미술, 반동적 부르주아

---

18) 김재홍, 위의 책, 64쪽.

미술의 잡다한 유파들은 사상적 내용에서 근로인민대중의 사상감정을 옳게 반영하지 못할 뿐 아니라 조형적 형식에서도 그들의 미적 요구를 충족시킬 수 없다고 서구의 문예사조와 문예이론들을 비판하고 있다. 그러므로 사실주의 미술밖에 대안이 없다고 주장한다.

참다운 조형미, 아름답고 고상한 미술의 형식은 오직 시대의 요구와 인민대중의 지향을 진실하게 반영한 사실주의미술에 의해서만 창조될 수 있다는 것이다.

따라서 사회주의적 사실주의 미술은 당성, 노동계급성, 인민성을 철저히 구현함으로써 심오한 내용과 완벽한 형식의 통일로 특징지어지며 바로 그것으로 하여 인류미술발전에서 가장 높은 단계를 이루고 있다.

민족의 고유한 심리적 특성, 민족적 감정은 사람들의 미적 정서에서 뚜렷이 표현되며 그 나라 인민들이 창조하는 예술의 내용과 형식을 특징짓는 중요한 요인이 된다.

조선 인민의 민족적 특성에서 핵을 이루는 것은 조선 인민이 지니고 있는 아름답고 고상한 사상정신적 풍모이다. 조선인민의 이 아름다운 사상정신적 풍모는 그들의 고상하고 풍부한 미적 정서에서 그대로 표현되고 있으며 민족적 향기가 짙게 풍기는 예술적 형식에 구체적으로 반영되어 있다. 조선인민이 슬기로운 문화전통을 자랑하며 역사적으로 창조하고 발전시켜온 예술적 형식들은 한결같이 힘있고 아름답고 고상하며 부드럽고 우아하고 선명한 것이 특징이다.

조선화는 조선 인민의 민족적 특성을 집중적으로 체현하고 있는 미술형식이다. 반만년의 유구한 역사를 통하여 우리 인민이 창조한 아름다운 민족예술 형식들 가운데서 조선화는 빛나는 자리를 차지하고 있다. 조선화는 선명하고 간결한 화법에서만 아니라 색채에서도 다른 나라의 미술형식과 구별된다. 조선화의 색채는 선명하고 연하고 부드러운 것이 특성인데 이것은 오랜 역사적 과정에 이루어진 우리 인민의 미감을 반영하고 있다는 것이다. 민족의 고전문화유산도 조선민족제일주의라는 이데올로기로 포용하고 있는 북한이 미술분야에서 조선화의 전통을 지켜나가려고 하는 시도는 당연하다고 할 수 있다.

조형미의 상대적 성격은 또한 미술가의 창작적 개성과 관련되어 있다. 창작은 본래의 의미에서 비반복적이며 독창적인 것이다. 형상의 독창성은 미술가의 창작적 개성에 의하여 담보된다고 파악한다.

조형미의 인식과 창조에서 그의 상대적 성격을 옳게 이해하는 것은 매우 중요한 의의를 가진다. 아름다운 것의 본질에 대한 철저한 인식에 기초하여 조형미의 상대적 성격을 인정하는 것은 미술작품창작에서 노동계급성, 민족적특성, 현대성, 독창성을 구현하기 위한 필수적 요구의 하나로 된다. 이 요구를 저버릴 때 미술의 조형미의 탐구에서는 온갖 복고주의적, 도식주의적 경향이 나오게 됨으로써 작품의 높은 사상예술성이 보장될 수 없다. 이러한 해석은 사회주의 미술의 입장에서 자본주의 미술을 비판하고 있는 것이다.

> <사회주의미술은 온갖 형식주의적이고 복고주의적이며 도식주의적인 경향을 철저히 반대하면서 참신하고 독창적이며 건전한 조형미를 탐구한다.>[19]

사회주의 미술에서 복고주의적 경향을 철저히 극복하기 위하여서는 민족미술유산을 시대의 요구, 혁명의 요구에 맞게 비판적으로 계승발전시켜야 한다. 당시로서는 진보적이고 인민적인 것이라 하더라도 지난날의 미술유산들은 낡은 사회의 시대적, 역사적 제한성으로 하여 우리 시대에

---

19) 김재홍, 위의 책, 69쪽.

그대로 옮겨 놓을 수 없다. 오직 미술유산 가운데서 진보적이고 인민적인 것을 사회주의 현실과 현대적 미감에 맞게 비판적으로 계승발전시켜야 내용에서 사회주의적이고 형식에서 민족적인 사회주의미술을 성과적으로 건설할 수 있다.

미술창작에서 참다운 조형미의 탐구는 도식주의와 아무런 인연이 없다. 창작에서 도식주의가 나타나면 형상의 독창성이 살아날 수 없게 되므로 참신하고 특색 있는 조형적 형식도 기대할 수 없다.

조형미의 요소들이 통일적으로 발현된다는 것은 한 미술작품의 형식을 아름다운 것으로 되게 하는 데서 여러 미적 요인들이 종합적으로 작용한다는 것을 의미한다. 아름다운 조형적 형식, 조형미는 추상적인 개념이 아니라 구체적인 미술작품 속에 존재하고 있다.

사람의 자주적인 요구와 지향, 미적 요구에 맞는 미술작품의 형식에 조형미가 구현되는 것만큼 미술작품의 조형적 형식을 이루는 모든 요소들은 조형미를 창조하는 데서 직접적인 역할을 하게 된다.

이 모든 사실은 미술의 조형미가 단순하고 일면적인 미적 현상이 아니라 다양한 요소와 요인들의 결합과 작용에 의하여 종합적으로, 다면적으로 발현된다는 것을 여실히 보여주고 있다. 조형미의 이와 같은 특징은 작품의 형식이 전개되고 복잡해질수록 더욱 뚜렷하게 나타난다. 지금까지 전개한 조형미의 본질과 특성을 가지고 북한의 우리식 사회주의 체제의 우월성을 강조하기 위해 도처에 세워놓은 조형물들을 예로 들면서 주체미론에 대해 구체적으로 상술하고 있다.

만수대대기념비는 이에 대한 좋은 실례로 된다. 만수대대기념비는 김일성이 반세기에 걸쳐 끌어온 조선혁명의 영광에 찬 노정과 그 과정에서 쌓아올린 불멸의 혁명업적을 형상한 대규모의 역사적 기념비이다. 대기념비는 사상적 내용의 심오성과 조형적 형식의 완벽성으로 하여 북한의 기념비 미술발전 역사에서 빛나는 자리를 차지하고 있다고 한다.

영생불멸의 주체사상을 창시하여 민족해방, 계급해방, 인간해방의 길을 휘황히 밝혀주고 있는 김일성의 동상, 양 옆에는 기발탐들과 부주제 조각군상들이 거창한 흐름이 조화롭게 펼쳐진다고 극찬하고 있다.

김일성 동상 오른편에 세워진 <항일혁명투쟁탑>에는 붉은 깃발을 중심으로 하여 그 양쪽에 조선인민혁명군 대원들과 정치공작원들, 국내혁명가들과 각계각층 군중들의 투쟁모습을 다양하게 보여주는 119상의 조각이 부각되어 있다. 탑의 남쪽 면은 일제식민통치시기 우리 인민들의 생활부분, 조국광복회 창건 및 당 창건 준비를 위한 투쟁부분, 조선인민혁명군 대원들의 무장투쟁부분 등으로 구성되어 있다. 탑의 북쪽 면은 남쪽면과 균형을 보장하면서 김일성의 영도 밑에 1920년대 말 일제를 반대하는 청년학생들의 투쟁부분, 무장획득을 위한 투쟁부분, 조선인민혁명군 대원들의 조국진군부분 등으로 이루어졌다. 이 탑의 정면에는 항일혁명투사, 조국광복회원－여성 혁명가, 나팔수, 조선인민혁명군 남녀대원으로 구성된 5인 군상이 거연히 서있다고 해설한다.

김일성의 동상 왼편에 대칭적으로 세워진 <사회주의혁명과 사회주의건설탑>에는 붉은 깃발을 중심으로 하여 사회주의혁명과 사회주의건설을 위한 우리 인민의 투쟁을 반영한 109상의 조각이 부각되어 있다는 것이다.

대기념비는 조선혁명의 전노정은 조선 인민이 위대한 수령님의 현명한 영도를 높이 받들고 충성의 한 길을 따라 억세게 싸워온 자랑 찬 승리의 역사이며 주체사상의 기치 따라 전진하는 우리 인민의 앞길에는 승리와 영광만이 있다는 사상을 천명하고 있다. 즉 수령형상창조론이 다시 등장하고 있다. 북한이 체제유지를 위해 최고권력자에 대한 우상화에 얼마나 공을 들이고 있는지를 단적으로 말해주고 있다.

만수대대기념비에는 이처럼 폭넓고 심오한 내용을 밝히는 데 가장 효과적인 조형적 구성과 표현형식들이 독창적으로 새롭게 탐구 이용되었다. 대기념비는 그 구성에서 위대한 수령님의 동상을 중심에 높이 모심으로써 조선혁명에 대한 위대한 수령님의 유일적 영도를 조형적으로 선명하게 형상하고 수령, 당, 대중이 하나의 사회 정치적 생명체를 이루고 있는 우리 혁명대오의 불패의 통일단결을 생동하게 보여주고 있다고 상당한 지면을 할애하여 해설하고 있다.

대기념비는 조각상들의 공간배치, 형태묘사, 생채표현에서 조화, 균형, 대칭과 비대칭, 율동, 비례성, 운동성, 입체성을 비롯한 조형미의 모든 요소들을 종합적, 집중적으로 나타내고 있으며, 그 통일 속에서 아름다운 예술적 형식을 통하여 혁명적 대작의 사상적 내용을 전면적으로 드러내고 있다. 그리하여 만수대대기념비는 인민들에 대한 사상정서적 교양의 거점으로서 온 사회의 주체사상화에 힘있게 이바지하고 있다고 결론짓고 있다.

물론 이러한 조형미의 요소들의 통일에 대한 옳은 인식을 가지는 것은 미술작품의 창작과 평가에서 중요한 의의를 가진다고 할 수 있다. 그러나 북한미술의 획일성과 교조성의 한계에 대한 비판이 빠져 있는 것은 예술발전에 대한 저해요인이라고 판단된다. 예술론과 미학관에서 가장 중요한 것은 작가의 창작열정을 가로막지 않는 표현과 창작의 자유임을 북한 문예정책 입안자가 먼저 깨달아야 한다.

IV. 북한 미술의 장르

오랜 역사적 과정에 미술에서는 다양한 종류와 형태들이 형성되어 발전하고 있다. 미술은 사회적 기능에 따라 일반미술, 기념비미술, 실용미술, 장식미술 등으로 구분되며 형상방식에 따라 회화와 조각을 비롯한 수많은 형태들로 나누어진다. 또한 회화는 재료와 화법에 의하여 조선화·유화·수채화 등으로 구분된다. 북한미술계가 가장 자랑하고 있는 조선화의 특징은 "우선 사물현상의 형태묘사와 그 표현의 기초를 이루는 선에서 찾아볼 수 있다."[20] 그리고 조선화의 형태는 일반적으로 뚜렷한 선은 사물의 형태와 운동감·양감·공간감을 나타내는 독특한 표현수단으로 구성되어 있으며 사물의 원색 표현을 위주로 하면서 색채가 맑고 연하며 부드러운 성격을 지니고 있다. 그리하여 김일성은 "조선화는 동양화의 고유한 미술형식으로서 힘있고 아름답고 고상한 것이 특징"[21]이라고 극찬하고 있다. 북한예술 가운데서도 미술은 그 종류와 형태들이 가장 풍부하고 다채로운 것으로 하여 사람들을 사상정서적으로 교양하는 데 큰 역할을 하고 있다.

조선화가 동양화와 구체적으로 다른 점은 이러한 조형적 성질에서뿐만 아니라 그것이 지향하는 내용적 측면, 다시 말해 분명한 이념성과 목적성을 띠고 있다는 데서도 발견된다. 김일성의 문건 「우리의 미술을 민족적 형식에 사회주의적 내용을 담은 혁명적인 미술로 발전시키자」에서 김일성 주석은 "우리의 미술은 우리 인민의 생활감정과 정서에 맞는 참다운 인민적인 미술로 되어야 하며 당과 혁명의 이익을 위하여 복무하는 혁명적인 미술로 되어야 합니다"[22]라고 역설하였다. 즉 조선화는 생활을 반영하고 당과 혁명의 이익에 봉사할 때에만 비로소 가치를 지니며, 이러한 사실은 조선화의 등장과 떼어놓고 생각할 수 없는 불가분의 관계에 있으

20) 이일·서상록, 『북한의 미술』, 고려원, 1990, 121쪽.
21) 이일·서성록, 위의 책, 같은 쪽.
22) 이일·서성록, 위의 책, 122쪽.

므로 조선화는 어디까지나 "인민대중을 당의 유일사상으로 무장시키고 혁명화, 노동계급화하며 그들을 혁명투쟁과 건설사업에로 힘차게 불러일으키는 데"[23] 일익을 담당해야 한다는 분명한 목적성을 띠고 있는 것이다. 주제별로 분류해 말하면, 조선화는 혁명전통을 내용으로 한 것(김영호의 「사향가」, 박창걸의 「장군님 부르심 받고」 등), 한국전쟁을 내용으로 한 것(리승부의 「꺼질 줄 모르는 불빛」 등), 한반도 통일과 사회주의적 현실을 반영한 것(고영근의 「평양의 환호」, 김상직의 「감회 깊은 백두산 기슭에서」 등), 역사화(김규학의 「갑오농민전쟁」 등), 풍경화(김광운의 「북부령」 등), 동물화(집체작인 「백두산 호랑이」 등), 화조화 등으로 구분되며 조선화는 다른 분야와 달리 양적인 우위를 점하고 있는 것[24]으로 알려지고 있다.

또 북한미술계에서 조선화에서 가장 역점을 두고 있는 부분 중 하나는 역시 '인간 성격 창조'에 관한 문제이다. 조선화에서 주인공과 기타 인물들의 성격을 얼마나 진실하게 재현하는가 하는 것은 그것의 사상·예술적 생활력을 좌우하는 근본 문제로 여겨 왔다. 북한미술이론서에서 제기한 '인간 성격 창조'란 주체문예이론에 근거하여 사회주의 건설이나 혁명적인 인간상, 그리고 김일성 주체사상에 충실한 인민 대중이나 김일성 자신의 모습에 대한 재창조를 의미한다.

요약하면, 북한 미술작품의 형식은 한마디로 말하여 형상 수단과 수법의 총체이며 그에 의하여 조형미가 창조된다. 그러므로 미술의 개별적 형태들이 가지고 있는 형상 수단과 수법의 특성은 작품의 형식에 반영될 뿐 아니라 그의 조형미에 표현되지 않을 수 없다. 회화는 선, 명암, 색채를 형상수단으로 하여 평면 위에 인간과 그의 생활, 자연의 조형적 형상

---

23) 이일·서성록, 위의 책, 같은 쪽.
24) 이일·서성록, 위의 책, 123쪽.

을 창조한다. 이와는 달리 조각은 용적을 기본수단으로 하여 묘사대상을 입체적으로 조형화하는 형상적 특성을 가지고 있다. 이러한 묘사 방식의 특성으로부터 회화에서는 작품의 조형적 형식을 창조하는 데서 선, 색채와 같은 형상수단들과 원근화법이 특별히 중요한 역할을 하며 그에 기초한 회화적인 조형미가 탐구된다. 그러나 조각에서는 색채가 부차적인 의의를 가지며 조형미의 요소로서 형태의 입체성이 전면에 나서게 된다.

같은 회화이지만 조선화 작품의 조형적 형식은 유화작품들의 조형적 형식에서 찾아볼 수 없는 독특하고 고유한 형상적 특징과 정서적 색깔로 일관되어 있다. 조선화의 독특한 조형미는 우리 인민의 민족 특성을 체현한 선명하고 간결한 화법에 의하여 확고히 담보되고 있다. 조선화의 조형미는 조선 인민의 고상한 미감이 깊이 스며 있다.

조각은 묘사방식에서 회화와 구별될 뿐만 아니라 그 자체가 포괄하고 있는 여러 형태들의 특성이 또한 매우 다양하다. 조각은 묘사대상에 따라 크게 인물조각, 동물조각, 식물조각 등으로 나뉘며 그의 기능과 역할에 따라 기념비조각, 건축장식 조각, 일반 조각 등으로, 기법에 따라 환각, 부각, 음각 등으로 구분한다.

기념비조각은 야외에 세워지고 사방에서 그리고 먼 거리에서도 보게 되므로 형상의 간결성과 형태의 완결성, 윤곽의 명확성, 입체적인 풍만성과 웅장성을 요구한다. 건축장식 조각은 건축의 내용을 풍부히 하고 건축적 형상을 돋구어주기 위하여 만들어진다. 건축장식 조각은 주로 지붕, 벽체, 천정, 기둥, 난간 등을 장식하며 건축물의 겉면을 장식하는 부각형식을 기본으로 한다. 실용미술에서 형식의 다양성은 더욱 복잡한 현상을 나타내고 있다 산업미술을 비롯한 실용미술은 사람들의 정신문화적인 수요와 물질문화적인 수요를 다같이 충족시키면서 다양한 형태로 분류되어 회화, 조각, 출판화 등의 형상수단과 수법들을 종합적으로 이용하고 있다.

조형미의 가장 일반적인 요소들이 조화, 균형, 대칭, 율동, 비례성, 운동성, 공간성 드이라면 조형미의 창조과정은 형태묘사, 공간배치, 색채표현으로 된다. 형태묘사, 공간배치, 색채표현이 조형미의 창조과정으로 되는 것은 이 과정에서 미술작품의 조형적 형식에 조형미의 요소들이 구현되기 때문이다.

북한의 주체음악론*

I. 주체 음악

1. 주체시대는 새형의 음악을 요구한다

북한의 김정일 국방위원장은 1992년 『주체음악론』을 펴냈다. 이 책에서 "참다운 음악은 시대의 요구에 충실하며 시대의 사명에 이바지한다. 인민대중의 자주성을 위한 투쟁이 가장 높은 단계에 올라서고 인민대중의 자주적인 요구와 창조적인 생활을 철저히 실현해나가는 것을 사명으로 하는 역사적인 새시대이다. 인민대중의 자주성을 위한 혁명투쟁이 시대의 흐름으로 되고 있는 현 시대는 인민대중의 자주성을 옹호하고 그들의 투쟁을 고무하는 음악예술을 발전시킬 것을 절실히 요구한다. 북한에서 주체음악은 예술의 사회적 본성에도 부합된다"[1]고 파악하고 있다.

예술은 인간의 자주적이며 창조적인 요구와 의식에 의하여 창조된 사

1) 김정일, 『주체음악론』, 평양, 조선로동당출판사, 1992, 3쪽.

회적 산물이며 인간의 자주적이며 창조적인 의식발전에 이바지한다는 것이다. 사람들의 사상과 감정을 반영하며 사람들을 사상정서적으로 교양하고 투쟁에로 고무하는 것이 예술의 사회적 본성이라고 설명하고 있다.

즉 주체음악은 새 시대의 요구와 인민대중의 지향을 반영하고 철저히 인민대중을 위하여 복무하는 새형의 음악이라는 것이다. 따라서 주체음악은 내용이 혁명적이어야 한다는 것이다. 음악은 인민대중의 자주성을 옹호하여 투쟁하는 자주적 인간의 사상감정을 보여주어야 인민대중의 지향과 요구를 구현하였다고 말할 수 있다. 음악에서 인간의 사상감정은 그들이 생활과 투쟁에서 체험하는 다양한 감정과 정서로 표현된다. 즉 음악은 음악적 울림으로서 인간의 감정·정서적 체험을 보여주는 특수한 예술이다.

한마디로 주체음악은 인민대중의 자주성을 위한 투쟁과 자주적이며 창조적인 생활에서 느끼는 고결하고 숭고한 정신적 체험과 낙천적이고 전투적인 심리적 격동을 깊은 감정정서세계로 펼쳐 보여줌으로써 인민대중의 지향과 요구를 구현하게 된다[2]는 것이다.

북한 음악에서 중요한 것은 내용이다. 우리 시대의 음악은 인민대중의 투쟁 그 자체를 객관적으로 보여주는 것만으로는 안 된다. 수령에 대한 끝없는 흠모와 당에 대한 확고부동한 신뢰, 수령과 당의 영도를 받는 혁명적 긍지와 자부심을 모든 생활적 감정정서의 바탕으로 하고 그에 기초한 대중적 영웅성, 희생성, 낙천성, 행복감과 같은 감정과 정서가 흘러넘칠 때 그 음악은 인민대중의 자주적인 지향과 요구를 훌륭하게 구현할 수 있다는 것이다.

주체음악의 혁명적 내용에서 근본문제로 되는 것은 수령에 대한 문제

---

2) 김정일, 위의 책, 5쪽.

이며 수령, 당, 대중의 혈연적 연계에 관한 문제이다. 북한에서 수령에 대한 끝없는 충실성과 그것을 핵으로 하는 당과 근로인민대중에 대한 충실성은 주체음악의 혁명성을 규정하는 기본내용으로 된다[3]고 파악하고 있다.

주체음악은 형식이 인민적이다. 인민대중의 감정정서에 맞고 그들이 알아듣고 즐길 수 있는 것이 주체음악이 의거하고 있는 인민적인 형식이다. 사회역사 발전에서 주인은 인민대중으로 보는 것이 북한의 주체사상이다. 따라서 음악의 형식이 인민대중의 정서와 감정에 맞으며 그들이 알아듣고 즐길 수 있는 것으로 되어야 하는 것은 음악언어의 특성으로부터 제기되는 중요한 문제라고 간주한다. 음악의 형식이 철저히 인민적인 것으로 되자면 대중성, 통속성이 보장되어야 한다는 것이다.

음악에서 대중성, 통속성을 보장하자면 광범한 대중이 좋아하고 그들에게 인기가 있는 대중음악형식도 건전하고 고상하게 발전시켜야 한다. 우리가 말하는 대중성, 통속성은 낡은 사회의 대중음악이나 통속음악과는 아무런 인연이 없다. 주체음악은 고전적인 음악형식을 발전시키거나 대중음악형식을 발전시켜도 인민적 입장에서 통속적으로 발전시키는 것을 중요한 원칙으로 내세운다.

하지만 북한의 음악은 자본주의적인 요소가 침투하는 것을 극도로 경계하고 있다. 그것을 다음과 같은 논리를 사용하여 차단하고 있다. 대중음악형식을 건전하게 발전시키기 위하여서는 제국주의자들이 퍼뜨리는 썩어빠진 '대중음악', 재즈나 락, 디스코 같은 음악의 침습을 막고 저속하고 불건전한 향락과 기형적이고 타락한 취미를 조장시키는 사소한 요소도 허용하지 말아야 한다. 그래야 인민대중의 지향과 감정에 맞고 시대를

3) 김정일, 위의 책, 8쪽.

전진시킬 수 있는 고상한 대중음악을 창조할 수 있다[4]고 역설한다.

음악은 인간생활에 약동하는 생기를 넣어준다. 음악은 사람에게 생기를 주는 독특한 생명력을 가지고 있다. 사람에게 약동하는 생기를 넣어주지 못하는 음악은 참다운 음악이 될 수 없다. 따라서 북한에서 쓸쓸한 애수와 염세, 저속하고 기형적인 향락과 방종을 부추기는 음악은 사람의 건전한 의식을 마비시키는 타락한 음악으로서 자주성을 생명으로 하는 참다운 인간의 사상감정과 인연이 없으며 인간의 자주적이며 창조적인 지향을 가로막는 반동적인 음악으로 간주된다. 음악은 사람에게 약동하는 생기를 넣어줄 때라야 건전하고 고상한 음악으로 될 수 있으며 자기의 사회적 기능을 다할 수 있다. 결론적으로 음악은 사람에게 뜨거운 열정을 안겨준다는 것이다.

2. 주체는 북한 음악의 생명이다

북한 음악에서 주체를 세운다는 것은 자기 인민의 사상감정과 정서에 맞고 자기 나라 혁명에 이바지하는 음악을 건설하고 창조해나간다는 것을 의미한다. 혁명과 건설이 민족국가를 단위로 하여 진행되는 것만큼 음악예술은 어디까지나 그 나라 인민의 사상감정과 정서에 맞고 그 나라 혁명에 이바지하여야 한다[5]는 것이다. 주체를 철저히 세우는 것은 북한에서 음악을 인민의 요구와 혁명의 이익에 맞게 발전시켜 나갈 수 있게 하는 확고한 담보라고 파악한다. 주체의 기치를 높이 들어야 우리 음악의 혁명적 성격을 더욱 강화할 수 있으며 음악예술의 끊임없는 발전을 이룩할 수 있다는 것이다. 참으로 주체는 음악의 생명이라는 것이다.

---

4) 김정일, 위의 책, 11쪽.
5) 김정일, 위의 책, 19쪽.

매개 인민은 자기의 고유한 전통적인 민족음악을 가지고 있다. 민족음악은 매개 나라의 음악예술에서 기본을 이룬다. 민족음악은 민족생활의 고유성과 특수성을 반영하면서 역사적으로 형성되고 계승 발전되어온 전통적인 음악이다. 민족음악처럼 자기 민족의 심리적 특성에 맞고 민족적 감정과 구미에 맞는 음악은 없다. 따라서 민족음악에는 민족생활의 자취가 어려있으며 민족의 독특한 향취가 스며 있다고 파악한다. 우리는 민족음악도 하고 양악도 하여야 한다. 조선음악과 함께 발전하여 오면서 이미 우리의 것으로 토착화된 양악과 양악기를 지금에 와서 탓하거나 버릴 필요가 없다. 문제는 양악과 양악기를 어떻게 이용하는가 하는 데 있다.

북한에서 양악과 양악기는 철저히 조선음악에 복종되어야 한다는 것이다. 양악과 양악기를 가지고도 북한 인민의 감정에 맞는 음악을 북한식으로 창조해나간다면 문제될 것이 없다는 논리이다.

따라서 음악을 주체적으로 발전시키려면 민족적 선율을 바탕으로 하여야한다. 민족음악은 민족의 슬기와 넋이 깃들어 있는 귀중한 문화적 재보이며 사회주의 음악예술의 찬란한 개화발전을 위한 바탕이다. 사회주의 문화는 결코 빈터 위에서 창조될 수 없다. 사회주의문화는 지난날의 민족문화유산을 비판적으로 계승 발전시키는 기초 위에서 창조된다[6]는 것이다.

하지만 민족적 선율을 바탕으로 한다는 것을 지난 시기의 민요 선율을 그대로 되살리는 것으로만 이해하여서는 안된다고 본다. 시대에 뒤떨어진 선율적 요소는 버리고 우리 시대 인민의 생활감정을 생동하게 표현할 수 있는 새로운 선율적 요소를 적극 찾아내어 민족적 선율을 끊임없이 발전 풍부화시켜 나가는 것은 민족적 선율발전의 합법칙적 요구라고 파

6) 김정일, 위의 책, 22-23쪽.

악한다. 따라서 음악에서 전통적인 민족음악을 적극 장려하여야 한다.

북한에서 전통적인 민족음악에서의 기본은 민요라고 파악한다. 즉 민요는 민족음악의 정수이며 민족음악의 우수한 특징을 집중적으로 체현하고 있다는 것이다. 민요는 매개 인민의 고유한 민족적정서와 생활감정에 맞는 참다운 인민의 노래이다. 우리 나라에는 지방마다 특색있는 민요가 많다.

또 북한의 예술 이론서들은 민족악기도 장려하여야 한다고 본다. 민족악기는 민족음악을 창조하는 중요한 수단이라는 것이다. 하지만 민족음악을 장려한다고 하여 복고주의를 허용하지 말아야 한다고 강조한다.

민족음악을 현대적 미감에 맞게 발전시키는 것은 시대의 요구이다. 우리는 혁명하는 시대 인민의 사상감정과 정서에 맞는 민족음악을 발전시켜야 한다고 주장하고 있다. 즉 민요를 발굴하여 재형상하는 사업을 잘하여야 한다는 것이다. 북한의 음악이론서들은 서도민요를 기본으로 내세우면서 남도민요도 좋은 것은 살려야 한다고 주장하고 있다. 보천보 전자악단에서 재형상한 민요 <옹헤야>는 남도민요의 본색을 살리면서도 서도민요창법으로 인민의 현대적 미감에 맞게 잘 형상한 대표적인 민요의 하나라는 것이다.

민족악기를 현대적으로 개량 발전시키는 것은 민족음악을 시대적 미감에 맞게 발전시키는 데서 중요한 의의를 가진다. 민족음악의 본색을 살리면서 현대적 미감을 구현해 나가야 음악이 시대의 요구에 맞는 민족음악으로 될 수 있다. 민족음악을 발전시키는 데서 현대성의 원칙만 내세우면서 역사주의적 원칙을 무시해도 안되며 역사주의적 원칙만 내세우면서 현대성의 원칙을 무시하여도 안된다[7]고 파악한다.

---

7) 김정일, 위의 책, 26-28쪽.

그런데 중요한 것은 음악을 현대화하는 데서도 주체를 세워야 한다고 강조한다. 전자악기를 이용하여도 북한식의 음에 맞게 이용하며 현대음악을 하여도 자신들 식으로 하여야 한다고 파악하는 것이다. 보천보 전자악단의 음악을 인민이 좋아하는 것은 전자악기를 가지고 주체 음악을 북한식으로 훌륭히 연주하기 때문이라는 것이다.

사실 지금까지도 자본주의 나라들에는 락과 디스코, 재즈와 같은 광란적인 음악을 전문으로 연주하는 전자악단이 있으며 그것은 음악을 기형화하고 사람의 건전한 사상의식을 마비시키는 해독적 작용을 하고 있다고 비판한다. 그러나 자본주의 나라들에 있는 전자악단이 부정적 작용을 한다고 하여 전자악기를 배척할 필요는 없다고 파악한다. 단지 보천보 전자악단의 음악을 북한식의 요구를 구현하여 전자악기를 가지고 인민의 취미와 정서에 맞는 조선식 음악을 훌륭히 창조한 빛나는 모범으로 창조하면 된다[8]는 논리를 전개한다.

따라서 다른 나라의 음악을 환상적으로 대하면서 통채로 받아들이는 것은 사대주의, 교조주의의 표현이라고 경계하고 있다. 음악분야에서 사대주의 교조주의가 허용되면 부르주아적이며 수정주의적인 음악의 침습을 막을 수 없으며 북한의 음악을 혁명적으로 건전하게 발전시킬 수 없다고 비판하고 있는 것이다.

3. 혁명에 필요한 것은 명곡이다

북한에서 명곡은 사람들을 혁명투쟁과 건설사업에로 힘있게 불러일으키며 사회발전에 큰 역할을 한 의의 있는 사변들과 함께 역사에 길이 남

8) 김정일, 위의 책, 29쪽.

게 된다고 파악한다. 예를 들면, 주체 혁명 위업의 닻을 올리던 첫 시기에 창작된 혁명송가 <조선의 별>은 수령의 두리에 수많은 청년공산주의자들, 혁명가들을 묶어세우고 인민들을 반일민족해방투쟁에로 적극 불러일으켰으며 해방 후에 창작된 불멸의 혁명송가 <김일성장군의 노래>는 우리 인민을 새 조국 건설과 조국해방정쟁의 승리를 위한 투쟁에로, 주체혁명위업의 완성을 위한 투쟁에로 힘있게 고무 추동하여 왔다[9]고 파악하고 있다. 명곡이란 말 그대로 이름 있는 곡, 잘된 음악이란 뜻이다. 즉 명곡이란 들을수록 좋고 인상깊은 음악이라는 것이다. 음악작품은 들을수록 좋고 인상깊어야 명곡으로서의 가치를 가질 수 있다. 한마디로 명곡은 사상성과 예술성이 높은 음악이다. 높은 사상성에 고상한 예술성이 안받침된 음악이라야 명곡으로 될 수 있다는 논리이다.

따라서 사상성은 명곡의 첫째가는 징표라고 파악한다. 즉 사상성은 주체적인 음악예술의 본질적 속성이며 음악이 혁명에 힘있게 이바지하게 되는 근본요인이라는 것이다. 사상성이 없는 음악은 아무 소용이 없다는 것이다. 주체음악예술에서 해결하여야 할 기본주제는 수령에 대한 주제라고 파악한다. 따라서 음악작품에는 혁명 전통교양, 계급교양, 사회주의애국주의교양을 비롯한 당원들과 근로자들을 혁명적으로 교양하는 여러 가지 내용을 반영하여야 한다고 강조한다.

그런 측면에서 음악작품에서는 자주적인 인간의 영웅적 투쟁과 생활, 숭고한 정신세계를 깊이 있게 보여주어야 한다는 것이다. 따라서 혁명적인 음악은 열정이 강렬하여야 한다고 본다. 음악에서의 열정은 현실에 대한 작곡가의 강렬한 주장과 열렬한 호소의 표현이라는 것이다. 음악에서 열정이 강렬하지 못하면 작품의 사상을 돋구어 줄 수 없다[10]고 본다.

9) 김정일, 위의 책, 31-32쪽.
10) 김정일, 위의 책, 34-36쪽.

그러므로 가사를 쓸 때에는 정치사상적 내용을 시적 감정에 담아 생활적으로 풀어나가야 한다고 강조한다. 그리고 노래는 음악적인 형상도 높아야 한다는 것이다. 음악형상은 뚜렷한 개성을 통하여 창조되어야 하는 것만큼 특색이 있고 새맛이 있어야 한다.

음악에서 예술성은 사상성과 밀접히 결합되어야 하며 인민성, 민족성, 통속성을 전제로 하여야 한다는 입장이다. 북한에서 위대한 주체사상에 기초하여 창시된 주체적 문예사상은 사회주의, 공산주의 문학예술건설의 가장 정확한 길을 밝혀주는 독창적인 문예학설이라고 강조한다. 따라서 주체적 문예사상으로 튼튼히 무장하여야만 과학적인 이론과 방법론에 기초하여 음악창작에서 나서는 그 어떤 어려운 문제도 성과적으로 풀어 나갈 수 있다는 것이다.

시대의 명곡은 시대의 숨결이 맥박치는 현실 속에서만 울려나올 수 있다고 본다. 당의 노선과 정책이 구현되고 있으며 당과 수령에게 끝없이 충실한 근로인민대중의 창조적 열정이 넘쳐나고 있고 기적과 혁신이 끊임없이 일어나고 있는 현실은 창작의 무진장한 원천이며 창작적 지혜와 창조적 기풍의 훌륭한 학교라는 것이다. 따라서 혁명에 필요한 명곡을 많이 창작하자면 창작적 자질을 끊임없이 높여야 한다고 강조하는 것으로 글을 끝맺고 있다.

4. 음악을 대중화하여야 한다.

북한에서는 주체적 음악예술을 성과적으로 건설하자면 음악예술을 대중화하여야 한다고 보고 있다. 음악예술을 대중화한다는 것은 광범한 인민대중을 음악예술창조활동에 널리 참가시키고 그들의 대중적인 힘과 지혜에 의거하여 음악예술을 창조하고 발전시키며 사회의 모든 성원들이 음악을 마음껏 즐길 수 있게 한다는 것을 의미한다. 한마디로 말하여 음악예술을 대중화한다는 것은 음악예술을 대중적 지반 위에서 창조하고 발전시키며 근로인민대중을 음악예술의 참다운 주인으로 되게 한다는 것을 의미한다는 논리이다.

근로인민대중이 주권과 생산수단의 주인으로 된 사회주의제도에서 진정한 노동계급의 음악문화를 건설하려면 노동계급을 비롯한 근로인민대중이 음악예술분야에서도 주인으로서의 지위를 차지하며 혁명적이고 인민적인 음악예술을 창조하고 발전시키는 데서 주도적인 역할을 하여야 한다고 강조한다. 광범한 근로인민대중을 음악예술활동에 널리 참가시키고 그들의 대중적 힘과 창조적 지혜를 적극 발양시킬 때에만 음악예술의 진보를 이룩할 수 있으며 자신들의 주체적 음악예술을 더 빨리 발전시켜 나갈 수 있다[11]는 것이다.

군중음악을 발전시키려면 음악예술 창조활동에 노동계급과 함께 농민들과 병사들, 청소년학생들을 비롯한 보다 광범한 대중을 널리 참가시켜야 한다는 것이다. 그래야 다양한 생활과 사상감정을 반영한 여러 가지 형식과 종류의 음악작품을 더 많이 창조할 수 있으며 군중음악예술을 보다 풍만하게 꽃피워 나갈 수 있다는 것이다.

근로자들 속에서 음악 예술소조를 널리 조직하고 군중음악창조활동을 적극 벌여나가는 것은 음악예술을 대중화하기 위한 실천적 방도의 하나라고 파악하고 있다. 따라서 예술소조는 공장과 기업소, 협동농장과 학교로부터 가두 인민반에 이르기까지 모든 부문들에서 생산단위, 생활단위를 기본으로 하여 실정에 맞게 조직하여야 한다고 강조한다. 예술소조 활동에서는 다양한 주제와 형식의 작품을 가지고 근로자들의 노력 투쟁성

11) 김정일, 위의 책, 41-43쪽.

과를 소개선전하고 일반화하는 데 중심을 두면서 부정적인 현상에 대한 비판도 하여야 하며 그래야 근로자들의 노력투쟁을 고무추동할 수 있으며 그들의 머리 속에 남아 있는 낡은 사상 잔재를 없앨 수 있다고 역설한다. 따라서 예술보급사업을 강화하여야 한다. 예술보급사업을 잘하여야 광범한 근로인민대중이 예술작품을 마음껏 듣고 보고 즐기는 참다운 향유자가 될 수 있으며 그 과정을 통하여 혁명적으로 교양될 수 있다[12]는 입장이다.

5. 민족 수난기의 예술가요와 대중가요

최근 북한은 음악의 대중화와 관련지어 특이한 현상이 나타나고 있다. 그것은 민족수난기의 예술가요와 대중가요를 연구하기 시작한 것이다. 주로 윤이상민족음악원을 중심으로 하여 연구가 활발하게 진행되고 있으며 『력사에 이름을 남긴 음악인들』, 『조선음악명인집』, 『계몽기 가요 선곡집』, 『민족수난기의 가요들을 더듬어』 등 단행본들이 쏟아져 나오고 있다. 그리고 일제강점기의 예술가요의 역사에 대해서도 정리를 시도하고 있다. 개략적으로 그 흐름을 살펴보면, 1920년대에 이르러서 홍난파의 「봉선화」가 창작되고 뒤이어 「사공의 노래」, 「그리움」, 「성불사의 밤」 등이 창작되면서 이와 때를 같이 하여 박태준, 안기영의 작품들로 예술가요가 자기의 뚜렷한 양상을 갖추면서 정립이 되었다[13]고 역사를 서술하고 있다. 그 이전에는 전래의 민요들과 주로 「학도가」, 「권학가」, 「부모은덕가」 「소년남자가」, 「망향가」 등의 창가풍의 가요가 불리워지는 정도였다고 파악하고 있다. 1920년에 창작된 홍난파(홍영후)의 「봉선화」는 창가풍에

12) 김정일, 위의 책, 46-48쪽.
13) 최창호, 『민족수난기아 가요들을 더듬어』, 평양, 평양출판사, 1997, 15쪽.

머물러있던 우리의 가요를 높은 수준에로 끌어올린 비약이었다고 설명하고 있다. 일본에서 우에노 음악학교를 수료한 후 귀국한 홍난파는 「봉선화」, 「옛동산에 올라」, 「사랑」, 「그리움」, 「봄처녀」, 「사공의 노래」, 「여름밤의 별무리」를 비롯하여 수많은 가요들과 동요와 기악곡들을 창작하였다. 특히 1920년에 창작된 가요인 「봉선화」는 나라를 잃은 애조곡으로 널리 불리워졌다. 이 노래가 우리 민족의 정서적 감정을 담고 있으면서도 은은하게 처량한 감정이 안겨드는 것은 그 시기 우리 민족이 처해있던 비극적 처지와 3·1운동 이후 애국자들을 체포하여 잔인하게 학살한 일제의 야만적인 탄압으로 하여 가슴에 설움이 맺혀 들었던 사정과도 관련된다.

1920년대 초와 1930년대 초에 이르러 홍난파의 작품들을 제외하고는 더듬어 볼만한 예술가요의 수는 적다. 이 시기에는 대중가요가 많이 창작되는 양상을 보였다. 그래도 은유적 수법을 구사하면서 이은상 작사, 박태준 작곡인 「동무생각」은 우아하고 깨끗하며 사색의 여운이 있어서 그 시기 사람들에 의해 애창되었다. 하지만 이 시기의 예술가요는 대중가요에 비해 너무나도 적게 창작이 되었다. 따라서 대중가요가 음단의 주류를 형성하게 되었다.

「황성옛터」, 「타향살이」, 「짝사랑」, 「목포의 눈물」, 「잃어진 고향」, 「봄잃은 낙동강」 등은 비록 예술적 경지에 대해서는 논의할 여지가 없었지만 이 시기 겨레의 서글픈 심정을 반영하였던 것으로 하여 민간에 널리 불리워졌다. 그러나 이 시기 일부 예술가요들은 우리 민족이 처했던 슬픈 마음과 그 처지를 반영하지 못하였고 따라서 대중적으로 널리 불리워질 수 있는 통속성도 부족하였던 것[14]이다.

그러나 이 시기 홍난파, 이상준, 안기영, 박태준, 서상석, 현제명, 이홍

14) 최창호, 위의 책, 24-25쪽.

렬 등의 작곡가들의 노력으로 동요는 비교적 왕성하게 창작되어 오늘에 와서는 귀중한 유산으로 되고 있다. 김경 작사, 안기영 작곡의 「작별」, 박순덕 작사, 안기영 작곡의 「추억」 등의 예술가요는 스쳐 남길 수 없는 작품들이다.

1920년대 중엽에 김서정은 나운규의 연출로 된 무성영화 「아리랑」의 주제가인 「신조아리랑」을 편작하였다. 그 시기의 영화는 무성영화였기 때문에 영화를 상영하면서 변사가 육성으로 장면들을 해설해 주지 않으면 안되었다. 그리고 역인물의 대사들도 변사가 혼자서 육성으로 관객들에게 전달해주었다.

바로 이 시기에 창작된 무성영화 「아리랑」의 주제가 「신조아리랑」은 북한의 인민배우 김련실이 열여섯 살 나던 소녀시절에 영화관에서 직접 육성으로 불러주어 이 노래가 민간에 급격히 파급[15]되었다. 무성영화 시기에 「아리랑」을 편작한 이후 김서정은 동요 「봄노래」를 창작하였다. 이 노래는 비록 동요이기는 하지만 밝고 천진하고 명랑한 동심적인 정서가 성인들의 마음에도 전심되어 남녀노소 구별없이 겨레의 애창곡이 되었다. 또 무성영화 「세 동무」의 주제가(김서정 작사, 작곡)도 김련실이 불러 민간에 널리 유행하였다.

김서정은 무성영화 「락화유수」의 주제가인 「강남달」을 창작한 후 영화창작에 정력하다가 일찍 세상을 떠났기 때문에 더 전해오는 작품이 없다. 이 시기 이은상 작사, 채동선 작곡인 「갈매기」도 많이 불리워졌다. 이 노래는 작가의 시와 작곡가의 선율을 오선지 위에 적어나간 하나의 회화적인 풍경가요[16]라고도 할 수 있다.

최창호는 이어서 대중가요의 역사도 더듬은 후에 「학도가」, 「봉선화」,

---

15) 최창호, 위의 책, 30-31쪽.
16) 최창호, 위의 책, 33쪽.

「봄처녀」, 「고향의 봄」, 「황성옛터」, 「목포의 눈물」, 「짝사랑」, 「꿈꾸는 백마강」, 「목포는 항구다」, 「진주라 천리길」, 「번지없는 주막」, 「락화유수」, 「애수의 소야곡」, 「나그네설움」, 「바다의 교향시」 등의 악보도 부록으로 채록해 놓았다. 아울러 악보를 채록하지 못한 곡들인 조령출, 박영호 편, 김릉인, 리부풍 편 등은 가사만을 옮겨 놓고 있다. 이중 박영호(1911년~1953년)와 조령출(1913년~1993년)은 1930년 초부터 인기를 누렸던 대중가요의 가사를 주로 작사한 양대산맥이었다. 박영호의 대표작으로는 백란아 노래로 유명한 「아리랑 랑랑」과 「짝사랑」, 「번지없는 주막」, 「천리정처」 등이 있다. 조령출은 월북하여 가사, 서정시, 희곡, 혁명가극 등 다양한 분야에서 활동하였다. 와세다대학 불어과에서 공부한 그는 1933년 동아일보 신춘문예에서 「서울노래」로 당선이 되었으며 일제강점기인 1930년대 초엽부터 1940년대까지는 조명암, 리가실, 김운탄 등의 필명으로 500여 곡의 대중가요를 작사하였다. 그의 대표작으로는 「울산타령」, 「진주라 천리길」, 「서귀포 칠십리」, 「꿈꾸는 백마강」, 「선창」, 「고향초」, 「갑돌이와 갑순이」, 「락화유수」[17] 등이 있다.

II. 작곡에서의 기본원칙

1. 음악은 선율의 예술이다

1) 음악에서 기본은 선율이다

북한의 음악이론서들은 한결같이 선율을 최우선적으로 강조한다. 음악

17) 문성렵, 『력사에 이름을 남긴 음악인들』(2), 평양, 사회과학출판사, 2002, 214-217쪽.

은 사람에게 친근감을 준다. 그것은 음악에 사람이 즐겨 듣고 부를 수 있는 선율이 있기 때문이라는 것이다. 선율은 인간의 사상감정의 충동에 따라 스스로 흘러나오는 정서의 표현이다.

선율은 동물의 울음소리를 흉내낸 것도 아니며 노동동작의 리듬이나 말의 억양 같은 것을 모방한 것도 아니다. 선율은 처음부터 말과 밀접히 결부되어 생겨난 것만큼 그 억양의 영향을 받은 것은 사실이다. 그러나 선율은 자연이나 사회의 그 어떤 현상을 단순히 흉내내거나 본따서 생겨난 것이 아니다. 선율은 사람의 자주적인 요구와 창조적인 활동을 반영하여 창조된 음악예술의 수단으로서 인간의식의 독자적인 산물이라는 색다른 주장을 편다.

사람은 일상생활에서 흔히 자기의 감정을 선율에 담아 표현한다는 것이다. 사람이 기쁜 일이 생겼거나 마음이 유쾌할 때 흥얼흥얼 콧노래를 부르는 것은 이것을 잘 말하여준다는 것이다.

착취사회에서 근로인민들의 노동소리에는 고된 노동 속에 시달리는 신세를 한탄하면서 막연하게나마 그 어떤 희망과 기대를 가지고 힘든 고역을 잊으려는 착취받는 사람의 사상감정의 충동이 느껴지며 착취와 압박이 없는 북한 사회의 노동가요 선율에서는 새생활을 창조하는 보람찬 노동 속에서 느끼는 삶의 긍지와 희열이 넘쳐나고 있다고 강조한다.

선율은 인간의 사상감정을 반영한 것이다. 선율이 인간의 사상감정의 반영이라고 하여 인간의 사상감정을 표현하는 기본형식이며 교제수단인 말과 같은 것은 아니다. 말은 사람의 사상감정의 직선적인 표현이지만 선율은 사상감정의 충동에 의한 정서적인 표현이다. 즉 선율은 음악의 사상정서적 내용을 표현하는 기본수단이다. 따라서 선율은 음악형상의 질을 규정하는 근본요인으로 간주된다. 사람이 노래를 들을 때 반주가 없이 선율만 들어도 음악의 형상세계에 깊이 잠기고 거기서 깊은 감동을 받지만 선율이 없이 반주에 있는 화성이나 장단만을 듣고서는 별로 흥미를 느끼지 못하고 음악적인 감흥을 받지 못한다는 것이다.

선율은 음악형상창조에서 주도적이며 첫째가는 수단이 된다. 이런 의미에서 음악은 선율의 예술이라고 말할 수 있다고 다시 한번 강조한다. 그러면서 자본주의의 대중음악을 비판하고 그것의 유입을 경계하고 있다. 현세기 벽두에 생겨나기 시작한 현대주의요, 전위주의요 하는 음악은 사상적 내용을 거부하고 내용의 존재방식으로서의 형식을 파괴함으로써 음악 표현수단의 표현적 의의를 말살한다. 이런 음악은 예외없이 선율을 차요시하거나 없애버린다는 것이다. 오늘 세계적으로 대중음악분야에서는 제국주의자들의 기형적인 생활, 썩고 병든 정신상태를 반영한 재즈, 락을 비롯한 반인민적이며 퇴폐적인 음악이 만연되어 선율을 괴벽하게 기형화하거나 단조로운 리듬의 무미건조한 부속물로 만듦으로써 선율을 농락하며 모독하고 있다고 비판한다.

북한의 음악에서 20세기 제국주의 사회의 산물인 반인민적이며 반사실주의적인 요소가 절대로 끼여들어오거나 싹트지 못하게 하여야 한다는 것이다. 물론 북한 음악 발전에서 현대음악의 발전추세를 무시할 수 없다는 것이다. 그러나 세계적인 음악추세를 받아들이는 경우에도 선율을 무시하고 기형화하거나 없애 버리려는 것과 같은 반사실주의적인 창작방법의 사소한 요소도 끌어들여서는 안되며 선율을 위주로 하는 건전한 음악을 우리 식으로 소화하여 받아들여야 한다[18]고 강조한다.

음악창작에서 선율 위주, 선율본위로 나가는 것은 당이 내세우는 확고한 원칙이라고 파악한다. 즉 음악창작에서 화성, 짜임새, 리듬과 같은 다른 모든 수단들은 선율을 살리는 데 복종되어야 한다. 장단은 선율과 동

18) 김정일, 앞의 책, 52-54쪽.

반하여 반복되는 리듬투로서 선율에 율동적인 흥취를 돋구어주는 대중적 인 표현수단이다. 장단은 타악기로만 일관하게 살려 쓸 수도 있고 반주하는 여러 가지 악기들의 음악적 흐름 속에서 나타나게 할 수도 있지만 어떤 경우이든지 그것은 선율에 맞게 써야 하며 선율을 압도하고 약화시키지 않도록 써야 한다[19]고 강조한다.

2) 선율은 아름답고 유순하여야 한다

선율은 아름다워야 한다. 선율의 아름다움은 인간의 아름다운 감정의 정서적 반영이다. 참된 인간이 지닌 감정과 지향은 아름다운 것이다. 자주성과 창조성은 사람의 본성인 것만큼 자주적이고 창조적인 생활을 위하여 투쟁하는 참된 인간의 감정보다 아름다운 감정은 없다.

자연과 사회의 구속에서 벗어나기 위한 인간의 영웅적인 투쟁과 역사의 자주적 주체인 인민대중에 대한 헌신성, 사회적 집단과 혁명동지에 대한 사심 없는 희생성, 그 모든 정신세계의 핵을 이루는 당과 수령에 대한 끝없는 충실성은 참된 인간의 아름다운 풍모라고 강조한다. 선율은 참된 인간이 지닌 고상한 감정을 반영하여야 하는 것만큼 저속하고 부패한 것과 인연이 없는 아름다운 것으로 되어야 한다. 인간의 자주적이며 창조적인 지향과 요구에 배치되는 개인 이기주의와 인간 증오 사상, 물욕과 향락주의에 빠진 자들이 즐기는 아름다움은 결코 아름다운 것으로 될 수 없다는 것이다. 그것은 사람을 타락시키고 사람의 정신을 좀먹는 썩어빠진 사상감정의 반영일 따름이라는 것이다. 북한 음악의 선율에서는 온갖 저속한 감정을 철저히 배제하여야 하며 오직 자주적 인간이 지닌 건전하고 고상한 아름다움만을 반영하여야 한다고 파악한다.

19) 김정일, 위의 책, 55쪽.

선율은 유순하여야 한다고 본다. 유순한 선율은 조선사람이 좋아하는 우리 음악의 민족적 특성이라는 것이다. 조선사람은 색은 진한 것보다 연한 것을 좋아하며 선율은 왁왁 고거나 높이 지르는 것보다 유순한 것을 좋아한다. 이것은 우리 인민의 민족적 감정, 민족적 정서의 반영이라는 것이다. 북한 인민이 좋아하는 유순한 선율이란 결코 맥이 없고 안온한 선율을 두고 하는 말이 아니라고 또한 강조한다. 조선사람은 예로부터 노동에 성실하고 근면하며 외래침략을 반대하는 싸움에서 언제나 용감하였다는 것이다. 이것은 착취계급의 한유하고 나태하며 비겁하고 비굴한 성품과는 아무런 인연이 없는 진취적이고 낙천적이며 낭만적인 성격으로 나타난다[20]는 것이다.

선율을 아름답고 유순하게 하려면 대화창식 선율을 없애고 절가식 선율을 창조하여야 한다고 강조한다. 대화창은 보통말에 곡을 붙인 것으로서 말의 억양처럼 부차적이고 보조적인 역할밖에 하지 못하는 비선율적인 성악형식이라고 비판하고 있다. …… 대화창은 말의 억양을 음조화하였을 뿐 음악언어의 본질적 속성의 하나인 음률을 가지고 있지 못하기 때문에 진정한 의미에서 선율이라고 말할 수 없다[21]는 것이다.

따라서 대안으로 제시하고 있는 것이 절가형식이다. 절가는 선율의 본질적 요구를 잘 살릴 수 있고 인민의 오랜 음악언어적 전통과 관습에 잘 맞는 훌륭한 음악형식이다. 절가에서의 선율은 음률이 정연하고 자연스러워 사람이 듣기에 편하고 부르기 쉽기 때문에 우아하고 점잖은 조선말의 가사와 잘 결합되면 더욱 유순해질 수 있다는 것이다.

선율을 아름답고 유순하게 하려면 선율에서 오르내림과 굴곡이 심한 것을 없애고 그것을 유순하게 펴야 한다는 것이다. 선율이 유순하다는 것

20) 김정일, 위의 책, 56-58쪽.
21) 김정일, 위의 책, 58쪽.

은 가사에서 받은 감정적 충격에서 우러나오는 선율의 자연스러운 흐름을 의미한다는 것이다. 선율은 가사를 선율적 언어로 자연스럽게 전환시킬 뿐 아니라 자체의 고유한 언어적 특성을 살려 자연스럽게 흐를 때라야 부르기 편하고 순탄한 선율로 될 수 있다는 것이다. 선율에서 오르내림과 굴곡이 심한 것을 없애고 선율을 유순하게 펴려면 가사와 곡을 밀착시키고 그에 맞는 선율의 특성을 잘 살려야 한다.

즉 노래창작에서 절가형식은 가사와 곡을 밀착시킬 수 있는 가장 우월한 형식이다. 가사와 곡을 밀착시키는 것은 절가로 된 노래 창작에서 나서는 원칙적 요구이라는 것이다. 가사와 곡을 밀착시켜야 가사의 뜻을 잘 전달할 수 있으며 선율의 가창적 본성에 맞게 선율의 자연스러운 흐름을 보장할 수 있다는 것이다. 가사와 곡을 밀착시킨다는 것은 가사의 시어와 음악의 선율을 조화롭고 자연스럽게 결합시킨다는 것을 의미한다[22]는 것이다. 즉 선율을 아름답고 유순하게 하기 위하여서는 인민음악의 우수한 특성을 창조적으로 살리고 발전시켜야 한다.

인민음악은 민족음악발전의 주류이며 원동력이다. 인민 대중은 역사의 주체일 뿐 아니라 음악을 포함한 인류의 정신 문화적 재부를 창조하는 데서도 주체라고 강조한다. 인민대중의 창조적 노동과 생활 속에서 창조된 인민음악의 선율이야말로 매개 나라의 민족적 선율을 대표하며 그 본보기가 된다. 인민음악에는 민족적 선율의 아름답고 우수한 특성이 집중되어 있으며 오늘 북한 음악의 바탕으로 되는 민족적 특성이 깊이 스며있다고 파악하고 있는 것이다. 인민이 오랜 세월을 두고 창조하여 온 인민음악은 우아하고 아름다워 세상에 내놓고 자랑할 만한 높은 예술적 품위를 가지고 있다고 본다. <아리랑>, <도라지>, <양산도>를 비롯한

22) 김정일, 위의 책, 58-60쪽.

민요는 선율이 아름답고 우아하여 사람의 마음을 맑고 깨끗하게 할 뿐 아니라 그 구슬프고 처량한 정서로 사람의 감동을 자아낸다. 인민음악 가운데는 노동의 약동하는 기백과 삶의 열렬한 지향이 넘쳐나는 선율로 사람을 즐겁고 흥겹게 하여주고 그들에게 힘과 용기를 안겨주는 노래도 많다고 파악한다. 조선민요의 선율에는 우리 인민의 높은 음악적 재능이 깊이 스며있으며 음악언어의 민족적 특성이 뚜렷이 살아있다고 본다. 민요는 조선말의 특성에 맞게 선율의 민족적이며 통속적인 가창성도 잘 살리고 있다는 것이다. 민요에는 약박으로 시작되는 선율이 별로 없다는 것이다. 이것은 우리말로 된 시가의 운율적 특성과 관련되어 있다는 것이다. 조선말로 된 시가는 시적 정서가 구수하고 점잖을 뿐 아니라 역점이 그리 두드러지지 않으면서도 언제나 시 구절의 첫머리에 순하게 나타난다는 것이다.

민요는 가사와 곡이 밀착되어 있기 때문에 민요의 가사를 오늘의 시대에 맞게 고치는 경우 가사와 곡의 밀착관계를 고려하여야 한다는 것이다. 민요의 가사를 망탕 고치면 노래가 재미없고 들을 맛이 없게 되고 만다는 것이다.

작곡가는 인민의 정서와 감정, 기호에 맞는 유순하고 아름다운 북한식의 민족적 선율을 훌륭히 창조함으로서 음악을 조선사람이 좋아하고 즐길 수 있는 인민적인 음악예술, 조선사람을 위하여 복무하고 조선혁명에 이바지하는 혁명적인 음악예술로 발전시켜야 한다[23]고 강조한다.

23) 김정일, 위의 책, 63-64쪽.

2. 절가는 인민음악의 기본형식이다

북한음악이론서들은 인민음악에서 노래의 기본형식은 절가라고 강조하고 있다. 음악의 견지에서 볼 때 절가란 형상적으로 완결된 선율이 반복되면서 가사내용의 변화발전에 따라 형상이 전개되어 나가는 음악형식을 말한다. 절가형식은 구조가 간결하면서도 다양한 서술적 기능을 가지고 있기 때문에 인간의 그 어떤 사상 감정도 폭넓고 깊이 있게 반영할 수 있다고 파악한다. 절가를 인민에 의하여 발생발전 되어온 인민적인 음악형식이라는 것이다. 절가형식은 그 발생자체가 인민대중의 노동생활과 밀접히 결부되어있을 뿐 아니라 집단적인 가창형식에 기초를 두고 있다는 것이다. 절가형식은 인민대중의 창조물인 민요를 통하여 전해오면서 발전하고 완성되었으며 진보적이고 인민적인 음악가들에 의하여 보존되고 풍부화되면서 구조적으로 완성되었다고 파악한다.

오늘 북한에서 인민대중은 역사의 자주적인 주체로서 사회의 참다운 주인이 되어 자주적 인간의 참된 삶은 값높이 빛내어 나가고 있다는 것이다. 따라서 우리 시대의 요구를 반영한 음악예술은 마땅히 인민적이고 통속적인 절가형식이 위주로 되어야 한다는 것이다.

착취계급사회에서는 절가형식으로 된 가요음악이 저급한 음악으로 간주되었으며 역사에 이름을 남겼다는 작곡가들도 절가형식의 가요 창작을 매우 소홀히 하였다는 것이다. 절가형식의 중요한 특성의 하나는 선율의 반복성이다. 절가형식에서는 선율이 특색있고 개성적이어야 한다. 그래야 반복하는 선율이 지루하지 않고 반복할수록 계속 새맛을 주면서 인상이 깊어지게 된다는 것이다.

절가에서 반복되는 선율이 정서가 깊고 사색적이며 열정적일 때 선율적 형상은 반복할수록 사람을 심오한 음악적 세계에 깊이 끌어들이게 되고 거기에서 깊은 감동을 받게 할 수 있다. 절가에서 선율의 반복성은 가사도 그에 맞게 될 것을 요구한다.

불후의 고전적 명작 『피바다』를 혁명가극으로 옮길 때 거기에 나오는 노래 <녀성들도 모두다 힘을 합치면>을 쓰던 경험은 교훈적이다. 그때 작사자가 노래 제1절은 "싸리나무 한가치는 꺾기 쉽지만 아름드리 나무는 꺾지 못하리"라고 4.3체로 쓰고 제2절은 "강 기슭의 모래알은 차던질 수 있지만 산기슭의 바위는 움직이지 못하리"라고 4.4체로 썼기 때문에 제2절의 가사가 선율과 맞지 않아 대화창처럼 더듬어야 하였다. 그 노래의 제2절을 1절의 가사처럼 "강기슭의 모래알은 흩어지어도 산기슭의 바위는 못 움직이리"라고 4.3체로 고치도록 하였더니 가사가 시적으로 되었을 뿐아니라 선율과 자연스럽게 맞아떨어져 선율이 유순하게 흘러가게 되었다[24]는 것이다.

절가는 원래 인민의 창조적인 생활 속에서 나왔고 발전 완성되어온 매우 능동적이고 창조적인 음악형식이다. 절가 형식은 한두 가지의 고정된 격식에 매워있지 않는다. 인민대중의 창조물인 절가 형식의 민요 가운데는 한두 절의 짧은 노래도 있고 여러 개 절의 긴 노래도 있으며 인물의 교감형식으로 많은 절을 재미나게 엮어나가는 노래도 있다는 것이다.

민요에는 김매기를 하면서 서로 주고받으며 노래하는 느리고 긴 절을 가진 노래도 있으며 짧은 절을 끊임없이 반복하는 노동가요나 윤무가요 같은 노래도 있다. 절가 형식의 노래는 인민들 속에서 창조될 때부터 구조와 형식이 매우 다종다양하였다. 창작가들은 절가의 반복적인 구조형식을 쓰는데서 인민음악의 우수한 특성을 살려 생신하고 새로운 구조형식을 적극 창조하여야 한다고 파악하였다. 절가 형식은 구조가 간결한 것

---

24) 김정일, 위의 책, 75-77쪽.

이 특징이라는 것이다.

절가 형식은 가사와 곡에서 주고받는 대구적인 구조를 가지므로 간결하면서도 풍부한 내용을 담을 수 있는 우월성이 있다는 것이다. 절가 형식이 가지는 전렴과 후렴의 대구적인 특성은 집단적인 가창생활과정에 인민대중의 재능에 의하여 형성된 인민적인 요소라는 것이다.

절가 형식의 간결한 대구적 특성은 절가의 반복적 특성과 함께 <피바다>식 가극을 창조하면서 인물들 사이의 교감, 무대노래와 방창 사이의 교감 같은데서 활발히 이용되어 그 표현적 우월성을 크게 보여주었다고 강조한다. <피바다>식 가극에서 이룩한 경험은 절가적인 노래를 쓰는데서 서정적 서술과 서사적 서술, 극적 서술을 다양하게 이용하면서 그것을 절가 형식의 대구적 구조형식과 잘 결합함으로써 풍부한 내용을 다양하고 생동한 형상으로 간결하게 표현할 수 있는 넓은 길을 열어주었다고 설명하고 있다.

절가 형식을 살리고 발전시키기 위하여서는 가요창작에서 절가 형식을 잘 살리고 발전시킬 뿐 아니라 그것을 확대 발전시켜 그에 기초한 새로운 구조형식을 더 많이 찾아내야 한다.

독주곡, 중주곡, 관현악곡과 같은 기악곡에는 통일적이고 독창적인 주제가 있어야 한다. 우리의 기악곡은 대부분 명곡과 민요를 주제로 하고 있는 것만큼 그 주제가 절가 형식으로 되는 경우가 많다. 기악작품에서 주제는 하나만 있을 수도 있고 둘 또는 그 이상 있을 수도 있다는 것이다. 기악작품에서는 하나의 주제가 제시되면 중간부에서 그것을 변형시키거나 다른 주제를 써서 형상을 대조시키며 그 다음에는 처음형상을 다시 반복시켜 형상적으로 통일시키게 된다. 이렇게 하는 것이 한 주제에 기초한 3부분 형식이라는 것이다. 두 주제에 기초한 3부분 형식에서는 두 개 주제가 제시부에서 대조되고 중간부에서 그것이 발전되거나 더 복잡한 대조를 이루고 재현부에서 두 주제가 여러 가지 방법으로 통일될 수 있다는 것이다.

음악 작품창작에서 대조와 통일의 원칙은 중요한 음악문법의 하나가 된다고 본다. 음악창작분야에서는 음악문법의 요구를 지키면서 기악음악 형식을 끊임없이 새롭고 다양하게 창조하여야 한다는 것이다. 절가로 된 명곡과 민요를 주제로 하여 만든 기악음악형식에서는 주제에서 절가의 우월성과 특성이 잘 살아나게 하여야 한다[25]고 강조한다.

3. 악기편성에서 기본은 민족악기와 서양악기를 배합하는 것이다

악기편성은 음악창작의 중요한 수단의 하나로 된다. 음악에서 선율이 가장 중요한 표현수단이기는 하지만 독창, 독주의 반주를 비롯한 각양각색의 기악 앙상블 형식이 없이는 그 예술성을 더욱 풍만하게 살려내지 못한다. 관현악, 중주, 경음악 같은 기악 앙상블 형식의 음악을 잘 쓰자면 악기편성을 바로 하여야 한다고 강조한다. 즉 악기편성은 음악의 민족적 색깔을 살리는 데서 큰 역할을 한다는 것이다. 북한음악의 여러 가지 앙상블 형식에서 민족악기와 서양악기를 배합하는 것은 주체적인 악기편성의 중요한 원칙이라고 강조한다. 따라서 민족악기와 서양악기를 배합하는 것은 우리 민족악기의 역할을 더욱 높여 민족음악을 현대적으로 발전시키며 서양악기를 민족음악발전에 복종시키기 위한 필수적 요구라고 역설한다.

물론 15~16세기에 전성기를 이룬 매우 방대한 규모의 관현악단이 우리나라에 있었다는 것은 우리 민족의 자랑이다. 그러나 그것은 봉건 통치

---

25) 김정일, 위의 책, 79-81쪽.

배들이 인민대중을 억압통치하기 위한 도구로서 그들의 허례허식에 맞게 규모만 방대하였을 뿐 인민대중의 음악생활과 동떨어져 세속화되지 못하였으며 그 악기도 과학성에 기초하여 근대적인 추세에 맞게 개량발전되지 못한 것이었다고 비판한다 이러한 봉건궁중의 관현악이 우리 시대에 와서 인민의 미감에 맞을 리 없다[26]는 것이다.

구라파에서 발생한 서양악기는 근대적인 산업혁명과 기술문명의 도움으로 봉건적 낙후성을 극복하고 과학적 토대 위에서 근대적으로 발전하였으며 널리 전파되어 지역적 한계를 벗어난 세계적인 악기가 되었다. 우리나라에도 일찍부터 서양악기가 들어와 널리 퍼졌다. 그러나 서양악기는 구라파에서 발생 발전하였으므로 여러 면에서 우리 민족의 정서와 감정에 잘 맞지 않는다. 서양악기를 우리 민족음악 발전에 복종시키자면 서양악기로도 우리 음악을 연주할 수 있게 하고 민족악기와 배합시켜 우리식의 소리색깔을 내게 하며 우리 악기의 우월성을 더 잘 살리도록 하여야 한다고 주장하고 있다. 민족악기와 서양악기를 배합하려면 민족악기를 현대적으로 개량하는 사업을 앞세워야 한다는 것이다.

북한에서는 민족음악발전의 요구로부터 오랜 기간의 준비와 시험 단계를 거쳐 1960년대 말에 악기개량을 본격적으로 시작하여 빠른 시일 안에 기본적으로 완성하였다. 민족악기와 서양악기의 배합편성을 실현하는 데서 중요한 것은 민족악기를 위주로 하고 민족악기의 역할을 적극 높이도록 하는 것이다.

민족적인 것을 위주로 하고 그 역할을 높이는 것은 사회주의적 민족음악의 주체성을 살리기 위한 원칙적 요구이다. 민족악기를 위주로 하고 그 역할을 높여야 음악을 참으로 인민적이고 민족적인 것으로 되게 할 수

---

26) 김정일, 위의 책, 83-85쪽.

있다. 민족악기 가운데서 단소, 젓대와 같은 죽관악기는 음색이 맑고 처량하여 다른 어떤 악기로도 그 소리를 흉내낼 수 없는 독특하고 우월한 악기이다. 가야금이나 양금, 옥류금 같은 현악기도 독특한 연주법을 가진 세상에 자랑할 만한 민족악기이다. 해금속악기도 소리가 매우 유순하여 우리 인민의 감정에 잘 맞는다. 배합악기편성에서는 민족악기를 내세우고 그 우월성과 특성을 잘 살림으로써 중주, 합주, 관현악에서 민족적인 앙상블 형식의 특색이 뚜렷이 나타나게 하여야 한다.

특이한 것은 현악기의 배합에서는 해금속악기와 바이올린 속악기를 1대1의 비율로 배합하여 제3의 소리를 얻어내게 하여야 한다고 강조한 것이다. 이런 원칙에서 배합한 우리 관현악의 현악기는 해금소리도 아니고 바이올린 소리도 아닌 매우 아름답고 우아한 소리를 내고 있다[27]고 자랑한다.

목관악기의 배합에서는 민족목관악기와 서양목관악기의 소리를 균형있게 배합하여 새로운 특이한 소리를 얻는 것과 함께 서양목관악기를 너무 남용하지 말고 우아하고 아름다운 우리나라의 죽관악기 소리를 잘 살리는 것이 중요하다고 파악한다.

금관악기로는 양악기를 그대로 쓰면 된다는 것이다. 쇠소리가 나는 금관악기를 너무 많이 쓰면 민족악기의 우아하고 유순한 소리를 방해할 수 있다. 금관악기의 소리는 필요 없이 남발하지 말고 조심스럽게 써야 한다는 것이다. 가야금이나 양금, 옥류금과 같은 민족악기를 쓰는 경우에 서양의 하프는 쓰지 않아도 된다는 것이다. 타악기에서는 장고나 꽹과리를 비롯한 민족악기의 효과를 잘 살려 써야 한다는 것이다. 북한에서는 경음악에서도 민족악기와 서양악기를 배합하는 것이 좋다는 입장을 고수한

---

27) 김정일, 위의 책, 86-88쪽.

다. 경음악에서는 색스폰과 같은 악기도 필요하지만 그런 악기만 가지고서는 우리 인민의 민족적 감정을 살리기 어렵다. 민족죽관악기를 비롯한 민족악기를 배합하여 경음악을 편성하면 아름답고 우아한 소리로 흥취와 멋을 돋구어 경음악적 효과를 더 크게 나타낼 수 있다[28]는 주장이다.

4. 편곡은 창작이다

1) 편곡은 음악형상을 풍부히 한다

북한음악이론서들은 특이하게 편곡을 매우 강조한다. 편곡은 원곡의 사상적 내용과 정서적 색깔을 돋구어 주어 음악형상을 풍부히 한다. 요약하면, 편곡이란 원곡의 성음을 다성화하거나 구조를 확대변형하며 한 악기편성을 다른 악기편성으로 고쳐 음악형상을 새롭게 하는 창작작업을 말한다는 것이다. 편곡에는 노래를 위한 반주편곡, 선율성부를 다성화하는 성부편곡, 한 악기편성으로부터 다른 악기편성으로 옮기는 여러 가지 형태가 있다. 편곡이 어떠한 형태를 띠여도 그것은 다 창작으로 보아야 한다.

주제 선율을 전개하여 새로운 형상을 창조하는 편곡은 보다 적극적인 창조적 사색과 탐구를 요구하는 하나의 창작이다. 같은 주제 선율을 가지고도 표현 수단과 수법, 구성형식에 따라 음악은 합창곡으로도 될 수 있고 독주곡, 중주곡, 관현악작품으로도 될 수 있다는 것이다. 작곡가는 편곡을 통하여 자기의 창작적 구상과 의도에 맞게 주제선율을 발전시키며 간단한 주제선율을 가지고도 구조를 확대하여 음악작품의 규모를 크게 만들 수 있다는 것이다.

---

28) 김정일, 위의 책, 88-89쪽.

편곡에서 중요한 것은 작곡가가 자기의 창조적 개성과 독창성을 어떻게 발휘하는가 하는 문제라고 파악한다. 오늘날 북한의 음악실천에서 편곡은 매우 중요한 자리를 차지하며 그 역할을 날을 따라 더욱 높아지고 있다고 파악한다. 인민들 속에 널리 알려진 명곡과 민족의 재부인 민요를 소재로 하여 기악음악을 창작하는 것은 당이 내놓은 방침이라는 설명이다. 명곡과 민요를 소재로 하여 기악작품을 창작한다는 것은 명곡과 민요의 선율을 주제로 하고 그것을 편곡하여 기악작품을 만든다는 것을 말한다는 것이다. 인민들 속에 널리 알려진 명곡과 민요를 소재로 하여 기악작품을 만드는 것은 북한 음악을 주체적으로 발전시키고 기악음악의 인민성을 보장하는 중요한 방도의 하나가 된다는 입장이다.

편곡은 노래 선율을 짓는 것에 못지 않은 어려운 작업으로서 높은 창작기교를 요구한다. 자기가 쓴 노래를 자기가 편곡하지 못하는 사람은 작곡가라고 말할 수 없다. 누구는 선율은 잘 쓰나 편곡기술이 약하기 때문에 선율만 작곡하고 누구는 편곡기술이 높기 때문에 편곡만 하는 식으로 하면 창작가들을 기형화하게 된다[29]고 파악한다.

2) 선율본위로 편곡하는 것이 우리 식이다.

북한의 음악이론서들은 편곡은 우리 식으로 하여야 한다고 주장한다. 그리고 편곡을 우리 식으로 한다는 것은 리듬본위가 아니라 선율본위로 한다는 것을 말한다고 첨언한다. 편곡을 할 때 장단을 살린다고 하면서 선율을 무시하여도 안되지만 선율을 살린다고 하면서 음악을 메마르게 하여도 안된다. 편곡은 주제선율을 살리면서도 종합적인 울림이 풍만해지고 입체감이 나게 하여야 한다는 것이다. 편곡에서 선율을 살리자면 주

29) 김정일, 위의 책, 92-94쪽.

제선율의 각을 뜨지 말아야 한다. 주제선율의 각을 떠서 높였다 낮추었다 하면서 이리저리 끌고다니면 선율이 토막나고 곡상으로부터 멀어져 나중에는 무엇을 그리려는 것인지 그 형상적 내용을 알 수 없게 된다는 것이다.

북한은 모든 면에서 인민성을 주장하므로 예술에서도 인민성을 철저히 구현하여야 한다고 강조한다. 인민성을 떠난 음악은 아무 소용이 없으며 그것은 단순한 음의 장난에 지나지 않는다. 참다운 예술성은 언제나 인민성을 전제로 해야 한다는 것이다. 관현악 <청산벌에 풍년이 왔네>와 교향곡 <피바다> 제3악장 <혁명의 기치>에서 이러한 주제선율의 가공발전수법을 잘 이용하였다. 문제는 어떤 노래를 편곡하든지 원곡의 정서가 잘 살아나게 하면서 선율의 본색을 놓치지 않도록 하는데 있다. 아울러 편곡은 새 맛이 나게 하여야 한다는 것이다. 편곡은 특색이 있고 새맛이 나야 들을 재미가 있다. 좋은 음악은 아무리 들어도 또 듣고 싶지만 남의 것을 본따서 만든 음악은 아무리 새로 만든 음악이라 하여도 새맛을 주지 못한다고 하면서 창조성을 강조한다. 편곡을 특색 있고 새맛이 나게 하자면 형상 수단과 수법을 다양하고 독특하게 써야 한다. 형상 수단과 수법을 독창적이며 개성적으로 써야 작품의 사상성도 뚜렷해지고 정서적 감화력이 커진다. 높은 열정과 심오한 사색으로 끊임없이 새것을 탐구하는 작곡가는 인민이 사랑하는 좋은 음악을 창작할 수 있으나 그렇지 못한 작곡가는 일생동안 후세에 남길 만한 작품을 한 편도 써내지 못한다[30]고 하면서 작곡가의 창조성을 강조한다.

음악형상에서 화성은 중요한 역할을 한다. 화성을 어떻게 쓰는가 하는데 따라 음악의 색채가 달라진다. 화성이 리듬과 함께 조화를 부리면 맑

30) 김정일, 위의 책, 94-97쪽.

고 명랑한 노래를 어둡게 할 수도 있고 장중한 노래를 가볍게 할 수도 있다고 주장한다. 화성은 그 고유한 음향적인 색깔로 하여 민족적인 특성을 살리기도 하며 현대적인 미감을 돋구기도 한다. 작곡가들은 화성이 가지는 풍부한 형상적 가능성을 옳게 인식하고 민족적 정서와 시대의 마감에 맞는 새로운 화성을 탐구하는 데 깊은 주의를 돌려야 한다는 것이다. 화성을 선율에 맞게 쓰려면 선율음에 화음을 맞출 뿐 아니라 선율의 전반적인 양식과 양상에도 맞아야 한다.

화성을 쓰는 데서 민족적 특성을 살려야 한다. 편곡을 특색 있고 새 맛이 나게 하자면 복성수법도 다양하게 써야 한다. 우리의 기악작품의 주제는 대부분의 절가 명곡에 기초하고 있는 것만큼 다양한 복성수법을 활용하여 음악의 단조로움을 피하고 울림을 입체적으로 풍만하게 하여야 한다는 것이다. 복성수법은 어디까지나 주제 선율을 살리는 데 복종되어야 한다. 편곡에서는 주제 선율을 복성적으로 풀어나가기도 하며 주제 선율과 맞선 대위 선율을 주고 전개하기도 한다. 작곡가는 어느 경우를 막론하고 주제 선율의 민족적 성격과 양상에 따르면서 그의 깊은 뜻과 정서를 돋구어주도록 편곡하여야 한다다고 마무리짓고 있다.

요약하면, 편곡을 강조하고 화성에 민족적 특성이 드러나도록 해야 한다[31]고 강조하는 것이 북한음악의 새로운 특성인 것이다. 그 중에서도 선율본위로 편곡하는 것을 주문하고 있는 것이 최근의 경향이다.

31) 김정일, 위의 책, 96-99쪽.

북한 복식문화의 특성과 주체적 미감

I. 들어가는 말

2002년 11월 초 북한 평양과 정주 및 남포 등을 다녀왔다. 또 11월 22일부터는 대학생 60여 명과 함께 속초항에서 설봉호를 타고 금강산을 방문했다. 특히 정주와 묘향산을 방문하면서 버스 차창에 비치는 농촌풍경과 비참한 생활상이 눈에 들어와 안타까운 마음을 가눌 수 없었다. 남한 사람들은 과소비와 음식쓰레기로 국력을 낭비하고 영양과다로 다이어트에 신경을 쓰고 있는 데 반해, 북한 인민들은 식량난 등으로 굶주림에 지친 현실조건에서 영양부족으로 신체조건이 왜소해지는 양상을 보이고 있어 대비를 이룬다.

북한정권은 사실상은 '평양정권'이라고 말할 수 있다. 평양의 거리풍경이나 길거리의 일부 사람들의 옷차림이나 외제 자가용의 모습을 보면 서울의 일상 모습과 별반 차이가 없어 보인다. 특히 일요일 점심시간에 평양 냉면으로 유명한 옥류관 밖의 평양시민들의 일상은 한가롭기 그지없다. 그 풍경은 마치 서울 강남의 어느 대형 갈비집 근처 모습과 그다지

차이가 없어 보인다. 당 간부나 군부실세들의 자녀들로 보이는 청소년들의 외모는 말쑥해 보였으며, 남자친구들끼리 뭉쳐 다니며 예쁜 소녀들(아마 여동생의 친구들이나 학급동료들인 듯)과 서슴없이 길 한 켠에서 대화를 나누고 있었다.

유심히 그들의 옷차림을 살펴보았다. 평양시민들의 옷차림은 시골사람들의 옷차림과는 비교가 안 될 정도로 말쑥하고 세련되었다. 옥류관 1층(2층은 외국인 전용)에서 식사를 마치고 나오는 평양시민들 중 중년들의 옷차림은 양장이 많았다. 하지만 평양 길거리에서 많이 목격한 여성들의 대체적인 옷차림은 남한으로 말하면 개량한복에 가까운 조선옷 중 '일상옷'을 입은 사람들이 눈에 많이 띄었다. 또 늦가을이라 작업복이나 점퍼차림의 시민들이 많았다. 대체적으로 남성들이 서구식 옷으로 장식했다면, 여성들의 옷은 아직 '조선옷' 저고리와 치마 차림이 많은 것이 특징이었다. 한마디로 평양의 패션은 한복패션이라고 단적으로 말할 수 있다.

2001년 6월 초 평양에서는 특이한 공연이 열렸다. 그것은 바로 한복연구가인 이영희씨의 '민족옷 전시회'이다. 북한에는 패션모델이 없기 때문에 피바다가극단 단원들 중 일부를 훈련시켜 패션모델로 쓰면서 평양시민들 수천 명 앞에서 평양패션쇼를 펼친 것이다. 이영희의 '평양 민족옷 전시회'는 남한 TV에 녹화방영이 되었다. 이 프로그램을 보면서 북한 복식문화의 특성에 대해 정리해보아야 하겠다는 생각을 했다.

II. 북한 예술에서의 미적 원리와 대중적 미감

북한에서의 미학원리와 주체적 미학관 등에 대해 살펴보기 위해서는 미술분야의 서적을 뒤져야 한다. 북한예술은 미술, 음악 그리고 문학을 망라해서 모두 사회주의적 사실주의에 근간을 두고 있다. 마르크스-레닌주의 미학이론을 보면, 사회주의적 사실주의 이론은 공산주의의 사상성(노동계급성)·인민성·당성의 구현을 목적으로 한다. 우선 계급성은 깊이가 있고 철저한 진실성을 요구한다. 즉 "공산주의의 승리를 위해 투쟁하는 인민의 이익을 위해 가장 충분하고 가장 예리하게 새로운 사회건설의 근본적인 수요를 반영하는 공산당의 이익을 위해 우리의 예술은 객관적인 청사진을 제공해주어야 한다"[1]는 것이다. 스탈린은 『동방 민족 대학의 정치적 임무』에서 "내용은 무산계급적인 것이고 형식은 민족적이다. 이것이 곧 사회주의가 전인류의 공동문화로 보무당당하게 매진하고 있는 것을 보여준다. 무산계급 문화는 결코 민족문화를 폐기하는 것이 아니고 오히려 내용을 부여하고 있다. 다른 한편으로 민족문화는 무산계급 문화를 폐기하지 않고 형식을 부여해준다"[2]고 말했다.

이러한 소련식 사회주의 이론을 이어받은 북한의 김일성은 1961년의 「조선로동당 제 4차 대회에서 한 중앙위원회 사업총화 보고」에서 사회주의적 사실주의의 필요성을 제시하면서 "훌륭한 문학예술작품의 특징은 시대의 요구와 인민의 취향에 맞는 높은 사상예술성에 있습니다. 이러한 가치 있는 작품들은 현대의 유일하게 옳은 창작방법인 사회주의적 사실주의에 의하여서만 창조될 수 있습니다."[3]라고 강조했다. 김일성은 이에 앞서 1946년 5월 24일 북한의 각도 인민위원회, 정당, 사회단체 선전원·문화인·예술인 대회에서 한 연설인 「문화인은 문화전선의 투사로 되어야 한다」에서 "동무들은 문화전선에서 싸우고 있는 투사들입니다. 동무들에게는 동무들의 입으로, 동무들의 붓으로 조선사회를 뒷걸음치게 하

---

1) 이일·서성록, 『북한의 미술』, 고려원, 1990, 97쪽.
2) 같은 책, 99쪽.
3) 같은 책, 98쪽.

는 반동세력을 쳐야 할 책임이 있으며 민족문화를 발전시키며 인민대중을 애국주의와 민족주의의 정신으로 교양할 책임이 있습니다"[4]라고 역설하면서 문화의 대중 중심주의와 민족문화 유산을 비판적으로 계승할 것을 촉구했다. 이러한 바탕에서 북한은 옷차림에서도 전통적인 조상들의 풍습을 비판적으로 계승하는 것을 미덕으로 삼고 있는 것으로 보인다.

아울러 김일성은 "우리 문화인들은 자기의 고유한 문화 가운데서 조선사람의 비위에 맞는 진보적인 것들을 섭취하여 우리의 민족문화와 예술을 발전시켜야 할 것입니다. 이것이 민족문화건설의 가장 정확한 길입니다"[5]라고 민족문화 건설의 방향을 제시하였던 것이다.

북한 미술계에서의 주체적 미학관은 '속도전'과 '집체창작'을 바탕으로 삼고 있다. 북한의 문학예술사전은 "우리 당의 속도전 리론은 바로 우리나라 사회주의 제도의 우월성에 의거하여 문학예술을 급속히 발전하게 하는 힘있는 사상리론적 무기이다"라고 규정하고 있다. 북한 미술에서는 창작활동에서의 '적극성'과 '창의성'이라는 두 개념으로 창작 기간을 훨씬 단축시키면서도 작품의 예술적 질과 수준을 고양시켜야 하는 한계를 극복하려고 시도하고 있다. 즉 "속도전이 작품의 질을 높이게 하는 담보로 되는 것은 그것이 우선 작가, 예술인들의 고도의 정치적 렬의에 기초하고 있으며, 창조적 사색의 집중과 지속성을 요구하기 때문"[6]이라고 강조하고 있다.

속도이론의 두 번째 특징은 '집체 창작'이다. 이것은 작가들이 작품 구상 단계에서부터 제작에 이르기까지 공동 작업을 하면서 작품의 제작 속도를 가속화하고 동시에 사상성을 나누면서 높은 사상적 질을 확보한다[7]

---

4) 같은 책, 102쪽.
5) 같은 책, 102쪽.
6) 같은 책, 107쪽.
7) 같은 책, 108쪽.

는 취지를 담고 있다.

북한에서 복식문화를 담당하는 경공업성 피복연구소는 이러한 속도이론과 집체창작원리에 따라 민족의 고유한 문화유산인 민족의상을 현대적 미감에 맞게 발전시키는 것을 최우선 과제로 삼고 있음을 천명하고 있다. 즉 "우리 인민이 즐겨 입고 사랑하는 조선옷은 독특한 형태와 다채로운 색 조화, 다양한 무늬로 하여 세상 사람들의 높은 찬탄을 받고 있습니다. 민족의 넋과 슬기가 깃들어 있는 조선 민족 의상을 시대의 요구와 현대적 미감에 맞게 발전시켜 나가는 것은 오늘 중요한 요구로 나섭니다"[8]라고 강조한다. 따라서 평양시민들 그 중에서도 여성들의 대다수가 아직도 조선옷(남한식으로 말하면 '전통한복')을 고집하는 이유가 여기에 있으며 현대적 미감을 살려 그것을 더욱 발전시켜 나가기 위해 세계적인 한복 패션디자이너인 이영희씨를 초청하여 민족의상 패션쇼를 평양에서 펼친 것이다.

III. 북한의 옷차림 풍습과 주체적 미학관

북한의 미술이론의 바탕은 주체적 미학관이다. 김정일 국방위원장은 "주체의 미학관은 아름다운 것에 대한 주체적인 견해와 관점이다"[9]라고 천명했다. 그리고 사물현상이 아름다운 것으로 되는 기본요인은 그것이 사람의 자주적인 요구와 지향에 맞는 데 있다[10]고 주장하였다. 조선민족의 민족적 특성은 우리 인민의 유구한 역사와 수려한 자연, 슬기로운 문

8) 신영옥 · 리설희 · 김효식 편, 『민족옷』, 경공업성 피복연구소, 2002, 2쪽.
9) 김재홍, 『주체의 미론』, 평양, 문예출판사, 1993, 5쪽.
10) 같은 책, 7쪽.

화적 전통에 기초하여 형성되었다. 우리 인민의 민족적 특성에서 가장 중요한 것은 고상한 사상정신적, 도덕적 풍모라는 것이다.

미학론에서도 주체사상에서 강조한 사람의 '자주성'을 강조하고 있다. 아름다운 것에 대한 미적 감정을 불러일으키는 대상을 크게 사람, 사회, 자연으로 나누어볼 수 있는데, 그 가운데서 가장 중요한 것이 사람이라는 것[11]이다. 인간의 아름다움은 겉모습에 따르는 것이 아니라 그의 사상과 도덕적 풍모에 달려있다. 비록 얼굴이 잘 생기고 옷을 잘 입었다 하더라도 정신 도덕적으로 깨끗하지 못한 사람이라면 결코 아름다운 인간이라고 할 수 없다[12]는 것이다.

가장 고상하고 아름다운 생활, 자주적이고 창조적인 생활은 인민대중의 투쟁 속에 있다고 강조한다. 인민대중은 낡은 것을 없애고 새것을 창조할 것을 요구하며 자연과 사회를 개조할 수 있는 무진장한 창조적 능력을 가지고 있다는 것이고, 낡고 보수적이며 반동적인 것을 쓸어버리고 새롭고 진보적인 것을 창조하기 위한 인민들의 투쟁은 세상에서 가장 고상하고 아름다운 생활이라는 해석이다. 그리고 이러한 이론 도출은 종국에는 "사회주의 사회에서 인민들이 향유하게 되는 자주적이며 창조적인 생활은 로동계급의 올바른 령도를 받아야만" 자연과 사회를 개조하는 혁명투쟁을 힘있게 벌려 사회주의, 공산주의 사회를 성과적으로 건설할 수 있다고 종결짓는다.

북한 문예이론은 다시 예술에서 아름다운 것은 현실에 있는 아름다운 것의 형상적 반영이라고 강조하면서 예술의 아름다움은 무엇보다도 먼저 그 내용에서 인간생활의 아름다움을 반영한 것이라고 내세우고 있다. 현실의 아름다움은 예술의 아름다움의 원천이며 예술의 아름다움은 현실의

11) 같은 책, 22쪽.
12) 같은 책, 24쪽.

아름다움의 형상적 반영이라는 것이다. 그러면서 북한 문예이론서들은 일상에서 사용하는 '아름다운 것'과 '고운 것'의 차별성을 강조하고 있다. 아름다운 것은 미학적 범주의 하나로서 자기의 다양한 형태의 색깔을 나타내고 있다. 고운 것, 우아한 것, 황홀한 것, 매력있는 것, 사랑스러운 것, 귀여운 것 등이 그러한 표현들이다.

특히 고운 것은 아름다운 것과 개념상 매우 비슷하며 많은 경우에 같은 뜻으로 불리우고 있다. 사람의 얼굴이나 몸매, 자연의 사물에 대하여 곱다고 할 수도 있고 아름답다고 할 수도 있다. 하지만 미학적 견지에서 고운 것과 아름다운 것은 개념상 일정한 차이를 가지고 있다. 고운 것은 그 의미에 있어서 아름다운 것보다 협소하여 아름다운 것에 속하는 미적 현상들에 부분적으로 해당된다. 많은 경우에 고운 것은 사물현상들의 외적 형식과 관련되어 있다. 사람의 고운 외모를 비롯하여 무지개 비낀 하늘, 형태가 고운 도자기 등 고운 것은 대체로 미적 대상들의 내용적 측면이 아니라 그의 외적 측면, 외적 형식의 표현으로 된다. 이와는 달리 아름다운 것은 현실에 객관적으로 존재하고 있는 모든 아름다운 사물현상들의 일반적이며 본질적인 징표들을 반영하는 미학적 범주일 뿐 아니라 무엇보다도 사람의 자주적인 요구와 지향에 맞는 사물현상의 내용과 관련되어 있다는 것이다.

미학적 범주들 가운데서 아름다운 것과 가장 가까운 것은 '숭고한 것'이다. 숭고한 것과 아름다운 것은 다같이 인민대중의 자주적 요구와 지향을 구별하며 사람들에게서 기쁨과 만족, 감탄과 사랑의 감정을 불러일으킨다. 당과 수령에 대한 끝없는 충실성, 조국과 인민에 대한 헌신성, 혁명적 의리와 동지애 등은 아름다운 것이며 동시에 숭고한 것[13]이라고 파악

13) 같은 책, 43-44쪽.

한다. 또 아름다운 것은 영웅적인 것과 밀접히 련관되여 있다는 것이다.

패션문화에 대해 북한은 남한에서 의상이나 복식 등 한자어를 쓰는 데 반해 순수 한글로 '옷차림'이란 용어를 사용하고 있다. 또 '옷차림'의 전통인 풍습을 매우 중시하고 있다. '옷차림풍습'에는 우리 민족이 살아온 생활흔적이 뚜렷이 새겨져 있고 당대 사회의 정치, 경제형편과 사람들의 문화생활 수준, 민족의 감정과 취미가 반영되여 있다고 본다. '옷차림풍습'은 남자 옷차림과 녀자 옷차림, 어린이 옷차림 등으로 나뉜다고 분류한다. 지난 시기 남자의 옷차림은 웃옷, 아래옷, 겉옷, 머리쓰개, 버선, 신발, 행전, 토수, 치레거리 등으로 이루어졌다. 남자의 경우 겉에 입는 웃옷은 저고리라고 하고 속에 입는 웃옷은 속적삼이라고 하였다. 남자저고리 색깔에는 흰색, 재색, 밤색, 푸른색 등이 있었는데, 그 가운데서 흰색이 많았다. 근로인민들은 주로 베, 모시, 무명으로 지은 흰저고리를 많이 입었으나 양반관료들은 흰저고리 외에 색깔 있는 비단저고리도 입었다.[14]

우리나라 여성들의 전통적인 옷차림은 웃옷인 저고리에 아래옷인 긴치마를 입고 코신을 신는 것이다. 그리고 이 긴치마에 어울리게 겉옷을 입거나 머리쓰개를 쓰고 아름다운 치레거리를 달아 장식하였다. 여자들의 웃옷에는 저고리와 속적삼이 있었다. 우리 인민들은 고대에 벌써 일정한 형태의 저고리를 만들어 입었다. 삼국시기의 여자저고리에는 길이가 허리아래까지 내려온 긴 저고리와 아직 일반화되지 않은 허리 위까지 올라온 짧은 저고리의 두 가지가 있었다. 발해 및 후기 신라시기에는 짧은 저고리가 광범히 보급되었다. 고려시기에 와서 여성들의 저고리는 짧은 것으로 단일화되었다. 짧은 저고리는 이조시기에 와서도 계승되어 더 아름답게 발전하였다. 여자저고리는 길, 소매, 깃, 옷고름, 동정, 끝동, 섶, 진

---

14) 강경구 외 편, 『조선대백과사전』, 평양, 백과사전출판사, 2001, 575쪽.

동, 뒷중심선, 고대, 화장, 회장 등으로 이루어졌다. 입으면 산뜻하고 정결한 모습을 자아내는 흰동정선과 깃과의 자연스러운 어울림, 어깨부분에서 평행으로 달린 소매와 소매배래의 곡선미, 반듯한 저고리섶과 어울려 보기좋게 곡선을 이룬 앞도련선, 가슴에서 나비댕기처럼 맺어 아래로 드리운 두 갈래의 옷고름의 장식적 조화, 바탕색에 알맞는 깃, 끝동, 겨드랑이 부분의 짙은 회장, 이것들은 조선여자저고리에서만 볼 수 있다[15]. 여자저고리에서 독특한 것은 회장을 대는 것이다.

우리 여성들은 예로부터 독특하고 아름다운 회장저고리를 즐겨 입었다. 특히 혼례를 비롯한 의례 때에 례복으로나 명절옷으로서 회장저고리를 빼놓지 않았다. 삼회장저고리는 새색시들이 결혼식 예복으로 많이 입었으며 반회장저고리는 40살 정도의 여자들이 많이 입었고 고름만 자주색으로 단 저고리는 50살 정도의 여자들이 입었다. 우리 여성들의 아래옷에는 치마가 있다. 치마에서 대표적인 것은 꼬리치마 또는 앞치마라고 하는 것이였다. 이 치마는 많은 잔주름을 잡고 딴 허리를 달아 허리에 띠게 만들었다. 여자들이 치마에 주름을 잡는 풍습은 이미 고구려 무덤벽화에서 찾아 볼 수 있다. 치마와 저고리를 입는데서 특징적인 것은 저고리를 작고 짧게 하여 너르고 길게 하여 풍만하게 한 것이다. 치마가 풍만하게 퍼지도록 치마 안에 속치마를 입었다.[16]

조선치마저고리는 우리나라의 아름다운 자연환경과 우리 여성들의 몸매에 맞으며 그 형태와 색깔, 차림새 등에서 우리 인민의 민족적 정서에 맞는 우수한 민족옷이다. 여자조선옷은 광복 후에도 계승발전되었다. 여성들의 옷차림에서 치마, 저고리와 두루마기를 입는 풍습은 그대로 계승되였으나 저고리는 더욱 아름답고 편리한 옷으로 발전하였다. 민족적 색

15) 같은 책, 576쪽.
16) 같은 책, 576쪽.

채가 짙은 회장저고리도 시대적 미감에 맞게 발전하였다. 저고리에 회장을 놓는 형식과 방법은 기본적으로 종전과 같으나 회장의 다양한 색깔조화로 저고리의 아름다움을 더욱 돋구고 있다. 치마도 보기 좋고 편리하게 개조되고 있다. 치마의 길이는 다리의 복사뼈 부위까지 내려 와 코신이 보일락말락할 정도로 길게 하면서도 걷는데 지장이 없도록 하고 있다. 그리고 처녀들의 경우에는 치마를 무릎에서 13~18cm정도 내려오게 하고 치마주름을 종전처럼 직선으로가 아니라 밑으로 내려가면서 퍼지게 잡아 걸을 때마다 주름이 부채살 모양으로 움직여 몸매가 생기 있고 더욱 탄력 있어 보이게[17] 하고 있다.

유구한 역사와 더불어 우리 여성들이 즐겨 입어 온 여자조선옷은 우아하고 깨끗한 것을 좋아하는 조선 여성들의 감정과 정서, 기호와 취미를 반영하여 오늘 더욱더 화려하고 세련된 옷으로 발전하고 있다.

최근 조총련계열의 학교들에서 중·고교 학생들은 흰저고리와 검은 치마를 받쳐 입는 차림을 즐겨한다. 그것은 흰 색깔에 검은 색깔을 조화시키는 것은 검은색과 흰색의 대조를 강조하고 두드러지게 하여줌으로써 전반적 차림새의 세련미를 더하여 주기 때문[18]이라고 한다. 흰색 저고리에 검은 치마는 그 색깔 조화가 산뜻하고 단정하여 조선여성들의 순결하고도 깨끗한 마음씨가 그대로 옷차림새에 비쳐 있는 듯한 고상한 감을 안겨준다.

광복 후 여성들의 머리단장은 전통적인 것을 계승하면서도 시대적 미감에 맞게 발전하였다는 것이다. 즉 여성들의 머리형태에서 새로운 변화가 일어나 처녀들의 땋은 머리나 부인들의 쪽진 머리 등 종전의 머리형이 점차 없어져 가고 간편한 파마머리가 널리 보급되었다[19]는 것이다. 이

---

17) 같은 책, 576쪽.
18) 같은 책, 576쪽.

러한 모습은 서구여성들과 마찬가지로 보여진다. 그것은 최근의 소련과 일본여성들의 패션이 유학생들이나 여행객들에 의해 들어온 때문으로 보여진다. 여성들은 머리수건과 모자도 여러 가지 형태로 만들어 쓰고 있다. 여성들의 몸단장용으로 반지, 목걸이, 귀걸이 등 치레거리들도 계승되어 오늘도 우리 여성들의 미적 감정에 맞게 다양한 형태와 종류로 만들어져 일상적인 차림이나 무대복 차림에 널리 이용되고 있다고 한다.

IV. 북한 옷차림의 특성과 패션감각

1. 민족적 특성을 살리는 옷차림

북한에서는 옷차림도 사회주의적 생활양식의 요구에 맞게 해야 한다. 이러한 말의 뜻은 근로자들의 옷차림을 민족적 특성을 바로 살리면서 혁명하는 시대에 사는 사람들의 미감에 맞게 깨끗하면서도 단정하게, 소박하면서도 아름답게, 노동생활에 편리하게 한다는 것을 의미한다.

김일성 주석은 인민들의 옷차림에 대해 다음과 같이 교시했다.

> 생활문화를 세우는데서 근로자들이 옷차림을 문화적으로 하도록 하는 것이 중요합니다. 공장, 기업소들에서 로동자들이 직장에 출근할 때와 퇴근할 때 그리고 거리를 다닐 때 언제나 옷차림을 깨끗이 하며 일할 때에는 반드시 작업조건과 로동 안전규정에 맞게 작업복을 단정하게 입고 일하는 기풍을 세워야 합니다. 그리고 도시와 농촌의 녀성들과 어린이들, 모든 사람들이 언제

19) 같은 책, 577쪽.

> 나 사회주의적 생활방식에 맞게 깨끗하고 단정한 옷차림을 하도록 하여야 합니다.(『김일성저작집』 28권, 298쪽)[20]

북한의 옷차림에 관한 이론의 기본은 사회주의적 생활양식의 요구에 맞게 그리고 자주적 인간으로서의 고상한 풍모와 품격을 높여주게 입어야 한다고 강조하고 있다. 항일혁명투쟁 시기 조선인민 혁명군 대원들은 그처럼 어려운 조건하에서도 언제나 옷차림을 단정히 하였다고 역설한다. 그들은 물이 없으면 눈을 녹여서라도 꼭 세수를 하였으며 아무리 바빠도 머리도 제때에 깎고 면도도 하였다는 것이다. 그들은 또한 언제나 옷을 단정히 입고 다니였으며 옷이 꿰지거나 우등불에 타면 인차 기워 입었다는 것이다. 바로 이와 같이 하였기 때문에 조선인민혁명군 대원들은 어떤 어려운 환경에서도 늘 질서가 정연하였고 활기에 넘쳤으며 전투에서 언제나 용맹을 떨칠 수 있었다[21]고 주장하고 있다.

한마디로 옷차림을 사회주의적 생활양식의 요구에 맞게 하는 데서 중요한 것은 옷의 색깔과 모양을 몸에 어울리게 잘 선택하며 몸차림을 단정하고 깨끗하게 문화적으로 하는 것을 의미하는 것이다. 그리고 옷의 색깔을 잘 맞추어 입는 것은 옷의 미적 가치를 결정하며 사람들의 품격을 높여 주는 데서 적지 않는 역할을 하게 된다는 것이다. 그래서 명절 때 입는 여성들의 조선옷의 경우 옷 색깔이 매우 다양하며 세련되고 우아한 느낌을 준다. 이를테면 은근하고 연한 차색 갑사위에 새겨진 고전무늬와 흰 옷고름을 조화시킨다든지, 연청색 저고리에는 치마의 색으로 진청색 치마에는 저고리의 색으로 그려진 양식화된 국화꽃 무늬를 수놓아, 부드러우면서도 매력 있는 조선여성들의 모습을 형상화하는 경우 등이 색의

---

20) 강경구 외 편, 『조선대백과사전』 27권, 평양, 백과사전출판사, 2001, 604쪽.
21) 같은 책, 604쪽.

조화를 통한 아름다운 현대적 미감을 표현한 것이라고 할 수 있다.

2. 자본주의 사회의 해괴망측한 옷차림 비판

평양에서는 청바지차림의 여성이나 힙합 바지 차림의 청소년이 눈에 띄지 않는다. 또 여학생들의 경우 바지를 입고 다니는 경우가 극히 드물다. 거의 치마를 단정하게 차려입고 외출을 한다. 물론 농촌이나 공장의 생산현장에서는 일하기 편한 인민복장을 취하고 있어 작업복 상의에 바지를 입는 여성들이 대다수이다. 그런데 재미있는 것은 겨울 농촌의 경우에도 짙은 초록색이나 황토색에 가까운 점퍼차림에 바지를 입은 여성 농장원들이 많이 눈에 띄지만, 그들의 경우 거의 모두가 뜨개질한 솜털의 머플러를 하여 한껏 여성적 멋을 부리고 있다. 머플러는 흰색·분홍색·푸른색 등 매우 다양한 색을 지니고 있는 것이 특징이다. 이러한 머플러는 목도리 역할을 하는 경우가 대다수이지만, 한겨울에 몹시 바람이 불 경우는 머리를 두르거나 귀까지 보온하게 하는 이중역할을 맡고 있다. 겨울을 제외하고 생산현장을 떠나 휴가를 즐길 때는 여성들의 경우 일상의 조선옷으로 갈아입고 나름대로 멋과 여유를 부린다.

이렇게 북한에서 인민대중들에게 옷을 단정하게 입게 하는 것은 한민족 특유의 민족적 정서와 생활풍습을 반영할 뿐만 아니라 해당 사회의 계급적 성격을 반영하기 때문이다. 따라서 그들은 소위 계급착취를 일삼는 자본주의 사회에서의 부르주아지들의 부화방탕한 생활에 편리하게 만들어진 해괴망측한 옷차림을 경멸하고 배격해야 할 대상으로 삼고 있다. 그러므로 청바지나 노출이 심한 미니스커트가 인민들이 많이 왕래하는 길거리에 등장한다는 것은 상상할 수조차도 없다. 주체적 옷차림을 강조하기 위해서 반동적인 현상으로, 비판의 대상인 서구의 노출패션과 섹시하고 화려한 현대적 패션을 북한당국이 달갑지 않게 바라보고 있음을 알 수 있다. 근로인민대중이 나라의 주인으로 되고 있는 사회주의 사회에서는 옷이 인민대중의 사상감정과 정서생활, 노동생활에 맞게 만들어지고 있으나 착취계급의 이익을 옹호하는 썩어빠진 자본주의 사회에서는 얼마 안 되는 부르주아지들의 부화방탕한 생활에 편리하게 만들어지고 있다고 통렬하게 비판한다. 그리고 돈과 사리사욕에 눈이 어두운 자본가놈들은 돈벌이를 위하여 근로인민들의 생활에는 불필요한 괴상망측한 옷과 신발들을 만들어 유행시킴으로써 호의호식하는 부르주아 착취계급들에게는 부화방탕하고 사치한 생활을 더욱 조장시켜 주는 반면에, 생활고에 시달리는 광범한 근로인민대중에게는 더욱더 큰 빈궁을 가져다주고 있다고 자본주의의 허상과 계급적 모순을 통박하고 있다. 뿐만 아니라 자본주의 사회에서 부르주아지들의 이러한 해괴망측한 옷차림은 사람들의 맑은 정신상태를 흐리터분하게 만들고 있다고 공격하면서 옷은 근로인민대중의 이익에 맞게 발전되어야 한다[22]고 끝맺고 있다.

3. 여성패션에는 '조선옷이 최고'

북한의 주체적 옷차림 이론을 읽고 나면, 평양 등의 길거리에서 휴일에 쉽게 목격할 수 있는 여성들의 옷차림이 왜 거의 조선옷, 즉 한복인가를 이해하게 된다. 남성들은 인민복이나 작업복차림이 대다수이지만, 여성들은 일부의 서구적 양장을 빼고는 거의 대다수가 '조선옷'이나 그것에 현대적 미감을 더해 수정한 '일상옷'(남한식 표현으로 '개량한복')을 곱게 차려입고 있다.

22) 같은 책, 604쪽.

김정일 국방위원장은 경공업성 산하 피복연구소 연구원들에게 행한 연설에서 다음과 같은 교시를 내렸다.

> 우리 나라의 민족의상은 아름답고 고상한 것으로 하여 세상에 널리 알려져 있다. 독특한 형태와 무늬, 색갈을 가지고 있는 조선옷은 매우 우아하고 소박하다.[23]

북한에서는 여성들의 옷차림은 그 나라 인민의 문명정도와 생활수준을 평가하는 중요한 척도의 하나가 된다고 강조한다. 따라서 여성들의 옷차림이 맵시 있고 아름다와야 거리도 환해지고 사회의 전반적인 옷차림을 사회주의 생활양식에 맞게 더욱 문화적으로 할 수 있다고 색다른 논리를 편다. 이러한 이론은 서구적 시각에서 본다면 성차별에 해당되고 페미니즘의 논리로 철폐를 부르짖어야 할 주대상이 될 것이다. 그런 측면에서 북한의 복식문화는 중세적인 분위기와 마찬가지로 보수적이라고 결론지을 수 있겠다.

어찌되었든지 북한의 복식전문가들은 여성들의 옷차림은 '조선옷'차림을 하는 것이 좋다고 강조한다. 그밖에 일상적으로 활동하거나 생활할 때에는 몸에 맞는 여러가지 옷으로 하는 것이 좋다고 부연설명하고 있기는 하다. 예상을 깨고 여성들의 양복 차림새는 나이와 몸매, 얼굴생김과 살색, 철에 맞게 여러가지 아름다운 색깔의 천과 무늬천으로 맵시 있고 다양하게 할 수 있다[24]고 다양한 옷차림을 제시하고 있다. 여성들의 양복에는 나이에 관계없이 누구에게나 잘 어울리는 달린 옷, 양복저고리와 양복치마를 비롯하여 양복적삼, 조끼치마, 봄가을외투, 겨울외투 등 그 종류

23) 신영옥 · 리성희 · 김효식 편, 앞의 책, 1쪽.
24) 강경구 외 편, 『조선대백과사전』 27권, 605쪽.

가 수없이 많으며 옷모양도 여러 가지가 있다고 강조한다. 그리고 여성들의 옷차림에서 또한 중요한 것은 하루 일을 마치고 집으로 돌아와 가정 분위기에 맞게 집안옷을 갈아입는 것이라고 주문한다. 집안옷은 입고 벗기 쉬운 형식을 취하며 가정의 명랑한 분위기에 어울리게 화려하고 아름다운 천으로 만드는 것이 좋다. 그리고 항상 앞치마를 깨끗하고 단정하게 차려 입으면 가족들과 손님들에게 상쾌한 감을 주며 집안 살림도 더 알뜰해 보인다[25]는 말로 끝을 맺고 있다.

4. 평양의 '멋쟁이 패션'

북한 여성들은 이러한 주체적 옷차림이론에 따라 '조선옷'을 입는 것을 미덕으로 생각하고 있지만, 평양의 로데오거리라고 할 수 있는 창광역 근처나 낙원백화점 부근의 길거리의 패션은 예외적으로 평양멋쟁이들로 붐비고 있다. 그것은 앞서 언급한대로 대동강변의 옥류관 주변의 일요일 휴일풍경과 일치한다. 한복 패션디자이너 이영희씨의 평양 <민족옷 전시회>에 동행했던 기자들의 목격담에 의하면, 늦봄이나 초여름의 경우 빨간색 · 파란색 · 분홍색 토운의 화려한 원색패션이 주목을 끌었으며, 꽃무늬 · 물방울무늬가 새겨진 컬러셔츠나 '달린 옷(원피스)'과 투피스를 두루 입고 다니며 목선과 어깨선 부위에는 물결라인이 들어가 있는 것이 주종을 이루었다는 것이다. 이 구역만큼은 다른 지역에서의 햇빛에 그을려 새까만 피부에 일상옷(개량한복)와 인민복을 걸쳐 입은 보통패션에서 벗어나, 뽀얀 피부와 생기발랄한 표정의 양장차림의 여성들이 눈에 많이 띄었다고 증언하고 있다. 또 모란봉의 을밀대 등 휴양지의 경우 흰색 슬리브

25) 같은 책, 605쪽.

리스 러닝셔츠 차림의 20−30대 남성들이 어울려 혁명가를 부르며 음주 여흥을 즐기는 모습이 목격되기도 하고 여성들의 투피스는 더운 날씨 탓에 소재와 홑감옷이 유난히 치마 밑단, 어깨 부위쪽에 자연스럽게 '시스루'가 이뤄지고 있다[26]고 말하고 있다.

지금 평양에서는 컬이 굵은 파마머리를 가장 많이 볼 수 있는데, 앞머리는 무스로 고정시키고 긴 뒷머리는 핀으로 묶으면 보편적인 북한 여성들의 머리형태가 된다. 이러한 머리형태는 70년대부터 해왔던 머리패션인데 주로 나이든 계층에서 많이 하고 있으며 젊은 여성들 사이에선 생머리를 층지게 자른 짧은 커트 머리가 인기라고 한다. 또 여성들은 어깨에 매는 큰 가방이 인기이고, 액서서리의 경우 목걸이와 반지는 보편적이지만 귀걸이는 잘 하지 않는다. '살양말'로 불리는 스타킹은 한여름에도 빼놓을 수 없는 멋내기 품목이다. 따가운 햇볕을 가리기 위해 여름에는 흰색이나 푸른 색 계열의 커다란 챙모자를 많이 쓰고 있으며 남한에서 60~70년대 유행했던 화려한 양산은 멋쟁이들의 필수품목이다. 또 여름에 '싼달'(샌들)을 신고 있는 젊은 여성들이나 중년의 여성들도 목격된다. 하지만 학생들은 끈 달린 운동화를 많이 신고 다닌다. 남한에서는 마른 타입의 섹시한 여성미를 추구하는 여성들이 많은 데 비해 북한여성들은 청초하고 순수한 이미지를 추구한 여성들이 많은 것이 특징이다.

따라서 북한에서는 몸에 붙는 옷과 짙은 화장은 천박하다고 주변의 눈총을 받는다. 그래서 화장은 거의 안한 듯하게 품위를 지키는 것이 평양 화장의 포인트라고 한다. 화장은 남한과 마찬가지로 살결물(스킨), 유액(로션), 크림, 파운데이션, 고체분, 연지(립스틱)의 순서로 한다[27]. 눈썹의 경우 원래 모습을 그대로 살려 그리는 것이 보통이라고 한다. 화장품은

26) 『동아일보』 2001년 6월 12일(화) 24면 조인직 기자, '평양 메트로'.
27) 『중앙일보』 2001년 6월 14일(목) 박혜민 기자, '멋과 맛'.

신의주화장품 공장에서 만드는 '너와 나'를 최고로 꼽는데, 그 외에도 '금강산'과 '메아리'도 젊은 여성들 사이에서 유명한 메이커로 통한다.

요약하면, 북한여성들은 자연 그대로의 화장을 선호하며, 우아하고 세련된 이미지를 주기 위해 노력하고 있다. 그런 측면에서 요즈음 남한의 젊은 여성들이 서구형의 탤런트형 미인을 만들기 위해 성형수술을 받으려고 러쉬현상을 빚고 있는 것은 한심한 일일 뿐만 아니라 반성할 측면인 것이다.

북한의 '우리식 아동문학'의 형상특성

—『북쪽에도 아름다운 동화를 읽고 있었네』 서평

I. 북한에서의 아동문학과 '동심구현'

흔히 생각하기 쉬운 것은 북한에도 과연 아동문학이 있을까 하는 의혹이다. 하지만 북한당국은 아동문학에 대해 상당히 중요하게 인식하고 있다는 점을 잊어서는 안 된다. 그들은 미래는 후대의 것으로 생각하고 있으며 조국의 앞날과 민족의 운명은 혁명의 대를 이어갈 후대들을 어떻게 키우는가 하는 데 달려있음을 잘 알고 있다. 따라서 자라나는 새세대들을 교양하고 준비시키는 것에 민감한 반응을 보이고 있는 것이다. 그런 측면에서 아동문학은 북한에서 민족의 장래운명과 연관되는 문제로 인식되고 있다. 김정일은 "아동문학을 발전시키는 것은 우리 혁명의 후대들의 장래문제와 관련되는 중대한 문제입니다. 후대들을 어떻게 키우며 어떻게 교양하는가 하는 것은 우리 혁명의 미래와 직접 관련되어 있습니다"[1]라고

1) 최길상, 『주체문학의 새 경지』, 평양, 문예출판사, 1991, 234쪽.

강조하였다. 즉 북한당국은 아동문학이 자라나는 새세대들을 지덕체를 갖춘 공산주의 혁명가로 키우는 데에 커다란 정서적 감화력을 가지고 있음을 잘 인식하고 있는 것이다.

그러면 북한에서는 아동문학의 본질로 무엇을 중요시하고 있는가? 북한에서는 아동문학에서 동심에 맞게 잘 형상하였는가를 가장 먼저 점검하고 있다. 그것은 아동문학에서 '동심구현'은 그 생명을 담보하는 근본요소이며 아동문학의 사상미학적 감화력의 근본원천이기 때문이다. 그들식의 표현을 그대로 옮겨보면, "아동문학작품에서 동심은 작품의 묘사대상을 선택하고 종자를 잡는 것으로부터 시작하여 인간관계를 설정하고 성격을 그리는 데서는 물론 구성조직과 형상조직, 언어표현에 이르기까지 창작의 전 과정에서 구현되며 내용과 형식의 모든 요소를 특징짓는 근본특성으로 되는"[2] 것이다.

북한에서 아동문학의 장르로는 동화와 우화문학, 동요, 동시 그리고 특이하게 아동소설이 있다. 우리와 다른 것은 동화를 표현할 때면 반드시, '동화,우화'라고 명기한다는 점이다. 그리고 동화에도 장편동화와 중편동화를 구분하고 있는 점이 특이한 점이다. 아울러 아동소설이라는 개별장르를 설정하고 그것을 장편소설과 중편소설로 구분하는 것도 이색적이다. 북한문예이론서에서는 1980년대만 하여도 아동문학으로 장편소설, 중편소설, 장편동화, 중편동화, 서사시 등 큰 형식의 작품만 하여도 50여 편이나 창작발표 되었고, 그 중에서도 특히 아이들이 제일 좋아하는 중편형식의 소설과 동화가 사상 예술적으로 우수하게 활발히 창작되었다고 자랑하고 있다.

2) 최길상, 위의 책, 241쪽.

II. 주체적인 동화 · 우화문학의 형상원칙

북한은 만화영화 부문이 상당히 강한 것으로 알려져 있다. 애니메이션은 한국도 세계적으로 그 기술수준을 인정받고 있지만 북한도 그에 못지않게 상당한 수준에 도달해 있는 것으로 평가받고 있다. 만화영화뿐만이 아니라 동화와 우화문학의 기반도 상당한 편이다. 김일성은 1972년 1월 24일 동화, 우화문학을 발전시킬 것에 대한 강령적인 교시를 내렸다. 그리하여 작가동맹 중앙위원회에서 아동작가와 평론가들이 연합연구모임을 조직하여 어린이들의 나이와 심리적 특성에 맞는 좋은 동화를 창작하기 위한 방안을 마련하였다. 그리고 이 무렵 김정일은 김일성이 들려준 이야기를 동화로 옮겨 동화집 『나비와 수탉』을 출판하여 모범적 제시를 하였다.

북한의 동화는 몇 가지 형상원칙에 따라 창작된다. 첫째, 선한 것과 악한 것, 옳은 것과 그른 것, 고운 것과 미운 것으로 단순화하여 형상함으로써 동심을 옳게 살려야 한다는 것이다. 이러한 대립 갈등구조는 우리나라의 전통적인 설화의 구조에서 힘입은 것이다. 즉 설화 중에서도 민담의 구조를 그대로 답습한 것이라고 할 수 있다. 둘째, 환상과 의인화를 더 적극적으로 살려 쓰게 하고 작품의 교양적 의의를 끊임없이 높여나갈 수 있도록 노력하여야 한다. 하지만 현대의 동화에서의 수법은 지난날의 허황되고 미신적인 중세기적 환상을 탈피해야 하는 것은 물론이다. 즉 작가들이 환상 의인화 수법을 시대적 미감에 맞게 더욱 발전시켜 사용해야 한다는 것을 강조한다. 셋째, 주체적인 동화 · 우화문학은 계급적 원칙을 철저히 지켜 자연과 사회를 변혁하고 혁명과 건설을 촉진시키는 과정에서 벌어지는 심각한 계급투쟁의 화폭을 진실하게 펼쳐나가야 함을 근본으로 삼고 있다. 구체적으로 말한다면, 지주와 자본가계급을 끝없이 미워하고 착취제도를 뒤집어엎기 위하여 결결히 투쟁할 것에 대한 사상, 어떤 난관과 시련에도 굴함이 없이 동지와 집단, 조국과 인민을 위하여 헌신적으로 일할 것에 대한 사상, 그리고 봉건주의·사대주의·자본주의·수정주의 등 온갖 불건전한 사상과 그 요소들을 반대하여 투쟁할 것에 대한 사상 등 의의 있는 사상들을 적극 들고 나와야 한다는 것이다.

III. 『북쪽에서도 아름다운 동화를 읽고 있었네』 간행 의미와 한계

남한에서 북한동화 작가들이 쓴 동화를 읽는다는 것은 역사적으로 중요한 의미를 지닌다. 물론 그 동안에도 북한동화들이 남한에서 간행이 되었다. 하지만 이번에 나온 동화는 북한당국으로부터 출판 허락을 받고 간행된 것이라는 점에서 2000년 6월 15일의 남북정상회담의 역사적 성과를 반영한 것이라고 볼 수 있다. 이러한 북한동화의 간행은 몇 가지 점에서 커다란 의미를 지닌다. 첫째, 해방 후 58년 동안 분단된 상황 속에서 이질화되었던 남·북한간의 언어의 장벽을 극복할 수 있을 것이라는 점이다. 『외쏙독이』, 『봉봉이의 꽃잎수첩』 등의 3권의 동화집에는 친절하게도 북한 언어를 각주를 달아 설명하고 있다. 둘째, 동화텍스트를 통해 북한사회의 현상과 북한 어린이들의 미적 감성을 이해할 수 있다는 점이다. 물론 동화는 환상과 의인화의 기법을 사용하기는 하지만 북한의 동화문학의 경우 사실주의적 기법에 상당히 의존하고 있기 때문에 그것을 통해 북한사회를 간접적으로나마 이해할 수 있게 된다. 셋째, 남한의 아동문학이 이솝우화나 독일이나 러시아민담의 번역에 상당히 의존하는 데 비해, 북한의 아동문학의 경우 전통적인 민담이나 이야기에 근거하여 토속적인 분위기나 민속적인 전통을 되살려 쓰고 있는 점이 특징이다. 따라서 민족문화의 계승발전이라는 점에서 우리의 노력도 필요하다고 하겠다.

그러나 북한동화를 소개할 때 주의해야 할 점도 있다. 첫째, 1권 『외쪽독이』의 발문에서 엮은이는 다른 장르와 달리 북한의 동화는 정치적인 사상이나 이념에서 가장 벗어나 있는 양식이라고 했는데, 그것은 잘못된 해설이라고 할 수 있다. 북한의 문예이론서들은 "우리 문학은 정치성을 철저히 구현하는 것을 근본원칙으로 삼고 있다. 그러므로 아동문학인 경우에도 무엇보다도 정치성이 철저히 구현되어야 하며 정치에 복종되어야 한다"고 분명하게 밝히고 있는 점을 간과해서는 안 된다. 다만 최근 김정일 국방위원장에 의해 아동문학의 경우 당의 유일사상 체계와 관련된 직선적인 표현은 하지 말아야 하며 혁명전통과 관련된 것도 취급하지 말아야 한다고 교시를 내린 것에 충실하고 있을 따름인 점에 주목해야 한다. 즉 아동문학의 특성을 살려 동심에 맞게 창작되어야 함을 강조하고 있는 것이다. 둘째, 북한의 동화나 아동문학에서는 현실적으로 존재하지 않거나 존재할 수 없는 이야기를 다루거나 지나치게 환상적인 줄거리 그리고 부르주아적 유신론적인 것을 선전하는 경향을 지녀서는 곤란하다고 지적하고 있다. 즉 사실주의 문학론의 골격을 유지해야 하며 남한 동화 등에서 등장하는 중세기적 환상이나 산신령이 나오는 미신행위를 긍정적으로 묘사해서는 안 된다는 점을 분명하게 밝히고 있다. 따라서 이번에 새롭게 간행되는 북한동화집에서는 이러한 북한 아동문학의 이질성에 대해 분명하게 설명해줌으로써 우리의 아동독자들이 그러한 점에 대해 공연한 환상에 젖지 않도록 해줄 필요가 있다.

많은 이질성이 있지만, 「수탉의 금빛 날개」에서의 근면과 성실의 주제의식, 「외쪽독이」에 나오는 임진왜란의 역사적 의미제시와 외세에 저항하는 민족성 부각 그리고 「빨간 구두」, 「대장이 된 알락오리」에서의 협동과 단결의 컨셉 등은 공산주의와 자유주의라는 이념적 갈등을 초월한 '인류 보편적인 주제'라는 관점에서 통합적 주제로 공유할 수도 있을 것으로 판단된다.

윤도현 · 이미자 평양공연의 의미와 가치

I. 들어가는 말

대중가수 윤도현 밴드와 이미자의 평양공연이 2002년 9월 27일과 29일 두 차례에 걸쳐 동평양 대극장에서 열렸다. 이 공연은 부산 아시안게임의 성공을 기원하기 위해 MBC TV가 기획하여 마련한 프로그램이다. 이 공연은 35억 아시아인들의 마음을 한데 모으기 위한 축제의 성화가 부산에서 남과 북의 마음을 하나로 잇는 가운데 활활 타오르기 시작하던 순간에 북한의 평양에서 열렸다는 데 큰 의미가 있다.

남북예술문화교류의 일환으로 대중가수가 평양에서 공연한 것은 1999년 최진희가 그리고 2000년과 2001년 4월에 김연자가 평양의 봉화예술극장에서 총 3차례 공연을 가진 것을 시발점으로 네 번째 공연에 해당한다. 특히 한국 최고의 원로가수인 이미자의 공연에 바로 이어 2002년 월드컵에서 한국젊은이들의 힘을 결집시켰던 윤도현 밴드가 평양시민들 앞에서 공연한 것은 커다란 의미를 지닌다.

최근 북한에서는 계몽기 대중가요에 대한 연구가 활발하게 펼쳐졌고 그 결실이 저서로 많이 발행되고 있다. 이렇게 민족 수난기의 대중가요에 대한 연구가 활발하게 이루어지고 있는 것은 두 가지 이유가 있다. 하나는 예술에 대한 남다른 안목을 가진 김정일 국방위원장의 높은 관심과 지원 덕분이라고 할 수 있다. 특히 대중가수 김연자를 '명성 높은 민족음악 가수'라고 노동신문이 치켜세웠으며, 그의 함흥공연을 위해 김위원장이 자신의 전용열차까지 내줄 정도로 정치적인 배려를 한 것 등이 대표적인 예가 될 것이다. 다른 하나는 최근 장거리 미사일 개발과 핵 개발의 혹 등으로 미국 등 선진서방세계로부터 경제제재를 받는 등 고립되고 있는 북한이 경제난을 겪으면서 점차 민족주의 색채를 지니기 시작한 것과 맥이 통한다. 즉 일제 시기의 민족의 한을 담은 계몽기 시기의 대중가요가 고난의 행군을 계속하고 있는 현재의 북한 민중들의 정서에 부합되고 있는 것이다.

그러면 구체적으로 윤도현 밴드와 이미자의 평양공연이 어떠한 정치적 의미를 지니며 남북예술문화교류와 민족화합에 어떠한 기여를 했는지 살펴보기로 한다.

II. 남 · 북 문화예술교류의 역사

2000년 6월 15일의 남 · 북 정상회담이 열리기 전의 남북관계는 냉전구조의 틀 속에 갇혀 있었기 때문에 해빙과 갈등의 상태가 반복되는 양상을 보여주고 있었다. 물론 남 · 북 정상회담 이후에도 그전의 냉전구조의 틀을 완전히 벗어났다고는 할 수 없다. 이를테면 서해교전 후의 첨예한 대립양상이 비근한 예가 될 것이다.

하지만 정상회담에서 얻은 교훈은 대립보다는 화해가 민족통일의 길을 열 수 있는 첩경이 될 것이며, 서로에게 실리를 가져다준다는 점을 깨닫게 해준다. 사실 우리나라의 경우 통일을 위한 방안의 모색이 치밀한 준비와 연구의 결과에서 얻어지는 것이 아니라 정치적인 결단에 의해서 이루어진 경우가 많았다. 따라서 영속성을 지니지 못하고 정치적인 목적을 성취하기 위한 단발성으로만 끝나는 사례가 비일비재하였다.

따라서 앞으로의 경우 정치집단에 의한 통일정책과 논의의 급속한 진행보다는 스포츠나 문화예술분야에서의 접촉과 교류의 활성화를 통하여 정서적인 민족통합의 방안을 서서히 모색하는 것이 바람직하다고 할 수 있다. 그런 측면에서 윤도현 밴드와 이미자의 평양공연은 커다란 의미를 지닌다.

해방이후 남 · 북간의 문화예술분야의 교류는 어느 정도 있었는가? 구체적인 통계자료와 데이터는 어디에도 나와있지 않지만 남북적십자회담의 성과에 대한 자료를 통해 남 · 북 예술단의 교환방문에 대한 협상진행 과정을 알 수 있다.

우선 남 · 북간의 예술단의 상호공연의 시발점은 1985년 5월 27일부터 5월 30일까지 서울에서 열렸던 남북적십자사 본회담에서의 5개항 일괄적 토의 가운데 1985년 8월 15일을 기해 이산가족 고향방문단 및 예술공연단을 교환실시하기로 한 합의에서 출발한다. 그 결과 제1차 예술단 상호방문과 공연이 평양과 서울에서 각각 실시되었다. 다음으로는 1989년 8월 22일에 열렸던 제6차 남북적십자 실무접촉과 1992년 6월 12일에 열렸던 이산가족 노부모방문단 및 예술단 교환 방문을 위한 제2차 실무대표 접촉이 판문점에서 있었으나 북측의 혁명가극 <피바다>와 <꽃파는 처녀> 공연 고집 등으로 회담이 실패하여 공연은 무산되었다. 그 다음으로 예술문화교류는 리틀엔젤스의 평양공연으로 판단된다. 그것은 통일그룹의 문선명 총재의 김일성 주석 방문의 성과와 연관된 것으로 보여진다. 북한의 평북 정주가 고향인 문총재는 김일성 주석의 생전에 그를 면담하여 남북통일과 민족화해를 도모하기 위해 몇 가지 구체적인 방안을 메모형식으로 주고받았는데 그 중에 리틀엔젤스의 평양공연이 들어있었다고 한다. 리틀엔젤스의 평양공연은 1998년 5월 평양에서 있었다. 또 1999년에는 남한의 인기가수 최진희가 북측으로부터 초청받아 평양에서 공연을 하게 되었다.

다음으로 2000년 4월 제19차 '4월의 봄 친선 예술축전'에 초대된 대중가수 김연자의 평양공연은 노동신문에 다루어지는 등 그 유례를 볼 수 없을 정도로 북한당국의 뜨거운 환대와 높은 평가를 받았으며 김정일 국방위원장을 위한 함흥개별공연을 가질 정도로 극진한 대접을 받았다. 이러한 성과에 힘입어 김연자의 2차 평양공연은 2001년 김일성 주석의 90회 생일(4. 15)행사의 일환으로 펼쳐진 제20차 '4월의 봄 친선예술축전'에 초청되어 4월 6일 4. 25문화회관에서 첫 공연을 가졌고(재일동포인 리철우 윤이상음악연구소 부소장 추진), 4월 8일 평양 봉화예술극장에서 두 번째 공연을 가졌다. 김연자의 공연에는 강능수 문화상과 김정호 문화예술총동맹(문예총) 부위원장 등이 참석했다.

남북 정상회담이 개최되기 직전인 2000년 5월에는 북한의 최휘 단장이 이끈 평양학생소년예술단 102명이 서울을 방문하여 공연을 하였고 초청단체인 선화예술고교를 방문하였다. 또 평양교예단 102명이 서울에서 널뛰기 등 세계적인 수준의 서커스를 보여주었다. 2000년 8월에는 북한의 조선국립교향악단 132명이 서울을 방문하여 총 4차례 단독과 합동공연을 펼쳐 남북화해의 물꼬를 텄다.

올해(2002년) 들어와서도 몇 차례에 걸쳐 남북예술단의 상호교환 방문이 이루어졌다. 대표적인 행사가 8. 15민족통일대회에 참가한 북측 예술단의 단독공연이 8월 15일 저녁 7시부터 약 80분간 삼성동 코엑스 오디토리엄에서 열렸다. 이 공연에서 인민배우와 공훈배우 10여 명을 포함해 만수대예술단 피바다가극단, 평양 예술단 소속 무용수와 음악인 등 30여 명으로 구성된 북측 예술단은 양산도, 달빛 아래서, 방울춤, 쌍채북춤, 물동이춤 등을 차례로 무대에 올려 관객들의 갈채를 받았다.

최근에는 KBS TV가 개최한 남북 교향악단 합동공연과 MBC TV가 기획한 윤도현 밴드와 이미자의 평양공연이 화제거리라고 할 수 있다. KBS 교향악단은 2002년 9월 20일 2천 석 규모의 봉화예술극장에서 단독공연을 가지고 추석인 21일에는 남북한 교향악단 합동공연을 북한의 조선국립교향악단과 함께 펼친다. 수석지휘자 박은성(수원시향)씨의 지휘로 105명의 단원들이 몽금포 타령을 주제로 한 김성태의 <코리안 카프리치오> 등 다채로운 레퍼토리를 마련하여 공연했는데, 스메타나의 '나의 조국' 중 <몰다우강>을 비롯하여 민족, 자연, 그리움 등의 주제가 담긴 곡들을 연주하였다. 특히 이번 공연에서는 소프라노 박정원과 테너 김영환이 오페라 <춘향전>(현제명 작곡) 중 사랑의 2인창 <그리워 그리워>, 바이올리니스트 장영주가 마스네의 <타이스 명상곡>(단독공연)과 사라사테의 <카르멘 환상곡>(합동공연)을 협연했다.

북한의 조선국립교향악단은 <아리랑>, <청산벌에 풍년이 왔네>에서는 인민예술가인 김병화(66세)가 지휘봉을 잡았고, 나머지 대부분은 북한이 자랑하는 신예 연주자 김호윤(37세)씨가 지휘하였다. 김호윤씨는 평양음악무용대학 기악학부를 거쳐 베를린 한스 아이슬러 음대를 졸업했으며 90년부터 국립교향악단 지휘자와 윤이상음악연구소 관현악단 지휘자로 있다. 또 만수대예술단 피아니스트이며 모스크바음악원 출신인 김근철(40세)씨가 항일 빨치산 유격대의 활약상을 담은 피아노협주곡 <백두산의 눈보라>를 연주하였다. 9월 21일의 추석 합동공연은 오후 4시부터 KBS TV와 조선중앙TV를 통해 한반도 전역에 생중계되었다.

MBC TV가 개최한 윤도현 밴드와 이미자의 평양공연은 각각 9월 29일과 9월 27일에 1천 520석의 동평양 대극장에서 좌석을 가득 메운 평양시민들의 갈채 속에서 진행되었다.

III. 북한의 계몽기 대중가요 연구의 현황

MBC TV가 기획한 국민가수 이미자의 <평양 동백아가씨>와 윤도현 밴드 등의 <오! 통일 코리아>는 주 레파토리로 <애수의 소야곡>, <눈물 젖은 두만강>, <나그네 설움>(이미자), <꿈꾸는 백마강>, <목포의 눈물>, <홍도야 울지 마라>(최진희) 등 소위 계몽기 대중가요를 선택했으며, 나머지 곡들도 <박연폭포>, <밀양 아리랑>(테너 임웅균), <뱃노래>, <아리랑>(윤도현 밴드) 등 주로 민요로 채워졌다.

이렇게 흘러간 옛 가요와 민요를 주로 택한 이유는 최근 북한민중들이 계몽기 대중가요를 즐겨 듣고 있으며, 북한의 음악연구가들도 계몽기 대중가요들을 심도 있게 연구하고 있는 데 따른 것이다.

최근 북한에서는 계몽기 대중가요뿐만 아니라 신민요, 동요, 예술가요 등에 대한 악보를 정리하고 작사가와 작곡가에 대한 해설을 담은 연구서들이 많이 발행되었다. 북한의 대중음악 관련 저서를 분석해보면 대중가요뿐만이 아니라 예술가요, 신민요, 동요 등으로 장르를 분류하여 체계적으로 음악의 역사를 정리해보려는 의지를 엿볼 수 있다.

특히 윤이상음악연구소를 1984년에 설립하여 민족음악에 대한 연구에 착수한 것은 매우 바람직한 현상이다. 특히 이 연구소에는 통일교류과(소위 북남교류과)가 있어 남한을 비롯하여 서양음악에 대한 수입과 교류활성화에 기여하고 있다. 이러한 영역의 확대는 북한음악의 폐쇄성을 극복하는 데 일조를 담당할 것으로 보여진다. 윤이상음악연구소는 재독 작곡가이며 세계적인 음악가인 윤이상을 기념하기 위해 1984년 12월 5일에 창립한 북한의 대표적인 음악연구소이다. 연구소가 문을 열 당시에 북한의 조선음악가 동맹중앙위원회 위원장이었던 리면상은 윤이상음악연구소를 "해외에 살면서 창작활동으로 조국의 영예를 빛내인 작곡가 윤이상 선생의 음악을 연주하는 기관"으로 규정하면서 윤이상을 "해외에서 애국적 창작활동으로 조국의 자주적 통일을 위한 사업에 기여하고 있는 민주인사이며 이름 있는 작곡가이고 음악교육가"라고 평가하였다. 이러한 평가는 남한에서 윤이상이 사망한 후에 그의 고향인 통영에서 윤이상 세계음악제가 열리고 '윤이상의 거리'가 지정되었으며 그 거리에 그의 업적을 기리는 음악기념비가 세워진 것과 맥을 같이 하고 있다.

윤이상은 1935년 일본 오사카음악학교에 입학하여 공부하다가 1937년 귀국하여 통영여고와 부산 사범학교에서 교편을 잡았다. 1956년에는 프랑스로 유학 가서 파리국립음악원에서 수학하였고 1959년에는 독일에서 개최된 다름슈타트 음악제 때 『7개의 악기를 위한 음악』을 발표하면서 주목을 받기 시작하였다. 1967년에는 동베를린 간첩단 사건에 연루되어 2년 간 옥고를 치른 후 1971년 독일에 귀화하였다. 제 20회 뮌헨올림픽의 문화축전에 4번째 오페라인 <심청전>을 출품하여 각광을 받았다. 1969년부터는 하노버대학에서 그리고 1987년부터는 베를린예술대학교에서 작곡교수로 재임하였으며 조국통일범민족연합(범민련) 해외본부 의장을 지내기도 했다. 북한은 윤이상의 충고를 받아들여 교향악단이 창작곡 이외에 클래식 음악을 연주하게 함은 물론 이를 TV로 생중계하기도 하였다. 그리하여 80년대 이후 북한의 클래식 음악의 수준이 급격하게 향상된 것은 그의 공적으로 평가받고 있다.

북한에서는 세계적인 음악가 윤이상의 음악세계를 기리기 위해 1990년부터 윤이상 음악회를 개최하고 있으며 윤이상음악연구소를 통해 연구논문집 발간, 윤이상 작품집 출간 및 교육을 담당하고 있다. 1988년부터는 음악잡지 『음악연구』를 발간하는 등 이 연구소는 북한에서 서양음악 연구의 중추적 역할을 맡고 있다.

또 김정일 국방위원장의 지원으로 1991년 3월에 착공하여 1992년 10월에 완공된 윤이상음악당이 평양시 중구역 영광거리에 세워져 민족음악 연구의 발판이 되고 있다. 이 음악당은 총 15층의 현대식 건물로 1−2층에 관현악연주를 할 수 있는 3백석 규모의 2개의 연주홀과 60여 개의 연습실이 있으며 그 외에 휴게실, 국제회의실, 강의실, 녹음실, 음악감상실, 문헌자료실 등 음악실습과 연구활동에 필요한 200여 개의 방으로 구성되어 있다.

윤이상음악연구소는 1998년 『조선음악명인전 1』(장영철)을 펴냈다. 이 책은 고조선으로부터 20세기 중엽까지 한국의 민족음악예술을 창조보급하고 계승발전에 이바지한 려옥과 우륵부터 최근의 왕수복에 이르기까지 이름 있는 음악가들을 순차적으로 소개[1]하고 있다. 장영철은 이 책을 펴낸 이유를 자라나는 새 세대들에게 훌륭한 우리나라 음악사를 보여줌으로써 민족적 긍지와 자부심을 안겨주는 동시에 음악예술의 진정한 창조자와 향유자를 만들어내기 위해서라고 서문에서 밝히고 있다. 이 책은 려옥과 우륵부터 신재효, 홍난파, 함화진, 서도민요와 경기민요의 명창들, 신민요의 명인들을 먼저 소개하고 이어서 명인들의 일화와 명인들이 창작한 노래 중에서 <학도가>, <고향의 봄>, <동무생각>에서부터 <울산타령>(조령출 작사, 리면상 작곡), <빛나는 조국>(박세영 작사, 리면상 작곡)까지를 요약 정리하고 있다.

---

1) 장영철, 『조선음악명인전 1』, 윤이상 음악연구소, 1998.

이에 앞서 북한의 공훈예술가 최창호는 1995년에 펴낸『민족수난기의 신민요와 대중가요들을 더듬어』를 증보하여 1997년에 평양출판사에서 679쪽에 이르는『민족수난기의 가요들을 더듬어』를 출판[2]했다. 최창호는 이 책에서 계몽기 우리 가요를 예술가요와 신민요 그리고 대중가요로 장르를 세분하여 우리나라 대중가요음악사를 집대성하고 있다. 예술가요편에서는 <봉선화>를 작곡한 홍난파와 그의 가요를 살펴보고 대중가요편에서는 <황성옛터>, <타향살이>, <락화유수>, <진주라 천리길>, <홍도야 울지 말아>, <서귀포 칠십리>, <눈물젖은 두만강> 등의 노래와 그것에 얽힌 이야기들을 나름대로 충실한 자료수집을 통해 설명하고 있다. 그리고「치욕의 죄록들을 바로 기입하면서」에서는 민족분단의 아픔에 따라 월북 작곡가나 작사가의 노래가 남한에서 다른 사람의 이름으로 표기되고 있는 것에 대해 표절이라고 극렬하게 비판하고 있다. 구체적인 예로는 김해송 작곡의 <련락선은 떠난다>, <고향설> 등이 그의 처남인 리봉룡의 곡으로 도명되었으며, 조령출 작사의 <락화류수>, <서귀초 칠십리>, <진주라 천리길>, <알뜰한 당신>, <고향초>, <꿈꾸는 백마강>, <선창>, <목포는 항구이다>, <어머님전상서> 등과 박영호 작사의 <짝사랑>, <번지없는 주막> 등이 도명되었다고 비판하고 있다. 그리고 <학도가> 1부터 130곡을 악보와 함께 부록으로 제시하였으며, 악보 없는 곡은 그 노랫말을 수백 곡 수록하고 있다. 그 외에 친절하게 왕년의 가요인들의 사진을 제공하고 있기도 하다.

2001년에는 문예출판사에서 악보를 제공한 공훈예술가 한시형과 최창호의 도움으로『계몽기 가요 선곡집』을 황룡옥 편으로 발간[3]했다. 이 책은 계몽가요편, 동요편, 예술가요편, 신민요편, 대중가요편의 다섯 갈래로

2) 최창호,『민족 수난기의 가요들을 더듬어』, 평양, 평양출판사, 1997.
3) 황룡옥 편,『계몽기 가요 선곡집』, 평양, 문예출판사, 2001.

장르를 나누어 총 198곡을 악보와 함께 소개하고 있다.

올해에는 『력사에 이름을 남긴 음악인들 (2)』가 박사 문성렵 집필로 사회과학출판사에서[4] 나왔다. 이 책은 리조 후반기 음악과 음악인, 근대음악과 음악인, 현대 초기 음악과 음악인의 3갈래로 음악사를 정리하였다. 그 중 계몽기인 현대 초기 음악사에서는 안기옥(1894~1974)에서 부터 홍란파(1897~1941), 리화중선, 윤극영, 채규엽, 리면상(1908~1989), 손목인, 박영호(1911~1953), 김해송(1911~1950), 조령출(1913~1993), 박시춘(1913~1995), 리재호(1914~1960), 리봉룡, 남인수(1918~1962), 선우일선(1991~1990, 신민요 가수) 등의 전기적 생애와 예술적 업적에 대해 비평하고 있다.

IV. 윤도현 밴드 · 이미자의 평양공연의 의미

MBC TV가 2002년 9월 27일과 29일 2회에 걸쳐 부산 아시안 게임의 성공적 개최를 기원하고 남북의 문화예술교류의 확대를 위해 주최한 윤도현 밴드와 이미자의 평양공연이 평양시민들의 열렬한 호응을 얻은 끝에 막을 내렸다. 두 공연의 성과는 부산 아시안 게임에 300여 명의 북한 선수단과 200여 명의 미녀응원단이 참가하여 남북통일과 민족화해의 가능성을 보여준 것과 연계되어 남·북교류사에 커다란 족적을 남겼다고 할 수 있다.

---

4) 문성렵, 『력사에 이름을 남긴 음악인들 (2)』, 평양, 사회과학출판사, 2002.

1. 주체예술의 기능과 역할

김정일은 1992년『음악예술론』을 조선 로동당출판사에서 펴냈다. 이 책의 서두에는 '주체음악'이라는 항목이 있어 주체음악예술의 개념과 창작지침에 대해 서술하고 있다. 첫째, 주체시대는 새 형의 음악을 요구한다[5]고 주장하고 있다. 오늘의 시대는 인민대중의 자주성을 위한 투쟁이 가장 높은 단계에 올라서고 인민대중의 자주적인 요구와 창조적인 생활을 철저히 실현해 나가는 것을 사명으로 하는 역사적인 새 시대라는 설명이다. 따라서 인민대중의 자주성을 위한 혁명투쟁이 시대의 흐름으로 되고 있는 현시대는 인민대중의 자주성을 옹호하고 그들의 투쟁을 고무하는 음악예술을 발전시킬 것을 절실히 요구한다는 것이다. 즉 주체음악은 새 시대의 요구와 인민대중의 지향을 반영하고 철저히 인민대중을 위하여 복무하는 새로운 형태의 음악이라는 것이다.

그러므로 주체음악은 내용이 혁명적이어야 한다는 것이다. 음악은 음악적 울림으로서 인간의 감정정서적 체험을 보여주는 특수한 예술이다. 그러므로 주체음악은 인민대중의 자주성을 의한 투쟁과 자주적이며 창조적인 생활에서 느끼는 고결하고 숭고한 정신적 체험과 낙천적이고 전투적인 심리적 격동을 깊은 감정 정서세계로 펼쳐보여줌으로써 인민대중의 지향과 요구를 구현해야 한다는 것이다. 주체음악의 혁명적 내용에서 근본문제가 되는 것은 수령에 대한 문제이며 수령, 당, 대중의 혈연적 연계에 관한 문제라는 것이다. 따라서 수령에 대한 끝없는 충실성과 그것을 핵으로 하는 당과 근로인민대중에 대한 충실성은 주체음악의 혁명성을 규정하는 기본내용이 된다고 주장하고 있다.

5) 김정일,『음악예술론』, 평양, 조선로동당출판사, 1992, 3쪽.

둘째, 주체는 북한 음악의 생명[6]이라고 내세우고 있다. 『음악예술론』에서 주체를 철저히 세우는 것은 자신들의 음악을 북한 인민의 요구와 혁명의 리익에 맞게 발전시켜 나갈 수 있게 하는 확고한 담보[7]라고 역설하고 있다. 주체의 기치를 높이 들어야 북한 음악의 혁명적 성격을 더욱 강화할 수 있으며 음악예술의 끊임없는 발전을 이룩할 수 있다는 것이다. 따라서 참으로 주체는 북한 음악의 생명이라고 재다짐하고 있다. 음악을 주체적으로 발전시키려면 민족 선율을 바탕으로 하여야 한다는 것이다. 민족음악은 민족의 슬기와 넋이 깃들어 있는 귀중한 문화적 재보이며 사회주의 음악예술의 찬란한 개화발전을 위한 바탕이라는 것이다. 따라서 사회주의 문화는 지난날의 민족 문화유산을 비판적으로 계승・발전시키는 기초 위에서 창조된다는 것이다. 음악에서 전통적인 민족음악을 적극 장려하여야 하는데, 전통적인 민족음악에서 기본은 민요라는 것이다. 북한의 대중음악에서 민요의 비중이 큰 것은 이러한 주체음악의 강조와 밀접한 관련이 있는 것이다. 민요는 매개 인민의 고유한 민족 정서와 생활감정에 맞는 참다운 인민의 노래이므로 그것을 바탕으로 삼아야 한다는 것이다. 그리고 민족악기도 장려하여야 한다고 주장하고 있다.

그러나 민족음악을 장려한다고 하여 복고주의를 허용해서는 곤란하다고 역설한다. 민족음악을 현대적 미감에 맞게 발전시키는 것은 시대의 요구이므로 민요를 발굴하여 재형상하는 사업에 주력해야 한다고 언급한다. 민족음악을 발전시키는 데서 현대성의 원칙만 내세우면서 역사주의적 원칙을 무시해도 안되며 역사주의 원칙만 내세우면서 현대성의 원칙을 무시하여도 안된다고 강조한다. 즉 음악을 현대화하는 데서도 주체를 세워야 한다는 것이다. 대표적인 예로 보천보 전자악단의 음악을 들 수

---

6) 김정일, 위의 책, 19쪽.
7) 김정일, 위의 책, 20쪽.

있다는 것이다. 이 악단은 전자악기를 가지고 우리 인민의 취미와 정서에 맞는 조선식 음악을 훌륭히 창조한 빛나는 모범을 보여주었다는 것이다. 지금까지 자본주의 나라들에서는 락과 디스코, 재즈와 같은 광란적인 음악을 전문으로 연주하는 전자악단이 있으며 그것은 음악을 기형화하고 사람의 건전한 사상의식을 마비시키는 해독적 작용을 하고 있다[8]는 것이다. 보천보 전자악단은 그것을 극복했다는 것이다.

셋째, 혁명에 필요한 것은 명곡[9]이라고 강조한다. 명곡은 사람들을 혁명투쟁과 건설사업에로 힘있게 불러일으키며 사회발전에 큰 역할을 한 의의 있는 사변들과 함께 역사에 길이 남게 된다고 주장한다. 명곡이란 말 그대로 이름 있는 곡, 잘된 음악이란 뜻이다. 즉 명곡이란 들을수록 좋고 인상깊은 음악을 말한다는 것이다. 또 명곡은 사상성과 예술성이 높은 음악을 말한다. 그리고 사상성은 명곡의 첫째 가는 징표라고 역설한다. 왜 이렇게 북한에서는 사상성을 강조할까 ? 그것은 바로 (주체)음악예술론이 종국에는 수령에 대한 주제로 옮겨가야 하기 때문이다. 수령에 대한 주제에서는 수령관에 관한 문제(수령에 대한 충실성)를 바로 풀어야 하는데, 혁명적 수령관은 음악작품의 혁명적 내용에서 진수를 이룬다[10]고 역설한다. 즉 음악작품에는 혁명전통교양, 계급교양, 사회주의 애국주의 교양을 비롯한 당원들과 근로자들을 혁명적으로 교양하는 여러 가지 내용을 반영하여야 한다고 결론짓고 있다.

넷째, 음악을 대중화하여야 한다[11]는 것이다. 음악예술을 대중화한다는 것은 광범한 인민대중을 음악예술창조활동에 널리 참가시키고 그들의 대중적인 힘과 지혜에 의거하여 음악예술을 창조하고 발전시키며 사회의

8) 김정일, 위의 책, 29쪽.
9) 김정일, 위의 책, 31쪽.
10) 김정일, 위의 책, 34-35쪽.
11) 김정일, 위의 책, 41쪽.

모든 성원들이 음악을 마음껏 즐길 수 있게 한다는 것을 의미한다. 즉 광범한 근로인민대중을 음악예술활동에 널리 참가시키고 그들의 대중적 힘과 창조적 지혜를 적극 발양시킬 때에만 음악예술의 진보를 이룩할 수 있으며 자신들의 주체적 음악예술을 더 빨리 발전시킬 수 있다는 것이다. 그리고 음악예술을 대중화하기 위한 실천적 방도의 하나는 근로자들 속에서 음악예술소조를 널리 조직하고 군중음악 창조활동을 적극 벌려나가는 것이라고 주장하고 있다. 예술소조는 공장과 기업소, 협동농장과 학교로부터 가두인민반에 이르기까지 모든 부문들에서 생산단위, 생활단위를 기본으로 하여 실정에 맞게 조직하여야 한다[12]고 강조한다. 특히 여기에서 주의해야할 점은 예술보급활동을 강화해야 한다는 것이다. 그리고 음악예술보급사업은 당선전사업의 방향과 요구에 맞게 하여야 한다는 것이다.

2. 윤도현 밴드 공연 생중계의 의미

북한에서 대중예술도 주체음악예술론의 기본지침에서 벗어날 수는 없다. 따라서 민족음악의 본색을 살리면서 현대적 미감을 구현해 나가되 자본주의의 광란적 음악요소를 제거하여 사상적 독소를 떨쳐버려야 한다. 그리고 계몽기의 대중가요의 민족적 전통을 수용하되 "정서적 측면에서 어둡침침하고 다소 이질적인 것으로 느껴지는 치명적 약점"[13]을 제거해야 한다.

윤도현 밴드의 락음악과 이미자의 계몽기 대중가요의 감상적 요소는 주체음악에서 제일 먼저 배격해야 할 자본주의적 독소이자 사상을 오염

12) 김정일, 위의 책, 46-47쪽.
13) 황룡옥 편,『계몽기 가요 선곡집』, 문예출판사, 2001, 5쪽.

시킬 퇴폐적인 요소이다. 그런데도 왜 북한의 내각 문화성 산하기구인 '조선예술교류협회'(박찬정 회장)와 아 · 태위원회 등은 김연자의 평양공연과 윤도현과 이미자의 평양공연을 주관했을까?

첫째, 그 이유는 북한의 최고지도자인 김정일 국방위원장의 취향과 무관하지 않다. 지난 2000년 남북정상회담 때의 후일담으로 전한 박재규 전 통일부장관의 말에 따르면 김정일 국방위원장이 가장 좋아하는 남한 가수로는 조용필, 남진, 김연자, 이미자, 최진희, 심수봉 등이고 가장 애창하는 곡은 최진희의 <사랑의 미로>와 이미자 의 <동백아가씨>라고 한다. 김위원장은 <사랑의 미로>는 음악대학 성악과 졸업생들의 실기시험용으로 이용할 것을 지시[14]했을 정도라고 한다. 즉 김연자와 이미자의 노래가 민족의 애환과 정서적 동질성을 담아 북한 민중들이 좋아하는 스타일이고 창법과 음색마저도 북한 가수들의 그것과 별반 차이가 없다는 것이다. 그것보다 더 중요한 것은 회갑을 넘긴 김위원장의 음악 취향이 트로트 계열의 다소 애수에 젖게 하면서도 감상적인 스타일의 곡을 좋아하기 때문이고 또 하나는 항일혁명기의 민족의 수난을 담은 가사내용의 노래를 애호하기 때문일 것이다. 2001년 4월의 북한의 『로동신문』 등의 보도는 김연자의 평양공연의 평가에 대해 "시대적 정서에 맞게 잘 형상화함으로써 관객들로 하여금 우리 민족의 피눈물 나는 과거를 뼈저리게 되새겨 보게 했다"고 극찬한 데서도 확인된다.

둘째, 이미자의 공연은 녹화방영한데 비해 윤도현 밴드의 공연은 실황생중계를 했다는 사실은 어떤 의미를 지닐까? 그것은 이미자의 경우는 이미 김연자의 공연에서 트로트의 맛을 보았기 때문에 생동감이 떨어졌을 수가 있으며, 이미자의 경우 자신의 히트곡을 중심으로 공연을 하였기

14) 최척호 기자, 『연합통신』, 2002년 9월 13일 기사.

때문에 평양시민들에게는 다소 생소한 느낌을 주었을 것으로 해석된다. 그것보다 더 중요한 것은 윤도현 밴드의 공연을 생중계한 것은 7·1 경제관리조치 이후 개방·개혁으로 방향을 정한 북한당국의 고도의 정치적인 전략에서 비롯되었을 수 있다. 즉 개방에 따른 자본주의 문화의 유입과 그것으로 인한 민중적 충격을 최소화하기 위해 과감하게 생중계의 실험을 단행한 것으로 볼 수 있다. 앞에서 이미 살펴보았듯이 윤도현 밴드의 락음악(Rock Music)은 북한당국의 입장에서는 사회주의의 사상을 오염시키고 자본주의의 광란적이고 퇴폐적인 정신을 유입시킬 독소적인 음악임에 틀림없다. 그런데도 이들의 평양공연을 북한 전역에 생중계한 것은 이러한 해석을 하게 할 분명한 근거가 있다.

셋째, 윤도현 밴드의 공연을 TV로 생중계 한 이유는 부산아시안게임에 선수단과 응원단을 파견한 북한당국의 전술전략과 맞물려 초청공연 효과의 극대화를 노린 것이라고 생각된다. 즉 언론플레이(북한식으로 '선전선동')에 능한 김정일 국방위원장 특유의 스타일로 해석될 여지가 있다.

끝으로 북한의 김정일 체제가 궁극적으로 지향하고 있는 강성대국의 지향에 따른 축제 분위기의 조성과 밀접한 관련이 있다. 즉 남한 대중가수들의 공연은 북한 주민들이 피부로 민감하게 느낄 수 있는 식량난과 에너지난의 경제적 위기를 상쇄할 수 있는 쾌락적 도구로서는 최고의 수단이라고 판단되었을 것이라는 판단이다. 북한의 문화성 등 정책당국은 대중예술의 마술적 기능을 통해서라도, 북한주민들이 구호로서만의 강성대국의 달콤한 행복감에 젖어들게 할 필요성을 강하게 느낀 것이다. 마치 운도현 밴드의 공연은 제주산 조생종 감귤의 맛과도 같은 것이다. 그것은 시큼하면서도 달콤한 이중성의 묘미를 북한 주민들의 입에 가져다주는 것이다.

북한의 스포츠정책과 남북 스포츠교류의 성과

I. 머리말

2002년 제14회 부산 아시안게임이 10월 14일(월)에 폐막식을 끝으로 막을 내렸다. 이번 부산 아시안게임은 44개국 전 회원국(동티모르는 옵저버로 참가)이 참가하는 최대 규모의 대회였으며 특히 북한 선수단과 응원단이 참여하여 역사적으로도 매우 중요하고 가치 있는 대회가 되었다. 북한 선수팀 1진 159명은 조상남 북한 올림픽위원회 서기장 인솔로 9월 23일 김해공항에 도착했으며, 2진 152명(총 18개 종목 311명)은 박명철 국가체육지도위원회 위원장 겸 북한올림픽위원회(NOC) 위원장을 필두로 하여 9월 27일 도착하여 해운대구 반여동에 위치한 아시아 선수촌 아파트 한국선수단 숙소(117동과 118동)의 옆인 114동에 묵었다. 이번 대회에서 북한은 목표인 4위에 훨씬 못 미친 금메달 9개로 대만(금 10개)에 이어 종합 9위에 머물었다. 이 성적은 지난 13회 대회인 방콕 대회에서의 금메달 7개로 8위의 성적을 거둔 것에서 한 계단 내려간 것이다.

하지만 북한선수단은 이번 부산 아시안게임 참가로 세계 언론의 주목을 받는 등 홍보적인 측면과 남북 통일과 화해분위기 조성에 큰 몫을 함으로써 눈에 보이지 않은 커다란 성과를 거두었다고 평가된다 최근 북한은 내부적으로 국가의 큰 틀을 개혁과 개방으로 설정한 듯한 제스처를 연일 내보이고 있다. 2002년 9월 17일의 역사적인 북·일 정상회담을 전후하여 9월 8일의 금강산에서의 제4차 남북적십자회담에서 이산가족 면회소 설치와 생사 주소 확인 및 서신교환 확대, 국군 포로의 생사, 주소 확인 등에 관한 5개항의 원칙적인 합의도출과 9월 18일의 경의선과 동해선 남북 동시 착공식 개최, 9월 21일의 평양 봉화예술극장에서의 남북 교향악단 합동공연, 9월 23일 신의주 경제특구 설치 및 독자 입법-행정-사법권 부여 소식, 9월 27일과 29일의 MBC 주최의 이미자 및 윤도현 밴드 평양공연 개최 및 생중계 등 상식을 초월한 뉴스들이 북으로부터 연일 쏟아져 나와 세계인들을 놀라게 하고 있다 이번 부산 아시안게임에서의 북한선수단과 응원단의 참가는 이러한 김정일 국방위원장 주도의 북한의 개혁·개방정책과 밀접한 관련이 있다고 하겠다.

그러면 남북선수단이 동시에 참가한 제14회 부산 아시안게임을 계기로 하여 현 시점에서의 남북 스포츠교류의 현황과 과제에 대해 살펴보기로 한다.

II. 북한의 스포츠정책과 지도기관

북한의 스포츠정책의 골간은 주민의 사상 통제와 국가의 군사력 강화와 밀접한 연관성을 맺고 있다. 북한의 『조선대백과사전』은 체육에 대한 개념정의를 “신체를 다방면으로 발전시키며 집단주의 정신과 혁명적 동지애, 굳센 의지, 규율준수에 대한 자각성과 책임성 등 고상한 사상과 도덕적 품성을 배양함으로써 국방력을 강화하고 사회주의, 공산주의 건설을 성과적으로 수행하는 데 이바지하기 위한 것"으로 규정짓고 있다. 여기에서 드러난 것은 북한에서 스포츠는 사회주의 건설의 중요한 무기이자 국방력 강화의 토대라는 것이다. 이러한 모토 때문에 한때 북한의 복싱선수나 펜싱선수는 스포츠정신의 강화와 개인의 신체단련을 통한 건강성 유지에 목적이 있는 것이 아니라 미제와의 투쟁을 위해 운동을 한다고 세계대회에서 메달을 땄을 때 인터뷰에서 강조하여 세계인들을 놀라게 한 적이 있다.

북한의 김정일 국방위원장은 1986년 5월 19일 체육부문 일꾼들과 한 담화에서 「체육을 대중화하며 체육기술을 빨리 발전시킬 데 대하여」라는 문건을 발표하였다. 여기에서 김정일은 "체육을 발전시키는 것은 혁명투쟁과 건설사업을 성과적으로 추진하며 나라의 위력을 강화하고 민족의 우수성을 키워 나가는 데서 매우 중요한 의의를 가집니다. 체육은 사람들이 건강한 체력을 가지고 자주적이며 창조적인 활동을 할 수 있게 하는 중요한 사업입니다"[1]라고 강조했다. 즉 사람이 건강하고 튼튼한 체력을 가지지 못하면 창조적 활동능력을 가진 힘있는 존재가 될 수 없다. 사람의 모든 활동은 체력에 의하여 담보된다. 사람의 육체적 활동은 더 말할 것도 없고 정신활동도 건강한 체력에 의하여 담보될 때에만 원만하게 될 수 있다. 그렇기 때문에 김위원장은 건강한 체력은 전면적으로 발전된 공산주의적 인간이 갖추어야 할 기본 표징의 하나로 되는 것이라고 힘주어 말했다. 한마디로 체육은 사람들의 체력을 증진시킬 뿐 아니라 사람들에게 강한 의지와 용감성을 키워준다[2]고 주장한 것이다. 소위 '주체 체육론'을 체육부문 일꾼들에게 역설한 것이다.

---

1) 이학래 · 김동선 엮음, 『북한 체육자료집』, 사람과 사람, 1995, 295-296쪽.
2) 이학래 · 김동선 엮음, 위의 책, 296쪽.

대개 자유 민주주의 국가는 체육을 교육적 차원, 학문적 차원, 실천적 차원, 행정적 차원에서 개념화하고 있는 반면, 사회주의 국가는 체육을 노동과 놀이의 상보적인 차원에서 개념화하려는 경향이 강하다[3]고 한다. 즉 체육의 목적을 노동의 재생산을 확보하고 사회구성원의 문화적 공동체감을 확보하려는 측면에서 파악하려고 한다. 즉 현대 스포츠의 세계적인 추세가 건강, 운동, 레크레이션, 인격 완성, 국민 화합, 세계 평화에의 기여 등의 수단으로 확대[4]되고 있는 것과 북한의 스포츠 정책은 역행하고 있는 것이다. 어찌되었든지 북한의 스포츠정책은 체육의 대중화・생활화를 통한 노동과 국방에의 기여, 학교체육의 전문화 및 1인 1기의 소유, 체육에서의 <사상・투지・속도・기술전> 방침 관철 등에 기조를 두고 있다. 따라서 북한체육의 기본정책은 스포츠를 통하여 인민대중을 "혁명과 건설 그리고 국방에 이바지할 수 있는 공산주의적 인간으로 육성하는 데 있다"고 할 수 있다. 그것을 구체적으로 살펴보면 김일성과 김정일의 교시에 따라 1) 국방체육의 대중화, 2) 체육을 통한 노동생산력의 강화, 3) 체육을 통한 유일 사상 체계의 확립, 4) 체육의 당적 통제와 획일화, 5) 스포츠 외교의 강화 등[5]으로 요약할 수 있다.

이러한 정책에 따라 북한당국은 1992년 3월 김정일 국방위원장의 지시에 근거하여 매월 둘째 일요일을 '체육의 날'로 지정하고 각 지역 및 각급 단체별로 각종 체육경기를 가질 것을 결정함으로써 주민들의 조직성과 규율성을 높이고 집단주의 정신을 배양시킬 것을 독려하고 있다.

북한의 체육정책을 결정하고 스포츠선수들을 지도통제하는 것을 책임지는 기관은 전반적으로 국가체육지도위원회가 맡고 있다. 체육지도위원

---

3) H. Cantelon & R. Gruneau, 『Sport, Culture & the Modern State』, University of Toronto Press, 1979. 강신복, "체육 현황과 전망", 『북한개론』, 을유문화사, 1990, 530쪽. 재인용.

4) 강신복, 위의 글, 529쪽.

5) 강신복, 위의 글, 532-534쪽.

회는 1945년 10월 교육성 산하 조선체육동맹으로 발족하여, 1954년 11월 내각 직속 조선체육지도위원회로 독립한 데 이어 1989년 6월에는 국가체육위원회로 개칭되었다. 그후 1998년 9월 헌법개정으로 체육성, 1999년 11월에는 현재의 '국가체육지도위원회'로 개칭되었다. 현재 국가체육지도위원회는 당의 지도 아래 국내외 체육경기 조직 및 각종 스포츠 행사의 조정 통제, 인민 체력검정 실시, 우수 선수 발굴 및 양성을 그 주요 기능으로 하고 있다.

국가체육지도위원회 밑에는 대외사업국, 국방체육국, 군중체육지도국, 축구국, 집단체조창작단, 국가종합체육선수단, 체육과학연구소, 체육의료소, 교수훈련국, 체육지도국 등이 있다.

III. 북한 스포츠팀의 국제대회 참가와 실적

북한은 체육의 대중화·생활화를 위해 각종 체육시설의 건설에 주력해왔다. 특히 1989년 평양에서 개최된 제13차 세계청년학생축전(평양축전)을 계기로 체육시설 확충에 주력하였다. 그 결과 북한은 평양축전을 위해 평양의 청춘거리(1988년 9월 6일, 안골체육촌을 청춘거리로 명명)에 종합체육단지인 안골체육촌을 건설했으며, 능라도에 5월 1일 경기장(1989년 4월 14일 완공, 수용인원 15만 명), 양강도에 축구경기장(1989년 4월 30일 준공, 수용능력 3만 명) 등 국제 규모의 대형경기장을 건설했다. 평양의 안골체육촌의 경경기장은 1988년 8월 5일 완공되었고, 8월 27일 탁구경기장과 수영경기장이 완공되었다. 또 1988년 9월 23일에는 18홀 정규코스의 남포골프장이 완공되었다. 그 외 이미 있었던 평양체육관(1973년 개관, 2만 명 수용), 김일성 경기장(1982년 모란봉경기장에서 김일성 경기장으로 개칭, 수용인원 10만 명), 동평양 경기장(수용능력 4만 명) 등이 있다.

북한은 1963년 11월 바덴바덴에서 열린 제60차 국제올림픽위원회(IOC) 총회에 회원국으로 가입하였으나 회원국들이 한국의 요청을 받아들여 북한을 'North Korea'로 호칭을 결정하자 띠 문제를 구실로 1969년 바르샤바에서 열린 제68차 총회 때까지 각종 경기에 불참했다. 그러나 그들이 요구하는 '조선민주주의인민공화국(DPRK)'이 받아들여지자 1970년대부터 비동맹국을 중심으로 스포츠외교를 강화했다. 1993년 현재 북한은 국제경기연맹 산하 23개 종목의 국제기구에 가입해 있다. 그리고 아시아경기연맹에는 15개 종목에 가입해 있다. 북한은 이후 1972년 뮌헨 올림픽에 처음으로 참가하여 금메달 1개, 은 1, 동 1로 22위(이호준, 사격 소구경복사 부문 금메달, 599점으로 세계신기록)에 머물렀다. 그러나 4년 후인 1976년 몬트리올 올림픽에서는 북한이 금메달 1개, 은 1개로 22위(구영조, 권투 밴텀급 금메달)를 차지했으며 한국은 금메달 1개, 은 1, 동 4개로 19위를 차지했다. 이 무렵 남북한의 스포츠경쟁은 냉전시대의 여파로 거의 전쟁에 가까웠다. 다른 나라에는 져도 북한에 진다면 귀국을 하지 못할 분위기에 선수들이 직면했던 것이다.

이후 북한은 서방의 불참사태를 빚은 1980년 모스크바 대회까지 참가(은 3, 동 2)했으나 한국은 불참했고 그후 북한은 사회주의 국가들이 참가하지 않은 1984년 LA 올림픽대회와 1988년 서울 올림픽까지 2번 연속 불참했다. 따라서 한국과는 1992년 스페인 바르셀로나 올림픽(금4, 동5, 종합순위 16위, 체조 안마의 배길수, 권투 플라이급의 최철수, 레슬링 자유형 48Kg의 김일, 레슬링 자유형 52Kg의 이학선 금메달)에서 1976년 이후 16년 만에 만나게 되었다.

한편 아시안게임에서 북한은 1974년 제7회 테헤란 아시안게임 때부터 계속 참가하였다. 테헤란 대회에서는 금메달 15개로 5위(한국은 4위)를 차지하였고, 제8회인 방콕 대회에서는 금메달 15개로 4위(한국 3위), 82년의 뉴델리 대회에서는 금메달 17개로 4위(한국 3위)를 각각 차지했다. 제10회 서울 대회(1986)에는 불참했고, 제11회 베이징 대회(1990)에는 금메달 12개로 4위(한국 2위) 제13회 방콕 대회에서는 금메달 7개로 8위(한국 2위)를 차지했다. 제12회인 히로시마 대회에 북한은 불참했다.

그리고 동계올림픽대회에도 북한은 1964년 인스부르크 대회(제9회) 때부터 참가하여 은메달 1개를 따낸 데 이어 1972년 삿뽀로 대회, 84년 사라예보대회, 88년 캘커타 대회, 82년 알베르빌 대회까지 참가했으나 메달은 따지 못했다. 하계유니버시아드 대회에도 1985년부터 참가하기 시작했다. 한국은 1979년 재10회 멕시코 대회부터 참가하여, 81년 부쿠레시티, 82년 에드먼턴 대회를 거쳐 1985년 고베 대회에서 처음으로 북한과 조우했다. 이 대회에서 북한은 금메달 3, 은 3, 동 2개로 9위에 랭크되었고 한국은 금 3, 동 5개로 12위를 차지했다. 그러나 87년 자그레브 대회에서는 한국이 은 1, 동 1개로 28위를 차지한 데 비해 북한은 동메달 2개에 그쳐 33위에 그쳤다. 북한은 1989년 뒤스부르크 대회에는 불참했고 1991년 제16회 세필드 대회에서 금 11개, 은 3개, 동 5개로 4위로 약진하여 금 5, 은 1, 동 3개로 6위를 차지한 한국을 뛰어넘었다. 하지만 북한은 1993년 미국의 버팔로 유니버시아드 대회에 참가신청을 하고도 뒤늦게 불참을 통보했다.

IV. 남북팀의 스포츠교류와 화해분위기

1. 남북 단일팀 구성

미국과 소련으로 대표되는 민주주의와 공산주의간의 갈등은 남북한간에도 치열한 대결양상으로 번지게 불을 부었다. 스포츠는 사실상 남북한 간의 전투행위의 대리전 같은 양상을 보였다. 그러한 냉전구조는 1964년 동경 올림픽대회에서의 신문준·신금단 부녀의 7분간 상봉으로 울음바다를 만들게 했다. 또 곧 이어 한필화·한필성 남매의 상봉과 이별이라는 한민족의 극복할 수 없는 숙명적 조건을 만들어내었다.

1966년 영국 월드컵은 한국에게 큰 충격을 준 대회였다. 북한 축구팀이 이탈리아를 꺾고 8강에 올라 에우제비오의 포르투칼팀과 대등한 경기를 펼친 세계적인 사건이 벌어진 것이다. 여기에 놀란 박정희 당시 대통령은 안기부(현재 국정원)에 명령하여 양지팀(당시 안기부 구호는 음지에서 일하여 국가를 양지로 만든다는 캐치프레이즈를 내세우고 있었다)을 구성하였다. 그리고 곧 박스컵 아시아 축구대회를 창립하였다. 그리고 북한팀한테만은 꼭 이겨야 승공한다는 전투적인 반공정신이 스포츠팀 선수들에게 강요되었다.

하지만 70년대 초까지 한국은 올림픽대회에서 금메달을 하나도 따지 못했다. 하지만 북한은 1972년 뮌헨 올림픽대회에서 대망의 금메달을 처음으로 따 한국의 입장을 난처하게 만들었다. 치열하게 정치적 경제적으로 대결을 펼치던 박정희와 김일성 남·북한의 양 지도자는 70년대 말 박정희 전대통령이 고인이 됨으로써 더 이상 대결의 장을 펼치기 어려웠다.

특히 80년대 말의 구소련 연방의 해체와 동구권의 변혁의 물결에 힘입어 당시 노태우 대통령은 북방외교를 펼치면서 동시에 남북 화해의 물꼬를 트기 시작하였다. 동서독은 이미 1956년부터 1964년까지 3차례나 올림픽 공동팀을 구성하여 국제대회에 참가하였으며 빈번하게 공동팀 구성과 공동응원단 구성을 위한 당국자간의 회담을 개최하여 통일의 분위기를 조성하였다.

이러한 동서독의 스포츠를 통한 정치적 해빙 무드 조성에 대한 역사는 한반도의 통일과 화해의 과제를 위한 모색의 기본 틀이 되었다. 드디어 1990년 남북 체육회담이 개최되어 우선 남북통일축구대회를 평양에서 열기로 하는 데 성공하였다. 그 옛날 경평축구대회의 전통을 이어받아 민족화해의 분위기를 조성하여 전쟁 일보직전까지 갔던 남북관계를 화해의 분위기로 반전시켜 통일이 곧 다가올 듯한 예감을 국민들에게 주었던 것이다.

이러한 체육회담의 결실은 그 다음해인 1991년 일본 지바에서의 세계탁구대회에서 남북 탁구단일팀이 구성되어 참가하는 쾌거로 나타나게 되었다. 단일팀 참가를 위해 남의 현정화와 북의 유순복으로 대표되는 남북탁구팀이 합숙훈련을 46일간 펼치게 되는 등 남·북스포츠 교류사에 역사적인 족적을 남기게 되었던 것이다. 단일팀의 위력은 대회 경기도중에 일어났다. 남·북한 단일팀은 세계 1위의 중국여자대표팀을 꺾고 대망의 우승을 차지하는 기적을 창조함으로써 미래의 가능성을 열어 놓았다.

그리고 탁구에서의 남북한 선수간의 우의는 축구에서도 지속되었다. 1991년 세계청소년축구대회에서 다시 남·북한 단일팀이 구성되어 출전하였고, 그 결과 세계적인 강호 아르헨티나팀을 꺾는 파란을 일으켰다.

2. 올림픽 대회에서의 공동입장과 공동응원

동·서독에 의해 이루어진 올림픽대회에서의 단일팀 구성과 공동응원단 구성의 전통과 통일역사를 지켜본 남북한 스포츠관계자들은 한반도에서도 이러한 민족대통합과 화해의 분위기를 만들기 위해 매진하였다. 그 결실은 1992년 바르셀로나 올림픽에서 북한의 탁구시합에서 최초로 공동응원단의 등장으로 성취되었고 곧 이어 북한의 배길수 선수가 체조에서 금메달을 따는 영광의 순간에도 지속되었다. 이러한 민족화해의 분위기는 올림픽 역사를 새로 쓰는 계기가 되었다. 즉 이러한 스포츠역사는 1980년의 모스크바 올림픽에서의 미국을 비롯한 한국의 불참과 그 보복으로 1984년의 LA 올림픽대회에서 소련과 북한의 불참으로 이어졌던 대결과 갈등의 양상을 치유해 가는 민족적인 뜨거운 열망으로 나타났기 때문이다.

이러한 전통은 2000년 시드니 올림픽에서의 남・북 스포츠팀 공동 입장이라는 새로운 역사를 쓰는 촉매제로 작용하였다. 그 동안 정치분야가 하지 못하였던 동일 민족간의 정서적 통합을 스포츠가 이루어내는 순간이었던 것이다.

3. 2002 부산 아시안게임에서의 공동 입장과 공동 응원

2002년 10월 14일 부산 아시안게임 폐막식이 있던 날 조간 『한겨레신문』의 1면 박스기사의 제목은 <부산은 통일~조국이었다>[6]였다. 폐막을 하루 앞둔 날 남응원단은 북(여자마라톤의 함봉실)을, 북응원단은 울산으로 자리를 옮겨 남쪽 축구선수팀을 응원하기 의해 경기장에서 목이 터져라 아리랑을 불렀던 것이다. 북한의 마라톤 금메달 우승자인 함봉실이 부산 아시아드 주경기장에 들어서자 '와' 하는 함성이 남북한 응원석에서 동시에 울려 퍼졌고, '한겨레 남북응원단'과 '아리랑 통일응원단' 등 남쪽 응원석에서 펼쳐진 대형 한반도기가 북쪽 취주악대의 <통일 아리랑> 장단에 맞춰 덩실덩실 춤을 췄던 것이다. 현장의 언론사 특별 취재단의 보도에 의하면, 북한응원단은 인공기를, 아리랑응원단은 한반도기를, 그리고 또 다른 남쪽 응원단은 태극기를 흔들었지만, 박자는 달랐으

6) 『한겨레신문』 2002년 10월 14일(월) 1면 우측 박스 기사 <부산 아시안게임 소식>.

나 양측에서 외치는 '통일조국'의 구호는 일치하였다는 것이다. 이러한 우렁찬 일치된 구호의 메아리는 민족의 통일을 앞당길 수 있는 감격스러운 이미지였고 민족의 희망과 도약을 약속해주는 상징적 기호로 작용했던 것이다.

이제 민족에게 다가온 것은 다음 올림픽 대회에서 남·북 공동팀을 구성하여 참가하고 공동응원단도 구성하여 좀더 성숙된 면모를 세계인들 앞에 보여 주여야 할 것이다. 이러한 것은 꿈이 아니라 현실로 나타날 것이다. 환타지아가 리얼리티로 변하는 기로에 우리는 서있는 것이다.

V. 맺음말

2002년은 한민족에게 꿈과 희망에 부풀게 하는 경쾌한 해가 되었다. 그러한 도약과 약동의 분위기는 9월 29일부터 16일간 펼쳐진 2002 부산 아시안게임이 도화선이 되었다 하지만 아시안게임이 올림픽 못지 않게 세계언론과 통신의 관심을 불러일으킨 것은 아무래도 남·북 스포츠팀의 동시입장과 하형주와 계순희 선수의 공동성화 점화의 순간 때문이었을 것이다. 더욱 세계언론의 취재열기를 달아오르게 한 것은 북한미녀응원단 280여 명이 다대포항에 정박한 만경봉 2호를 오르내리며 경기장을 찾아 '통일조국'의 구호와 맵시 나는 율동을 선보인 것이 기폭제가 되었다.

최근 북한 김정일 국방위원장의 노동당 총서기 추대 5돌을 맞아 북한사회에 '바꿔' 분위기가 높아지고 있다고 한다. 개혁·개방이라는 말 대신 '혁신'을 화두로 사회 ·경제·교육·외교 등의 분야에서 변화를 모색하는 기운이 뚜렷이 감지되고 있다. 특히 도로·주택 정비 및 의식개혁운동은 70년대 남한의 새마을운동과 흡사한 상황이라는 것이다. 김정일 국방위원장이 고인이 된 정주영 현대그룹 명예회장에게 박정희 전대통령이 마시던 농주를 보내달라고 하고 새마을운동에 대한 소개책자를 부탁했다는 가십성 뒷이야기가 사실로 나타나고 있다. 지난 10월 8일 평양 4·25 문화회관에서 열린 '경축 중앙보고대회'에서 당 정치국원인 전병호 비서는 "경제사업에서 실리를 철저히 따지고 모든 일을 새 세기의 요구에 맞게 혁신적 안목을 가지고 대담하게 전개해야 한다"[7]고 촉구했다고 언론이 보도하고 있다.

최근 북한은 '가을철 국토관리 총동원 기간'(10~11월)을 맞아 전국적으로 450여 개의 도로와 주택을 개·보수하고 강·하천 정비 및 경지정리 사업을 대대적으로 전개하고 있다. 고급노동력을 조기에 확보하기 위해 7년제인 김책공대의 학사과정을 3년 반으로 줄이는가 하면 담배 값을 올리며 전 사회적 금연 캠페인을 벌이고 있다는 것이다.

이러한 변혁기에 부산 아시안게임이 펼쳐졌고, 북한은 남한에서 열린 대회에 스포츠역사상 최초로 선수단과 응원단을 파견하는 용기 있는 결단을 내렸다.

하지만 우려의 분위기와 목소리도 있다. 북한 조선중앙TV는 10월 13일 밤 남자 높이뛰기에서 남한 선수가 우승한 사실을 최초로 보도했다고 한다. 이번 부산 아시안게임기간 북측의 보도매체가 남측의 우승 소식을 소개한 것은 이번이 처음이라는 소식이다.

이 방송은 '오늘의 아시안게임 소식' 코너에서 함봉실 선수의 여자 마라톤 우승소식을 전한 뒤 육상경기를 중계하는 가운데 남자 높이뛰기에서 남한 선수가 2m 23cm를 뛰어 우승했다고 소개했다. 이 코너의 진행을 맡은 북측의 아나운서는 "남조선 선수가 첫번째 뛰기에서 2m 23cm을 뛰

---

7) 『문화일보』 2002년 10월 15일(화) 한종호 기자의 기사.

었다"며 "이 종목에서는 남조선 선수가 1등을 했다"고 말했다. 그러나 북측 아나운서는 이 종목에서 우승한 이진택 선수의 이름은 언급하지 않았다는 것이다.

아직도 북한의 언론은 관제통제를 하고 있으므로 북한의 인민들은 부산 아시안게임에서 일어난 변화의 물결을 피부로 느끼지 못할 것이다. 하지만 600여 명에 이르는 북한 선수단과 응원단들이 남한의 발전된 모습과 한국관중들의 성숙되고 통일 지향적인 몸짓을 동포애로 느끼고 돌아갔다. 그것은 침묵의 소리로 북녘하늘에 메아리칠 것이다.

미래의 통일은 어느 정치 지도자 한 사람의 결단에 의해 이루어지거나 외세의 논리와 힘에 결정될 수도 없다. 무수하게 쌓여진 민중들의 정성과 인내의 함성이 꼬리를 물어 하나의 정서로 통합될 때 통일은 극적으로 이루어질 것이다. 따라서 끊임없이 인적 교류의 장을 넓히고 비정치적인 문화부문에서의 협력과 화해의 증진만이 통일의 지름길로 자리잡을 것으로 판단된다. 어느 등산로에 위치한 산사의 계단에 쌓여 있는 돌무덤처럼 하나의 돌을 더 얹어놓고 등산로로 올라가는 지혜와 인내가 필요한 시기인 것이다.

제3부 새로 발견·소개된 작품연구

북한소설 『황진이』 연구

-남한소설 『황진이』·『나, 황진이』와의 비교문학적 고찰

I. 머리말

북한소설 『황진이』가 남한 출판을 둘러싸고 화제를 뿌리고 있다. 특히 2003년 11월 문학계간지 『통일문학』 제3호에 원작의 3회 분재를 시도하였다가 통일부의 배포중지 명령을 받음으로써 중요 언론의 스포트라이트를 받았다. 통일부는 발행인이 사전 심사의 절차를 밟지 않았기 때문에 불법출판이라고 말한 데 반해, 발행인 측은 『통일문학』 창간호는 사전 심사를 받아야 하지만, 통일부 실무자가 2호부터는 편집위원회의 자율적인 심사를 통해 발행 여부를 결정하라는 자율성을 부여받았다고 주장하고 있다.

어찌되었든지 북한소설 『황진이』가 통일부의 허가를 받아 출판이 된다면, 해방 이후 당국의 허가를 얻어 발행되는 최초의 북한작품이 된다. 그런 측면에서 『황진이』에 대한 연구는 한국문학사에서 큰 의미를 지니게 될 것이다. 『황진이』가 남한사회에서 크게 각광을 받은 이유는 북한소설에서 드물게 노골적인 성묘사를 하고 있는 점 때문이다. 북한의 출판여건에서 김정일 국방위원장의 직접 결재를 받지 않고 출판될 수 없는 내용의 작품이 어떻게 세상에 나올 수 있었을까? 그것은 두 가지 요인으로 생각해볼 수 있다. 첫째, 북한당국이 중국식 개혁, 개방정책으로 나아갈 것을 이미 정하고 북한 인민에 대한 완충작용으로 단계적인 개방조치를 하고 있는 것이 아닌가 하는 판단이다. 둘째, 북한의 어려운 경제여건에서 경제난을 타개할 수 있는 유일한 방안은 개성공단의 활성화이다. 그러자면 외국의 자본과 기술이 유입되어야만 한다. 그 중에서도 가장 현실성 있는 방안이 바로 남한의 자본과 기술이 들어오는 것이다. 따라서 개성의 옛 이름인 송도의 역사적인 상징인물인 황진이의 문화 콘텐츠화는 대단한 의미를 지닌다. 개성공단은 중소기업 단지를 조성하여 경제를 활성화하는 데에만 기여하는 것이 아니라, 찬란한 고려시대의 문화유산을 홍보하여 관광자원으로 활용하는 데에도 크게 이바지할 것으로 판단된다. 그런 측면에서 황진이는 중요한 이미지메이커로 작용할 가능성이 크다.

북한소설 『황진이』의 작가는 홍석중이다. 그는 이미 1510년의 삼포왜란을 배경으로 하여 왜구의 침략과 노략질 그리고 횡포 그리고 이에 맞서는 조선조 봉건왕조의 양반사대부들의 근시안적인 대처와 비리 등에 대해 민중계층의 저항의 모습을 상세하게 다룬 『높새바람』 1부(1983)와 2부(1990) 창작으로 북한문단에서 커다란 반향을 불러 일으켰었다. 아울러 그는 북한 문단에서 이기영·한설야와 더불어 최고의 소설가로 손꼽히는 『임꺽정』의 작가 벽초 홍명희의 손자이기도 하다. 홍석중의 부친 또한 국학자로 유명한 홍기문(1903~1992)이다. 홍기문은 김일성 종합대학교의 교수를 지냈으며, 사회과학원 부원장으로 활동하였다. 홍석중은 조부의 소설가적 핏줄과 부친의 인문학적 소양을 이어받은 북한에서는 유능한 소설가이다.

사실 황진이는 북한에서만 역사소설로 형상화된 것이 아니다. 남한에서도 몇 차례 유명 작가에 의해 서사적으로 형상화되었다. 대표적인 작품으로는 월북작가 이태준의 『황진이』가 유명하다. 홍석중의 『황진이』나 남한에서 간행된 다른 『황진이』도 모두 이태준의 작품을 벤치마킹으로 삼고 있다고 할 수 있다. 이태준의 장편소설 『황진이』는 1936년 6월 2일부터 『조선중앙일보』에 연재되었다. 하지만 그 해 9월 4일 연재가 중단된 후, 1938년 2월에 동광당 서점에서 단행본으로 간행되었다. 다시 단행본은 해방 후인 1946년 8월 동광당 서점에서 재출간되었으며, 깊은샘 출판사에 의해 1999년 이태준 전집이 간행되면서 이태준 문학전집 12권으로 얼굴을 새로 내밀었다. 남한에서는 최인호가 27살의 젊은 나이로 『황진이』를 단편소설로 창작하였다. 물론 최인호는 1970년대라는 군부독재의 억압적 상황 속에서의 왜곡된 시대정신을 탐미적 낭만주의의 환상적 필치로 스케치하였다. 그는 황진이라는 역사적 인물을 고혹적 아름다움의 실체로 리모델링하여 두 편의 아름다운 단편으로 창조하였다. 최인호와 거의 동시에 정한숙이 1973년에 장편소설 『황진이』를 펴냈다. 최근에는 고전문학을 전공한 연구자이자 작가인 김탁환이 역사적 고증을 철저하게 한 장편 『나, 황진이』(2002)를 출간하여 화제를 모았다.

따라서 개성적인 양상을 보이는 홍석중의 북한소설 『황진이』와 그 동안 남한에서 발행된 정한숙·최인호·김탁환 등의 『황진이』를 비교문학적인 측면에서 분석해 보는 것은 통일문학사의 서술이라는 큰 테두리에서 커다란 의미를 지닐 것으로 판단된다. 문학사적으로 중요한 가치를 지니는 이태준의 『황진이』와 북한소설 홍석중의 『황진이』의 비교고찰은 다음 논문으로 미루기로 한다.

특히 황진이가 속한 송도관에 관한 조선조시대의 귀중한 고문서[1)]가 발견되어 당시의 기생들의 상황을 파악하는 중요한 자료로 활용될 수 있게 되었다. 대체적으로 조선조의 기생에 관한 자료는 거의 남아있는 것이 없다는 점에서 이 고문서는 당시 조선조의 세시풍속과 기생의 활동상황을 파악하는 데 매우 소중한 자료가 될 것이다.

II. '황진이' 고사와 북한에서의 황진이의 평가

한국인에게 황진이는 강하게 각인되어 있다. 초등학교 시절부터 역사시간에 황진이는 자주 거명되었으며, 국어시간에도 고전시가 중 '시조'를 강의하는 시간에 황진이의 시조는 빠짐없이 제시되었다. 특히 최근에 서구에서 페미니즘이 밀려들어오면서 한국인에게 가장 강한 인상을 남긴 역사적 인물 중 여성으로는 유관순, 신사임당, 허난설헌, 황진이, 논개, 나혜석 등이 제시되고 있다.

최근 10만원 고액권의 발행이 한국은행과 재정경제부에서 고려되고 있는 것으로 언론을 통해 알려지고 있다. 현재 우리 나라의 화폐에서 1만원권에는 세종대왕, 5천원권에는 이율곡, 1천원권에는 이퇴계가 새겨져 있다. 앞으로 고액권이 발행된다면 누가 들어가야 할까? 조선일보 닷컴에서 2004년 1월 15일부터 실시한 설문조사 결과, 18일 현재 1만 6,462명의 응답자 가운데 광개토왕이 33.8%인 5,565명으로 1위, 독도가 17.8%인 2,944명의 지지를 받아 2위였다. 이 같은 결과는 최근 중국의 고구려사 왜곡과 일본의 독도 영토주권 주장 파동 등이 주변국과의 큰 이슈로 떠오르면서

---

1) 조선조 시대의 개성 송도관의 편제를 소상하게 보여주는 고문서가 필자에게 입수되었다. 이 자료의 원본 소장자는 시흥의 이열 정형외과 원장이다. 이 고문서의 복사본이 이 자료를 한동안 소장하였던 김영현 한국사진 역사박물관장에 의해 필자에게 입수가 됨으로써 학계에 처음으로 소개할 수 있게 되었다. 북한소설 「황진이」 연구와 관련된 언론보도기사를 접한 김영현 관장이 고문서의 복사본을 필자에게 보내왔다.

관련 국민 정서가 반영된 것으로 풀이된다. 3위는 2,547명(15.4%)이 응답한 김구 선생이었고, 여성으로는 신사임당(3.97%)과 유관순 열사(2.56%)가 화폐 도안의 인기 있는 모델[2]로 꼽혔다. 인터넷 포털 사이트 '다음'이 지난 1월 15일부터 설문조사를 실시한 결과 역시 총 12만여 명의 응답자 중 약 40%가 광개토대왕을 표지모델로 지지했다. 그밖에는 신사임당과 김구 선생, 유관순 열사가 15~18%의 높은 지지도를 보이고 있다. 특히 네티즌들 사이에서 여성인물을 고액화폐에 삽입하자는 의견이 점차적으로 힘을 얻어가고 있는 추세인데, 현재 거론된 신사임당과 유관순 이외에 허난설헌과 황진이가 그 다음 순위로 떠오를 가능성이 있다. 역사적 인물 중 가장 현모양처형 인물로는 신사임당, 강직한 민족적 인물로는 유관순, 지성적인 인물로는 허난설헌, 예술적 재능을 가진 인물로는 황진이가 개별 항목에서 가장 높은 순위에 제시될 가능성이 높다.

그러면 북한에서 황진이(1516~ ?)는 어떤 역사적 평가를 받고 있을까? 최근 북한에서 펴낸 『조선력사인명사전』(2002)에 황진이가 포함되어 있는 것으로 보아 북한에서 역사적으로 중요한 인물로 평가되고 있음을 확인할 수 있다. 이 사전에서는 황진이를 "리조 전기의 녀류 음악가. 중종 때 개성의 이름 난 기생이며 노래명창이다"[3]라고 설명하면서 다른 이름은 황진랑이며 기명은 명월로 소개하고 있다. 황진이의 출생 배경과 인물적 자질에 대해 "봉건 사회에서는 보기 드문 남녀간의 사랑관계 속에서 황진사와 진현금과의 인연이 맺어져 세상에 태어난 그는 어릴 때부터 얼굴이 곱고 예술적 소양이 남달리 뛰여났다"[4]고 칭찬하고 있다. 기생이 된 배경에 대해서는 "그가 기생으로 된 것은 이웃에 사는 한 청년이 아름다

2) 『조선일보』 2004년 1월 19일(월) 경제면 기사.
3) 손영종 · 문병우 외 편, 『조선력사인명사전』, 과학백과사전출판사, 2002, 258쪽.
4) 손영종 · 문병우 외 편, 위의 책, 같은 쪽.

운 그를 한번 보고 나서 마음이 몹시 동하여 부질없이 짝사랑을 하다가 상사병에 걸려 죽은 뒤였다고 한다"[5]라고 설명하고 있다.

기생이 된 뒤의 황진이의 활동상에 대해 다음과 같이 구체적으로 서술하면서 그녀가 마흔 살을 전후하여 죽었다고 사망연대를 추정하고 있는 것이 특징이다.

> 기생이 된 그는 맑고 아름다운 성대로 가곡, 가사를 잘 부르는 명창으로 이름을 날리면서 풍류생활로 일생을 보냈다. 그는 당시 풍류객들인 송순, 리토종, 소세양 등의 사랑을 받으면서 많은 시조들과 ≪만월대≫, ≪박연폭포≫와 같은 한시도 창작하였다. 그가 지은 시조는 대부분이 남녀간의 애정에 관한 상사곡으로서 ≪동지달 기나긴 밤을 …≫, ≪내 언제 신이 없어…≫. ≪청산의 벽계수야……≫, ≪산은 옛 산이로되……≫는 그 대표적인 작품이다. 그는 비록 기생이였으나 고결하고 소탈한 품성을 가진 녀성으로서 당시 량반선비들과 교제하면서도 방탕하지 않았으며 자기 눈에 차보이는 인물이 없어 나중에는 이름 난 중인 지족선사와 이른 난 유학자 화담 서경덕의 사람됨을 견주어 보았다는 일화도 전해 온다. 그리하여 후세에 ≪송도3절≫이라고 하면 누구나 다 박연폭포, 서경덕, 황진이라고 하였다.[6]

한편 북한의 『조선대백과사전』 25권은 황진이를 총명하고 시, 서예, 음률에 특출한 재능을 가진 당대의 으뜸가는 예술가, 여류시인으로 평가하면서 "그는 신분이 천한 탓에 비록 기생살이를 하였으나 권력이나 재물에 유혹되지 않았고 가난한 사람들을 천대하고 멸시하는 량반사회에 재능으로 도전하면서 도고한 자세로 자신을 지켜 갔다. 자존심이 강하였던

5) 손영종・문병우 외 편, 위의 책, 같은 쪽.
6) 손영종・문병우 외 편, 위의 책, 같은 쪽.

그는 고루하고 위선적인 량반관료들과 사대부들을 경멸하고 조소하였으며 자신을 당대의 이름난 철학가 화담 서경덕(1489~1546), 개성의 명승 박연폭포와 더불어 송도 3절로 자부하였다"[7]고 소개하였다. 그리고 황진이의 작가적 평가에 대해서는 "황진이의 시조들은 당시 량반유학자들이 많은 경우 유교적 교리의 직설적인 해설에 치우치고 인간 정서의 자유로운 토로를 억제하던 것과는 달리 앙양된 사랑의 정서를 솔직하고 선명하게 표현하고 있으며 그러한 심리묘사의 섬세성과 참신하고 세련된 시형상의 창조자로써 17세기 이후에 대두한 서민문학의 선구자적 작품으로 되었다"[8]고 높은 문학사적 평가를 내리고 있다.

그 외에 황진이가 창작한 시조의 문체상 특성과 한시의 가치에 대해 다음과 같이 서술하고 있다.

> 특히 의성 의태어 및 비유의 재치 있는 구사는 단시로서의 시조의 제한된 시어 속에 인간감정의 복잡하고 미묘한 파동까지를 진실하게 전달하는 귀중한 경험을 남겨 주었다. 황진이는 시조 외에 ≪반달≫, ≪꿈≫, ≪소판서를 보내며≫, ≪박연폭포≫ 등 한자시를 남기었는데, 이 작품들 또한 그의 사람됨과 뛰여난 시적 재능을 보여주었다. 시 ≪박연폭포≫는 온 골짜기를 울리며 쏟아져 내리는 폭포의 물줄기와 푸른 물이 소용돌이치는 룡소, 칠색 무지개를 수놓으며 구슬같이 흩어지는 물방울에 이르기까지 그 아름다움과 장쾌함을 능숙한 비유의 수법으로 선명하게 그려 낸 것으로 하여 그의 창작적 열정과 기교를 엿볼 수 있게 하는 대표적 작품의 하나로 평가되고 있다.[9]

7) 강건익 외 편, 『조선대백과사전』 25권, 백과사전출판사, 2001, 337쪽.
8) 강건익 외 편, 위의 책, 338쪽.
9) 강건익 외 편, 위의 책, 338쪽.

황진이에 대한 고사는 여러 책에 남겨져 있다. 구체적으로 이덕형(1566~1645)이 지은 『송도기이(松都記異)』, 허균(1569~1618)이 지은 『성옹지소록(惺翁識小錄)』, 유몽인(1559~1623)의 『어우야담(於于野談)』, 임방(1640~1724)이 지은 『수촌만록(水村漫錄)』, 서유영(1801~1874)이 지은 『금계필담(錦溪筆談)』, 김택영(1850~1927)이 지은 『소호당집(韶濩堂集)』, 개성유수를 지낸 김이재(金履載, 1767~1847)의 『중경지(中京誌)』, 홍중인(?~1752)의 『동국시화휘성(東國詩話彙成)』, 그 외에 『조야휘언(朝野彙言)』, 김택영이 짓고 풍기군수 김신영이 간행한 『숭양기구전(崧陽耆舊傳)』[10] 등에 황진이에 대한 일화가 전해지고 있다. 이덕형은 암행어사가 되어 송도에 나아가 남문 안에 사는 서리 진복의 집에 거처를 정했는데, 마침 진복의 아비가 늙은 아전으로 황진이와 가까운 일가가 되어 황진이에 대한 전말을 모두 알고 있어 기이한 이야기를 넓힌다고 하면서 황진이에 대한 일화를 기록하고 있다. 『송도기이』의 기록 중 중요한 것으로는 진이의 어미인 현금이 나이 18세에 병부교 밑에서 빨래를 하다가 형용이 단아하고 의관이 화려한 사람을 만나 표주박에 물을 가득 떠서 준 것이 인연이 되어 서로 좋아하여 진이를 낳았다는 출생비밀 이야기, 개성 유수 송공이 황진이의 노래를 듣고 천재로 평가한 것과 그의 첩이 절색이라고 질투를 느낀 사실 및 송공 어머니의 수연(壽宴)에서 진랑이 화장도 하지 않고 담담한 자세로 나와 국색(國色)의 광채를 빛낸 일, 악공 엄수와의 일화, 중국 사신 일행이 황진이를 보고 천하절색으로 평가 한 일화, 황진이가 선비들과 놀기를 즐기며 당시 읽기를 좋아하며 서화담을 사모하여 그 문하에 나아가 담소를 나눈 일화[11] 등이 있다.

10) 김택영이 지은 5권 1책으로 된 책으로 고려 말기 충신들의 일사와 조선 개국 초부터 고종때까지의 개성 명사들의 사실을 모아 편찬한 책. 1903년(고종 40년, 광무 7년)에 풍기군수 김신영이 간행하였다.

유몽인의『어우야담』에도 황진이에 관한 새로운 일화가 기록되어 있다. 첫째, 황진이가 서화담의 학문과 사람 됨됨이를 시험하고자 허리에 실띠를 묶고『대학』을 옆에 끼고 나아간 일화와 밤을 틈타 서화담의 침소에 접근하여 마등(摩登)이 아난(阿難)을 어루만지는 것처럼 유혹한 일화가 짧게 기록되어 있다. 둘째, 성격이 호탕하고 소탈한 재상의 아들인 한량 이생원과 금강산 유람을 떠난 후 자신의 몸까지 팔아 승려에게 양식을 얻은 일화가 묘사되어 있다. 셋째, 한양의 절창 이사종의 노래에 반해 그와 송도에서 3년, 한양에서 3년간 동거(첩살이)했던 일화도 에피소드로 전하고 있다. 넷째, 송도 큰길가에 황진이의 무덤이 있는데, 평안도사로 부임하던 백호 임제가 축문을 지어 제사를 지내 조정의 비판을 받았던 이야기[12]도 기록되어 있다.

허균의『성옹지소록』에는 노래를 잘한 사인 이언방과의 일화, 황진이를 개성 장님의 딸로 묘사하면서 거문고를 잘 타고 노래를 잘한 것으로 서술한 이야기, 금강산・태백산・지리산을 거쳐 금성에 와서 고을 원님이 절도사와 잔치를 벌이고 있는 곳에 나아가 헤진 옷과 누추한 행색으로 노래하고 거문고를 타면서 다른 기생들을 주눅들게 한 일화, 평생에 서화담을 사모한 황진이가 평소에 "지족선사가 30년을 면벽하여 수양했으나 그의 지조를 꺾었다. 하지만 화담 선생은 여러 해를 가까이 했으나 끝내 선을 넘지 못했으니 실로 성인이로다"라고 한 일화, 진랑이 서화담에게 송도삼절을 꼽은 일화[13] 등이 기록되어 있다.

한편『수촌만록』에는 양곡 소세양과의 한 달간의 동거 일화가 소개되어 있으며 황진이가 양곡에게 준 율시 "월하정오진(月下庭梧盡) ~~"가

11) 이덕형,『松都記異』, 이민수 역, 민족문화추진회, 1975, 336-339쪽.
12) 유몽인,『於于野談』, 박명희 외 역, 김탁환,『나, 황진이』, 문학동네, 2002, 286-288쪽 재인용.
13) 허균,『惺所覆瓿藁』, 신승운 역, 민족문화추진회, 1967, 171-173쪽.

기록되어 있다. 『금계필담』에는 종실 벽계수가 손곡 이달과 상의하고 황진이를 찾아간 일화가 소개되어 있으며 시조 "청산리 벽계수야 수이감을 자랑 마라~~"로 초장이 시작되는 시조가 기록되어 있다.

III. 조선조의 송도관(松都官) 편제에 대한 자료분석

앞서 서문에서 밝힌 것처럼 기생 황진이가 속한 조선조의 유명한 기생집 송도 교방(敎坊)의 편제에 관한 고문서가 발견이 되었다. 이 고문서는 두루말이 형식의 필사본으로 길이가 2m 50cm에서 3m정도 된다. 제작연대는 간지가 갑술(甲戌) 유월(六月)로 되어 있는 것으로 보아 1514년(중종 9년)이나 1574년(선조 7년)에 간행이 된 것으로 추정된다. 그런데 황진이 출생연대를 대개 1516년으로 파악하고 있는 것으로 보아 1574년(선조 7년)에 간행된 것으로 판단된다. 그 이유는 기록에 황진이는 중종(중종반정이 일어난 때가 1506년이고, 중종은 39년간 재위에 있다가 1544년에 붕어했음)때 진사였던 아버지의 서녀로 출생하였다고 기록되어 있고, 서경덕과의 로맨스로 볼 때도 1574년으로 추정하는 것이 타당하다. 1514년에는 황진이가 출생하지도 않았으며, 화담 서경덕이 1489년(성종 20년)에 출생하여 1546년(명종 1년)에 사망한 것으로 되어 있으므로 1574년에 간행된 것으로 보는 것이 설득력이 있다.

그러면 조선조의 기녀제도에 대해 살펴보기로 한다. 기녀는 서울 기녀인 경기(京妓)와 지방 기녀인 관기(官妓)로 나뉘었다. 흔히 기생의 집은 고려 때에는 교방에 딸려 노래와 춤을 맡아보았고 조선조 때에는 약방(藥房)에 딸려 의녀로 행세, 또 상방(尙房)에 딸려 침선(針線)을 담당했으므로 대체적으로 기생방이라 불렸다. 경기는 지방의 관기나 서울의 각사비(各

司婢) 중에서 선출되었다. 경기를 관장하는 기관은 관습도감이었는데, 관습도감은 악학도감, 장악서, 장악원 등으로 개편, 개칭[14]되었다. 경기의 수는 1447년경에 125명에서 150명 정도였고 연산군 때는 수천 명으로 늘어났다가 중종 이후에 그 이전으로 되돌려지고 1615년에는 70명에서 143명 정도였다. 1705년에는 진연을 거행하기 위한 임시기관인 진연청을 설치하고 예조에서 전국 각도에서 기생 52명을 각도에서 충원하도록 하였다. 1743년에는 진연 때 동원되는 선상기를 52명으로 정하고 임금의 명령에 따라 가감할 수 있게 하였다. 여악을 할 때 그때마다 동원되는 기녀의 수를 알아보고 서울에 있는 경기가 부족할 때는 선상기로 충원하였던 것[15]이다. 또한 크게 보면 경기에는 내의원이나 혜민서의 의녀와 공조와 상의원의 침선비까지 포함되는데 구한말에는 이들을 가리켜 일패라고 하였다. 조선 초기에 모든 지방에 관기를 두지는 않았다. 각 고을에서는 인근 고을의 관기를 동원하기도 하였으며 관기의 필요성이 커짐에 따라 관기를 두는 지역이 점차 늘어갔다. 세종에서 세조 때에 걸쳐 경원・회령・은성・종성・강계를 비롯하여 평안도 영변 등 북방지역에 관기를 두었으며, 또한 평안도 안주와 의주 지방의 관기 설치가 논의되기도 하였다고 한다. 이것은 중국 사신을 접대하기 위함이었으며 또한 야인의 왕래가 잦아지자 이들의 연향에 동원하기 위함[16]이었다.

기생의 역사를 잘 정리해 놓은 책은 일제 시대 때 이능화가 지은 『조선해어화사(朝鮮解語花史)』가 있다. 여기에서 '해어화'는 '언어를 풀이하는 꽃'이라는 뜻으로 유녀(遊女), 노는 계집, 창녀, 기생, 기녀 등으로 불리는 여성들을 가리키는 별칭이다. 이능화는 기생의 기원설로 신라 중엽의

14) 조광국, 『기녀담 기녀등장소설 연구』, 월인, 2000, 32쪽.
15) 조광국, 위의 책, 32-33쪽.
16) 조광국, 위의 책, 33쪽.

'원화'(『삼국사기』의 기록 근거)[17]와 고려 태조때의 수척(水尺)(『고려사』의 기록을 근거)을 제시하였다. 원화는 '화랑'과 대조되는 뜻으로 여색을, 화랑은 미소년들이 중심인 남색을 일컫는 것으로 해석된다. '수척'의 경우, 고려 태조 때 수척이 된 백제의 유민들을 강제로 관리들에게 나누어 주고 노비로 삼거나 혹은 그 노비 가운데서 외모가 특출나고 재주가 있는 여성을 뽑아 예쁘게 화장시키고 꾸며서 가무를 배우게 한 것이 '고려여악(高麗女樂)'[18]이라는 것이다. 이능화는 이익의 『성호사설』을 인용하면서 '수척'이 '양수척(楊水尺)'에서 비롯되었다고 덧붙였다. 양수척은 고려가 백제를 공격하여 제압했을 당시, 백제에 남아 있던 유민이었는데, 양수척은 버드나무를 재료로 하여 여러 가구를 만드는 장인이었으며, 고려가 백제를 정복했을 때 백제의 유신들 가운데 남자는 하인으로 여자는 하녀로 혹은 기생으로 삼았던 것[19]으로 보고 있다.

조선조에 와서는 성종과 연산군이 특히 기생과 창기를 좋아했다고 이능화는 『조선해어화사』에 쓰고 있다. 연산군은 기생이란 '태평'을 가져다 주는 존재라는 뜻에서 기생을 '운평'으로 바꿔 부르게 했다. 그리고 간신 임사홍에게 '채홍사(採紅使)'라고 하는 특별한 관직을 준 것으로도 유명하다. 연산군은 그 외에도 궁중에 진상된 기생들을 '계평(繼平)', '속평(續平)', '흥청(興淸)'이라 하고 흥청 중에서도 궁중의 침소에 출입하는 기생을 '지과흥청(地科興淸)'이라고 부르게 했으며, 왕의 침소를 출입하는 기생은 '천과흥청(天科興淸)'이라고 불렀다. '흥청'이란 맑은 흥을 이끌어 내주는 기생이라는 의미[20]이다.

이능화는 기생이하의 창녀들을 '갈보(유녀의 뜻)'나 '구충(사람의 피를

---

17) 가와무라 미나토, 『기생(妓生)』, 유재순 옮김, 소담출판사, 2002, 33쪽.
18) 가와무라 미나토, 위의 책, 34쪽.
19) 가와무라 미나토, 위의 책, 34쪽.
20) 가와무라 미나토, 위의 책, 54-55쪽.

빨아먹고 괴롭히는 벌레라는 뜻)'이라고 빗대었는데, "우리 풍속에는 갈보의 종류가 많은데, 말하자면 기녀, 은근자(殷勤者), 탑앙모리(搭仰謀利), 유녀화랑, 여사당패(女社堂牌), 색주가(色酒家) 등을 들 수 있다. 소위 일패(一牌)라고 하는 기생은 기생들 중에서도 가장 오래된 관기처럼 신분상으로도 높은 지위를 가지고 있다"고 설명하였다. 이패는 은근자로 '남몰래 정을 통하는 것'을 의미하였고 삼패는 탑앙모리라고도 하는데, 손님을 접대할 때 잡가 등을 부르기도 하는 보잘 것 없는 수준[21]의 유녀들을 의미하였다.

기녀들의 호적인 기적은 기안(妓案)으로 불렸으며, 대개 관청에서 관리하는 노비안(奴婢案)에 포함되어 있었다. 고종 30년(1893)『통천군편관노안(通川郡編官奴案)』(규장각본)을 보면, 교노안(校奴案), 산직안(山直案), 악공안(樂工案), 관노안(官奴案), 기비안(妓婢案), 수급비안(水汲婢案), 무녀안(巫女案) 등으로 구분되어 있다. 이 기록에 의하면 관비(官婢)는 기비(妓婢), 수급비(水汲婢), 무녀(巫女) 등으로 나뉨을 알 수 있다. 기비안에 기비가 기춘홍(妓春紅)이라 표기되어 있고 한편 수급비안에 수급비로 비하월이 기록된 것으로 보아 '기비(妓婢)'는 기녀를 지칭하며, '수급비(水汲婢)'는 일반적인 관비를 지칭하는 것[22]임을 알 수 있다. 기녀는 세습되었고 주로 관비 중에서 충원이 되었다고 한다. 또한 양가녀(良家女)가 기안에 오르기도 했다고 전해진다.

앞서의 송도관의 편제를 살펴보면, 총 106명으로 구성되어 있다. 그 구성을 분석해보면, 수호장(首戶長)이 1명, 부호장이 1명으로 짜여져 있고, 수이방(首吏房, 1명)・부이방(副吏房,1명)・공생(貢生, 1명)・병영리(兵營吏, 1명)・율생(律生, 6명)・가이(假吏, 10명)・공생통인(貢生通引, 3명)・율생

21) 가와무라 미나토, 위의 책, 67-70쪽.
22) 조광국, 앞의 책, 34쪽.

통인(5명)・가통인(5명)・사령(使令, 11명)・광제인리(光除人吏, 5명)・사령(使令, 6명)・악부(樂夫, 1명)・묵장(墨匠, 1명)・악공(樂工, 2명) 등이 등장한다. 그리고 관노(官奴)와 관비(官婢)는 두-세 차례에 걸쳐 나타나는데, 관노는 각각 14명과 5명으로 구성되었으며, 관비는 18명과 4명 그리고 2명이 추가로 기록되어 있다. 관노와 관비가 한 곳에 기록되지 않은 것은 그들 사이에도 신분적 구별이 있는 것이 아닌가 추정된다. 송도관의 경우, 위의 고종 때인 19세기 말의 편제와 달리 16세기 말의 편제이기 때문에 세분된 다양한 이름이 등장하지 않은 것으로 판단된다. 또 이 자료가 16세기 말의 자료로 추정되는 또 다른 이유는 관청에서 관리하는 기안과 노비안이 따로 마련되어 있지 않다는 점이다. 관청의 조직에 기안이 포함된 것은 아마 연산군 때의 후유증 때문으로 파악된다.

이 자료에서 가장 중요한 것은 관비의 이름 중에 황진이가 포함되어 있다는 점이다. 관비는 1차로 18명이 나온다. 18명의 이름은 설운(雪雲)・추옥(秋玉)・취단(翠丹)・오정(五貞)・이매(二梅)・별애(別愛)・월단(月丹)・봉화(鳳化)・진이(眞伊)・몽애(夢愛)・월정(月貞)・단정(丹貞)・천애(賤愛)・계단(桂丹)・성애(聖愛)・연이(蓮伊)・계금(桂今)・장정(長貞)으로 나열되어 있다. 뒤에 추가된 4명의 관비의 이름은 후매(厚梅)・취옥(翠玉)・설매(雪梅)・수예(水禮)이다.

송도관의 교방의 편제가 밝혀진 것은 이 자료가 최초인 것으로 파악된다. 그리고 조선 중엽의 지방관의 편제가 밝혀진 것도 대단한 자료적인 가치를 지닐 것으로 판단된다.

IV. 남한소설 『황진이』 · 『나, 황진이』 등에서의 모티프 상호간의 변이성

1. 관능적 쾌락에서 '베풂'이라는 해탈의 경지로 – 최인호의 인식

사실 소설 『황진이』는 이태준의 우려와 달리 후세에 많이 간행이 되었다. 이태준은 동광서점에서 1946년 단행본 『황진이』를 내면서 후기에서 "실상, 나는 황진이를 쓰기보다 읽고 싶어 한 사람이다. 중앙일보에 있을 때 몇 분 선배에게 두루 황진이를 청해 보았으나 모다, 한번 써보고는 싶으나 기약을 할 수 없노라 하여 소원을 이루지 못하고 있던 것인데, 내가 동보(同報)의 객원으로 나앉으며 첫 청을 받게 된 것이 공교롭게도 황진이였다"[23]고 회고하였다. 해방 후 이태준에 이어 남한에서는 정한숙, 박종화, 안수길, 유주현, 정비석, 최인호, 김남환, 최정주, 김탁환 등이 『황진이』를 소설로 창작하였다. 그 중에서 본고는 최인호와 정한숙, 그리고 김탁환의 『황진이』를 텍스트로 하여 비교문학적으로 고찰해 보기로 한다.

우선 최인호의 작품은 단편이지만, 70년대 상업주의 소설이 등장할 무렵에 창작된 소설이라는 점에서 그 문학사적 가치를 꼽을 수 있다. 하지만 최인호의 소설은 황진이의 고사에 의존한 역사소설이라기보다는 당시 20대 후반의 작가 최인호의 탐미적 낭만주의의 경향을 보여주고 있는 작품이라 장편에 비해 한계성을 많이 안고 있다. 최인호의 작품은 단편소설 2편이므로, 정한숙과 김탁환의 장편과 모티브의 변이성을 비교해 보기가 어렵다. 최인호의 「황진이」 I은 '상사뱀'과 '송도의 달'의 두 꼭지로 된 단편소설이다. '상사의 뱀'은 황진이 관련 야담에 많이 등장하는 황진이를

---

23) 이태준 『황진이』 후기. 이태준, 『황진이』(이태준 문학전집 12권), 깊은샘, 1999, 224쪽.

짝사랑하다가 병으로 요절한 옆집 총각이야기를 에피소드 형식으로 다룬 작품이다. 황진이는 열다섯 살 나던 해에 집 근처의 총각이 혼자 황진이를 연모하다가 죽어 그 상여가 황진이 집 앞을 지날 때 상여가 움직이지 않아 황진이의 저고리를 구해 관을 덮어주니 비로소 상여가 앞으로 나아갔다는 패설을 기본 에피소드로 하고 있다. 이러한 야담은 김택영이 지은 『소호당집』에 나오는 이야기이다.

최인호는 이러한 패설류의 이야기를 근간으로 하여 총각의 혼이 관 뚜껑을 뚫고 뱀으로 변해 어두운 산길을 타고 목마르면 산 계곡물에 목을 축이고 황진이 방을 찾아들어 목을 감고 있다고 묘사하고 있다. 사실 패설류에서는 황진이가 기생이 된 계기를 자신을 연모하다가 죽은 총각사건에 충격을 받아 기방으로 나아갔다고 운명적인 삶의 변신을 설명하고 있다. 최인호는 그러한 패설에 나오는 에피소드를 서사적으로 형상화하여 황진이의 고혹적인 아름다움의 뒤에는 항상 운명적인 업보가 자리잡고 있으며, 그녀가 관능적인 쾌락에 탐닉할 수밖에 없는 이유는 바로 이러한 혼백설에 근거한 음조 때문이라고 해석하고 있는 것이다.

> 다시 그대의 등을 타고 올라 혀로 그대의 눈물을 핥고는 다시 녀석이 관 속에서 기어나와 그대와 처음 정을 맺던 날처럼 깊은 힘으로 그대의 목을 조이네. 실로 머리 빗을 때 이외엔 언제나 뱀은 그곳에서 그대와 넋만의 사랑을 속삭이고 그대 또한 그것을 받아들이고 있었네.
>
> 왜 그랬을까. 황진이. 그대는 왜 익숙하게 녀석의 몸을 받아들이고 있었는가, 황진이.[24)]

---

24) 최인호, 「황진이」 I, 『황진이』, 문학동네, 2002, 12쪽.

'송도의 달'은 한양에서 온 한량 청년이 봄밤에 달빛을 밟고 황진이 집을 찾아가는 이야기이다. 황진이가 사람 대하는 눈이 높다는 풍문을 들은 청년은 술좌석에서 제까짓 게 얼마만한 인물인가 내 한번 보고 오겠노라고 호언장담을 하고 송도의 황진이 집을 찾아 나선 것이다. 그 청년은 실제로 당대의 문객인 소세양일수도 있고, 한양의 이공이란 한량으로 재상의 아들일 수도 있다. 또 피리를 잘 부는 것으로 보아 이언방이나 이사종 그리고 엄수일 가능성도 있다. 이러한 패설류에 나오는 실제 인물이 배경이 될 수 있는 이유는 「황진이」 I에서 구체적으로 야담을 인용하고 있기 때문이다. "풍문에 의하면 송공대부인의 수연 석상에서 이름난 기생치고 하나 빠짐없이 가지각색의 오색 찬란한 비단옷 차림과 현란한 노리개와 분연지 등으로 단장하여 미색을 다투고 있었는데, 유독 황진이만큼은 화장을 하나도 하지 않았건만 광채가 사람을 움직일 정도로 그 존재는 한 떨기의 청순한 국화꽃과도 같이 이채를 띠어 보는 이마다 칭찬하지 아니하는 사람이 없다고 하였으며 외국의 사신이 '여국유천하절색(汝國有天下絶色)'이라 감탄하였다고 하니"를 인용하고 있어 이덕형의 『송도기이』를 참고하였음을 입증해주기 때문이다. 하지만 실제 작품에서 그 청년이 누구인지는 그렇게 중요하지가 않다. 작가는 아름다움을 창출하기 위한 관능적인 분위기와 이미지를 중시하기 때문이다. '송도의 달'에서 최인호는 황진이가 소세양과의 이별 때 읊던 한시를 인용하고 있으나 그 청년이 피리를 불 때는 정현종의 시 「귀를 그리워 하는 소리」를 인용하면서 미추의 경계선을 넘나들며 관능적인 아름다움을 묘사하고 있다.

> 그는 소리의 껍질을 벗긴다
> 그러나 오래 걸리지 않는다
> 사랑이 깊은 귀를 아는 소리는

도둑처럼 그 귀를 떼어가서
소리 자신의 귀를 급히 만든다.
소리 자신의 목소리에 귀를 붙인다.
그의 떨리는 전신을 그의 귀로 삼는 소리들.

황진이는 벌거벗겨지고 있다. 무슨 나무일까. 키 큰 나무 밑에서. 그녀의 옷이 저항감없이 한둘 벗겨진다. 그녀는 이래서는 안 된다고 이래서는 안 된다고 생각한다. 그러나 몸은 뜻대로 되지 않는다. 방심한 상태에서 어디서 불어오는지 한 가닥의 수상한 바람이 그녀의 옷을 핥듯이 벗긴다. 그 바람 속에서 투명한 손이 튀어나와 그녀의 옷고름을 풀어내린다.

그녀는 옷이 벗겨질 때마다 젖가슴을 두 손으로 가린다. 그러나 바람은 그것도 허락하지 않는다. 바람은 그녀의 젖가슴을 어루만진다. 이윽고 황진이는 손을 내린다. 그리고 모든 것을 허락한다. 그녀는 모든 옷이 벗긴다.

그녀의 벌거벗은 나신 위로 비늘이 돋기 시작한다. 아른아른 찬연한 비늘이 무성하게 돋아난다.[25)]

최인호의 「황진이」 I은 에로티즘의 극치를 보여주고 있다. 죠르쥬 바따이유는 그의 유명한 저서 『에로티즘』 서문에서 "에로티즘 그것은 죽음까지 파고드는 삶이라고 말할 수 있다"[26)]라고 단정적으로 말하면서 자신의 이론을 서술해 나간다. 또 에로티즘에는 세 가지 형태가 있는데, 그것은 육체적 에로티즘, 심정의 에로티즘, 그리고 신성의 에로티즘으로 나뉜다고 설명한다. 바따이유는 육체의 에로티즘은 존재의 가장 내밀한 곳, 기력이 미치지 못하는 곳까지 건드린다고 말했다. 결정적인 행위는 발가벗

25) 최인호, 「황진이」 I, 25쪽.
26) 죠르쥬 바따이유, 『에로티즘』, 조한경 역, 민음사, 1989, 9쪽.

기이다. 나체는 폐쇄적 상태, 다시 말해서 불연속적으로 존재할 때와는 대립적이다. 발가벗기는 자신에의 웅크림 너머로, 존재의 연속성을 계시하는 교통의 상태이다. 우리에게 음란한 느낌을 불러일으키는 이 비밀스런 행위에 의해서 육체는 연속성을 향해 열린다. 음란은 동요를 의미한다. 그것은 지속적이고 긍정적으로 유지되고, 자제되던 육체를 뒤흔들어 어지럽힌다. 서로 뒤엉켜 부서지는 파도처럼 거듭 새로워지는 융합의 물결에 젖어든 성기의 작용에 이어 탈취가 이루어진다. 탈취를 예고하는, 또는 탈취의 상징이라고 할 수 있는 나체상태에서의 이 동요는 어떻게나 심한지 나체행위에 이어 에로행위가 따르면 인간의 모습은 보이지 않고 탈취는 마침내 완성에 이른다[27]고 육체적 에로티즘에 대해 상세하게 설명한다. 최인호는 이러한 에로티즘을 탐미의 세계로 나아가는 열린 공간으로 활용한다. 색욕과 탐욕의 절정에서 아름다움을 얻기 위한 환타지의 세계로 자연스럽게 유도한다. 따라서 욕망 자체가 타락이 아니라 마치 도덕적으로 타당한 것처럼 정당성을 부여하는 포장이 이루어진다. 그 계기는 피리소리라는 신의 소리에 가까운 자극적인 수단에 의존하며 성속의 넘나듦을 꿈으로 처리하고, '달빛'이라는 보조적 수단을 이용한다.

그러면 최인호는 청년기에 왜 에로티즘을 활용했을까? 최인호 작품집 『황진이』의 해설을 쓴 평론가 한수영은 '황진이'는 1972년 현재보다도 사회적 억압이 더 심했으리라고 짐작되는 조선시대에 현재보다도 더 엄격히 통제되거나 금지되었을 '성적 일탈'을 저지름으로써 억압에 저항한 모델로 최인호에 의해 '역사'로부터 끌어올려진 존재다[28]라고 해석하였다. 한수영은 1972년이라는 '환멸의 현실'로부터 벗어나기 위해 최인호가 시도했던 '에로스의 구원'은 일종의 낭만적 허위로 귀결되고 만다[29]라고 비

27) 죠르쥬 바따이유, 위의 책, 17쪽.
28) 한수영, "억압과 에로스－1972년의 최인호", 『황진이』, 민음사, 2002, 311쪽.

판적으로 진단을 내렸다.

한편 「황진이」 II는 황진이가 천마산 청량봉 밑의 지족선사를 상복을 입고 찾아가는 것을 모티프로 삼은 이야기이다. 지족선사는 황진이를 마라(마라)의 딸로 파악하지만, 황진이는 지족선사를 매개체로 하여 좁은 세계인 집착이라는 육체적 사랑에서 넓은 세계인 자비의 세계로 나아가게 된다. 황진이는 즉 지족선사와의 만남을 통해 길거리의 초동들 마저 돌맹이를 던지며 경멸하는 거리의 거렁뱅이나 광인에게 두레박으로 순수의 물을 길어줄 수 있는 혜안이 열리게 된 것이다. 성속의 갈림길에서 관능적 아름다움을 추구하던 작가는 타락에 근거한 쾌락에서 해탈의 경지에 도달할 수 있는 도의 영역에 접근하게끔 언어를 조작한다. 쾌락 뒤에 남을 허무를 초극할 '베풂의 미학'을 작가 최인호는 창조해낸 것이다.

2. '감춤의 미학'인 신화적 세계를 뛰어넘어 – 정한숙과 김탁환의 미의식

앞에서도 언급했듯이 해방 후 남한에서 『황진이』는 웬만한 역사소설 작가라면 누구나 한번쯤 다룬 소재였다. 황진이의 창작그룹에 정한숙, 박종화, 안수길, 유주현, 정비석 등 우리 나라를 대표하는 역사 소설 작가가 거의 모두 망라되고 있는 것에서 그것을 확인할 수 있다. 또 최근에는 『불멸』로 인해 이순신의 개인사를 왜곡했다는 논란을 불러일으킨 김탁환이 2002년에 장편소설 『황진이』를 출간함으로써 독자들의 관심을 모았다. 이들 텍스트 중에서 정한숙의 장편 『황진이』와 김탁환의 장편 『나, 황진이』를 비교분석해 보기로 한다.

29) 한수영, 위의 글, 같은 쪽.

두 작품 모두 야담 등 실증적 자료에 상당히 충실하고 있음을 확인할 수 있다. 특히 두 작가는 독자층 사이에 흘러 다니던 기존의 황진이의 '신화적 이미지'를 씻어내고 '한 역사상의 인물'로서의 위상을 새롭게 정립하려고 시도하였다는 점에서 문학사적으로 큰 의미를 지닌다. 정한숙의 경우는 정통적인 역사소설의 기법을 그대로 구사하고 있다. 따라서 독자의 입장에서는 야사를 읽어나가듯이 쉽고 편안하게 독서할 수 있는 여유를 가지게 된다. 그 반면 정한숙의 소설에서는 그만의 개성이 드러나지 못하고 있는 한계가 나타나고 있다. 즉 그 동안 알려졌던 황진이에 대한 야담이나 패설류의 이야기에서 크게 벗어나는 점이 없다는 것이 문제인 것이다.

특히 정한숙의 『황진이』는 황진이의 여성적인 매력이나 예술적인 재능을 부각시키는데 주력하고 있다. 따라서 주인공 황진이는 타고난 미모와 예술적인 재능을 맘껏 뽐내고 있다. 그러한 것은 개성 유수 송공 모친의 수연(壽宴)에서 다른 기생들과 달리 화장도 거의 하지 않고 옷도 화려하게 입지 않았는데도 불구하고 수수한 아름다움으로 인해 좌중을 장악하고 송공 자당의 귀여움을 독차지한 것으로 묘사되고 있는 데에서 확인된다. 또 승지유람 중 한양 한량 이생과 길이 엇갈려 헤어진 후 지리산을 향해 가던 중 들른 나주목사 생일잔치에서 누추한 행색과 기갈을 면치 못한 처지에서도 대청 위의 목사일행과 기생들을 기죽게 할 정도로 빼어난 노래솜씨와 춤을 보여줌으로써 예술적인 탁월성을 유감없이 발휘하게 묘사되고 있다.

> 저고리를 벗어든 진이는 안대문에 기대 선 채 오래 묵혀 두었던 청을 가다듬었다. 하인과 종들은 혹시나 그 소리가 안에 들릴까 하여 제지했었지만 진이는 무가내였다. ……(중략)…… 비록 의복은 남루하다 하여도 그 기골과 품

은 속일 수가 없었다.

진이는 목사의 얼굴을 힐끗 쳐다 보았을 뿐 코 끝에 스미는 술냄새와 구미를 도꾸는 즐비한 음식에 공복의 주림이 명치 끝까지 치솟아 오르는 것 같았다.

「지금 문밖에서 노래 부른 사람이 자네든가……?」 ……(중략)……

그제야 진이는 목사에게 잔을 권하며 청을 가다듬었다. 제아무리 나주 관기들이라 해도 무색할 정도일 것은 더 말할 것도 없다.

악공들은 미처 줄을 고르지 못할 정도로 빠를 땐 급류요, 담담히 흐르면 심연 같이 가라앉는 것 같았다.

제 흥에 이기지 못하여 베치마 꼬리를 붙들고 일어선 진이는 사뿐 원을 그리며 춤을 춘다.

뭇 기녀들은 따라 일어섰고 목사를 비롯하여 좌중이 모두 일어서 춤을 춘다.

진이는 그들이 자기를 잃은 듯이 춤을 추고 있는 틈을 이용하여 밖으로 빠져 나와 버렸다.30)

정한숙의 『황진이』는 정통 소설기법을 구사하는 관계로 서두에 옆집 총각의 죽음을 다룬 '상여'를 플롯으로 설정하고 전개에서 송유수에게 첫 순결 바침, 종실인 벽계수와의 만남, 당대의 문장 소세양과의 만남과 동거생활, 선전관 이사종과의 6년 간 동거, 서울 한량 이생과의 두류산, 금강산 승람 등을 다루었다. 그리고 길을 잃고 이생마저 놓친 진이가 도적무리(나뭇군)인 떡쇠와 쇠돌이에게 봉변을 당하는 위기를 거쳐 나주목사 생일잔치에서의 노래와 춤을 뽐내는 장면과 서화담과 만나 우주와 자연의 이치를 논하는 대목의 클라이막스로 넘어가게끔 플롯을 짜고 있다. 그

30) 정한숙, 『황진이』, 정음사, 1973, 230-232쪽.

리고 대단원을 지족선사를 파계시키는 장면으로 설정함으로써 황진이의 여성적 매력과 예술적 끼를 마음껏 과시할 수 있도록 구성을 짜고 있다. 한마디로 작가 정한숙은 <발단－전개－위기－클라이막스>로 치닫는 정통적인 플롯을 설정함으로써 소설적 재미를 주고 있지만, 서사구조상에서 야담의 냄새를 완전히 지우지 못하였다는 큰 결함을 동시에 안고 있다.

이에 반해 김탁환의 소설은 고증을 철저하게 한 장점은 있지만 독자의 입장에서 소설을 읽어나가는 데에는 매끄럽지 못한 장면이 많고 야담에서 나오는 장면을 거의 망라함으로써 스토리전개나 플롯이 너무나 촘촘하여 독서과정이 순탄하게 전개되지 못하는 아쉬움이 있다. 사실 백범영 화백의 삽화가 들어가지 않았다면 독자들이 소설을 읽는 데 무료함을 많이 느꼈을 것이다. 즉 문체상으로 많은 한계를 보여주고 있는 점이 아쉽다.

하지만 김탁환의 소설은 몇 가지 점에서 기존의 황진이 관련 소설과 차별성을 보인다. 첫째, 1인칭시점을 택해 주인공 황진이의 고백체의 문체를 취하고 있는 점이다. 따라서 기존의 소설과 달리 황진이의 삶을 존재차원에서 다룰 수 있는 장점을 가지고 있다. 이러한 1인칭 고백체는 황진이가 기생이 되는 계기, 조선조의 양반사대부 중심 사회의 모순을 깨닫는 과정, 예술적 감수성이라는 연결 고리로 의기투합했던 예술인 이사종, 한양 출신 한량 이생 등과의 교류와 동거 과정에 대한 심리적인 묘사, 스승 서화담의 학문과 인격에 대한 존경심과 흠모의 정 등에 대해 진솔하게 속마음을 드러내 표현하기에 적합하다. 따라서 야담이나 역사적 기록에 의해 왜곡될 수밖에 없었던 그녀의 삶에 대해 독자들이 충분하게 이해할 수 있는 계기가 마련되었다는 점에 강점이 있다.

김탁환의 『황진이』에서 가장 백미라 할 수 있는 황진이가 수청방에서 40세 정도의 사대부에게 자신의 순결을 빼앗긴 후 자신의 마음을 다잡아 미래의 삶을 수동적이 아니라 능동적이고 주체적으로 바꾸어 나갈 것을 결심하는 다음의 과정에서 고백체 문장의 강점이 잘 드러나고 있다.

첫 밤을 함께 지낸 사내의 바지저고리를 평생 간직하는 것 또한 관습이었으나 나는 그에게 받은 바지저고리를 갈기갈기 찢어 아궁이에 던졌어요. 순종을 위한 순종이 나를 점점 벌레로 만들 것이라는 불길한 예감이 들었답니다. 물론 사와 대부에게 의지하여 더 많은 여유를 얻어내는 길도 있지요. 이름이 나는 만큼 재물과 시간이 허락될 테니까요. 내가 원하는 것은 가끔 누리는 여유가 아니라 완전한 자유였습니다. 그때는 비록 어렴풋하게 이런 운명을 감지할 뿐이었지만, 권세나 관습에 스스로 머리를 숙이고 들어가서는 안 된다는 것을 깨닫기 시작했지요. 내 뜻대로 밀고 나가는 삶이 시작된 겁니다.

회초리를 맞는 한이 있더라도, 이설옥(犁舌獄, 혀를 함부로 놀리는 사람이 가는 지옥)에 가더라도 먼저 말을 건네야겠다고 결심했지요. 꿀먹은 벙어리처럼 가만히 있으면 나란 존재는 그야말로 노리개에 불과할 테니까요. 황망스레 돗자리를 푸른 솔 아래 깔고 새벽 종 울리는 시간까지 사랑을 나누겠다는 욕심보다 최소한 마음을 주고받는 사람이 되어야겠다는 오기가 생겼답니다.

사내들, 특히 사대부만큼 허점이 많은 인간도 드물 겁니다. ……(중략)…… 그런 이들의 코앞에서 이백과 두보의 시 중 어느 것이 더 뛰어나면 그 이유가 무엇인가를 묻는다거나 태극과 무극의 관계를 설명해달라고 하면, 대부분 말더듬이가 되거나 호통을 치기 십상입니다. 남자는 안에서 벌어지는 여자의 일을 말하지 않고 여자는 밖에서 일어나는 남자의 일을 말하지 않는 것이 법도에 맞다는 소리를 수도 없이 들었지요.[31]

둘째, 김탁환의 『황진이』는 주인공의 '존재의 확인'이라는 명분을 구체

---

31) 김탁환, 『황진이』, 문학동네, 2002, 112-113쪽.

화하기 위해 몇 가지 사실을 허구적으로 설정한 창조성의 세계를 나타내고 있다는 점을 들 수 있다. 우선 황진이의 예술적 재능을 부각시키기 위해 생물학적인 유전적인 근거를 삽입함으로써 실증성을 살리고 있다. 즉 황진이에게 당대 최고의 무기(舞妓)였던 새끼 외할머니를 허구적으로 장치한 것이나 어머니 현금을 "어머니는 천하의 거짓말쟁이였습니다"라고 묘사한 것 등이 구체적인 예가 될 수 있다. 그 외에도 황진이의 첫 순결을 앗아간 사대부를 설정하기 위해 개성 유수에 의한 수청방사건을 허구적으로 꾸며낸 것이나 황진이가 자유를 찾아 나선 금강산, 태백산, 지리산 등지의 유랑생활에 사실성을 부여하는 방편으로 중에게 한끼 밥이나 얇은 이불을 얻기 위해 육탄구걸을 하는 장면을 삽입한 것, 그리고 지족선사와 서화담과 연관된 풍문의 왜곡성을 입증하는 대목을 설정한 것 등이 리얼리티를 더해주고 있다.

아래의 인용문에서는 황진이의 남성 못지 않은 강인한 성격과 도의 세계를 지향하는 실험성의 자세가 담겨져 있다. 아울러 작가의 당대인들의 사실적인 삶의 양상을 작품에 담기 위한 노력 또한 드러나고 있다.

> 그후의 날들을 무엇이라고 부를까요.
>
> 시간은 흐르고 걸음은 계속되었지만 나오는 곳과 돌아가는 곳이 제멋대로 나뉘어 두둥실 떠다녔어요. 나는 이곳에 있기도 했지만 없기도 했고 저곳으로 가기도 했지만 가지 않기도 했지요. 하루 종일 굶는 날이 태반이었고 황덕불(화톳불)에 의지하여 잠드는 날도 많았답니다. 한 끼 더운 밥을 위해 기꺼이 몸을 팔았고 얇은 이불 하나라도 얻을 수 있다면 똥물을 마시기까지 했어요. 복삼도에서는 풍류객이었다면 청홍도(충청도) 아래로는 그야말로 상거지였지요. 마을 어귀에서는 어김없이 아이들로부터 돌팔매질을 당했고 소금을 뒤집어썼답니다. 언제부터인가는 가까이 오는 것조차 꺼리더군요. 산송장의 몰골

이 이보다 더할까요. 머리끝에서부터 발끝까지 수백 마리의 이가 스멀스멀 기어다녔고 뚫린 구멍에서는 피고름이 흘러넘쳤지요. 목과 등에는 커다란 부스럼이 생겼고 발톱은 번갈아가며 빠졌답니다. 그런 몰골로 두류에 오른 것은 마지막 희망을 쥐고 싶어서였지요. 정암이 평생 귀감으로 삼았던 점필재(김종직)와 탁영(김일손)이 뜻을 기탁한 산이 바로 두류였던 겁니다.[32]

셋째, 뭐니뭐니해도 김탁환의 『황진이』의 독창성은 주인공 황진이의 '정체성'을 부각시키기 위한 '학문의 세계에 몰입하는 황진이'를 생동감 있게 그려 나간 데에 있다고 할 수 있다. 즉 남성들의 단순한 노리개로서가 아니라 주체적 인식능력과 실천적 행동을 할 수 있는 여성으로서의 존재를 실천하기 위한 황진이의 노력이 소상하게 그려지고 있다. 이러한 측면은 작가 김탁환이 황진이를 통해 16세기 조선조의 지식인 세계의 문화지형도를 완성해보려는 시도와도 맞물리고 있다. 앞서의 정한숙을 비롯한 역사소설을 쓴 작가들의 특징이 황진이의 여성적인 매력(기생으로서의 매력)과 예술적인 재능을 강조하는 데에만 치중했다면, 김탁환의 경우 사대부 남성들에게 결코 학문과 서예에서도 뒤지지 않는 여성존재가 되기 위해 끊임없이 노력하는 황진이의 치열한 삶을 사실적으로 묘사하고 있는 데에 장점이 있는 것이다. 특히 성리학자로서 자신의 독창적인 기철학의 세계를 구축한 스승 서화담과의 학문적인 논쟁을 통해 체득한 인간적인 면모와 흠모의 정을 묘사하는 장면은 기존의 소설과 완전한 차별성을 보인다. 특히 작품에서 스승 서화담을 황진이가 회고하는 장면에서 '산이 끊어져도 봉우리는 이어지고 말이 끊어져도 뜻은 이어진다고 했던가요'라는 독백이나 스승의 질문인 "내가 없더라도 공부를 그치지 않

32) 김탁환, 『황진이』, 208쪽.

을 자신이 있는가"라는 대사는 서화담과 황진이의 관계가 정욕을 추구하는 단순한 남녀관계가 아니라 진지한 학문의 세계에 몰입한 사제지간임을 확인시켜 준다.

> 한 여자가 한 남자를 만나려고 할 때, 특히 나 같은 기녀가 어떤 사내와의 만남을 원할 때, 그것을 무조건 운우지락(雲雨之樂, 육체적 사랑)의 문제로 돌리는 것은 큰 잘못입니다. 스승의 위대함이 어찌 황모란 기생과 동침을 하지 않았기 때문이겠습니까. 스승이 나와 잠자리를 하지 않은 것은, 나의 유혹을 물리친 것이 아니라 사제간의 예의를 다했기 때문이지요. 스승과 한 베개를 베었다고 해도, 그것이 어찌 스승의 위대한 사색에 작음 흠집이나마 낼 일이겠는지요. 나로 인해 스승의 참모습이 가려지는 것 같아 송구스러울 따름입니다.[33]

> 스승은 서책을 미리 정하거나 배우고 익힐 자리를 살펴주는 법이 없으셨답니다. 독서란 산을 유람하는 것과 같아서 깊고 얕은 곳 모두를 스스로 얻어야 한다셨지요. 온 힘을 다해 홀로 고민하여 깨달음을 얻기를 바라셨지만, 아무나 지혜의 꽃을 꺾고 화평하면서도 밝은 못에 빠질 수 있는 것은 아니지요. 궁극적인 앎이란 가르치거나 배울 수 없다고도 하셨습니다 ……(중략)…… 이미 깨달은 자는 침묵으로도 넉넉하겠지만 그때나 지금이나 나는 스승의 의도적인 감춤과 그침이 아쉬워요. 배우고도 멈춤을 알지 못한다면 배우지 않은 것과 무엇이 다르겠는가! 나는 스승이 왜 이곳에 머무르고 또 저곳으로 가시는지 몰랐지요. 스스로를 충족시켜 바깥에 의존함이 없는 경지를 영원히 깨닫지 못하리라는 예감이 더욱 이 순간을 암담하게 만듭니다.[34]

---

33) 김탁환, 『황진이』, 239쪽.
34) 김탁환, 『황진이』, 263-264쪽.

V. 북한소설『황진이』의 독창성

1. 계급을 초월한 에로스적 사랑－'산 인간'의 창조

홍석중이 지은 북한소설『황진이』는 여러 가지 점에서 기존의 남한소설들과 차이점을 나타내고 있다. 우선『황진이』의 스토리는 하인인 놈이와 상전이었던 기생 진이의 사랑을 주축으로 삼으면서 한편으로 하인 괴똥이와 황진이의 몸종 이금이와의 사랑을 부선으로 장치하고 있다. 놈이와 진이의 사랑이 독자들의 마음을 움직이는 이유는 기생 황진이에게 접근하는 다른 양반 사대부계층들이 모두 탐욕스럽고 위선적인 인물들로 황진이를 한 인간으로서라기보다는 단순한 섹스 파트너로서의 의미만을 염두에 두고 있는 것으로 묘사되는데 비해, 놈이의 황진이를 향한 마음은 헌신적이면서도 순수한 연정에 바탕을 두고 있기 때문이다. 놈이와 진이의 사랑을 강조하면 할수록, 조선조의 지방관장을 비롯한 양반 사대부계층의 위선적 행동이 더욱 강하게 부각된다. 한마디로 진실과 거짓의 대립 갈등 구조를 이 소설은 기본 축으로 삼고 있음을 알 수 있다. 한마디로 이 작품에서 놈이는 '산 인간'의 전형으로 묘사되고 있다. 북한 이론서들은 인간세계의 위대성을 깊이 탐구하여 산 인간으로 형상하여야 감명 깊은 인정세계가 펼쳐지고 인간학다운 작품이 창작될 수 있다고 설명한다. 산 인간이 없으면 형상도 없게 되며 형상이 없으면 문학도 없게 된다[35]고 역설한다.

> 진이는 대답을 기다리는듯 잠시 동안을 두었다가 다시 말을 이었다.

---

35) 김홍섭,『소설창작과 기교』, 평양, 문예출판사, 1991, 179쪽.

≪…… 난 이미 작정했어요. 청루로 가렵니다. 아무나 휘여 잡을 수 있는 길가의 버들가지요. 아무나 꺾을 수 있는 울밖의 꽃가지로 뭇사람들의 손가락질을 받는 기생이 되려구 해요. 아니, 그 까닭은 묻지 마세요. 아실 필요가 없습니다. 이제는 그 무엇으로도 내 결심을 돌릴 수가 없어요. 지금 나한테는 청루의 험로에 마음 놓고 의지할 사람, 지옥과 같이 무시무시한 그 길에서 진심으로 내 뒤를 돌봐 줄 사내, 한마디로 믿음직하고 성실한 기둥서방이 필요해요. 기둥서방 …… 청루에서는 기생의 서방을 그렇게 부른다죠?≫

진이는 다시 말을 끊고 놈이를 쳐다보았다. 놈이는 쭉 찢어진 갈고리 눈으로 진이를 뚫어질 듯이 쳐다보고 있었다.[36]

2. 황진이의 출생 비밀 폭로와 기생으로 변신

북한소설 『황진이』가 남한소설과 큰 차이를 보이는 또 다른 모티프는 주인공 황진이의 출생비밀과 그것으로 인해 파혼 당한 황진이가 기생이 되는 스토리이다.

총 3편으로 구성되어 있는 『황진이』의 1편에서 가장 핵심적인 모티프는 주인공 황진이의 '출생의 비밀'을 갈등구조 속에서 밝히고 있는 대목이다. 작품에서 황진이는 양반계층인 황진사댁의 서출이 낳은 딸로 묘사되고 있다. 그런데 황진사의 적통인 고명딸로 주변에 알려져 있던 황진이의 출생비밀이 알려지게 되는 계기는 황진사댁의 하인인 놈이가 황진이를 짝사랑하던 나머지 질투심에 의해, 황진이의 혼사문제가 오고 가고 있던 윤승지댁에 황진이에 대한 출생비밀을 누설한 편지를 발송하였기 때문으로 뒤에 밝혀지고 있다. 즉 놈이에 의해 파혼이 되고 자신의 출생비

36) 홍석중, 『황진이』, 평양, 문예출판사, 2002, 162쪽.

밀이 드러나게 되어 삶의 의미를 잃게 된 황진이는 허위와 위선으로 가득 찬 양반사대부계층에 대한 복수심에서, 송도의 색주가인 청교방의 기생으로 나아가기로 결심한다.

아씨, 아씨를 불행하게 만든 장본인이 바로 저입니다. 다름 아닌 제가 아씨 자신도 모르는 출생의 비밀을 윤승지댁에 알려서 그 댁이 파혼을 하도록 만들었습니다. 제가 바로 량반댁 고명따님인 아씨를 청루천총의 기생으로 만들어 놓은 용서받지 못할 죄인입니다.

저는 저의 죄를 변명하려고 하지 않습니다. 다만 그 경위를 말씀드리기 전에 꼭 밝히고 싶은 것은 설사 제가 아씨께 그악한 대죄를 지었다고 하더라도 그것은 오로지 제가 아씨를 지극히 사모하던 나머지 저지른 잘못이라는 것입니다.

저는 아씨를 등에 업어 잠재우던 어린 시절 그때부터 아씨를 좋아했습니다. 저는 후원의 풀밭에서 아씨를 등에 태우고 말놀이를 하던 철부지 그 시절에 벌써 아씨를 사랑했습니다.[37]

3. 황진이의 첫사랑

남한소설에서는 대개 황진이가 첫 순결을 바친 인물로 개성 유수인 송유수(정한숙)로 묘사하거나 수청방에서의 40세 된 사대부(김탁환)으로 그려지고 있으나, 북한작가 홍석중은 황진이의 순수성을 그대로 살리기 위해 하인 놈이에게 상전인 황진이가 스스로 자신의 몸을 가지라고 요청하는 것으로 묘사되고 있는 것이 큰 차이점이다. 원래 야담에서는 황진이

37) 홍석중, 『황진이』, 246쪽.

첫 순결을 가져간 남자 이름이 등장하지 않는다. 따라서 이 부분은 후세의 소설가들이 황진이의 삶을 어떻게 그려나가느냐에 따라 자의적으로 허구화되어 삽입하게 된 것이다.

북한소설에서는 놈이와 황진이의 첫 날밤은 상당히 중요한 비중을 가지고 다루어진다. 그 이유는 첫째, 주인공들인 기생 황진이와 하인인 놈이라는 하층민의 삶을 순수하게 묘사해야만 하는 작가적 배려 때문이고 둘째, 북한소설이나 영화에서 노골적인 성묘사 장면이 『황진이』 이전에 전혀 등장한 적이 없기 때문이다.

> 놈이의 숨결이 가빠졌다. 후들후들 떨리는 그의 손이 진이의 몸을 더듬었다. 진이는 깜짝 놀라며 그의 손을 뿌리쳐 버리려고 했으나 이미 그럴 힘이 없었다. ……
>
> 진이는 달빛속에 누워 있었다. 굳은 살이 박힌 놈이의 거친 손이 그의 부드러운 살결을 쓰다듬으며 점점 아래로 내려왔다. 진이의 온몸이 불덩이처럼 달아올랐다. 입에서 신음소리가 저절로 새여 나왔다. 문득 가슴이 무거워 졌다. 무섭게 흡뜬 놈이의 두 눈이 이글거리는 숯불덩이가 되어 자기를 내려다보고 있었다.
>
> 순간 진이는 아, 하는 비명소리를 지르며 눈을 감고 얼굴을 옆으로 돌려 버렸다. 눈물이 흘러 내렸다.[38)]

4. 괴똥이와 이금이의 순수한 사랑

홍석중의 『황진이』의 스토리 전개에서 중요한 다른 한 가지는 주인공

---

38) 홍석중, 『황진이』, 165쪽.

황진이의 몸종인 이금이가 황진사댁의 하인인 괴똥이를 만나 사랑을 나누는 장면이다. 그런데 중요한 것은 하층민끼리의 이러한 사랑이 상전인 황진이의 전폭적인 지원을 받아 작품 후반부에서 물밑에서 표면위로 드러나는 것으로 묘사된다는 점이다. 이러한 양상은 북한소설이 계급을 초월한 사랑이나 건강한 의식을 가진 하층민끼리의 사랑을 미화시키는 공산주의적 계급성에 바탕을 두기 때문이다. 황진이는 두 사람의 사랑의 결실을 위해 정신적인 후원에서 멈추는 것이 아니라 자신의 재산을 털어 신혼집까지 장만하려고 노력하는 것으로 묘사되고 있다. 이것은 주인공들의 사상적 순결성을 유지하려는 당과 작가의 의도와도 무관하지 않다고 할 수 있다.

지금은 괴똥이가 사랑의 살을 맞고 몸부림을 치고 있었다. 그러나 그는 이루어 질 수 없는 사랑이 아니라 이루어 진 사랑 때문에 몸부림치는 것이였다. 아, 사랑이여 ! 그대의 고민만큼 기쁜 일은 없고 그대의 죽음만큼 행복한 일은 없어라. 진이는 이금이와 괴똥이가 부러워웠다.

≪이봐, 괴똥아?≫

≪네?≫

≪이금이가 그렇게두 좋으냐 ?≫

괴똥이는 걸음을 멈추었다. 초롱을 든 손이 후들후들 떨렸다. 목소리도 떨렸다.

≪…… 이금이가 없으문 …… 막 죽을 것만 같습니다.≫

≪그래? 그러니 사랑한단 말이로구나.≫

≪네.≫

≪이금이를 그렇게 끔찍하게 사랑한다니 내 한마디만 물어 보자꾸나.≫

≪네.≫

≪내가 너희들의 일을 승낙한다구 치자. 그담엔 어떻게 하려니?≫

≪어떻게 하다니요? 함께 살지요.≫

≪함께 살아? 그래, 사랑한다면 함께 사는 것이 행복의 첫 발자국이기는 하지. 근데… 근데 그것만으루, 이금이가 너한테 시집을 가는 것만으루 너희들이 행복할 수 있을가≫

≪ …… ≫[39]

5. 기타 보조적 에피소드의 변이성

그 외에도 북한소설 『황진이』에서는 개성유수의 이름이 야담에서의 송공(실제 역사적 인물인 송순 등)이 아니라 김희열로 등장하고 있으며, 놈이를 모함하기 위한 서사적 장치로 등장하는 고려 보물분실사건도 역사적 근거를 가지고 있지 않은 완전한 허구라고 할 수 있다. 또 귀법사의 만선선사의 30년 간의 면벽수도를 황진이가 하루아침에 무너뜨려 종국에는 만선선사가 자살을 시도하는 등의 에피소드도 역사적 사실과는 다른 내용이라고 할 수 있다. 홍석중의 『황진이』에서는 지족선사의 참선을 비판적으로 묘사하고 있다. 이러한 에피소드는 종교를 아편으로 몰아간 마르크스의 철학을 반영한 것으로 파악할 수 있다. 물론 작품에서 원로스님 중 한 명이 만선선사의 뒤를 밟아 그의 목숨을 구하는 것으로 그려지고 있다.

39) 홍석중, 『황진이』, 278쪽.

VI. 맺음말

북한소설 『황진이』는 남북한 사이의 문화예술 교류의 활성화에 크게 기여할 것으로 판단된다. 이를테면 남한에서 『황진이』가 2004년도 상반기에 출판되어 독자층의 호응을 얻게 된다면, 북한당국에게 작가 홍석중의 남한 초청방문을 요청할 수 있게 되고 자연스럽게 남북한 작가간의 교류협력이 모색될 수 있다. 그렇게 된다면 노무현 대통령의 참여정부가 적극 추진하고 있는 사회문화교류의 활성화에 크게 기여하게 될 것이다. 특히 홍석중의 『황진이』는 북한식의 사상성이 거의 나타나지 않는 반면에 자본주의 국가에서 많이 등장하는 상업주의 문학처럼 노골적인 성적인 묘사가 적나라하게 드러나고 있어서 남한에서 곧 출판이 되면, 남한 독자층에게 상당한 충격을 줄 것으로 생각된다.

『송도관』의 편제가 담겨있는 고문서가 새로 발견되었는데, 그곳에 관비 황진이의 이름이 나옴으로써 황진이의 존재에 대한 공문서상의 확인이 최초로 이루어졌다. 당시 송도관의 편제를 살펴보면, 총 106명으로 구성되어 있다. 그 중에 관비가 황진이를 비롯하여 18명이 포함되어 있었다.

북한에서 황진이는 어떤 평가를 받고 있는가? 최근 북한에서 펴낸 『조선력사인명사전』(2002)에 황진이가 포함되어 있는 것으로 보아 북한에서 역사적으로 중요한 인물로 평가되고 있음을 확인할 수 있다. 또 북한의 『조선대백과사전』 25권은 황진이를 총명하고 시, 서예, 음률에 특출한 재능을 가진 당대의 으뜸가는 예술가, 여류시인으로 평가하면서 "그는 신분이 천한 탓에 비록 기생살이를 하였으나 권력이나 재물에 유혹되지 않았고 가난한 사람들을 천대하고 멸시하는 량반사회에 재능으로 도전하면서 도고한 자세로 자신을 지켜 갔다. 자존심이 강하였던 그는 고루하고 위선적인 량반관료들과 사대부들을 경멸하고 조소하였으며 자신을 당대의 이름난 철학가 화담 서경덕(1489~1546), 개성의 명승 박연폭포와 더불어 송도 3절로 자부하였다"라고 소개하였다. 그리고 황진이의 작가적 평가에 대해서는 "황진이의 시조들은 당시 량반유학자들이 많은 경우 유교적 교리의 직설적인 해설에 치우치고 인간 정서의 자유로운 토로를 억제하던 것과는 달리 앙양된 사랑의 정서를 솔직하고 선명하게 표현하고 있으며 그러한 심리묘사의 섬세성과 참신하고 세련된 시형상의 창조자로써 17세기 이후에 대두한 서민문학의 선구자적 작품으로 되었다"라고 높은 문학사적 평가를 내리고 있다.

그 동안 황진이의 역사소설로의 형상화는 홍석중이 처음이 아니다. 특히 소설 『황진이』의 신기원은 일제 시대에 이태준에 의해 열려졌다. 월북작가 이태준은 1936년 6월 2일부터 『조선중앙일보』에 황진이를 연재하기 시작하였으나 한동안 중단되었다가 1938년 2월에 동광서점에서 단행본으로 출간하였다. 홍석중의 장편소설 『황진이』는 이태준의 작품을 상당히 의식하고 쓴 것으로 판단된다. 두 작품간의 비교문학적인 고찰은 다음 논문으로 미루기로 하였다.

본론에서 상세하게 분석하였듯이 남한에서도 황진이는 여러 역사소설 작가에 의해 장편소설로 창작되었다. 대표적인 작가로는 박종화, 정비석, 안수길, 정한숙, 유주현, 최인호, 김탁환 등이 있다. 이 중에서 이번 논문은 정한숙·최인호·김탁환의 『황진이』만을 텍스트로 하여 분석, 비교하였다. 우선 최인호는 단편소설 「황진이」 I과 II를 1972년에 내놓았다. 최인호는 이웃 총각의 상사병으로 인한 죽음 등의 패설에 나오는 에피소드를 서사적으로 형상화하여 황진이의 고혹적인 아름다움의 뒤에는 항상 운명적인 업보가 자리잡고 있으며, 그녀가 관능적인 쾌락에 탐닉할 수밖에 없는 이유는 바로 이러한 혼백설에 근거한 음조 때문이라고 해석하고 있는 것이다. 성속의 갈림길에서 관능적 아름다움을 추구하던 작가는 「황진이」 II에서는 타락에 근거한 쾌락에서 해탈의 경지에 도달할 수 있는 도(道)의 영역에 접근하게끔 언어를 조작한다. 쾌락 뒤에 남을 허무를 초극할 '베품의 미학'을 작가 최인호는 창조해낸 것이다.

정한숙의 『황진이』는 정통 소설기법을 구사하는 관계로 서두에 옆집 총각의 죽음을 다룬 '상여'를 플롯으로 설정하고 전개에서 송유수에게 첫 순결 바침, 종실인 벽계수와의 만남, 당대의 문장 소세양과의 만남과 동거생활, 선전관 이사종과의 6년간 동거, 서울 한량 이생과의 두류산, 금강산 승람 등을 다루었다. 그리고 길을 잃고 이생마저 놓친 진이가 도적무리(나뭇군)인 떡쇠와 쇠돌이에게 봉변을 당하는 위기를 거쳐 나주목사 생일잔치에서의 노래와 춤을 뽐내는 장면과 서화담과 만나 우주와 자연의 이치를 논하는 대목의 클라이막스로 넘어가게끔 플롯을 짜고 있다. 그리고 대단원을 지족선사를 파계시키는 장면으로 설정함으로써 황진이의 여성적 매력과 예술적 끼를 마음껏 과시할 수 있도록 구성을 짜고 있다. 한마디로 작가 정한숙은 <발단−전개−위기−클라이막스>로 치닫는 정통적인 플롯을 설정함으로써 소설적 재미를 주고 있지만, 서사구조상에서 야담의 냄새를 완전히 지우지 못하였다는 큰 결함을 동시에 안고 있다.

하지만 김탁환의 소설은 몇 가지 점에서 기존의 황진이 관련 소설과 차별성을 보인다. 첫째, 1인칭시점을 택해 주인공 황진이의 고백체의 문체를 취하고 있는 점이다. 따라서 기존의 소설과 달리 황진이의 삶을 존재차원에서 다룰 수 있는 장점을 가지고 있다. 둘째, 김탁환의 『황진이』는 주인공의 '존재의 확인'이라는 명분을 구체화하기 위해 몇 가지 사실을 허구적으로 설정한 창조성의 세계를 나타내고 있다는 점을 들 수 있다. 우선 황진이의 예술적 재능을 부각시키기 위해 생물학적인 유전적 근거를 삽입함으로써 실증성을 살리고 있다. 즉 황진이에게 당대 최고의 무기(舞妓)였던 새끼 외할머니를 허구적으로 장치한 것이나 어머니 현금을

"어머니는 천하의 거짓말쟁이였습니다"라고 묘사한 것 등이 구체적인 예가 될 수 있다. 셋째, 김탁환의 『황진이』의 독창성은 주인공 황진이의 '정체성'을 부각시키기 위한 '학문의 세계에 몰입하는 황진이'를 생동감 있게 그려 나간 데에 있다고 할 수 있다. 이러한 측면은 작가 김탁환이 황진이를 통해 16세기 조선조의 지식인 세계의 문화지형도를 완성해보려는 시도와도 맞물리고 있다.

이에 비해 북한소설 『황진이』는 남한소설과는 확연하게 다른 특성을 보여주고 있다. 우선 『황진이』의 스토리는 하인인 놈이와 상전이었던 기생 진이의 사랑을 주축으로 삼으면서 한편으로 하인 괴똥이와 황진이의 몸종 이금이와의 사랑을 부선으로 장치하고 있다. 이러한 플롯 설정은 북한 식의 '산 인간의 창조' 즉 주체적 인간전형의 창조와 연관성이 있다고 하겠다. 둘째, 북한소설 『황진이』가 남한소설과 큰 차이를 보이는 또 다른 모티프는 주인공 황진이의 출생비밀과 그것으로 인해 파혼당한 황진이가 기생이 되는 스토리이다. 황진사댁의 하인인 놈이가 황진이를 짝사랑하던 나머지 질투심에 의해, 황진이의 혼사문제가 오고 가고 있던 윤승지댁에 황진이에 대한 출생비밀을 누설한 편지를 발송하였기 때문에 파혼이 된다는 스토리의 설정이 재미있다. 따라서 놈이에 의해 자신의 출생비밀이 드러나게 되어 삶의 의미를 잃게 된 황진이가 허위와 위선으로 가득 찬 양반사대부계층에 대한 복수심에서, 송도의 색주가인 청교방의 기생으로 나아가기로 결심하게 되는 것으로 서술되고 있는 것이 특징이다. 셋째, 남한소설에서는 대개 황진이가 첫 순결을 바친 인물로 개성 유수인 송유수(정한숙)로 묘사하거나 수청방에서의 40세 된 사대부(김탁환)으로 그려지고 있으나, 북한작가 홍석중은 황진이의 순수성을 그대로 살리기 위해 하인 놈이에게 상전인 황진이가 스스로 자신의 몸을 가지라고 요청하는 것으로 묘사하고 있어서 큰 차이점을 보이고 있다. 넷째, 홍석중의 『황진이』의 스토리 전개에서 중요한 다른 한 가지는 주인공 황진이의 몸종인 이금이가 황진사댁의 하인인 괴똥이를 만나 사랑을 나누는 장면이다. 그런데 중요한 것은 하층민끼리의 이러한 사랑이 상전인 황진이의 전폭적인 지원을 받아 작품 후반부에서 물밑에서 표면위로 드러나는 것으로 묘사된다는 점이다. 이러한 양상은 북한소설이 계급을 초월한 사랑이나 건강한 의식을 가진 하층민끼리의 사랑을 미화시키는 공산주의적 계급성에 바탕을 두기 때문이다.

그 외에도 북한소설 『황진이』에서는 개성유수의 이름이 야담에서의 송공(실제 역사적 인물인 송순 등)이 아니라 김희열로 등장하고 있으며, 놈이를 모함하기 위한 서사적 장치로 등장하는 '고려 보물분실사건'도 역사적 근거를 가지고 있지 않은 완전한 허구라고 할 수 있다. 또 귀법사의 만선선사의 30년간의 면벽수도를 황진이가 하루아침에 무너뜨려 종국에는 만선선사가 자살을 시도하는 등의 에피소드도 역사적 사실과는 다른 내용이라고 할 수 있다. 홍석중의 『황진이』에서는 지족선사의 참선을 비판적으로 묘사하고 있다.

어찌 되었든지 『임꺽정』의 작가 벽초 홍명희의 손자인 홍석중이 쓴 『황진이』는 이전의 북한영화나 소설에서 전혀 등장한 적이 없는 질편한 '성적인 묘사'가 삽입되어 있어 화제를 모으고 있는데, 이 책의 출판으로 볼 때 북한당국이 서서히 중국식 개혁・개방으로 나아가려는 생각을 굳힌 것이 아닌가 판단된다. 또 하나 『황진이』 간행의 외적인 요인을 생각해 볼 수 있다. 경제난에 허덕이고 있는 북한이 상당히 기대를 걸고 있는 '개성공단'의 성공을 위해서는 외국의 기술과 자본이 유입되어야 하며 그것을 위한 대내외적 홍보가 절실하다는 측면에서 개성의 상징적인 역사적 인물인 황진이를 내세워 문화상품화한 것이 아닌가 생각해 볼 수 있다.

여러모로 홍석중의 『황진이』는 21세기 벽두의 남·북한 독서계를 뒤흔들 가능성이 매우 높아 보인다. 그러한 현상은 큰 화제가 없는 최근 문화계의 현실에서 보면 매우 반가운 소식임에 틀림이 없다.

새로 발견된 시집 『찌플리쓰의 등잔불』의 성격과 가치

I. 머리말

『찌플리쓰의 등잔불』은 1955년 북한 조선작가동맹출판사에서 발간된 소련기행시집이다. 이 시집은 1956년부터 1958년까지 북조선작가동맹 시분과위원장을 역임한 김순석(1921~1974)의 작품집이다. 김순석은 주로 향토색 짙은 서정시와 우수한 가사작품을 많이 창작한 시인이다. 시인 김순석은 함경북도 라남의 빈농집안에서 출생하여 일제시대에 라남에서 보통학교를 다녔다. 하지만 생활이 점차 어려워지자 부모의 뒤를 따라 13세 때인 1934년 두만강을 건너 북간도로 들어갔다가 그곳에서 7년간 생활을 하는 동안 사림중학교를 마치고 글읽기와 글짓기에 주력하여 많은 시를 이 시기에 습작하였다.

해방과 함께 북한에 돌아온 해방의 기쁨을 노래한 「산향」을 1945년에

---

* 서울 평양학회 논문집 창간호.

발표하면서 시인으로서 자기 정체성을 찾게 되었다. 그는 해방후부터 1950년까지에 창작한 작품 중에서 40여 편을 골라 첫 시집 『새 날의 서정』을 출판하려고 했으나 인쇄 도중에 한국전쟁이 발발하여 애석하게도 발행이 되지 못하였다. 한국전쟁 도중에 김순석은 문예총 함경북도위원회 위원장을 역임하면서 전쟁을 고무 추동하는 시들을 발표하였다. 그 중에서 고향땅을 지키면서 미군과의 용감한 전투를 펼친 어랑천 사람들의 조국애와 대중적 영웅주의를 그린 서정시 「어랑천」을 1951년 발표하여 시인으로서 필명을 휘날리게 되었다. 그리하여 한국전쟁 중 종군하면서 쓴 서정시들을 모아 『영웅의 땅』을 1955년에 펴내게 되었다. 그리고 소련 기행시집인 『찌플리쓰의 등잔불』을 간행하게 된다. 『영웅의 땅』에서는 주로 조국과 고향에 대한 사랑과 휴머니즘 그리고 미국과의 싸움에서의 군인들의 기백과 원쑤에 대한 증오심을 주로 표현하였다.

전후 복구시기에 김순석은 주로 출판분야에서 일하다가 1956년부터 2년간은 북조선 작가동맹 중앙위원회 시분과위원장을 역임하였다. 50년대 말에 그는 회천공작기계공장에 내려가 현지 파견작가로 생활하면서 풍부한 생활체험을 쌓게 된다. 그는 1962년부터 1968년까지는 평양으로 돌아와 김일성종합대학교 조선어문학부 시창작강좌 교수로 복무하게 되었다. 이 무렵이 시인에게는 전성기에 해당되는데 기행시집 『찌플리쓰의 등잔불』[1)]을 다시 다듬어 펴내고 서정시집 『호수가의 모닥불』(1958)을 내놓게 된다. 특히 후자에는 서정시 「어랑땅의 노래」(1958), 「벽동계선장」(1963),

---

1) 윤종성 외 편, 『문예상식』, 평양, 문예출판사, 1994, 269쪽.
『문예상식』에서는 <해방후 문학예술> 「창작와 작품」에서 '김순석'의 삶과 문학적 업적을 다루고 있는데, 그의 소련기행시집 『찌플리쓰의 등잔불』을 『호수가의 모닥불』과 더불어 1962년부터 1968년까지의 김일성종합대학교 교수시절에 발행한 것으로 묘사하고 있다. 이러한 설명은 오류이거나 그렇지 않으면 소련기행시집을 다시 다듬어 재판을 내놓은 것이 아닌가 추정된다.

「당」(1965) 등이 실려있으며 이 시집에 실린 대부분의 시들은 농촌의 사회주의적 개조와 사회주의 건설에 앞장선 노동자들의 생활상을 주로 반영하였다.

북한의 『조선대백과사전』 등 문학사전류에서 김순석의 김일성종합대학교 교수 생활이후의 행적에 대한 언급이 없는 것이 기이하다. 그리고 최근인 2~3년 전에 김순석의 장남인 김성민이 탈북하여 서울로 내려왔다. 김성민은 앞서 탈북한 북한 시인 최진이와 더불어 김형직사범대학교 부설 작가양성반 출신이고 얼마전까지 서울의 탈북자모임에서 사무국장을 맡았었다. 김성민의 증언에 의하면 그의 부친 김순석은 말년에 갑자기 낚시에만 몰두하고 담배를 많이 피웠으며 말수가 줄어들면서 우울증 증세를 보였다고 한다. 그것으로 보아 60년대 말부터 죽기 직전까지 김순석은 숙청되어 사실상 작가활동을 중단하였던 것으로 추정된다.

『찌플리쓰의 등잔불』은 김순석이 조쏘친선협회('조쏘문화협회'라고도 불리워짐) 중앙위원회 위원장이었던 이기영[2]과 더불어 소련의 각지를 여행하면서 체험한 사회주의 국가의 종주국인 소련의 발전상과 개발상에 대한 목격담을 서정시로 표현한 기행시집이다.

따라서 이 시집을 통해서 일제의 식민지 체제를 벗어난 이후의 북한사회의 변화양상에 대한 몇 가지 중요한 사실을 찾아볼 수 있을 것이다. 우선 해방 직후부터 공산주의 이념의 모델과 문화전수자로서의 소련의 역할과 기능에 대해 살펴볼 수 있을 것이며, 김순석 시인 개인의 세계관 및 서정시를 창작하는 과정에 대한 천착을 할 수 있을 것이다. 끝으로 기행시의 특성과 존재가치에 대해서도 훑어볼 수 있을 것이다.

2) 소설가 이기영은 조쏘친선협회 중앙위원회 위원장직을 1946년부터 1982년까지 무려 35년간이나 맡았던 소련통이다.

II. 소련방문단의 활동과 목적

해방 직후 북한의 각계 지도자급의 인사들이 방문단을 구성하여 소련을 탐방한 사례는 많이 있다. 하지만 과문해서 그런지 구체적인 자료를 입수하기는 쉽지 않았다. 그런 가운데 이기영전집에는 포함되어 있지만 국내에서는 전혀 알려지지 않았던 『소련기행문집』이 필자에게 입수되었고, 그것을 분석한 논문이 2001년도 12월에 발간된 『북한연구학회보』(제5권 2호)에 실렸다. 이 자료를 통해 조・쏘친선협회 중앙위원회 위원장인 이기영을 책임자로 한 소련방문단은 1946년부터 54년까지 네 차례 소련 각지를 방문하였음을 알게 되었다. 그리고 그들은 북한으로 귀국하여 귀국보고대회를 전국을 돌면서 북한민중들을 대상으로 펼친 것으로 알려져 있다. 이러한 귀국보고대회에 대한 묘사는 역사적인 자료로서보다는 이기영의 장편소설 『땅』 등에서 상세하게 묘사되어 있다. 대개 소련방문단은 농민・노동자・학자・정치가・예술가 등 인민 각 계층을 망라하였다고 선전되고 있다.

지금까지 발행된 소련기행문집은 두 종류가 있다. 하나는 1960년에 조선작가동맹출판사에서 발행된 이기영의 『(소련)기행문집』이고, 다른 하나는 1947년 북조선출판사에서 간행된 이태준의 『소련기행』[3)]이다. 후자의 자료 때문인지 이기영은 자신의 『소련기행문집』에서 제 1차 소련방문단의 여정과 활동상에 대해 서술하고 있지 않다. 아마 두 자료의 상보적인 가치를 유지하고 싶은 문필가적 양식 때문이었을 것으로 판단된다.

두 자료를 참조할 때 북한의 소련방문단은 몇 가지 뚜렷한 방문목적을

---

3) 이태준의 『소련기행』은 남한에서는 2001년 깊은샘(출판사)에서 『소련기행・농토・먼지』라는 이름으로 간행되어 해방 직후 북한사회의 변동양상을 분석하는 데 중요한 자료로 활용되고 있다.

지녔던 것으로 생각된다. 첫째, 북한과 소련과의 우호 친선에 주목적이 있었던 것으로 보여진다. 제1차 소련방문대표단은 1946년 8월 10일 평양에서 출발하여 10월 17일 귀환하였으므로 약 70일간의 여행을 했는데, 소련측의 초청단체는 모스크바 대외문화협회로 되어 있다. 그리고 안내는 소련의 원동군단과 조선주둔군(당시 사령관은 치스짜꼬프대장) 군장성인 풀스프 소장이 한 것으로 되어 있다. 따라서 1차 방문단의 주목적은 양국간의 친선을 도모하는 것이라고 할 수 있다. 특히 당시 북한에 주둔하고 있던 소련의 주둔군 장성이 안내를 맡았던 것에서도 그것은 확인이 된다. 둘째는 당시 소련은 스탈린의 주도 아래 계획경제를 의욕적으로 편 결과 중공업이 유럽의 서구강대국과 겨룰 만큼 크게 발전하고 있었는데, 그러한 발전된 산업시찰과 꼴호즈의 협동농장 관람 그리고 웅장한 자연개조계획을 국가 차원에서 펼쳐나가는 현장을 탐방하여 그러한 노하우를 북한에 배워 도입하려는 야심찬 계획에서 비롯된 것으로 판단된다. 특히 조쏘친선협회 위원장인 이기영이 혼자 방문한 제2차 소련방문에서는 최고지도자인 김일성의 특명이 있었는지, 모스크바, 스탈린그라드, 블라디보스톡 등의 대도시와 우크라이나공화국(수도 끼예브), 우랄의 대도시 스웨르드롭스크 등을 방문하면서 각종 공장, 대학과 꼴호즈뿐만 아니라 스따하노브운동, 분조관리제, 개량보리종자 등의 구체적인 증산방안 등에 대해서도 살펴보고 귀국하였다. 그 외에도 노동자문화회관과 박물관 및 음악무용대학 등도 방문하여 근로자들의 복지를 위한 정책개발과 인민들의 정서를 순화하기 위한 예술활동의 전개과정에 대해서도 꼼꼼하게 챙겨본 것으로 묘사되어 있다.

셋째, 북한의 소련방문대표단의 방문목적은 사회주의 10월 혁명 36주년 기념보고대회나 노르웨이 오슬로 평화회의 확대회의 참석에서 알 수 있듯이 마르크스-레닌주의의 종주국으로서의 소련의 이데올로기를 전수받거나 6 · 25한국전쟁과 관련하여 세균무기 사용에 대한 반대토론에 참석하는 등 전쟁과 관련하여 국제사회에서 유리한 정황을 유도하기 위한 정치적인 목적도 있었던 것으로 판단된다.

끝으로 소련방문단은 양국의 문화교류를 위해 주

불가리아, 체코슬로바키아, 이태리 등의 대표단과 함께 1949년 6월 달의 푸쉬킨 탄생 150주년 축전에 참여하거나 고골리 서거 100주년 기념제전의 한 행사인 고골리동상 제막식에 참석하는 등의 활동을 펼쳐나간 것으로 되어 있다.

III. 한국 기행문집의 역사와 기행시집의 존재가치와 의의

김순석은 북한이 내세울 수 있는 대표적인 서정시인 중의 한 사람이다. 따라서 이기영 위원장 등 소련방문대표단에 끼어서 소련의 각지를 여행하는 과정에서 정치가나 노동자, 농민 등의 대표단과는 여행에 참여하는 의미가 다를 것이다. 예로부터 우리나라의 지식인들은 여행을 통해 외국으로부터의 선진문화를 습득하였고 그러한 체험을 통해 찬란한 한국문화의 창조에 큰 기여를 하였다. 우리나라의 역사를 빛내게 한 몇 권의 기행문집을 소개하면, 중국시인 현장의 『대당서역기』에 버금가는 가치를 지니는 신라시대의 혜초 스님의 『왕오천축국전(往五天竺國傳)』과 조선초 김시습의 기행시집 『사유록(四遊錄)』, 조선조 후기의 실학파의 거두 연암 박지원의 『열하일기(熱河日記)』 그리고 그 제자인 박제가의 『북학의(北學議)』를 들 수 있다. 또 하나 근대시기에는 유길준이 지은 『서유견문(西遊見聞)』이 유명하다. 혜초의 『왕오천축국전』은 당시의 교통사정으로 험난한 여정임에도 불구하고 불교의 4대 성지인 인도의 사르나트와 보드가야 그리고 구시나가라 등지의 석가모니의 성지를 순례하고 원시불교와 소승불교와 대승불교의 이론 등과 경전을 연구하기도 하는 등 한국불교의 원류로서의 인도나 중국불교의 실상을 파악하려고 노력한 중요한 문화탐방기라고 할 수 있다. 혜초의 여행기가 있음으로 해서 중국의 돈황석굴이나 우리나라의 석굴암과 불국사 등 현재까지도 그 문화적 찬란함을 뽐내고 있는 불교문화재가 (세계)문화사적으로 그 위상과 가치를 지닐 수 있게 된 것이다.

혜초스님은 신라사람인데, 어릴 때인 10여 세에 중국에 들어가서 불교를 공부하는 구법승으로 활동하였다. 그가 태어난 때(704년으로 학자들은 추정)는 통일신라 효소왕 말년(700년경)인데 723년(성덕왕 3년)경에 인도에 갔던 것으로 알려져 있다. 중국에서 불법을 공부하던 혜초는 어떤 연유에서인지 중국 남쪽의 광주(廣州)로 내려가서 인도 승려인 금강지(金剛智, Vajrabodhi, 671~741)와 그의 제자 불공금강(不空金剛)을 만나 밀교(密敎)를 전도하는 데 힘쓰게 된다. 당시 당나라에는 정치가나 학자 상인 그리고 승려들이 많이 왕래를 하였다. 당나라를 건너간 신라승려만도 70-80여 명에 이르렀다고 전해진다. 또 이들 중 중국을 거쳐 인도로 불법을 공부하러 간 신라 승려들도 많았는데, 이름이 알려진 사람으로는 아리야발마(阿離耶跋摩), 혜업(慧業), 현태(玄太), 현각(玄恪), 혜륜(慧輪) 등이 있다. 또 이 무렵 중국 승려로 인도를 여행하고 돌아와 여행기를 남긴 사람으로는 AD 400년경에 『불국기(佛國記)』를 쓴 법현(法顯), 7세기 전반에 10여 년간 인도를 여행한 견문록 『대당서역기』를 남긴 현장(玄奘), 7세기 후반 인도를 다녀와 『대당서역구법고승전(大唐西域求法高僧傳)을 남긴 의정(義淨) 등이 있다. 혜초는 『왕오천축국전』은 전 3권으로 되어 있는 책인데, 발견자인 프랑스의 페리오의 사본(현재 파리의 국민도서관에 보관중, 펠리오는 1908년 중국 북서쪽 감숙성의 돈황의 한 석실에서 이 책을 발견함)은 첫머리 부분과 끝부분이 없어진 두루마리형태의 6천 여자분량의 비교적 짧은 글이다. 혜초는 뱃길로 먼저 갠지스강 유역의 마가다국을 찾아가 1개월 정도를 걸어서 서북쪽에 위치한 구시나가라(현재의 Kasia)를 방문한다. 이 곳은 붓다가 열반한 성지이다. 이 때는 이미 마가다왕국이 쇠퇴하여 불교도 덩달아 쇠미한 때인지라 붓다의 열반지는 평소에는 사람의 그림자라고는 찾아볼 수 없을 정도로 황폐하다고 기록되어 있다. 혜초는 남쪽으로 내려가 갠지스 강변의 바라나시를 찾아 붓다가 처음 설법을 한 곳인 사르나트를 방문하여 감회에 젖는다. 다시 동쪽으로 걸어가 보드가야를 방문한 혜초는 붓다가 6년간 수행하면서 크게 깨달았다는 장소를 찾아가서 「본래의 소원을 이루게 되어 비상한 환희를 느껴」라는 오언시[4]를 지었다.

마하보리사를 멀다고 우려하지 않았는데
어찌 녹야원을 멀다고 동요하리요.
단지 걱정스러운 것은 험한 길일뿐
거센 바람 불어와도 개의치 않노라
여덟 탑을 다 보기란 진정 어려운 일
이리저리 헐리고 타버려서 난잡도 하니
이를 다 찾아보려는 소원 채울 이 몇이런가
오늘 아침 이 자리에서 눈으로 보았노라

不慮菩提遠 焉將鹿苑遙 只愁懸路險 非意業風飄
八塔誠難見 參差經劫燒 何其人願滿 目覩在今朝

4) 박종홍 외 편, 『한국의 명저』, 현암사, 1980, 39쪽.

매월당 김시습의 『사유록』은 그가 관서(關西), 호남(湖南), 관동(關東), 금오(金鰲) 등 우리나라의 거의 모든 곳을 유랑하면서 문화유산에 대한 깊은 이해를 하면서 당대의 역사에 대해 묘사하고는 그것에 빗대어 왜곡된 당대의 사회현실을 풍자한 기행시들로 구성되어 있다. 당시 매월당이 그가 전국을 주유천하한 것은 세조가 조카인 단종을 죽이고 왕위를 찬탈한 행위를 인정하지 않았기 때문이다. 평양에서 단군에 관한 유적을 살펴본 매월당은 풍월루, 부벽루, 능라도, 영명사 등을 꼼꼼하게 둘러본다. 그리고 천마산, 절령, 표연(박연폭포), 패강(대동강), 살수(청천강) 등도 훑어보았다. 선조의 땀과 역사가 깃든 공간이다. 또 경주지방을 방문한 기행시 「유금오록(遊金鰲錄)」에서는 신라 천년의 고도의 고적명소를 읊은 시와 눈·모란·홍시 등 눈앞의 사물을 읊은 즉물시[5]가 많다.

매월당은 송도에서 고려의 옛 고궁과 시정 그리고 고성 등을 둘러보고 <송도>라는 시를 지었다.

오백년 공적이 이미 흩어졌으니
석양에 아름다운 풀들에 어찌 수심이 없으리오
옛 궁전의 섬돌은 부서지고 꽃의 임자도 간 곳이 없구나

五百年功事已訛
夕陽芳草奈愁何
誰家廢廢花無主

—<송도(松都)>

5) 강원대 인문과학연구소 편, 『매월당 — 그 문학과 사상』, 강원대학교 출판부, 1989, 230-234쪽.

한편 연암의 『열하일기』는 조선조의 성리학을 중심으로 하는 집권층의 우물안 개구리식의 단견과 명분론에 입각한 성리학의 한계를 극복하고 민중계층의 인간다운 삶을 받쳐줄 수 있는 새로운 이데올로기의 개척과 창조를 가능하게 한 역사학적인 측면에서 매우 큰 의미를 지니는 역작이다. 『열하일기』는 1780년(정조 4년) 청나라 건릉황제의 칠십 수를 축하하기 위한 축하사절단에 끼인 삼종형 박명원의 서기로 연암이 참여하여 자신의 중국 견문을 기록한 여행기이다. 이 여행기는 청나라의 수도 연경(燕京)을 다녀온 기록이라고 하여 연행록(燕行錄)이라고 통칭해 부르고 있다. 이 책의 완질본이 무려 26권으로 되어 있는 것으로 보아 청나라 각지를 여행하던 필자의 문화적 쇼크가 얼마나 컸는가를 알 수 있다. 특히 이 책은 백과전서적인 체제를 유지하고 있어 실학자로서의 연암의 문필력과 꼼꼼한 학자로서의 성품을 엿볼 수 있게 한다. 물론 당시 청나라를 여행하고 돌아와 연행록을 쓴 학자는 매우 많다. 홍대용의 『연기(燕記)』, 김창업의 『연행일기(燕行日記)』, 이덕무의 『입연기(入燕記)』, 유득공의 『난양록(灤陽錄)』과 『연대재유록(燕臺再遊錄)』, 김경선의 『연원직지(燕轅直指)』 등이 있다.

『열하일기』의 표제에서 알 수 있듯이 이 책은 일기형식의 연행록이지만, 특이하게 한양에서 출발하여 한양으로 돌아오기까지의 전 여정을 서술하고 있지 않은 것이 특징이다. 즉 압록강을 건너 중국땅에 발을 들여놓을 때부터 시작하여 북경을 거쳐 열하까지 갔다가 북경에 되돌아올 때까지의 부분만 일기체로 서술되어 있고 북경에서 체류하여 관광하던 시기는 잡록의 형식으로 처리되어 있으며 북경에서 조선으로 돌아오기까지의 과정은 전혀 서술되어 있지 않은 것이다. 그것은 연암이 연행록의 상투성에서 과감하게 탈피하고자 한[6] 의도에서 비롯된 것이다. 『열하일기』는 정밀한 세부 묘사를 통해 대상의 본질을 구체적이고 객관적으로 표현하려는 경향도 뚜렷이 보여주고 있다. 『열하일기』의 도처에서 연암은 연로의 이국적인 자연 풍경과 기상변화를 이례적으로 자세히 묘사하고 있다. 또한 연암은 각종 수레를 비롯하여 차륜을 이용한 기계류, 벽돌을 사용한 건축물, 선박과 교량 등 청조의 발달된 문물에 대해서도 과학적 엄밀성을 갖추어 상세히 묘사하고 있다. 이와 같이 사실주의적 경향은 청조 사회의 각계각층을 망라한 다양한 인간 군상과 조선 사신일행의 상하층 인물들에 대한 묘사에서 더욱 뚜렷이 드러나 있다. 그중 주목되는 것은 각종 상인, 직업 연희인, 시골 훈장, 점쟁이, 도사, 승려, 창기, 하녀, 거지, 일행 중의 군뢰(軍牢)와 마두배(馬頭輩), 연암의 하인 장복(張福)과 창대(昌大) 등 다른 연행록들에서는 거의 무시되어 있는 하층 민중들이 자못 애정어린 시선으로 묘사되어 있는 점[7]이다.

박제가(朴齊家, 영조 26년 1750~순조 5년 1805)의 『북학의(北學議)』는 그가 29세 때 채제공(蔡濟恭)의 연행 사신으로 갈 때 유득공과 함께 연경에 갈 기회를 얻고 이 여행에서 얻은 견문을 내편, 외편으로 집필하여 엮은 개혁론이다. 『북학의』는 서술양식으로만 본다면 여행기로 보기는 어렵지만, 청나라에서의 여행체험을 바탕으로 하여 저술한 책이라는 점에서 광의의 의미에서 여행기에 포함시킬 수도 있을 것이다. 『북학의』 내편에서 도로의 확장, 수레의 개선, 배를 이용한 수운의 편리, 가옥 구조의 개량을 주장하였고 외편에서 논·밭의 관리, 거름, 뽕나무와 과수의 재배, 농구와 씨앗의 개량 등 당시의 정치현실에서도 받아들일 수 있는 진보적인 정책을 주장하였다. 또 고루한 성리학자들이 집권하고 있던 당시로서는 수용하기 곤란한 무역과 양반층의 성업 권장, 과거제의 시정, 선교사의 초빙[8] 등 획기적인 개혁방안도 강력하게 주장하였다. 박제가는 서자

6) 김명호, 『열하일기 연구』, 창작과 비평사, 1990, 21쪽.
7) 김명호, 위의 책, 296쪽.

출신으로 말년을 불우하게 보냈으나, 생애 중 총 네 차례나 연경을 방문하여 중국학자들인 기윤(紀昀), 효람(曉嵐), 옹방강(翁方綱), 담계(覃溪) 등과 교유하면서 시야를 넓혔다고 한다.

유길준(兪吉濬, 1856~1914)의 『서유견문(西遊見聞)』(1892년 완성, 1895년 일본 동경에서 발행)도 근대시기에 개혁적인 내용을 담은 여행기로 외국의 소개책에 머물지 않고 개화사상을 집대성한 책이다. 유길준은 어려서부터 연암의 손자인 박규수(朴珪壽)의 집안을 드나들면서 한학과 시무를 배웠다. 당시 박규수의 문하에는 김옥균, 박영효 등 개혁파 젊은이들이 자주 드나들었다. 그는 26세 때인 1881년 봄에 신사유람단을 따라 일본을 방문하게 되었다가 귀국하지 않고 후쿠자와(福澤諭吉)가 경영하던 게이오의숙(慶應義塾)에 입학하게 되었다. 1882년 그가 귀국하자 정부에서는 그에게 외무낭관의 벼슬에 임명하였으나 그는 사양하고 한성순보의 발간에 주력하였다. 1883년에 미국에 파견하는 견미사절(報聘使)을 따라 미국에 들어가 매사추세츠주의 대머아카데미에 입학을 하게 되었다. 1885년 갑신정변의 소식을 듣고 급거 제물포에 귀국한 그에게 기다리는 것은 민씨정권의 구금이었고 결국 그는 포도대장 한규설 집안에 연금상태에서 『서유견문』을 쓰게 된다. 이 책은 우리나라 최초로 국한문혼용체로 쓰여졌다.

『서유견문』은 총 20편으로 구성되어 있다. 제1편, 2편, 19편, 20편은 지구와 세계 및 각 나라의 인종·물산·도시 등을 상세히 기록한 지리학적 내용이다. 제3편과 4편은 국가의 주된 문제와 국민 교육문제를 다루고 있는데, 천부인권설과 자연법 사상이 근간을 이루고 있다. 제5편과 6편은 일종의 정부론이다. 제7편과 8편은 정부의 재정에 관한 내용이고, 제9편

---

8) 박종홍 외 편, 『한국의 명저』, 현암사, 1980, 949-952쪽.

은 교육문제와 군대의 양성문제를 제도적인 면에서 고찰한 것이다. 제10편은 화폐의 본질, 법률의 바른 길 및 경찰의 역할과 규칙을 다룬 것이다. 제11편에서는 서양 각국의 정당 문제, 직업 윤리 문제와 개인의 건강 관리 문제 등을 다루고 있으며, 제12편은 직업 윤리와 애국 윤리와의 관계 및 자녀 기르는 도리 등을 언급하고 있다. 제13편은 서양의 학술, 군제 및 종교의 역사를 개관하고 서양 학문이 내용을 광범하게 소개하고 있다.

제14편은 상인의 위치와 역할 및 직업 윤리와 개화의 바른 길을 이론적으로 설명하고 있는데 유길준의 개화사상이 집대성되어 있는 부분이다. 제15편은 결혼과 장례의 예의, 친구간에 사귀는 도리와 여자를 대하는 예절 등을 다루고 있으며 제16편은 세계 각국의 의식주와 관습 그리고 농사법과 목축하는 법 등을 소개하면서 서양 오락의 풍속도 다루고 있다. 제17편은 빈원(貧院), 병원 등의 사회 복지제도를 소개하고, 제18편은 증기·전기·전신·전화 등의 서양 근대과학 문물과 기술을 소개하고 회사 설립과 도시 계획 문제[9] 등에 대해서도 언급하고 있다. 한마디로 유길준의 『서유견문』은 정치·경제·지리·군사·도덕·풍속·사회복지·과학기술 문제 등 서양의 거의 모든 분야를 망라하여 상세하게 소개하면서 우리나라를 개혁시킬 수 있는 방안을 집대성한 개화사상서 성격의 여행기라고 요약할 수 있다.

김순석의 기행시집은 기행문집의 성격과 서정시집의 성격을 공유하고 있는 책이므로 개성이 큰 저서라고 가치평가를 내릴 수 있다. 또 특이하게 마르크스-레닌주의의 원류인 소련을 여행하고 돌아와 쓴 기행시집이라는 데에 특색이 있다.

9) 박종홍 외 편, 『한국의 명저』, 현암사, 1980, 1127-1128쪽.

IV. 소련기행시집에 담긴 작가의식

김순석의 소련기행시집 『찌플리쓰의 등잔불』은 나타난 일정을 살펴볼 때 조쏘친선협회 위원장인 이기영이 1946년부터 1954년(2월 1일까지) 사이에 주도하였던 네 차례의 소련방문대표단에 포함되어 여행한 것으로 보여지지 않는다. 따라서 1954년 2월부터 책이 출간되었던 1955년 5월 30일 사이에 추진된 북한의 소련방문단의 일원으로 여행을 했던 것으로 추정해 볼 수 있다.

작가가 방문했던 곳은 크게 대도시로는 모스크바지역과 레닌그라드(현재는 상트 페테르부르크)지역 그리고 스탈린의 생가가 있는 스탈린그라드지역(현재는 볼고그라드)을 방문했다. 아마 찌플리쓰는 그루지야공화국의 고리시에 있는 작은 마을로 추정된다. 그 외 김순석 시인 일행은 흑해지역인 그루지아공화국(Gruziya)과 우즈베키스탄 아래에 있는 타지키스탄공화국(Tadzhikistan) 그리고 아파지야 자치공화국(현재의 카자흐스탄이 아닐까 추정해봄, 또는 아제르바이젠) 등을 여행하였다.

김순석 시인 일행의 대강의 여행경로는 다음과 같이 판단된다.

평양 → 모스크바 → 볼고그라드(스탈린그라드) → 그루지야공화국(트빌리시): 흑해 → 카자흐스탄(?)/ 아제르바이젠 → 타지기스탄(와후스초원과 꼴호즈) → 모스크바 → 상 페테르부르크(네바강): 동궁앞 광장/땅크 기념탑 → 에스토니아(라투비아, 리투아니아 중 1곳 방문): 발틱해안 → 모스크바 → 평양

김순석 시인에게 있어서 소련은 어떤 의미를 지닌 것일까? 추정이지만 김순석 일행은 스탈린대원수 사망 1주기나 2주기 기념행사에 참여하는

북한대표단의 일행으로 방문한 것은 아닐는지? 이러한 판단의 근거는 스탈린그라드를 방문하여 스탈린의 생가에서 감회에 젖는 장면이 나오고, 스탈린에 대한 추모의 열정이 서정시에서 강하게 배어 나오기 때문이다. 물론 여기에는 소련의 역사에 대한 면밀한 분석이 뒤따라야 한다. 그럴 경우 스탈린 사후에 흐루시초프 서기장이 곧 등장하여 스탈린격하운동을 펼친 정치현실과 어긋나는 것을 해명해야 한다. 물론 스탈린 사망 직후에는 말렌코프(곧 신임수상이 됨), 베리야, 몰로토프를 정점으로 하는 과도집단 지도체제가 성립됐다. 당시 2급 지도자였던 흐루시초프는 이 때 1급 지도자들간의 상호견제와 양보의 틈을 타고 제1서기의 자리에 올랐다. 스탈린 사후인 1953~1954년 흐루시초프는 농업의 실상을 적나라하게 설명하며 포괄적인 개혁안을 제시하여 호응을 얻었다. 스탈린 사후 불투명했던 소련 권력의 향방의 움직임을 추정할 수 있게 된 정치적인 사건이 바로 1956년 2월 열린 제20차 당대회였다. 흐루시초프는 이 대회에서 유명한 평화공존론을 제창했는데, 여기에는 세 가지의 테제가 제시됐다. 1) 전쟁은 피할 수 있고 또 피해야 한다. 2) 자본주의 진영과 사회주의 진영은 평화롭게 공존할 수 있다. 3) 사회주의로 이행하는 길은 나라마다 다양하고 의회와 그밖의 길을 포함하는 평화적인 이행의 가능성이 점점 더 높아지고 있다.

특히 대회 마지막 날인 2월 25일에 흐루시초프는 비밀보고에서 스탈린의 공과를 논하면서 스탈린을 강하게 비판하여 소련사회에 큰 충격을 주었다. 사회주의의 초기 건설과정, 파시즘에 대한 투쟁, 전후 재건과정에서의 스탈린의 역할이 긍정적으로 평가되었다. 반면에 말년에 레닌주의 집단지도 원칙으로부터의 일탈과, 그로 인해 민주주의의 부당한 제한, 사회주의 이념의 침해, 근거없는 억압, 대조국전쟁시의 오판 등의 폐해가 빚어졌다[10]고 혹독한 비판이 가해졌다. 스탈린 비판을 통해 더욱 입지를 굳힌 흐루시초프는 개혁 프로그램을 힘있게 밀고 나갔다. 또 1961년에 열린 제22차 당대회에서 제2차 스탈린 비판이 행해졌다. 그리고 당대회에서 스탈린의 유해를 붉은 광장의 레닌 묘에서 들어낸다는 결정이 내려졌다.

김순석 시인이 소련을 방문했던 시기인 1954~1955년 시기는 아직 소련의 권력의 향방이 투명하게 확정되지 않았던 때였다. 따라서 스탈린 추모열기가 아직 잔존하던 시기였다. 소련 각지를 탐방하면서 김순석 시인은 크게 네 가지 측면에서 소련기행시집을 펴내게 된 의의를 찾았다. 1) 북한과 소련과의 전통적인 우호관계를 증진하고 친선을 도모하는 차원의 역할을 기대하였다. 2) 소련을 사회주의 건설의 정치적, 경제적인 모델로 삼아서 사회주의 국가로서의 북한 사회를 획기적으로 발전시킬 수 있는 긍정적인 점을 배우려고 노력하였다. 3) 시인으로서 소련의 각종 문화예술시설과 박물관 등을 둘러보고 문화전수의 기능과 역할을 떠맡으려고 생각하였다. 4) 소련여행을 시인으로서 창작 동인으로 삼으려고 하였다.

그러면 구체적으로 『찌플리쓰의 등잔불』에 담겨진 시인의 창작의도와 작가의식에 대해 분석해 보기로 한다.

1. 사회주의 국가의 종주국으로서의 소련에 대한 동경

『찌플리쓰의 등잔불』은 1953년에 평양에서 발행된 『쓰딸린의 깃발』(조선작각동맹출판사)의 연장선상에 서있다. 스탈린은 1953년 3월에 사망했다. 『쓰딸린의 깃발』은 1953년 12월에 평양에서 발간되었다. 즉 스탈린의 사망을 추모하기 위해 급히 만들어졌음을 알 수 있다. 이 시집에는 리찬,

---

10) 이무열, 『러시아사 100장면』, 가람기획, 1994, 416-418쪽.

조벽암, 박세영, 안룡만, 백인준, 리효운, 민병균, 정문향, 김북원, 조령출, 김순석, 김조규 등 당시 북조선 작가동맹 시분과위원회 소속의 유명시인들이 거의 망라되었다. 이 시집에서 김순석은 「기폭에 입 맞추며」라는 시를 발표하였다.

그이는 살아 계시다
그이로 하여 있는 조국을, 자유를,
인류의 량심을, 가슴으로 안아 지키는
이 나라의 뜨거운 심장마다에

그이는 살아, 불멸의 노래로
불리워지고 또 불리워지리라
쓰딸린 !
쓰딸린은.

—김순석, 「기폭에 입 맞추며」[11]

『찌플리쓰의 등잔불』에서 김순석은 소련에 대해 두 가지 우호적인 감정을 표현하고 있다. 하나는 노동자 천국으로서의 이상사회에 대한 동경이다. 김순석은 소련을 철강, 전력 등 중공업이 발달하고 꼴호즈가 조직화되어 있어 농업의 생산성이 높은 이상국가로 바라보았던 것이다. 다른 하나는 일제를 북반부에서 몰아내고 식민지를 해방시켜준 소련해방군에 대한 감사함을 표현하고 있다. 또 6·25 한국전쟁 즉 북한식 표현으로는 조국해방전쟁중에 지원을 아끼지 않은 소련과 서기장 스탈린에 대한 고

11) 김조규 편, 『쓰딸린의 깃발』, 평양, 조선작가동맹출판사, 1953, 178-179쪽.

마움을 표명하고 있다. 물론 북한의 현대역사를 서술한 책에서 중공군의 참전은 기술하고 있지만 소련군의 참전은 공식적으로 기록하고 있지 않다. 단지 1950년 7월 4일 소련정부가 미국 정부(트루만 정부가 미국육군부대를 본격적으로 동원하고 미군함대와 비행기의 증가한 데 대하여)에 대해 경고를 한 것을 간략하게 기술하고 있을 따름이다. 즉 북한의『조선통사(하)』는 "쏘련정부는 자기 성명에서 미제국주의자들이 미리부터 세밀하게 준비한 무력침공계획에 대하여 조선인민의 내정에 대한 공개적 간섭의 길에 들어섰음을 지적하면서 미국정부는 자기가 취한 무력침공의 결과에 대하여 책임을 져야 할 것이라고 경고하였다"[12]고 설명하고 있다.

그 무서운 재난의 날도 싸움의 날도
사람에게는 잊어질 수도 있다.
원쑤를 세상에서 없이한다면
땅 우에 인류의 봄이 온다면…

그러나 그대만은 모쓰크바여!
어머니처럼 맞아준 뜨거운 가슴이여!
인류의 봄을 위해 젊어지라고
더운 피 끓게 한 청춘의 서울이여!

—「그대만은 모쓰크바여!」[13]

12) (북한)사회과학원 역사연구소,『조선통사(하)』, 서울, 도서출판 오월, 1989, 400쪽.
13) 김순석,『찌플리쓰의 등잔불』, 평양, 조선작가동맹출판사, 9쪽.

2. 노력영웅과 노동의 기쁨

김순석은 소련의 다양한 곳을 여행하면서 풍부한 물산과 첨단의 산업시설 그리고 꼴호즈의 농장원들의 증산의욕에 대해 감동을 느끼게 된다. 특히 여러 곳의 협동농장을 둘러보면서 새로운 방식의 영농기법과 농장원들의 삶에 대한 투지에 감격하게 되었다. 그들은 꼴호즈뿐만이 아니라 그루지야공화국의 방직공장도 방문하여 노동자들의 노동에 대한 신성한 자세와 의욕적인 열정에 눈이 동그레진다. 그가 방문한 꼴호즈는 두 군데인데, 하나는 타지게스탄의 와후스 꼴호즈이고, 다른 하나는 아파지야 자치공화국에 있는 꼴호즈이다. 와후스 초원에 있는 와후스 꼴호즈에서 만난 양치기 노인은 자신이 기른 양을 친선과 우호를 위해 북한에 보냈음을 밝히고 그 양들이 잘 자라고 있는지 김순석 시인 일행에게 물어본다. 또 아파지야 자치공화국의 꼴호즈에서는 농장원이 내놓은 백년 묵은 포도주를 마시면서 가난한 소작농이었던 농장원이 억압과 수탈의 질곡을 벗어나서 이제는 버젓이 농장을 주체적으로 영농해나가는 포부와 자부심을 밝히는 것에서 감동을 받는다. 강요와 압제 속에서 마지못해 수동적으로 일하는 것과 스스로의 자발적인 노력에 의해 능동적으로 증산에 앞장서는 것은 근본적인 차이가 있음을 확인하게 된 것이다. 즉 노동의 기쁨을 느끼면서 스스로 증산에 앞장서는 소련의 노력영웅들의 활약상에 북한 방문단은 큰 영향을 받게 된 것이다. 이러한 탐방체험은 북한으로 돌아가서 협동농장운동과 천리마운동 등에 바로 활용이 되었던 것이다.

일하는 즐거움은 온 몸에 넘쳐서
로동이 그대로 즐거움이고
로동이 그대로 행복인 나라

그들의 손은 몹시도 부드러웠다.

나는 이미 들었다. 이들의 손이
창문도 천장도 폭풍에 날아간
눈보라 사나운 싸움의 날에
그리운이들의 군복을 기운 것을.

………(중략)………

그렇게 지켜낸 쏘베트 조국을
명주로 늘인다면서 옷감을 짰다.
흘러 내리는 명주필에서
공산주의 즐거운 웃음소리 듣는다면서,

—「부드러운 손길」[14)]

3. 선진문화 · 복지 시설에 대한 감탄

김순석 시인은 소련방문에서 발전된 중공업 등의 산업시설이나 잘 정비된 농촌의 꼴호즈에도 탄성을 내뱉었지만, 더욱 경탄한 것은 노동자나 농장원들을 제대로 보호하고 잘 돌보려고 하는 소련정부의 문화복지정책을 접하는 순간이었다. 옛날 짜르 영주의 성을 노동자들의 휴양시설로 개조한 것을 보고 사회주의 국가로서의 이상사회를 건설하려고 한 레닌의 철학과 스탈린의 실천의지를 확인하게 된 것이다. 예를 들면, 레닌은 정

---

14) 『찌플리쓰의 등잔불』, 58-59쪽.

권을 잡자말자 상트페테르부르크에 있는 겨울궁전 등 옛 황제의 별궁 등을 소련인민들을 위한 미술관으로 바꿀 것을 지시하였다고 한다. 이 미술관이 오늘날 세계 5대 미술관에 들어간다고 소련인들이 자긍심을 느끼는 에르미타쥬 미술관인 것이다. 에르미타쥬 미술관(박물관으로도 불려짐)은 1764년에 설립되었는데, 원래 로마노프 왕조 때 러시아의 미적인 문화 수준을 높이기 위해 궁정에서 수집한 미술작품을 중심으로 설립하였다. 에르미타쥬는 프랑스어로 '은자(隱者)의 암자'라는 뜻이다. 1917년 레닌에 의해 붉은 혁명이 성공한 후에 레닌의 명령에 의해 문화유산의 보호를 위해 국가에 양도하는 법령이 제정됨에 따라 황족이나 귀족들이 소유하고 있던 귀중한 개인소장품들이 속속 이곳 에르미타쥬 미술관으로 수집되었다. 그 결과 현재는 거의 230만 점에 가까운 방대한 중세 유물과 근·현대 미술품들이 망라[15]되어 있다. 제2차 세계대전으로 레닌그라드가 독일군에 의해 봉쇄되어 포위되자 두 대의 기차를 이용해 그림들을 우랄 산맥지방으로 피신시키는 작전을 전개하여 유물을 보호하였다고 한다.

김순석 시인 일행은 스탈린그라드에 있는 아동철도기념관을 구경하였고, 모스크바에 위치한 국립아동도서관도 관람하였다. 소년 역장과 소년 기관수가 기관차를 몰고 소녀가 차장을 맡고 있는 기차를 탄 후 시인은 동심의 세계로 날아간다.

꿈에라도 생각이나 했으랴
고향을 떠나 북간도로 가던 길
손발을 얼쿠던 차디찬 어린 날의 그 길이
그 어느 날 여기로 뻗으리라곤

---

15) 졸저, 『박태상의 동유럽문화예술산책』, 생각의 나무, 245-248쪽.

·········(중략)·········

제비가 승강구에서 떠나지 않는
작은 역을 지나서
“볼가의 항구” 이들이 모두 즐거운
종점이 가까워온다

목에 진홍색 넥타이를 날리며
지금 나의 부풀은 마음이 달리는
고향의 길목에, 학교에,
뛰노는 운동장에,

순이야! 철이야!
이들의 행복한 웃음, 다정한 인사를 전한다.

—「붉은 넥타이」[16]

4. 같은 공산주의 사회 구성원으로서의 동지의식 묘사

김순석 시인은 시인이다. 그것도 주로 서정시를 잘 짓는 시인이다. 서정시는 시인의 뜨거운 가슴에서 우러나온다. 우주에 존재하는 어떤 사물을 보고 받은 정서가 시인의 심금을 울리게 될 때 서정시는 창조되는 것이다. 북한의 문학이론서는 “시문학의 고유한 형태적 특성은 서정성이다. 서정성은 서정적 묘사방식의 특성에 의하여 규제되는 시의 특성이다.”[17]

16) 『찌플리쓰의 등잔불』, 73-74쪽.
17) 장용남, 『서정과 시창작』, 평양, 문예출판사, 1990, 7쪽.

라고 개념정의를 내리고 있다. 한마디로 "서정적 묘사방식이란 시인의 생활에서 받은 충격과 자기가 체험한 사상감정을 정서적으로 토로하는 생활반영의 방식이다"[18]라고 규정하고 있다. 그리고 시형상에서 가장 중요한 것은 정서적 공감력이라고 설명된다.

서정시를 쓰는 시인으로서 김순석이 받은 느낌은 같이 동행한 정치가나 노동자 대표들과는 확연하게 다를 것이다. 북한의 다른 방문대표단과 달리 시인은 소련사회에서 만난 공간과 그곳에 존재하는 사람들에 대해 열린 가슴으로 품어 안으려고 한다. 특히 자신이 키우던 양들을 친구나라인 조선에 보냈다는 타지기스탄의 양몰이 노인을 만나서는 "그의 손은 거칠었으나 / 말을 달려 땀에 배인 / 뜨거운 그 손길을 잊을 수 없구나"라고 표현하였다. 그리고 타지기스탄 와후스 꼴호즈의 노력영웅 농장원 미루조 노로바를 만난 감회를 "그대의 눈동자는 남달리 맑고 서느러웠다 / 그 어떤 호수라도 이처럼 깊지는 못하리"라고 묘사하고 있다. 시인의 섬세한 묘사에 실어 아름답게 투영된 소련인민들의 이미지는 목소리도 우렁차게 외치는 정치가의 구호나 노동자의 투박한 슬로건에 비해 힘은 약하지만 시적 울림을 강하게 해줌으로써 정서적인 공감을 유도하게 된다. 즉 김순석은 이러한 서정시인 특유의 정서적 공감력을 이용하여 소련과 북한의 형제의식과 동지애를 절실하게 표현하고 있다.

> 네바강 다릿목에서
> 나는 걸음을 멈춰 섰다.
> 눈에 익은 찔레꽃 몇 묶음이
> 나의 걸음을 멈춘 것이다.

---

18) 장용남, 위의 책, 7-9쪽.

—이 꽃을 드릴까요
저는 조선을 잘 알아요.
이건 저의 적은 선물입니다…

소녀의 진정에 더워지는 가슴에
나는 찔레를 소중히 받았다.
평화의 하늘 아래
마음껏 봄을 안고 자유의 토양에 핀…
흔히 피는 꽃…
고향의 낮은 동산이 떠오른다.

해방의 즐거운 날
거기서 끌어안은 이 나라 용사들.
꺾어준 꽃을 모자에 꽂고
다시 남쪽으로 달려가던…
지금도 만나면 알아 볼 듯, 웃던 얼굴들.

—「찔레꽃」[19)]

5. 레닌 · 스탈린에 대한 흠모

『찌플리쓰의 등잔불』은 제목에서 알 수 있듯이 스탈린의 생가를 방문하여 접하게 된 스탈린이 사용한 등잔불을 보고 그의 영웅성과 탁월한 영도에 대해 존경심을 표명한다. 하지만 김순석은 두 차례 레닌과 스탈린

---

19) 『찌플리쓰의 등잔불』, 28-30쪽.

에 대한 존경과 흠모의 정을 동시에 표한다. 그것은 레닌그라드의 동궁 앞 광장에 세워져 있는 레닌과 스탈린의 동상을 목격하고 난 후이며, 다른 하나는 모스크바의 크레믈린 궁전 앞의 붉은 광장에 선 감격을 노래하는 과정에서 당시 듣게 된 시계종소리에서 일리이치 레닌과 스탈린에 대한 회상을 하면서 이루어진다.

블라디미르 일리치 울리야노프(레닌은 그의 필명임)는 1870년 4월 볼가 강변의 심비르스크에서 성실한 교육관료였던 아버지와 자상한 어머니에게서 난 육형제 중의 한 명으로 태어났다. 특히 레닌은 그의 형 알렉산드르가 차르의 암살모의에 가담한 혐의로 체포되어 교수형에 처해졌을 정도로 혁명가의 분위기에서 청소년기를 보냈다. 1891년 상페테르부르크 법과대학의 졸업 검정시험에 합격한 레닌은 1892년 변호사로 일하면서 마르크스주의 서클을 이끌었다. 1895년 여름 레닌은 해외로 나가 독일과 스위스를 돌아보고 플레하노프 등을 만나고 온 후 동지들과 함께 노동자계급 해방투쟁동맹을 결성하여 투쟁하던 중 체포되어 14개월 동안 미결수로 독방에 갇혀 있다가 시베리아로 유형을 떠나게 된다. 형기를 마친 레닌은 1900년 해외로 망명하여 플레하노프, 마르토프 등과 함께 혁명적 마르크스주의 신문 『이스크라(불꽃)』를 창간하고 1903년 러시아 사회주의 민주노동당 창당대회를 갖는다. 1차 혁명이 최고조에 이른 1905년 11월 레닌은 페테르부르크에 돌아와 1907년까지 당중앙위원회의 작업을 직접 지도했다. 하지만 1907년 다시 해외로 망명한다. 1914년 이전부터 일체의 제국주의 전쟁에 반대한 레닌은 1차 세계대전 동안 스위스에서 전쟁과 평화 그리고 혁명의 문제에 대한 당의 이론과 전술을 마련했다.

1917년 2월 혁명으로 차리즘이 붕괴된 뒤 레닌은 밀봉열차를 타고 4월에 러시아로 돌아왔다. 귀국 직후 발표한 <4월 테제>에서 그는 '모든 권력을 소비에트로'라는 슬로건을 내걸고 노동자와 빈농에 의한 혁명의 접수를 주장했다. 7월 사건 이후 잠시 핀란드로 몸을 피한 레닌은 그의 직접 지도하에 무장봉기가 일어나 10월 사회주의 혁명을 성공시킨다. 곧 열린 제2차 전러시아 소비에트 대회에서 레닌은 인민위원회 의장(정부 수반)으로 선출[20]되었다. 레닌의 저서는 많지만 그 중에서 5대 저서로 꼽히는 것으로는 『무엇을 해야 하나』(1902), 『민주혁명에 있어서 사회 민주주의의 두 전술』(1905), 『제국주의』(1916), 『국가와 혁명』(1919), 『좌파 공산주의: 소아병』(1922)[21]이 있다. 하지만 1918년 8월의 총상 후유증과 과로로 몸져누운 레닌은 1924년 1월 21일 소비에트 국가가 단단한 초대 위에 서는 것을 보지 못하고 눈을 감았다.

이오시프 위싸리오노비치 스탈린(1879~1953)은 그루지야 공화국의 고리시(Gori)에서 태어나 원래는 고리신학교를 졸업하고 트빌리시 정교신학교에서 신학을 공부하였으나 1898년 사회민주노동당에 입당하여 레닌과 볼세비키당을 확립하는데 공로를 세웠다. 스탈린은 이후 트빌리시위원회, 깝까즈동맹위원회 등에서 활약하면서 직업적인 혁명가가 되었다. 그리고 1905~1907년 혁명시기에 깝까즈에서 혁명에 적극 참가하여 레닌의 사상을 지지하고 계급투쟁에 관한 볼세비키적 전략전술을 고수하면서 멘세비키와 투쟁하였다. 이 과정에서 여러 차례 체포되었고 유형에 처해졌다. 1912년 1월에는 러시아사회민주노동당 중앙위원회 위원으로 보선되었으며 1912~1913년 사이에는 페테르부르크로 와서 신문 『즈베즈다』(별)와 『프라우다』(진리)의 발간사업에 주력하였다. 1913년에는 저서 『맑스주의와 민족 문제』를 펴내 민족문제 해결에 있어서 레닌주의적 원칙을 밝혔으나 곧 체포되어 유형에 처해졌다. 그는 짜르 전제정치가 무너진 후 1917년 3월에 페테르부르크에 돌아와 당중앙위원회 뷰로와 프라우다 지 편집

20) 이무열 편, 앞의 책, 266-270쪽.
21) 이홍구 편, 『마르크시즘 100년 —사상과 흐름』, 문학과 지성사, 1984, 197-198쪽.

국 성원이 되었다. 10월 혁명시기에 스탈린은 당중앙위원회 정치국 위원과 군사혁명중앙과 페테르그라드군사혁명위원회 위원으로 혁명의 승리에 조력하였다. 그는 전후에 인민경제를 복구하며 노농동맹을 강화하기 위한 투쟁에 적극 참가하였으며 직업동맹의 역할과 관련한 문제에서 트로츠키와 투쟁하며 레닌의 노선을 옹호하였다. 1922년 4월에 당중앙위원회 총비서(서기장)로 선출된 후 30년 이상 그 자리에 있었다.[22] 1922년 12월 두 번째로 쓰러져 누운 레닌은 1923년 3월 사실상 폐인이 될 때까지의 시기에 쓴 '정치유언'에서 스탈린에 대해 당의 뛰어난 활동가임을 인정하는 한편 그의 결함을 비판하여 "서기장이 되어 무한한 권력을 손에 쥔 그가 이 권력을 늘 신중하게 행사할 수 있을지 확신하지 못하겠다"고 썼다. 그리고 "스탈린을 그 지위에서 해임하고 다른 모든 점에서 그보다 못하더라도 더 참을성 있고 신실하며 동지들에게 친절하고 그만큼 흥분하지 않는다는 점에서 그보다 뛰어난 인물을 그 자리에 임명하는 방법을 고려해보자"[23]고 했으나 그것을 추진하지 못하고 레닌은 쓰러졌다. 한편 스탈린은 1941년부터 1945년까지의 제2차 세계대전 중의 조국전쟁 시기에 제국주의 독일 등과 싸워 승리로 이끌었다.

이러한 레닌과 스탈린의 경력을 꿰뚫고 있었던 김순석은 레닌그라드 동궁 앞 광장에 있는 사회주의 혁명과정에서의 역사적 인물인 두 사람의 동상 앞에서 그들이 아직 태어나지도 않은 북한의 역사를 이미 꾸몄다고 그 예언성에 대해 존경심과 흠모의 정을 표하고 있다.

> 레닌과 쓰딸린이
> 책을 가운데 하고

---

22) 강경구 편,『조선대백과사전』26권, 평양, 백과사전출판사, 2001, 193쪽.
23) 이무열 편, 앞의 책, 366-367쪽.

그 무슨 이야기를 하고 계셨다.
두 분이 앉아 계신 동상 뒤으로
네바의 물결이 소리 없이 흘렀다.

—무슨 말씀을 하고 계실가?
한 아이가 묻는다
—로씨야의 앞날을 말씀하고 계신다
—그뿐이 아니다
온 세계의 행복한 앞날을
말씀하고 계실테지…
—아직 태어나지도 않았던
우리들의 즐거움도
두분은 그때 벌써 꾸미시였단다

—「동궁 앞 광장」[24]

6. 여행지에서 느낀 조국애과 김일성 찬양

시인 김순석은 『찌플리쓰의 등잔불』 서문에서 해방 10주년을 맞이하여 해방의 기쁨을 조선인에게 가져다 준 쏘베트의 형제들에게 "은인이여! 친구여! 쏘베트의 형제들이여! / 나의 감사와 경의의 표로 / 이 시편을 그대들에게 바치노라"[25]라고 강조하고 있다. 이 시집의 발행의도가 조선을 해방시켜준 소련인들에 대한 감사의 표시이지만, 김순석은 소련 각지를 여행하고 다니면서 역사적인 유적지에서 만난 필부필부를 통해 조선의

24) 『찌플리쓰의 등잔불』, 62-64쪽.
25) 『찌플리쓰의 등잔불』, 서문.

해방과 발전 소식을 들은 적이 있다는 말을 들을 때마다 조국애로 인해 뿌듯함을 느끼게 된 것이다. 그것은 모스크바의 크레믈린궁전에서 열린 5·1절 기념 야회에서 자유, 인류를 외치는 구호들 속에서 '영웅조선'의 소리를 환청처럼 듣게 되었다고 묘사하고 있다. "평화와 자유와 인류를 두고! / 건설을 두고! 통일을 두고! / 조선은… 그때마다 / 긍지에 가득차 떠올랐고 / 조선은…떼일 수 없는 단어로 / "영웅"의 빛나는 두자와 함께? 지구 우의 / 온갖 말로 높이 울렸다."[26] 이러한 표현은 물론 세계에서 모여든 각 국의 사회주의 국가 대표단들이 자기 나라 말로 자기 나라의 자유와 평화 및 번영을 외치는 가운데 북한도 자신의 언어로 자신들의 나라를 외칠 수 있게 된 민족의 자긍심과 조국애를 설명하려는 것이라고 할 수 있다.

또 타지기스탄의 꼴호즈에서 만난 농장원인 한 노인의 집에서 김일성의 초상화를 보고 감격을 한다. 아마 시에서는 설명이 구체적으로 나오지 않지만 스탈린의 초상화 옆에 김일성의 초상화가 동시에 걸려있었던 것으로 생각된다. 그 이유는 김일성이 소련을 방문했을 때 이곳 타지기스탄의 꼴호즈를 방문한 데서 기인하는 것으로 추정된다. 김순석 시인은 지나간 6·25 한국전쟁과 사회주의 건설과정에 대해 타지기스탄 노인과 담소를 나누면서 김일성에 대해 언급하게 되는 것이 바로 행복 그 자체라고 시 제목을「행복에 대하여」라고 달고 있다.

그 어느 곳에서 그이의 이름
불리워지지 않았으리 —
조선의 행복과 함께

---

26) <세계의 한 가운데서>,『찌플리쓰의 등잔불』, 113-114쪽.

아세아의 평화와 함께.

………(중략)………

흑해안에서는 밀이삭이 돋는 초여름 길을 걸었고,
눈이 얹힌 까즈베끄의 련봉 우를 날아
두터운 잎새 속에 레몬이 익는
여기는 따지끼스탄 변방의 꼴호즈인데—

나는 마음 따사로운 고향집에 앉은 듯
가슴에 차오르는 행복에 대하여 생각한다—
위대한 나의 인민이 이루는 승리가 있기에,
김일성— 그이를 아버지로 모신
즐거움이 있기에.

—「행복에 대하여」[27)]

『찌플리쓰의 등잔불』의 제4부는 해방 후부터 1954년 8월까지 여러 곳에 발표하였던 해방상륙병이었던 글린까 등 소련 군인에 대한 감사와 제련소 고로 제철공인 소련기술자에 대한 고마움 및 스탈린의 공로에 대한 추모 등의 주제를 담은 시들로 묶어져 있다. 즉 식민지로부터 해방된 이후 소련이 조선에 대해 베풀어준 은공에 대해 감사하는 시들로 구성되어 있다.

27) 『찌플리쓰의 등잔불』, 101-103쪽.

탄약 냄새 풍겨 가시지 않은
우리 그 손길들을 웅켜잡고
조국 통일의 즐거움을 나눌 때,

그곳에도
제 三
제 四
몇 십 몇 백의 용광로가
일제히 불을 번지리라.

그 불을 부르는 불ㅅ길
나는 이밤
제 二호 로에 재생의 불을 지피고
벗이여 너의 이름을 부른다
쎄르게이여!

―「공장 지구의 별빛 아래서」[28]

V. 맺음말

한때 북한의 작가동맹 중앙위원회의 시분과위원장을 역임하였고 김일성종합대학교 조선문학부에서 교수를 지낸 적이 있는 김순석 시인의 소련기행시집 『찌플리쓰의 등잔불이 새로 발견되었다. 이 시집에는 제1부

28) 『찌플리쓰의 등잔불』, 153-154쪽.

-제4부로 구성되어 총 29편의 시가 실려있다. 하지만 제1부부터 3부까지는 「그대만은 모쓰크바여」에서부터 「세계의 한가운데에서」까지 그가 소련의 여러 곳을 탐방한 체험을 소재로 쓴 기행시들을 묶고, 제4부는 해방 후부터 1954년 8월까지 시인이 그동안 여러 곳에 발표하였던 소련과 관련된 시들을 모아놓은 것이다.

해방 후 1960년대까지 북한의 소련방문대표단이 총 몇 차례에 걸쳐 소련을 다녀왔는지 기록이 없어 상세하게 살펴볼 수가 없다. 하지만 최근에 필자가 입수한 북한 최고의 소설가 이기영의 『(소련)기행문집』이 발견됨으로써 1946년부터 1954년 2월까지의 총 4차례에 걸친 소련방문단의 일정은 드러나고 있다. 또 월북작가 이태준의 『소련기행·농토·먼지』가 발행됨으로써 소련방문단의 활동상에 대한 세밀한 연구가 가능하게 되었다. 이러한 두 자료를 참조해볼 때 당시의 소련방문단은 크게 4가지의 목적을 수행했던 것으로 판단된다. 첫째, 북한과 소련과의 우호·친선에 주목적이 있었다. 둘째, 당시 스탈린이 야심 차게 밀어부쳤던 계획경제에 힘입어 중공업 등 산업이 서구와 견줄 만큼 급성장했던 소련의 산업시찰과 협동농장 관람 그리고 웅장한 자연개조 계획 등의 현장을 방문하여 그 노하우를 익혀 북한부흥계획을 수립하는 데 밑거름을 삼으려고 한 것으로 보인다. 셋째, 사회주의 혁명 36주년 행사참관 등에서 알 수 있듯이 마르크스-레닌주의의 종주국으로서의 소련의 이데올로기를 전수받거나 6·25 한국전쟁과 관련하여 세균무기 사용에 대한 반대토론 국제회의(노르웨이 오슬로)에 참가하여 전쟁과 관련하여 국제사회에서 유리한 정황을 유도하기 위한 정치적인 포석도 있었던 것으로 판단된다. 넷째, 푸쉬킨 탄생 150주년 기념축전이나 고골리 서거 100주년 기념제전에 참가하였던 것에서 알 수 있듯이 문화교류에도 관심이 많았던 것으로 생각된다.

김순석의 소련기행시집은 그동안 우리나라 역사에서 명저로 평가되어

오던 혜초의 『왕오천축국전』, 김시습의 기행시집 『사유록』, 연암 박지원의 청나라 여행기인 『열하일기』, 박제가의 『북학의』, 유길준의 근대 시기의 개혁적인 내용을 담은 여행기인 『서유견문』 등의 유구한 전통을 계승한 것이란 점에서 주목할 필요가 있다고 할 수 있다.

한편 『찌플리쓰의 등잔불』에는 시인 김순석의 여섯 가지 창작의도나 작가의식이 분명하게 나타나고 있다. 그것은 사회주의 종주국으로서의 소련에 대한 동경, 타지기스탄이나 그루지야공화국의 꼴호즈를 방문하였을 때 만나거나 체험하였던 노력영웅과 노동의 기쁨에 대한 인식, 소련의 선진 문화복지 시설에 대한 감탄, 같은 공산주의 사회구성원으로서의 동지의식 묘사, 세계에 유래가 없는 사회주의 혁명을 일궈낸 레닌과 스탈린에 대한 흠모의 정 표현, 여행지에서 느낀 조국애와 최고 지도자 김일성에 대한 찬양 등으로 주제의식이 드러나고 있다.

하지만 『찌플리쓰의 등잔불』은 몇 가지 점에서 문제점을 가지고 있다. 우선 이 시집에는 이상사회로서의 소련에 대한 무지개빛 묘사만 들어있지 중공업 위주의 산업정책에 따른 소비재의 부족으로 인한 소련인민의 열악한 생활환경 등이나 급격한 협동농장 통폐합에 따른 농민들의 생산의욕 저하 등의 문제점에 대한 비판이나 부정적인 인식이 전혀 포함되지 않고 있다는 점이다. 즉 문명비판적인 인식의 결여는 지식인으로서의 시인 김순석의 통찰력의 부족으로밖에 해석할 수 없다. 둘째, 세계의 역사에서 이미 규정되어진 소련 공산당의 서기장 스탈린의 독재정책이나 우상화의 폐해에 대한 비판적인 인식이 전혀 드러나지 않고 있다. 물론 이러한 비판을 담은 시집의 존재를 기대한다는 것은 북한 사회의 폐쇄성으로 인해 어쩌면 불가능할 수도 있을 것이다. 셋째, 북한 최고의 서정시인으로 평가받고 있는 김순석의 기행시집치고는 메시지 전달 위주의 시가 너무 많으며, 형식적인 아름다움이나 시인 특유의 향토적인 서정성을 느낄 수 있는 시가 거의 담겨 있지 않은 것은 한계라고 할 수 있다.

이러한 많은 문제점과 한계를 드러내고 있지만, 『찌플리쓰의 등잔불』은 해방 후의 북한자료가 많지 않은 현실에서 북한의 지도자급의 인사들이 공산주의의 종주국인 소련을 탐방하여 무엇을 바라보았고 무엇을 배워왔는지 어느 알 수 있는 구체적인 일정과 방문 목적을 보여주고 있다는 점에서 역사적 자료로서나 미학적 자료로서의 가치는 크게 손상되지 않을 것이다. 특히 조선조 초엽 매월당 김시습이 우리나라 전국에 흩어져 있던 문화유산과 역사유적지를 탐방하고 쓴 『사유록(四遊錄)』 이후에 등장한 문명소개적인 기행시집의 해방 후 첫 발행이라는 점에서 문화사적 측면에서 높은 가치를 지닌다고 하겠다.

새로 발견된 북한시집 『당의 기치 높이』의 문학사적 위상

I. 머리말

남북한을 통틀어 해방부터 6·25 한국전쟁 직후까지의 역사적 자료가 그렇게 많지 않다. 남한은 물론이고 북한의 경우에는 특히 베일에 감싸여 있으므로 이 시기의 자료를 입수하기가 쉽지 않다. 북한은 숙청당한 정치인이나 예술인에 관한 모든 자료를 숙청 순간부터 소멸시키는 분서갱유 정책을 노골적으로 쓰고 있는 것으로 탈북한 북한의 고위정책당국자들이 증언하고 있기 때문에 중요한 자료를 구하기가 더욱 힘이 든다. 또 하나 6·25 한국전쟁 중에 남북한 모두 모든 학술적 가치가 있는 자료들이 폭격에 의해 거의 소실되었던 것이다.

이번에 다시 1956년에 북조선 작가동맹 시분과위원회 소속 유명 시인들이 망라된 시집 『당의 기치 높이』가 새롭게 발견[1]되었다. 이 시집은 북

---

1) 중국에서 2000년에 개최된 <북한도서전시회>에 출품되었던 북한의 중고도서들 중에서 상당수의 희귀본이 대훈서적을 통해 필자에게 입수되었다.

한의 문학분야뿐만 아니라 정치분야에서의 변화양상을 살펴보는 데 상당히 중요한 자료가 된다. 왜냐하면 시집이 발간된 1956년이 북한역사에서 매우 민감한 시기이기 때문이다. 첫째 1956년은 북한에서 전후 인민경제 복구발전 3개년 계획이 마무리되는 해라는 의미를 지닌다. 1954년 4월에 북한 최고인민회의 제7차 회의는 1954년부터 1956년까지의 인민경제 복구발전 3개년 계획에 관한 법령을 채택하였다 그리고 최고인민회의에서 3개년 계획은 중공업의 우선적 발전을 견지하면서 경공업과 농업을 동시에 급속하게 복구 발전시킬 것에 대한 노동당의 총노선을 확고하게 입각하여 작성[2]하였던 것이다.

둘째, 1956년은 소련을 비롯한 국제정세의 급변으로 인해 북한 내부에서도 정치적으로 동요가 일었던 시기였다. 이 시기는 1953년 스탈린의 급서와 흐루시초프의 등장과 1957년 소련수상으로 취임이 이루어지면서 바야흐로 스탈린 격하운동이 전개되던 민감한 시기였던 것이다. 따라서 1956년 8월에는 소위 종파주의에 의한 김일성 제거계획이 은밀하게 전개되었지만 정보의 누출로 인해 오히려 최창익을 비롯한 소련파와 연안파의 숙청이 대대적으로 전개된다. 최창익 등은 제1차 5개년 계획의 안정적 추진을 위해 김일성이 경제원조를 위해 정부대표단을 이끌고 1956년 6월~7월 사이에 소련, 동독, 루마니아, 체코슬로바키아, 헝가리 등 소위 형제국가들을 순방하던 시기를 노렸으나 결국 실패하였다.

셋째 1956년에는 북한에서 조선노동당 제3차 대회가 2차 대회이후 8년만에 4월 23일부터 29일까지 평양에서 소집된 시기였다. 이 대회의 가장 중요한 사업은 김일성이 제1차 5개년 계획의 기본방향을 제시하고 그것의 강력한 추진을 결의하는 것이었다.

---

2) 북한 사회과학원 역사연구소, 『조선통사』(하), 서울, 오월, 1989, 474쪽.

북한시집 『당의 기치 높이』는 이러한 민감한 시기인 1956년 3월 30일에 조선작가동맹출판사에서 평론가 엄호석을 발행인으로 출판되었다. 당연히 이 시집은 제3차 노동당 대회의 개최를 고무 찬양하는 내용으로 전적으로 구성되어 있다.

이제 구체적으로 『당의 기치 높이』의 발간 의의와 시집에 담겨진 내용 분석을 통해 북한 노동당이 제시하려고 하는 정책의 지향 방향이 무엇인지를 살펴보기로 한다.

II. 1950년대 중반 북한의 사회현실과 제3차 노동당전당대회의 의의

북한 시집 『당의 기치 높이』는 1956년에 개최된 제3차 노동당 전당대회를 고무 추동하기 위해 그 당시 북한을 대표하는 시인들이 거의 모두 참여하여 창작된 작품집이다. 따라서 시집을 발간한 목적이 분명한 것이 이 창작집의 특징이며, 수록된 시들이 한 명의 시인을 제외하고는 모두 1956년 2월에 쓰여진 시들로 구성되어 있다는 점이 이색적이다.

이러한 특징은 바로 이 시집이 제3차 노동당대회를 의식하고 만들어졌다는 점을 분명하게 드러내 보여주는 것이다. 이 시집이 간행된 1950년대 중반의 북한 사회는 정치적으로는 격변기였고, 경제적으로는 한국전쟁의 폐허 속에서 전후경제의 복구가 한창일 때였다. 그리고 사회적으로는 곧 시작될 천리마운동을 기치로 군중선동을 통해 증산운동에 인민들을 강제적으로 동원할 무렵이라고 할 수 있다.

이 무렵 국제정세의 급변은 북한 내부의 정치권력의 헤게모니를 장악하려는 친김일성그룹과 연안파 간의 힘겨루기가 촉발되는 양상으로 발전되었다. 1956년 2월 소련공산당 제20차 대회에서 흐루시초프가 주장한 스탈린 격하운동과 평화공존 노선은 김일성의 독재체제에 암적요소로 작용하였다. 북한에서는 당시 조선노동당을 대표하여 중앙위원회 부위원장 최용건을 수석으로 이효순・허빈이 소련공산당 제 20차 대회에 참석하였다가 조선노동당 중앙위원회에서 귀환보고를 하였는데, 보고자인 최용건은 소련공산당대회의 정황을 있는 그대로 보고[3]하였고, 이에 자극을 받은 연안파의 최창익과 윤공흠, 그리고 소련파의 박창옥 등은 1956년 4월 조선노동당 제3차 대회와 8월 당중앙위원회에서 김일성의 우상화를 비판하였으나 오히려 군부를 동원한 김일성파에게 밀려 반당종파주의자, 수정주의자 및 우경투항주의자로 몰려 숙청당하는[4] 운명에 처하게 된다.

경제적으로는 전후 인민경제복구발전 3개년계획의 채택과 그 조기 실현을 위해 투쟁단계에 접어들었던 시기였다. 북한의 현대사는 이 시기의 경제적 복구현황에 대해 "3개년 계획기간에 황해제철소, 김책제철소, 수풍발전소, 평양방직공장을 비롯한 280여 개의 대・중 공업기업소들이 새로운 기술에 토대하여 복구확장되었으며 회천공작기계공장을 비롯하여 현대적 기술로 장비된 80여 개의 대・중공업기업소들이 신설되었다"[5]고 긍정적으로 평가하면서 북한은 제 발로 걸어나갈 수 있는 경제토대, 자립적 민족경제의 토대가 기본적으로 축성되었다고 서술하고 있다. 3개년 계획의 기본 경제노선에 대해 김일성은 1953년 8월에 열린 조선노동당 중앙위원회 제6차 전원회의에서 "우리는 전후경제건설에서 중공업의 선차적 복구발전을 보장하면서 경공업과 농업을 동시에 발전시키는 방향으로 나아가야 할 것입니다. 그래야 우리나라의 경제토대를 튼튼히 할 수

3) 권오윤, 『북한체제변화론』, 다다미디어, 1998, 247쪽.
4) 사회과학원 역사연구소, 앞의 책, 505-507쪽.
5) 김한길(사회과학원 역사연구소), 『현대조선역사』, 서울, 일송정, 1988, 348쪽.

있고 인민생활을 빨리 개선할 수 있습니다"라고 강조하였다.

이에 대해 앞서의 연안파들은 이러한 경제기본노선에 반발하면서 김일성을 비판하였다. 1956년 8월 30일 중앙위원회 '8월회의'에서 윤공흠은 김일성에 대한 개인 숭배를 비판하였고, 최창익은 북한경제발전의 난관을 초래하는 중공업의 치중을 비난하면서 생필품의 생산확대를 위해 경제계획을 개편할 것을 촉구하였다. 또 서휘는 직업동맹의 노동자들이 정치적 자주성과 파업의 권리를 가져야 한다고 주장하였다. 김일성은 1956~57년 사이에 당증 재발급 사업을 벌이면서 연안파 인물들을 당과 정부로부터 축출[6]하였다.

한편 사회적으로는 천리마운동이 1956년 12월(조선노동당 중앙위원회 전원회의)부터 시작되어 1957년부터 전국 노동현장으로 퍼져나갔다. 『김일성저작집』(22권 261쪽)에는 천리마운동을 "사람들을 공산주의 사상으로 교양하며 집단적 영웅주의와 집단적 혁신을 불러일으키는 대중적 대진군 운동" 또는 "많은 사람들을 계속 전진하고 계속 혁신하는 사회주의 건설의 적극분자로 만드는 하나의 공산주의 교양운동이며, 많은 사람들이 대중적 영웅주의를 발양하여 사회주의 건설을 힘있게 밀고 나가게 하는 공산주의적 전진운동"[7]으로 규정하고 있다.

이러한 1956년을 전후한 북한의 급변하는 정세 속에서 제3차 노동당 전당대회가 2차 대회 이후 8년 만에 평양에서 개최(4월 23일부터 29일까지)되었다. 이 대회의 가장 중요한 의의는 정치적 이데올로기 측면에서 북한의 목표문화가 맑스-레닌주의에 따른 공산주의임을 분명하게 밝히고 있다는 점이다. 제3차 대회에서 개정된 「조선노동당규약」은 "조선노동당은 맑스-레닌주의 학설을 자기활동의 지도적 지침으로 삼는다. …… 조선

6) 서대숙, "정권의 수립과 변천과정" 최명편, 『북한개론』, 을유문화사, 1990, 69-75쪽.
7) 고태우, 『북한사 100장면』, 가람기획, 1996, 158-159쪽.

노동당의 당면 목적은 전국적 범위에서 반제·반봉건적 민주혁명의 과업을 완수하는 데 있으며, 최종목적은 공산주의 사회를 건설하는 데 있다"[8] 고 규정하였다. 해방 초기에 북한의 김일성이 이끄는 정치체제는 맑스-레닌주의에 따른 사회주의 공산주의 사회 건설이라는 목표문화를 제시하지 않았고 단지 '새조선 건설'과 '조국의 통일독립', '민주주의 인민공화국'을 건설하기 위해서 민족적 제세력이 단결해야 한다는 통일전선을 제시[9] 하였을 뿐이다.

또 하나 제3차 노동당대회의 중요한 역사적 의의는 소련식 계획경제 모델을 도입하여 제1차 5개년계획의 기본방향을 설정한 것이라고 할 수 있다. 당대회의 이러한 성과를 북한의 『조선통사』(하)는 다음과 같이 장황하게 설명하고 있다.

> 그리고 대회는 5개년 계획의 성과적 수행을 위해서는 근로자들의 애국적 헌신성과 창발성을 더욱 높이 발양시키며 전 인민적 증산경쟁운동을 더욱 광범히 조직전개할 것을 강조하였다. 그리하여 제1차 5개년 계획의 성과적 수행은 북반부에서 사회주의의 경제적 기초를 더욱 튼튼히 하는 동시에 인민의 의식주 문제를 기본적으로 해결하게 될 것이며 우리나라를 낙후한 농업국가로부터 선진적인 공업, 농업 국가로 전변시키게 될 것을 예견하였다[10].

---

8) 김일성, "사회주의 혁명의 현단계에 있어서 당 및 국가 사업의 몇 가지 문제들에 대하여(1955. 4)", 『김일성저작선집』 1(평양, 조선노동당출판사, 1967), 536쪽. 권오윤, 앞의 책, 258쪽, 재인용.
9) 권오윤, 위의 책, 257쪽.
10) 사회과학원 역사연구소, 앞의 책, 498쪽.

Ⅲ. 시집 『당의 기치 높이』의 가치와 문학사적 위상

새로 발견된 조선노동당출판사 발행의 북한시집 『당의 기치 높이』(1956)의 가치는 아무래도 북한의 『조선통사』가 언급하고 있듯이 "제1차 5개년 계획의 기본 방향을 제시함과 함께 공화국 북반부에서의 사회주의 건설을 성과적으로 수행하며 조국의 통일독립을 촉진시킴에 있어서 중요한 의의를 가지는 국가사회제도의 강화를 위한 과업을 지적"[11]한 제3차 노동당대회의 역사적 의미를 고취시킨 점에 있을 것이다.

또 문학사적 입장에서는 1950년대 중반에 북한에서 중요한 시인으로 부각된 인물들이 누구인가를 확인할 수 있는 좋은 증거자료가 된다는 점이다. 물론 이 시집에 시를 발표한 시인 중에서도 박팔양 등은 숙청되기도 하는 등 풍상을 겪은 인물이다.

시집에 실려 있는 시 중 7시인의 작품은 이미 『조선문학』 1956년 3월호와 4월호에 실렸던 작품들이다. 『조선문학』 3월호에는 김북원의 「나는 당의 가수다」, 김소민의 「승리의 한 길에서」 그리고 김병두의 「그대를 찬성한다」가 수록되어 있다. 『조선문학』 4월호에는 김순석의 『심장을 노래함』, 박팔양의 「우리 당은 자랑스러워라」, 정문향의 「우리는 한 결정 속에 살고 있다」, 홍순철의 「당과 함께 영원한 승리여」의 4편이 실려있다.

『당의 기치 높이』에는 총 24시인의 25편의 시가 수록되어 있다. 모든 시인이 한편씩의 시를 발표하였는데 유독 정문향 시인만이 「우리는 한 결정 속에 살고 있다」와 「승리의 선언」의 2편을 실었다. 그 이유는 정확하게 알 수 없지만 정문향 시인의 「승리의 선언」은 1948년의 제2차 노동당대회 때 발표한 시가 아닌가 추측될 뿐이다.

---

11) 사회과학원 역사연구소, 위의 책, 498쪽.

『당의 기치 높이』에는 시인들 이름의 가나다순으로 시를 배열하고 있다. 그리고 시집의 발행인은 『조선문학』의 책임주필인 평론가 엄호석으로 되어 있다. 그리고 『조선문학』의 편집위원 10명 중 박팔양·김북원·서만일·리맥의 4명의 편집위원의 시[12]가 수록된 것도 이채롭다.

그러면 북한 시집 『당의 기치 높이』의 가치와 문학사적 위상은 어떠한가? 첫째, 해방이후 월북한 문인을 비롯하여 북한에서 활동한 대표적인 시인들의 시들이 실려있다는 점을 들 수 있다. 당시에 활약한 시인 중에 백석이나 정서촌 그리고 리찬이 빠진 것이 의아한 점이다. 둘째, 북한에서 서정시를 비롯한 시장르에게 부여된 역할이 무엇인가를 살펴볼 수 있게 된 점도 큰 의미를 지닌다. 남한에서의 서정시가 주는 형식적인 아름다움은 찾아볼 수 없고 대개의 시가 정치에 대한 종속된 위치에서 메시지만 강조하고 있는 것이 특징인 것이다. 셋째, 시라는 문학을 통해 당대 북한에서 혁명적으로 변화하고 있는 사회를 꿰뚫어 볼 수 있게 해주는 점 또한 커다란 의미를 지닌다.

참고로 1956년에 발행된 『조선문학』 1월호부터 12월호까지 어디에도 시집 『당의 기치 높이』가 출판된다는 글이 나오지 않는다. 단지 12월호의 권말에 '독자 편집부'라는 항목에서 "1956년도 작가들의 창작 계획 실행 정형"이라는 특집이 다루어지고 있는데, 김북원·리갑기·박웅걸·박태영·박팔양·변희근·서만일·윤시철·조령출·천세봉·한성·황건의 12명의 작가들이 등장하여 자신의 연초 계획이 잘 마무리되었는가에 대한 소감을 솔직하게 토로하고 있다.

박팔양은 이 글에서 자신은 1956년 매월 한 편의 시를 창작할 계획을

---

12) 북조선 작가동맹이 발행하는 북한 유일의 문학잡지인 『조선문학』은 1956년 당시 책임주필에는 엄호석이 맡고 있었고, 편집위원으로는 박팔양, 윤세평, 황건, 김북원, 박태영, 서만일, 윤시철(부주필), 김명수(부주필), 리맥, 탁진의 10명이 있었다.

세웠고 그것을 실행에 옮겼다고 설명하면서 그 예로 세 편의 시제목을 제시하고 있는데, 그 중 하나가 「조선 로동당 제3차 대회에 바치는 노래」라고 언급하고 있어 주목된다. 이 시는 「우리 당은 자랑스러워라」라는 제목으로 『당의 기치 높이』에 수록[13]되어 있다.

> 나는 1956년에 매월 한편 이상의 서정 시편들을 창작할 나의 계획을 실행하였다. 조중 친선에 관한 것, 프로레타리아 국제주의 사상 및 조국의 평화적 통일에 관한 것 그리고 조선 로동당 제3차 대회에 바치는 노래들이 그것이다. 량적으로는 대체로 나의 계획을 초과 실행한 셈이나 그 질적 면면에 있어서 큰 성과를 거두지 못한 것을 유감스럽게 생각한다.
>
> 또 이 해에 서사시 한편을 구상만은 하였으나 좀더 시상을 다듬어 가지고 년초부터 써낼 결심이다.[14]

13) 엄호석 편, 『당의 기치 높이』, 평양, 조선작가동맹출판사, 1956, 108-111쪽.
14) 북조선 작가동맹, 『조선문학』(1956. 12), 평양, 조선 작가 동맹 출판사, 194쪽.
1956년 10월까지는 책임주필 엄호석을 필두로 박팔양 등 10명의 편집위원이 편집을 맡았으나 11월호부터는 조벽암을 책임주필로 하여 김순석, 박태영, 서만일, 전재경(부주필), 조령출, 조중곤의 6명이 편집위원을 새로 맡고 있다.

IV. 시집 『당의 기치 높이』의 의미구조 분석

시 어	빈도수	시 어	빈도수	시 어	빈도수
심장	13 (10.5%)	영광	7 (5.6%)	빨치산/항일	2 (1.6%)
행복	10 (8.1%)	영예	9 (7.3%)	통일	7 (5.6%)
고향/웃음	5 (4 %)	생활	5 (4 %)	사회주의	4 (3.2 %)
봄/봄싹	5 (4 %)	깃발	8 (6.5%)	충성	5 (4 %)
원쑤/미제	12 (9.7%)	세포위원	2 (1.6%)	어머니의 품/당	3 (2.4 %)
투쟁	5 (4 %)	사랑	2 (1.6%)	증오	3 (2.4 %)
량심	1 (0.8%)	백전백승/승리	11 (8.9%)	햇빛/햇볕/햇발	5 (4 %)

<도표 1>

1. 시집에 빈번히 등장하는 시어

『당의 기치 높이』에 가장 많이 등장하는 시어로는 '당'이란 용어가 있다. 아무래도 이 시집이 노동당 제3차 당대회의 중요성을 칭송하는 시들로 구성되어 있기 때문이다. 그런데 재미있는 것은 이 시기부터 '당'을 어머니로 부르기 시작하는 것을 알 수 있다. 주로 노동당을 어머니의 따뜻한 품으로 묘사하는 시들이 보인다. 김순석은 자작시 「심장을 노래함」에서 당을 '어머니 품'이라고 표현하고 있다.

> 당이여! 어머니 품이여!
> 그대는 주리라, 우리에게 더 큰 투쟁의 봄,
> 온 겨레들이 다 함께 누릴
> 더 찬란한 승리의 봄을![15)]

또 어머니는 '인민'을 표현할 때도 쓰이고 있다. 김순석 시인은 "어머니인 인민의 희망이며 기쁨이 되게 하자"라고 당에 대한 무한한 헌신을 강조하고 있다.

'당' 다음으로 많이 등장하는 용어는 예상을 깨고 '심장'이라는 시어이다. 김순석은 "당은 우리들의 심장인데 / 우리 심장을 떠나 어찌 살랴"라고 호소하고 있다. 여기에서 '심장'은 당을 지칭한다. 하지만 '심장'은 대개는 자신의 끓어오르는 감정을 절실하게 표현할 때 쓰이고 있다. 김소민 시인은 「승리의 한길에서」 "나의 심장은 고동친다 / 나의 마음은 달음쳐 간다/ 우리의 수도 평양으로 / 영광에 넘치는 당 대회에로!"라고 제3차 당 대회에 참여하는 자신의 심정을 감격스럽게 묘사하고 있다. '심장'을 개인의 끓어오르는 열정의 상징으로 표상하는 경우는 매우 많다. 김병두 시인은 「그대를 찬성한다」에서 "동무여! 그대의 심장에 뛰는 말을 / 당은 알고 있다 / 행복의 웃음소리 높은 고향 땅을 지키며 / 죽음도 두렵지 않은 그대를 / 당은 알고 있다"라고 하면서 '심장'을 개인의 감격과 정서로 해석하고 있다. 그러한 표현은 김철 시인의 「당원들」에서 이어진다. "불타는 심장 우에 당증을 안았기에 / 그 어데서나 물러설 줄 몰랐던 그네들의 길/ 일생을 바쳐 당을 위해 싸우리라! / 청원서의 첫머리에 맹세한 그 길"에서도 '심장'은 당을 향한 열정이나 충성스런 마음을 표상하고 있다. 이러한 표현은 최영화 시인의 「이보다 더 큰 영예는 없다」에서의 "나의 심장 높뛰는 고동과 함께 / 가슴 깊이 간직된 하늘빛 당증"에서 그대로 이어지고 있다.

북한시집 『당의 기치 높이』에 한 번 이상 등장하여 높은 빈도수를 차지하는 시어들을 분석해보면 몇 가지 큰 흐름이 드러나고 있음을 알 수

---

15) 엄호석, 『당의 기치 높이』, 평양, 조선작가동맹출판사, 1956, 27쪽.

있다. 첫째, 가치지향적인 시어들이 눈에 띈다. '사회주의'나 '통일' 그리고 '깃발'과 '충성' 등이 여기에 해당할 것이다. 또 넓은 범주에서는 '햇빛', '햇볕', '햇발'도 이러한 갈래에 포함될 것이다. 김찬옥 시인은 「조국의 력사를 펼치면」에서 "조약돌 마저 타버린 폐허에서 / 한줌 흙에까지 생명을 주며 / 로력과 정열, 그 뜨거운 땀으로 / 우리는 사회주의의 초석을 쌓았으매"라고 하여 6·25 한국전쟁의 폐허 속에서도 노동당을 중심으로 경제복구계획에 동참하여 사회주의의 초석을 쌓아가고 있음의 보람과 희열을 감격스럽게 묘사하고 있다. 리맥은 「나는 로동당원이다」에서 당에 대한 끝없는 충성을 "당의 위임, 당의 지시 받들고 / 위대한 사업 앞에 나설 때 / 언제 어디서나 / 높은 긍지, 높은 영예 / 다함없는 충성으로 심장을 울린다 / 나는 로동당원이다!"라고 격정적으로 그리고 있다. 1956년도에 쓰여진 충성은 아직 '당'이나 '인민'에 대한 충성으로만 그려지고 있다. 즉 인민성이나 당성이 제일 앞장서고 있음을 알 수 있다. 하지만 1967년경 김일성 유일체제가 공고히 된 이후에는 개인숭배를 위한 맹목적인 충성으로 탈바꿈하게 되는 것이다.

가치지향적인 시어에서 이색적인 용어로는 '햇볕', '햇빛', '햇발'이 있다. 이러한 시어들은 원래는 태양이 주는 이미지인 광명, 포근한 보살핌, 힘과 에네르기, 따사로운 사랑과 헌신 등에서 출발하였으나 점차 통일이나 당 등의 시어에 합성되어 그 광영을 확산시켜주는 역할을 맡고 있다. 김혜관 시인의 「평양으로 가는 길」에서는 "당의 햇빛 밑에 자라난 나 / 오늘은 『오가산』 밀림의 주인이거니 / 저 동해 바닷가 우람한 공장들을 위해 / 거리마다 층층 높은 행복의 창틀을 위해 / 그렇다! 도끼날을 번개같이 휘두르며 / 통일의 날 더욱 앞당겨 / 사회주의의 기초를 다져 가리라고!" 하여 벌목공의 노동의 기쁨을 표현하면서 당의 포근한 어머니 품 같은 이미지를 '햇빛'이란 시어를 통해 점층시키고 있다. 비슷한 상징법으로 박문서는 「어머니와 아들」에서 “깊은 밤 어머니는 아들에게 말했다 / 아들아 이 땅에도 아침은 오래지 않아 / 통일의 햇발을 안고 밝아오리라 / 너를 위해 그 아침은 더욱 빛나리”라고 묘사하고 있다.

둘째, 빈도수가 높은 시어들 중 해방과 한국전쟁을 거치면서도 사회주의 건설에 매진하는 북반부 공화국 인민들의 포부와 희망 그리고 감격스러운 보람을 그리는 ‘행복’, ‘심장’, ‘고향’, ‘웃음’, ‘봄’ 등의 시어가 있다. ‘행복’은 ‘심장’, ‘원쑤’ 다음으로 많이 등장하는 시어인데, 주로 1950년대 중반 무렵 전쟁의 상흔을 헤쳐나가면서 경제복구와 증산에 헌신하는 노동자계층과 농부들의 보람과 포부를 주로 반영하고 있다. 대표적인 시로는 김병두의 「그대를 찬성한다」가 있다.

> 인제 우리의 기쁨처럼
> 지평이 부풀어 오는 저 벌에
> 큰 집은 잇달아 일어서고
> 대지를 파도처럼 일쿠며 뜨락똘은 달리리라
> 조선 로동당의 깃발을 더 높이 휘날리며
> 우리의 행복은 오곡 백과로 무르익으리라[16]

셋째, 『당의 기치 높이』에서는 적대감정을 표현하는 ‘원쑤’, ‘미제’, ‘증오’ 그리고 ‘투쟁’ 등의 시어도 많이 쓰이고 있다. 특히 ‘원쑤’나 ‘미제’는 12번이나 사용되어 전체에서 두 번째로 많은 빈도수를 기록하고 있다. 그 이유는 두 가지로 압축되는데, 하나는 6·25 한국전쟁이 종결된 지 얼마 되지 않은 시점이기 때문이다. 따라서 북한측 입장에서 보면 다 이긴 전

16) 엄호석 편, 『당의 기치 높이』, 56쪽.

쟁을 미군의 참여로 지게 된 데 따른 적대감의 표현이 극대화될 수밖에 없다. 다른 이유는 남한을 미제의 식민지로 보는 북한의 시각에서 자본주의의 종주국인 미제는 사회주의의 완성을 위한 행보에서 '계급의 적'일 수밖에 없는 것이다. 리맥의 시 「나는 로동당원이다」에서는 6·25 한국전쟁에서 치열한 전투상황을 묘사하고 있다. "우박치듯 포탄은 퍼붓는데 / 전진을 가로 막는 원쑤의 철조망 / 철조망 넘어 또 사나운 중기 화점"에서 '원쑤'는 미군이나 한국군을 상징하고 '원쑤의 철조망'은 미군을 비롯한 아군의 방어벽을 의미하는 것으로 보여진다. 북한의 애국가를 작사한 박세영의 「당을 노래함」은 "달빛 어린 시냇물은 산 밑을 감돌아 흐르고 / 새들도 깃을 찾아 갔는가 숲 속은 고요한데 / "북진"을 짖어대는 피묻은 원쑤들 / 음흉한 눈초리가 분계선 넘어 번득인다"라고 하여 다른 시들과 달리 서정성이 매우 강한 표현을 하고 있다. 하지만 박세영의 서정시에서도 '원쑤들'과 '음흉한 눈초리'에서 같은 동족임을 느낄 수 없을 정도로 소름끼치는 섬뜩함을 느끼게 만든다. 이때의 '원쑤'는 남한의 이승만정권을 표상하고 있는 것으로 판단된다. 상당히 긴 박문서 시인의 「아버지와 아들」에서는 한국전쟁 때 의용군 용사로 나선 아버지의 얼굴도 모르던 두 살박이가 이제는 자라나 여덟 살이 되어 통일이 되면 아버지를 만나게 될 것이라는 아들의 소망에 어머니는 안쓰러움을 느끼게 된다고 묘사하면서 남한을 압제와 기아에 허덕이는 빈곤한 땅으로 왜곡되게 묘사하고 있다.

원쑤의 발굽 밑에 짓밟힌 땅
고된 일과 주림에 시달려도
아들이 이 노래를 남몰래 부를 때면
어머니의 눈 앞엔 금시 해가 솟았다

잠 못 이루는 겨울 긴 밤에
나라가 통일되면 만나게 된다는
아버지를 아들이 말할 때면
어머니의 가슴은 후더워졌다

압제와 기아에 찬 검은 구름이
덮씌워 숨 막히는 남쪽 땅에선
아, 얼마나 많은 어머니와 아들들이
이런 이야기를 주고 받는 것이랴![17]

넷째, 『당의 기치 높이』에 자주 등장하는 시어들 중에는 사회주의 초석을 쌓아 궁극적으로는 인민들에게 행복을 안겨주어야 한다는 당위성의 세계를 관념적으로 표현한 '승리', '영광', '영예' 등의 용어가 많이 눈에 띈다. 또 승리의 '깃발'을 쟁취해야 하는 것도 당위성의 범주에 포함된다고 할 수 있다. 그리고 이러한 당위성의 강조는 대다수의 정적들을 제거한 북한의 김일성 독재체제의 속성상 종국에는 당에 대한 다함 없는 '충성', 영원한 '충성'으로 귀결될 수밖에 없다. 리호일의 「입당하는 날」은 조선소 7급 용접공이라는 노동자를 시적 화자로 내세운 시인데, 노동당원으로서의 포부와 각오를 '충성'과 '영광'이란 말로 다진다. "나는 총회 회의실 앞에 다가선다 / 영광의 문에 들어선다 / 수많은 당원들의 눈총이 / 별빛처럼 나의 마음을 밝히며 / 오로지 충성의 피 끓는 혈관 속에 / 전류 같이 흐른다"고 시작 화자는 당원으로서의 새로운 각오를 혼자 되새긴다. 하지만 이러한 시어들은 결국에는 당위성의 관념적 범주에 포함되

17) 엄호석 편, 『당의 기치 높이』, 120-121쪽.

는 말들이다. 박세영의 시 「당을 노래함」에서는 현실의 어려움과 모순에 대해서는 전혀 언급하지 않은 채 노동당의 찬란한 미래와 승리의 희망에 대해서만 고조된 선동적 분위기의 토운으로 다음과 같이 외치고 있다.

> 우리는 위력한 승리의 조직자며 깃발인
> 당을 받들어 싸우는 용사들
> 일터마다에 높이 뛰는 당원의 맥박이여!
> 분계선 협동 마을에도 충성의 불ㅅ길 높아라.
>
> 필승 불패의 우리 당이 부르는 길
> 민주 기지를 로력으로 다지며
> 조국 통일 한 길로 힘차게 내달으리
> 승리의 깃발을 더 높이 휘날리리.[18]

2. 시에 담겨진 노동당의 정책지향 방향과 비젼

북한 시집 『당의 기치 높이』는 사실상 문학의 메가폰화에 기여하는 공산주의 예술의 한 단면을 극명하게 보여주는 작품집이라고 할 수 있으므로 시에 담겨진 표층적인 의미 파악을 통해 북한 사회의 변동양상을 분석해보려고 하는 것은 큰 의미를 지니지 못한다. 오히려 미래에 있어서 북한 사회가 어떻게 발전할 것이고 그러한 원대한 방향에 대해 북한 인민들이 몸과 마음을 다 바쳐 헌신·투쟁하라는 선동적인 구호만이 난무하고 있다고 할 수 있다. 한마디로 북한식 용어로는 고무추동의 서정시들

---

18) 엄호석 편, 『당의 기치 높이』, 117-118쪽.

로 가득 차 있는 작품집이 바로 『당의 기치 높이』인 것이다.

따라서 북한의 인텔리계층인 당대의 최고 시인들이 노동당에 대해 거는 기대와 미래에 대한 희망이 무엇이며, 또한 당이 제시하는 비전이 무엇인가를 파악하는 것이 바람직할 것이다. 하지만 시 속에 잠복되어 있는 상징적 의미를 분석하여 1950년대 중반의 북한 사회가 안고 있는 문제점이 무엇이며 북한정권이 지향하는 정치적인 이데올로기가 무엇인지 정도는 파악할 수 있을 것이다.

1) 맑스-레닌주의 사상 고취

최근 북한에서 나온 『조선대백과사전』 9권(1999)에는 맑스-레닌주의라는 항목이 없다. 단지 맑스주의라는 항목에서 "맑스주의는 자본주의와 제국주의 시기의 로동계급의 지향과 요구를 반영하고 있으며 맑스와 엥겔스에 의해서 창시되고 레닌에 의하여 더욱 심화발전되였다. 따라서 맑스-레닌주의라고도 한다"[19]고 설명되어 있다. 그리고 설명의 말미에서 "그러나 맑스주의는 사람, 인민대중을 중심으로 보지 못하고 물질 경제적 관계를 중심으로 보는 데로부터 흘러나오는 일련의 원리적 및 역사적 제한성을 가지고 있다"[20]고 비판하고 있다. 그러면서 이 백과사전은 '맑스주의'의 앞에 김정일이 지었다는 『맑스-레닌주의와 주체사상의 기치를 높이 들고 나아가자』(1983)는 책과 김일성의 사상과 이론이라는 「맑스-레닌주의와 프로레타리아국제주의의 기치, 반제반미투쟁의 기치를 높이 들고 세계혁명을 촉진하자」를 장황하게 설명하고 있다.

그러면 북한에서 맑스-레닌주의는 언제부터 정치적 이데올로기로 도입되었을까? 1946년 8월의 「북조선노동당 창당대회」에서는 '반제반봉건개

19) 강경구 외편, 『조선대백과사전』 9, 평양, 백과사전출판사, 1999, 8쪽.
20) 강경우 외편, 『조선대백과사전』, 같은 면.

혁'이라는 당면과제와 통일전선에 대한 강조 속에서 북조선노동당은 '진보적 대중정당' 정도로 위치시켰고, 당시에 결정된 「조선노동당 강령」과 「조선노동당 규약」에서는 '맑스-레닌주의'라는 용어는 찾아 볼 수 없으며, 단지 '부강한 민주주의 독립국가 건설'이나 '조선근로대중의 민주주의적 자유를 보장할 수 있는 부강한 민주주의적 조선독립국가 건설과 근로대중의 정치, 경제 및 문화생활수준의 향상을 목적으로 한다고 제시하고 있을 뿐[21]이라고 한다. 그러다가 1955년 4월 4일 발표된 김일성의 「사회주의 혁명의 현단계에 있어서 당 및 국가 사업의 몇 가지 문제들에 대하여」에서 "우리 당 강령에는 우리의 최종목적이 서술되지 않았습니다. 1946년에 우리가 당 강령을 채택할 당시에는 우리나라의 모든 사정으로 보아 그렇게 하는 것이 필요하였으며 또 적당하였습니다. 그런데 오늘에 와서는 우리 당이 자기의 강령에 조국의 통일독립을 달성할 데 대한 과업만 지적할 것이 아니라 앞으로 우리나라를 사회주의와 공산주의에로 인도해야 한다는 당의 최종목적까지 지적하는 것이 필요하게 되었습니다"[22]라고 밝히고 있다.

그리고 1956년 4월 열린 제3차 전당대회에서 개정된 「조선로동당 규약」에 "조선로동당은 맑스-레닌주의 학설을 자기활동의 지도적 지침으로 삼는다"라고 명문화한 것이다. 그러면 이렇게 북한 정권이 갑자기 맑스-레닌주의를 노동당의 지도지침으로 이데올로기한 이유는 무엇일까? 그것은 김일성이 국제 공산주의 운동의 분열과 소련의 스탈린 격하운동에 위기를 느껴 유연한 태도를 취한 때문으로 보여진다. 그리고 곧 제1차 5개년 경제계획 실행에 따른 원조를 얻기 위해 소련 등 동구권을 방문해야 하는 외교적인 문제도 고려했던 것으로 판단된다.

---

21) 권오윤, 앞의 책, 257쪽.
22) 『김일성저작집』 1, 평양, 조선로동당출판사, 1967, 536쪽. 권오윤, 위의 책, 재인용.

제3차 노동당대회에 소련대표로 참석한 브레즈네프는 조선노동당이 개인숭배의 오류를 범하지 말 것을 경고하기에 이르렀다. 또 김일성은 제3차 노동당대회가 폐막된 직후 한 외국 언론인과의 인터뷰에서 소련공산당 제20차 대회가 취한 스탈린 비판을 수용하면서 자신의 스탈린주의에 대한 평가를 공개적으로 언급하였다. "우리 공산주의자들은 개인숭배란 맑스-레닌주의 사상과 레닌의 집체적 지도원칙에 배치되는 것으로서 규탄한다"[23] 그러나 "스탈린은 맑스-레닌주의자로서 국제로동운동은 물론 러시아에서의 사회주의 혁명의 승리를 위해 중요한 역사적 역할을 수행했다"[24]고 비판적 수용 입장을 취했다.

제1차 5개년 경제계획을 통해 사회주의 건설에 대한 의욕적이고도 원대한 포부를 가지고 있었던 김일성은 이러한 대내외적인 요인을 고려하여 제3차 노동당 대회에서 맑스-레닌주의를 당 지도이념[25]으로 전격적으로 채택하였던 것이다.

한편 시집 『당의 기치 높이』에서는 리맥의 시 「나는 로동당원이다」와 박세영의 「당을 노래함」의 두 편의 시에서 '맑스-레닌주의'가 언급되어 있다.

---

23) 최성, 『북한정치사』, 풀빛, 1997, 129쪽.

24) 최성, 위의 책, 같은 쪽.

25) 사회과학원 역사연구소, 『조선통사』(하), 서울, 오월, 1989, 493쪽.

"당 중앙위원회 사업총결 보고와 이에 대한 대회의 결정에서는 첫째로, 조선혁명 발전에 유리하게 전변되고 있는 현 국제 정세에 대한 심오한 <맑스-레닌주의적 분석>을 주었으며, 대회정책 분야에서의 당의 입장과 과업을 명시하였다. 여기에서 대회는 우선 당과 공화국 정부가 세계의 공고한 평화와 안전을 위한 투쟁에 계속 적극적으로 참가하여 쏘련을 선두로 한 사회주의적 진영 국가 인민들과의 친선 단결을 가일층 확대 발전시킬 것을 강조하였다. 동시에 평화적 공존의 5개 원칙에 입각하여 모든 평화애호국가들과의 친선적 외교관계를 설정하여 특히 아세아 제 국가 인민들과의 친선과 협조를 강화할 데 대한 과업을 제시하였다."라고 하여 <맑스-레닌주의>를 당의 정치이데올로기로 설정하였음을 명시하고 있으며 후르시초프의 대외정책을 상당히 수용하였음을 밝히고 있다.

이기여 내라!
용기와 희망이 솟아 나거니
일의 첫 문턱에서
어찌 무릎을 꿇랴.

맑쓰－레닌주의의
위대한 불꽃 지니고
숙망의 봉우리 향해
앞으로 앞으로만 전진하는 투사.

－리맥, 「나는 로동당원이다」

우리 영광스러운 불패의 로동당
당은 우리를 이끌어 강철로 다져 주기에
모든 아름다움으로 빛나오는 이름
당은 백승의 원천 승리의 향도자여라.

당은 나로하여 맑쓰-레닌의 사상으로
어떤 난관 앞에서도 물러설줄 모르게 했나니
이 시각도 세차게 타번지는 불굴의 의지로
나는 평화의 방선을 지키여 섰다.

－박세영, 「당을 노래함」

2) 항일 빨치산의 혁명 정신 계승

북한에서는 김일성이 주도한 항일혁명투쟁을 대단히 높이 평가하여 각종 역사와 저술을 통해 대대적으로 홍보하고 있다. 2001년에 나온 『조선대백과사전』은 항일혁명투쟁에 대한 개념정의를 "김일성의 현명한 령도 밑에 주체사상의 기치를 들고 일제침략자들을 반대하여 1926~1945년에 걸쳐 진행한 식민지 민족해방 투쟁"[26]이라고 설명하고 있다. 그리고 이에 덧붙여 20성상의 항일혁명투쟁은 인류역사상 처음으로 주체사상의 혁명적 기치밑에 자신의 힘에 의거하여 외래 제국주의 침략자들을 물리치고 민족의 자주권과 나라의 독립을 이룩한 영광스러운 민족해방 혁명이며 상비적인 무장력에 의거하여 반혁명세력을 격파하고 피압박근로대중의 자유와 해방을 실현한 가장 높은 형태의 혁명전쟁이며 국가적 후방도, 정규군의 지원도 없이 강대한 적과 맞서 싸워 이긴 류례없이 간고하고도 장기적인 혁명투쟁이였다[27]고 장황하게 미화시켜 기술하고 있다. 그리고 그 전개과정을 (1) 영광스러운 주체의 혁명위업 개척, 영생불멸의 주체사상 창시(1926. 10~1931. 12), (2) 반일민족해방투쟁의 무장투쟁단계에로의 발전, 항일무장투쟁의 확대강화(1931. 12~1936. 2), (3) 무장투쟁을 중심으로 하는 반일민족 해방투쟁의 일대앙양(1936. 2~1940. 8), (4) 조국광복의 대사변 주동적 준비, 항일혁명 투쟁의 위대한 승리(1940 8~1945. 8)의 4기[28]로 나누어서 서술하고 있다.

북한의 현대사는 항일무장투쟁의 역사적 의의에 대해 대체로 네 가지로 요약하고 있다. 첫째, 공산주의자들의 지도밑에 조직전개된 항일무장투쟁은 조선인민의 민족해방투쟁과 공산주의 운동을 새로운 높은 단계로 발전시킨 투쟁이다, 둘째, 이 투쟁의 과정에서 조선혁명을 앞으로 힘차게 발전시켜 나갈 수 있는 주체적 역량이 튼튼히 꾸려졌다는 데 있다, 셋째, 이 투쟁을 통하여 주체형의 혁명적 당건설사업을 힘있게 밀고 나가기 위

26) 강경구 외 편, 『조선대백과사전』 24, 평양, 백과사전출판사, 2001, 115쪽.
27) 강경구 외편, 위의 책, 같은 쪽.
28) 강경구 외편, 위의 책, 115-121쪽.

한 조직사상적 기초가 튼튼히 닦아지고 인민의 가장 영광스러운 혁명전통이 이룩되었다는 데 있다, 4)항일무장투쟁은 국제적으로도 큰 의의를 가졌는데, 반제민족해방투쟁의 선구자적 모범을 보여줌으로써 세계피압박 인민들의 자주, 독립을 위한 투쟁으로 힘있게 고무하였으며, 그들에게 무한한 힘과 용기를 안겨주었다.[29)]

사실상 김일성의 항일혁명투쟁은 북한 현대사를 왜곡하는 사건으로 평가할 수 있다. 즉 1926년의 김일성에 의한 'ㅌ. ㄷ'결성을 현대사의 기점으로 잡는 등의 역사의 왜곡을 일삼고 있는 것이다. 시집『당의 기치 높이』에서는 두 시인에 의해 항일혁명전통을 계승하자라는 구호가 나오고 있다. 김혜관의「평양으로 가는 길」은 벌목공을 시적 화자로 내세워 할아버지, 아버지도 산에서 나서 산에서 늙었고 자신도 산사람의 아들로 산에서 나서 벌목부로 자라났건만 10년 전 당증을 받은 이후 백전백승의 기백이 살아났음을 강조하고 있다. 또 그 옛날 항일 빨치산들이 걸은 길을 따라 조국의 기둥을 엮어 내고, 통일의 날 더욱 앞당겨 사회주의의 기초를 다져나가자고 소리치고 있다. 또 김병두의「그대를 찬성한다」는 농촌의 세포위원을 뽑는 총회에서 젊은 김룡삼 동무를 지지한다는 내용인데, 그는 향토를 지키던 항일빨치산의 나날에도 노력을 더 꽃피우자라고 자주 나에게 들려주었었다고 회고한다. 결국 마을 당원 중에서 앞장을 서서 생명의 용수로를 뚫으며, 밤낮을 벌과 산등성이에서 지새우는 부지런한 그를 세포위원으로 찬성한다는 결론이다. 이 작품은 벌판에 쌓여있는 협동의 낟갈이를 볼 때 우리의 행복은 오곡 백과로 무르익을 것이라고 미래에 대한 기대에 부풀어 있는 농민의 심정을 다소곳하게 서술하고 있는 것이 특징이다. 그 외에도 리맥의「나는 공산당원이다」에서도 "장백산 험

---

29) 김한길, 앞의 책, 165-167쪽.

난한 준령을 타고 넘어 / 왜적을 무찔러 이긴 / 피끓는 혁명 전통 / 배우고, 따르고, 이어 온 / 나는 로동당원"30)이라고 항일혁명전통의 계승을 강조하고 있다.

> 우리와 함께 총을 들고
> 향토를 지키던 빨지산의 나날에도
> 그대는 자주 나에게 들려 주었더라
> 원쑤를 물리친 고향 벌에
> 우리의 로력을 더 꽃피우자!
>
> ―김병두, 「그대를 찬성한다」

> 울창한 심산 태고림에도
> 행복한 생활 누리는 우리
> 그 옛날 항일 빨지산들이 걸은 력력한 자욱마다
> 오늘은 조국의 기둥을 엮어 낸다고
> 나는 말하리라 대회장의 연단에서
> 조선 로동당원의 자랑찬 이름으로
> 백만 당원을 향하여 웨치리라
> 산정을 쩡쩡 울리던 크낙한 목소리로………
>
> ―김혜관, 「평양으로 가는 길」

3) 미국과의 투쟁에서의 승리 부각

김영철의 시 「당과 조국을 위하여」는 1952년 9월 22일 한국전쟁에서

30) 엄호석편, 『당의 기치 높이』, 98쪽.

854의 1고지에서 전투 중 사망한 인민군 신기철, 박원진에게 바치는 노래로 되어 있다. 따라서 시집 『당의 기치 높이』에 실려 있는 다른 어떤 시보다 적대세력인 미군에 대해 증오심과 적개심 표출이 노골적으로 드러나고 있는 작품이다. 이를테면, "원쑤를 죽여 달라 / 복쑤를 부탁한다 / 병사들은 고향에 소식을 읽었다 / 목메어 흐느끼어 읽었다"[31]라고 상당히 자극적이고 선동적인 시어로 나열되어 있다.

미국에 대한 증오심의 표출에서도 다를 바 없다.

> 그들은 시를 읊었다
> 침략의 불ㅅ길을 목숨으로 막아내는
> 숭고한 긍지로해서
> 미제에게 향하는
> 치솟는 증오로 해서
> 병사들은 소리 높이 시를 읊었다[32]

리원우의 「아버지의 당을 나도 알아요」는 열여섯 살의 소년의 시각에서 식민지시대부터의 북한의 역사를 나열한 후 부모대에 이어 노동당에 대한 충성을 약속하는 내용으로 되어 있는 시작품이다. 일제시대에 일본인과 친일지주들의 착취에 대해 언급한 후 청년 김일성의 항일투쟁에 대해서도 미화시킨다. "『쌀 밥 먹자고 논김 맸다우 / 고운 옷 입자고 목화밭 맸다우 / 허지만 글쎄 나물죽 신세? / 그런데 글쎄 헐벗은 신세! / 이건 정말 속상해요 / 혼자 호강하는 왜놈과 지주놈! / 그놈들을 뚜둘러 팼으면』"[33]이라고 묘사하면서 "나는 알아요. 그 소년 그 처녀들 / 바로 바로

31) 엄호석 편, 『당의 기치 높이』, 34쪽.
32) 엄호석 편, 『당의 기치 높이』, 36-37쪽.

당신들이에요 / 바로 당신들의 소녀시절이에요"[34]라고 강조한다.

이어서 한국전쟁에서 아버지 세대들이 미국과 맞서 그들의 침략야욕을 쳐부수었다고 미제에 대한 증오감을 표출하고 있다.

> 우리에게 큰 기쁨 주기 위해
> 큰 땀을 흘린 당신들이여!
> 우리들의 큰 행복 빼앗으려 온
> 미국 침략자를 쳐부신 당신들이여!
> 나도 당 대회에 꽃다발을 드리오니
> 끓는 내 마음 받아주세요[35]

4) 사회주의의 초석을 다지기 위한 근로전위로 나설 것에 대한 요망

노동당 제3차 전당대회의 가장 중요한 과제는 제1차 5개년 계획의 거대한 비전을 제시하고 그것을 강력하게 실천하기 위한 근로자들의 열성적 참여도를 드높이는 것이었다. 한마디로 '증산'이 최대의 현안이 된 것이다. 북한의 『조선통사』(하)는 조선노동당 제3차대회의 주요 사업으로 목차에서 '제1차 5개년 계획의 기본 방향'을 설정하고 있을 정도였다. 그리하여 대회는 조국의 통일 독립과 북반부에서 사회주의 건설을 위해서 제1차 5개년 계획의 기본 방향을 제시하는 것이라고 분명하게 밝히고 있다. 그리고 과도기 경제건설에서 그의 정당성이 확증된 중공업의 우선적 발전을 보장하면서 경공업과 농업을 동시적으로 발전시키는 당의 경제정책을 계속 견지할 것을 강조하였다. 그리하여 무엇보다도 먼저 인민경제

33) 엄호석 편, 『당의 기치 높이』, 78-79쪽.
34) 위의 책, 84쪽.
35) 엄호석, 『당의 기치 높이』, 87-88쪽.

의 전반적 발전의 기초로 되는 금속, 전력, 기계, 석탄, 화학 및 건재공업들을 우선적으로 발전시키며 특히 북한에서 가장 약한 고리로 되고 있는 기계공업을 급속히 발전시킬 것을 규정[36]하였다. 아울러 제1차 5개년 계획에서는 농촌 경리를 급속히 발전시키는 문제를 가장 중심적인 과업의 하나로 제기하였다.

대회는 또한 제1차 5개년 계획에 예견된 이와 같은 거대한 과업을 성과적으로 수행하기 위한 기술조직적 제 대책들을 지적하였는데, 그것은 생산 및 건설의 질 제고, 엄격한 절약제도의 실시, 독립 채산제 특히 쩨흐(직장) 독립채산제의 광범한 실시, 공업부문에서의 전문화와 협동화를 가능한 범위 내에서 광범히 도입할 것[37] 등을 제시하였다.

그리고 무엇보다도 근로자들의 애국적 헌신성과 창발성을 더욱 높이 발양시켜 인민적 증산경쟁운동을 강력하게 전개하는 것이라고 다음과 같이 역설하고 있다.

> 대회는 5개년 계획의 성과적 수행을 위해서는 근로자들의 애국적 헌신성과 창발성을 더욱 높이 발양시키여 전 인민적 증산경쟁 운동을 더욱 광범히 조직 전개할 것을 강조하였다. 그리하여 제1차 5개년 계획의 성과적 수행은 북반부에서 사회주의의 경제적 기초를 더욱 튼튼히 하는 동시에 인민의 의식주 문제를 기본적으로 해결하게 될 것이며 우리나라를 낙후한 농업국가로부터 선진적인 공업·농업 국가로 전변시키게 될 것을 예견하였다.[38]

시집 『당의 기치 높이』에 가장 많이 등장하는 테마가 바로 '증산'을 부

---

36) 사회과학원 역사연구소, 『조선통사』(하), 494-495쪽.
37) 사회과학원 역사연구소, 497쪽.
38) 사회과학원 역사연구소, 위의 책, 498쪽.

르짖거나 목표계획을 초과달성하자는 구호 그리고 산업현장에서 투쟁하는 우리 모두가 '근로전위'가 되자는 슬로건이다. 이러한 증산에 근로자들이나 농민들이 앞장서야 하는 합법칙성은 바로 해방직후부터 북한의 모든 토지와 공장은 바로 노동자나 농민 자신의 것이 되었다는 도덕적 근거에 뿌리를 두고 있다.

박팔양은 「우리 당은 자랑스러워라」에서 "토지는 농민의 것이 되고 / 크나큰 공장들도 로동자의 것 / 나라의 권리는 근로 인민에게 / 이같이 우리는 싸워 이겨 왔나니"[39]라고 하여 노동자들에게 주인의식을 강조하고 있다.

김소민의 「승리의 한 길에서」에서는 구체적으로 '증산'이라는 시어가 등장하고 있기도 하다. 노동자를 시적 화자로 내세워 전기로에서 강재를 생산하여 사회주의 건설의 초석을 다지겠다는 의지와 집념을 밝히고 있다.

증산의 불꽃 튀는 공장들과
협동의 노래 흥겨운 전야에서
사슴마다 승리의 봄을 안고 오는
영예로운 로동의 한 대오 속에

나도 손길을 들어 말하리라
나도 소리를 높이여 자랑하리라
수천 수만의 손길과 더불어
수천 수만의 목소리와 더불어

39) 엄호석 편, 『당의 기치 높이』, 109쪽.

사랑하는 우리의 공장
당이 길러 내인 미더운 사람들과
전기로에서 쉴 새없이 구어내는
조국의 튼튼한 강재들에 대하여……[40]

한편 정문향은 시 「승리의 선언」에서 노동자들은 조국의 운명을 걸머진 당을 위한 '근로의 전위'가 되어야 함을 선동하고 있다. 이러한 노력영웅, 전투영웅들은 1957년 무렵부터는 천리마운동의 전위대로 나서야 하는 역사적 운명에 처하게 된다. 그 명분은 사회주의 건설의 토대를 다지기 위한 돌격대가 되어야 하기 때문이다. "공장의 선반대 앞에서도 / 굴진 갱도의 먼 끝장에서도 귀를 대며 듣는다 ……(중략)…… 마을과 거리 / 온갖 지구와 일터와 시간으로부터 / 수만 동지들의 뜨거운 념원과 념원을 안고 / 우리는 당의 대표로 / 영예의 이 자리에 선다 / 조국의 전초에 억센 투지를 갈며 / 또다시 위대한 앞날을 향하여 서는 / 우리의 이름은 근로의 전위 / 로동당의 이름으로 부른다"[41]에서는 모든 인민들이 '근로의 전위'가 되어야만 하는 당위성을 역설하고 있다. 한명천도 「당증을 펴들고」에서 "10월 마감날까지, 반드시 / 년간 계획 실행할 것을 ……"[42]이라고 증산의 투쟁을 펼칠 것을 주문하고 있다.

5) 자애로운 어머니 품인 당을 중심으로 결집 염원

시집 『당의 기치 높이』는 크게 세 가지 측면에서 당을 믿고 따르자고 역설하고 있으며, 당을 어머니 품안처럼 생각해야 한다고 강조하고 있다.

---

40) 엄호석 편, 『당의 기치 높이』, 23-24쪽.
41) 엄호석 편, 『당의 기치 높이』, 151-153쪽.
42) 엄호석 편, 『당의 기치 높이』, 176쪽.

첫째는 낡은 세계를 허물고 새것이 승리하는 민주기지를 건설하기 위해서라는 역사적 소명의식을 내세운다. 둘째는 평화통일을 앞당겨 헐벗고 압제 속에서 신음당하는 남조선 인민들을 해방시켜야 한다는 비전의 제시를 한다. 셋째는 인민에게 행복을 가져다 주었고 자신들의 염원을 풀어주었던 당에게 보답하기 위해서 당에 대해 충성을 다해야 한다고 역설한다.

그 중에서 안룡만은 시 「어머니－당의 노래」에서 다음과 같이 '낡은 것과 새것의 대립'이라는 고리끼식 접근법을 취하고 있다.

> 2천도 백열하는 도가니 속
> 용광로 불ㅅ길로 달쿠어져
> 백광을 빛내며 흐르는 쇳물
> 당은 우리를 이렇게
> 거세찬 투쟁의 불ㅅ길 속에서
> 강철의 전사로 기르거니
>
> 어머니－당이여
> 무너져가고 썩어진 낡은 세계의
> 성돌을 넘어 새 것이 승리해 가는
> 저 찬란한 태양에의 길에서
> 희망의 미래로
> 영원한 청춘으로 우리를 부르는
> 인민의 조직자여[43]

43) 엄호석 편,『당의 기치 높이』, 142-143쪽.

V. 맺음말

이번에 새로 발견된 북한 시집『당의 기치 높이』(1956)는 여러가지 측면에서 굉장히 중요한 역사적 자료 가치를 지닌다. 우선 첫째, 월북 시인들의 동향을 파악하는 데 상당한 기여를 하게 된다. 해방 직후의 북한 시인들은 크게 세 가지 부류로 나눌 수 있다. 1) 1920년대 중반에 카프회원으로 활동하다가 조선공산당이 일으킨 조선정판사 사건으로 인해 미군정의 체포가 이어지자 1947~48년경 월북한 박팔양, 안막, 리찬, 박세영, 김우철, 임화 등이 있다. 2) 1930년대 중반쯤 문단에 나왔다가 월북한 문인들인 오장환, 안룡만, 조벽암, 민병균, 리용악, 박산운, 조령출, 서만일, 김조규 등이 있다. 3) 해방 후 소련에서 입국한 조기천과 새로 문단에 데뷔한 신인급 시인으로 김북원, 리맥, 김순석, 김철, 리효운, 김상오, 정문향, 정서촌, 김광섭, 리원우, 리정구, 백인준, 홍순철, 상민[44] 등이 있다. 북한 시집『당의 기치 높이』에는 세 가지 부류의 북조선작가동맹 소속 시인 중 박팔양, 박세영, 안룡만, 조령출, 서만일, 김북원, 리맥, 김순석, 김철, 정문향, 리원우, 홍순철 등의 시가 수록되어 있다. 하지만 임화, 안막, 오장환 등은 문단에서 사라져 버렸음을 확인할 수 있다. 단지 백석은 1956년 잡지『조선문학』에는 간간히 시를 실었지만 시집에는 시가 수록되지 않았고 조벽암의 경우 1956년 11월부터 새로『조선문학』편집주필(10월호까지는 엄호석 편집주필)을 맡아서 시집간행에서 누락된 것으로 보여진다. 또 리찬이나 정서촌이 누락된 것도 의아한 일이다. 특히 시집에서 시의 편집순서가 필자 이름의 가나다순으로 배열이 되었는데도 불구하고 박팔양의 경우 그것을 무시하고 ㅂ항목에서 제일 먼저 시가 수록되어 있

44) 졸저,『북한문학의 동향』, 깊은샘, 2002, 169-170쪽.

어 1956년대 당시에 그의 북한 문단 내에서의 위상을 엿볼 수 있게 한다.

둘째, 시어들의 빈도수 분석을 통해 시집에서 '심장', '원쑤', '승리', '행복', '영예', '깃발' 등의 순서로 이들 시어가 많이 등장함을 알게 되었다. 이러한 시어들의 빈도수를 구체적으로 분석해보면, 가) 가치지향적 시어, 나) 사회주의 건설에 매진하는 북한인민들의 희망·포부 내포, 다) 적대감정 표현, 라) 당위성의 세계 강조 등으로 담겨진 컨셉을 읽을 수 있게 된다.

셋째, 북한의 서정시의 역할은 남한에서의 형식적 아름다움에 치중하는 예술로서의 가치는 찾아볼 수 없고 단순히 시가 정치에 종속되어 메가폰의 역할만을 맡고 있어 조야한 것이 특징이다. 하지만 사회주의적 사실주의의 예술사조를 충실하게 따르는 북한 문단의 현실을 반영해 볼 때, 시를 통해 당대 북한에서 가장 우선 순위로 두고 있는 혁명적 가치가 무엇인지 파악해 볼 수 있게 된 것은 큰 소득이라고 할 수 있다. 오늘날의 경우 식량난과 경제난으로 북한정권이 위기에 처해 있지만, 50년대 중분부터 60년대까지는 사회주의 건설에 대한 자신감으로 충만해 있었으며, 그러한 미래에 대한 희망과 원대한 포부가 무엇인지 살펴볼 수 있게 해주는 것이『당의 기치 높이』라는 시집이라고 할 때 그 텍스트로서의 사료가치는 매우 높다고 할 수 있다.

이 시집은 제3차 노동당 전당대회의 역사적 가치를 대내외적으로 홍보하기 위해 당시 북조선작가동맹 소속 중견 시인들을 총동원하여 펴낸 작품집이다. 따라서 북한당국의 미래적 비전이 그대로 제시되어 있고 인민들이 전폭적으로 협조하고 동참해야 할 당위성의 세계가 상세하게 묘사되어 있다. 구체적으로 시집에 담겨 있는 노동당의 정책 지향 방향과 비전으로는 1) 맑스-레닌주의 사상 고취, 2) 항일 빨지산의 혁명 정신 계승, 3) 미국과의 투쟁에서의 승리 부각, 4) 사회주의 초석을 다지기 위한 근로

전위로 나설 것에 대한 요망, 5) 자애로운 어머니 품인 당을 중심으로 결집 염원 등으로 요약할 수 있다.

시집 『당의 기치 높이』라는 사료를 통해 그 동안 남한학계에서 접근하기 힘들었던 한국전쟁 직후부터 1950년대 중반까지의 북한 동향을 약간이나마 살펴볼 수 있게 되었으며, 이러한 연구성과는 50년대 말과 60년대로 이어지는 새로운 사료들의 발굴과 심층연구를 통해 그동안 베일 속에 감추어져 있던 북한의 정치적 격변과 사회현상의 내면의 실상을 파헤치는 데 커다란 기여를 할 것으로 확신한다.

제4부 정책 대안 제시와 기타

남북한 문화예술교류 활성화 방안

I. 머리말

미국의 이라크 전쟁을 전후하여 일어났던 북한 핵위기와 미국의 강경한 대응책 마련의 국제정세는 한동안 남북관계를 경색시킨 국면을 조성하였다. 하지만 노무현 대통령의 미국 방문 및 부시 대통령과의 한미정상회담과 대일방문 및 고이즈미 총리와의 한일정상회담은 어느 정도 그 동안의 긴장관계를 해소시켜 주는 역할을 하였다. 최근 경색국면의 남북관계와 관련지어 중요한 세 가지 접촉이 대내외적으로 있었다. 우선 한미정상은 2003년 5월 15일 오전 백악관에서 정상회담을 갖고 한미간 포괄적이고 역동적인 동맹관계 구축 노력, 북한의 핵무기 불용 원칙 확인, 평화적 수단 통해 북한 핵프로그램 제거, 다자 협상에 한국과 일본 참여 필수적, 한반도 위협 증대시 대북 추가적 조치 검토, 대북 인도적 지원은 정치적 상황과 불연계, 한강 이북 미군기지 재배치는 신중히 추진, 통상 현안의 협의 통한 해결 노력 등의 8개항에 대한 공동성명을 발표했다. 여기에는 북핵문제를 평화적으로 제거한다는 한국측의 입장과 북한의 위협 증대 때는 추가조치를 검토한다는 미국 측의 강경한 입장이 모두 반영되어 공동성명을 둘러싸고 상당한 진통이 있었음을 확인시켜주고 있다. 둘째, 미국과 북한 그리고 중국간의 다자회담이 5월 23일과 24일 북경에서 열렸다. 이 3자 회담에서 북한은 기존 불가침 협정 체결 주장 완화, 처음으로 로드 맵(이정표)식 해법 제시, 새로운 경제 지원 요구 유보, 조건부 핵 포기 의사 표명 등을 골자로 한 새롭고 대범한 해결 방도를 제시한 것으로 알려지고 있다. 셋째, 4월 27일부터 30일까지 평양에서 제 10차 남북 장관급 회담이 개최되었고, 5월 20일부터 평양에서 남북경협 추진위원회가 열려 쌀 40만t과 비료 20만t을 인도적 차원에서 지원하기로 결정하였다. 참여정부 들어와서 첫 번째로 열린 남북 장관급 회담에서 남과 북은 6·15 남북공동선언의 기본 정신을 재확인하고 남북공동선언을 준수하고 이를 철저히 이행한다, 남과 북은 핵문제에 대한 양측의 입장을 충분히 협의하고 이 문제를 평화적으로 해결하기 위해 계속 협력한다는 등의 합의사항을 발표했다.

이러한 한반도를 둘러싼 몇 가지 회담은 북 핵 위기로 불거진 남북간의 경색국면을 어느 정도 해소시켜준 것이 사실이다. 또 하나 주목해야 할 사항은 노무현 대통령의 참여정부에서의 통일부의 첫 청와대 업무보고에서 통일부 당국자가 "그간 남북 장관급 회담 아래 남북 경협추진위원회에서 경협 사안을, 국방장관회담에서 군사 사안을 다루어왔으나 사회문화교류 문제를 다루는 당국간 채널이 없었다"면서 남북한 민간교류를 지원하기 위해 '남북 사회문화교류 추진위원회'를 구성하겠다[1]는 뜻을 밝힌 사실이다. 그리고 통일부 당국자는 4월 27일부터 열리는 10차 장관급회담에서 추진위원회 구성을 북측에 정식으로 제안하겠다는 의지를

1) 『조선일보』 2003년 3월 25일자 「종합」면, '통일부 업무보고' 기사.

밝혔으나, 실제 장관급 회담 합의사항 발표문에는 이 안건이 빠져 있어 계속 논의대상으로 넘어간 것이 아닌가 생각된다. 어찌되었든 노무현 대통령 참여정부가 기존의 정치, 경제분야에서의 남북교류 협력에 이어서 사회문화교류를 활성화하겠다는 의지를 표명한 것은 진일보한 정책이라고 판단된다.

따라서 본고에서는 남북통일을 위한 앞으로의 정책대안을 제시한다는 측면에서 남북한 문화예술 교류 활성화 방안에 대해 구체적으로 살펴보기로 한다.

II. 남북 문화예술 교류의 역사와 문제점

남북간 사회문화 교류와 협력방안 모색이라고 할 때 사회와 문화라는 분야는 매우 광범위하고 포괄적인 범주를 내포한다. 하지만 그동안 사회문화 분야의 교류협력이라는 말의 의미는 대개 정책당국에서는 정치와 경제분야를 제외한 나머지분야를 폭넓게 의미하는 용어로 사용되어 온 것이 사실이다. 조한범은 사회문화분야에 관련된 문건과 논문들을 분석하여 학술, 문화·예술, 종교, 체육, 언론출판, 관광분야를 주요 영역으로 파악[2]하였다. 그 근거로 「남북기본합의서」의 16조는 사회문화교류에 해당되며, "남과 북은 과학, 기술, 교육, 문화, 예술, 보건, 체육, 환경과 신문, 라디오, 텔레비전 및 출판물을 비롯한 출판보도 등 여러 분야에서 교류와 협력을 실시한다"고 명시하고 있는데, 여기에는 종교까지 포함한다고 파악하였다. 또 「사회문화공동위수첩」(서울: 남북회담 사무국, 1995)은

2) 조한범, 『남북 사회문화 교류·협력의 평가와 발전방향』(서울: 통일연구원, 1999) 보고서, 6쪽.

사회문화분야의 남북교류 추진사례를 열거하면서 주요분야로 출판보도, 학술, 예술, 종교, 체육분야를 예시하고 있으며, 「사회문화분야 남북교류 협력 실무안내」(서울: 통일원, 1996)도 학술, 문화예술, 종교, 체육, 언론출판분야를 사회문화분야로 열거하고 있다고 그 근거를 제시하고 있다.

이러한 사회문화 분야의 교류협력 중 '사회' 분야를 제외하고 '문화·예술' 분야만을 대상으로 하여 남북한 교류협력의 역사를 살펴보기로 한다.

남·북한의 교류 협력의 출발점에 대해 대개 학계에서는 1971년의 최두선 당시 적십자사 총재의 대북 제의를 들고 있다. 최총재는 남·북한간의 가족 찾기 운동을 제안하였는데 북측의 손성필 위원장이 화답을 해옴으로써 그 해 8월부터 공식접촉을 시작하였고 이후 1977년까지 남북한간에는 활발한 접촉이 있었지만, 1978년 3월 제8차 본회담을 위한 제26차 실무회의를 무기연기하자는 북측의 일방 통보로 사실상 대화가 중단되었다.

그러던 중 1984년의 남한의 홍수로 인한 큰 피해 때 북한 적십자사 측이 수해물자지원의 일환으로 식량지원을 제안해오고 우리 측이 그 제안을 수용함으로써 남북교류의 물꼬가 트이는 계기가 되었다. 이러한 사회문화분야에서의 교류 경험은 90년대 후반의 북한의 식량위기 때 남한의 식량지원 제안을 북측이 수용하는 중요한 계기로 작용하였다.

하지만 문화예술분야에서의 최초의 교류는 1985년에 이루어졌다. 이 시점에서 남북 문화예술교류의 역사를 훑어보면 몇 가지 단계로 그 관계가 진전되었음을 알 수 있다. 남북관계는 배타적 고립기, 해빙기, 실용적 접촉기(상호 체제 과시기), 정서적 교감기, 친화적 접근기의 5단계로 나눌 수 있다. '배타적 고립기'는 해방 후부터 1984년 무렵까지로 남북이 상호 체제를 강화하면서 격렬하게 경쟁하던 시기라고 할 수 있다. 이 시기는 세계사적으로는 냉전체제가 상존하던 시기이므로 배타적인 양상을 보이면서 고립의 길로 접어들던 시기였다. 하지만 이후락 정보부장의 평양방문과 7·4 공동선언의 발표 이후 적십자사를 통한 물밑 교류는 남북관계에 있어서 점차 해빙의 조짐을 나타내고 있었다. 이산가족 고향방문단과 예술공연단 교환방문은 남북관계에 새로운 진전을 이루어내었다. 즉 1985년 무렵부터 1989년까지의 시기를 '해빙기'라고 명명할 수 있다. 이 무렵은 남북이 서로 자신의 체제를 과시하기 위해 모든 홍보매체를 동원하던 시기였다. 하지만 이 시기에 해당하는 1988년 7월 7일에는 "모든 부분에서 남북교류를 추진한다"라는 '7·7 특별선언'이 발표되기도 했다. 우선 남·북간의 예술단의 상호공연의 시발점은 1985년 5월 27일부터 5월 30일까지 서울에서 열렸던 남북적십자사 본 회담에서의 5개항 일괄적 토의 가운데 1985년 8월 15일을 기해 이산가족 고향방문단 및 예술공연단을 교환실시하기로 한 합의에서 출발한다. 그 결과 제1차 예술단 상호방문과 공연이 평양과 서울에서 각각 실시되었다. 다음으로는 1989년 8월 22일에 열렸던 제6차 남북적십자 실무접촉과 1992년 6월 12일에 열렸던 이산가족 노부모방문단 및 예술단 교환 방문을 위한 제2차 실무대표 접촉이 판문점에서 있었으나 북측의 혁명가극 「피바다」와 「꽃파는 처녀」 공연 고집 등으로 회담이 실패하여 공연은 무산되었다. 1990년부터 1997년까지를 '실용적 접촉기'라고 할 수 있다. 이 시기에 남한은 노태우정부의 북방정책이 발표되었으며 1990년에는 남북한 문화교류 5원칙이 발표되기도 했다. 1990년 2월에 발표된 '남북한 문화교류 5원칙'이란 1) 문화교류 과정에서 분단 이전의 민족 전통문화를 우선 교류한다는 것, 2) 승부 및 경쟁적 분야의 배제, 3) 전통문화의 원형을 변형, 훼손하는 표현 방식의 지양, 4) 쉽고 작은 일부터 시작, 5) 공동 실행을 위한 지속적인 노력의 경주를 실행하겠다는 의지를 표명한 것이었다. 이 시기에 남북 국악인 교환공연이 이루어졌다. 1990년 '범민족통일음악회'의 평양공연과 '송년통일전통음악회'의 서울공연이 바로 그것이다. 하지만 이 시기의 남북문화 예술교류는 '환동해 국제예술제'(1991, 일본), '통일예술제'(1992, 사할린) 등 거의 대부분이 중국이나 일본 그리고 러시아 등 해외동포 사회에서 이루어지는 양상을 보이는 것이 특징이었다. 또 사진분야는 1994년 9월의 '남북한 중국사진전'과 1997년 7월의 국제 한민족 사진 세미나 및 사진전이 열려서 남북교류의 기회를 가졌다. 미술 분야는 이 시기에 1991년 5월의 베이징의 '남북 코리아 서화전', 1993년 오사카의 '코리아 통일미술전', 1997년 10월의 동경의 '남북평화미술전' 등 제3국에서의 접촉이 많았다.[3] 이 시기 방송사나 신문사에 의한 북한 명승고적이나 자연경관 답사와 촬영도 활발하게 이루어졌다. 1997년 7월 중앙일보사는 북한 문화유적 답사를 목적으로 방북했다. 이어 1998년 3월에는 MBC TV가 방송사 최초로 북한의 자연경관 및 명승 고적 등에 관한 TV프로그램 제작사업 추진 목적의 협력사업자 승인을 받았다.[4]

1998년에는 김대중 대통령의 국민의 정부에 들어와서 햇볕정책이 발표되었다. 따라서 1998년부터 2000년까지는 '정서적 교감기'라고 할 수 있다. 이 시기에는 주로 대중가수들의 평양공연이 많이 있었으므로 음악분야에서의 문화예술교류가 활발했었다고 할 수 있다. 남북문화예술 교류의 물꼬를 튼 것은 이미 전세계적인 공연으로 한국의 문화사절단 역할을 떠맡았던 리틀엔젤스 공연단(총 66명)이었다. 리틀엔젤스는 1998년 평양에서 공연을 가졌다. 그것은 통일그룹의 문선명 총재의 김일성 주석 방문의 성과와 연관된 것으로 보여진다. 북한의 평북 정주가 고향인 문총재는 김일성 주석의 생전에 그를 면담하여 남북통일과 민족화해를 도모하기 위해 몇 가지 구체적인 방안을 메모 형식으로 주고받았는데 그 중에 리

3) 조한범, 「남북 사회문화 교류 협력의 평가와 발전방향」(서울, 『통일연구』, 1998), 19쪽.
4) 조한범, 같은 글.

틀엔젤스의 평양공연이 들어있었다고 한다. 리틀엔젤스의 평양공연은 1998년 5월중 11일 동안 평양에서 모두 세 차례의 공연을 가졌다. 다음 해인 1999년에는 당시 미국 대통령이었던 빌 클린턴의 동생인 로저 클린턴과 남북한 인기가수들이 합동으로 출연하는 '2000년 평화친선 음악회'(1999. 12. 5)와 한겨레통일문화재단이 주최한 제1회 민족통일음악회(1999. 12. 20)가 개최되었다. 전자에는 로저 클린턴의 콘서트와 남한가수 패티 김, 태진아, 설운도, 젝스키스, 핑클 등이 참가했으며, 후자에는 1부에서 남측의 현철, 신형원, 안치환, 김종환, 오정해(차인태 경기대 교수의 사회) 등이 2부에서 북측의 인민배우 주창혁과 공훈배우들인 로용권, 김순희, 김숙녀, 박순복 등이 출연했다. 위의 두 공연은 생방송이 무산됨에 따라 남한에서만 SBS TV 등에 의해 녹화로 중계되었다. 또 1999년에는 남한의 인기가수 최진희가 북측으로부터 초청받아 평양에서 공연을 하게 되었다.

다음으로 2000년 4월 제19차 '4월의 봄 친선예술축전'에 초대된 대중가수 김연자의 평양공연은 『로동신문』에 다루어지는 등 그 유례를 볼 수 없을 정도로 북한당국의 뜨거운 환대와 높은 평가를 받았으며 김정일 국방위원장을 위한 함흥개별공연을 가질 정도로 극진한 대접을 받았다. 이러한 성과에 힘입어 김연자의 2차 평양공연은 2001년 김일성 주석의 90회 생일(4. 15)행사의 일환으로 펼쳐진 제20차 '4월의 봄 친선예술축전'에 초청되어 4월 6일 4·25문화회관에서 첫 공연을 가졌고(재일동포인 리철우 윤이상음악연구소 부소장 추진), 4월 8일 평양 봉화예술극장에서 두 번째 공연을 가졌다. 김연자의 공연에는 강능수 문화상과 김정호 문화예술총동맹(문예총) 부위원장 등이 참석했다. 남북 정상회담이 개최되기 직전인 2000년 5월에는 북한의 최휘 단장이 이끈 평양학생소년예술단 102명이 서울을 방문하여 공연을 하였고 초청단체인 선화예술고교를 방문하였다. 또 평양교예단 102명이 서울에서 널뛰기 등 세계적인 수준의 서커스를 보여주었다. '정서적 교감기'에는 영화부문에서의 움직임이 눈에 띈다. 1998년 정부의 햇볕정책의 영향으로 방송사들이 경쟁적으로 북한영화를 수입하여 방영을 시도하였으나 국내 영화팬들의 외면으로 큰 성과를 거두지 못했다. 1998년 9월 1일에는 SBS TV가 북한영화 <안중근 이등박문을 쏘다>가 수입되어 방영되었으며, 1998년 9월 17일부터 10부작 <임꺽정>이 KBS TV를 통해 방송되었다. 그리고 MBC TV를 통해 북한영화 <불가사리>가 수입추천되었으나 흥행에는 실패하였다. 이 시기에 출판분야에서도 괄목할 만한 성과가 있었는데, 1999년 7월부터 대훈서적이 중국의 연변출판문화협회를 통해 북한서적을 수입하기 시작하여 대전과 서울에서 동시에 판매하기 시작하였다. 대훈서적은 북한에서 수입한 『조선왕조실록』 400권 등 모두 3,200여 종 1만 5,600권에 이르는 방대한 양[5]의 북한서적을 수입하여 진열 판매하고 있어서 남북한 문화교류에 커다란 기여를 하고 있다.

한편 남북정상회담이 열렸던 2000년 6월 15일 이후 2003년 현재까지의 시기를 '친화적 접근기'라고 할 수 있다. 이시기의 특징은 북한이 민족공조라는 정책을 들고 나온 것이라고 할 수 있다. 남북정상회담 직후인 2000년 8월에는 북한의 조선국립교향악단 132명이 서울을 방문하여 총 4차례 단독과 합동공연을 펼쳐 남북화해의 물꼬를 텄다. 소강상태에 들어갔던 2001년을 거쳐 2002년에 들어와서도 몇 차례에 걸쳐 남북예술단의 상호교환 방문이 이루어졌다. 대표적인 행사가 8. 15민족통일대회에 참가한 북측 예술단의 단독공연이 8월 15일 저녁 7시부터 약 80분간 삼성동 코엑스 오디토리엄에서 열렸다. 이 공연에서 인민배우와 공훈배우 10여

---

5) 『조선일보』 2000년 6월 5일(월) 25면 기사.

명을 포함해 만수대예술단 피바다가극단, 평양예술단 소속 무용수와 음악인 등 30여 명으로 구성된 북측 예술단은 양산도, 달빛 아래서, 방울춤, 쌍채북춤, 물동이춤 등을 차례로 무대에 올려 관객들의 갈채를 받았다. 또 곧 이어 KBS TV가 개최한 남북 교향악단 합동공연과 MBC TV가 기획한 윤도현 밴드와 이미자의 평양공연이 성사되었다. KBS교향악단은 2002년 9월 20일 2천 석 규모의 봉화예술극장에서 단독공연을 가지고 추석인 21일에는 남북한 교향악단 합동공연을 북한의 조선국립교향악단과 함께 펼쳤다. 수석지휘자 박은성(수원시향)의 지휘로 105명의 단원들이 몽금포타령을 주제로 한 김성태의 <코리안 카프리치오> 등 다채로운 레퍼토리를 마련하여 공연했는데, 스메타나의 <나의 조국> 중 '몰다우강'을 비롯하여 민족, 자연, 그리움 등의 주제가 담긴 곡들을 연주하였다. 특히 이 공연에서는 소프라노 박정원과 테너 김영환이 오페라 <춘향전>(현제명 작곡) 중 사랑의 2인창 <그리워 그리워>, 바이올리니스트 장영주가 마스네의 <타이스 명상곡>(단독공연)과 사라사테의 <카르멘 환상곡>(합동공연)을 협연했다. 이에 비해 북한의 조선국립교향악단은 <아리랑>, <청산벌에 풍년이 왔네>에서는 인민예술가인 김병화(66세)가 지휘봉을 잡았고, 나머지 대부분은 북한이 자랑하는 신예 연주자 김호윤(37세)씨가 지휘하였다. 김호윤씨는 평양음악무용대학 기악학부를 거쳐 베를린 한스아이슬러 음대를 졸업했으며 90년부터 국립교향악단 지휘자와 윤이상음악연구소 관현악단 지휘자로 있다. 또 만수대예술단 피아니스트이며 모스크바음악원 출신인 김근철(40세)씨가 항일 빨치산 유격대의 활약상을 담은 피아노협주곡 '백두산의 눈보라'를 연주한 것이 이채로웠다. 9월 21일의 추석 합동공연은 오후 4시부터 KBS TV와 조선중앙TV를 통해 한반도 전역에 생중계 되었다.

한편 MBC TV가 개최한 윤도현 밴드와 이미자의 평양공연은 각각 9월

29일과 9월 27일에 1천 520석의 동평양 대극장에서 좌석을 가득 메운 평양시민들의 갈채 속에서 진행되었다. MBC TV가 2002년 9월 27일과 29일 2회에 걸쳐 부산 아시안 게임의 성공적 개최를 기원하고 남북의 문화예술교류의 확대를 위해 주최한 윤도현 밴드와 이미자의 평양공연이 평양시민들의 열렬한 호응을 얻은 끝에 막을 내렸다. 두 공연의 성과는 부산 아시안 게임에 300여 명의 북한 선수단과 200여 명의 미녀응원단이 참가하여 남북통일과 민족화해의 가능성을 보여준 것과 연계되어 남・북교류사에 커다란 족적을 남겼다고 할 수 있다. 특히 MBC TV의 평양공연에는 김영남 최고인민회의 상임위원장, 김용순 비서, 강능수 문화상과 이종혁 아태위원회 부위원장 등 북측의 주요인사들이 참관하는 등 많은 관심을 보였다.

북한에서 대중예술도 주체음악예술론의 기본지침에서 벗어날 수 없다. 따라서 민족음악의 본색을 살리면서 현대적 미감을 구현해 나가되 자본주의의 광란적 음악요소를 제거하여 사상적 독소를 떨쳐버려야 한다. 그리고 계몽기의 대중가요의 민족적 전통을 수용하되 "정서적 측면에서 어둡침침하고 다소 이질적인 것으로 느껴지는 치명적 약점"[6]을 제거해야 한다. 윤도현 밴드의 락음악과 이미자의 계몽기 대중가요의 감상적 요소는 주체음악에서 보자면 제일 먼저 배격해야 할 자본주의적 독소이자 사상을 오염시킬 퇴폐적인 요소이다. 그런데도 왜 북한의 내각 문화성 산하 기구인 '조선예술교류협회'(박찬정 회장)와 아・태위원회 등은 김연자의 평양공연과 윤도현 밴드와 이미자의 평양공연을 주관했다.

한편 언론과 학술분야의 남북교류도 상당한 의미를 지닌다. 정서적 교감기인 2000년 8월 남한 언론사 사장단 46명이 박지원 당시 문화부장관

---

6) 황룡옥 편, 『계몽기 가요 선곡집』, 문예출판사, 2001, 5쪽.

의 인솔로 방북을 했으며 2000년 10월에는 남북한 신문교환이 이루어져서 언론의 주목을 받았다. 학술분야의 교류는 주로 중국과 일본 등 제3국을 통한 교류협력이 많았는데, 대표적인 사례로는 1998년 성균관대와 개성의 고려성균관과의 남북 대학간의 최초의 자매결연, 1999년 7월 남북한 학자 및 조선족들이 참가한 연변대학 창립 50주년 기념학술회의 참가 등이 성과였다. 특히 2001년 성사된 '평양정보과학기술대학' 설립 및 운영합의는 최초의 남북공동 교육시설 설립이라는 점에서 의의가 컸다.[7] 친화적 접근기인 2003년 2월에 강만길 상지대 총장을 단장으로 하는 학술단이 평양 인민대궁전에서 일본교과서 사건에 대해 남북합동학술회의를 가진 것도 큰 의미를 지닌다.

하지만 이러한 남북 문화예술교류는 상당한 문제점을 안고 있는 것이 사실이다. 첫째, 상당수의 모든 문화예술교류가 정치적인 권력의 실적주의에 연관되어 시행되었다는 점이다. 따라서 영속성이 있을 수 없다는 데에 문제점이 있다. 한마디로 정치우선 정책의 한계를 드러내고 있다는 것이다. 둘째, 일관성이 결여된 추진이므로 일회성 사업이 많다는 점이다. 이를테면 통일부나 문화관광부가 총괄적인 핸들링을 하고 있지 않다는 점에 문제가 있다. 셋째, 동독의 경우처럼 북한이 경제적인 실리도 없고 자본주의의 사상오염의 위험성이 큰 문화예술교류를 기피하고 있기 때문에 북측의 순간의 판단에 의해 문화예술 교류가 이루어지고 있다는 점이다. 따라서 순수한 문화예술 교류를 통해 민족 통일의 장래를 열어가려는 남한의 의도는 북측의 즉흥적인 판단에 의해 차단되는 경우가 비일비재하다는 문제점이 발생하고 있다. 넷째, 모든 대북 사업에서와 마찬가지로 북한측은 문화 예술교류에 있어서도 순수한 행사경비 이외에 웃돈을 요

7) 『한겨레신문』 2001년 6월 7일자. 기사.

구하고 있기 때문에 최근 대북송금을 둘러싼 특검에서 나타나듯이 항상 다음 정권에서 청문회가 열릴 가능성이 농후하다는 점이다. 2002년 추석을 전후하여 KBS TV와 MBC TV 양 유력 방송언론사 사이에서 경쟁적으로 추진했던 평양공연에서의 웃돈 지불 시비는 국회에서까지 논란의 대상이 되어 국민들의 빈축을 샀던 경험이 있다.

따라서 남북 문화예술 교류에 있어서 참조할 사항은 한일 간에 있었던 3차례 대중문화 개방정책을 타산지석으로 삼아야 한다는 점이다. 문화적으로 우위에 있는 일본의 통속적이고 자극적인 선정문화의 과도한 유입을 우리 정부가 꺼려했지만 한일 양국 간의 선린외교를 위해 단계적인 개방화를 시도하여 큰 무리가 없이 마무리단계에 접어들었다는 점을 북측에 구체적인 문화개방의 사례로 제시할 필요가 있다. 그것은 장기적으로 볼 때 북한이 러시아나 중국과 같은 시장경제에 바탕을 둔 개혁개방정책으로 나아갈 수밖에 없는 현실을 감안해야 하기 때문이다.

III. 노무현 정부의 '평화번영정책'과 문화예술교류정책 방향

노무현 참여정부의 대북 정책의 기본 방향은 '평화번영정책'이라고 할 수 있다. 평화번영정책은 한반도 평화 발전을 위한 기본 구상이자 포괄적이고 입체적이며 융통성 있는 국가발전전략이라고 통일부는 설명하고 있다. 노무현 대통령이 '평화번영정책'의 구상을 처음 밝힌 것은 2003년 2월 25일 오전 11시에 여의도 국회의사당에서 있었던 제16대 대통령 취임식장에서였다. 노대통령은 「평화와 번영과 도약의 시대로」라는 제목의 취임사에서 새정부는 "개혁과 통합을 바탕으로 국민과 함께 하는 민주주의, 더불어 사는 균형발전 사회, 평화와 번영의 동북아시대를 열어나갈 것"이라고 하면서 이러한 목표로 가기 위해 저는 원칙과 신뢰, 공정과 투명, 대화와 타협, 분권과 자율을 국정운영의 좌표로 삼고자 한다고 밝혔다.

취임사에서 노대통령은 대북정책과 관련된 '한반도 평화－번영정책'의 원칙으로 ▲대화를 통한 해결 ▲상호신뢰 우선 및 호혜주의 ▲남북 당사자 원칙에 기초해 원활한 국제협력 구축 ▲대내외적 투명성 고양 및 국민참여 확대, 초당적 협력(국민과 함께 하는 정책) 등 네 가지를 제시[8]했다.

이러한 '평화번영정책'에 대해 통일부는 정책의 내용을 풍부(화해・협력 → 평화・번영)하면서 한반도 평화번영을 동북아의 공동번영으로 연결할 것이며 남북한이 주변국들과 선린우호, 공존공영함으로써 민족의 안전과 번영을 이루어나가자는 정책이라고 부연하여 설명하고 있다. 그리고 이 정책은 「포괄」(통일・외교・안보), 「균형」(안보・경제), 「참여」(투명성, 국민적 합의, 초당적 협력)를 지향하는 정책이라고 컨셉을 밝히고 있다. 그리고 '평화번영정책'의 추진 전략으로 ①당면 안보 위기 해결, ②한반도 평화체제 구축, ③남북 경제 공동체 형성(동북아 경제・안보 협력체 추구)을 제시하면서 단계적인 접근[9]을 시도하겠다는 입장이다.

노무현 참여정부의 '평화번영정책'은 김대중 국민의 정부의 '햇볕정책'과 몇 가지 점에서 차별성을 지향하고 있다. 첫째, 호혜주의를 강조함으로써 일방적인 퍼주기를 하지 않겠다는 의지를 밝히고 있다. 둘째, 투명성의 강조와 국민과 함께 하는 정책을 펴겠다는 뜻을 분명하게 천명하고 있는 점을 들 수 있다. 셋째, 한반도의 평화번영을 동북아의 공동번영으로 연결시키기 위해 '남북 경제공동체 형성'에 주력하겠다는 새로운 구상을 밝히고 있다.

---

8) 『조선일보』 2003년 2월 26일(수) 1면 정치면 톱기사.

9) 통일부, 「참여정부의 평화번영정책」, 『회현 로터리클럽 초청 통일부 장관 강연 문건』 (2003. 5. 21), 2쪽.

그러나 노무현 참여정부의 대북정책의 맹점은 기존의 경제교류 강화이외에는 새로운 정책제시가 없으며 미국 부시행정부 등장 이후에 불거져 나온 북한 핵위기를 해소하는 데 급급한 인상을 주고 있다는 점이다.

다행스러운 것은 통일부의 청와대 업무보고에서 기존의 경제교류협력을 바탕으로 하여 군사정치분야와 사회문화분야의 접촉과 교류를 활성화하겠다는 정책을 제시한 점이다. 사실 남북통일을 원만하게 성취해 나가기 위해서는 문화예술분야와 스포츠분야의 교류증진 → 이산가족 상봉과 서신교환 등 사회분야의 교류 확대 → 경제협력의 강화와 증대 → 정치군사회담의 개최와 군비감축 방안 모색 → 민족 통일의 순서로 진행되는 것이 바람직할 것이다. 그런 측면에서 순서가 뒤바뀐 느낌은 있지만 지금부터라도 문화예술분야와 스포츠분야의 교류확대에 치중하여 체제에 우선한 민족 정서의 공감대를 형성하는 것이 급선무라고 하겠다. 한마디로 기본에 충실한 정책을 펴는 것이 민족통일의 미래를 열어가는 데 절실하다고 할 수 있다.

흔히 남북관계를 부부나 연인 사이로 비유하는 경우가 많다. 즉 사랑을 나누는 남녀관계처럼 사소한 오해로 인하여 극한적인 대치나 관계의 파탄까지 다다를 위험성도 상존하며, 상호 세밀한 부분까지 감정을 교류하여 아주 친밀한 관계로 진전되어 열정의 단계까지 이를 수도 있다고 본다.

그러한 측면에서 미국 예일대학의 로버트 스턴버그 교수(R. Sternberg)의 '사랑의 심리학' 이론을 참조할 필요가 있다. 스턴버그 교수는 사랑의 세 가지 요소를 강조하기 위해 사랑의 삼각형 이론을 제시[10]하였다.

---

10) 로버트 스턴버그 외, 『사랑의 심리학』, 고선주 외 편역, 도서출판 하우, 1994, 69쪽.

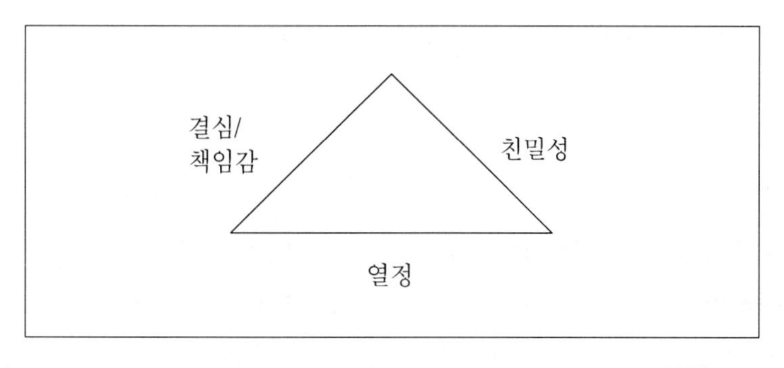

<도표1>

여기에서 '친밀감'은 사랑하는 관계에서 나타나는 가깝고 연결되어 있고 결합되어 있다는 느낌을 일컫는다. 스턴버그와 그레젝은 가까운 관계에서의 친밀감을 나타내는 열 가지 표식들을 제시하였다. ①사랑하는 이의 복지를 증진시키기를 열망함, ②사랑하는 이와 함께 행복을 경험함, ③사랑하는 이에 대해 높은 존경심을 가짐, ④필요할 때 그에게 기댈 수 있음, ⑤서로 이해함, ⑥상대와 자신 및 자신의 소유를 나눌 수 있음, ⑦상대로부터 정서적 지지를 받음, ⑧상대에게 정서적 지지를 줌, ⑨상대와 친밀한 정서적 지지를 받음, ⑩자신의 삶에서 사랑하는 이의 가치를 높이 평가함 등이 바로 그러한 요소들이다. 열정요소는 사랑하는 관계에서 낭만, 신체적 매력, 성적인 몰입 같은 것들로 이끄는 욕망[11]을 말한다. 스턴버그 교수는 열정의 단계에서는 성적인 욕구만을 의미하는 것은 아니고 다른 요구들 즉 자아 존중감, 타인과의 친화, 타인에 대한 지배, 타인에 대한 복종, 자아실현 같은 욕구들이 열정이라는 경험에 기여하기도 한다고 강조하였다. 끝으로 결심 / 책임감 요인은 인지적 속성으로서 두 가지 측면으로 구성되어 있다고 하였다. 단기적 측면에서는 누구를 사랑하겠

11) 로버트 스턴버그 외, 위의 책, 69쪽.

다는 결심을 하며, 장기적 측면으로는 그 사랑을 계속 지키겠다는 책임감[12]을 밝히게 된다는 것이다.

이러한 스턴버그 교수의 삼각형 이론을 남북관계에 적용시켜본다면, 친밀의 단계는 상대편에게 정서적 지지를 보내며 상대의 복지를 증진시키기를 원하는 단계를 의미한다. 그에 비해 열정의 단계는 상대의 자아를 존중하며 상대와의 친화를 과시하는 단계를 말한다. 책임의 단계는 그동안의 정서적 교감을 나누던 상황을 진전시켜 상호존중의 단계로 접어든 관계를 지속시키겠다는 의지를 표명하는 단계를 지칭한다고 하겠다. 남북정상회담 이후의 남북관계는 친밀의 단계에서 열정의 단계로 나아가려고 하는 과도기로 볼 수 있다.

따라서 남북의 문화예술 교류의 활성화의 '실천지침 3단계 방안'은 친밀의 단계 → 열정의 단계 → 책임의 단계로 점차 업그레이드되어야 할 것이다. 첫째, 친밀의 단계에서는 음악/ 미술/ 무용/ 문학/ 영화/ 사진 등의 개별 분야의 상호방문 공연과 인적 교류의 확대를 증진시키는 방안을 모색해야 한다. 둘째, 열정의 단계에 이르면, 공동으로 학술 및 문화 기반 연구를 시행하면서 미래지향적인 방안을 모색하는 단계로 발전시켜야 한다. 이 단계에서는 북한의 사회과학원과 남한의 정신문화연구원의 통합을 통한 민족 정체성 모색을 위한 공동연구에 착수하여야 할 것이다. 셋째, 책임의 단계에서는 평화정착과 상호체제 보장에 근거하여 아시안게임의 공동 개최 및 문화축전의 공동 주최를 기획하여 전세계에 평화의 메시지를 전달하여야 한다. 아울러 금강산 구역이나 비무장지대 등에 가칭 '한민족평화 문화센터'나 '한민족 예술의 전당'을 설립하여 상시공연 체제를 구축하여 남북간의 정서적 통합을 적극적으로 추진하여야 할 것

12) 로버트 스턴버그 외, 위의 책, 70쪽.

이다. 위의 단계 중 현재의 남북관계는 진전속도로 보아 친밀의 단계로 나아가는 과정에 있다. 따라서 문화예술의 개별 장르별로 상호방문공연(전시회 등)과 인적 교류를 확대하는 데 주력해야 한다.

IV. 남북 문화예술교류 활성화 방안

1. 기존 연구의 성과

그동안 남북간의 사회문화교류 활성화를 위한 방안 연구가 몇 차례 있었다. 그 중에서 조한범과 최대석·김용현의 연구는 정책대안으로서 커다란 의미를 지닌다고 하겠다. 우선 조한범은 남북 사회문화 교류협력의 평가를 내리는 가운데 김대중 정부의 대북포용정책 실시 이후의 사회문화 교류협력은 과거와는 다른 특징을 보이고 있다고 전제하면서 1) 남북한 사회문화 분야의 교류협력이 활성화되고 있다는 점, 2) 제3국에서의 접촉이 지속되는 가운데 방북을 통한 교류협력 추세로의 전환 가능성이 보이기 시작했다는 점, 3) 금강산 관광 사업의 성사와 이산가족 상봉의 증가로 제한된 주민들에게 허용되던 남북 주민접촉 및 방북이 일반 주민들에게 확대되었으며 과거와 달리 수시방북이 가능한 형태로 전환되는 추세가 나타나고 있다는 점, 4) 협력 사업자 및 협력 사업 승인의 대부분이 1998년 이후에 이루어지는 등 사회문화 분야에서의 협력사업이 급증하는 추세를 보이고 있는 점, 5) 최근의 사회문화 교류협력은 과거와 달리 정치군사적 차원의 남북관계 변화(서해교전)에도 불구하고 지속되고 있다는 점[13] 등을 적시하고 있다. 아울러 조한범은 그 한계에 대해서도 지적하고 있는데, 위와 같은 긍정적인 측면에도 불구하고 사회문화 교류협력의 자율적 토대형성에는 아직 미치지 못하고 있다고 비판하고 있다.

그리고 조한범은 남북사회문화 교류협력의 활성화 방안으로는 1) 법·제도의 정비, 2) 물적 기반의 확충, 3) 민간과 정부의 역할 분담 및 상호보완적 관계 설정, 4) 민간 분야의 교류 협력 활성화를 위한 지원, 5) 금강산 관광 사업의 연계발전 및 추진 분야의 개발[14] 등을 들고 있다.

한편 최대석과 김용현은 동서독의 문화예술 교류 협력에 대해 통일부가 발간한 『동서독 교류협력 사례집』을 근거해 언급[15]한 후 남북 문화예술 교류 추진의 기조와 방향에 대해 1) 통일문화 형성이라는 시각과 상대방 문화를 인정하는 통합주의적 관점이 요구되고 있다. 2) 남북 간 전통문화의 공통성과 보편성 추구의 관점이 요구된다. 3) 단기적 교류정책이 아닌 장기적인 통일문화정책이 수립되어야 할 것이다 4) 남북기본 합의서 및 부속합의서 내용을 실천하는 교류 추진이 요구되고 있다 5) 민간주도의 교류 추진 기조이다[16] 등을 주문하고 있다. 아울러 문화예술 교류의 활성화를 위해 정부와 민간의 협력체제 구축 방안 마련을 요구하면서 1) 남북한 문화 이질화를 극복할 수 있는 제도 개혁은 문화영역 자체가 갖

---

13) 조한범, 앞의 글, 23-25쪽.

14) 조한범, 위의 글, 28-35쪽.

15) 최대석·김용현, "남북 문화예술 교류·현력 활성화를 위한 정부와 민간의 역할", 『북한 연구학회보』 제6권 제2호, 2002, 248-249쪽.

> "동서독 간의 사회문화 교류는 문화협정을 통해 제도화되었다. ……(중략)…… 양독 간 문화협정 체결은 다른 분야 후속협정 체결에 비해 늦어졌다. 이는 서독문화의 침투에 대한 우려가 동독체제에 크게 작용했기 때문이다. 서독문화의 침투가 사회주의 체제를 유지·고수하는 데 크게 역작용할 것이라는 판단 때문이었다. 이에 따라 동서독간 체결된 각종 협정은 상호이해관계가 큰 경제교류가 1948년부터 시작되고, 1970년 우편 교류, 1972년 통행, 1974년 스포츠 및 보건 등의 분야로 확대되었다. 1986년 들어 문화교류를 국가적 차원에서 구체화할 수 있었으며, 학술교류는 1987년에서야 이뤄졌다."

16) 최대석 외, 위의 글, 257-260쪽.

는 자율성과 그 다양성을 최대한 보장하는 방향으로 취해져야 하므로 '창구단일화' 원칙에 융통성을 두어야 한다. 2) 문화 예술 교류 협력 실무전문가 양성이 시급하다. 3 교류사업 성격에 따른 역할 분담이 이뤄져야 할 것이다(전반적인 문화예술 교류사업은 민간 주도로 나가되 북한의 문화 인프라 구축 등 대규모 프로젝트와 상징성이 있는 대규모 행사는 정부나 공공단체가 직접 나서야 할 것이다). 4) 새로운 남북 문화예술 교류 프로그램의 개발이 이뤄져야 할 것이다. 5) 문화예술 교류협력 활성화를 위한 재원 마련이 이뤄져야 할 것이다(문화예술 교류협력 사업 지원에 인색한 남북협력기금에 대해 경제・사회・문화예술 등 교류 분야별로 지원비율 할당제를 제도화할 필요가 있다). 6) 정부는 지방 문화단체의 교류 협력 지원 프로그램을 강화해야 할 것이다[17] 등의 방안을 제시하고 있다.

위의 두 차례의 연구에서 제시한 남북사회문화교류의 활성화 방안에 이의를 달 사람은 별로 없을 것이다. 또 두 차례의 연구가 시기만 다를 뿐 제시한 의견이 거의 일치하고 있음을 발견하게 된다. 바람직한 기존 연구의 성과는 되도록이면 정책으로 반영되어야 할 것으로 생각된다.

2. 북한문화에 대한 수용자의 반응

최근의 문학비평이론 중에 새롭게 전개되는 방법론으로 독자중심 비평이론(reader oriented criticism)과 문화연구(cultural studies)가 있다. 전자의 경우 이저와 야우스로 대표되는 독일의 콘스탄츠 학파와 스탠리 피쉬로 대표되는 영미학파가 있다. 전자의 시야를 열어준 저서로 유명한 소설가이자 문명비평가인 움베르토 에코(Umberto Eco)의 『독자의 역할』(The Role of

17) 최대석 외, 위의 글, 261-263쪽.

the Reader, 1979)이 있다. 이 책에서 에코는 텍스트를 '열린 텍스트'와 '닫힌 텍스트'로 구분하고 전자는 의미의 생산에 독자의 협력을 유도하는 반면, 후자는 독자의 반응을 미리 결정한다고 주장하였다. 따라서 독자 나름의 코드(약호)가 어떻게 독서과정중에 텍스트의 의미를 결정하는지에 대해 고찰[18)]하였다. 중요한 것은 독자중심 비평이론이 수용자의 태도와 반응에 의해 작품텍스트의 생명성을 평가하려고 시도한 점이다. 21세기는 청중관객의 시대라고 커뮤니케이션이론가들은 말한다. 창조적 문화콘텐츠가 중요하게 인식되는 시대에는 정치적으로도 권력보다는 시민(네티즌과 NGOs 등)이, 경제적으로 생산자보다는 소비자(리콜 등 요구)가, 문화적으로는 작가보다는 독자나 관객이 더 중요한 위치를 차지하고 있는 것이 대세이다. 따라서 북한에 대한 인식이나 북한문화에 대해한 반응에 있어서도 수용자계층인 남한의 시민들의 여론이 매우 중요하다고 할 수 있다. 그것은 노무현 대통령의 참여정부가 대북정책을 결정하는 데에 있어서 국민과 함께 하는 정책방향을 제시할 것이라고 이미 취임사에서 밝혔기 때문에 더욱더 중요한 의미를 지니게 되었다.

앞서 민족통일연구원의 이우영은 「북한문화의 수용실태 조사」에서 남한 수용자계층에게 북한문화 가운데 어떤 분야를 경험하기를 원하는가를 물었더니 다음의 도표에서처럼 상대적으로 영화(23.5%)나 미술(22.0%)을 경험하기를 원하는 비율이 높으며, 다음으로 북한방송(16.5%), 그리고 북

18) 이선영 · 박태상, 『문학비평론』, 한국방송대출판부, 1999, 212쪽.

한편 스탠리 피쉬(Stanley Fish)는 자신의 초기 이론인 '독서전략'이론에서 벗어나 후기 이론인 '해석적 공동체' 이론을 저서 『이 클래스에 텍스트는 있는가』(Is there a Text in this class, 1980)에서 전개하였다. 어떤 특정한 해석적 공동체의 전략이 독서과정 전체, 즉 텍스트의 문체적 사실들과 독서의 경험을 결정해 버린다는 것이다. 여기에서 전제조건은 특정한 종류의 독서전략을 채택하는 많은 상이한 독자군이 있을 수 있음을 인정해야 한다. 이를테면 최근 정치권력의 정책에 대해 조중동그룹의 언론과 방송 및 한경대그룹의 언론의 해석과 독서전략이 현격하게 다른 것이 한 예가 될 수 있다.

한음악(14.8%)과 북한문학(9.3%)을 원하는 것으로 나타났다고 밝혔다. 이러한 수치에 대해 문학이나 연극 등 순수예술에 대한 관심이 낮아지고 있는 남한이 문화적 환경과 무관하지 않다고 파악하고 있다. 따라서 이와 같은 현실을 반영하여 수용자의 요구를 문화교류의 우선 순위를 정하는 데 반영해야 한다는 견해를 밝히면서 이러한 수용자의 반응을 고려하는 것이 문화교류에 대한 관심을 높이고 효과를 확대하는 데 필요하다[19]고 설명하고 있다.

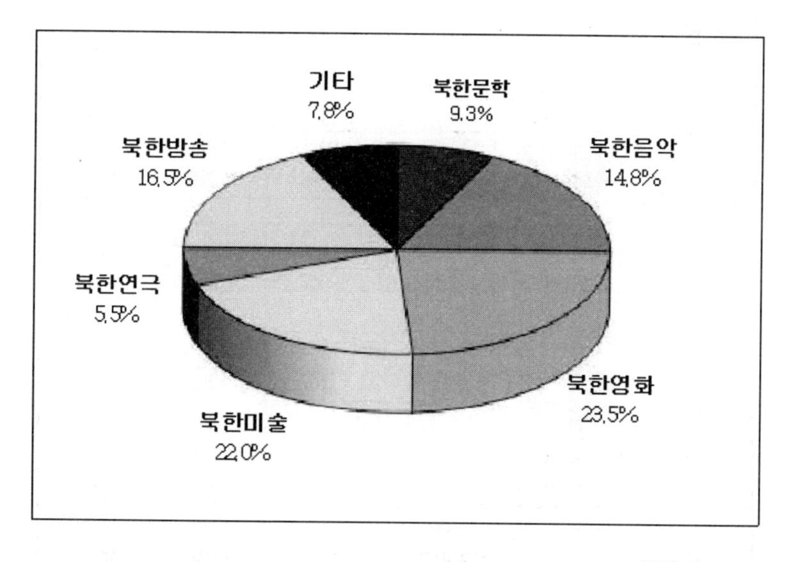

<도표 2>

19) 이우영, 「북한문화의 수용실태 조사」(서울: 통일연구원, 2001), 52쪽.

		집 단			전 체
		고등학생	교 사	대학생	
북한 문학	인원수 집단내 비율 전체의 비율	6 7.2% 1.7%	3 8.8% .9%	23 10.1% 6.7%	32 9.3% 9.3%
북한 음악	인원수 집단내 비율 전체의 비율	22 26.5% 6.4%	7 20.6% 2.0%	44 19.3% 12.8%	81 23.5% 23.5%
북한 영화	인원수 집단내 비율 전체의 비율	23 27.7% 6.7%	14 41.2% 4.1%	44 19.3% 12.8%	81 23.5% 23.5%
북한 미술	인원수 집단내 비율 전체의 비율	12 14.5% 3.5%	6 17.6% 1.7%	58 25.4% 16.8%	76 22.0% 22.0%
북한 연극	인원수 집단내 비율 전체의 비율		1 2.9% .3%	18 7.9% 5.2%	19 5.5% 5.5%
북한 방송	인원수 집단내 비율 전체의 비율	8 9.6% 2.3%	1 2.9% .3%	48 21.1% 13.9%	57 16.5% 16.5%
기타	인원수 집단내 비율 전체의 비율	12 14.5% 3.5%	2 5.9% .6%	13 5.7% 3.8%	27 7.8% 7.8%
무응답	인원수 집단내 비율 전체의 비율			2 .9% .6%	2 .6% .6%
전체	인원수 집단내 비율 전체의 비율	83 100.0% 24.1%	34 100.0% 9.9%	228 100.0% 66.1%	345 100.0% 100.0%

<도표 3>

또 하나 이우영은 수용집단별로 경험하고 싶은 장르가 다르게 나타났다는 조사결과를 제시하고 있어 주목을 끌고 있다. 교사들의 경우 영화를 선호하는 비율이 상대적으로 높았던 반면 대학생들은 북한방송에 대한

관심이 높게 나타났다는 것이다. 그리고 고등학생들은 음악에 대한 관심이 다른 집단보다 높은 것[20]으로 드러났다. 이러한 수용집단의 반응을 반영하여 문화교류를 단계적으로 추진한다는 차원에서 사회집단별로 교류의 목적이나 방안을 보다 세분화할 필요가 있다는 것이다. 과거 냉전적 대결구조에 익숙한 세대들은 정치적 이유에서 일반적으로 북한문화를 거부하는 경향이 있다 따라서 이들에게는 냉전의식을 약화시키고 화해의 필요성을 인식할 수 있는 방향으로 문화교류를 추진하여야 한다. 반면에 젊은 세대들은 자극적인 자본주의 대중문화에 익숙한 까닭에 북한문화를 쉽게 수용하지 못하므로 다양한 문화이해라는 차원에서 문화교류를 추진하는 것이 필요하다는 입장이다. 끝으로 어린아이들의 경우는 상대적으로 정치적 사회적 상황에서 자유롭기 때문에 평화적인 공동체 구현이라는 차원에서 도움이 되는 문화교류를 추진하는 것이 바람직하다[21]는 것이다. 이렇게 수용자의 반응을 고려하면서 남북 문화예술교류를 단계적으로 확대해 나가는 것이 바람직할 것이다.

또 하나 고려해야 할 사항은 특검팀이 대북송금 사건을 조사하는 가운데 남북정상회담의 실무를 담당했던 박지원 전 청와대 비서실장을 구속수감하고 김대중 대통령을 조사해야 하겠다는 뉘앙스를 풍기고 있는 점과 그것에 대한 여론의 추이이다. MBC 문화방송 라디오 <손석희의 시선집중>팀이 여론조사기관인 (주)한길리서치연구소에 의뢰해 6월 16일부터 17일까지 이틀 간 전국의 20살 이상 남녀 1천명을 대상으로 최근 대북 송금 특검 사건에 대한 여론조사를 실시(MBC TV 밤 9시 뉴스 6월 18일 방영)한 결과 응답자의 56.9%는 특검이 수사기한 연장을 요청하면 노무현 대통령이 받아들여야 한다고 답했고 반대의견을 밝힌 응답자는 39.3%에

20) 이우영, 위의 글, 52-53쪽.
21) 이우영, 위의 글, 53-54쪽.

불과했다고 한다. 또 김 전대통령 수사 여부를 묻는 질문에서는 응답자의 56.6%가 찬성한다고 답했고 반대의견은 41.2%에 머물렀다[22]는 것이다. 이러한 여론의 반응은 대북 문화교류에 있어서도 투명성이 보장되어야 하며, 북한의 경제적 사정의 어려움을 고려하더라도 단순하게 퍼주기 식으로 돕는 방안은 곤란하다는 반응을 드러낸 것으로 판단된다.

3. '민족공조'를 내세우는 북한입장의 반영

북한은 1980년대 중반부터 '조선민족 제일주의'라는 이데올로기를 선전선동기구를 총동원하여 대내외적으로 외치고 있다. 우월한 민족적 전통성을 앞세우는 이러한 민족주의적 색채는 김일성 → 김정일로의 세습체제를 확고하게 하고 강화하려는 의도에서 출발하였지만, 80년대 후반부터 구소련연방의 해체와 동구권의 자유화물결이 도래하면서 북한이 자연스럽게 고립화의 길로 접어들면서 더욱 강화되는 양상을 보이고 있다.

북한은 1985년 7월 11일 조선민주주의 인민공화국 주석명령 제35호로 「문화유적 보존 관리사업을 더욱 강화할 데 대하여」라는 문건을 공포하고 이 명령에 근거하여 민족문화유산 복원사업이 대대적으로 추진되어 왕건릉의 복원, 동명왕릉의 개건, 단군유적의 발굴 및 복원 등이 전개되었으며 1992년 5월에는 발해유적에 대한 발굴 조사 사업이 전개되었다. 그리고 1994년 4월에는 제9기 7차 최고 인민회의에서 조선민주주의 인민공화국 문화유물보호법이 채택[23]되기도 하였다. 또 1988년부터 추석이 휴무일로 다시 부활하여 지정되었고 1989년부터 음력설과 한식 그리고 단오가 휴무일로 지정[24]되었다.

---

22) 『한겨레신문』 2003년 6월 19일(목) 종합면 기사.
23) 전영선, 『북한의 문학예술 운영체계와 문예이론』, 도서출판 역락, 2002, 245-246쪽.

북한의 조선민족제일주의는 1994년 김일성 주석 사망 100일 추모회에서는 '김일성민족'이라는 우상화정책에서 변모된 영생사상으로 바뀌었다가 1996년 7월 8일 평양방송은 김일성 주석 2주기를 맞이한 <우리는 김일성민족이다>라는 프로그램에서 "태양이 영원하듯 김일성민족 · 김정일민족은 영원무궁하리라"라고 주장하기까지 한다. 그리고 조선민족 제일주의는 북한의 경제사정의 절박함으로 인해 '민족공조'라는 용어로 바뀌어 적극적으로 활용된다. 북한의 민족 공조 논리는 이미 1990년대 초반부터 통일전선전략으로 구체화되기에 이른다. 1992년 2월 10일 북한 조국평화통일위원회는 성명을 발표하여 조국통일을 위한 협상기구로서 북과 남, 해외의 정치인 연합회의에 관한 제안[25]을 내놓았다. 그러다가 「6 · 15 공동선언」 채택 이후 2001년 초반부터 북한에서 '민족공조'란 말이 새롭게 등장했다. 이에 앞서 1999년부터 북한의 대남공작방송인 '민민전'에서 최초로 민족공조란 표현을 사용하기 시작했다. 북한은 경제지원에 대해 조상 전래의 '부조'를 상기시키며 북한이 어려울 때 남한이 도와주는 것은 동족으로서 당연하다는 논리를 전개하면서 경제지원을 호소[26]하고 있다.

그런데 최근에 북한은 핵개발 의혹에서 비롯된 미국 부시정부의 대북 강경책에 맞선 지렛대로 활용하면서 남한으로부터 경제적인 지원을 얻어내기 위한 효율적 방안으로 '민족공조'의 논리를 다시 들고 나오고 있다. 2003년 6월 13일 남북 정상회담의 북측 실무책임자인 북한의 김용순 당비서는 6 · 15공동선언 3돌을 맞아 『로동신문』의 기고를 통해 '민족공조'를 강조했다. 김용순은 "북과 남은 6 · 15 공동선언의 기본정신에 맞게 우

24) 전영선, 위의 책, 246쪽.
25) 안찬일, "북한의 민족공조 전략의 본질과 전망", 『2003년 북한연구학회 춘계학술세미나』 논문집, 5쪽.
26) 안찬일, 위의 글, 7쪽.

리 민족끼리 공조해야 한다"며 "대화를 해도 조국통일을 위한 자주적인 대화를 하고 협력과 교류, 내왕을 해도 민족 공동의 이익과 번영을 위한 협력과 교류, 내왕을 추진시켜야 한다"고 말했다고 <중앙방송>과 <평양방송>이 보도했다. 그는 이어 "북남 관계, 통일문제는 우리 민족끼리 풀어야 할 민족 내부의 문제인 것인만큼 민족공조를 실현해야 한다"며 "외세와의 공조는 우리 민족의 화해와 단합, 자주통일을 방해하는 반통일 반민족의 길"이라고 주장했다.[27)]

이러한 북한의 민족공조의 논리를 이제 노무현 참여정부가 지렛대로 이용하여 문화예술교류의 활성화를 도모함으로써 정치적 실리를 챙겨야 한다. 즉 민족공조의 논리로 쌀과 비료지원의 인도적인 지원에 병행하여 '사회문화교류 추진위원회'를 공동으로 조직하여 민간교류의 물꼬를 터야 한다. 동서독의 예에서 나타나듯이 동독은 서독의 대중문화의 범람에 따른 주민들의 사상적 오염을 겁내 문화교류를 가장 늦게 추진했던 역사적 영험이 있다.

4. 데이비스와 토드의 원형적 사례의 패러다임 – '문화공조' 카드활용

앞서 로버트 스턴버그의 사랑의 심리학이론을 도입하여 남북관계의 진전양상을 설명하였다. 이와 병행하여 데이비스와 토드의 원형적 사례 패러다임도 상당한 도움이 되리라고 판단된다. 미국 남가주대의 심리학과 교수인 데이비스(Keith E. Davis)는 미혼과 기혼의 대학생 250명에게 우정과 낭만적 애정의 대표적인 특징에 대한 설문조사를 하여 <우정의 특징

27) 『한겨레신문』 2003년 6월 13일 북한/통일면 기사.

8가지>를 추출하였다. 우정의 특징은 1) 즐거움, 2) 수용, 3) 신뢰, 4) 존중함, 5) 상호협력, 6) 감추지 않음, 7) 이해, 8) 자발성으로 요약된다.[28] 2) '수용'이란 친구 사이인 그들은 서로 있는 그대로를 수용하여 상대방을 다르게 고치려 한다거나 어떤 새로운 다른 사람으로 만들려고 하지 않는다는 것을 의미한다. 6) '감추지 않음'이란 그들은 각자의 감정이나 경험을 서로 털어놓는다는 것을 말한다. 7) '이해'라는 것은 그들이 각자에게 무엇이 중요한지를 알며 친구가 왜 그런 일을 하는지도 알고 있음을 의미한다. 끝으로 8) '자발성'이란 사귀는 동안 각자가 어떤 역할을 해보려고 하는 것을 뜻한다. 2000년 6월 15일의 남북 정상회담이후 올해로 3주년을 맞이하였다. 현재의 남북관계는 북한의 핵개발 의혹으로 인해 경색국면에 접어들었지만, 4월 27일의 제10차 장관급회담이 평양에서 열리는 등 소위 민족공조의 외형적 형태는 유지하고 있는 실정이다. 따라서 낭만적 애정의 단계는 아닐지라도 '깊은 우정'을 쌓아 가는 과정에 접어들었다고 판단된다.

따라서 북한이 주장하는 '민족공조'를 맞받아쳐 21세기의 선진적 문화의 시대를 열어가기 위해 '문화공조'를 도모하자는 새로운 협상카드를 꺼낼 필요가 있다. 문화공조를 내세우기 위해 '신남북문화교류 5원칙'을 주장해야 한다. 그것은 1) 쉽고 시급한 일부터 착수한다. 2) 공동의 번영을 위한 문화교류부터 시작한다. 3) 민족 자부심을 느끼게 해주는 분단이전의 민족 전통문화를 우선적으로 교류한다. 4) 정치적 색채를 지니거나 상호 경쟁적인 분위기를 자아낼 수 있는 사업은 뒤로 미루거나 배제한다. 5) 문화교류의 활성화와 공동실천을 통해 '민족의 정서적 통합'을 최우선적으로 이루도록 노력한다 등의 다섯 가지로 구성된다. 1)의 구체적인 사업

28) 김중술, 『사랑의 의미』, 서울대출판부, 1992, 12-13쪽.

의 예로는 이미 통일부가 허가한 불교계의 북한 사찰의 단청 채색 지원 사업이 있다.

그리고 통일부와 문화관광부의 협의에 의해 '사회문화교류 추진위원회'를 구성하되 그 위원은 10여 명 내외로 하고 학술, 문화, 예술계, 종교계, 언론출판계 인사를 중심으로 조속히 구성하여 문화공조 방안 마련과 능동적인 대북 제안과 교류를 주도하도록 노력해야 할 것이다. 다음 단계는 장관급 회담을 통해 남북 공동의 사회문화 교류 추진위원회 구성을 제안해야 할 것이다. 아울러 이러한 위원회를 통해 민간교류를 활성화하고 후원하는 데 주력해야 한다. 또한 평양과 서울에 각각 대학로 같은 <문화존>을 형성하여 상설공연장으로 활용하는 방안을 제안할 필요가 있다. 이러한 문화존의 설정은 남북 문화예술인의 교류증진에 크게 기여할 것이다.

앞서의 '신남북 문화교류 5원칙'에 입각하여 1) 쉽고 시급한 일부터 착수한다와 2) 공동의 번영을 위한 문화교류부터 시작한다는 원칙에 근거하여 남북 문화예술 교류 프로그램에 대해 정리해 보기로 한다.

번호	분 야	문화예술교류 프로그램
1	언어	맞춤법의 공동 제작 및 연구, 통일국어 대사전의 편찬, 서울과 평양에 공동 우리말 연구소 설립
2	생활문화	김치와 냉면의 맛 공동연구, 김치연구소의 공동 설립, 한복의 현대화 연구소 설립, 한복패션디자이너의 평양발표회 추진(이를테면, 이영희 평양 패션 쇼), 농촌 가옥의 현대화 프로그램(북한의 새살림집 짓기 운동 지원)
3	문학예술	인민문화궁전에 문학연구소 운영, 한용운·신채호·정지용·윤동주·백석·이상화 등 민족작가 공동 연구 및 세미나 개최, 실학파 사상가 공동 연구, 민요 채집 및 공동 세미나 개최, 남북 작가의 서울 방문 및 창작 세미나 개최, 김책공대 창작반 학생들과 서울예전 문창과 합동 백일장 개최(서울, 평양)
4	음악예술	남북 국립교향악단 합동공연의 추석 공연 정례화, 북한의 인기가수 전혜영, 이경숙의 서울 공연 추진, 보천보 전자악단과 윤도현 밴드의 합동공연 추진, 윤이상 음악제의 공동 개최, 남북 민요축전의 개최, 식민지 시대 대중가요의 공동 연구와 세미나 개최, 통일문화축전의 정례화
5	미술예술 (사진 포함)	조선화(동양화)의 역사와 현황에 대한 공동 연구 및 세미나 개최, 백남준 설치미술전의 평양공연 추진, 남북 화가에 의한 통일벽화의 공동 제작 및 영구 전시, 이천 국제도자기전에서의 북한 도예전 개최, 남북공동사진전 개최(백두에서 한라까지), 평양미술대학생과 홍익대 학생들의 합동 미술전시회 개최
6	무용, 연극 및 TV드라마	국립민속예술단(만수대예술단)과 국립무용단의 합동공연, 만수대예술단의 서울 공연 추진, 남북 국립연극단의 합동공연, 조국통일 주제의 TV드라마 합동제작 및 남북 배우 공동 출연,
7	영화예술	조국 통일주제의 영화 합동 촬영(예를 들면 쇠찌르레기), 서울에서 북한 영화제 개최, 칸이나 베네치아영화제에 남북영화인 공동 참석(공동 제작 영화 출품 준비), 남북 합작 영화 <아리랑> 제작, 금강산관광지구에 남북 영화촬영소 설립
8	역사나 학술 및 문화유산	단군 공동연구 및 세미나 개최, 일본교과서 왜곡사건 세미나 개최, 조선중앙TV와 KBS TV의 남북 문화유산 합동 촬영 및 방영, 조류의 생태계 공동연구 및 세미나 개최, 남북 식물학자의 공동채집 및 생태계 공동연구 지원, 남북 과학기술교류 확대, 정보화교육 지원
9	종교	불교계의 북한사찰 단청 채색 지원(이미 결정), 해인사와 보현사의 자매결연, 봉수교회와 칠골교회 목사의 서울 방문 추진, 한국교회사 공동 연구 및 세미나 개최
10	출판 및 아동문학	북한도서전시회의 서울 개최, 남북문화예술인사전의 공동 제작출판, 북한 동화집의 서울 출판, 북한 애니메이션 산업의 지원 육성, 남북 아동작가대회의 서울 개최 추진
11	기타 관광스포츠	남북 관광 문화지도의 제작 및 배포, 북한 관광계 종사자의 제주도 방문 추진, 인삼 및 한약재의 남북 공동판매전 개최, 남북문화예술인들의 묘향산, 설악산 교환 방문 추진, 남북 여자축구대표팀의 상호 방문 경기

<표 4>

V. 맺음말

남북한간의 대화와 교류에는 수많은 장애물들이 놓여있다. 민족의 먼 장래를 생각하기보다는 남북한의 정치권력이 당면한 현안에만 매달려 정책을 즉흥적으로 결정하기 때문이다. 남북 사회문화교류에서 최우선되어야 할 전제조건은 정치적인 통일보다는 '민족의 정서적 통합'이라는 당위성의 문제이다. 적어도 남북 문화예술 교류에서만큼은 민족의 미래를 생각하여 민족 동질성의 복원이나 회복이라는 순수성을 염두에 두어야 한다.

권오규 청와대 정책수석은 며칠 전 미국 월가에서 있었던 '한국 대표기업 투자 설명회' 오찬 연설에서 한 월가 투자자의 질문에 대해 독일 통일모델은 우리 현실에 안 맞으므로 체코가 시장경제를 받아들이는 과정을 벤치마킹해야 한다고 말했다고 외신은 전했다. 체코는 자신의 체제를 그대로 유지한 채 세계은행과 IMF 등 외부의 지원을 받지 않고 시장경제 체제로 옮겨가기 위해 스스로 리스트럭처링(구조조정)을 실천했으며 그 결과 첫 2년 동안은 마이너스 성장을 기록하는 등 고통을 겼었지만 3년차에 성장률 0%를 기록해 3년 내 시장경제 체제로 전환하는 데 성공했다고 평가했다(『조선일보』, 2003년 6월 18일자 종합면 기사)는 것이다. 아마 북한을 자극하지 않고 북한경제를 시장경제로 유도하기 위한 의도적인 발언으로 보여진다. 여기에서 중요한 것은 권오규 정책 수석이 노무현 참여정부 내에서 상당한 발언권을 가지고 있는 정책통이라는 점이다. 따라서 그의 이러한 대북 경제시각은 가까운 장래의 남북 교류협력의 관계설정 측면에서 짚어보아야 할 점이 많다. 북한에 대해 거의 모든 돈을 대면서 통일을 사는 식의 M & A 방식으로는 남북이 함께 망한다는 개인적 인식이라는 토가 달려 있는 것으로 보아 앞으로의 남북 교류협력에서는 투명성 보장과 호혜주의 원칙이 강조될 것이고 북한의 자생력을 키워주는 정책방안을 모색할 것이라는 것을 시사하는 발언이라고 할 수 있다. 중요한 것은 이러한 남북 교류협력의 정책방향이 국제정세와 남북 간의 당면한 현안에 밀려 흔들리지 않고 확고하게 정립될 수 있는가 하는 문제이다.

이러한 국민의 정부와는 다른 노무현 참여정부의 정책방향의 전환을 어느 정도 믿는다고 전제할 때, 남북 문화예술 교류의 활성화를 위해서는 인내심을 가지고 정치권력의 한건주의나 정치우선정책을 유혹에서 벗어나서 단계적이고 총체적인 접근을 할 필요가 있다. 즉 참여정부는 식량이나 비료 등 인도적인 대북지원과 남북 철도·도로 연결사업이나 개성공단 개발사업 그리고 금강산 관광사업 등 남북경제교류협력사업은 계속하되 반대급부로 한일관계의 사례처럼 줄기차게 문화예술교류의 점진적 확대를 요구해야 한다. 즉 북한의 '민족공조' 주장에 화답해 강력하게 민족의 평화번영을 위해 '문화공조'를 주장해야 한다. 이러한 문화예술교류의 성과가 가시적으로 나타날 때 투명성 확보에 대한 국민들의 전폭적인 후원이 뒤따를 것이라는 점을 명심해야 한다.

따라서 그간의 남북교류협력을 통한 남북관계의 친밀도를 로버트 스턴버그의 삼각형 모형을 근거로 하든 데이비스와 토드의 우정의 특성에 관한 원형적 사례의 패러다임을 적용하든 간에 종합적이고 가시적인 체크시스템을 마련하여 문화예술 교류에 적용해야 한다는 점을 강조하고자 한다. 이러한 투명성 보장과 호혜주의의 원칙에서 1) 쉽고 시급한 일부터 착수한다, 2) 공동의 번영을 위한 문화교류부터 시작한다, 3) 민족 자부심을 느끼게 해주는 분단 이전의 민족 전통문화를 우선적으로 교류한다, 4) 정치적 색채를 지니거나 상호 경쟁적인 분위기를 자아낼 수 있는 사업은 뒤로 미루거나 배제한다, 5) 문화교류의 활성화 공동실천을 통해 '민족의 정서적 통합'을 최우선적으로 이루도록 노력한다는 '신남북문화교류의 5

원칙'을 남북 장관급 협상 당국자들이 다시 선포하고 그러한 정신을 구체적으로 실천함을 통해 명실상부한 민족공조와 문화공조를 이루어나가기를 바란다.

그리고 통일부와 문화관광부의 협의에 의해 '사회문화교류 추진위원회'를 구성하되 그 위원은 10여 명 내외로 하고 학술, 문화, 예술계, 종교계, 언론출판계 인사를 중심으로 조속히 구성하여 문화공조 방안 마련과 능동적인 대북 제안과 교류를 주도하도록 노력해야 할 것이다. 다음 단계는 장관급 회담을 통해 남북 공동의 사회문화 교류 추진위원회 구성을 제안해야 할 것이다. 아울러 이러한 위원회를 통해 민간교류를 활성화하고 후원하는 데 주력해야 한다.

북한문학상의 김정일 묘사 특징*

I. 머리말

최근 북한은 미국의 부시행정부의 등장 이후에 대외 정치에 장고를 거듭하고 있는 형국을 보이고 있다. 김정일 정권은 내부적으로는 강성대국을 외치면서 몰래 핵개발과 미사일개발에 주력하는 양상을 보이고 있다. 그러면서도 대외적으로는 전통적인 벼랑끝 외교전략을 펴면서 북・미수교와 북・일수교를 최우선과제로 삼는 듯한 양태를 드러내고 있다. 그 결과 일본의 고이즈미 총리와의 정상회담에서는 예상을 깨고 일본인 납치문제를 시인하는 구걸외교를 폈으며 미국의 켈리특사에게는 핵개발을 시인하는 솔직함을 전세계에 드러냈다. 아울러 남북대화에 있어서도 남북정상회담 이후의 적극적인 실리적 대화자세에서 벗어나지 않고 있다.

하지만 북한의 전통적인 외교전략은 강・온 양면을 구사하는 이중성을 보이는 것으로 유명하다. 이를테면 최근의 경우도 금강산관광특구를 지

---

* 『북한연구학회』 2002-2학기 세미나: 2002. 12. 6, 프레스센터 19층.

정했다는 뉴스를 내보내는 한편 경의선·동해선 철도연결을 위한 지뢰제거작업에서 유엔사를 배제하려는 의도에서 작업을 일시 중단하는 등의 양동작전을 펴고 있는 것이 대표적인 예라고 할 수 있다.

물론 이러한 고도의 대내외적인 생존전략은 김정일 국방위원장의 손끝에서 나온다고 해도 무리가 없을 것이다. 북한은 유일체제의 국가이다. 그것도 1970년대부터 김일성주체사상이라는 독특한 공산독재체제를 구축한 병영국가의 양상을 보이고 있는 것이 북한의 현상이다. 따라서 김일성에 이은 김정일을 체계적으로 연구하는 것이 절대적으로 필요하다. 정치학분야에서의 체계적인 연구는 이종석[1]과 김명수[2]에 의해 이미 상당한 진척을 이루었다. 하지만 문학예술분야에서의 연구는 진전이 별로 없는 듯이 보인다.

북한문학에서 김정일이 등장한 것은 상당히 오래되었다. 애초에는 '당중앙'이나 '지도자 동지'로 호칭되면서 예술문화 정책분야에서 직접적으로 현지 지도하는 형식으로 등장하였다. 구체적으로는 1964년 노동당 중앙위원회 지도원으로 출발하여 과장과 부부장 등으로 활동하던 시기인 1960년대 중반에 이미 문학과 영화분야에 대한 견해를 내놓기 시작하였다. 그 시기의 연설문으로 "혁명적인 문학예술작품 창작에 모든 힘을 집중하자"(1964년 12월 10일, 문학예술부문 일군들앞에서 한 연설), "새로운

---

1) 이종석, "김정일연구 1", 『역사비평』 제14호, 1991년 가을호.

이종석은 위의 연구를 바탕으로하여 김정일 연구의 필요성제기와 김정일의 출생과 성장, 권력부상과 후계자 등장과정, 김정일의 통치력 등에 대한 치밀한 연구성과를 『현대북한의 이해』(역사비평사, 1995)라는 단행본으로 출간한 바 있다.

2) 김명수, "김정일의 권력승계와 정책변화 전망", 평화문제연구소, 『통일문제연구』 통권 제28호, 1997년 하반기호, 214-233쪽.

김명수는 상기논문에서 김일성 사후 3년이 지나도록 김정일이 공식권력승계를 하지 않았던 이유로 식량난을 포함한 경제적 문제를 제시하고, 북한에서 김정일의 권력장악과정과 통치력, 그리고 승계이후 권력구조의 개편전망 등을 치밀하게 분석하고 있다.

혁명문학을 건설할 데 대하여"(1966년 2월 7일, 조선작가동맹 중앙위원회 위원장과 한 담화), "4·15 문학창작단을 내올 데 대하여"(1967년 6월 15일, 조선노동당 중앙위원회 선전선동부 일군들과 한 담화), "작가, 예술인들 속에서 당의 유일사상체계를 철저히 세울 데 대하여"(1967년 7월 8일, 당사상사업부문 및 문학예술부문 책임일군들과 한 담화) 등이 있다. 그 이후 김정일은 80년대까지 꾸준하게 문학예술사업분야에서 자신의 독창적인 식견을 바탕으로 열정적으로 사업을 추진하여 김일성의 신임을 얻게 된다. 대표적인 업적이 4·15 문학창작단과 백두산 영화창작단을 만들어 김일성의 수령형상창조에 힘을 쏟아 『불멸의 력사』 총서(1972년 권정웅작 『1932년』을 시작으로 1994년 김수경작 『승리』가 출간되기까지 총 20편이 간행됨)를 완간하고, 총서형식의 10부작 예술영화 『조선의 별』(1980~1987년, 백두산창작단, 리종순작 엄길선, 조경순 연출)을 완성한 것이다.

그런데 재미있는 것은 김정일이 후계자수업을 받고 있던 시기인 1970년대 중반부터 그를 우상화하는 시집과 가사작품 등이 쏟아져 나오기 시작하였다는 점이다. 김정일을 노래한 종합시집인 『향도의 해발 우러러』는 1975년에 첫 시집이 나온 후 1995년까지 23권이 나왔다. 그리고 가사문학으로는 「대를 이어 충성을 다하렵니다」(1971년, 집체가사, 성동춘 작곡), 「친애하는 김정일동지의 노래」(1976년 집체가사, 리학범작곡), 「친애하는 지도자동지의 만수무강을 축원합니다」(1976년, 백인준작사 김제선 작곡) 등이 쏟아져 나왔다. 그리고 소설분야에서는 시에 비해 상당히 뒤늦게 1980년대부터 창작이 이루어졌는데, 단편소설집으로 『조선의 행복』(1983년, 김병훈의 「고향길」 등 15편 수록), 『백두산의 해돋이』, 『향도의 태양』 등이 발행되었고 그곳에 55편의 단편소설이 수록되었다. '90년대 들어서는 장편소설인 현승걸의 『아침해』(1989), 이종렬의 『예지』(1990),

박현의 『불구름』(1991) 등과 『불멸의 향도』 총서로 백남룡의 『동해천리』(1996), 『평양은 선언한다』, 『서해전역』(2000) 등이 창작되었다.

이러한 문학작품들에서 북한의 사실상 수령인 김정일의 형상창조가 어떻게 그려지며, 문학사에서 그 위상은 어떠한지 그리고 북한문학에서 김정일의 성격과 통치스타일은 어떻게 묘사되는지 등에 대해 살펴보는 것은 의미 있는 작업으로 생각된다. 그리고 연구방법론은 내재-비판론적 방법론을 주로 취하기로 한다.

II. 김정일위원장의 전기적 생애

북한에서는 사실상 김정일 국방위원장 한 사람이 연출하는 연극이나 영화같이 모든 정책이 입안되고 결정이 되어 시행되고 있다고 해도 과언이 아니다. 따라서 그의 삶 자체도 세계 어느 지도자의 전기와는 비교가 안 될 정도로 과장되고 미화되어 있다.

북한의 최고 지도자인 김정일 국방위원장의 생애와 경력을 요약 정리하는 것은 간단한 작업이 아니다. 그 이유는 그의 출생에서부터 남·북한에서 발행된 저서들이 다른 견해[3]를 표명하고 있기 때문이다. 또 김정일 위원장이 문화예술부장을 지낸 경력에 대해서도 이의를 제기하는 견해가

---

3) 『조선일보』 2002년 8월 23일(금) 정호선특파원 기사.
정호선특파원은 하바로프스크에서 70km 떨어진 바트스코예마을에 살고 있는 아우구스타 세르게예브나 할머니(73)를 인터뷰하여 김정일 국방위원장이 바트스코예 마을에서 쌍둥이로 태어났으며 어릴 때 "똘똘했고 아이들과도 잘 어울렸다"는 사실적 증언을 보도했다. 그녀는 " 김 위원장 아버지인 김일성은 1942년부터 1948년까지 소련 88여단에 소속된 3개 대대 중 1개 대대를 지휘했다"고 말하고, 또 "김 위원장은 1941년 2월 16일 쌍둥이로 태어났으며, 그의 동생은 3-4세 때쯤 우물에 빠져 죽었다"는 증언과 "김 위원장의 러시아 이름은 유라였고, 동생은 슈라로 불렸다"는 기억을 되살려 증언하였다.

있으며 사생활에 대해서도 날조된 기사라는 북측의 반응이 있다.

따라서 김정일 위원장의 개략적인 생애와 경력은 최근 나온 30권으로 된 『조선대백과사전』을 주텍스트로 하여 정리하되 남한학계에서 이의를 제기하는 항목은 같이 밝히기로 한다. 백과사전을 참조로 할 때 김정일 국방위원장의 전기적 생애는 총 5기로 나눌 수 있다. 그것은 1) 수학기, 2) 후계자수업기, 3) 70년대 중반의 권력장악과 후계구도 완성기, 4) 80~90년대의 향도자로서의 활동기, 5) 권력승계 및 홀로서기의 시련기로 구분된다. 앞서 김동규 교수는 김정일의 생애를 소년기, 청년기(정치 실무 학습기), 성인기(권력장악기), 장년기(국가통치기)로 구분[4]하였다.

『조선대백과사전』은 1권(1995)에서 '위대한 김일성수령'과 '위대한 령도자 김정일동지'에 대한 전기적 생애와 업적에 대해 나열하고 있다. 백과사전은 김정일위원장이 1942년 2월 16일 백두산 밀영에서 탄생했다[5]고 서술하고 있다. 이 사전은 "김정일 동지의 탄생은 영광스러운 주체시대의 무궁한 개화발전과 경애하는 수령님의 혁명위업의 종국적 승리를 이룩해 나갈 향도성을 맞이한 우리 민족과 진보적 인류의 일대 경사였으며 우리 당과 혁명의 양양한 전도와 조국과 민족의 영원한 행복, 인류의 자주위업의 찬란한 미래를 기약하는 력사적 사변이었다"고 장황하게 언급하고 있다. 어릴 때부터 남달리 총명하고 영특한 천품을 펼쳐나간 김정일은 1953년 2월 10일 만경대혁명학원에서 '김일성장군의 략전연구소조'를 결성하였으며 김일성의 혁명사상과 혁명전통을 깊이 연구하고 따라배우도록 하기 위한 사업을 힘있게 조직전개하였다[6]고 찬양한다.

1960년 9월 청년 김정일은 김일성 종합대학교 경제학부에 입학하였고,

---

4) 김동규, 『북한학총론』, 교육과학사, 1999, 411-420쪽.
5) 강경구 외 편, 『조선대백과사전』 1권, 평양, 백과사전출판사, 1995, 18쪽.
6) 강경구 외 편, 『조선대백과사전』, 19쪽. 이하 『조선대백과사전』 쪽수만 표시함.

시 「조선아, 너를 빛내리」를 지어 조선혁명과 세계혁명의 종국적 승리를 이룩하려는 구상을 밝혔으며, 1961년 3월에는 김일성수령의 로작학습을 기본으로 하는 만페이지 책읽기운동의 봉화를 지폈다[7]고 한다. 아울러 1962년 8월 중순부터는 어은동 군사야영훈련에 참가하여 대학생들의 군사훈련을 구체적으로 지도했다[8]고 한다. 김일성대학을 졸업한 김정일은 1964년 6월 19일부터 조선로동당 중앙위원회 지도원으로 사업을 시작[9]했다. 이 시기에 대해 백과사전은 "우리 당은 력사상 처음으로 수령의 위업 계승문제를 훌륭히 해결한 혁명적 당으로 될 수 있었다"[10]라고 서술하고 있다. 1967년 5월에 있었던 당 중앙위원회 제4기 제15차 전원회의를 계기로 김정일은 당의 유일사상체계를 세우는 사업을 주도하고 당 안에 숨어 있는 부르죠아분자, 수정주의분자들을 적발분쇄하였다[11]고 설명하고 있다. 이것은 이 회의에서 박금철, 이효순, 허학송 등 갑산파 고위간부들과 당내 선전·문화를 담당하던 간부들이 유일사상을 위배하는 정책을 전개해왔다[12]고 비판하면서 숙청한 것을 뜻한다. 그리고 1967년 8월 함흥지구를 찾아 룡성의 로동계급이 새로운 혁명적 대고조의 앞장에 서서 경제건설과 국방건설의 병진로선을 관철해 나가도록 공장, 기업소, 협동농장들에 현지지도의 길을 이어나갔다고 선전하였다.

김정일은 1969년에 당선전선동부 부부장을 지내고 1970년 9월에는 당 문학예술부 부부장에 임명되었으며, 1973년 9월 17일에 당 조직 및 선전 담당 비서[13]가 되었지만 백과사전은 이러한 경력에 대해서는 기술하고

7) 강경구 외 편, 『조선대백과사전』, 같은 쪽.
8) 강경구 외 편, 『조선대백과사전』, 같은 쪽.
9) 강경구 외 편, 『조선대백과사전』, 20쪽.
10) 강경구 외 편, 『조선대백과사전』, 같은 쪽.
11) 강경구 외 편, 『조선대백과사전』, 21쪽.
12) 이종석, 『현대 북한의 이해』, 역사비평사, 2000, 498쪽.
13) 이종석, 위의 책, 499-501쪽.

있지 않은 것이 특이하다. 그 대신 김일성 주석의 60돌을 계기로 수령을 중심으로 하는 당과 인민의 정치사상적 통일과 혁명적 단결을 더욱 반석같이 다지도록 정력적으로 지도한 공적과 1960년대 초부터 영화예술을 비롯한 문학예술부문의 사업을 지도하여 불후의 고전적 명작들인 『피바다』, 『한 자위단원의 운명』, 『꽃파는 처녀』 등을 영화로 옮기는 사업을 힘있게 밀고 나가 혁명적 영화예술의 빛나는 전통을 이룬 업적을 찬양하고 있다. 1965년에 김정일은 김일성주석을 수행하여 인도네시아를 방문하였다.

1974년 2월 13일 조선로동당 중앙위원회 제5기 제8차 전원회의에서 김정일은 정치위원이 됨으로써 유일한 후계자, 주체적 혁명위업의 위대한 계승자로 높이 추대되었다고 서술하고 있다. 황장엽 전 노동당 비서는 당시 김정일의 권력 장악과 김영주의 권력약화에 대해 중요한 발언을 하고 있다. 1974년 2월의 당 전원회의에서 김일성은 동생 김영주에 대해 사업의욕이 없고 자신을 잘 도와주지 않는다고 비판했고, 곧 당 전원회의에서 부총리로 강등되었다고 한다. 그리고 당시 김영주의 오른팔 격이었던 선전비서 김도만과 국제비서 박용국의 제거는 그의 기반을 결정적으로 약화시키는 계기가 되었다는 것이다. 이들은 다같이 소련유학출신으로서 극단의 좌경을 반대했으며 개인숭배를 별로 좋아하지 않았다[14]는 것이다. 김정일은 김영주가 부총리로 있는 것도 껄끄럽게 생각하여 양강도의 어느 작은 산골로 보내 연금시켜 버렸다. 하지만 김일성은 자기 동생문제로 평판이 좋지 않고 김정일의 경쟁 상대가 되지 않는다는 것을 깨닫고 그를 1993년에 형식상의 부주석으로 복권[15]시킨다.

70년대의 김정일은 크게 세 가지 족적을 역사에 남긴다. 그 하나는 온

---

14) 황장엽, 『나는 역사의 진리를 보았다』, 한울, 1999, 172-173쪽.
15) 황장엽, 위의 책, 같은 쪽.

사회의 주체사상화를 외치며 세대교체를 시도하여 권력기반을 다지는 것이다. 백과사전은 김정일 국방위원장이 온 사회의 주체사상화 강령을 빛나게 실현하기 위하여 사상・기술・문화의 3대혁명을 심화발전시키기 위한 투쟁을 현명하게 조직영도하였다고 기술하면서 3대혁명은 우리 당의 전략적 로선이다라고 강조하고 있다. 이 3대혁명은 1975년 11월에는 "사상도 기술도 문화도 주체의 요구대로!"라는 구호밑에 새로운 형태의 공산주의적 대중운동인 '3대혁명 붉은기 쟁취운동'을 몸소 발기하고 힘있게 벌려나가도록 하였다[16]고 찬양하고 있다. 이 무렵인 1974년 10월에는 충성의 '70일 전투'를 펼쳐 진두지휘를 하여 속도전의 새역사를 전개하였다.

둘째, 자력갱생운동과 우리식 사회주의의 기치를 높이 들었다. 김정일은 1978년 1월 자력갱생의 혁명정신을 더욱 높이 발휘하는 것을 당사업의 총적 방침으로 내세웠으며 전당, 전민을 인민경제의 주체화・현대화・과학화를 다그치기 위한 투쟁에로 힘있게 불러일으켰다고 강조한다. 이와 함께 1978년 말에는 "우리 식대로 살아나가자!"라는 전략적 구호를 제시하였으며, 1979년 10월부터는 김일성이 찾아낸 숨은 영웅들의 모범을 따라 배우는 운동을 친히 발기하였다[17]고 선전하고 있다.

셋째, 1975년 1월 1일에 전군의 주체사상화할 데 대한 혁명적 방침을 제시하여 인민군대를 당의 군대, 혁명의 군대로서의 면모를 훌륭히 갖춘 불패의 혁명무력으로 강화하였다[18]고 선전함으로써 90년대의 선군정치의 기틀을 다지게 되었다.

김정일은 1980년대와 90년대는 향도자로서의 면모를 과시하고 있다. 첫째, '80년대 속도'를 창조할 데 대한 혁명적 방침을 내놓고 "천리마대

16) 강경구 외 편, 『조선대백과사전』, 23쪽.
17) 강경구 외 편, 『조선대백과사전』, 같은 쪽.
18) 강경구 외 편, 『조선대백과사전』, 같은 쪽.

고조시기의 기세로 '80년대 속도'를 창조하자!"라는 혁명적 구호밑에 인민 경제 모든 부문, 모든 단위에서 '80년대 속도' 창조운동[19]을 펼쳤다. 특히 1983년 4월과 1984년 4월 서해갑문 건설장을, 그리고 5월에는 룡성기계련합기업소를, 10월에는 락원기계련합기업소를 비롯한 경제건설의 주요대상들을 현지에서 지도하면서 근로자들을 '80년대 속도' 창조운동에서 새로운 위훈을 세우도록 정력적으로 이끌었다고 미화시키고 있다. 이러한 속도전은 1988년 2월 공화국 창건 40돌을 맞으며 200일 전투를 힘있게 벌려 사회주의 건설에서 계속 앙양을 일으키도록 증산과 절약을 주문하였으나 천리마운동부터 지속적으로 펼쳐진 군중노선은 오히려 근로자들과 공장의 기계들의 피로도를 가속시켜 퇴보만을 거듭하게 되었다. 아이러니컬하게도 이렇게 속도전을 펼친 이 시기에 남북간의 경제적인 격차가 훨씬 많이 벌어졌다는 현실이다. 그것은 세계화와 개방화라는 국제적인 상호 교류 물결의 흐름을 읽지 못하고 우리식 사회주의라는 고립화정책을 편 경제정책의 과오 때문일 것이다. 둘째, 김정일위원장은 1982년 3월 고전적 론문 「주체사상에 대하여」를 발표했다고 업적을 선전하고 있다. 즉 그는 논문에서 주체사상 창시의 력사적 과정을 밝히고 주체사상의 철학적 원리와 사회력사원리, 지도적 원칙들을 전일적으로 천명하였으며 주체사상의 력사적 의의를 분석했다[20]고 장황하게 설명하고 있다. 하지만 김정일 위원장이 인간 중심의 주체사상을 창시하여 마르크스-레닌사상의 유물론적 허점과 한계를 극복했다는 선전은 모두 거짓말로 사실은 자신의 업적을 도용한 것[21]이라고 남한으로 망명한 황장엽 전

---

19) 강경구 외 편, 『조선대백과사전』, 25쪽.
20) 강경구 외 편, 『조선대백과사전』, 26쪽.
21) 황장엽, 앞의 책, 207-208쪽.

"1972년 여름이라고 기억된다. 새 헌법에 대해 토론하던 중에 당시 과학교육부장이

노동당 비서는 분명하게 밝히고 있다.

셋째, 1990년 1월 1일 신년사에서 내놓은 북과 남 사이의 장벽을 마스고 자유래왕을 실현하여 북과 남이 서로 전면 개방 할데 대한 새로운 조국통일방안인 조국통일 5개방안(최고인민회의 제9기 제1차 회의에서의 시정연설에서 제시)을 실현하기 위한 사업을 힘있게 밀고 나갔다고 선전하고 있다. 그리하여 1990년 9월부터 민족분열이래 처음으로 총리를 단장으로 하는 북남고위급회담이 열렸다고 그 업적을 찬양하면서 제 1차로부터 8차에 이르기까지 북남고위급회담에서 조국통일 3대 원칙을 철저히 관철하여 통일의 전제를 마련하기 위한 가장 공명정대하고 합리적인 제안들을 주동적으로 제기했다[22]고 주장하고 있다.

『조선대백과사전』은 김정일 위원장이 1991년 12월에 조선인민군 최고사령관으로, 1992년 4월에 조선민주주의인민공화국 원수로, 1993년 4월에 국방위원장으로 높이 추대되었다[23]고 밝히고 있다. 그리고 김정일은 1997년 10월 8일 노동당 총비서로 취임하였고, 1998년 9월 5일 국방위원장으로 재추대되어 오늘에 이르고 있다.

하지만 김정일에 대한 연구논문을 썼던 이종석 등의 역사적 평가에 의

일어나 말했다. 지금 사회과학원에서 주체사상을 황장엽이 창시했다는 말이 자꾸 나돌고 있는데, 그 대책을 세워야 합니다. 그러자 김일성은 주체사상이야 내가 내놓은 것이고 황장엽은 내 서기라는 사실이 다 알려져 있는데 그게 무슨 문제가 되는가? 그냥 내버려두라면서 일언지하에 과학교육부장의 말을 눌러버렸다 ………(중략)……… (1980년인지 81년인지 정확하지는 않지만~~) 김정일의 책자를 읽어주면서 책을 쓴 날짜가 1974년 4월로 되어 있었다. 내용은 '주체의 유물론', '주체의 변증법'이라는 용어를 사용해서는 안된다는 것이었다. 나는 이 문제로 논쟁할 생각은 없었으나 기분이 묘했다. 마치 주체철학을 예전부터 알고 있기라도 했다는 듯이 날짜까지 김정일이 실질적으로 권력을 잡은 1974년으로 소급하여 조작했던 것이다. 물론 이는 흔히 있는 일이었다."

22) 강경구 외편, 『조선대백과사전』, 28쪽.

23) 강경구 외편, 『조선대백과사전』, 27쪽.

하면 북한의 이데올로그들이 1960년대 후반부터 1980년대 중반까지 김정일이 북한사회에서 쌓은 업적들을 내세우며 인민적 정통성의 확보를 시도하였지만, 이 시기가 바로 북한의 역사에서 '저발전과 침체의 시기'[24] 라는 궁극적 모순에 봉착하게 되었던 것이다.

III. 북한 저작에 나타난 김정일의 형상과 업적

김정일 국방위원장을 칭송하는 북측의 저작물은 크게 두 가지 종류가 있다. 한 가지는 북한 당국이 직접 발행한 것이고 다른 한 가지는 일본 기자나 조총련계 인물을 통한 출판물[25]이다. 후자의 경우 김정일이 세계적으로 존경받고 있는 인물이라는 점을 홍보하기 위한 것이지만, 사실상 책을 펴보면 북한 당국에 의해 연출된 것이라는 것을 쉽게 알아차리게 된다.

북한에서 발행된 김정일 국방위원장을 찬양하는 저작물들의 특징은 그의 능력에 대해 크게 두 가지 점에서 비범함을 내세우고 있다. 하나는 위대한 사상리론가로 거론하는 것이고 다른 하나는 그를 위대한 정치가로 칭송하는 경우이다. 전자의 경우 1996년부터 발행되고 있는 경제학 1권에서 4권,[26] 철학 1권과 2권,[27] 그리고 문예학 1권부터 5권[28]까지가 있다.

---

24) 이종석, 앞의 책, 517-518쪽.

25) 이러한 저술작업에는 다음과 같은 책들이 있다.

1. 강두만(조국통일 범민족련합재중국조선인본부), 『문학예술에 바친 위대한 사색』, 평양, 평양출 판사, 1996.
2. 송국현(서울에서), 『세계의 김정일』, 평양, 평양출판사, 2001.
3. 장석(로스엔젤리스에서), 『김정일장군 조국통일론 연구』, 평양, 평양출판사, 2002.
4. 한재만(한 해외동포 인사), 『김정일—인간 · 사상 · 령도』, 평양, 평양출판사, 1994.
5. 나다 다까시(일본 기자), 『김정일시대의 조선』, 평양, 외국문종합출판사, 2000.

가장 뒤에 나온 문예학 4권과 5권은 1998년에 평양에서 출판된 것이고 나머지는 1996년에 펴낸 것이다. 모두가 사회과학출판사에서 발간된 것으로 보아 김일성종합대학교와 사회과학원 교수들과 연구원들이 주동이 되어 펴낸 것으로 판단된다. 문예학의 경우 1권은 한중모, 2권은 리현순과 엄영일, 3권은 김정웅과 리기백, 4권은 김정웅과 조유철, 5권은 서재경과 고철훈이 서술했다.

최근인 2001년에 조선로동당출판사에서 펴낸『주체혁명위업의 위대한 령도자 김정일동지』1권 위대한 사상리론가와 2권 위대한 정치가는 매우 중요한 의미를 지니는 책이다. 북한을 21세기의 강성대국으로 이끄는 견인차인 김정일 국방위원장을 노동당 선전선동부와 조직부가 주축이 되어 위대한 지도자로 부상시킨 저서이기 때문이다. 1권에서는 주로 김정일 위원장을 천재적인 사상리론적 예지를 가졌고 위대한 사상리론 활동을 폈다고 목차를 달고 있다. 그리고 그 예지에 대해 비범한 탐구력과 사색력, 비상한 통찰력과 분석판단력, 특출한 기억력과 해박한 식견 그리고 출중한 저술력[29]으로 나누어 분석하고 있다. 특히 김위원장의 위대한 활동의 예로 주체철학의 정립을 들고 있다. 즉 1970년대로부터 1990년대에 걸쳐 김일성 주석이 밝힌 주체사상의 철학적 원리와 사회력사적 원리들을 더욱 심화발전시켜 전일적으로 체계화하며 그 독창성과 정당성을 론증하기 위한 사상리론활동을 정력적으로 펼친[30] 공로가 있다는 해석이다.

한편 정치가로서의 김정일 위원장에 대한 북한 당국의 총체적 평가는

---

26) 황한욱,『위대한 령도자 김정일동지의 사상리론: 경제학 4』, 평양, 사회과학출판사, 1996.
27) 김민,『위대한 령도자 김정일동지의 사상리론: 철학 2』, 평양, 사회과학출판사, 1996.
28) 서재경,『위대한 령도자 김정일동지의 사상리론: 문예학 5』, 평양, 사회과학출판사, 1998.
29) 사회과학원 · 김일성종합대학 등 편,『주체혁명위업의 위대한 령도자 김정일동지』1권 <위대 한 사상리론가>, 평양, 조선로동당출판사, 2001, 9-144쪽.
30) 사회과학원 · 김일성종합대학 편,『주체혁명위업의 위대한 령도자 김정일동지』1권 위대한 사상리론가, 평양, 조선로동당출판사, 2001, 181-183쪽.

2권 『위대한 정치가』에 담겨 있다. 이 책은 정치가로서의 김정일 위원장에 대해 정치철학과 리념, 비범한 령도력과 령도풍모 그리고 탁월한 정치활동으로 세분하여 기술하고 있다. 요약하면 출중한 령도력은 천리혜안의 과학적 예견성, 비상한 조직동원력, 완강한 실천력, 특출한 창조력에서 나오며, 강철의 정치신념과 의지, 무비의 정치담력과 지략, 숭고한 인민성, 강의한 혁명적 원칙성에 의해 비범한 령도풍모가 나온다[31]고 영웅적으로 그의 영도력을 형상하고 있다.

아울러 김정일 위원장의 정치력에 대해서는 자주정치의 실현, 인덕정치의 구현, 선군정치의 실현, 애국애족의 정치실현이라는 네 가지 국가적 지표와 인간적 덕목을 조합시켜 극적으로 미화시키고 있다. 첫째, 자주정치는 자주독립국가의 첫째 가는 징표이며, 인민대중이 혁명의 주체로서의 지위를 차지하고 역할을 다하기 위한 근본조건이라는 것이다. 이러한 자주정치를 펴게 된 배경으로 제국주의자들과 반동들, 현대수정주의자들의 책동이 강화되었기 때문이라고 설명하고 있다. 자주정치의 대표적인 구호가 바로 "우리 식대로 살아나가자!"라는 것이다. 둘째, 인덕정치는 인민에 대한 사랑과 믿음의 정치를 하자는 것이다. 이것은 인민에 대한 참된 믿음과 사랑은 령도자의 가장 고결한 천품으로 천하를 얻는 힘이 된다는 신념에서 출발하는 정치라는 것이다. 셋째, 사회주의 사회에서는 그 발생발전의 합법칙성으로부터 정치와 군사, 당과 군대가 서로 뗄 수 없이 결합되어 있다는 것이다. 그것은 사회주의 제도의 수립과 발전의 력사적 과정이 제국주의자들과 그와 결탁한 반혁명세력과의 끊임없는 군사적 대결전을 동반하기 때문이라는 것이다. 김정일의 선군정치는 바로 김일성의 혁명투쟁역사는 총대로 혁명을 개척하고 전진시켜 온 선군혁명영도의

31) 사회과학원·김일성종합대학 등 편, 『주체혁명위업의 위대한 령도자 김정일동지』 제2권 『위대한 정치가』, 평양, 조서로동당출판사, 2001, 45-227쪽.

역사라는 것에서 시원을 찾은 것이다. 넷째, 김정일은 "주체는 애국이고 애국은 주체이다"라는 신념에서 조국과 민족의 강성부흥을 위한 애국애족의 정치를 펴나가겠다는 것이다. 그가 김일성 사후 유훈통치를 끝내고 국방위원장에 재취임하면서 세계를 향해 한 첫 발언이 강성대국이었다. 그것은 김 위원장이 조국을 부강번영하는 강성대국으로 건설하는 것은 애국애족의 최고발현이며 사회주의 정치지도자의 기본사명으로 파악하기 때문[32]이라는 것이다.

북한의 이러한 네 가지 국가적 지표에 대한 모순은 엄청난 세계적인 저항에 부딪칠 가능성을 높여주고 있다. 자주정치는 결국 "우리 식대로 살자"를 모토로 하기 때문에 세계화에 역행하는 고립주의로 나아갈 수밖에 없고 결국은 인민들에게 고난의 행군의 지속적인 강요로 나타날 수밖에 없다. 인덕정치는 인민성에 바탕하는 정치인데, 그 결과가 식량난이라는 대다수 인민들의 굶주림으로 귀착되고 있는 것 또한 아이러니가 아닐 수 없다. 또 선군정치는 핵과 미사일개발이라는 군사력 증대와 인민군의 증강에만 달러를 쏟아 붓는 경직된 예산운용으로 경제의 저성장과 에너지·전력난 등의 심화에 따른 기간산업의 정체와 퇴보라는 악순환의 늪에 빠져들게 만들고 있다. 끝으로 강성대국을 건설한다는 애국애족의 정치는 결국 주변 강국들에게 핵개발과 미사일개발에 주력한다는 인상을 심어주어 조국통일 3대헌장을 주요 업적으로 내세우는 김위원장의 평화통일 이미지와 크게 상충하고 있어 커다란 모순으로 대두되고 있다.

32) 사회과학원·김일성종합대학 등 편, 『주체혁명위업의 위대한 령도자 김정일동지』 제2권 『위대한 정치가』, 평양, 조선로동당출판사, 2001, 253-375쪽.

VI. 북한 문학에서의 김정일 형상 창조

1. 김정일 친필작품에 묘사된 형상

북한에서 2002년에 나온 『주체문학의 혁명전통』에는 백두산 3대 장군의 친필 명작과 혁명적 작품들이 나열되어 있다. 백두산 3대장군이란 김일성 주석과 김정숙 녀장군 그리고 김정일 국방위원장을 일컫는 말이다. 북한의 문예이론서는 백두산 3대장군의 작품들을 혁명적 문학예술전통이라고 하면서 유치원때부터 11년 간의 의무교육 기간동안 정규수업 시간에 배정하여 따라 배우기를 강요하고 있다. 그리고 혁명적 문학예술전통의 본질이라고 하여 문예이론서에서 그 개념과 본질을 분명하게 규정하고 있다. 우선 문학예술전통의 본질에 대해서 김정일은 "민족문화유산에는 후대들이 계속 이어받아야 할 것과 보존해 두기만 할 것이 있으며 없애버려야 할 것도 있다. 여기서 이어받아야 할 유산이 바로 전통을 이룬다"[33]고 하여 그 본질을 설명하였다. 그 중에서 후대들이 계승해야 할 문화예술전통으로 혁명적 문학예술전통을 제시하였다. 혁명전통은 혁명의 주체의 활동과 연결되어 있고 혁명의 주체는 수령, 당, 대중의 통일체라고 강조하고 있다. 혁명의 주체는 수령, 당, 대중으로 이루어지는 것인만큼 거기에는 사회정치적 생명체의 활동을 지휘하는 중심이 있어야 하며 이 사회정치적 생명체의 생명활동을 통일적으로 지휘하는 중심은 수령이라고 분명하게 적시한다. 수령은 자주시대의 문학예술건설의 올바른 길을 밝혀 주는 혁명적인 문예사상을 창시하며 로동계급의 문학예술을 창조하기 위한 활동을 현명하게 이끌어 나간다는 것이다. 따라서 탁월한 수

---

33) 방형찬 · 김선일 · 조선화, 『주체문학의 혁명전통』, 평양, 문예출판사, 2002, 11쪽.

령의 영도밑에 창조된 혁명적 문학예술전통은 민족문화유산의 핵이며 중추로서 민족문학예술발전의 가장 높은 경지를 개척한 것으로 파악해야 한다[34]는 입장을 견지한다.

민족문화유산 중 보존해두어야 할 것이나 버려야 할 유산으로 실학파문학과 카프문학의 전통을 예시하고 있다. 그러면서 우리 나라에서 반당반혁명분자들은 우리 당의 혁명전통을 상하좌우로 넓힌다고 하면서 과거 애국전통을 혁명전통으로 취급하고 실학파문학이나 카프 문학도 우리 문학의 혁명전통으로 삼아야 한다고 주장하였다. 그러나 이러한 주장은 혁명전통이 무엇인지 그 개념조차 모르는 몰상식한 견해였으며 혁명전통을 오가잡탕으로 만들고 혁명전통을 이룩한 수령의 업적을 말아 먹으려는 반동적인 궤변이었다[35]고 비판하고 있다.

그리고 우리 혁명적 문학예술전통의 위대성은 수령님께서 항일혁명문학예술을 창조하고 건설하는 과정에 쌓아 올린 불멸의 업적에서도 찾아볼 수 있다고 강조하면서 백두산 3대장군의 작품을 자주시대 문학예술의 본보기가 된다고 역설하고 있다. 김정일은 특히 김일성이 항일혁명투쟁기에 직접 창작한 것으로 선전되고 있는 『피바다』, 『꽃파는 처녀』 등의 고전적 혁명가극을 영화나 소설 등 다른 장르로 옮겨 인민들에게 전파되는 일에 몰두하여 소위 주체적 문학예술의 구축에 큰 족적을 남긴 것으로 평가하고 있다. 이러한 역량은 이미 그가 청소년기에 창작한 서정시, 가사, 동요, 동화 등의 주체적 문학예술의 본보기작품을 창작한 데서 드러나고 있다고 북한의 문학예술사전은 찬양하고 있다. 즉 그의 친필 작품들이 혁명적 수령관으로 확산되는 김정일 형상창조의 중요한 수단으로 미화되고 있는 것이다.

---

34) 빙형찬 외, 위의 책, 22쪽.
35) 방형찬 외, 위의 책, 20-21쪽.

구체적으로 몇 작품을 살펴보기로 한다.

1) 모란봉에 붉게 타는 노을인가요
대동강에 곱게 비낀 무지갠가요
노을처럼 아름다운 조국의 품은
내가 자란 정든 집 고향입니다

진달래꽃 방긋 웃는 새봄인가요
종달새가 지저귀는 하늘인가요
봄날처럼 따사로운 조국의 품은
나를 안아 키워 준 어머닙니다

바다우에 둥실 솟는 아침핸가요
밤하늘에 반짝이는 별빛인가요
해빛처럼 밝고 밝은 조국의 품은
아버지장군님 품이랍니다

2) 장백의 험한 산발 눈보라 헤치시고
혁명의 수만리 길 걸어 오셨네
내 조국 찾아주신 위대한 수령님께
인민들은 일편단심 충성을 맹세하네

찬 이슬 맞으시며 농장을 찾으시고
눈 오는 이른 새벽 공장을 찾으시네
크나큰 그 은덕은 만대에 길이 빛나리

인민들은 심장으로 충성을 노래하네

삼천리 내 조국에 해빛은 찬란하고
행복의 노래소리 넘쳐 흐르네
통일된 강산에서 인민들은 대를 이어
위대하신 수령님 모시고 천만년 살아 가리

1)은 「조국의 품」이란 혁명시가로 김정일 위원장이 1952년 8월 한국전쟁 중에 창작한 작품이다. 학생들이 학교 뒷산의 한 그루 소나무 앞에서 모란봉의 소나무가 많다느니 폭격에 의해 불타서 지금은 없을 것이라느니 논쟁을 벌일 때 이 노래를 지어 미군이 아무리 발악해도 모란봉의 소나무는 태울 수 없다고 강조한 작품[36]으로 알려져 있다. 이 작품은 조국이란 무엇인가 하는 문제를 제기하면서 조국의 품은 위대한 장군의 자애로운 품이라고 환기시키면서 혁명적 수령관에 기초한 조국송가의 높은 경지를 보여주고 있다고 이론서들은 찬양하고 있다. 한마디로 이 시는 수령형상을 창조한 시이면서 조국애를 강조한 작품이다. 이러한 조국애의 표명은 나중에 최고 지도자로서 애국애족의 정치실시로 이어짐을 보여주고 있는 것이다. 또한 조국을 노을과 무지개빛으로 묘사하여 희망과 열정으로 상징한 것은 예술적 재능을 보여주고 있다고 하겠다.

2) 「충성의 노래」라는 제목의 송가 작품이다. 송가는 조선조 초기에 있었던 송축의 노래에 가까운 시가형식이다. 따라서 충성심을 표현하고 왕권강화와 밀접한 관련이 있는 아첨의 노래들이 양산된 역사가 있다. 그러한 형식의 노래를 김일성 주석은 생전에 혁명송가라는 이름으로 불려지

36) 방영찬 외, 위의 책, 239쪽.

기를 좋아했다고 한다. 「충성의 노래」는 김정일 위원장이 1969년 11월 21일에 창작한 작품[37]으로 알려져 있다. 가사 1절에서는 김일성의 항일투쟁의 역사에 대해 칭송을 하고 2절에서는 해방 후 사회주의 건설을 위해 협동농장과 공장을 현지 지도하는 김일성의 인민 사랑을 노래하였으며, 3절에서는 사회주의 건설이 꽃을 피워 인민들이 행복한 삶을 살뿐만 아니라 통일된 조국을 향해 매진하자는 다짐을 하는 내용으로 되어 있다. 하지만 송가의 특징에 따라 영웅성에 대한 미화와 현실에 대한 왜곡과 과장이 매우 심하게 드러나고 있다. 혁명적 수령관을 내세우면서 대를 이어 충성하자는 테마를 김정일 위원장 스스로 역설하는 것은 의아하게 생각된다. 즉 『불멸의 역사』에 이어 『불멸의 향도』총서가 간행되기를 강요하는 듯한 뉘앙스를 풍기는 것은 북한체제에서만 가능한 발상이다.

김정일 위원장은 그 외에도 한국전쟁 직후인 1953년에 지은 「축복의 노래」, 1960년 고등중학교를 마친 졸업축하모임에서 창작한 「나의 어머니」, 1960년 대동강반에서 평양 남산중학교 학생들에게 읊어주었다는 「대동강의 해맞이」, 김일성 종합대학 재학중 룡남 산마루를 오르며 지었다는 「조선아, 너를 빛내리」, 1962년 김일성 종합대학 시기의 어은동 군사 야영지에서 어머니를 추모하며 지었다는 「진달래」, 1971년 혁명가극 「당의 참된 딸」을 지도하면서 지었다는 「어디에 계십니까 그리운 장군님」 등의 시가작품을 창작했다. 또 그는 동요인 「공화국기발」과 「연아 연아 올라라」와 동시 「초상화」, 「우리 교실」, 「한초가 한시간 되여 줄 수 없을가」, 그리고 서정시 「우정에 대한 생각」, 「백두의 행군길 이어 가리라」, 「제일강산」 등을 창작한 것으로도 알려져 있다. 그뿐만 아니라 동화인 「까치와 여우」, 「호랑이를 이긴 고슴도치」, 「달나라 만리경」, 「원숭이형제」, 「산삼

---

37) 방형찬 외, 위의 책, 247쪽.

꽃」,「연필의 소원」,「토끼와 사자」,「징검다리가 된 돌부처」[38] 등도 지은 것으로 전해지고 있다. 이러한 작품들은 주로 김정일이 어린 시절부터 비범한 예지력을 가졌고 창조적 상상력도 왕성하여 예술가적 기질이 탁월했던 영웅적 인물임을 부각시키려는 의도로 보여진다. 이러한 양상은 "그 분께서는 일찍부터 문학예술부문에 생득적인 비상한 천품을 지니고 계셨다"[39]는 예찬과 동일선상에 서있다고 하겠다.

2.『불멸의 향도총서』에서의 수령 형상

북한의 4·15 문학창작단은 김일성의 항일투쟁 역사를 서사적으로 정리한『불멸의 력사』총서에 이어 대를 이어 혁명을 완성한다는 수령형상 계승론에 근거한『불멸의 향도』총서를 지속적으로 펴내고 있다. 이 총서는 모두 장편소설로 창작되고 있는데, 사회주의적 사실주의의 원칙에 따라 최근 20~30년의 북한역사에서 중요한 의미를 지니는 사건들을 모티브로 삼아 창작되고 있는 것이 특징이다.

김정일은 북한소설문학에 대한 전면적인 영도의 첫 시기인 1970년대 초에 장·중편소설의 창작 정형을 파악한 후 1978년 1월 7일 장·중편소설 창작전망계획을 밝혔다. 그리하여 김일성수령 탄생 70돌이 되는 1982년 4월 15일까지 장·중편소설창작전투를 힘있게 벌릴 것을 요구하면서 장·중편소설의 주제로 김일성의 혁명활동과 혁명적 가정을 내용으로 한 작품, 혁명전통을 주제로 한 작품, 조국해방전쟁 주제작품, 사회주의 건설 주제작품, 계급교양 주제작품, 조국통일 주제작품 등을 제시하였다. 그리하여 이 시기에 수백 편의 장·중편소설이 창작되었다.

---

38) 방형찬 외, 위의 책, 293쪽.
39) 강두만,『문학예술에 바친 위대한 사색』, 평양, 평양출판사, 1996, 11-12쪽.

그러면 소설문학에 있어서 김정일에 대한 수령형상문학으로는 어떠한 작품이 있는가? 단편소설집으로는 1983년에 나온 『조선의 행복』(김병훈의 「고향길」 등 15편 수록), 『백두산의 해돋이』, 『향도의 태양』, 『영광의 시대』, 『봄빛』, 『력사의 순간』 등에 55편의 단편이 실려있고, '90년대에 나온 『소원』(문예출판사, 1992)에 김정일에 대한 충성심이나 한없는 사랑을 다룬 11편의 단편소설이 담겨있다.

장편소설로는 1988년 현승걸이 창작한 『아침해』가 최초의 작품이다. 『아침해』는 김정일이 통크고 담대하게 결단을 내려 은률의 장거리 벨트콘베이어 건설을 짧은 기간내에 완성하게 한 영도력과 공적을 찬양하는 장편소설이다. 『예지』는 1990년 리종련에 의해 창작된 장편소설로 김정일의 영화예술에 대한 업적을 찬양하고 북한에서 불후의 고전명작으로 일컬어지고 있는 『꽃파는 처녀』 등을 영화로 옮기는 과정을 현지지도하면서 영화창조사업을 벌리는 그의 정력적인 활동상을 소개하는 작품이다. 『불구름』은 박현이 1991년에 창작한 작품으로 6·25 한국전쟁 중에 온갖 난관과 시련을 이겨내면서 김일성에게 충직한 주체형의 공산주의 혁명가로 성장해 가는 김정일의 어린 시절을 다룬 작품이다. 백남룡이 1996년에 창작한 『동해천리』는 1970년대의 '70일전투' 등 '속도전'과 사상·기술·문화의 3대 혁명소조운동을 주도한 김정일이 사회주의 건설투쟁을 벌이면서 은률의 장거리 벨트콘베이어 완공, 무산-청진의 대규모 정광 수송관 건설, 검덕 광산의 6만톤 연·아연 증산정책, 흥남 비료공업소의 화학비료 증산정책 등 국가기간산업의 현지지도에 몰두하는 모습을 미화시킨 전기적 역사소설이다.

최근에 북한에서 펴낸 『불멸의 향도』 총서로는 1999년에 나온 권정웅의 『전환』과 안동춘의 『평양의 봉화』, 2000년에 나온 박태수의 『서해전역』과 리종렬의 『평양은 선언한다』, 2002년에 나온 송상원의 『총검을 들고』가 유명하다. 『전환』은 1960년대의 북한의 시대상황을 반영하여 사회주의적 사실주의를 원칙으로 하여 창작된 장편소설이다. 1968년에 중국에서는 문화혁명이 일어나서 큰 소용돌이 속에 휩싸여 있었다. 문화혁명의 여파는 북한에도 직접적으로 밀려들어왔다. 1967년 5월 중순 김일성은 노동당 4기 제15차 전원회의를 개최하여 박금철·이효순 등을 갑산파를 숙청하고 유일체제의 독재정권을 강화하는 조치를 단행했으며 이러한 숙청에 당시 25세였던 김정일은 깊이 개입하였다. 이 무렵 북한은 문화혁명의 여파로 계급주의적인 입장에서 독재를 강화하고 김일성에 대한 개인숭배를 심화시키려는 통치집단의 요구와 계급투쟁과 프롤레타리아 독재를 약화시키고 민주주의를 확대할 것을 갈망하는 인텔리층 사이의 대립에 놓여 있었던 것이다. 김일성은 소련의 우경 수정주의와 중국의 좌경 모험주의를 모두 반대하며 중간입장을 취한다고 했지만 실제로는 민주주의적 인텔리를 반대하고 독재를 강화[40]하는 조치를 내렸다. 권정웅의 『전환』은 이 과정에서 김정일이 당 건설과 혁명사업 전반에서 일대 전환과 앙양을 일으킨 영도의 현명성을 형상한 장편소설이다. 작가는 당시 국제공산주의 운동 안에 대두한 현대수정주의가 시대의 변화에 맞게 맑스-레닌주의를 창조적으로 발전시킨다는 미명하에 혁명적 진수를 거세하고 사회주의 나라들의 통일단결을 파괴하는 위험성에 맞서 김정일이 수령론에 근거하여 수령의 절대적 지위와 결정적 역할을 내세운 시대적 감각과 창조적 예지를 작품 속에서 찬탄하고 있다. 한마디로 『전환』은 "수령의 혁명역사와 숭고한 풍모를 진실하고 생동하게 예술적 화폭에 그려 수령의 위대성을 예술적으로 감득하게 하는 것이다"[41]라는 수령형상창조론에 바탕한 대표적인 작품이다. 작가는 이 작품에서 김정일의 사상이론가로

40) 황장엽, 앞의 책, 148-149쪽.
41) 윤기덕, 『수령형상문학』, 평양, 문예출판사, 1991, 157쪽.

서의 면모와 창조적 예지 그리고 시대적 흐름에 대한 과감한 결단력 등의 미덕과 풍모를 묘사하는 데 작가의식을 모으고 있다.

『평양의 봉화』는 1989년 제 13차 세계청년학생축전을 김정일 위원장이 성공적으로 개최한 것을 영웅적으로 형상화한 장편소설이다. 역사적으로 이 시기는 북한으로서는 대단히 어려운 시련기였다. 공산주의의 종주국이었던 구소련 연방이 해체되면서 공산주의의 종언을 고하고 동구권에 자유화바람이 불어 대변혁이 몰아치던 시기였다. 하지만 작가 안동춘은 김정일이 노동당과 전체 인민들에게 '200일 전투'를 다그쳐 방대한 축전준비를 짧은 시일 안에 이룰 수 있도록 이끌어 줌으로써 21세기의 위대한 태양으로 솟구쳐 올랐다고 칭송을 아끼지 않고 있다. 이 작품은 김정일이 무비의 담력, 비상한 조직력 및 전개력을 보여준 영도자로서의 면모를 확실하게 보여주었다고 강조하고 있다. 황장엽은 세계청년학생축전에 대해 "북한으로서는 아마도 마지막의 호화로운 행사로 기억될 것이다. 이 무렵 김일성은 그나마 왕년의 원기와 의지는 사라지고 줄곧 아들인 김정일의 비위를 맞추는 데 급급한 형편이었다 …… 그러나 김정일은 줄곧 경제가 발전하고 있다는 허위선전만 일삼았으며 또 그를 맹목적으로 따르는 조직부의 교조주의자들은 경제실무자들의 걱정하는 태도를 패배주의라고 비난하면서 들볶기만 했다"[42]고 대규모로 경제력을 낭비하는 일회성의 정치적 행사의 폐해에 대해 비판하고 있다.

박태수의 『서해전역』(2000)은 김정일이 20년 공사기간이 걸릴 것으로 전문가들이 추정하는 대공사를 5년 안에 조기 완성한 서해갑문의 대역사의 추진과정을 사실적으로 다룬 역사전기적 소설이다. 서해갑문은 대동강 하류 끝살뿌리－피도－광량만 사이의 20리 날바다를 가로막아 건설한

42) 황장엽, 앞의 책, 231-232쪽.

바다갑문을 말하는데 1981년에 착공하여 1986년에 준공한 북한 역사에 남을 자연개조의 대공사이다. 서해갑문에는 총 3개의 갑실이 있어서 1호갑실에는 2,000t급, 2호갑실에는 50,000t급, 3호갑실에는 20,000t급 배들이 나들 수 있게[43] 축조되었다. 서해갑문은 김정일이 주도한 '80년대 속도전'의 대표적인 사업이며 대동강 하류에 대인공호수가 생겨나고 그의 풍부한 물로 간석지문제를 비롯하여 대동강 하류 유역의 관개용수문제와 공업용수문제 및 음료수문제를 완전히 해결한 대규모의 수리사업이었다. 『서해전역』은 남포갑문 건설국장으로 인민군의 송철만소장이 임명되면서 이야기가 전개되기 시작한다. 송철만은 윤상설 정무원 건설위원회 부위원장과 함께 비단섬과 평양-원산 도로건설을 해본 경험이 있는 현역군 장령이다. 서해갑문건설에 그가 차출된 것은 전문가들 사이에서 20년이 걸린다는 사업을 5년의 공기로 조기완공하기 위한 김정일 국방위원장의 요청 때문이다. 초기 2년 동안은 많은 난관으로 인해 공기가 지연되면서 송철만이 사퇴하는 것을 고려하는 등 어려움에 봉착하지만 김정일의 현지지도 후 '당 지도소조'에 윤상설 건설위원회 부위원장과 리영선 당중앙위원회 부부장 등이 투입되면서 활기를 되찾아 5년만에 공기를 지켜 서해의 물길을 끌어와 농업용수와 공업용수 및 식음료수로 활용하려고 한 대역사가 완공된다는 이야기이다.

『서해전역』에서 작가 박태수는 김정일의 수령형상을 창조하는 데에 주력을 하고 있다. 우선 김위원장의 추진력과 대담성을 작품에서 강조하고 있다. 즉 '예지와 열정의 통큰 정치가'임과 '선견지명을 가진 미래를 앞당기는 정치가'임을 동시에 부각시키고 있다. 그는 모두가 20년 걸린다는 수리사업을 5년 안에 완공할 수 있다는 확고한 신념을 가지고 밀어붙이

---

43) 강경구 외 편, 『조선대백과사전』, 636쪽.

기 위해 인민군대를 10여만 명 투입하여 속도전의 군인정신을 역설한다.

> 남포갑문건설에 참가한 인민군 군인들의 정신상태가 매우 좋습니다. 그들은 지금 조국보위도 사회주의 건설도 다 자기들이 맡아 하겠다는 구호를 내걸고 투쟁하는데 수령님께서도 무척 대견해 하십니다. 세상에 군대가 많지만 과연 어느 나라 군대가 우리 군인들처럼 그런 고상한 정신과 혁명적 기질을 가지고 있겠습니까. 정말이지 우리 군대가 제일이고 우리 군인들이 제일입니다.[44)]

또 이 작품은 김정일의 인민성에 바탕한 '사랑과 믿음의 정치가'로서의 모습도 형상하고 있다. 건설현장인 남포시 령남리의 물사정이 좋지 못해 군인들이 소금물로 만든 소금밥을 먹는다는 애로사항을 현지지도를 통해 파악하고는 강선제강소 등에 지시하여 강관을 공급받아 수도관을 끌어들여 음료수문제를 해결하라고 지시한다. 또 갑문건설참관단에 김철제철소, 강선제강소, 황철제강소, 금성뜨락또르공장, 승리자동차, 6.4 차량제작소의 지배인들을 참여시켜 기중기 · 불도젤 · 수송차량 등의 우선 지원을 관철하게 한다.

그 외에도 인덕정치의 '포용력 있는 정치가'임을 강조하면서 과오를 범한 윤상설 건설위원회 부위원장과 화재를 유발한 박선봉 상사의 인간적 결함을 덮어주는 자상한 면모를 부각시키기도 한다.

리종렬의 『평양은 선언한다』(2000)는 1989년 무렵 구소련연방이 해체되고 동구권에 변혁의 물결이 밀어닥친 것을 배경으로 모든 사회주의 국가가 변절하더라도 북한만은 주체사상으로 무장된 우리식 사회주의를 고수하여 사회주의 혁명을 완수하겠다는 결의를 다지는 것을 컨셉으로 삼

44) 박태수, 『서해전역』, 평양, 문예출판사, 2000, 110쪽.

는 작품이다. 이 작품은 1992년 4월 20일 평양에서 70여 개국의 정당대표가 모여 사회주의가 세계적 판도에서 좌절된 역사적 환경 속에서 사회주의를 지향하는 세계 모든 정당들은 단합해야 한다고 선언한 것[45)]을 배경으로 삼은 소설로, 소련유학생 출신의 사회과학원 국제사상연구소 부소장인 유수진 박사가 애초에는 소련의 개편(개혁, 개방)돌풍에 방향을 잡지 못하고 흔들렸다가 모스크바에서 열린 대학동창회에 참석하여 사상혼란의 현장체험을 하고 돌아와서는 비과학적인 환상에서 벗어나 주체의 신념이 투철한 학자로 거듭난다는 내용의 장편소설이다. 이 작품에서 작가는 김정일을 줏대가 있는 신념의 정치가이자 역사의 자주적 주체세계를 연 인간해방론의 사상이론가라고 묘사하는데 주력하고 있다.

가장 최근인 200년에 나온 송상원의 『총검을 들고』은 김일성주석의 서거 후 고난의 행군 시기를 사실적으로 묘사한 장편소설이다. 이 작품은 원래 김일성 고급당학교에서 교편을 잡고 있다가 뒤늦게 작가로 데뷔하여 장편소설 『영생』을 썼던 송상원이 쓴 『불멸의 향도』 중 한 작품으로 김정일이 국방위원장으로서 선군정치를 앞세워 강성대국을 역설한 것을 형상화한 소설이다. 이 작품의 전반적 분위기는 매우 침울하다. 그 이유는 김일성 주석과 오진우 인민무력부장이 1994년과 1995년 연속하여 사망함으로써 국가적 위기에 빠진 때문이다. 하지만 이러한 위기 속에서도 인민경비대 리길남 장령과 인민군 심철범장령을 임명하여 김주석의 유훈인 평양—향산 관광도로공사와 금강산발전소 건설을 독려하는 김정일 국방위원장의 신념과 믿음의 정치가로서의 면모를 형상한 작품이라는 데에 이 소설의 창작의의가 있다.

45) 리종렬, 『평양은 선언한다』, 평양, 문예출판사, 2000, 524-529쪽.

3. 시문학에서의 형상 창조

우선 김정일은 주체문학을 구현하는데 있어서 서정시의 중요성을 깊이 인식하였다. 『영화예술론』에서 김정일은 "시에서 사상은 정서를 통해서 흘러나와야 한다. 시형상의 힘은 사람들을 정서적으로 공감시키는 데 있는 것이다"[46]라고 하여 시에서 정서적 공감력을 중시하였다. 북한에서는 서정시에서 서정성의 본질을 순수한 감정, 정서에 귀결시키거나 종교적이며 신비한 것으로 보는 예술지상주의나 자연주의 등의 자본주의적 예술관을 적극적으로 비판하고, 서정의 사회계급적 성격을 강조하거나 생활의 본질과 시대정신을 구현한 서정의 진실성과 민족성을 강화한 마르크스 레닌의 반영론에 대해서도 달갑게 생각하지 않으며, 오직 혁명적인 시가문학이 인민들의 투쟁을 고무하고 이끌어주는 강력한 무기가 되어야 하며 현실을 체험하고 풍부한 서정성을 구현해야 한다는 주체적 문학관을 정립한 김정일의 문예관을 바람직하게 생각하고 있다.

백두의 푸른 기상 한몸에 안고
조선에 솟아오른 향도의 해발
혁명의 붉은 기발 높이 드시고
주체의 내 조국을 빛내이시네
아, 우리의 친애하는 지도자 동지
그 이름 빛나라 김정일동지

위대한 수령님의 높으신 뜻을

46) 최길상, 『주체문학의 새 경지』, 평양, 문예출판사, 1991, 132-133쪽.

이 강산에 꽃피우는 은혜론 사랑
언제나 인민들과 함께 계시며
영원한 행복을 안겨주시네
아, 우리의 친애하는 지도자 동지
그 이름 빛나라 김정일동지[47]

북한의 시문학사에도 혁명의 계승성문제가 최대이슈가 된다. 그리고 북한의 문예이론서들은 이 시기부터 혁명적 수령관을 생활정서적으로 노래하고 사람들을 주체의 혁명관으로 무장시키는 시문학의 사명이 뚜렷해지게 되었음을 강조하게 된다. 이 시에서 보면 김정일 위원장은 '백두의 광명성'이라고 그의 항일혁명지에서의 위대한 탄생을 예찬하고 있다. 1988년 8월 백두산 소백수골안에서 백두산 밀영자리가 발굴되고 거기서 5개의 밀영자리와 1개의 천막자리, 40여 개의 우등불자리, 90여 대의 껍질 벗긴 나무와 30대 가량의 구호나무를 비롯한 수많은 유적유물이 발굴되었다[48]고 선전하고 있으나 앞서 언급한 것처럼 외국 학자들은 조작 가능성을 제기하고 있다.

위대한 인간이 위대한 인간으로 계승되었노라
공산주의자의 완성된 도덕으로 불멸의 위업이 계승되었노라
아름답고 순수하게 수령의 위업이 빛을 뿌리며
권력이 아니라 복무로 인민과 혼연일체가 된
김정일 정치의 기둥이 찬연히 솟아오른 나날이여

---

47) 사회과학원 주체문학연구소 편, 『문학예술사전』 하권, 평양, 과학백과사전종합출판사, 1993, 105쪽.
48) 한재만, 『김정일—인간 · 사상 · 령도』, 평양, 평양출판사, 1994, 9쪽.

핵탄보다 더 위력한 후계자의 이 도덕
세상에 대고 소리높이 말하고 싶노라
제국주의의 온갖 압력과 책동 속에서도
우리가 끄떡없이 사회주의를 지켜가고 있는
그 비결이 어디에 있었는가를

그이께선 이렇게
하늘이 무너지고 땅이 꺼져내린 상실의 공백을 메꾸어가시였고
수령님 잃어 가벼워진 지구의 무게를 다시 찾아주시었노라
하여 그이를 최고령도자로 모신
인민의 긍지와 자부심은 하늘에 닿았거니

—오영재 「위대하여라 우리 령도자」 일부[49)]

오영재의 시는 1994년 김일성 주석을 잃은 후 갈길을 잃고 헤매는 북한 인민들에게 향도의 빛이 되는 천리혜안의 지도자가 김정일이라고 칭송하고 있다. 또 그는 '세계혁명의 명맥을 이어가시는' 시대사상을 선양한 사상론자이지만, 항상 인민성을 중시하여 인민과 함께 인덕정치를 펼 정치가일 것이라고 단언하고 있다. 또 그의 담력과 예지로 볼 때 '통일된 강산에 차넘칠 민족의 환희를' 보게 될 날이 멀지 않았음을 예언하고 있다.

이렇게 북한의 시문학사에서 김정일 형상창조는 송가・서사시・철학시・서정시 등 다양한 모습으로 이루어졌다. 충성의 송가가사집으로는 『향도의 해발을 우러러』가 1975년 첫권이 나온 후 1995년까지 23권이 나

49) 신지락 편, 『태양은 빛나라』, 평양, 문예출판사, 1995, 5-9쪽.

왔고, 뒤이어 『향도의 깃발아래』가 출간되어 1995년에 4권째가 나왔다. 그리고 1987년에는 백하가 지은 서사시 『불타는 해』가 창작되어 1947년 조기천이 지은 장편서사시 『백두산』과 쌍벽을 이루게 된다. 그 외 2002년에는 김정일 위원장의 회갑에 맞추어 비전향장기수의 금의환향과 김정일의 비상한 신념을 칭송한 『신념과 철쇄』가 평양의 문예출판사에서 나왔다.

그대들은 빈손이었고
원쑤들은 총칼을 들었건만
누가 이겼는가
사상의 대결전에서

그대들은 갇힌 몸이였고
적들은 권력을 틀어 쥐였건만
누가 이겼는가
계급투쟁의 결전장에서

장장 수십성상
중세기적인 악형에
뼈가 부서지고 살이 찢겼어도
붉은기신념으로 이겼구나

………(중략)………

세상에서 가장 강한 무기가 신념임을

만천하에 보여 준
조선로동당의 전사들이여!
찬란한 태양을 향하여 한껏 웃으라

신념으로 싸워 이긴 전사들만이
조국의 푸른 하늘 아래 밝게 웃을 수 있다
의리와 량심으로
우리 당 우리의 사회주의를 지킨
사상의 강자들만이
내 나라 내 조국땅을
마음껏 자유롭게 활보할 수 있다

—김호, 「신념의 강자들만이 웃을 수 있다」 일부

어머니 아버지에게
밥 한끼 대접 못하고 가셨지만
세상에서 제일 큰 상 차려 주신
장군님사랑 너무도 고마워
이 딸은 큰 절을 드립니다
—아버지장군님 고맙습니다!

아 수십년세월 쌓이고 쌓인 시름
봄눈처럼 녹아 내려
상봉의 기쁨 격정의 소나기로 쏟아져
밥상을 올리는 이 딸도
밥상을 받는 아버지도

격정에 목 메여 부릅니다

—장군님! 장군님!

—박창님, 「장군님, 고맙습니다」 일부

시집 『신념과 철쇄』에 실린 두 편의 시이다. 위의 시는 미전향장기수의 신념과 의지를 찬양한 시이지만, '세상에서 가장 강한 무기가 신념임을 / 만천하에 보여 준 / …전사여 / 찬란한 태양을 향하여 한껏 웃으라'[50]에서 알 수 있듯이 신념의 힘을 보여준 그들 전사들은 강력한 신념의 화신인 '찬란한 태양'을 향해서 그들 삶의 환희를 맛보라고 강조하고 있다. 여기에서 '찬란한 태양'은 역시 '우리 식대로' 정치신념과 의지를 실천하는 김정일을 표상하는 것이다. 이 시에서는 '신념'이란 보편적 의미를 시어로 사용하여 시적 환기성을 강화하고 있는 것이다.

김정일의 심리와 성격을 오랫동안 연구한 조영환은 김정일 위원장의 성격구조에 대해 아래 표[51]와 같이 분석하면서 그의 성격은 박력과 추진력이 강하며 성취욕구가 높다고 평가하고 있다. 북한의 사상서들은 김정일 위원장이 '강철의 정치신념과 의지'를 가졌다고 평가하고 있으며 그것은 아버지 김일성 주석의 혁명가적 신념과 의지를 계승한 것이라고 주장하고 있다. 그리고 "한 혁명가가 신념을 고수하지 못하면 그의 삶이 불명예스러운 것으로 끝나지만 사회주의 위업을 이끄는 정치지도자가 혁명적 신념을 고수하지 못하면 당과 혁명이 파멸되고 만다. 그러므로 인민대중의 자주위업, 사회주의 위업을 이끄는 정치지도자들에게 있어서 혁명적

50) 김형준 편, 『신념과 철쇄』, 평양, 문예출판사, 2002, 51쪽.
51) 조영환, 「특별한 인물, 김정일」, 지식공작소, 1996, 165-174쪽, 김동규, 앞의 책, 435쪽, 재인용.

신념과 의지는 생명보다 더 귀중하다"[52]고 강철같은 신념이 왜 요구되는지 밝히고 있다.

한편 『향도의 해발을 우러러』에 나오는 시작품들에 대해 북한의 『문예사전』은 그 내용상 특성에 담겨 있는 김정일의 형상창조를 다음의 몇 가지로 정리[53]하고 있다. 첫째, 김정일의 탄생이 가지는 의의와 그가 이룩한 불멸의 업적, 탁월한 영도력 등을 노래하였고, 둘째, 김일성의 주체의 혁명위업을 계승발전시켜 나가는 김정일의 고매한 풍모를 시형상으로 부각시켰다. 셋째, 김정일의 현지지도의 위훈과 인민을 보살펴주는 인민적 풍모를 감동적으로 노래하였으며, 넷째, 김정일에 의한 인민경제의 여러 부문에서의 비약과 거세찬 진군운동을 힘차게 형상하였다. 다섯째, 이 시집에서는 당의 위대성과 당과 인민대중의 일심단결의 공고성과 불패성의 신념을 노래하였고, 여섯째, 김정일에 대한 인민들의 충성의 감정을 열정적으로 노래한 작품 또한 많다. 일곱째, 김일성 수령에 이어 김정일이 조국통일위업을 앞당겨가고 있음을 숭고한 풍모에 담아 표현하고 있다 등으로 요약하고 있다.

V. 맺음말

한때 북한은 "사회주의는 과학이다"라고 하면서 '우리식 사회주의'를 고집하면서 세계와 단절된 고립주의로 나아간 적이 있다. 하지만 김일성 주석의 사망 후 자연재해와 공산주의의 관료화의 폐단이 수십 년간 쌓여

---

52) 사회과학원·김일성종합대학 편, 『주체혁명위업의 위대한 령도자 김정일동지』 제2권 <위대한 정치가>, 평양, 조선로동당출판사, 147쪽.
53) 사회과학원 주체문학연구소 편, 『문예사전』 하권, 261-262쪽.

서 발생한 인재의 복합적인 현상으로 인해 경제가 후퇴하고 빈번한 군중로선의 동원으로 인해 피로도가 겹친 사회적 정체문제로 자력갱생의 한계를 절감하게 되었다. 따라서 최근 러시아와 중국을 세 차례 방문하고 돌아온 김정일 국방위원장은 북일 수교를 위한 정상회담과 북미교섭을 지시하면서 중국식의 개혁·개방정책으로 선회하려고 하는 양상을 보이고 있다. 따라서 남북대화도 예전에 비해서는 여러 부문에서 진전된 양상을 띠고 있다.

일본의 대표적인 북한 연구가인 와다 하루끼(和田春樹) 교수는 북한을 한때 '유격대국가'라고 지칭하다가 최근에는 '정규군국가'로 수정해서 부르고 있다. 군대가 인민이며 국가며 당이라고 부르는 북한체제에서 최고지도자 김정일이 국방위원장에 재취임하여 '선군정치'를 강조했기 때문에 그렇게 명명한 것이다. 따라서 북한은 김정일 위원장 혼자서 모든 정치·경제·사회·문화를 지배 통치하는 일인쇼를 펼치고 있다고 해도 과언이 아니다. 그러므로 김정일 위원장의 일거수 일투족은 세계인들의 관심을 끌 수밖에 없다. 그런 측면에서 북한 문학에서 수령형상 창조이론에 따른 김정일의 묘사특징을 살펴보는 것은 북한체제와 구조를 이해하는 데 많은 도움이 될 것으로 판단된다.

최근 북한에서 김정일 국방위원장의 회갑에 맞추어 간행된 30권 분량의 『조선대백과사전』에 서술된 그의 전기를 중심으로 하여 그의 전기적 생애를 분석하여 1) 수학기, 2) 후계수업기, 3) 권력장악과 후계자로 등극하는 시기, 4) 80~90년대의 향도자로서의 역할기, 5) 권력승계 및 홀로서기의 시련기의 다섯 단계로 비평적 전기를 구분하여 정리해보았다.

북한의 저작물에서 김정일 위원장은 크게 두 가지 형상으로 묘사된다. 하나는 위대한 사상이론가로 평가하는 것이고, 다른 하나는 자주정치의 실현, 인덕정치의 구현, 선군정치의 실현, 애국애족의 정치실현을 실천하는 위대한 정치가로 그려나가는 것이다.

한편 북한문학에서의 김정일에 대한 묘사는 반드시 '수령형상 창조'이론에 근거하여 그려진다. 우선 친필작품에서의 형상은 백두산 3대장군의 하나로 평가하면서 혁명적 문학예술의 전통으로, 인민들이 따라 배워야 하는 교양적 모범이라고 선전한다. 후대들이 계속 이어받아야 할 문화예술전통이 바로 '혁명적 문학예술전통'이라는 논리를 편다. 그리고 이에 반해 '보존해두어야 할 것이나 버려야 할 민족유산'으로 실학파문학이나 카프문학의 전통을 제시하고 있다. 북한문학 중에서 김정일의 형상을 가장 잘 살펴볼 수 있는 장르는 역시 『불멸의 향도』총서라고 할 수 있다. 그 중에서 장편소설로는 1988년 현승걸이 창작한 『아침해』가 최초의 작품이다. 『아침해』는 김정일이 통크고 담대하게 결단을 내려 은률의 장거리 벨트콘베이어 건설을 짧은 기간내에 완성하게 한 영도력과 공적을 찬양하는 장편소설이다. 『예지』는 1990년 리종련에 의해 창작된 장편소설로 김정일의 영화예술에 대한 업적을 찬양하고 북한에서 불후의 고전명작으로 일컬어지고 있는 『꽃 파는 처녀』 등을 영화로 옮기는 과정을 현지지도하면서 영화창조사업을 벌리는 그의 정력적인 활동상을 소개하는 작품이다. 『불구름』은 박현이 1991년에 창작한 작품으로 6·25 한국전쟁 중에 온갖 난관과 시련을 이겨내면서 김일성에게 충직한 주체형의 공산주의 혁명가로 성장해 가는 김정일의 어린 시절을 다룬 작품이다. 백남룡이 1996년에 창작한 『동해천리』는 1970년대의 '70일전투' 등 '속도전'과 사상·기술·문화의 3대 혁명소조운동을 주도한 김정일이 사회주의 건설투쟁을 벌이면서 은률의 장거리 벨트콘베아 완공, 무산-청진의 대규모 정광 수송관 건설, 검덕 광산의 6만톤 연·아연 증산정책, 흥남 비료공업소의 화학비료 증산정책 등 국가기간산업의 현지지도에 몰두하는 모습을 미화시킨 전기적 역사소설이다.

최근에 북한에서 펴낸『불멸의 향도』총서로는 1999년에 나온 권정웅의『전환』과 안동춘의『평양의 봉화』, 2000년에 나온 박태수의『서해전역』과 리종렬의『평양은 선언한다』, 2002년에 나온 송상원의『총검을 들고』가 유명하다.『전환』은 1960년대의 북한의 시대상황을 반영하여 사회주의적 사실주의를 원칙으로 하여 창작된 장편소설이고, 박태수의『서해전역』(2000)은 김정일이 20년 공사기간이 걸릴 것으로 전문가들이 추정하는 대공사를 5년 안에 조기 완성한 서해갑문의 대역사의 추진과정을 사실적으로 다룬 역사전기적 소설이다. 리종렬의『평양은 선언한다』(2000)는 1989년 무렵 구소련연방이 해체되고 동구권에 변혁의 물결이 밀어닥친 것을 배경으로 모든 사회주의 국가가 변절하더라도 북한만은 주체사상으로 무장된 우리식 사회주의를 고수하여 사회주의 혁명을 완수하겠다는 결의를 다지는 것을 컨셉으로 삼는 작품이다. 끝으로 가장 최근인 2002년에 나온 송상원의『총검을 들고』는 김일성 주석의 서거 후 고난의 행군시기를 사실적으로 묘사한 장편소설이다.

시문학의 경우 김정일 위원장은 주체문학을 구현하는 데 있어서 서정시의 중요성을 깊이 인식하였다. 그는 "시에서 사상은 정서를 통해서 흘러나와야 한다. 시형상의 힘은 사람들을 정서적으로 공감시키는 데 있는 것이다"라고 하여 시에서 정서적 공감력을 중시하였다.『향도의 해발을 우러러』23권에 실려있는 오영재의 시는 1994년 김일성 주석을 잃은 후 갈길을 잃고 헤매는 북한 인민들에게 향도의 빛이 되는 천리혜안의 지도자가 김정일이라고 칭송하고 있다. 또 그는 '세계혁명의 명맥을 이어가시는' 시대사상을 선양한 사상론자이지만, 항상 인민성을 중시하여 인민과 함께 인덕정치를 펼 정치가일 것이라고 단언하고 있다. 또 그의 담력과 예지로 볼 때 '통일된 강산에 차넘칠 민족의 환희를' 보게 될 날이 멀지 않았음을 예언하고 있다.

이렇게 북한의 시문학사에서 김정일 형상창조는 송가·서사시·철학시·서정시 등 다양한 모습으로 이루어졌다. 충성의 송가가사집으로는 『향도의 해발을 우러러』가 1975년 첫권이 나온 후 1995년까지 23권이 나왔고, 뒤이어 『향도의 빛발 아래』가 출간되어 1995년에 4권째가 나왔다. 그리고 1987년에는 백하가 지은 서사시 『불타는 해』가 창작되어 1947년 조기천이 지은 장편서사시 『백두산』과 쌍벽을 이루게 된다. 그 외 2002년에는 김정일 위원장의 회갑에 맞추어 비전향장기수의 금의환향과 김정일의 비상한 신념을 칭송한 『신념과 철쇄』가 평양의 문예출판사에서 나왔다.

북한문학에서의 김정일 형상창조는 지금까지의 최고지도자인 수령으로서의 영웅성(참신한 착상·대담한 작전·담력있는 실천)과 비범성(비상한 예지와 숭고한 자세)에 바탕을 둔 형상창조에만 주력하고 있다. 따라서 최근의 남북정상회담과 고이즈미 일본총리와의 정상회담과 수교협상 과정에서 보여준 과단성 있는 솔직성과 유연한 협상력 등 과거와 다른 긍정적인 형상에 대한 묘사는 찾아 볼 수 없는 점이 아쉽다. 그것은 북한문학이 자유국가에서의 문화예술과 달리 당·정·군에 의해 이중 삼중으로 통제되고 있는 검열대상이기 때문이다.

구 분	내 용
인지력	다양한 교육으로 박식하고 인지력, 판단력이 민첩함 편집적 사고가 강함
성취욕	매우 강한 성취욕을 보유
창조력	상상력이 풍부함 엉뚱한 발상으로 문제에 접근하기도 함
수용력	스케일은 크나 피해망상, 열등의식 등으로 반대의견을 수용하기 어려움
적응력	현실에 적응하기보다 부단한 변화를 추구
감정	자신의 존재에 대해 늘 불안해 함(인기관리, 문학예술성으로 일부 승화) 죽음에 대한 공포(위협을 느끼면 잔인무도해짐)
자아(ego)	자아 미숙, 권위 의존적 경향
초자아 (superego)	자기통제훈련 부족으로 즉흥적, 저돌적 자신의 도덕률을 정립하지 못함
갈등처리	조화보다는 극단적 방법 선택 공격적 행동(사냥, 사격) 자기학대적 행동(드라이브, 경비행기 운전)

〈김정일 국방위원장의 성격 분석〉

부 록

참고문헌

가. 자료

조선조의 「송도관(松都官) 편제」에 관한 공문서(발굴자료).

강경구 외편, 『조선대백과사전』 1권, 평양, 백과사전출판사, 1995.

권정웅, 『전환』(소설집), 평양, 문예출판사, 1999.

김순석, 『찌플리쓰의 등잔불』, 평양, 조선작가동맹출판사, 1955.

김이라 편, 『향도의 빛발 아래』 3권(시집), 평양, 문예출판사, 1993.

김형준 편, 『신념과 철쇄』(시집), 평양, 문예출판사, 2002.

리일섭 외편, 『영원한 해발』(시집), 평양, 문예출판사, 2002.

리종렬, 『평양은 선언한다』(소설집), 평양, 문예출판사, 2000.

박태수, 『서해전역』(소설집), 평양, 문예출판사, 2000.

백남룡, 『동해천리』(소설집), 평양, 평양출판사, 1996.

북한 조선중앙통신사 편, 『조선중앙년감 2001년도』, 평양, 조선중앙통신사, 2001.

송상원, 『총검을 들고』(소설집), 평양, 문예출판사, 2002.

신지락 편, 『태양은 빛나라』(향도의 해발을 우러러, 23권)(시집), 평양, 문예출판사, 1995.

신지락 편, 『향도의 빛발 아래』(시집), 평양, 문예출판사, 1995.

엄호석 편, 『당의 기치 높이』, 평양, 조선작가동맹출판사, 1956.

『월간조선』 제228호, 「황장엽－신상옥 권말 특별대담」, 조선일보사, 1999. 3.

이기영, 『소련기행문집』, 평양, 조선작가동맹출판사, 1960.

『동아일보』, 2002년 9월 17일(화) 8면, 인간 김정일－콘스탄틴 풀리코프스키 저서 출간 기사.
『조선일보』 1998년 9월 7일자(월) 종합면. 김정일 국방위원장 재추대 관련기사.
『조선일보』 2002년 8월 23일(금) 13면, 김정일관련 세르게예브나씨 회고
『중앙일보』 1999년 2월 9일자(화) 종합면, 북한 조평통 대변인 담화관련기사.

나. 논문 및 단행본

강경구 외편, 『조선대백과사전』 4, 평양, 백과사전출판사, 1999.
강경구 외편, 『조선대백과사전』 9, 평양, 백과사전출판사, 1999.
강경구 외편, 『조선대백과사전』 24, 평양, 백과사전출판사, 2001.
강경구 외편, 『조선대백과사전』 26, 평양, 백과사전출판사, 2001.
강능수, 『시대와 문학』(평론집), 평양, 문예출판사, 1991.
강만길, 『한국현대사』, 서울, 창작과 비평사, 1994.
고승효, 『현대조선경제입문』, 동경, 신천사, 1989.
고태우, 『북한사 100장면』, 가람기획, 1996.
고태우, 『한 권으로 보는 북한사 100장면』, 서울, 가람기획, 1996.
과학백과사전 종합출판사 편, 『문학예술사전』(상), 평양, 과학백과사전 종합출판사, 1998.
과학백과사전 종합출판사 편, 『문학예술사전』(상 · 중 · 하), 평양, 과학백과 사전종합출판사, 1988～1993.
곽승지, 「북한의 '우리식 사회주의'의 논리에 대한 고찰」, 『분야별 남북한 통합 시나리오 구상—1998년 하계학술회의 논문집 3』, 북한연구학회, 1998.
국립국어연구원 편, 『북한문학작품의 어휘』, 서울, 국립국어연구원, 1998.
권오윤, 『북한체제 변화론』, 다다미디어, 1998.
김덕중, 「남북한 외교 50년 평가와 통합 시나리오 구상」, 『분야별 남북한 통합 시나리오 구상—1998년 하계학술회의 논문집 2』, 북한연구학회, 1998.
김동규, 「4가지 통일 시나리오에 따르는 위기관리 프로그램의 개발연구」, 『북

한학 연구』 창간호, 고려대 북한학연구소.
김동규, 『북한학총론』, 교육과학사, 1999.
김동섭 외편, 『조선중앙년감 주체 90년(2001)』, 평양, 조선중앙통신사, 2001.
김려숙, "인텔리 형상과 지성세계 묘사", 『조선문학』 1992년 8월호, 문예출판사.
김명수, 「김정일의 권력승계와 정책변화 전망」, 『통일문제연구』 제28호, 1997년 하반기호, 평화문제연구소.
김명철, 윤영무 옮김, 『김정일의 통일전략』, 살림터, 2000.
김성훈 외, 『북한의 농업』, 비봉출판사, 1997.
김윤식, 『한국현대 현실주의 소설 연구』, 문학과 지성사, 1990.
김윤식·정호웅 편, 『한국 리얼리즘 소설연구』, 팝출판사, 1987.
김일성, 「현대문학의 시대적 사명」, 『조선문학』 1992년 4월호, 평양, 문예출판사.
김재홍, 『주체의 미론』, 평양, 문예출판사, 1993.
김정수·고경식 외 『사회주의 사회 연구』, 북한 주체정치학연구학회, 1991.
김정웅, 『주체적 문예리론의 기본』 2, 평양, 문예출판사, 1992.
김정일, 『위대한 령도자 김정일동지의 사상리론－문예학 1』, 평양, 사회과학출판사, 1996.
김정일, 『주체문학론』, 평양, 조선로동당출판사, 1992.
김정일, 『주체의 음악예술론』, 평양, 조선로동당출판사, 1992.
김종철, 『북한용어 400선집』, 연합뉴스, 1999.
김하명, 『새 문학건설』(평론집), 평양, 문예출판사, 1993.
김학성, 「동·서독 인적교류 실태연구」, 서울, 통일연구원, 1996.
김한길, 『조선현대역사』, 사회과학원 역사연구소, 서울, 일송정, 1988.
김한길, 『현대 조선역사』, 서울, 일송정, 1988.
김홍섭, 『소설창작과 기교』, 평양, 문예출판사, 1991.
나다 다까시, 『김정일시대의 조선』, 평양, 외국문종합출판사, 2000.
도홍렬, 「분단 50년, 북한의 사회학—경제과학과 응용사회학」, 『분단 50년 북한의 학문』(1), 북한연구학회 1998년 동계학술회의.
리수림, 『위대한 수령 김일성동지 문학령도사』 3권, 평양, 문예출판사, 1994.

마르크스·엥겔스, 김영기 역, 『마르크스·엥겔스의 문학예술론』, 서울, 논장, 1989.

문정인·류길재, 유한수·이영선 편, 「북한체제의 변동과 대북 경제협력의 정치. 경제적 조건」, 『북한진출기업전략』, 오름, 1997.

민족통일연구원, 「남북한 문화정책 비교연구」, 서울, 민족통일연구원, 1994.

박병석, 「남북한 사회문화교류의 현황과 전망」, 서울, 아태평화재단, 1995.

박태상, 「북한의 인기소설 『청춘송가』 연구」, 『한국방송대 논문집』 제25집, 1998.

박태상, 「북한 장편소설 『동해천리』 연구」, 『한국방송대 논문집』 제26호, 1998.

박태상, 「북한문학에 나타난 김정일 형상 창조」, 『북한연구학회』 1998년 하반기호, 1998.

박태상, 『북한문학의 현상』, 깊은샘, 1999.

박태상, 「새로 발견된 『북한 서정시선집』 연구」, 『북한연구학회보』 제4권 제2호, 북한연구학회, 2000.

박태상, 「새로 발견된 이기영의 『(소련)기행문집』 연구」, 『북한연구학회보』 제5권 2호, 2001.

박태상, 「북한소설 『평양시간』 연구」, 『한국방송대 논문집』 제34집, 한국방송통신대출판부, 2002.

박태상, 「북한문학상의 김정일 묘사 특징 연구」, 『북한연구학회』 제6권 제2호, 2002년 하반기호, 2002.

박태상, 『박태상의 동유럽문화예술산책』, 생각의 나무, 2002.

박태상, 『북한문학의 동향』, 깊은샘, 2002.

박형중, 「남북한의 위기와 당면과제, 그리고 남북관계의 질적 변화-공존과 통합의 가능성 진단」, 『분야별 남북한 통합 시나리오 구상—1998년 하계 학술회의 논문집 3』, 북한연구학회, 1998.

방연승, 『위대한 수령 김일성동지 문학령도사』 1, 평양, 문예출판사, 1992.

방영찬, 『작가의 창작적 사색과 예술적 환상』, 평양, 문예출판사, 1992.

배성인, 「남북한 민족문화 건설과 문화통합 모색」, 『통일정책 연구』 제11권 1호, 민족통일연구원, 2002.

백영철, 「어버이수령님의 인민적 풍모에 대한 빛나는 형상」, 『조선문학』 1992년 4월호, 평양, 문예출판사.

백현숙, 「새로운 민족적 성격 형상에 이바지한 랑만주의 수법」, 『조선문학』 1996년 3월호, 평양, 문예출판사.

북한연구학회 엮음, 『분단 반세기 북한 연구사』, 서울, 한울아카데미, 1999.

사회과학원 역사연구소 편, 『조선통사』(하), 서울, 오월, 1989.

사회과학원 · 김일성종합대 편, 『주체혁명위업의 위대한 령도자 김정일동지』 1권 <위대한 사상리론가>, 평양, 조선로동당출판사, 2001.

사회과학원 · 김일성종합대 편, 『주체혁명위업의 위대한 령도자 김정일동지』 2권 <위대한 정치가>, 평양, 조선로동당출판사, 2001.

서대숙, 「정권수립과 변천과정」, 최명 편, 『북한개론』, 을유문화사, 1990.

성혜랑, 『등나무집』, 지식나라, 2000.

소련과학아카데미 편, 신승엽 외 옮김, 『마르크스 레닌주의 미학의 기초이론』 I, 서울, 일월서각, 1988.

소련과학아카데미 편, 신승엽 외 옮김, 『마르크스 레닌주의 미학의 기초이론 II』, 일월서각, 1988.

송국현, 『세계의 김정일』, 평양, 평양출판사, 2001.

신상옥 · 최은희, 『김정일왕국』 하권, 「예술청년 김정일의 고백」, 동아일보사, 1988.

신언갑, 『주체의 인테리리론』, 평양, 과학, 백과사전출판사, 1986.

신용하, 『한국근대사와 사회변동』, 서울, 문학과 지성사, 1980.

신일철, 『평양의 봄은 오는가』, 시사영어사, 1999.

신효숙, 「해방후 북한 고등교육체계의 형성과 그 특징」, 『분단 50년 북한의 학문』(2), 북한연구학회 1998년 동계학술회의.

안성호, 「남과 북 정치통합 연구－경쟁적, 다원적 정치체제 탐색」, 『분야별 남북한 통합 시나리오 구상—1998년 하계학술회의 논문집 2』, 북한 연구학회, 1998.

안함광, 『조선문학사』(1900～, 대학용 교재), 연변, 연변교육출판사, 1956.

연세대 대학원 북한현대사연구회 편, 『북한현대사』 I권, 서울, 공동체, 1989.
연하청, 「사회주의 경제 계획」, 최명 편, 『북한개론』, 을유문화사, 1990.
오승련, 『주체 소설문학 건설』, 평양, 문예출판사, 1994.
오영환, 『작가의 문체』, 평양, 문예출판사, 1992.
오정애·리용서, 『조선문학사』 10, 평양, 사회과학출판사, 1994.
와다 하루끼, 『북조선』, 서울, 돌베개, 2002.
유한수·이영선 편, 『북한진출기업전략』, 오름, 1997.
윤기덕, 『수령형상문학』, 평양, 문예출판사, 1991.
윤종성 외, 『문예상식』, 평양, 문예출판사, 1994.
이기영, 『땅』(상), 풀빛, 1992.
이대근, 『한국경제의 구조와 전개』, 서울, 창작과 비평사, 1987.
이무열 편, 『러시아사 100장면』, 서울, 가람기획, 1994.
이상만, 「남북한 경제통합을 위한 북한경제의 구조조정 모형」, 『분야별 남북한 통합 시나리오 구상—1998년 하계학술회의 논문집 1』, 북한연구학회, 1998.
이상조, 「통일준비 5—과학기술」, 이영선 편, 『통일준비』, 오름, 1997.
이영선 편, 『통일준비』, 오름, 1997.
이우영, 「북한문화의 수용실태 조사」, 서울, 통일연구원, 2001.
이우정, 「남북한 민간교류협력의 과제와 전망」, 『분단 50년 북한의 학문』(2), 북한연구학회, 1998년 동계학술회의.
이종석, 『현대 북한의 이해』, 역사비평사, 1995.
이태욱, 「통일준비 2—경제」, 이영선 편, 『통일준비』, 오름, 1997.
이태준, 『소련기행·농토·먼지』, 서울, 깊은샘, 2001.
이홍구 편, 『마르크시즘 100년 —사상과 흐름』, 서울, 문학과 지성사, 1984.
임규찬, 『한국근대소설의 이념과 체계』, 서울, 태학사, 1998.
장 석, 『김정일장군－조국통일론 연구』, 평양, 평양출판사, 2002.
전영선, 『북한의 문학예술 운영체계와 문예 이론』, 서울, 도서출판 역락, 2002.
정룡진, 「풍부하고 심오한 내부적 체험세계의 개방과 령도자의 빛나는 형상」,

『조선문학』 1996년 5월호, 평양, 문예출판사.
정영철, 「북한 사회통제 메카니즘의 변화와 특징」, 평화문제연구소, 『통일문제연구』 통권 제28호, 1997년 하반기호.
정창현, 『곁에서 본 김정일』(개정 증보판), 김영사, 2000.
조선로동당 중앙위원회, 『김정일선집』 1권, 평양, 조선로동당출판사, 1992.
조선로동당 중앙위원회, 『김정일선집』 2권, 평양, 조선로동당출판사, 1993.
조성철, 『김정일장군의 사회주의 재생재건전략』, 평양, 평양출판사, 2001.
조영복, 『월북예술가—오래 잊혀진 그들』, 서울, 돌베개, 2002.
조한범, 「NGOs를 통한 남북 사회문화 교류·협력증진방안 연구」, 서울, 통일연구원, 1998.
조한범, 「남북 사회문화 교류·협력의 평가와 발전방향」, 서울, 통일연구원, 1999.
채훈 외편, 「월북작가에 대한 재인식」, 깊은샘, 1995.
천재규, 『조선문학사』 14, 평양, 사회과학출판사, 1996.
천재규·정성무, 『조선문학사』 권14, 평양, 사회과학출판사, 1996.
최길상, 「문학예술혁명의 새로운 앙양을 추동하는 불멸의 기치」, 『조선문학』 1992년 11월호, 평양, 문예출판사.
최길상, 『주체문학의 새 경지』, 평양, 문예출판사, 1991.
최대석·김용현, 「남북 문화예술 교류·협력 활성화를 위한 정부와 민간의 역할」, 『북한연구학회』 제6권 제2호 2002년 하반기호, 2002.
최동호 편, 『남북한 현대문학사』, 나남출판, 1995.
최명편, 『북한개론』, 을유문화사, 1990.
최수봉 편, 『영화문학 민족과 운명 제1부－5부』, 평양, 문예출판사, 1992.
최의철, 「남북한 교류·협력 활성화 방안」, 서울, 민족통일연구원, 2000.
최창호, 『민족수난기의 가요들을 더듬어』, 평양, 평양출판사, 1997.
한국문화정책개발원, 「정상회담 이후의 남북관계와 문화교류」, 서울, 한국문화정책개발원, 2001.
한재만, 『김정일—인간·사상·령도』, 평양, 평양출판사, 1994.
한중모, 『주체적 문예리론의 기본』 1권, 평양, 문예출판사, 1992.

한중모, 『주체적 문예리론의 기본』 1－2, 평양, 문예출판사, 1992.
한중모・김정웅, 『주체적 문예리론의 기본』 3권, 평양, 문예출판사, 1992.
현종호 외, 『우리식 문학예술 사업체계의 확립과 작가・예술인 대오 육성』, 평양, 문예출판사, 1990.
蕙谷治 외 편, 『김정일의 북한, 내일은 있는가』, 김종우 역, 청정원, 1999.
황장엽, 『나는 역사의 진리를 보았다』, 한울, 1999.
V. J. 레닌, 『레닌의 문학예술론』, 이길주 옮김, 서울, 논장, 1988.

찾아보기

가

나

다

라

마

바

사

아

자

차

카

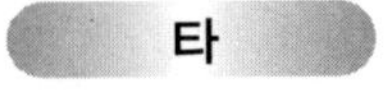

파

하

새로운 자료 발굴

: '황진이' 관련 〈송도관(松都官)의 편제〉 공문서

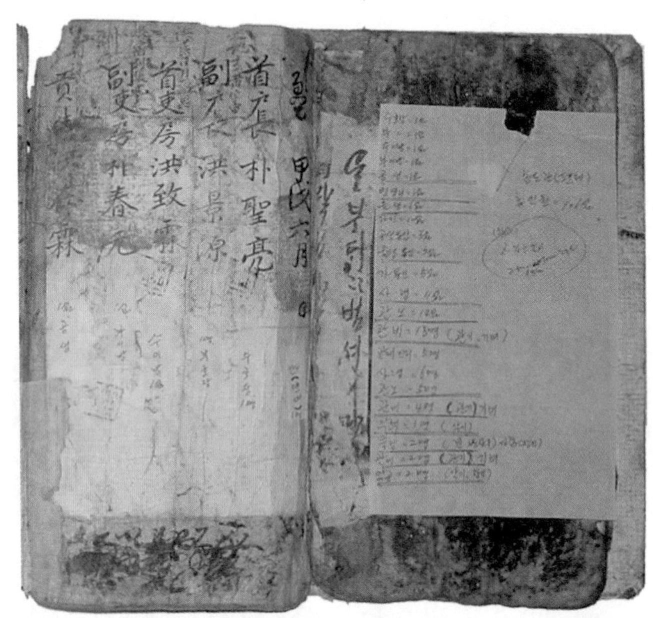

우측

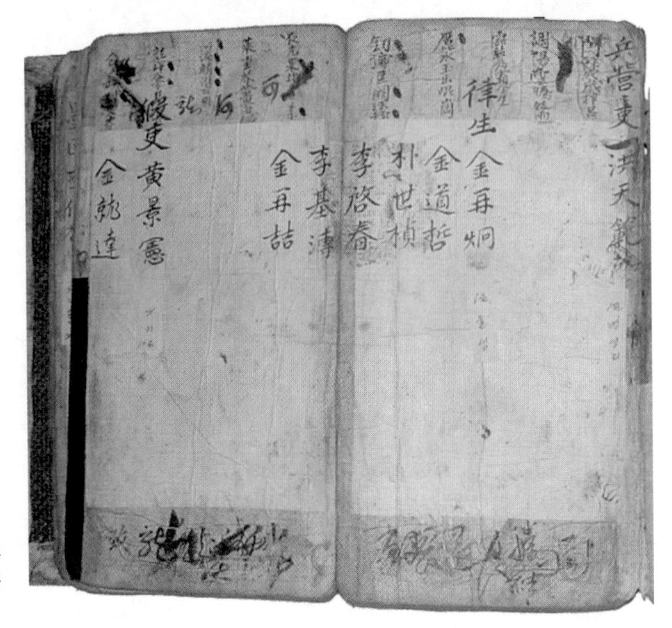

좌측

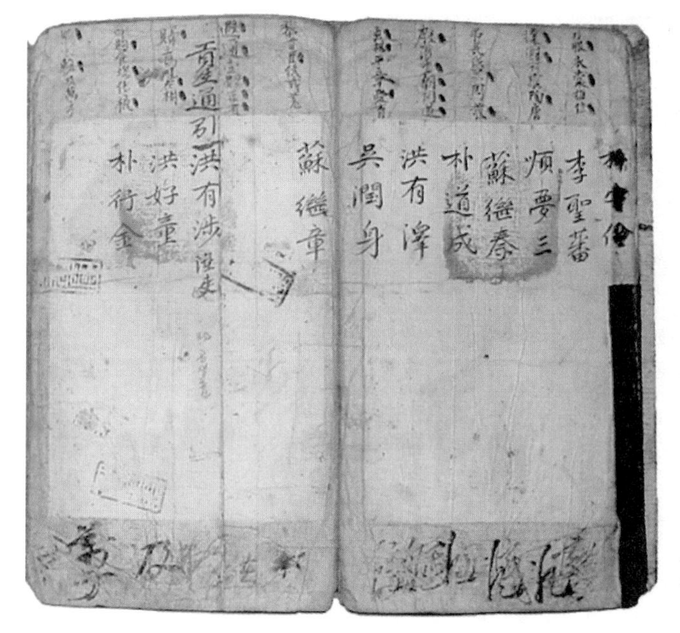

우측

좌측

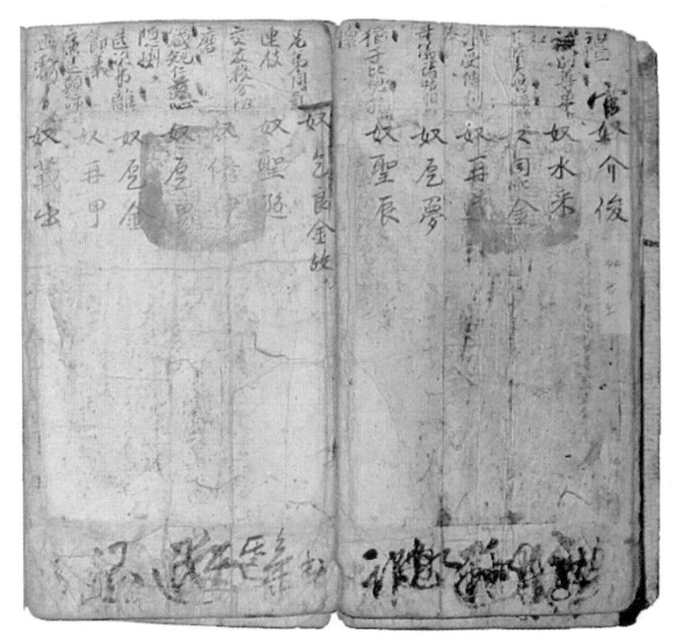

우측

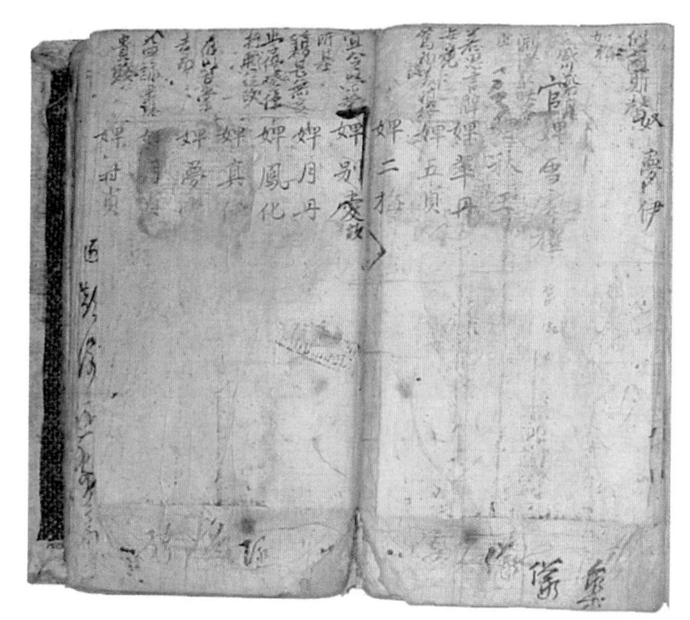

좌측

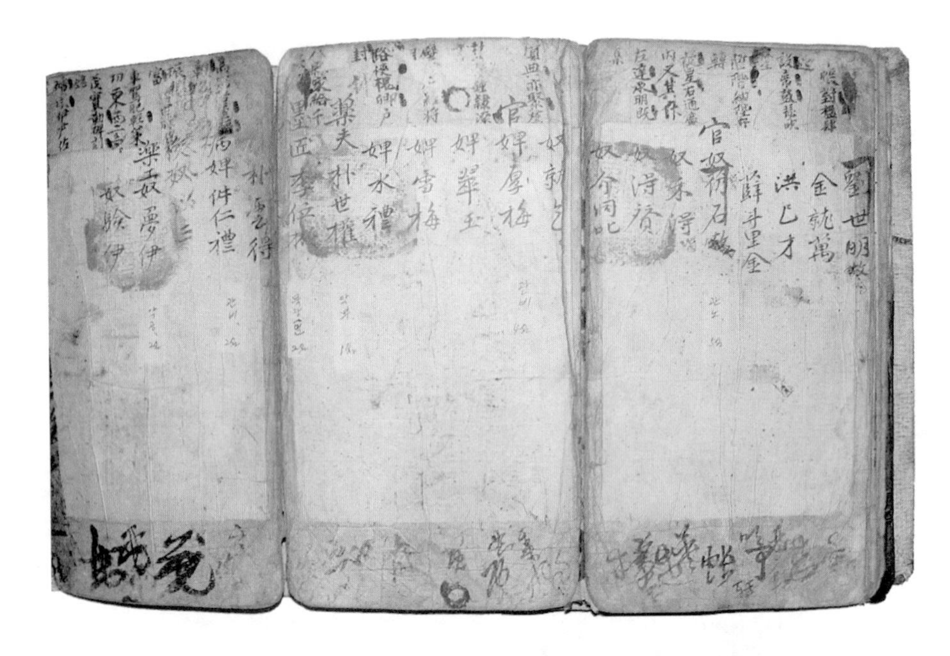

북한의 문화와 예술

2004년 3월 30일 초판발행
2005년 4월 1일 2쇄 발행

저 자 박 태 상
펴낸이 박 현 숙
찍은곳 신화인쇄공사

110-290
서울시 종로구 낙원동 58-1 종로오피스텔 606호
TEL. 02-764-3018, 764-3019 FAX. 02-764-3011
E-mail : kpsm80@hanmail.net

펴낸곳 도서출판 **깊 은 샘**

등록번호/제2-69. 등록년월일/1980년 2월 6일

ISBN 89-7416-128-1